# El Plan Madagaskar

El Plan Madagaskar

Guy Saville

Traducción de Francisco Pérez Navarro

Barcelona • Madrid • Bogotá • Buenos Aires • Caracas • México D.F. • Miami • Montevideo • Santiago de Chile

Título original: *The Madagaskar Plan*
Traducción: Francisco Pérez Navarro
1.ª edición: febrero 2017

© Guy Saville, 2015
© Ediciones B, S. A., 2017
 Consell de Cent, 425-427 - 08009 Barcelona (España)
 www.edicionesb.com

Printed in Spain
ISBN: 978-84-666-6062-4
DL B 24528-2016

Impreso por Unigraf, S. L.
Avda. Cámara de la Industria, 38
Pol. Ind. Arroyomolinos, 1
28938 - Móstoles, Madrid

Todos los derechos reservados. Bajo las sanciones establecidas
en el ordenamiento jurídico, queda rigurosamente prohibida,
sin autorización escrita de los titulares del *copyright*, la reproducción
total o parcial de esta obra por cualquier medio o procedimiento,
comprendidos la reprografía y el tratamiento informático, así como
la distribución de ejemplares mediante alquiler o préstamo públicos.

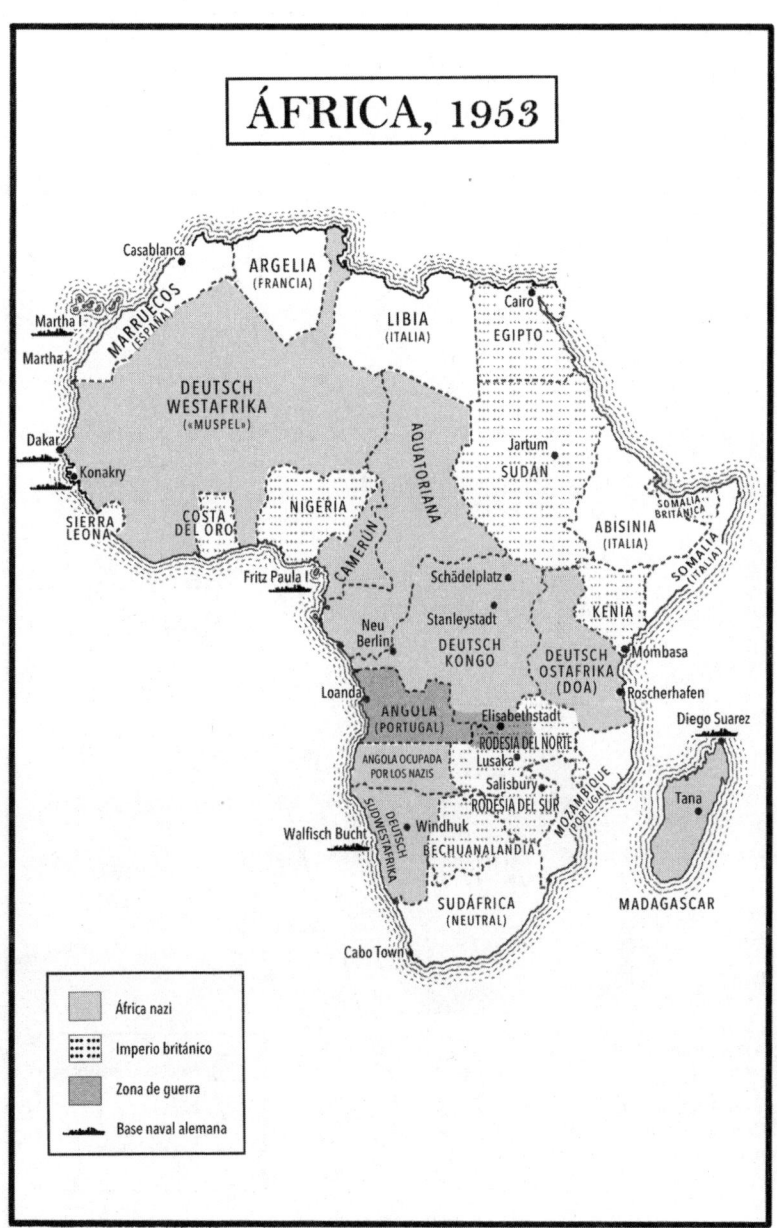

MADAGASCAR, 1953

*De nuevo
para
mi Cole personal*

Los que tengan un detallado conocimiento del norte de Madagascar, advertirán que, en aras de la narración, me he tomado ciertas libertades con la geografía. Por la misma razón he simplificado el enorme entramado de organizaciones, departamentos e individuos que los nazis hubieran tenido que emplear para llevar a cabo su Plan Madagaskar. Espero que los expertos en ambos asuntos me perdonen estas licencias.

«Espero que el concepto de judío desaparezca por completo ante la posibilidad de una gran emigración a África o a cualquier otra colonia.»

HEINRICH HIMMLER,
memorando a Adolf Hitler, 25 de mayo de 1940

«A pesar de las dudas ideológicas del Führer, creo firmemente que esta arma nos proporcionará la victoria definitiva en África.»

WALTER HOCHBURG,
comunicado secreto enviado a Germania el 22 de marzo de 1953

El mundo de 1940 a 1952

En mayo de 1940, durante varias horas se creyó que las fuerzas británicas concentradas en Dunquerque conseguirían escapar. Entonces Hitler ordenó destruirlas.

En el desastre subsiguiente murieron miles de soldados británicos y unos doscientos cincuenta mil fueron hechos prisioneros. El primer ministro Churchill dimitió. Lo sucedió en el cargo Lord Halifax, que, en vista del terror de la gente, negoció la paz. En octubre de aquel año, Gran Bretaña y Alemania firmaron un pacto de no agresión y crearon el Consejo de la Nueva Europa. A los países ocupados —Francia, Bélgica, Holanda, Dinamarca y Noruega— se les garantizó cierta autonomía, siempre que permanecieran bajo gobiernos de derechas, y pasaron a ocupar un lugar junto a Italia, España y Portugal. Aunque debilitado, el Imperio británico seguía abarcando gran parte del mundo.

En 1941, con las fronteras occidentales aseguradas, Hitler lanzó una invasión sorpresa sobre la Unión Soviética; dos años después, esta ya no existía. El Reich se extendía del Rin a los Urales y su capital fue rebautizada como Germania. La camarilla hitleriana empezó a reclamar la devolución de las colonias alemanas perdidas tras el Tratado de Versalles. «El día que consolidemos la reorganización de Europa —anunció Hitler como respuesta ante un público expectante formado por miembros de las SS— nos centraremos en África.»

Los ejércitos del Reich se dirigieron hacia el ecuador y a su paso conquistaron una vasta franja de tierra que abarcaba del Sahara al Congo belga. A medida que los límites de aquel nuevo territorio se acercaban a *las fronteras del Imperio británico, Hitler y Halifax firmaban nuevos acuerdos de paz, que garantizaban la mutua neutralidad entre ambos países. Aquellos acuerdos culminaron en la Conferencia de Casablanca de 1943, en la que el continente se dividió —«se partió», según Churchill— entre ambos poderes. Gran Bretaña mantenía sus intereses en África oriental y Alemania se quedaba con la occidental. Otras negociaciones le garantizaron a Mussolini un pequeño imperio colonial italiano, y Portugal mantuvo sus colonias de Angola y Mozambique.*

En medio de toda aquella turbulencia, Estados Unidos se mantuvo tozudamente aislacionista.

El Imperio africano de Alemania se dividió en seis provincias. Las administraciones civiles y militares fueron sustituidas poco a poco por gobernadores de las SS que respondían ante Himmler, pero que actuaban de forma semiautónoma y gozaban de un poder casi ilimitado. El más ambicioso fue Walter Hochburg, gobernador del Kongo. Creador de ciudades nuevas y resplandecientes, así como de una red africana de autopistas, Hochburg explotó vorazmente los recursos naturales para «fortalecer el vigor de Europa». También fue responsable de la deportación de la población negra al Sahara y pocos se atrevían a cuestionarlo.

A pesar de una década de paz y prosperidad, Hochburg no descansaba: quería que la esvástica sobrevolase toda África. En 1952, atacó la Angola portuguesa y empezó a preparar la invasión de la británica Rodesia del Norte. La Oficina Colonial de Londres y ciertos elementos de Germania que temían el creciente poder de Hochburg decidieron actuar contra él. Prepararon un chapucero intento de asesinato para provocar la invasión apresurada de Rodesia y, así, obligarlo a dividir sus fuerzas para luchar en dos frentes. La derrota tenía que acabar con sus ambiciones.

El 21 de septiembre de 1952, mientras el ejército alemán estaba ocupado en Angola, Hochburg ordenó que sus pánzer entrasen en Rodesia. A Hitler le prometió una victoria relámpago.

Hampstead, Londres, 4 de octubre de 1952, 1:15 horas

No tenía noticias desde la mañana que partieron. Ni telegramas ni cartas ni jadeantes mensajeros que llegaran al amanecer. Ni una sola palabra de Burton desde hacía cinco semanas y un día, únicamente informes por radio que ella no quería escuchar: guerra en el Kongo y miles de muertos. Luchaba por no contar una hora tras otra.

Madeleine Cranley yacía de costado envuelta en las sábanas, intentando dormir, con la larga y negra cabellera desparramada sobre la almohada. En su interior sentía palpitar el niño que llevaba en las entrañas desde hacía ya cinco meses. Lo esperaba para febrero. Siempre que comía con su esposo procuraba atiborrarse, con la esperanza de que un aumento de peso disimulara el embarazo. Su garganta parecía permanentemente atascada con comida no deseada: pasteles, púdines y salsas mezcladas con ácidos gástricos. La mandíbula le dolía de tanto masticar.

El reloj del vestíbulo dio la media; después, las dos. Madeleine entraba y salía de la consciencia; hasta que estiró el brazo y apagó la luz.

La tensión de su rostro cedió, la calidez la envolvió... y cuando el sueño ya le ofrecía el descanso, oyó unas pisadas distantes. Imaginó que eran las de Burton. Él había viajado a África con el corazón henchido de venganza para matar al gobernador de las SS en el Kongo, aunque ella le había suplicado que no lo hiciera. Ahora había vuelto... y se deslizaba en su cama como solía hacer las escasas noches que podían pasar juntos. Su cuerpo frío, su olor a almizcle y humo. Antes de rendirse a sus brazos quería que supiera lo furiosa que estaba con él, que casi la había hecho enloquecer de preocupación. Él susurró una disculpa, pero ella no la necesitaba, tenerlo de nuevo en casa era suficiente. Iban a pasar el futuro juntos.

Se le escapó un sollozo. Burton nunca iría allí.

Repasó las demás posibilidades de la casa. No reconocía el familiar calzado acolchado de los sirvientes y no podía ser su esposo, que esa noche se encontraba lejos, ocupado en sus negocios. Las pisadas tampoco pertenecían a su hija Alice. Eran demasiado toscas, demasiado torpes.

Había un extraño en la casa.

Madeleine encendió la lámpara y ladeó la cabeza para oír mejor. La casa crujió rompiendo apenas el silencio. ¿Se habría imaginado las pisadas? Durante años, tras su llegada a Inglaterra como refugiada, había turbado sus sueños el sonido de botas militares subiendo escaleras.

Creyó haber oído las pisadas en la planta superior, cómo cruzaban una puerta y descendían por la escalera principal. Unas suelas gruesas amortiguadas por la alfombra.

Apartó las sábanas y, todavía confusa, apoyó los pies en el suelo. La luz iluminaba la casa, aunque debería estar a oscuras. Subió por las escaleras, consciente del peso poco manejable de su barriga. Por encima de ella había dos pisos: el más alto era el de las dependencias de la servidumbre y el de debajo estaba reservado a los invitados y albergaba el cuarto de Alice.

Abrió la puerta intentando hacer el menor ruido posible, por si acaso su hija había tenido una pesadilla. De pronto sintió que se le cortaba la respiración. La lámpara de la mesita de Alice estaba encendida iluminando la habitación de su hija... pero la cama estaba vacía. Madeleine pasó la mano por debajo de la colcha: el colchón aún estaba caliente.

—¿Elli? —susurró. Era el apodo con el que llamaba a su hija.

Una puerta comunicaba el dormitorio con el cuarto de los juguetes. Madeleine la abrió, pero solo encontró oscuridad y el destello de los ojos de un caballo-balancín. La niebla se agolpaba contra la ventana. De vuelta al dormitorio, revisó el armario ropero. A veces Alice se escondía allí, bajo montones de mantas y ositos de peluche. También estaba vacío. Pensó en aquella vez que Elli se había perdido en la granja de Burton. «No te preocupes; la encontraremos», le dijo él. Su tono era tan resuelto, tan confiado...

Regresó al piso inferior y se inclinó sobre la balaustrada.

—¿Elli? —llamó.

Apareció el ama de llaves, la señora Anderson. Iba vestida de negro, con el pelo negro recogido en un moño. Siempre se comportaba con un servilismo que incomodaba a Madeleine, consciente de que, como señora de la casa, se sentía más extranjera que el jardinero polaco.

—¿Ha visto a Elli?

La señora Anderson dejó que una inusual sonrisa asomara a sus labios.

—Alice —rectificó, marcando las sílabas— está aquí abajo, con nosotros.

—¿Qué está haciendo?

—Nada de lo que tenga que preocuparse, señora Cranley.

—¡Es plena noche! Mi hija debería estar en la cama.

—Igual que usted.

—¿Qué acaba de decir?

Otra leve sonrisa burlona apareció en el rostro de la señora Anderson antes de desaparecer.

Madeleine volvió a su habitación para buscar una bata y unas zapatillas. Quería estar calzada al enfrentarse al ama de llaves. Cruzó la puerta y frenó de golpe, agarrándose la barriga.

Sobre la cama había una maleta, la misma maltrecha maleta con la que había huido de Viena catorce años antes tras la *anschluss*, cuando los nazis se apoderaron del país.

—Te dije que la tiraras, pero la señora Anderson me informó de que la tenías escondida en el sótano desde que te mudaste.

Su marido. Jared.

Era empleado civil de la Oficina Colonial y vestía el uniforme oficial, un traje de color pardo de raya diplomática y chaleco. El olor de la noche impregnaba su ropa: otoñal, húmedo, penetrante. La brillantina le oscurecía el cabello rubio. Sus ojos parecían húmedos, como si hubiera llorado hacía poco. Estaba llenando la maleta.

—Creí que esta noche estarías fuera.

—Recibí buenas noticias y quería compartirlas contigo.

—¿Por eso está Elli abajo?

—No deberías llamarla así, en serio. Suena demasiado alemán. La gente ya habla demasiado.

Jared siguió llenando la maleta, pero no parecía haber ninguna lógica en las prendas que escogía: vestidos veraniegos, medias de lana, su cárdigan favorito... Tomó una camisola de seda y la apretó con las manos.

—No recuerdo haberte comprado esto. Parece barata.

Madeleine la reconoció como un regalo de Burton. El rubor hormigueó en sus mejillas. Desde hacía un mes aguantaba muchas de esas inocentes provocaciones. Durante el desayuno, Jared le había leído en voz alta algunos titulares de *The Times*: «Los nazis retroceden hasta la frontera del Kongo» o «Comienza el asedio de Elisabethstadt»; a continuación le había preguntado qué sentía al saber que estaban muriendo tantos soldados en África. Pero él no podía saberlo, ¿verdad? ¿Cómo si no iba a poder sentarse allí, comerse una tostada o sorber su té darjeeling, sabiendo que al otro lado de la mesa su esposa estaba embarazada del hijo de otro hombre? El agotamiento estaba volviéndola paranoica.

—¿Adónde vamos? —preguntó, intentando que su voz sonase suave y ligera como una esponja.

Él ignoró la pregunta y metió la camisola en la maleta. Sin saber qué hacer, Madeleine esperó en silencio a que su marido terminase, siempre protegiéndose el abdomen con las manos, sintiendo el frío en los pies descalzos. Finalmente, Jared lanzó varios frascos de perfume en la maleta, la cerró y la levantó con una mano para probar lo que pesaba.

—No queremos que pese demasiado. —La miró directamente a los ojos—. No en tu estado.

Madeleine sintió la presión de su vejiga. Forzó una sonrisa.

—¿En qué estado?

Jared soltó la maleta, cruzó el dormitorio y se paró frente a ella, amenazante. Madeleine sintió la urgencia de dar un paso atrás... pero la controló.

Él alargó las manos hasta tocar la chaqueta de su pijama. Madeleine se había comprado tres recientemente, de estilo imperio y de una talla muy grande para que ocultasen su cintura. Jared empezó a desabrocharle los botones. Podría haber resultado seductor de no ser por la rudeza de sus ojos. Sus manos suaves y de uñas bien cuidadas le rodearon la panza. Solo una delgada barrera de piel separaba aquellos dedos de su niño.

Madeleine no pudo evitarlo: dio un paso atrás.

En respuesta, él se inclinó hacia delante como si fuera a besarla en la oreja y le susurró algo. Lo hizo con una voz tan baja que Madeleine apenas pudo captarla.

Pero creyó oír un «lo sé».

De alguna parte le llegó un fuerte olor a cigarrillo. Madeleine dio otro paso atrás y su espalda chocó contra la puerta. Los dedos que le rodeaban el vientre presionaron con más fuerza, hasta que la presión se elevó hasta sus costillas. La criatura dio una patada.

—Jared, por favor... Me haces daño.

Él volvió a hablar. Esta vez fue una declaración. Su rostro era una máscara blanca y fría, desaparecida toda la indiferencia de las semanas anteriores.

—Lo sé todo sobre tu amante y tú. —Un rugido en sus oídos, a la vez agudo y ensordecedor, un retumbar sordo. Necesitaba sentarse—. La granja, la modesta vida que planeabais juntos. Lo sé desde la primavera.

Madeleine sacudió la cabeza.

—Te lo di todo —siguió él—. Y así me lo pagas.

Hacía mucho tiempo que sabía que llegaría aquel momento y había ensayado la respuesta. Quería recriminarle la forma en que había reducido su mundo, aunque lo disfrazase con bailes de gala y *suites* de lujo en distintas capitales europeas. Y el tono con el que insistía en que ella comía como un obrero famélico y sus muecas de desaprobación si le sonreía demasiado amablemente a un portero. «Todo el mundo debe saber cuál es su sitio, Madeleine.» Y los años que había pasado interpretando el papel de esposa —gustosamente al principio—, sin creerse el papel de esposo de Jared. Madeleine no sentía la necesidad de justificarse, solo de explicarse. Burton no era la causa de su distanciamiento; simplemente le había ofrecido la vida que ella deseaba. Pero ahora, viendo lágrimas en los ojos de Jared, el remordimiento se apoderó de ella.

—Nunca quise que pasara. —La culpabilidad la había hecho rechazar a Burton más de una vez. Se acercó a su marido, rozando apenas la negra tela de su traje—. Lo siento, Jared, yo...

Él le apartó la mano y le dio la espalda. Sus hombros delataron un ligero estremecimiento. Ninguno de los dos habló durante un momento largo. Madeleine creyó oír que alguien se movía al otro lado de la puerta, que alguien estaba escuchando. Otra vez aquel rastro de tabaco.

—Voy a darte la oportunidad de elegir —cedió Jared por fin. Tragó saliva ostensiblemente y emitió un chasquido como si sus próximas palabras le supieran a rancio—. Puedes marcharte esta noche, o puedo perdonártelo todo y seguir como antes. Un aborto sería lo mejor, pero si te parece demasiado, estoy dispuesto a criar el niño como si fuera mío. No hace falta que nadie sepa la verdad.

Madeleine se sentía como atontada.

—¿Y bien?

—Jared, yo... yo...

—Elige.

Como ella no respondía, Jared repitió la palabra. Pero, esa vez, Madeleine creyó percibir algo siniestro en su tono. Desprecio. Brutalidad.

—Necesito vestirme —balbuceó Madeleine, dando unos pasos hasta llegar junto a la maleta.

—¿De verdad lo eliges a él antes que a todo esto? —preguntó él, moviéndose por la habitación con los brazos abiertos como si quisiera abarcarla toda: la cama Spink & Edgar, las sábanas de lino Peter Reed, los armarios repletos de los mejores vestidos de temporada, los cajones llenos de anillos de perlas y diamantes que nunca le habían importado.

Ella pensó en las habitaciones vacías y barridas por el viento de la granja, y en lo cómoda que se sentía allí.

—Lo siento, Jared. Lo amo.

—¿Me has amado a mí alguna vez?

—Ya ni me acuerdo.

—Una cosa más antes de que decidas... —apuntó el, sentándose.

—Demasiado tarde para eso.

Jared sacó un sobre del bolsillo interior de la chaqueta y lo depositó en las manos de Madeleine.

—Te dije que vine corriendo. Esperaba esta noticia desde hace semanas y tenía ganas de compartirla contigo.

El sello del sobre estaba roto. Contenía una carta y una docena de páginas mecanografiadas llenas de nombres.

—No comprendo... —balbuceó ella.

Era un comunicado del Almirantazgo acerca de un buque de guerra inglés en el golfo de Kamerún, el HMS *Ibis*. Se había hundido, presumiblemente torpedeado por la Kriegsmarine, la armada alemana. El nombre, *Ibis*, no significaba nada para ella, pero, aun así, algo se agitó en sus entrañas. Y no era el bebé. Habían podido rescatar de las aguas a una treintena de hombres, todos los demás habían muerto.

Levantó la vista hacia Jared.

—La segunda hoja —indicó él—. Una lista de los fallecidos.

Madeleine dirigió la atención a esa página y leyó la lista. Estaba al final: Burton Cole.

De repente, todo el mundo pareció inclinarse hacia un lado, como si ella misma estuviera en el barco atacado. Las hojas se le cayeron de las manos y planearon hasta sus zapatos Cranley. Tuvo que esforzarse para respirar, para llenar mínimamente sus pulmones de aire.

—Todo salió mal en el Kongo —explicó su marido, deleitándose en sus palabras—. Tuvo que huir hasta Angola... para tomar un barco con el que regresar a casa. O eso es lo que tu amante pretendía.

—El Kongo... —dijo ella, y a punto estuvo de quebrársele la voz—. ¿Cómo sabes lo del Kongo?

—¿Quién te crees que lo envió allí y planeó su reencuentro con Hochburg?

—¿Tú?

—Cole era perfecto para ese trabajo, aunque sin ser consciente de que estaba planeado por la Oficina Colonial. Atrajo a Hochburg hasta nuestra trampa para que invadiera Rodesia. Cuando hubo cumplido su misión, lo abandonamos a su suerte.

Ella temblaba, casi doblada sobre sí misma, contemplando al hombre que había sido su marido como si fuera la primera vez que lo veía. Como en aquella ocasión que le golpeó. Un puñetazo en pleno estómago que le hizo caer de rodillas. Ni siquiera se acordaba del motivo. Después, Jared se disculpó por perder el control, juró que no se repetiría jamás y llenó la casa con tantos lirios que su fragancia llegó a provocarle náuseas. Nunca se lo contó a Burton.

—Eso debería hacer más fácil tu decisión. —Su tono era neutro, el de un funcionario civil informando a su ministro—. Supongo que ahora te quedarás. Estoy seguro de que podremos dejar atrás ese estúpido asunto y...

Ella saltó hacia él, le arañó el rostro y le dejó un rastro sangriento.

Cranley la empujó violentamente, lo que hizo que tropezase y cayera al suelo. Sintió que el niño rebotaba dentro de ella como una piedra.

Su esposo dio un paso adelante y pisoteó la lista de los marineros ahogados. Su mano se cerró formando un puño. Ella vio el destello de su anillo de bodas. Si la golpeaba con él, podía romperle los dientes.

—Soporté el desprecio de todos por ti —escupió, enfurecido—. Jared Cranley, el hombre que podía tener a cualquier mujer que deseara, pero que se casó con una criada judía, que se casó por amor. —Soltó un bufido mientras buscaba su pañuelo—. Por ahí dicen que soy el hombre más romántico de Londres.

Madeleine se puso en pie sollozando, tomó la maleta y abrió la puerta. Buscaría a Alice y juntas se irían a la granja.

—Este es el señor Lyall —anunció Cranley.

Un hombre de nariz aplastada y barba espesa le cerraba el paso. Vestía un traje negro y parecía que hubiera dormido con él puesto. El hedor a tabaco que flotaba a su alrededor le provocó una mueca de asco involuntaria.

Quiso pasar junto a él, pero el hombre la bloqueó. Intentó golpearlo con la maleta para abrirse paso, pero el cierre cedió y la ropa se desparramó por toda la habitación. Madeleine quiso empujarlo; de repente se encontró en el suelo, sintiendo un dolor agudo en el culo y sin fuerzas para levantarse.

Lyall blandía una cachiporra. La apoyó contra su boca.

—Siempre tuviste una sonrisa preciosa —reconoció Cranley. Miró la ropa diseminada por el dormitorio, antes de dirigirse a Lyall—. Olvida la maleta. Solo quiero que se vaya.

Ella sintió que se le desgarraba el pijama cuando él la obligó a levantarse.

—¿Y Alice? —preguntó.

—Tendrá todo lo que necesite: un hogar maravilloso y un padre que la adora. La señora Anderson será una institutriz excelente.

—¿Me lo prometes?

—Puede que tú seas una puta judía, pero Alice es mi hija. —Se secó la sangre de la mejilla con el pañuelo—. Será mejor que te vayas sin histerias, no quiero que se altere.

—¿Y yo? —Su tono era neutro, nada suplicante.

—Tendrás más de lo que te mereces.

—Vamos, señora Cranley —urgió Lyall, sujetándola del brazo.

La arrastró hasta el recibidor. Al final de las escaleras, la puerta principal se abría a la niebla exterior. Abajo, también vestido de negro, esperaba un hombre rechoncho empuñando una pistola y con uno de los abrigos de piel de Madeleine doblado sobre el brazo.

—¿Adónde me lleváis? —preguntó ella.

Un recuerdo aulló en su mente: el momento en el que los nazis llegaron en busca de su padre, allá en Viena. Los golpes en la puerta, la casa invadida con uniformes y armas. Su madre hizo aquella misma pregunta. «Solo queremos que firme algunos papeles», ladró uno de los camisas pardas. Papá regresó dos días después con la camisa sucia, sin corbata, incapaz de controlar sus temblores.

—Todo está arreglado —le informó Lyall. Su voz era la pantomima de la de una dama—. No tardaremos en llegar.

Madeleine clavó los pies en la alfombra y tensó las piernas, pero Lyall tiró de ella hasta el borde de la escalinata.

—Mi esposa tuvo un aborto, la pobre. Se cayó por las escaleras.

Luchó un instante más, pero finalmente dejó de oponer resistencia y se abrazó el vientre. Mientras la llevaban hacia la salida, giró la cabeza para echar un último vistazo a su esposo.

Cranley estaba enmarcado en el dintel del dormitorio. La miró un segundo, antes de volver a examinar la sangre de su pañuelo.

Los nombres de los muertos seguían bajo sus pies.

PRIMERA PARTE
GRAN BRETAÑA

Le quitaron todo lo que amaba: su corazón y su familia, sus creencias y todo aquello de lo que formaba parte.

ELEANOR COLE,
Carta a su hermana, 1930

1

*Schädelplatz, Kongo alemán,
26 de enero de 1953, 5:30 horas*

El personal de los pánzer lo llamaba *Nasornstahl*, «rinoacero», y se suponía que era impenetrable. Habían soldado una viga de ese acero atravesando la entrada.

Se oyó un retumbar y un chasquido, como el del trueno en una nube tormentosa; y la puerta explotó. Por todo el pasillo volaron llamas y esquirlas de metal. Antes de que el humo se aclarase, los guerrilleros belgas emergieron de la barricada, apartando la deformada viga. Entre los europeos se veían caras negras.

El *Oberstgruppenführer* Walter Hochburg sintió un escalofrío de incredulidad, rápidamente sustituido por rabia. Sus ojos negros brillaban.

Ningún negro, ningún negro vivo, había pisado jamás la Schädelplatz, su cuartel general secreto. Apoyó el fusil en los sacos de arena —era un BK44, regalo personal de Himmler—, y apretó el gatillo. Las tropas de las Waffen-SS que lo flanqueaban hicieron lo mismo.

El pasillo se llenó con más guerrilleros.

—Mantened la posición —rugió Hochburg. Su voz era la de un barítono puro.

Pero los hombres de ambos lados ya estaban retirándose al siguiente reducto. Hochburg los siguió a regañadientes, convencido de su invencibilidad, con el fusil buscando pieles oscuras. Llegó hasta la segunda barricada de sacos de arena y se refugió tras ella para recargar el arma.

—*Oberstgruppenführer!*

Ante él se hallaba su nuevo ayudante, el *Gruppenführer* Zelman: cara plana, rubio, imperturbable. Los botones de su uniforme brillaban como si fueran de plata. Había emergido de un pasillo lateral.

—¿Novedades? —preguntó Hochburg.

—Unos mil guerrilleros, quizá más, artillería incluida —informó en voz baja—. La entrada principal y la del sur han cedido. No resistiremos mucho más.

—¿Dónde están mis helicópteros?

—Tiene que marcharse, *Oberstgruppenführer*. De inmediato. Su escolta espera para llevarlo hasta Stanleystadt.

Stanleystadt, la mayor ciudad del norte del Kongo.

—¿Y dejar nuestro santuario en manos de negros? ¡Nunca! —No quería ver un solo negrata a menos de mil kilómetros a la redonda de su Schädelplatz. Hochburg metió un nuevo cargador en su BK44—. Coge un fusil y combate. Tú, el personal auxiliar, los cocineros, los porteros, todos. Hasta el último hombre.

—No he venido a África para morir, *Oberstgruppenführer*.

—Entonces no tienes derecho a estar aquí.

No era la primera vez que Hochburg lamentaba no tener a Kepplar, su anterior ayudante. A pesar de sus fallos era un hombre que habría disfrutado defendiendo la Schädelplatz. Zelman era primo de la esposa de Heydrich y se lo habían asignado tras el fracaso de la invasión de Rodesia. «Para vigilarme», le dijo Hochburg el día mismo de su llegada.

Entre ellos cayó una granada.

Zelman sujetó a Hochburg y tiró de él hacia el pasillo lateral. La explosión convirtió la entrada del pasillo en un diluvio de cascotes.

—Yo se la hubiera devuelto —protestó Hochburg, poniéndose en pie y sacudiéndose el polvo. Cuando el ataque lo despertó había elegido el uniforme negro, el que mejor se ajustaba a su musculatura. Ahora estaba sucio y desgarrado.

Zelman se abrió camino por los pasillos de piedra de la Schädelplatz hasta la entrada principal. Allí se detuvo bruscamente.

Hochburg había estado allí quince minutos antes, exigiendo a la base de Kondolele que enviase sus helicópteros de combate. Tendría que haber centinelas en la puerta, pero no veía a nadie. Empujó a un lado a su ayudante y entró en el centro de mando. Frente a él solo vio el amanecer perlado de nubes, un resplandor rosa y naranja.

—No puede ser... —balbuceó Hochburg, sintiendo que se le revolvían las tripas. Su voz sonaba como si estuviera pisando serpientes con sus botas militares.

El centro de mando había recibido un impacto directo. En medio de la sala, la mesa-mapa de África Central estaba partida en dos y, sobre ella, habían llovido pedazos de techo. Los triángulos negros que representaban unidades de las Waffen-SS se veían diseminados por el suelo. Hochburg se agachó para recoger uno. Jugueteó con él entre los dedos como si fuera una piedra preciosa. Los cadáveres sembraban el suelo, los cables sueltos chisporroteaban. Solo los teletipos parecían intactos, vomitando partes de guerra. En aquellos momentos ya debería ser el amo de Rodesia del Norte, sus minas de cobre al servicio del Reich, sus ciudades y sus polvorientas llanuras libres de la amenaza negra. Los pánzer la habían invadido el año anterior, pero se encontraron con que las fuerzas británicas estaban esperándolos. Su prometida victoria relámpago se convirtió en una prolongada retirada, con los británicos cruzando la frontera y rodeando Elisabethstadt, la tercera ciudad del Kongo. Desde entonces, el asedio se había convertido en un juego de ataques y contraataques. Con el ejército de Hochburg ocupado en el sur, los restos de la Fuerza Pública Belga aprovecharon la situación y lanzaron por el norte un ataque de guerrillas a gran escala. Los belgas, anteriores gobernantes del Kongo, habían estado organizando la insurgencia desde que la esvástica se alzase sobre la colonia hacía una década; ahora estaban envalentonados.

Una operadora de radio suplicaba por el micrófono. Hochburg se guardó el triángulo negro en el bolsillo y apoyó la mano en el hombro de la mujer. Tenía el cabello lleno de polvo y la parte derecha del rostro cubierta de quemaduras.

—¿Alguna noticia de los helicópteros, *Fräulein*?

—Hemos perdido contacto con Kondolele, *Oberstgruppenführer*.

—¿Refuerzos?

—Stanleystadt ha informado de que una hora antes del amanecer lanzaron una nueva ofensiva contra la ciudad. No pueden enviarnos refuerzos.

—Tiene que marcharse —interrumpió Zelman.

Hochburg se pasó la mano por su calva cabeza.

—No.

—Con todo respeto, *Oberstgruppenführer*, si lo capturan lo exhibirán por las calles de Lusaka...

—¿Crees que eso me importa?

—A Germania,* sí, sobre todo si lo llevan ante un tribunal de negros.

---

* Capital del Reich, antes llamada Berlín.

Hochburg suspiró.

—Si no estuvieras tan desesperado por salvarte tú mismo, resultarías más convincente.

—Desde aquí no puede organizar una contraofensiva. Su mayor esperanza es llegar a Stanleystadt.

—Este es mi hogar.

—No podemos contar con los helicópteros ni con más hombres. Schädelplatz está perdida.

La operadora de radio levantó la mano pidiendo permiso para hablar.

—Schädelplatz es algo más que las paredes que nos rodean. Es un ideal, un faro que guía nuestros corazones. —Parecía demasiado vergonzosa para mirar a los ojos de Hochburg directamente—. Y mientras usted sobreviva, *Oberstgruppenführer*, lo seguirá siendo.

—La chica tiene razón —apoyó Zelman—. No tenemos que morir.

Hochburg consideró sus palabras, reticente a admitir la verdad. Palmeó amablemente la espalda de la operadora.

—Aquí ya no puedes hacer nada. Ven con nosotros, estarás a salvo.

—Me quedo, *Herr Oberstgruppenführer*. Seguiré insistiendo para que nos manden los helicópteros.

—¿Lo ves, Zelman? De tener un batallón de chicas como ella, ya habría ganado esta guerra.

Salió en tromba de la sala, enarbolando su fusil.

—¿Adónde va? —preguntó Zelman.

Las luces de los pasillos parpadearon por encima de Hochburg. Podían oírse esporádicas ráfagas de disparos y los gritos de los guerrilleros belgas levantaban ecos en los espesos muros. Se sintió defraudado por no cruzarse con nadie de camino a su estudio.

Los *Leibwachen*, su guardia personal, lo esperaban. Los había despedido antes cuando, incitados por Zelman, vigilaban todos y cada uno de sus movimientos. Vestían trajes oscuros y empuñaban fusiles de asalto BK44. Uno de ellos sujetaba la correa de *Fenris*, su mastín ridgeback rodesiano. Hochburg cogió la cara del perro entre las manos e inhaló su fuerte aliento.

Las ventanas francesas del estudio habían estallado hacia dentro y habían cubierto el suelo de cristales. Una humareda espectral flotaba en el aire.

—Traedme gasolina —ordenó Hochburg sin dejar de mirar las paredes cubiertas de libros—. Después bajad a la plaza y asegurad la zona. Que alguien se encargue del perro.

Se acercó a su mesa, abrió un cajón y sacó un saquito atado con un cordón. Dentro había un cuchillo que, al extraerlo, dejó escapar un destello plateado. Era el cuchillo que Burton había querido hundirle en el corazón.

Burton Cole.

Él tenía la culpa de la muerte de Eleanor, el gran amor de su vida y madre del propio Burton. Ella había escogido a su hijo antes que a él y así se condenó a sí misma a una muerte salvaje. Hochburg nunca se lo perdonaría a Burton. Pese a los años transcurridos, el dolor por Eleanor seguía tan candente como su sed de venganza. El deseo de ver arder, literalmente, al hijo de ella y disfrutar con cada grito de su agonía aceleró su sangre más que nunca, por encima de todo alivio, como el picor de un miembro fantasma. Burton ya estaba muerto, torpedeado y ahogado en la costa de África Occidental. El propio Hochburg dio la orden, una decisión que había llegado a lamentar.

A medida que la guerra se extendía por toda la frontera de Rodesia con el Kongo, pasaba las noches imaginando los últimos segundos de Burton, el pánico del muchacho cuando el barco empezó a escorarse y se propagaban las llamas, su dilema entre rendirse al fuego o al agua. Un hombre se habría lanzado por la borda; el instinto humano siempre buscaba la supervivencia, aunque solo fueran unos minutos más. Al final, inevitablemente, Burton tragaría agua salada: ese era el momento que Hochburg lamentaba haberse perdido.

Lo había engañado la última mirada que dirigió a los ojos del muchacho, su mezcla de triunfo y fracaso. Después Burton se habría hundido hacia la oscuridad y el olvido, una liberación que a Hochburg le era negada. Sabía quién de los dos estaba condenado a sufrir más: él vivía todos los días con el dolor de la pérdida de Eleanor.

Un *leibwache* entró portando una lata llena de gasolina. Tras él irrumpió Zelman.

—Han llegado al centro de mando. Solo tenemos unos minutos.

—¿Qué le ha pasado a la operadora? —preguntó Hochburg.

Su ayudante se acercó al retrato del Führer y accionó el interruptor oculto en el marco. Lo hizo con una familiaridad que le puso los pelos de punta a Hochburg. La pintura se deslizó a un lado para revelar una estancia oculta. En el suelo había una trampilla que conducía a un pasaje subterráneo hasta la Schädelplatz.

—No pienso escabullirme así —sentenció Hochburg, desenvainando el cuchillo.

—*Oberstgruppenführer*, debemos irnos ahora —imploró Zelman.

Hochburg se giró hacia el *leibwache* que llevaba la lata de gasolina.

—Los libros —señaló. Quizá fuera demasiado tarde para salvar la Schädelplatz, pero sus enemigos no iban a saquear sus preciosos volúmenes. Supervisó el rociado de su biblioteca y, una vez concluido, le ordenó a Zelman que le prendiera fuego. Hacerlo él mismo le rompería el corazón.

Se asomó a la barandilla de la balconada. Abajo, la plaza estaba vacía a excepción de sus hombres, que habían formado un perímetro siguiendo sus instrucciones. El bombardeo continuaba y los breves estallidos de luz iluminaban intermitentemente aquel recinto sagrado. Tenía que salvar un último objeto.

El más preciado de todos.

Bajo sus botas se extendía una inmensidad de cráneos humanos. «Veinte mil calaveras de negros», como solía resumir Hochburg ante sus visitantes. Era el lugar que daba nombre a la Schädelplatz, «la plaza de las Calaveras», un terreno empedrado con huesos.

Rodeado por la neblina rosada del amanecer, se permitió saborear por última vez el ambiente de la plaza. Era la fortaleza de su corazón: un vasto cuadrado con el perímetro protegido por claustros y torres de guardia en las esquinas, desde las que los soldados estaban disparando contra la jungla exterior. La pared norte estaba recubierta de andamiajes, allí donde reparaban el daño causado por Burton y su equipo de asesinos el año anterior. A Burton lo había contratado una camarilla formada por industriales rodesianos y la inteligencia británica. Al fallar su intento de asesinato, Hochburg aprovechó el incidente para justificar su ataque contra Rodesia. Flanqueado por un *leibwache*, Hochburg buscó una herramienta entre el material de construcción; después, caminó a zancadas hasta el centro de la plaza, arrastrando a *Fenris* tras él.

Hochburg alzó el pico por encima de su cabeza y lo clavó con fuerza en el suelo una vez, dos veces, haciendo volar trozos de cemento y pedazos de hueso.

Una de las torres de guardia desapareció en una bola de fuego y una sección del muro se volatilizó tras un segundo estallido. Un tanque irrumpió en la plaza; tras él, llegaron los guerrilleros belgas. Uno de ellos portaba un estandarte de estrellas amarillas sobre un fondo azul pavo real: la antigua bandera del Congo belga, que en aquel momento era símbolo de la resistencia. La ondeaba mientras entraba en la plaza.

—¿De dónde ha sacado la guerrilla un tanque? —preguntó Hochburg. Era un viejo Crusader británico, procedente de la guerra en el desierto contra Rommel.

Redobló sus esfuerzos en clavar el pico con furia, atento a no darle a la calavera central de la plaza. El tanque giró en su dirección y disparó. El obús redujo su estudio a un boquete humeante. En la plaza aparecieron más tropas de las SS. Zelman llegó junto a Hochburg; los *Leibwachen* formaron un círculo en torno a ellos. El pico volvió a golpear el suelo y el cráneo central quedó liberado.

Fenris lo olisqueó mientras Hochburg lo recogía delicadamente. Limpió varios pedazos de cemento pegados al cráneo y contempló las cuencas de los ojos. Cuando Eleanor escogió a Burton y no a él, huyó a la selva y los salvajes la asesinaron. Hochburg se dedicó a darles caza. El cráneo que ahora tenía en sus manos era del primer negro que había matado, un acto con el que dio comienzo su misión de transformar África. Había creado aquella plaza en honor de Eleanor.

Se suponía que sus sueños, sus ambiciones para el continente, no debían terminar así.

Hochburg guardó la calavera en el saquito que había cogido del estudio. Derrotaría a los insurgentes, los expulsaría a la selva y los exterminaría hasta que todos los árboles gotearan sangre escarlata. Entonces construiría una nueva Schädelplatz más grande, más impresionante que ninguna de las existentes.

La plaza desbordaba de belgas.

—Mi jardín. Puede ser nuestra única vía de escape —gritó Hochburg, haciéndole un gesto cortés a su ayudante—. Guíanos, *Gruppenführer*.

Zelman permaneció imperturbable en medio de los *Leibwachen*.

Hochburg se alejó corriendo del centro de la plaza, con *Fenris* tras sus talones y los otros intentando mantener el ritmo. Ya llegaban a los claustros cuando otro tanque entró en la plaza destrozando la pared más alejada. Rodó hacia ellos seguido por guerrilleros que concentraban el fuego contra la pequeña banda de nazis ocultos tras la columnata. Los *Leibwachen* de Hochburg cayeron en torno a él, que respondió con su BK44.

—Guarde una bala para usted —advirtió Zelman—. No deben cogerlo vivo.

Hochburg hizo caso omiso. Sus últimas balas serían para los negros. Cogió la correa de *Fenris* y se lanzó hacia la puerta del jardín. Tras él podía oír el repiqueteo de las botas de Zelman.

El segundo Crusader iba armado con un lanzallamas. Un chorro naranja y negro rugió a través del cuadrado. Los cráneos llevados allí desde las seis provincias del África alemana se vieron reducidos a ceniza.

Escudado por los claustros, con el pecho ardiendo, Hochburg logró llegar hasta el arco que conducía al jardín. Era su santuario, trabajaba en él hasta que le dolía la espalda, plantando todos y cada uno de los ejemplares con sus propias manos, tal como le había enseñado Eleanor.

Ahora se retorcían llameantes.

Apenas sentía ya la intensidad del calor. *Fenris* se liberó de la correa y echó a correr a través del follaje, allí donde se fundían la tierra cultivada y la selva. Hochburg se detuvo un instante con la boca abierta y la mandíbula caída; después, se lanzó hacia el infierno tras su perro.

2

Suffolk, Inglaterra, 28 de enero, 15:30 horas

—¡Detenga el coche!
—Aún no hemos llegado...
—¡Pare!
El taxista frenó bruscamente.
—Ahora retroceda. Creo que he visto algo.
A punto estuvo el taxista de replicar, pero se lo pensó mejor. Puso la marcha atrás y retrocedió por la vacía carretera. Un espeso bosque de robles, fresnos y olmos la flanqueaba por los dos lados. El sol del ocaso se filtraba entre ellos.
—Aquí.
El coche volvió a detenerse.
Burton Cole salió del taxi y se detuvo ante un hueco entre los árboles, sintiendo que se le cortaba la respiración. Sobre él, el viento azotaba las ramas. No tenía que haber mandado el telegrama.
—Está bien escondido —dijo el taxista, siguiendo su mirada—. ¿Es suyo?
Burton afirmó con la cabeza. Tenía el pelo rubio trigueño y los ojos del color de una tarde otoñal, tranquilos pero alertas. Oculto entre los troncos y el follaje había un Riley RMF negro. Metió la mano, la mano derecha, su única mano, en el bolsillo y sacó un billete.
—Me quedo aquí —le dijo al taxista, entregándole el dinero por la ventanilla.
—No tengo cambio de cinco.
—Tómese libre el resto del día, bébase una cerveza. Y si alguien le pregunta, ni me ha visto ni me ha traído hasta aquí.

—¿La policía? —preguntó el taxista, mirando desconfiadamente el dinero.

—Un marido celoso —respondió Burton, forzando una sonrisa.

El taxista asintió comprensivo y estrujó el billete.

—Un par de pintas y no recordaré una mierda.

Burton se echó la mochila al hombro y cerró la puerta del vehículo. Iba sin afeitar y llevaba un chaleco de piel de oveja sobre un traje de segunda mano. El pantalón y la chaqueta eran de viscosa marrón, y tenían el sudor de un cuerpo desconocido impregnando la ropa. Cuando Hitler devolvió los prisioneros ingleses de Dunquerque ordenó que, en lugar de entregarlos con su uniforme, los vistieran con aquellos «trajes de paloma» fabricados apresuradamente. Pocos de los prisioneros quisieron conservar aquella ropa y podían encontrarse fácilmente amontonados en las traperías.

El taxi maniobró para cambiar de dirección y aceleró en dirección a la estación de tren en la que Burton se había apeado aquella misma tarde.

Pasados unos segundos, el paisaje quedó en silencio.

En cuanto estuvo solo, Burton sacó su Browning HP, insertó un cargador y se la metió en el cinturón. Se encontraba a poco más de un kilómetro de su casa y conocía de sobra los alrededores. Antes de comprar la granja, cuando iba con Madeleine, había aparcado allí en varias ocasiones; era un lugar discreto para dejar el coche. Después desaparecían entre los árboles, sintiendo un lecho de hojas bajo los pies. Quizás el Riley era de una pareja que buscaba algo de privacidad.

Cruzó la carretera y puso la mano sobre el capó: el metal estaba frío. Atisbó el interior, pero solo descubrió un cenicero lleno de colillas. Todas las puertas estaban cerradas.

Se aflojó el cuello de la camisa y aspiró profundamente. No estaba el tiempo para aventuras de amantes.

En el barro se veían huellas —dos pares, masculinas— que se alejaban del coche y seguían el camino que conducía a la granja. Burton aceleró el paso. Sus botas emitían un sordo chapoteo. Eran lo único que había conseguido en Angola, cogidas de los pies de un cadáver, los cordones mal atados. Nunca se imaginó lo difícil que resultaba ser manco.

Había sido idiota enviando los telegramas.

El primero lo mandó desde Ciudad del Cabo antes de que lo admitieran en el hospital, cuando aún deliraba por el agotamiento y los remordimientos. Sin ninguna precaución, lo envió a la mansión londinense de Madeleine, cuyo esposo había enviado a Burton al Kongo para que lo mataran; ¿qué podía hacerle ahora en Inglaterra? «ESTÁS EN PELI-

GRO. ¡MÁRCHATE INMEDIATAMENTE! VUELVO A TI», dictó. Incluso en su estado febril, comprendió que era mejor cambiar la última frase por «VUELVO A CASA». Mandó otro desde Mombasa y un tercero en Nochebuena desde Alejandría. Las frases eran idénticas, pero el tono, más desesperado. Probablemente ya era demasiado tarde, pero no podía soportar más días de un tedioso viaje por mar sintiéndose impotente. Al no recibir ninguna respuesta, no se atrevía a pensar en lo que podía haber pasado.

El bosque dio paso a campo abierto. Diez minutos después, Burton descubrió un letrero desgastado por el tiempo: Granja Saltmeade. Ese momento había alimentado sus esperanzas durante el largo viaje. Se fijó en la imagen de unas ventanas iluminadas, en el aroma de la leña de manzano retorciéndose en el fuego de la chimenea, en Maddy abriendo la puerta con su vestido de flores azules, el vientre abultado por el niño que nacería pronto. Su primer hijo. Él la abrazaría, se hincaría de rodillas ante ella y le pediría perdón por abandonarla para ir a matar a Hochburg y para así poder perdonarse a sí mismo.

El letrero no hizo que se sintiera aliviado, solo le provocó más ansiedad y más ira de la que ya palpitaba dentro de él desde que había dejado África.

Quinientos metros de un camino lleno de baches llevaban hasta la granja; la casa aún no era visible desde allí. Aceleró el paso, asumiendo que quizá se dirigía hacia una trampa, pero la esperanza era demasiado fuerte. Por eso había ido hasta la granja.

—Dios, por favor... —susurró Burton—. Por favor.

No rezaba desde que era niño, desde que Hochburg mató a sus padres, desde Dunquerque, cuando la artillería alemana convirtió la costa en un matadero. Ni siquiera cuando se vio atrapado en el consulado de Angola sin esperanza de poder escapar. Ahora las palabras se agolpaban en sus labios, rogando un momento de gracia. Si tuviera la fe suficiente, Madeleine estaría esperándolo.

Una ráfaga de viento barrió el camino. Burton oyó cerca el ulular de una chimenea, un sonido triste y débil.

De repente se sintió expuesto: era un blanco perfecto para un francotirador. Se apartó del camino. Llegaría a la casa por detrás, protegido por las hileras de manzanos y membrillos. Tardó varios minutos en abrirse paso y, de repente, resbaló en la hierba y se cayó; desde el suelo pudo oler el frío de la noche concentrándose en la tierra.

Había una hilera de espinos blancos que formaba una barrera natural alrededor del huerto y protegía los frutales del viento. Mientras se aproximaba, Burton sintió que algo había cambiado, algo antinatural, como si la disposición del huerto estuviera distorsionada. Se deslizó por un hueco en el seto hasta poder ver la casa. En las ventanas solo había sombras; en la chimenea ni rastro de vida. Pero no fue la casa lo que más le impactó, sino la escena que lo rodeaba.

Se le cortó la respiración.

Se tambaleó y la mochila se deslizó de su hombro. Las piernas le fallaron y cayó de rodillas.

Cranley.

Solo Cranley podía haber hecho aquello.

Burton tuvo que apartar la vista. Sintió como si le hubieran dado un golpe en el pecho con tal ferocidad que le había dejado todo el cuerpo entumecido. Lo observaban dos cuervos, como centinelas vestidos con un elegante uniforme negro.

Había descubierto la granja hacía un par de años, en abril. Lo recordaba por las noticias de la mañana: el duque y la duquesa de Windsor habían aceptado la invitación del Führer para asistir en Germania a su fiesta de cumpleaños. La gente no sabía si mostrar su indignación o seguir con la cabeza agachada. Madeleine pasaba unos días en el hogar familiar de la costa de Suffolk, mientras que su marido y Alice se habían quedado en Londres. Burton la recogió allí y viajaron hacia el interior, donde no hubiera la menor posibilidad de encontrarse con alguien conocido. Caminaron juntos explorando los bosques y los prados, y se habían detenido a comer junto a un muro semiderruido desde el que podían ver la granja. Mientras se comían los sándwiches de queso y *chutney*, soñaron con poder vivir en un lugar como aquel. Al final se convirtió en uno de sus lugares preferidos. A ambos les atraía su aislamiento y su estado desvencijado, ruinoso. Era un lugar que pedía a gritos que no restauraran.

La misma semana que decidieron compartir su vida apareció mágicamente un letrero: «En venta.»

—No creo en las coincidencias —dijo Madeleine, luchando por contener una sonrisa.

—Bien. Yo tampoco —coincidió Burton.

El hijo del propietario les había enseñado la finca, disculpándose por el aspecto destartalado que tenía todo. Les explicó que su padre había muerto recientemente y que él no tenía ganas de encargarse de la granja: el trabajo le parecía demasiado duro y los beneficios, escasos, y más con la política agrícola de Alemania. Con las vastas y fértiles llanuras rusas y la infinita riqueza africana, Hitler había alcanzado su sueño autárquico. Es más, Alemania empezaba a exportar alimentos, más baratos que los de los granjeros británicos.

—Está el huerto, por supuesto —explicó el hijo—. Es un buen negocio, la gente siempre preferirá las manzanas inglesas.

Los llevó hasta los árboles frutales. Las ramas ya estaban floreciendo.

—Hay membrillos —exclamó Madeleine, aspirando el aroma.

—Tenemos manzanos y membrillos, perales, ciruelos de varios tipos y cerezos —añadió el hijo.

—Mis favoritos son los membrillos —insistió Madeleine, pasando un brazo por la cintura de Burton—. ¿Sabes lo que representan?

—Eva tenía uno en el Jardín del Edén —contestó él, recordando su infancia. Sus padres habían sido misioneros.

—No me refiero a esos cuentos de hadas. En la antigua Grecia, el novio y la novia tenían que comer sus frutos en la noche de bodas.

—¿De verdad? —A él le encantaba que la mente de Madeleine fuera el tesoro de una infancia pasada entre libros—. Pero nosotros no creemos en coincidencias, ¿te acuerdas?

Tres meses después, y gracias a que Burton le pidió prestada una pequeña fortuna a su tía, la granja y el huerto eran suyos. A veces, se preguntaba si había hecho bien porque, por más que se lo prometiera a Madeleine, le era imposible silenciar por completo los cantos de sirena de la aventura. La granja necesitaba mucho más trabajo del que él podía hacer, y descubrió que era mucho mejor con las armas que con los aperos de labranza. Pero era el primer hogar que tenía desde su infancia y había momentos —cuando reparaba el tejado, aspiraba el aroma de una tostada en la cocina u observaba las zapatillas de Maddie junto a la cama—, en los que sentía una satisfacción que no había sentido nunca. Era una vida que siempre se le había negado.

La humedad de la hierba le estaba empapando el pantalón. Se levantó con el rostro encendido y espantó a los cuervos, que se elevaron graznando y planearon bajo los rayos de sol. Burton se dirigió en dirección opuesta y atravesó el huerto.

Cranley había derribado los árboles a hachazos. Los árboles que florecían con frutos dorados, cuyos anillos habían crecido durante decenios, estaban reducidos a meros tocones. Burton dedujo que no había sido recientemente, antes del invierno: la madera expuesta a la intemperie estaba ennegrecida por la escarcha. Desparramadas, las ramas rotas sembraban el terreno como cadáveres caídos en un campo de batalla.

El acto en sí parecía frenético, como si Cranley hubiera sido incapaz de controlarse. Burton pudo oír en su cabeza el terrible golpeteo de los hachazos, el crujido de los troncos al quebrarse y caer. Y a Cranley aullando de placer. No habían talado todos los árboles, algunos tenían enormes heridas, pero seguían en pie; otros parecían intactos. Burton se acercó a uno de los indemnes; necesitaba sentir en la palma de la mano la seguridad que transmitía su corteza.

Podía sentir la bilis en la garganta, provocándole náuseas y ganas de vomitar. Y con la bilis, llegó el ansia de matar a Cranley, una furia que había ido creciendo dentro de él durante meses.

Pasó por encima de un tronco caído y se dirigió hacia la casa...

... Pero se detuvo de repente.

Había visto algo en una de las ventanas superiores: un rostro en la oscuridad, el contorno de una camisa blanca y una corbata. Un instante después, la figura había desaparecido. Solo el movimiento de una cortina sugería que había un extraño en su casa.

Burton estudió la destrucción de su huerto. Estaban esperándolo. Quizás el propio Cranley.

«Bien», pensó Burton hirviendo de rabia. «Bien.»

Buscó su Browning, la empuñó firmemente y se lanzó hacia la casa.

3

Oyó una voz en el interior de la casa. Una voz familiar, una voz imposible.

«África tiene forma de pistola... y el Kongo es su gatillo.»

Alguien había forzado la puerta trasera. El marco no pudo resistir contra una buena palanca.

Burton empujó la puerta con el muñón del brazo izquierdo. Había perdido esa mano durante su huida de Angola. En los meses siguientes aprendió a reprimir la angustia cada vez que miraba la manga vacía, pero la falta de peso más allá de la muñeca seguía pareciéndole antinatural. Entró en la cocina con la pistola por delante.

Esperaba oler el familiar aroma a mosto y manzanas; en su lugar, solo le llegaba el de tabaco. La escasa luz del atardecer bañaba las paredes y los armarios con un brillo escarlata. Burton probó el interruptor de la luz. Nada. En la mesa había una linterna y, junto a ella, media barra de pan, un montón de migas y un tarro abierto con una cuchara que aún goteaba mermelada. Habían apagado varios cigarrillos sobre la madera de la mesa, lo que había dejado un conjunto de quemaduras.

La rabia volvió a brotar en Burton. No por la intrusión, sino por la descuidada indiferencia de aquellos actos, los de alguien al que no le importaba que lo descubrieran. Pensó en el rígido orden que Cranley insistía en mantener en su propio hogar. Madeleine lo encontraba agobiante.

La voz procedía de salón y parecía intencionadamente amplificada. Avanzó hacia ella, intentando escuchar por encima de su entonación cualquier ruido que indicase el escondite del intruso: el crujido de la madera del suelo, una tos contenida...

«... No debemos consentir que el continente se convierta en un dominio alemán», declaraba Churchill. De fondo, una multitud se dividía en aplausos y abucheos. «Por lo tanto, insto al primer ministro a reconsiderar el vergonzoso compromiso del Ministerio de Asuntos Exteriores...»

En el salón no había nadie, y la puerta que daba a un oscuro cuarto sin ventanas estaba abierta. Burton observó la escalera, pero ningún rostro se asomó por encima de la barandilla. Sobre una mesita auxiliar vio un transistor Grundig, una de esas nuevas radios portátiles alemanas que todo el mundo deseaba desesperadamente y que no le interesaban ni a Burton ni a Madeleine.

«... Y apelar en su lugar al nuevo presidente al otro lado del Atlántico. Solo podremos contener a los nazis con la ayuda de Estados Unidos.»

Accionó el botón de apagado con el cañón de su Browning. África era su tierra natal y el continente en el que había pasado la mayor parte de su vida: primero en Togo; más tarde en el Sahara y, tras la muerte de sus padres, como soldado de la Legión Extranjera francesa. Durante la conquista nazi había combatido como mercenario por todo el continente y esperaba no volver a oír hablar de él.

Sintió una repentina corriente de aire. Un hombre trajeado que se desplazaba en silencio le lanzó un segundo golpe. La barra de hierro golpeó a Burton en el hombro, lo que le obligó a soltar la Browning. No llevaba zapatos, por eso no lo había oído acercarse, así que pisó con fuerza sus pies descalzos.

El hombre cayó hacia delante, agarrándose a él. Ambos cayeron sobre la mesita, que destrozaron, y después al suelo. La voz de Churchill retumbó de nuevo —«... Inglaterra es más débil de lo que queremos admitir, necesitamos el poderío norteamericano...»—, seguida del crujido de la estática.

Burton tenía la espalda contra el suelo y el peso del otro sobre él. Sus puñetazos le nublaron la vista. Se apoderó de la radio y la estrelló contra la cabeza de su contrincante. Su mano quedó llena de pedazos ensangrentados del transistor.

En el piso superior se abrió una puerta. Los escalones de madera crujieron.

En el salón, el hombre trajeado se puso en pie. Le lanzó una patada a Burton que lo mandó de nuevo al suelo. Algo duro, metálico, con forma de L se clavó en la espalda de Burton. Luchó por cogerlo.

El hombre del traje avanzó hacia él enarbolando la palanca de hierro.

—¡Lyall, ya tengo al cabrón! —gritó hacia las escaleras, antes de volverse hacia Burton—. Has roto mi puta radio. ¿Sabes lo que me costó?

Burton le disparó en la rótula.

El hombre cayó agarrándose la pierna herida.

—¿Dónde está Madeleine?

—¡Lyall!

—¿Qué le habéis hecho?

En la pared tras él explotó un pedazo de yeso. Lyall estaba en las escaleras con un revólver en la mano. Llevaba un traje negro idéntico al del otro y unos refinados zapatos sin cordones. Los labios y la mandíbula quedaban ocultos tras una espesa barba. Burton le apuntó con su Browning y disparó dos veces antes de cargar contra él.

Cuando llegó al rellano, Lyall ya había desaparecido y las puertas de todas las habitaciones estaban cerradas. Era como el juego que practicaba con Hochburg cuando era pequeño: las tres puertas del lavadero. Cuando abría una de ellas y lanzaba uno de sus rugidos de león, el tío Walter provocaba terror y risas tanto a su madre como a él. El padre de Burton había sido demasiado confiado al permitir que Hochburg entrase en sus vidas. Burton, pistola en mano, revisó primero la habitación de Alice: estaba fría y húmeda, vacía excepto por un saco de dormir que nunca había estado allí. Por la ventana pudo ver los campos cada vez más oscurecidos. Se preguntó qué mentiras le habría contado Cranley a Alice sobre su madre.

Pasó a otra habitación —también vacía—, y por último al dormitorio principal. El hacha utilizada en el huerto también había cumplido con su trabajo allí.

Las paredes y el armario habían recibido muchos tajos, y una de las puertas colgaba de sus bisagras como una mandíbula rota. Las sábanas estaban desgarradas y el colchón rajado. La ropa de Burton se hallaba esparcida por el suelo y apestaba a orina. La Browning tembló de indignación en su mano.

En aquel momento, el cañón de un revólver le tocó la mejilla y presionó la carne contra sus dientes.

—Suelta la pistola —dijo Lyall.

Su voz era áspera como la de una anciana.

Burton dejó que la Browning cayera de su mano.

—Las manos en la cabeza. Y date la vuelta.

Se vio obligado a salir de la habitación con el cañón del revólver contra la nuca. Y se imaginó dónde se había escondido.

Si a Madeleine le importaba un solo lujo, ese era el baño. Le explicó a Burton que tras huir de Viena pasó años sin tener un baño apropiado, y tenía que lavarse el cuerpo con un trapo y un cuenco, o compartiendo las instalaciones y el agua grisácea de unos baños públicos de la calle Merlin. Por unas peregrinas razones de higiene, a los judíos solo se les permitía acudir los martes por la tarde y podía pasarse horas sumergida hasta la barbilla en burbujas aromáticas. La única vez que Burton había visto su cuarto de baño en Hampstead —mármol italiano, grifos de oro— se desanimó, pero decidió que lucharía para poder ofrecerle algo semejante. No, algo mejor. Descubrir que la granja tenía buena fontanería fue una de las razones para comprarla.

—Abre la puerta —ordenó Lyall.

En el cuarto de baño había una bañera esmaltada en blanco, un lavabo y un espejo. Las paredes y el suelo estaban embaldosados, pero chapuceramente. Lyall había preparado montones de toallas que les facilitasen las tareas de limpieza cuando hubieran acabado con él.

—De rodillas.

Burton dudó en obedecer, hasta que el revólver le presionó con más fuerza.

—Eres Burton Cole —dijo Lyall. No se trataba de una pregunta sino de una afirmación.

—No.

Lyall rebuscó en su chaqueta, sin dejar de apuntar a Burton.

—Entonces, ¿quién eres?

—Oí que este lugar estaba vacío y pensé en venir a ver si había algo de valor.

—La mayoría de los ladrones no llevan una Browning HP.

—La tengo desde mi época del ejército. No me he llevado nada, así que puedes dejarme marchar.

Lyall encontró lo que estaba buscando y chasqueó la lengua. Puso un papel frente a Burton.

Era su expediente militar. Cranley debió de conseguirlo del Ministerio de la Guerra. En el interior había una foto suya sobre fondo blanco. Era de hacía diez años, cuando firmó, antes de ser degradado. Sus años de servicio en la Legión no contaban mucho en el ejército británico. No le importó; lo que quería era luchar contra los alemanes. Burton miró a su antiguo yo. «Dios mío, ¿qué le ha pasado a ese chico?», pensó.

—Fuiste capturado en Dunquerque —aseguró Lyall, pellizcando el hombro de Burton.

—No. Me escapé.

—Cabrón con suerte. Yo me pasé seis meses en un campo de concentración. Y a eso, Halifax* lo llamó una victoria —añadió con amargura.

—Espera —pidió Burton—. Había una mujer. Madeleine.

—¿Te refieres a la judía?

—He vuelto por ella. ¿Qué le ha pasado?

—Russell se encargó de esa judía. Y te puedo decir que se empleó a fondo. Ya sabes cómo son esos chicos que se perdieron la guerra.

—¿Russell?

—El señor Russell, ese pequeño terrier de abajo. El que caminará raro a partir de hoy.

—¿Qué le hizo?

No obtuvo respuesta.

Burton giró en redondo. Los ojos de Lyall no reflejaban compasión alguna.

—¿Qué le hizo? —insistió.

—Sigue caminando —fue su única respuesta, reforzada con un nuevo empujón de pistola.

La vista de Burton se centró en las baldosas que tenía frente a él. Las había colocado la tarde antes de partir hacia África y recordó el sonido de Alice jugando fuera de la casa. No pudo ponerlas en línea recta por mucho que lo intentó. Las que estaban bajo la bañera parecían definitivamente torcidas. Al final, Madeleine dijo que ella se encargaría.

—¿Estás casado? —preguntó Burton.

—Lo estuve.

—¿Y si fuera tu esposa? Tienes que decírmelo, me debes eso al menos.

—He estado esperándote cuatro semanas. Cuatro semanas en este agujero de mierda, Navidades incluidas. Sin calefacción ni comida decente, ni siquiera un pub cerca. —Exhaló un aliento que apestaba a tabaco—. No te debo nada.

Burton seguía mirando las baldosas. Aún quedaban unas cuantas bajo el baño. Madeleine debió de trabajar allí mientras él estaba en el Kongo, usando un escoplo para arrancarlas antes de volver a colocarlas rectas como lo haría un alemán.

Podía ver el mango del escoplo bajo la bañera, casi oculto a la vista.

—Nunca has matado a nadie —tanteó Burton.

—No seas estúpido.

---

* Lord Halifax, primer ministro tras la dimisión de Churchill. Negoció la paz con Hitler.

—Entonces, ¿por qué no me has metido en la bañera?
—¡¿Qué?!
—Menos lío y mucho más fácil de limpiar.

Se produjo una larga pausa. Abajo, Russell berreaba de dolor. Lyall gruñó:

—Vale, métete.

Burton se arrodilló sin dejar de sentir la presión del revólver en la cabeza. Antes, en el huerto, había conseguido controlar la bilis que le subía hasta la garganta; ahora la dejó fluir. Cogió el tobillo de Lyall con una mano y tiró de él hasta hacerlo caer. El ruido del revólver al dispararse resultó casi ensordecedor. Burton se lanzó hacia el baño y rebuscó el escoplo bajo él. Giró en redondo y se lo clavó a Lyall en la ingle.

El hombre gritó de dolor y apretó el gatillo de su arma. Una bala rebotó contra la bañera, haciendo saltar el esmalte de esta.

Burton manoteó desesperadamente para intentar coger a Lyall del cabello. Lo consiguió, tiró de él y le aplastó la cara contra el lavabo. Luego tiró de su cabeza hacia atrás y, esta vez, la incrustó contra el espejo, frenéticamente, una vez, dos, tres, provocando una cascada de cristales. Por fin podía dar rienda suelta a la furia que había estado conteniendo desde África. Pensó en el intento fallido de vengar a sus padres matando a Hochburg; pensó en todos los hombres que habían muerto bajo su mando en Angola, incluido Patrick, su mejor amigo; pensó en Madeleine, maltratada a manos de Russell. ¿Habría gritado pidiéndole ayuda a Burton? Se le tensaron al máximo los tendones del cuello. Golpeó contra el muro, con más fuerza todavía, el flácido cuerpo de Lyall.

Entonces se detuvo, jadeante.

Dejó que Lyall se desplomase e intentó controlar las náuseas. Sus botas estaban rodeadas por un archipiélago de fragmentos plateados. Burton vio reflejada en ellos una imagen de sí mismo, de su rostro manchado de sangre, de sus ojos insomnes, más oscuros de lo que recordaba. Se le escapó una risita histérica. Imaginó a Patrick agitando la cabeza ante la visión de los pedazos del espejo roto, diciendo: «Eso es un montón de años de mala suerte.» Rechazó la visión, la culpabilidad era demasiado intensa.

Abajo Russell había dejado un rastro de sangre intentando llegar hasta la puerta principal. Burton se plantó sobre él y le exigió saber qué había hecho con Madeleine.

Como no obtuvo respuesta, presionó con la bota la pierna de Russell y disfrutó de sus gritos. Volvió a preguntarle, antes de acuclillarse y colocarle el cañón de su Browning contra el agujero de la rodilla.

Russell luchó brevemente antes de darse por vencido y asentir con su carnosa cabeza.

—Nos la llevamos. De la casa.

—¿De su casa de Hampstead?

Russell volvió a asentir. Tenía la frente cubierta de sudor.

—¿Adónde la llevasteis?

—Cumplíamos órdenes del gobernador. Solo hacíamos nuestro trabajo.

Burton hurgó en la rodilla de Russell con el cañón de su Browning.

—¿Adónde?

Russell parecía aturdido por el dolor y susurraba algo una y otra vez. Burton se inclinó sobre él para intentar entender su balbuceo.

El hombre gruñó y movió rápidamente la mano, armada con una navaja automática.

Burton sintió un dolor ardiente en el hombro. Russell retiró la navaja para asestar otro golpe, pero Burton apretó el gatillo de su pistola. A tan corta distancia, la bala sacudió el cuerpo del hombre obeso. Burton se echó hacia atrás —tenía el pecho empapado de sangre— y apretó la herida con la mano para intentar detener el flujo de sangre. Russell se convulsionaba con ojos incrédulos y respiración entrecortada.

—¿Adónde la llevasteis? —rogó Burton. Aplicó más presión sobre la herida y acercó su boca a la de Russell, intentando insuflar vida en el otro—. ¿Adónde?

La sangre que fluía entre sus dedos disminuyó perceptiblemente. Russell lo contemplaba con un rictus en los labios cruel y satisfecho.

Burton se sentó, limpiándose los labios. Entonces centró la atención en la cuchillada del hombro. Tenía la camisa empapada, sentía pinchazos en todo el brazo hasta el muñón.

«Si todavía te duele, no estás tan mal», pensó Burton. Era una de las frases favoritas de Patrick. Sabiduría legionaria. Patrick había sido su oficial superior en la Legión.

Volvió a centrarse en Russell y revisó sus bolsillos en busca de alguna pista del destino de Madeleine. En la chaqueta encontró un sujetapapeles con dinero —cuatro billetes teñidos de rojo— y lo que parecía una billetera. La abrió y se encontró mirando una foto de Russell; y junto a ella, una placa de los Servicios Especiales de la Policía Metropolitana.

Burton arrastró los dos cadáveres hasta la fosa séptica de la granja y los dejó caer en ella. Vio cómo sus caras desaparecían bajo los excrementos. La violencia lo había purgado y se sentía tranquilo, centrado, capaz de controlar de nuevo su ansiedad. Volvió a la casa y la revisó toda a la luz de una linterna. Todas las habitaciones tenían el mismo aspecto que las que ya había visto.

Era como si Madeleine nunca hubiera estado allí.

Su ropa había desaparecido. Vestidos, abrigos, zapatos y medias, echarpes de lana, artículos de aseo, botellitas de esmaltes de uñas, cepillo de dientes, la botella de agua caliente que mantenía en la alacena y que llamaba cariñosamente Clarissa. Todo aquello que fue llevando allí poco a poco, preparándose para el día en que abandonase a su marido. Sus libros ya no estaban en las estanterías, solo quedaban los de Burton: la biblioteca parecía una sonrisa destrozada por un puño de hierro. En el salón faltaba una pintura de la sinagoga donde se habían casado los padres de Madeleine, una de las pocas posesiones que pudo llevarse de Viena. La falta de reliquias del pasado era algo que compartía con Burton. A Cranley le desagradaba aquella pintura, así que Maddie se la llevó a la granja. Burton pasó la mano por la pared; quienquiera que se llevase la pintura, también se había llevado hasta el clavo que la sostenía.

Se movió frenéticamente, intentando descubrir alguna prueba de que ambos compartieron aquella casa. Incluso los cereales que desayunaba con varias cucharadas de azúcar habían desaparecido. Burton buscó incluso en el pequeño armario para la ropa bajo las escaleras. Solía haber un pequeño espejo oval en la pared, frente al que Madeleine se peinaba, la zona bajo él estaba llena de cabellos oscuros. Burton se arrodilló y alumbró con la linterna el suelo junto al rodapié. Alguien había barrido hasta el polvo de la tarima.

Palpó la lisa madera, esperando descubrir un solo pelo olvidado; después corrió al dormitorio principal y levantó jadeante el armazón de la cama. El sonido reverberó por la casa en silencio. El esfuerzo lo hizo doblarse, el dolor de su hombro se extendía. Sus dedos siguieron las ranuras entre los tablones de madera hasta que encontró el que estaba suelto; lo levantó y buscó en el agujero. Las telarañas se enredaron en su mano, pero sacó un joyero. Allí escondía su pistola cuando Alice estaba en la casa. Abrió la cajita.

Dentro encontró una bolsa con diamantes, el pago inicial por el asesinato de Hochburg. Cuando aceptó la misión, no tenía ni idea de que Cranley estaba detrás del plan o que aquello podía provocar una guerra. Sacudió la bolsita antes de guardársela en el bolsillo y oyó el repiqueteo de las piedras preciosas. Volvió a buscar en la caja y extrajo algo mucho más valioso.

La luz de la linterna tiñó de amarillo el brazalete de Madeleine con la estrella de David, el que la obligaban a llevar en Viena. Se lo acercó a la nariz deseando detectar su olor, pero solo percibió un aroma a humedad.

—¡Ay, Maddie!, ¿qué te han hecho? —susurró Burton. Se guardó el brazalete en el bolsillo del chaleco, quería tenerlo cerca de la piel—. ¿Dónde estás?

Pero supo que se engañaba a sí mismo. La última mirada al rostro de Russell se lo había dicho todo.

4

Stanleystadt, Kongo, 28 de enero, 12:30 horas

Allí donde fuera, por todas partes, Hochburg oía una sola y detestable palabra.

Estaba en boca de todos los ciudadanos, la repetían los soldados mientras se preparaban para el siguiente ataque de los belgas. Y lo peor: hasta sus generales la susurraban, los mismos generales que cuatro meses antes estaban dispuestos a conquistar Rodesia y después toda África del Sur.

Rendición.

—¡*Oberstgruppenführer*, ya vienen!

Hochburg levantó los binoculares y estudió la lejana orilla: era el barrio de Otraco, la parte menos desarrollada de Stanleystadt, con su podrida catedral. Él se encontraba en el muelle del otro lado del río Kongo, en uno de los emplazamientos ocultos entre las palmeras. En torno a él la ciudad estallaba y se estremecía. El tronar de la artillería no lo abandonaba desde que había escapado del infierno de su jardín. El efecto de los combates se dejaba ver en su uniforme, al que las numerosas manchas le daban el aspecto de una verdosa piel de tigre. A través del humo descubrió una docena de lanchas neumáticas abarrotadas de hombres, la misma mezcla de belgas y rostros negroides que ya había visto en la Schädelplatz. Los botes tenían las marcas rúnicas de las SS.

—Di la orden de que todo lo que hubiera al otro lado del río fuera destruido. Todo.

—Nos cogieron por sorpresa —dijo el *Hauptsturmführer* junto a él—. No tuvimos tiempo.

—Esos guerrilleros no tenían nada. Si consiguen derrotarnos, es porque nosotros les hemos proporcionado los medios.

El aire apestaba a petróleo y alquitrán. Hochburg se preguntó si los hombres de los botes podían olerlos. Casi habían cruzado el río y la perezosa corriente los acercaba a los restos del puente Giesler, que había sido el puente principal de la ciudad. Hochburg ordenó dinamitarlo la noche anterior; solo unos enormes pedazos de cemento asomaban en la superficie. Siempre había pensado que era demasiado pequeño; lo reconstruiría con seis carriles en lugar de cuatro.

—¿Ahora? —preguntó el *Hauptsturmführer*. Sostenía con firmeza una ametralladora MG48.

—¿Ves aquello? —respondió Hochburg, señalando los restos de un quiosco. Semanas antes vendía pretzels y galletas lebkuchen a los paseantes que circulaban por el muelle—. Allí están escondidos los ingenieros esperando mi señal. —Le mostró una pistola de bengalas—. Hasta entonces, nadie disparará un solo tiro.

—Pero si desembarcan...

—Pareces ansioso por matar, *Hauptsturmführer*; un cambio interesante... pero espera mi señal.

Sobre el muelle estalló un obús. Las hojas de las palmeras se agitaron sobre su cabeza.

Hochburg ya no necesitaba los prismáticos. Podía distinguir claramente las caras de los hombres que iban en los botes, sus ojos de salvaje, su frente de criminal. Los belgas de una cierta posición social y económica huyeron antes de la invasión alemana de 1944, así que las guerrillas estaban formadas en su mayoría por mineros y estibadores, hombres que no tuvieron más opción que quedarse y resistir ante los nazis. Convertidos en insurgentes, padecieron años de dura lucha en la selva, pero la experiencia los había convertido en guerreros tenaces. Esa fue la lección que Hochburg tuvo que aprender. Las guerrillas belgas eran fuertes, mientras que la nueva población alemana —con sus apartamentos y su aire acondicionado, sus frigoríficos y sus deslumbrantes Wolkswagen— se había vuelto complaciente.

El primero de los botes hinchables llegó a la orilla. Las botas militares pisaron el barro y resbalaron por lo que era una pendiente aceitosa.

Hochburg preparó su lanzabengalas. La cara de los belgas era una mezcla de alivio y sospecha por no encontrar oposición. Dejó que los insurgentes, con el pantalón empapado de barro, estuvieran a la mitad de la subida al muelle antes de disparar la bengala. A su señal, toda la ribera estalló en llamas. La ribera, las escaleras que conducían al muelle, incluso el mismo río con su flotante película de gasolina.

Hochburg contempló la escena hipnotizado, con la piel de su calva cabeza sudando por el calor. El fuego que se levantó sobre Stanleystadt tenía algo de brillante, sagrado. Mientras contemplaba cómo ardía todo, una idea se apoderó de la mente de Hochburg.

Ojalá tuviera los medios para incendiar toda la ciudad. Todo el Kongo.

El jeep de Hochburg recorrió las calles, con su chófer girando el volante sin cesar para evitar los cascotes amontonados. Apenas algunas ventanas habían sobrevivido en toda la ciudad. Hileras de destartaladas farolas flanqueaban los edificios y en ellas se enroscaban serpientes de guirnaldas, ahora cubiertas de polvo de ladrillo. La batalla de Stanleystadt había empezado con un bombardeo sorpresa la noche anterior, Nochebuena. O la Julfest, como los ideólogos del Partido Nazi insistían que se llamase.

Volvió al cuartel general de las SS situado en la Eiskeller Strasse, donde encontró a Zelman. A pesar del humo acre, los ojos de su ayudante se mantenían incólumes. A veces, Hochburg tenía ganas de chasquear los dedos ante ellos o encontrar a la esposa de Zelman, pegarle un tiro y obligarlo a él a mirar... Lo que fuera con tal de verlo parpadear.

—¿Siguen aquí mis generales? —preguntó Hochburg, entrando en el vestíbulo.

El retrato de Himmler pintado por Von Kursell dominaba la entrada: un lienzo al óleo de veintiocho metros cuadrados. Su rostro parecía torcido, acribillado por la metralla, como si sufriera de herpes. A pesar de que el *Reichsführer* estaba presente en todos los edificios públicos, Hochburg gobernaba el Kongo con muy poca interferencia de Germania. Mientras los barcos atiborrados de minerales, madera, algodón y plátanos fluyeran hacia el Reich, Hochburg seguiría administrando la colonia, aunque eso significara la guerra. Le había dicho a Himmler que extender las fronteras del Kongo hasta el sur de África era el derecho legítimo de Alemania, su destino.

—Los generales esperan en la sala de conferencias —respondió Zelman, ofreciéndole a Hochburg una toalla húmeda.

—¿Así que no ha habido una retirada estratégica hacia el búnker? —ironizó, secándose el cuello.

—Si se acuerda, *Oberstgruppenführer*, los encerró allí —replicó Zelman, esbozando una sonrisa.

El ascensor no funcionaba. Hochburg se dirigió a las escaleras, pasando entre soldados llenos de vendajes, tirados en los escalones. Zelman siguió informando:

—Los insurgentes han rodeado la ciudad. Todos los barrios informan de intensos bombardeos y todas las carreteras están bloqueadas.

—¿Y el resto?

—Elisabethstadt dice que el asedio empeora hora a hora. No resistirán mucho más.

—¿Y el *Reichsführer*? ¿Seguimos sin poder contactar con él?

—Hemos abierto una línea con Wewelsburg, pero las comunicaciones son difíciles. —Wewelsburg era el castillo de Himmler en Westfalia, el cuartel general espiritual de las SS—. Pero seguimos intentándolo.

—En cuanto se consiga contactar con su despacho, quiero que se me informe —ordenó Hochburg.

Siguió subiendo deprisa y Zelman luchaba por mantener su paso. De vez en cuando el edificio temblaba. Llegó al séptimo piso y entró en tromba en la sala de conferencias. Las cortinas estaban echadas, lo que dejaba la sala en penumbra. La mayoría de los generales, que murmuraban apiñados en torno a un mapa y negaban moviendo la cabeza, se irguieron al entrar Hochburg. En un rincón seguía estando un abeto decorativo que nadie se había molestado en retirar; bajo él, *Fenris* dormitaba con un ojo abierto.

—Espero que hayan aprovechado mi ausencia —dijo Hochburg a modo de saludo, ocupando su lugar en la cabecera de la mesa. Con un gesto invitó a los demás a sentarse—. ¿Cuáles son los planes para el contraataque?

Nadie contestó.

Hochburg estudió las caras que tenía frente a él. El aire acondicionado no funcionaba y vio el sudor que resbalaba por ellas y humedecía el cuello de los uniformes. En el exterior, se oía el incesante tronar de la artillería.

Finalmente, el general Ockener tomó la palabra en nombre del grupo. Tenía el bronceado rostro picado de viruela y lo enmarcaba una fina cabellera blanca.

—Hochburg, creemos que esto es inaceptable —respondió con el tono mesurado de un hombre que está deseando gritar—. Dejarnos aquí sin comida ni bebida, sin poder siquiera acceder a un baño...

Hochburg olió a orina.

—Parece que alguno de ustedes no es capaz de controlar sus funciones corporales.

—Nos encerró aquí —gritó una voz desde el extremo opuesto de la mesa—. Este edificio es el principal blanco de la ciudad; podrían habernos matado.

—Si no les hubiera encerrado, habrían huido. ¿Qué ejemplo habría sido?

—Informaré de esto al Führer.

—Entonces, infórmele también de esto —cortó Hochburg poniéndose en pie.

Abrió de golpe las cortinas de los ventanales y una luz deslumbrante inundó la sala. La ciudad estaba salpicada de muchas columnas de humo. Otraco estaba oscurecido tras una barrera de fuego naranja que seguía la ribera del río.

—¡Guardia! —llamó Hochburg. Apareció un centinela—. Ese *Brigadeführer* desea marcharse —señaló la punta de la mesa con el brazo extendido—. Escoltadlo hasta la calle.

—Soy un general de las Waffen SS. No acepto ser tratado como un...

—Puede salir por la puerta o por la ventana. A mí me da igual.

Cuando el general salió de la sala, Hochburg se dejó caer en su silla y la giró hacia Ockener.

—¿Qué decía, *Herr* general?

Ockener había sido condecorado por su participación en la batalla de Smolensk antes de acumular tumbas y medallas en las estepas rusas; más tarde lo trasladaron a África, donde se ganó un apodo, *Der Schnittner*, el Segador.

—Su fuego no durará eternamente, *Oberstgruppenführer*, pero los cañones enemigos sí pueden bombardear cualquier punto de la ciudad.

—¿Cómo han podido los restos del ejército belga rodear toda la ciudad?

—Porque se les han unido los Franceses Libres* y los negros que escaparon de la deportación. —Ockener jugueteaba con una bola de Navidad del abeto—. Y nosotros no tenemos suficientes soldados para contenerlos, ya que enviamos demasiados a Elisabethstad. Siguiendo sus órdenes.

Para aliviar el asedio de Elisabethstadt, Hochburg había trasladado varios contingentes del norte al sur del Kongo. Cuando se vio que eran insuficientes, añadió tropas de Kamerún, Aquatoriana y Madagaskar, hasta que los gobernadores de esas provincias se quejaron de que peligraba su propia seguridad. El Afrika Korps de Angola, cuyo oficial al

---

* Los restos del ejército francés en África.

mando había desaparecido misteriosamente y cuyos soldados sufrían un asedio propio, era incapaz de ofrecer ayuda.

Ockener dejó la bola sobre la mesa y miró a los demás generales. Hochburg vio que asentían tácitamente.

—La posición está clara —añadió Ockener—. No podemos seguir resistiendo.

Del exterior llegaba el tronar de la artillería alemana. A Hochburg le sonaba como el latido del corazón de un león moribundo: inconcebible, amortiguado, lleno de furia.

Se recostó en la silla y crujió el respaldo.

—Hubo un tiempo, no muy lejano, en que las Waffen SS eran temidas —suspiró—. Ahora solo dispongo de generales como ustedes.

—Deme un BK44 y un saco de granadas, y vaciaré esta ciudad. El problema no somos nosotros, sino las tropas.

—¿Cómo se atreve a decir eso sentado aquí? Son hombres blancos auténticos.

—La mitad de nuestros hombres son étnicos. El resto, los alemanes puros, no todos están dispuestos a pelear.

—Tonterías.

—Usted les prometió una victoria rápida.

—Y lo fue durante cuatro meses. ¿Me estás diciendo que su espíritu ha mermado?

—Son una generación de conquistadores. Nunca han pensado en desertar o en la posibilidad de la derrota.

—Combatimos todo un año hasta dominar África Central —replicó Hochburg.

—Fue una operación de limpieza en colonias cuyos amos europeos ya habían sido derrotados. También hace diez años de eso. Toda lucha seria tuvo lugar hace diez años.

—¿Qué quieres decir con eso?

—Que los étnicos están aquí porque su alternativa es criar rebaños de cabras en Ostland, en las tierras del este europeo. Los alemanes solo quieren una plantación, una esposa obediente y suficientes trabajadores como para no tener que mover el culo.

—En el este ocurre lo mismo —susurró alguien.

La Unión Soviética había sido derrotada en 1943, con Moscú arrasada hasta los cimientos y convertida en terreno agrícola. A pesar de eso, en la cambiante frontera este del Reich se libraba una guerra de guerrillas. Desde los Urales hasta Siberia se libraba un irresoluble conflicto que los rusos sabían que no podían ganar y del que los alemanes estaban más que hartos. Hochburg creía que África era distinta. En ella no se llevaba a cabo una batalla ideológica o política; el choque de razas era tan claro como el sol del mediodía o la muerte de la noche.

—Puede que algún día tengamos medios suficientes para librar una guerra sin hombres. Un ejército así sería eternamente victorioso —prosiguió Ockener—. Hasta entonces, la paz nos ha ablandado.

—Los británicos sí se han ablandado —dijo Hochburg—. Están atrapados en su debilidad imperial, pero nosotros no.

—¿Los mismos británicos cuyo asedio en Elisabethstadt somos incapaces de romper? ¿Los que están suministrando hombres y artillería a los belgas? Tienen la moral alta; los subestima.

—Parece que casi los admira, general.

—Además, está el problema de los civiles. Mientras usted estaba lejos, enfrascado en su aventura del río, los belgas se apoderaron de la planta de tratamiento del agua.

—Y mientras lo hacían, ustedes estaban aquí sin hacer nada. ¿O es que una simple puerta cerrada puede detener a la flor y nata de los mandos de las Waffen SS?

—El sistema de alcantarillado también ha sufrido daños. Dentro de pocos días se extenderá la disentería; después, llegarán el cólera y el tifus.

—¿Qué sugiere entonces, *Herr* general?

—La rendición —sugirió Ockener en voz baja.

—«Los que no quieren pelear en este mundo de infinita lucha no merecen vivir» —replicó Hochburg, citando el libro del Führer. La cita era bien conocida por toda la mesa.

—Entonces, un alto el fuego. Una tregua.

—No.

—Algún tipo de negociación por lo menos...

—No.

—Pues que un escuadrón de bombarderos Heinkel arrase la ciudad.

Hochburg estalló en carcajadas.

—Vaya, parece que aún hay esperanza... —Hizo girar la silla para contemplar la ciudad. El muro de fuego junto al río empezaba a apagarse—. Todos y cada uno de los soldados deben combatir. Calle por calle. Si les faltan agallas, serán fusilados en el acto. Hay que reafirmar la disciplina, castigar a los más cobardes, y el resto obedecerá. Si es necesario, empezaremos por los presentes en esta sala.

Los susurros recorrieron toda la mesa.

—No deseo que la población civil sufra, pero también tiene que ser movilizada —añadió Hochburg—. Dadle un fusil a cada hombre y a cada mujer. Recordadles a las mujeres de esta ciudad que los guerrilleros, en especial los negros, tienen necesidades muy básicas, necesidades que no han podido satisfacer en la jungla.

—¿Y los niños? —preguntó Ockener. Volvía a jugar con la bola de Navidad.

—Enséñenles lo que se puede hacer con las botellas de leche vacías y un poco de petróleo.

—Deberíamos permitir que los civiles se marchasen. Son ciudadanos alemanes.

—Con los que hemos sido demasiado indulgentes. La mayoría de ellos han vivido mejor que un europeo. En Germania disponen de cuarenta y cuatro metros cuadrados por habitante, aquí tenemos sesenta. Han disfrutado de la abundancia de la conquista, ahora es tiempo de resistir.

—Puede que no deseen morir por dieciséis metros de...

La puerta de la sala se abrió de improviso y entró Zelman.

—Tengo al teléfono a la oficina privada del *Reichsführer*.

—¡Esta ciudad resistirá! Eso es todo —dijo Hochburg acercando el teléfono de la mesa. Nadie se movió—. Hace unos minutos se quejaban de estar encerrados, ¿y ahora que pueden salir prefieren quedarse? Zelman, que les suministren comida y bebida, les esperan días muy largos.

En cuanto quedó solo, levantó el auricular del teléfono y se aclaró la garganta.

—Heinrich, soy Walter. ¿Cómo estás?

El aparato emitió crujidos y siseos.

—Soy Fegelein. —Hermann Fegelein era el jefe de personal de Himmler.

—Quiero hablar con el *Reichsführer*.

—Está ocupado en una comida.

—En una comida... ¿Es consciente que atacaron la Schädelplatz?

—Sí.

—¿Y que la hemos perdido?

—También lo sabe —reconoció Fegelein.

—¿Y no tiene nada que decir?

La línea chirrió. Seis mil quinientos kilómetros de estática.

—El *Reichsführer* siempre ha aprobado sus métodos, Hochburg. Su meticulosidad y su comprensión de los problemas «biológicos», pero su plaza pagana no es su única preocupación. Vuelve a estar preocupado por los judíos de Madagaskar. ¿Conoce el problema?

—A mí también me preocupa.

—Puede que nos enfrentemos con otra rebelión a gran escala en la isla. El pobre Globus intenta mantener el control y le acusa a usted de todo.

Globus. Odilo Globocnik, el gobernador de las SS en Madagaskar.

—¡Ese sátrapa borracho! —escupió Hochburg—. ¿Sigue quejándose de los hombres que le reclamé?

—Era una brigada completa. Dice que si no hubiera tenido que enviarlos al Kongo —para apoyarlo a usted, según le contó al *Reichsführer*—, los judíos seguirían en el lugar que les corresponde.

—Y como yo le dije a Heinrich, el Kongo envió el año pasado a Germania medio millón de toneladas de cobre. ¿Qué le ofrece Globus al Reich? ¿Puta carne enlatada?

—No comprende la sutileza de la situación, *Oberstgruppenführer*. Globus nos mantiene libres de judíos; eso vale por mil años de minerales.

—Me pregunto qué opinaría Germania si el Kongo estuviera gobernado por negros. —Intentó adoptar un tono más empático—. Necesito más hombres. Si no puede ser de África, envíenme una división del este.

—Dudo que ahora pudieran marcar la diferencia.

Los dedos de Hochburg se tensaron sobre el teléfono.

—¿Qué quiere decir?

—¿No se ha enterado?

—No.

—No se puede confiar en cosas como los teletipos —suspiró el jefe de personal mientras detallaba los acontecimientos.

Incluso a través de los miles de kilómetros de distancia, la voz de Fegelein traslucía satisfacción. Los celos y patéticas rivalidades dividían a las SS: entre Europa y África, o entre un gobernador y su vecino, todo animado por Himmler, que lo usaba para asegurar su posición.

Hochburg escuchó en silencio con un nudo en la garganta.

—Espero que el *Reichsführer* disfrute de su comida —dijo cuando la conversación llegó a su fin.

No podía soportar el oropel del comedor de Wewelsburg ni el labio colgante of Himmler cuando masticaba. Colgó el teléfono y se concentró en respirar con calma. Cerca de la base del edificio estalló un obús y los adornos del árbol de Navidad tintinearon, lo que despertó a *Fenris*.

Hochburg se levantó, cogió el teléfono con rabia y lo lanzó contra la ventana.

Rebotó en el cristal. Volvió a lanzarlo, esta vez con tanta ferocidad que agrietó el cristal. Fuera, el fuego del río se había reducido a meras nubecillas de humo.

—Vamos, perro —dijo, dirigiéndose a la salida.
El pasillo estaba vacío, a excepción de Zelman.
—Necesito un avión —ordenó Hochburg.
—Técnicamente, Stanleystadt es zona de exclusión aérea.

Hochburg se detuvo frente a la escalera y fulminó a su ayudante con una mirada que mantuvo hasta que Zelman se dio cuenta.

—Lo quiero listo para despegar en quince minutos.
—A la orden, *Oberstgruppenführer*. ¿Cuál será su destino?
—Elisabethstadt. Tengo que organizar un pelotón de fusilamiento.

5

De Stanleystadt a Elisabethstadt había mil cuatrocientos kilómetros. Hochburg prefirió pilotar él mismo, a pesar de las protestas de Zelman y del equipo de tierra. «¿Cómo puede un hombre gobernar la tierra si no es capaz de gobernar los cielos?», fue su respuesta. Había aprendido a volar cuando era gobernador de Muspel, recorriendo en solitario su mar de dunas.

El avión era un Focke-Wulf Fw-189, un aparato impulsado por dos motores apodado *Le Chambranle,* «el marco de ventana», por los belgas a causa de su cabina en forma de pecera sostenida por dos bandas de metal. Su función principal era de reconocimiento. Hochburg despidió al piloto, pero se quedó con el copiloto y el artillero. *Fenris* se situó tras su asiento y se tumbó en el suelo. El Focke-Wulf se elevó en medio del fuego artillero enemigo y giró hacia el sur y el vacío cielo. Hochburg mantuvo la vista al frente; se sentía demasiado angustiado para mirar atrás.

Tras el estallido de la guerra en África Central, el primer ministro Halifax pidió una audiencia con Hitler. Ante su sorpresa, el Führer hizo una declaración detallando que no había necesidad de intensificar las hostilidades tras tantos años de paz: «Si decimos que combatiremos al Imperio británico hasta la muerte, obviamente solo conseguiremos que hasta su último súbdito se alce en armas contra nosotros.» No obstante, no abandonó su palacio en Germania. Los rumores proliferaron: que el Führer estaba enfermo, que se había quedado incapacitado por una misteriosa enfermedad, que se negaba a firmar documentos porque planeaba pulverizar Rodesia desde el cielo... Algunos dijeron que, a los sesenta y tres años y siendo prácticamente dueño del mundo, se había aburrido del juego diplomático. En su lugar envió a Reinhard Heydrich, jefe de seguridad del Reich y ayudante de Himmler; y, según parecía, su más alto negociador. Heydrich se reunió con Anthony Eden, ministro de Asuntos Exteriores de Halifax, y juntos anunciaron que habían llegado a un acuerdo en algunos puntos.

El conflicto se consideró un «problema local», una disputa en las fronteras coloniales entre el Kongo y Rodesia del Norte, provocada por elementos británicos renegados que no representaban la política oficial del Gobierno. No habría una escalada de intervenciones. No se enviarían refuerzos desde Europa u otras colonias africanas, a excepción de personal de apoyo e intendencia. Churchill se burló del acuerdo diciendo que las Waffen-SS acabarían teniendo más cocineros que cualquier otro ejército de la historia. Para proteger las infraestructuras, y la población civil de forma implícita, se estableció una zona de exclusión aérea entre el paralelo uno norte y el dieciséis sur. Mientras, Germania y Londres trabajarían en un acuerdo negociado. Ambos bandos estuvieron de acuerdo en que la guerra de Angola era un tema aparte y que Portugal —un pequeño país europeo con colonias africanas desproporcionadamente extensas— tenía que llegar a un entendimiento inmediato con el Reich. La noticia de la aprobación por parte del Führer se difundió desde su palacio: el Pacto Heydrich-Eden resultó ser un punto muerto mutuamente beneficioso.

El Focke-Wulf hizo una parada en Tarufa para reaprovisionarse.

Hochburg bajó del aparato y paseó por la pista de aterrizaje para estirar las piernas y que *Fenris* pudiera vaciar la vejiga. Sus botas levantaban un polvo rosado en la pista. Situada en una región algodonera del Kongo, Tarufa no se había visto afectada por la guerra. Cuando el avión tocó tierra, una pandilla de niños corrió hasta el perímetro vallado para satisfacer su curiosidad. Se habían aburrido enseguida y ahora estaban jugando a béisbol, que se había hecho popular gracias a la colonia de prospectores norteamericanos que trabajaban con la SS Oil Company. Algunos creían que acabarían siendo una amenaza mayor que los tanques británicos. Uno de los chicos permanecía sentado, lejos de los otros, con la espalda contra la verja. Parecía estar serrando algo que mantenía en el regazo.

—¿No juegas con tus amigos? —se interesó Hochburg.

El chico fingió sorprenderse. Tenía el mismo rebelde cabello negro de Hochburg cuando era niño y sus ojos transmitían una mirada voraz que parecía querer devorar el mundo.

—Me odian —confesó, antes de añadir—: Pero yo los odio a ellos todavía más.

—¿Estás en las JVA? —Se refería a las Juventudes Africanas, el movimiento que incluía a los chicos entre los diez y los catorce años.
—Todo el mundo lo está; es obligatorio. Pero yo prefiero estar solo.
—Pero, ¿te diviertes en las JVA?
—Me divertiría más si admitiesen chicas.
En los labios de Hochburg apareció una sonrisa.
—¿Qué tienes ahí?
—La he matado yo mismo.
El chico le enseñó una serpiente de escamas amarillas descabezada y con la cola retorcida. Hochburg la reconoció, era una víbora sopladora. Su veneno podía matar a un hombre en pocos minutos.
—¿Ya sabe tu madre que te dedicas a cazar víboras?
—Está muerta. Y papá, también. Malaria.
Hochburg quiso consolar al muchacho.
—Yo también perdí a mis padres cuando era joven. Y a mis hermanos.
—¿Quién cuidó de ti?
—Alguien especial. Yo era mayor que tú, casi un adulto, y tuve mucha suerte de encontrarla.
—Ahora vivo con mi tía, pero se preocupa demasiado. —El chico resopló para ahuyentar una mosca que se le había metido en la nariz—. ¿A tus padres también los mató la malaria?
—No. Los mataron.
—¿Cómo?
—Los asesinaron los salvajes.
Hochburg había sido el único superviviente de su familia. Después, enfermo de dolor y acosado por pesadillas, lo acogieron Eleanor y su marido, unos misioneros que dirigían un orfanato en Togolandia. Burton apenas tenía once años cuando llegó. Hochburg lloró en brazos de Eleanor y compartió los horrores que había presenciado; ella lo recompuso pedazo a pedazo. Más tarde se convirtieron en amantes y se fugaron —Eleanor se entregó al amor, quizá porque era la forma de olvidarse de una realidad dolorosa: el abandono de su esposo y su hijo—. Los dos años que pasaron juntos fueron los más felices de toda la vida de Hochburg. Vivían de forma sencilla y cada uno se saciaba con el amor del otro, hasta que el remordimiento hizo mella en Eleanor y se sintió culpable por la vida que había dejado atrás. Y esa vez fue Hochburg el abandonado. Ella huyó a la selva para encontrar a Burton, pero solo encontró la muerte, la misma muerte que los padres de Hochburg. Un presagio.

—Debes de ser muy viejo —advirtió el chico—. Ya no hay negros.

—Quedan algunos. —Hochburh pensó en los rostros que vio en la Schädelplatz—. ¿Qué harías si vieras uno?

El chico meditó la respuesta. Entonces alzó las dos mitades de la serpiente.

—*Oberstgruppenführer*, estamos preparados —anunció el copiloto.

Hochburg desenfundó su pistola y extrajo el cargador. Sacó una bala y la pasó a través de la verja. El chico soltó la serpiente y la cogió entre sus ensangrentados dedos.

—Úsala sabiamente, hijo mío.

El Fw-189 volvió a elevarse hacia los cielos. La sabana se extendía dos mil quinientos metros por debajo, alternando manchas verde jade y caqui, como las chaquetas de camuflaje de las SS. El sol brillaba a través del cristal de la cabina. Dormir era un lujo que Hochburg no se había permitido las últimas noches y la modorra se apoderó de él.

—¿Cuánto falta para llegar a nuestro destino? —le preguntó al copiloto.

—Otra hora. Suponiendo que podamos pasar entre las defensas antiaéreas británicas.

—Tome el control —le ordenó al otro, soltando el control de los mandos—. Despiérteme dentro de veinte minutos.

Bostezó y los ojos se le llenaron de lágrimas. Dejó caer la cabeza. Elisabethstadt llenó sus pensamientos semiconscientes.

Antes del asedio había sido la capital minera del Kongo, con hileras de preciosos bungalós, un jardín botánico de renombre mundial, fábricas de hielo y un núcleo ferroviario que enlazaba con Ciudad del Cabo, en el lejano sur, y con los placeres de Roscherhafen. Hochburg planeó cambiarle el nombre como se había hecho con otras ciudades conquistadas; ese cambio formaba parte de la psicología de la victoria y reafirmaba el dominio del Reich tanto como las botas militares que pisaban los bulevares o el ondear rojo, blanco y azul. Durante años supo cómo llamarla, incluso tenía la aprobación del Führer, que dijo comprender la homérica alusión. Pero la pluma de Hochburg dudó en el momento de firmar el documento que lo convertiría en ley. Miró el nuevo nombre de la ciudad estampado en el grueso papel color crema de los documentos oficiales. En la parte superior tenía el sello del águila y la esvástica. Iba a ser su homenaje.

ELEANORSTADT

Pasaron los minutos. Una gota de tinta se deslizó hasta la punta del plumín y cayó sobre el papel. Hochburg apartó la pluma, dobló la hoja por la mitad, volvió a doblarla una segunda y una tercera vez, y acabó por quemarla. Cuando los burócratas preguntasen por el cambio, Hochburg haría caso omiso: «Jorge VI no siempre estará en el trono. Dentro de pocos años, los británicos se tranquilizarán teniendo el nombre de su monarca tan cerca de la frontera.»

Le ofrecería a Eleanor algo más que Elisabethstadt.

Todo el Reich africano serviría para inmortalizarla: cada piedra, cada guarnición, poblado o ciudad, los puertos, las blancas carreteras que cortaban la selva, la babel de un millón de hilos de cobre conectando el continente. Un mausoleo de una gloria tal que no haría falta que el nombre de ella estuviera escrito. De ahí su impaciencia por invadir Rodesia: para consagrarle más tierras a ella. No lo entenderían en Germania, por supuesto. Para los ministros de Wilhelmstrasse, África solo era un tesoro de minas y madera, y sus plantaciones solo existían para llenar las barrigas de las hordas alemanas; para Hochburg, África era un reino de templos, la única forma de mantener presente a Eleanor. Mientras su corazón latiera, los británicos y sus desarrapados aliados nunca prosperarían.

Él encontraría la manera de aplastarlos.

Sus sueños vagaban: desde Elisabethstadt a su falta de tropas, de la guerra del general Ockener sin la intervención de hombres —«Un ejército así será eternamente victorioso»— a la visión de todo el continente en llamas. Después llegó el reconfortante arrullo de las olas y del río junto al que Eleanor y él habían vivido juntos.

Se deslizaba con ella por aguas cálidas como el líquido amniótico, sobre un insondable negro índigo. Una salpicadura, una risa... y yacían desnudos en la orilla, uno al lado del otro, con el sol impregnando su piel de luz. Él contaba las pecas que rodeaban su nariz, tan pequeñas como las semillas de una banana. Esa paz era todo lo que ansiaba. Si ella no hubiera escogido a Burton, si no lo hubiera abandonado para terminar asesinada, él habría mirado con indiferencia el ascenso nazi en toda África.

Le tomaba la mano, la sentía vívidamente: sus dedos sedosos, los pliegues de la palma. Recorría su línea de la vida con el pulgar hasta que llegó al abrupto final...

—*Oberstgruppenführer!* —Un grito urgente.

Hochburg se arrancó a sí mismo de la orilla del río. Rara vez soñaba ya con ella y deseó poder sumergirse de nuevo en ese momento. Su corazón se resistía a soltarle la mano.

—*Oberstgruppenführer!* —Era el artillero situado en la parte trasera del aparato.

Captó un destello de aluminio pintado de verde oliva.

—Es un Meteor —aclaró el copiloto. Se retorció dentro del arnés para identificar el avión. La cabina se sacudió con el despertar de sus motores—. Insignias británicas. De la RAF.

Fenris gemía desconsolado. Hochburg se volvió para acariciar al perro.

—¿Hay más? —preguntó al artillero.

—Creo que no.

El Meteor se ladeó para trazar un círculo en torno a ellos.

—Es más rápido que nosotros —informó el copiloto.

—¡Ahí vuelve! —gritó el artillero—. ¿Qué hacemos?

El Meteor frenó hasta situarse un poco por encima de su cola. Cien metros de cielo separaban a los dos aparatos.

—¿Armamento? —preguntó Hochburg, sacudiéndose los restos de sueño.

—Cuatro ametralladoras.

—Aquí no debería haber aviones británicos. —Hochburg tomó los controles del avión y deceleró—. Dejaremos que nos adelante. Si repite la maniobra, bárrelo del cielo.

—Pero, *Oberstgruppenführer...*

—¿Prefieres que nos derribe él a nosotros?

El Meteor los adelantó, pero volvió a girar rápidamente.

—Ahí vuelve. Quinientos metros. No parece que quiera derribarnos.

—Ya ha oído las órdenes.

—Quinientos metros... —contó el artillero—... cuatrocientos... trescientos...

Disparó, alcanzando al aparato británico.

El Meteor pasó frente a ellos despidiendo humo y los cegó un instante. Cuando recuperaron la visión, Hochburg vio cómo se precipitaba hacia la pradera. El techo de la cabina había desaparecido y, segundos después, vieron aparecer la amapola blanca de un paracaídas.

De repente, el aire que los rodeaba se vio electrificado por un aluvión de balas.

El copiloto empujó la palanca y el avión se lanzó hacia el suelo. Las hélices aullaron.

—¡Nos ataca otro avión! —gritó el artillero por su micrófono.

Un segundo Meteor pasó rugiendo sobre ellos.

Hochburg captó la banda verde y roja de su fuselaje. La Fuerza Aérea Mozambiqueña; con apenas veinte aparatos, era más un acto de vanidad que una verdadera amenaza, aunque recientemente había visto informes de inteligencia que informaban que los británicos estaban entrenando a sus pilotos. De momento, Mozambique, la otra colonia africana de Portugal, había permanecido neutral y no apoyaba a Angola.

El artillero disparó contra el aparato mozambiqueño y le destrozó el alerón de cola. Un segundo después desapareció de su vista al meterse entre las nubes para preparar un segundo ataque.

El Focke-Wulf volvió a nivelarse de forma tan brusca que la cabeza de Hochburg chocó contra el cristal de la cabina y rebotó.

—Pásame los controles —le ordenó al copiloto, antes de forzar el ascenso del aparato.

Otro diluvio de balas pasó junto a ellos.

—Entraremos en barrena —aseguró el copiloto.

Ascendían casi verticalmente y toda la estructura del aparato vibraba. El cielo sobre ellos parecía blanquecino.

—¿Lo tenemos a tiro? —preguntó Hochburg.

—Nos sigue. Cinco segundos para el contacto.

—Preparaos —advirtió Hochburg, enderezando el avión.

Y empujó bruscamente la palanca hacia delante.

Cayeron del cielo, sintiendo que sus estómagos se revolvían, y un instante después vieron pasar por delante el vientre del Meteor. El rat-tat-tat de su ametralladora rugió más fuerte que las ráfagas de aire.

El artillero gritó de alegría, contemplando la bola de fuego que poco antes había sido el Meteor.

Hochburg miró cómo el avión mozambiqueño se precipitaba del cielo. Un pedazo de metal se desprendió de la cola, se precipitó hacia ellos e impactó contra el ala y el depósito de combustible. El aparato se estremeció violentamente. *Fenris* empezó a aullar.

La gasolina escapaba a chorros del Focke-Wulf y se disgregaba como si estuvieran batiéndola en glóbulos que brillaban como un rastro de diamantes.

Hochburg luchó con los controles.

—¿Cuál es el aeropuerto más cercano? Quizá podamos llegar planeando.

—No hay ninguno en este sector —respondió el copiloto.

Desde la cabina solo podían ver la sabana extendiéndose ante ellos. El indicador de gasolina descendía lentamente hacia el cero.

6

*Costa de Suffolk, Inglaterra,
29 de enero, 3:15 horas*

Tanto el mar como el cielo eran de un profundo color negro. No podía esperar al amanecer.

Aunque a regañadientes, tocó el timbre brevemente. La segunda vez no lo soltó hasta que se encendieron unas cuantas luces: primero en el ático, después en las escaleras y, finalmente, en la puerta principal. Tiritando, entornó los ojos para intentar ver algo a través de los cristales. Sentía el hombro agarrotado y la camisa pegada en la herida a causa de la sangre seca.

Oyó un significativo ruido de cerraduras y la puerta se abrió. Burton se encontró contemplando los agujeros gemelos de una escopeta de cañones recortados.

—¿Qué desea?

Era Pebble, la doncella de su tía. Tenía los ojos legañosos y llevaba un abrigo sobre el camisón, pero parecía dispuesta a apretar el gatillo. Su esposo había sido guardabosques antes de morir en Dunquerque. Burton se dio cuenta de que el arma no tenía puesto el seguro.

—Lo siento, sé que es muy tarde...

—¿Quién es?

—He venido a ver a mi tía.

—¿Señorito Cole? ¿Burton?

Él sonrió. No soportaba que los criados lo llamasen de otra forma que no fuera por su nombre.

Pebble era una mujer pragmática. No se inmutó porque el sobrino de su señora se presentase a las tres de la mañana con el rostro desencajado. Su tarea era encontrar soluciones.

Se apartó para dejarlo entrar.

Burton, medio en broma, llamaba a aquella casa el Sanatorio porque era donde acudía entre episodios de masacres en África: era un refugio donde curar sus heridas o yacer en la cama, mientras su cuerpo combatía los gérmenes tropicales con los que se había infectado. Antes de que comprara la granja, aquella casa era para él lo más parecido a un hogar. Con su fachada blanca y llena de columnas, la casa poseía una grandeza evidente; tras ella, el jardín descendía hasta el mar del Norte. La construyó su abuelo en el siglo anterior, y la perdió por culpa del brandi y de una serie de aventuras fallidas. Su tía consideró un deber personal recuperar la propiedad de la casa y Burton sospechaba que había aguantado muchos años de sórdido matrimonio antes de enviudar, únicamente para heredar el suficiente dinero con el que poder recuperar la propiedad familiar.

Pebble lo condujo hasta el salón principal. Aunque la chimenea estaba apagada, la estancia todavía conservaba cierta calidez.

—La despertaré —afirmó antes de desaparecer.

Burton solo deseaba hundirse en uno de los sillones, pero los ignoró. Si lo hacía, desaparecerían las pocas fuerzas que le quedaban. Así que paseó por el salón, absorbiendo su familiaridad: las espesas alfombras que olían a ceniza y agua salada, el decantador medio lleno de vino de Madeira, la fotografía en la repisa de la chimenea, tomada a treinta metros de la casa, donde se podía ver a su madre y a su tía antes de separarse, todas piernas, risas y trajes de baño eduardianos. En el rincón, brillaba un piano como un sombrío y pulido sarcófago.

Burton posó la mano sobre él, consciente del silencio que reinaba en la casa. La primera vez que vio a Madeleine estaba tocando aquel piano. Había sido... ¿cuándo?, cuatro o cinco años atrás, no lo recordaba con exactitud. Un encuentro que no presagiaba lo que sucedió después.

Era una ventosa tarde veraniega, llena de cócteles y diversión en el césped. Burton estaba en el Sanatorio para quitarse de encima los últimos restos de una fiebre provocada por el dengue. Su tía había insistido en que se dejase ver, así que bajó las escaleras planeando saludar a unos cuantos invitados antes de volver a la cama. En el salón estaban pidiendo diversas canciones. Una mujer esbelta de cabello negro había accedido a tocar el piano. «Knees Up Mother Brown», pedía uno. «What's the Use of Getting Sober», gritaba otro entre risas alcohólicas.

La mujer no les hizo caso y empezó a tocar una pieza clásica. Burton la reconoció, aunque no supo ponerle nombre. La melodía era traviesa, melancólica. Él se acercó al piano y contempló a la mujer. Ella simulaba tocar con descuido, como si solo se tratara de un juego virtuoso con el teclado, pero él se dio cuenta de su intensa concentración. Sus dedos eran largos y delicados, sobre la cara le caía un mechón de pelo. A él le gustó el ademán con que se lo colocaba detrás de la oreja, siempre que la partitura se lo permitía. A media pieza, se rindió.

—¿Por qué se ha detenido? —preguntó Burton.

—Nadie estaba escuchando.

—Yo, sí. —Se acercó un poco más y olió su perfume. Formaba una barrera almizcleña que la rodeaba—. Me sonaba familiar, ¿qué era?

—Schubert —respondió ella—. Su *Melodía húngara*.

Él asintió con la cabeza al recordarla.

—Mi madre solía tocarla.

—¿Era pianista?

—La tocaba en el gramófono —aclaró algo ausente—. Me hace pensar en lámparas de parafina y en grillos.

La mujer enarcó unas cejas finamente depiladas.

—Crecí en África. A ella le gustaba escuchar sus discos al atardecer...

Burton alejó el recuerdo y estudió a la mujer. Era más joven de lo que había pensado al principio, tendría una edad parecida a la suya. Sus ojos azules tenían un ligero matiz cobrizo, lo había descubierto al instante, así como su anillo de casada. Su expresión quería ser despreocupada, pero sintió que bajo ella escondía soledad, desconsuelo, o quizá solo estaba reflejando en ella sus propios sentimientos. El mercenario que había en él se fijó en los pendientes de perlas y el vestido caro. Burton no sabía qué más decir. Se evaluaron mutuamente unos momentos que duraron demasiado.

Ella le ofreció la mano.

—Señora Cranley.

Él la cogió. Su apretón fue firme y, a pesar de su piel suave, notó en la palma unos callos que ninguna crema podía suavizar.

—Burton —se presentó a su vez.

—¡Ah!, el famoso sobrino que acaba de volver de África.

Él soltó la mano de ella, sin estar seguro de si estaba burlándose. Sus ojos no le dieron ninguna pista. Buscó algo más que decir y vio que tenía la copa vacía.

—¿Otra?

—No. No me gustan mucho las fiestas. Solo he venido por complacer a su tía.

—¿Se conocen mucho?

—Somos vecinas. Tengo una casa en la costa.

—Pero no es de aquí.

—Es la casa de campo. La mayoría del tiempo vivo en Londres.

—Lo decía por el acento. ¿Es alemana?

Su expresión se ensombreció.

—Vienesa. —Cerró la tapa del piano y se puso en pie—. Me marché antes de la guerra.

—*Es waren die guten Leute diegegangen sind?*

Ella lo miró alarmada y respondió en inglés, no sin antes mirar alrededor por si alguien podía oírlos.

—Mi marido dice que es mejor no hablar en alemán. O con hombres que no conozco.

A veces Burton se divertía provocando a los amigos de su tía, pero mientras miraba a Madeleine alejarse, se sintió irritado consigo mismo.

—He disfrutado mucho con su interpretación —exclamó a modo de despedida, esta vez en inglés. Su padre había sido alemán y él creció hablando ambos idiomas. Si ella lo oyó, no lo demostró.

Veinte minutos después, agotado de tanta cháchara intrascendente, Burton se retiró a su habitación. Se plantó junto a la ventana, ajeno a los gritos y las risas que procedían del jardín, dejando que la brisa marina lo refrescase. Luego bajó la persiana y corrió las cortinas. La atmósfera del cuarto se volvió de golpe caliente y opresiva, como a él le gustaba. En cuanto a Madeleine Cranley, no pensó de nuevo en ella. Tardó más de un año en volver a verla.

El piano estaba frío y sin vida bajo la palma de Burton. Su tía no sabía tocar y se preguntó si alguien se habría sentado allí desde que lo hiciera Madeleine. Un profundo sollozo hizo que se estremeciera; lo reprimió e intentó dejar la mente en blanco. Pasaron los minutos. Burton empezaba a preguntarse si Pebble no había conseguido levantar a su tía, cuando esta entró en el salón. Llevaba un vestido esmeralda y el rostro limpio con apenas una base de maquillaje. Sus rizos blancos y rubios estaban recogidos en un moño.

—La pobre Pebble es demasiado vieja para despertarla en plena noche. Y yo también.

Nunca le había parecido tan imponente o atractiva como la imagen que conservaba en su mente.

—Necesito tu ayuda.

—¿No podías esperar hasta mañana por la mañana?

Burton separó la chaqueta de su hombro y le mostró la camisa empapada de sangre que llevaba debajo.

Su tía lo acompañó a la cocina sin decir nada más. Pebble ya había puesto un hervidor sobre el fuego.

—Haré un poco de té.

—No será necesario, querida. Comprueba que la habitación de Burton esté preparada y vuelve a la cama.

Burton se sentó a la mesa. Se quitó la chaqueta y la camisa, y dejó ver el muñón de su muñeca izquierda. El antebrazo estaba quemado y lleno de cicatrices allí donde lo marcaran en el Kongo. Otra cicatriz que añadir al fracaso de su misión.

—¡Dios Santo, Burton! ¿Qué te ha pasado? —exclamó su tía, llevándose las manos al pecho.

—Necesito que primero me mires el hombro.

Ella cogió un paño y lo aplicó sobre la herida.

—Vivirás —sentenció—; pero la herida es profunda. Tendría que verte un médico.

—Nada de médicos.

—Necesitarás puntos.

—¿Puedes hacerlo tú?

Cuando la madre de Burton se marchó a África para salvar almas, su hermana, siempre más práctica que ella, quiso salvar cuerpos y durante la Gran Guerra se presentó como voluntaria en el cuerpo de enfermeras.

—Vigila el hervidor —advirtió ella, yendo hacia la puerta—. Y busca más trapos de cocina.

Volvió con una botella de yodo, distintos linimentos, una aguja, hilo y una camisa de repuesto. Se había puesto un delantal sobre el vestido. Tras limpiar la cuchillada, empuñó la aguja y se inclinó sobre él. Burton sintió su cálido aliento en el cuello y se echó hacia delante.

—Hace mucho que no hago esto —confesó ella—. No quedará precisamente bonito.

Burton se miró el muñón y se preguntó qué opinaría Maddie de aquello. Una vez vieron en plena calle a un mendigo sin piernas, un veterano de Dunquerque, y se había horrorizado.

—No importa.

La aguja penetró en su piel.

—¿Vas a contármelo?

—No hay nada que contar.

—No sé nada de ti desde el verano. También te presentaste en mitad de la noche, como ahora. —Tiró del hilo—. Creo que me debes una explicación.

Burton movió el pie, sintiendo cómo la sangre se deslizaba por su espalda.

—¿Cuándo fue la última vez que viste a Madeleine? —se atrevió a preguntar Burton.

—¿Te refieres a Madeleine Cranley? Hace meses. No sabía que os conocíais.

—¿Qué le ha pasado?

—Circulan toda clase de rumores, tonterías casi todos. ¿Qué tienes que ver con ella?

—Cuéntamelos.

Ella se echó hacia atrás ante la intensidad de la petición.

—Según parece, Madeleine está muy enferma. Una especie de crisis nerviosa. Dicen que la han internado en una institución mental... aunque se rumorea que todo es culpa de su marido.

—¿Y él?

—Por Navidad vino a la casa de campo con su hijita.

—Alice.

—Apenas salieron de casa. Pasado Año Nuevo se fueron a Londres y no han vuelto desde entonces.

—¿Lo viste?

—Una vez, en el Día del Boxeo, en Vieux-Moines.

—¿Qué aspecto tenía?

—Había bebido una copa de más, pero parecía de buen humor. Seguro que era por el espectáculo. ¿También lo conoces? Un hombre encantador, seguro que hará por Madeleine todo lo que esté en su mano.

—Está muerta. —Mientras volvía de la granja había rechazado la idea; ahora se sentía enfermo por la facilidad con que lo había dicho—. Cranley la mató.

La aguja se detuvo.

—¡Burton! ¿Cómo puedes decir algo tan horroroso?

—Porque es verdad. —Dudó un instante antes de continuar, agradecido por estar inclinado sobre la mesa y que su tía no pudiera verle la cara—. Madeleine y yo teníamos una aventura. Ella iba a dejarlo, por eso te pedí prestado el dinero para comprar la granja. Pero él lo descubrió y me envió a África. No sé lo que le pasó a Maddie... solo que está muerta.

—¡No puedo creerlo! —exclamó su tía—. Trabaja para el Gobierno, es un hombre muy respetado. Cuando lo vi por Navidad, le dije lo mucho que lamentaba su situación matrimonial y lo vi derramar una lágrima.

—Él me hizo esto. —Burton alzó el muñón—. Y los hombres de mi equipo murieron por su culpa.

—Pero ¿matar a su propia mujer? ¿A la madre de su hija? Incluso tiene la Orden del Imperio Británico; el propio rey se la concedió.

—Si un *lord* del reino es capaz de llamar amigo a Hitler, puede tener al mismo tiempo la Orden del Imperio Británico y sangre en las manos.

Un reloj dio la hora en alguna parte: una campanada, dos, tres, cuatro... El sonido se disolvió en el frío. Su tía dobló un paño y lo presionó contra la herida para que absorbiera la sangre.

—Tienes que creerme.

—Si lo que dices es cierto, ¿por qué fuiste a África? Me dijiste que ibas a abandonar ese tipo de vida.

—Cranley me engañó. Me engañó con el único motivo que no podía rechazar. —Burton volvió a dudar—. La oportunidad de matar a un hombre.

—¿Qué hombre podía ser tan importante para ti?

Había esperado a cumplir veintiún años para escribirle a su tía. Temía que si lo hacía antes lo embarcarían a Inglaterra para ponerlo bajo su custodia. Por entonces, Bel Abbés, el fuerte de la Legión Extranjera francesa que lo convirtió en soldado, ya era su hogar hacía cinco años. Patrick le ofreció compartir su alojamiento para que tuviera un poco de privacidad. Fuera, las dunas siseaban movidas por el viento y el cielo era de un color rosa sucio. Burton recordó el color rojizo del papel bajo el sol del atardecer. Escribió a su tía una carta sencilla, en la que omitía los detalles horribles, para informarle de que sus padres habían muerto.

—Nunca te conté la verdad, no habría servido de nada —reconoció, mirando fijamente su abrasado y deforme brazo—. Mamá no murió, nos abandonó años antes sin ninguna explicación. El hombre que fui a buscar a África, el que quería matar, sabía por qué.

—¿Quién era?

Burton no había pronunciado su nombre desde que salió de África. Recordaba su imagen vívidamente: su complexión de ogro, su calva cabeza, sus ojos negros como el ejecutor de la muerte.

—Walter Hochburg. Era pastor cuando llegó hasta nosotros, siendo yo un muchacho apenas. Ahora es el gobernador del Kongo. Desapareció el mismo día que mamá. —Había imaginado mil posibilidades—. Le ofrecimos a Hochburg bondad y caridad, y nos lo pagó con desgracia. Quería venganza.

—La venganza es vanidad. ¿Sabía Madeleine todo eso?

—Todo.

—¿Y qué opinaba?

—Me dijo que estaba cazando fantasmas. Me rogó que no fuera.

—Pero lo hiciste. —Su tía lanzó el mantel sobre la mesa. Estaba teñido del color del vino—. Si lo que dices de Cranley es cierto, la abandonaste cuando más protección necesitaba.

Él no replicó. La aguja volvió a morder su carne.

Ella siguió cosiendo en silencio hasta que terminó y anudó el hilo. Puso un disco de algodón sobre el hombro, lo aseguró con una venda y colocó la nueva camisa sobre los hombros. Después reunió los trapos, ahora escarlatas, en el fregadero y los enjuagó debajo del grifo.

Burton miró a su tía y deseó haberle contado su relación con Madeleine mucho antes, pero había oído demasiadas historias de su errante abuelo para compartir una confidencia así. Supuso que se sentía ofendida por la falta de confianza. Lo que los unía era un parentesco sanguíneo: ella necesitaba un sobrino que malcriar y él quería tener un lugar al que llamar hogar. Eso y una mujer de la que raramente hablaban. Burton tenía la sensación de que cuando él no estaba, no solían celebrarse muchas fiestas con invitados. Allí solo estaban Pebble y el incesante ruido del mar.

Su tía escurrió los trapos y se secó las manos.

—Eres tan egoísta como tu madre —dijo, dando rienda suelta a un viejo resentimiento que él nunca había imaginado—. Se fue a África sin pensar un solo segundo en lo que dejaba atrás.

—No es lo mismo. Yo necesitaba la verdad.

—¿La encontraste?

Él negó con la cabeza.

—Pero tenía que intentarlo. Quería cerrar esa página del pasado. Madeleine lo comprendió.

—Eleanor también tenía su justificación.

—Siempre dijiste que era buena persona.

—Era todo lo que una hermana mayor debería ser: lista, hermosa y valiente como una leona —reconoció, quitándose el delantal—. Pero también inútil e impetuosa. Una loca romántica y estúpida que solo se preocupaba de perseguir sus sueños, a la que le importaban un cuerno los corazones que rompía.

Burton la miró a los ojos y comprendió que él estaba equivocado. No era resentimiento, sino el agotamiento contenido de toda una vida que había sido tan ardiente como fútil.

—Tu madre revoloteó de un capricho a otro —prosiguió—. Y lo peor fue cuando descubrió la religión. Le supliqué que se quedara y me ayudase a salvar esta casa. Más tarde le supliqué que no se casara con tu padre porque sabía que un día se despertaría junto a un viejo y ella todavía sería joven. No me extraña que huyera con ese Hochburg. Y cuando se presentó el próximo antojo, seguro que se fue volando tras él.

Burton respondió con voz hueca.

—Dos años después de su desaparición, Hochburg volvió. Solo. ¿Quién sabe qué crueldades le hizo sufrir? Incendió nuestra casa, quemó nuestro orfanato. Papá se quedó atrapado dentro, con los niños durmiendo en la cama.

Su tía no respondió.

—Nunca olvidaré aquellos gritos ni el crujido de las maderas. Nunca olvidaré el olor. Es lo primero que recuerdo cuando pienso en mi infancia.

Hubo una pausa eterna, insoportable.

Al final fue ella la que habló:

—Es demasiado tarde para hablar de estas cosas. —Estaba muy tocada—. Necesito dormir y tú también deberías descansar.

Se dieron las buenas noches. Burton subió las escaleras hasta su habitación y se deslizó entre las sábanas: estaban heladas y olían a lavanda. Seguía contemplando el techo cuando el amanecer asomó tras las cortinas.

—Acabo de acordarme —dijo Pebble, trayendo un paquete y una taza de té.

Se hallaban junto a la mesita del desayuno, el aire impregnado del olor a *kedgeree* y mantequilla tostada. Burton se sentía caliente y lleno, con el pelo todavía húmedo después de bañarse. Le estaba echando un vistazo a la primera página del *Telegraph*. Taft, nombrado presidente la semana anterior en Washington, había anunciado su primera visita al Reich para manifestar su preocupación por los judíos de Madagaskar y reafirmar la neutralidad de su país. En el viaje de vuelta pasaría por Londres.

Burton tomó el paquete y miró el remite: Lusaka, Rodesia del Norte.

—Llegó el año pasado —explicó su tía. Su rostro era neutro, pero no lograba ocultar las ascuas que ardían en sus ojos—. Me temo que lo abrí.

Burton miró el interior del paquete. Contenía dos pasaportes, el de Patrick y el suyo. Antes de la misión en el Kongo, al equipo le pidieron un nombre y una dirección a la que enviar sus efectos personales en caso de que pasara lo peor. No quería que Madeleine se enterase así de su muerte, así que dio los datos de su tía y Patrick se apuntó. Abrió el pasaporte de su viejo amigo y vio un familiar rostro ceñudo. Patrick estaba muerto, Madeleine estaba muerta. ¿Podía ser verdad? El mundo le pareció más solitario que nunca. Patrick era norteamericano y tenía una hija adolescente en Baltimore. Burton decidió que la encontraría, le explicaría lo que le había pasado a su padre y le daría una parte de los diamantes que llevaba en el bolsillo. Era un magro consuelo, pero el único que podía ofrecerle.

—Espero que disfrutemos de tu compañía una temporada —dijo su tía.

—Quiero coger el tren de la una del mediodía.

—¿Tan pronto? Deberías quedarte, hace mucho que no te tengo como invitado. Y tu hombro necesita unos cuantos días de reposo.

—Ya me siento mejor —hizo girar el hombro para demostrarlo. No había visto rastro de sangre en las sábanas.

Una hora después caminaban por el sendero de acceso a la casa, al final del cual esperaba un taxi. La niebla ascendía del mar y lo rodeaba todo de una cegadora blancura brillante. Pebble le había dado una de las chaquetas de *tweed* de su marido. Más ropa de un muerto.

—Sabes que aquí siempre tendrás un hogar —dijo su tía.

Burton pensó en la fosa séptica de su granja.

—Lo sé.

—Es lo que tu madre habría querido. Anoche no debí hablar tan a la ligera. Seguro que era feliz con tu padre. Él la adoraba, no la hubiera abandonado. Era lo que necesitaba. Nunca supe de ese Hochburg.

—Debí dejarlo todo como estaba, enterrado en el pasado tal como dijo Madeleine.

No había nada más que decir, era demasiado doloroso.

Se inclinó para darle a su tía el beso ritual de despedida en la mejilla y ella lo abrazó como si supiera que no iba a verlo jamás. Captó en él un rastro fantasmal de su madre. ¿Cómo sería ahora si estuviera viva? Dejando aparte los rizos rubios, las dos hermanas se parecían muy poco.

El taxista, impaciente, hizo sonar el claxon.

—¿Adónde irás? —preguntó ella.

Burton había vuelto a África en busca de la verdad y eso lo condujo a través de un laberinto hasta dejarlo en el mismo punto donde había comenzado.

—Necesito descubrir lo que le pasó a Madeleine. No podré llorarla hasta que lo haga. —Se echó la mochila al hombro—. Y después iré a Estados Unidos; tengo una promesa que cumplir allí.

—¿Y Cranley? —Sus ojos lo taladraron—. Vas a matarlo, ¿verdad?

Burton sacudió la cabeza y una sonrisa reconfortante asomó a sus labios.

—Quiero hacerle más daño que simplemente matarlo.

7

Kongo, 29 de enero, 10:00 horas

Walter Hochburg leyó el letrero con un solo ojo. El letrero estaba descascarillado, lleno de agujeros, con grandes manchas de óxido.

Union Minière du Haut-Katanga
SHINKOLOBWE MINE
Estd: 1922
«Buena salud, buen ánimo y... buena productividad.»

Una cruz de pintura negra tachaba las palabras. En la parte superior izquierda se había añadido un cráneo pintado con una plantilla, más la palabra DESTA, indicativo de las excavaciones de las SS. Bajo el letrero había una choza sin techo y un muro hecho de alambre de púas. No había puerta.

Le habló al hombre que se balanceaba sobre su hombro. Con el tanque del Focke-Wulf vacío, el aparato tuvo que hacer un aterrizaje forzoso a pesar de los intentos de Hochburg por seguir el vuelo. Tras rebotar en el suelo de la sabana, quedó con el morro clavado en el suelo, un ala rota, y la cabina destrozada. El copiloto se había roto el cuello, pero el artillero sobrevivió. Haciendo caso omiso de sus propias heridas, Hochburg lo sacó de los restos y cargó con él toda la noche, impulsado por la necesidad de llegar a Elisabethstadt. Al menos el terreno era llano, aquel era un país ganadero, de amplios pastos, colinas onduladas y pocos árboles.

—Te prometo que te salvaré —le había dicho.

Al no obtener respuesta, Hochburg presionó la yugular del artillero con dos dedos. No sintió su pulso.

Una chica emergió de la cabaña. No tendría más de trece años, trenzas rubias y los dientecillos de un gato. Un cinturón con una calavera le rodeaba la cintura y su mano empuñaba un fusil Karabiner.

Hochburg se acomodó el artillero sobre el hombro y se dirigió hacia ella. *Fenris* trotaba a su lado.

—¡Alto!

Cuando él la ignoró, la chica disparó un tiro. El barro estalló a pocos centímetros de sus botas. Ella recargó su arma.

—Identifíquese.

A pesar del dolor en el ojo y del agotamiento de las piernas, la visión de aquel cinturón era esperanzadora. En sus primeros meses juntos, Eleanor y él intentaron concebir un hijo. «Que sea una hija», solía decir ella. ¿Lo hubiera abandonado por Burton de haber tenido otro hijo? A menudo, cuando se veía cara a cara con una chica, no podía evitar pensar en ello.

—Somos un perro, un muerto... y el *Oberstgruppenführer* Hochburg, el gobernador del Kongo. —*Fenris* olisqueaba las rodillas de la chica—. ¿Y tú, joven *Fräulein*?

Los ojos de la chica se abrieron mucho, pero no se apartó.

—Aún no soy digna de tener rango, *Oberstgruppenführer*.

—Pero llevas la calavera.

La chica manipuló el fusil con precisión. Terminó golpeando el suelo con la culata y extendió el brazo.

—*Heil* Hitler!

—*Heil*! —respondió Hochburg, adelantándose hasta quedar frente a ella—. Has tenido suerte, normalmente *Fenris* desayuna chicas como tú.

Atravesaron un hueco en la verja y llegaron a una calle sucia bordeada de barracas decrépitas. El terreno estaba grabado con las huellas de vehículos pesados, pero eran antiguas como las marcas de garras de unas bestias prehistóricas. Por encima de ellos, el cielo amenazaba con volver a abrirse.

—¿Cuánto hace que se cerró la mina? —preguntó Hochburg. Había reconocido el nombre de Shinkolobwe del infinito flujo de comunicados que pasaban por su mesa. Recordó que, hacía algunos años, se había hablado de un escándalo en las exportaciones.

—Desde antes de que yo naciera —contestó la chica.

—Entonces, ¿qué haces aquí?

—Los guardias de la DESTA fueron enviados al frente, así que a nosotras nos mandaron aquí.

—¿Tenéis noticias de Elisabethstadt?

La chica negó con la cabeza.

—Tengo que enviar un mensaje para pedir un helicóptero. Es urgente. ¿Dónde está tu comandante?

Un charco bloqueaba el sendero. Era demasiado ancho y profundo para pasar a través de él, así que lo rodearon. *Fenris* se detuvo a beber agua.

—Está interrogando a los prisioneros, *Oberstgruppenführer*.

Hochburg sintió una punzada de desesperación. Tendría que haberse esforzado más durante la noche y abandonar al moribundo artillero.

—¿Los británicos han llegado tan al norte?

La chica no respondió, pero lo acompañó hasta una cabaña de madera pintada de rojo mermelada. Antes de entrar descargó al artillero. Dentro se encontró a una mujer joven con uniforme de *Oberhelfer*. Aunque las mujeres estaban vetadas en las SS, había un cuerpo especial —las SS-Helferin— dedicado a tareas auxiliares: administrativas, radiooperadoras, guardias de campo... Una compensación para los orgullosos padres que solo habían tenido hijas. La mujer estaba hablando por teléfono, con voz tan tensa y apagada como su rostro.

—... Tiene que ser alguien con autoridad. Pruebe de nuevo con Stanleystadt. Hay que encontrar a alguien. Yo no puedo asumir esa responsabilidad.

Levantó la vista.

—*Oberhelfer* Lampedo, el *Oberstgruppenführer* Hochburg —le presentó a la centinela.

Colgó el teléfono sin decir más. Hochburg reconoció el tipo: mujeres íntegras, hermosas, pero que se consideraban a sí mismas vulgares hasta el punto de la indiferencia: en resumen, fácilmente explotables. Al partido le gustaba cultivarlas en Germania. Despidió a la escolta de Hochburg.

—Me encargaré de que le concedan *Die Silberspange* —le dijo Hochburg a modo de despedida.

El *Silberspange* era un broche de plata con el que se recompensaba a las mujeres que se distinguían en las SS.

La chica se marchó radiante.

—Mi avión se estrelló no lejos de aquí —añadió Hochburg, dirigiéndose a la *Oberhelfer*.

—Aquí no tenemos doctor —se disculpó ella—, pero disponemos de algunos suministros médicos.

Cuando la cabina del Focke-Wulf saltó hecha pedazos, una esquirla de cristal fue a clavarse en su ojo izquierdo. Al anochecer lo tenía tan hinchado que prácticamente no podía ver nada con él, y sentía unas punzadas tan molestas y persistentes como un dolor de muelas.

—Eso puede esperar.

—Esa herida tiene mal aspecto, *Oberstgruppenführer*. Tiene que dolerle.

—Mi prioridad es Elisabethstadt. Tengo que impedir que se rindan. ¿Puede comunicarse con la ciudad?

Lampedo ya estaba marcando el número en el teléfono.

—He oído que tiene prisioneros —dijo Hochburg mientras esperaban la conexión.

—Los capturamos anoche.

—¿Mientras patrullaban?

—No, en la propia mina. Habían atravesado la verja y estaban tomando muestras.

—¿Cuántos son?

—Un equipo de cuatro. Uno murió cuando intentaba escapar, pero atrapamos a los otros.

—¿Qué han confesado?

—No mucho. Lo he intentado todo, *Oberstgruppenführer*, pero se niegan a cooperar.

—La arrogancia de los británicos siempre ha sido su perdición. —De su ojo herido manó una lágrima ensangrentada—. Elisabethstadt aún no es suya y ya intentan robarnos nuestros tesoros.

Lampedo frunció el ceño desconcertada.

—¿Los británicos?

—Sus prisioneros. Ha dicho que estaban recogiendo muestras. Pero no conseguirán nada más.

—Creo que hay una confusión, *Oberstgruppenführer*. Los prisioneros no son británicos.

—Entonces, ¿qué son?

Ella bajó la vista como si fuera culpa suya.

—Norteamericanos.

Antes del interrogatorio, siempre hay que desayunar bien.

Hochburg envió órdenes a Elisabethstadt para que siguieran resistiendo y solicitó un helicóptero. Mientras lo esperaba, decidió charlar con sus invitados norteamericanos.

Aunque los suministros de la mina eran escasos, las chicas le ofrecieron salami, pan negro —algo rancio— y café, la mayoría de ellas ruborizadas y sin atreverse a hablar. Su centinela favorita volvió con algunos analgésicos y un mango. Hochburg les dio las gracias a todas y desayunó copiosamente. Pinchó una loncha de salami con el tenedor y la paseó cerca del hocico de *Fenris* sin dejar que la cogiera. La saliva goteó de la boca del perro.

—¿Dónde están ahora los prisioneros? —preguntó Hochburg, que bebió un trago de su café.

Una década antes, el Führer había insistido en que el cultivo de café era una prioridad en la África alemana. Eso terminaría con la humillación de tener que importarlo de los británicos.

—En la mina —informó Lampedo—. Los dejé allí toda la noche, creí que eso los haría más...

—Creo que la palabra que estás buscando es *predispuestos*. —Ella asintió—. La lluvia debe de haberlos empapado. Llévame con ellos.

Salieron de la cabaña con *Fenris* a su lado. El sol matinal estaba rodeado de nubes. Mientras caminaban, Hochburg buscó el cuchillo de Burton y empezó a pelar el mango.

—¿Cómo sabes que son norteamericanos?

—Pasé tres meses en New Jersey —explicó Lampedo—. Fui estudiante de intercambio entre la universidad de Friburgo y la de Princeton.

Shinkolobwe era una mina a cielo abierto. Sobre ella se situaba una avenida de barracas, junto a un tajo en la corteza terrestre de varios cientos de metros de profundidad. En ambos lados se veían las terrazas donde se habían estado extrayendo los minerales. La roca era del color de la mantequilla tostada, con filones algo más oscuros y ocasionales manchas turquesas y grises.

Arrodillados frente al abismo había tres hombres desnudos hasta la cintura, con los brazos atados a la espalda y sin botas. Hochburg se dio cuenta de que Lampedo había elegido bien el sitio. Encerrados en una cabaña, los prisioneros podrían haber conspirado para escapar, pero allí eran completamente visibles. Tenían un salto suicida enfrente y una batería de fusiles detrás. ¡Ojalá hubiera tenido a Burton en esa situación! No iba a haber una agonía breve para él, sino un cúmulo de tormento y desesperación que Hochburg prolongaría tanto como quisiera.

—¿Hiciste tú eso? —preguntó. Los rostros de los hombres estaban hinchados y llenos de costras de sangre.

—Quería hacerlos hablar.

—¿Y tus chicas los capturaron?

Vigilando a los yanquis había un grupo de adolescentes: mejillas sucias, mechones rubios. No tenían BK44 ni granadas o lanzallamas, solo los Karabiners que sus padres habían usado diez años antes.

Lampedo asintió con la cabeza.

Hochburg recordó las palabras que le había dicho a Zelman en la Schädelplatz: «Dame un batallón de chicas y terminaré con esta guerra.»

Se situó tras los prisioneros. Dos de ellos tenían el musculoso torso tostado por el sol y presintió que no hablarían aunque los golpease con barras de hierro. La resistencia era una cualidad que les gustaba exhibir. El tercero estaba mucho más pálido y solo tenía una franja morena en torno al cuello y el pelo recientemente recortado por los lados y por detrás. Hochburg miró por encima de su hombro: abajo, el fondo de la mina estaba anegado.

—Fe-fi-fo-fum, huelo la sangre de un norteamericano... Soy el gobernador del Kongo. A la vista de vuestro atuendo asumiré que sois soldados. —Llevaban pantalón de camuflaje. Cerca de ellos, *Fenris* olía los tres pares de botas militares.

Los prisioneros no contestaron.

—A menos que me equivoque, vuestra Ley de Neutralidad de 1940 sigue vigente, lo que convierte vuestra presencia aquí en algo... desafortunado; e intrigante.

Terminó de pelar el mango. Cortó un trozo y se lo comió.

—¿Les has ofrecido algo de comida y agua, *Oberhelfer*?

—No. Incluso les tapé la boca para que no pudieran beber el agua de la lluvia.

—*Fräulein*, tu crueldad debería ser exportable.

Cortó otro pedazo de mango y se lo ofreció por turno a los tres hombres.

—No está lo maduro que debería, pero os refrescará igualmente.

Los primeros dos mantuvieron la vista al frente, solo el más pálido lo miró una fracción de segundo. Su lengua lamió un instante sus labios resecos. Hochburg tragó el pedazo de fruta y se terminó el resto del mango. Chupó el hueso antes de lanzarlo al abismo.

—Quiero vuestros nombres, vuestros rangos y saber qué hacíais aquí.

Silencio de nuevo. Hochburg lo celebró con una risotada.

—Bien. Odio las presentaciones largas.

—Ese se llama Nultz —dijo Lampedo, señalando al más pálido—. Anoche fue el único que dijo algo. Le confiscamos esto.

Le tendió unos anteojos de montura metálica con el extremo de las patillas doblado para encajar en las orejas.

Hochburg se situó tras el prisionero y estudió la curva de su columna vertebral.

—Supongo que tu historial, *Herr* Nultz, es académico y no militar. —Su tono era amable, atento—. ¿Dónde dabas clases?

—En Berkeley.

—¡Cierra el pico! —gritó el soldado que estaba junto a él.

—No le hagas caso —sugirió Hochburg—. Piensa en tu posición, piensa en ti mismo.

Nultz enroscó los dedos, pero no dijo nada.

Las nubes se espesaban y un trueno retumbó sobre ellos. *Fenris* alzó el hocico y olisqueó. Olía a lluvia.

Hochburg asintió repetidamente con la cabeza. Le asaltó un inesperado cansancio que tenía poco que ver con su caminata nocturna o con su ojo, pero que se asentó en su estómago. ¿Por qué no le decían lo que necesitaba saber? ¿Por qué ese desafío frente a lo inevitable? Parecía que los hombres disfrutaran convirtiéndose en objetos de violencia. Era el único rasgo común que unía a todas las razas.

—A ciento veinte kilómetros de aquí, Elisabethstadt está a punto de capitular y necesito llegar allí cuanto antes. ¿Falta mucho para que llegue el helicóptero, *Fräulein* Lampedo?

—Treinta minutos, *Oberstgruppenführer*.

—¿Lo veis, yanquis? El tiempo se acaba, así que decidme lo que necesito. —Paseó detrás de ellos, chapoteando en el barro—. Os lo imploro, tanto por mi bien como por el vuestro.

Silencio.

Miró a *Fenris*. El perro estaba tenso, contemplándolo fijamente.

Hochburg lanzó una patada con todas sus fuerzas contra el primer norteamericano.

La bota le impactó entre los omoplatos y el impulso le hizo sobrepasar el borde. Un grito resonó en el aire durante un segundo y medio para ser sustituido por un golpe húmedo, desgarrador.

Hochburg se situó tras el segundo soldado.

—¡No, espere! Yo...

Otra patada. Otro grito. Otro golpe sordo.

Le tocó el turno a Nultz. En Germania tenían la paranoia de que llegaría el día en que Estados Unidos le declararía la guerra al Reich a pesar de que todos los presidentes, de Roosevelt a Taft, habían asegurado que eso nunca sucedería. Hochburg no compartía esa idea. El norteamericano que tenía enfrente estaba hiperventilando y desde su ingle se extendía una mancha de humedad.

El alemán sujetó la nuca del hombre con una mano y le empujó la cabeza hacia el precipicio.

—¿Qué hacíais aquí?

En las terrazas bajo ellos, sus dos compatriotas yacían retorcidos y rotos, contorneados por charcos de sangre.

Nultz sintió que se le revolvía el estómago.

Hochburg le empujó un poco más hacia el borde.

—No.

—¿Por qué vinisteis?

—Por la mina.

—Dime algo que no sepa.

—Solo soy geólogo.

—Mira. —Hochburg forzó al prisionero a mirar a sus camaradas. Uno de ellos seguía vivo y tenía un brazo estirado hacia los cielos. Retorcido—. Si tienes suerte, aterrizarás de cabeza.

—Uranio —balbuceó Nultz. De su rostro brotaban lágrimas y mocos.

—Eso no significa nada para mí.

—Es un metal pesado —explicó Lampedo, apartada del borde—. Se utiliza en los rayos X.

—¿Habéis recorrido miles de kilómetros para buscar suministros médicos?

Hochburg lo arrastró hasta el mismísimo borde del pozo. El barro cedía bajo su peso.

—Tiene otro uso —gritó Nultz.

—¿Cuál?

—No puedo... Por favor...

—¡Habla!

En vista de que todo lo que había conseguido era tener ante él a un despojo llorón, Hochburg lanzó un silbido hacia *Fenris*. Le hizo una señal con la cabeza y el animal saltó a las terrazas. Empezó a descender por ellas, moviéndose con la agilidad de un estómago hambriento.

—Solo había desayuno para uno. Para mí —dijo Hochburg. Cogió a Nultz por las orejas y le obligó a contemplar el pozo—. ¡Mira!

Fenris llegó hasta el primer americano. Empezó a devorarlo.

—¡Basta! Por favor... —Nultz estaba sollozando de nuevo.

—¿Por qué el uranio?

—Un arma..., una bomba...

—Cuéntame más —dijo.

Durante varios minutos, Nultz no hizo más que temblar de miedo, pero terminó por claudicar.

—Ha... hablaré.

Hochburg lo arrastró lejos del precipicio y lo lanzó a los pies de las guardias. Ellas contemplaron al norteamericano con desprecio. Unas cuantas se acercaron al pozo para ver lo que estaba haciendo *Fenris*.

—Dadle un poco de agua —ordenó Hochburg.

Le lanzaron una cantimplora a Nultz. Hochburg se agachó a su lado y lo ayudó a beber.

—Quiero saber más cosas sobre esa bomba y por qué tu Gobierno os ha enviado hasta tan lejos.

—A causa de los judíos... —balbuceó Nultz—. Un seguro... contra Madagaskar.

—Los judíos no me interesan. La bomba.

—Es de quince kilotones.

Hochburg solo poseía un conocimiento rudimentario de aquellas cosas. Hizo los cálculos en su cabeza. No. ¡Era imposible! Los hizo de nuevo.

—¿Kilotones? ¿Estás seguro? Una sola bomba podría...

—Destruir toda una ciudad. —Empapado por su propia orina, manchado de mocos y barro, Nultz no pudo evitar un atisbo de presunción en su voz—. Goebbels lo llamaba «cháchara americana y orgías de números».

—¿Habéis desarrollado esa arma?

—Solo teóricamente.

—¿Para qué el uranio?

—Es necesario como material de fisión; de él se extrae la potencia. Estamos buscando una fuente abundante.

—¡Noticias urgentes, *Oberstgruppenführer*! —intervino Lampedo. Junto a ella, una de las chicas jadeaba con un papel en la mano.

—Puede esperar. —Hochburg ya sabía lo que decía.

Arrastró a Nultz del pelo hasta el borde del pozo. *Fenris* alzó la cabeza, molesto por la interrupción.

—Estás mintiéndome —aulló.

—No, se lo prometo. Ustedes también estaban desarrollando una bomba igual.

—¿Ah, sí? ¿Y dónde estaban creando ese milagro?

—La investigación se abandonó. Órdenes del Führer.

—¿Por qué?

—Puede comprobarlo. —Soltó una lista de nombres medio reconocibles. Eran algunos de los científicos alemanes más eminentes.

—¿Esos hombres estaban trabajando en la bomba? —preguntó Hochburg.

—Hable con ellos. Se lo explicarán todo.

—¿Lo saben los británicos?

—No por nosotros.

—Y esa *Wunderwaffe*, esa arma maravillosa, ¿de verdad es tan poderosa como dices?

—Lo juro.

¿Era posible? ¿Podía una sola bomba aniquilar toda una ciudad? Solo necesitaría una docena para dominar toda África.

Su ojo irradió una ola de dolor por el cráneo. Se palpó con delicadeza la herida antes de alargar la mano hacia Lampedo. Ella le pasó el mensaje con expresión lúgubre. Solo contenía tres palabras. Hochburg las leyó y arrugó el papel en el puño.

Si lo que el norteamericano decía era cierto, puede que aquello ya no importara.

8

Hampstead, Londres, 31 de enero, 0:20 horas

«¿Por qué siguen vivos los malvados?»

Ese era el lamento de su padre cuando su madre los abandonó. Burton se preguntó lo mismo en la Schädelplatz, al pasar entre las colosales estatuas doradas de dos leones que guardaban la entrada, cuando intentó asesinar a Hochburg.

Mientras vigilaba la casa de Cranley, las palabras de Job 21:7 volvían a atormentarlo.

Burton estaba envuelto en una niebla espesa. Las farolas callejeras sobre él apenas eran faros borrosos. Aunque se había abrochado todos los botones de la zamarra y llevaba levantado el cuello de la chaqueta, el pecho le dolía a causa del frío. Llevaba escondida en la manga la palanca de hierro que había usado en la granja y la Browning, oculta en la mochila.

Cranley era el anfitrión de lo que Madeleine solía describir como «una de sus *soirées*» —siempre se reía al decir esa frase—. Las ventanas eran oblongas y, a través de ellas, Burton pudo ver a los invitados brindando con litros de champán y oír sus chillidos de hilaridad y la música ambiente, aunque todo amortiguado por la niebla. Conocía aquel tipo de invitados de sus días de mercenario. En el Congo y en las colonias francesas creían que las fiestas en los jardines y los cócteles junto a las piscinas durarían eternamente. Cada estallido de risa se le clavaba en las entrañas.

Habría sido demasiado sospechoso espiar la casa desde un punto fijo, así que se dedicó a pasear por las calles y a pasar por delante de la mansión cada diez minutos como ya había hecho dos años antes por Nochebuena. Madeleine encendió un par de velas para él: dos llamitas en la ventana como promesa de que no pasarían otras Navidades separados. El plan de Burton era observar el lugar varias noches seguidas para controlar la rutina de la casa y atacar temprano por la mañana.

Entonces vio a Cranley exhibiendo su aborrecible suficiencia.

Apareció pasada la medianoche, con la figura distorsionada por la niebla. Por las ventanas seguía viéndose luz, aunque la casa permanecía silenciosa. Burton se había situado en la acera opuesta, tras un árbol. En cierto momento creyó sentir una presencia cercana, pero cuando sus ojos buscaron alguna silueta reveladora, solo encontraron vapor vacío y cambiante.

Vio que Cranley acompañaba a una mujer con un abrigo largo de piel hasta un Rolls-Royce. Su paso era un poco tambaleante. Intercambiaron unas cuantas palabras y él echó la cabeza atrás para lanzar una carcajada. Después le dio un beso de buenas noches y llamó la atención del chófer con un golpecito en el techo del coche. Aquel gesto, tan simpático, tan despreocupado, provocó que Burton palpase ansioso la palanca. Cranley se iría a la cama lleno de carísimas burbujas líquidas y con el ánimo relajado; se dormiría en cuanto su cabeza tocase la almohada.

Mientras el Rolls se alejaba, Burton cruzó la calle a toda velocidad, pero no lo bastante rápido para alcanzar a Cranley. La puerta delantera se cerró antes de que pudiese llegar y era demasiado sólida para intentar derribarla. Pulsó el timbre con el muñón y oyó un sonido musical. A través del oscuro cristal vio que la silueta de Cranley se acercaba a la puerta y oyó el sonido de la cerradura.

Burton se desplomó.

En la base de la nuca le estalló un relámpago de dolor, que provocó que le flaquearan los miembros y los ojos se le enturbiaran. Sintió como si los dientes fueran a desparramarse por el suelo. La palanca se le escapó de las manos. Un instante después, el aire que entró en sus pulmones era más cálido que el de la calle. Oyó la voz de Cranley —«cierra la puerta... al comedor...»—, se sintió arrastrado a través del recibidor y por unas cortas escaleras hasta un nivel entreplantas. «Átale las manos.» Lo arrojaron en una silla. Un candelabro brillaba en el borde de su consciencia.

—¿Qué debo hacer, señor? —dijo una voz de mujer cerca de su oreja.

Unos dedos helados le agarraron y alzaron el muñón.

—¿Qué fue lo que dijo Rommel en su discurso de despedida cuando se retiró? *Ein Teil von wird für immer in Afrika bleiben* —recitó Cranley con el tono preciso de un diplomático—. En África dejaré para siempre una parte de mí. Átalo al reposabrazos —añadió, aflojando su presa—. Toma, usa esto para los pies.

Mientras lo ataban, Burton era consciente de que Cranley cruzaba la habitación en busca de un teléfono. Lo acercó hasta tensar el cable y lo dejó sobre la mesa del comedor.

—Eso será todo, señora Anderson —dijo—. Espero visitas muy pronto. Acompáñalas hasta aquí, pero en silencio. No quiero molestar a Alice. Entretanto, abríguese. Esta noche se ha portado muy bien.

Burton intentó mover los brazos, pero la cuerda no cedió ni un milímetro. Su mente funcionaba al ralentí, la náusea le impedía concentrarse. Oyó la puerta cerrarse a su espalda y los pasos del ama de llaves se alejaron.

Cranley chasqueó dos dedos frente a los ojos de Burton.

—¿Sigues conmigo?

Como Burton no contestó, le lanzó el contenido de una copa de champán a la cara. El líquido hizo que pudiera concentrarse, al tiempo que despertó todas sus alarmas. Buscó por la habitación algo que le permitiera liberarse. Las brasas de un fuego casi extinguido crepitaban en la chimenea. Había botellas y vasos por todas partes, y la mesa estaba abarrotada de restos de comida. Por la mañana, los cubos de basura amanecerían llenos a rebosar.

—Quiero tu completa atención. La merezco, ya que deseo agradecerte lo que hiciste en el Kongo —exigió Cranley. Su voz tenía una cualidad afable y confiable contra la que Burton tuvo que luchar para que le resultara desagradable—. Todo salió exactamente como esperaba. El cebo que le ofrecimos a Hochburg fue Rodesia y su arrogancia hizo el resto. Elisabethstadt se rindió ayer, por eso he dado esta fiesta. —Registró la mochila de Burton hasta encontrar la Browning—. Solo lamento que Madeleine no pudiera asistir, siempre le han encantado las fiestas.

—Las odiaba.

—Creo que conozco a mi esposa mejor que tú.

Burton notó que se le estaban entumeciendo los brazos a causa de las ligaduras. Volvió a tirar de ellas y le pareció que se movían ligeramente alrededor de su muñón.

—¿Qué has hecho con ella?

—Yo también solía llevar una Browning HP —confesó Cranley, apuntando al pecho de Burton con la pistola—. Fue durante la Guerra Civil española. Es más ligera de lo que recordaba, pero sigue siendo una buena arma. —La sopesó y le quitó el seguro—. Muy precisa, nunca se encasquilla... ¿Pensabas dispararme mientras dormía?

Burton sabía que era mejor no responder, pero no pudo evitarlo.

—Solo he venido a por Alice.

Su plan era llevarse a la niña a Estados Unidos y desaparecer allí. Cranley, con toda su riqueza y su prestigio, con todos sus importantes contactos, se vería impotente para encontrarlos.

—Entonces, no me conoces. Llévate a mi hija y te perseguiré el resto de tu vida.

—Es lo menos que le debo a Madeleine.

Cranley estudió a Burton, paseando la vista de las botas a la barba. Él le sostuvo la mirada. Ninguno de los dos parpadeó. Antes solo había visto fotografías de Cranley; de cerca, se sintió impresionado por la simetría de sus facciones, de su piel inmaculada, de la belleza de su boca. No podía pensar en otra descripción menos favorecedora. Recordó algo que en cierta ocasión le dijera Madeleine: la primera clase nunca es suficiente para él.

Mientras hablaba, Burton seguía intentando liberar su brazo.

—No sé qué pudo ver en ti. —Cranley seguía sin parpadear—. Era de la alta sociedad vienesa. Aunque confieso que es intrigante conocerte al fin, comandante Cole. Tu rival es igual que tú mismo, pero más... ¿concentrado? ¿O es lo opuesto a ti?

Apartó la vista y una sonrisa de suficiencia asomó a sus labios, como si hubiera ganado un juego inexistente. Cerca de la chimenea había un mueble-bar en forma de globo terráqueo. Era antiguo, pues en él Rusia se extendía de Europa al Pacífico. Cranley se sirvió un poco de brandi sin soltar la pistola.

—¿Quieres saber lo que más me molesta? —preguntó, sentándose sobre la mesa—. Esas cosas que los nazis dicen de los judíos. Que son ratas; inmorales y conspiradoras. —Aspiró el aroma de su brandi—. Una estupidez, por supuesto. Pero cuando descubrí lo que ella me había hecho... La propaganda resulta más odiosa todavía cuando resulta ser cierta.

—La mataste.

—¿Qué hubieras hecho tú de ser tu esposa? —Su mandíbula se llenó de puntos escarlatas—. Si le hubieras dado una vida más allá de sus sueños más salvajes y descubrieras que se está follando a un don nadie... —Volvió a calmarse—. No la maté.

—Igual que no mataste a Patrick ni al resto de mis hombres en el Kongo. Pero diste la orden y con eso basta. Russell me lo contó todo.

—Lo dudo.

Cranley descolgó el teléfono y pidió que le comunicaran con Scotland Yard, incluso dio un número de extensión. Mientras esperaba, Cranley se dedicó a estudiar la punta de su zapato como si fuera el objeto más fascinante del mundo. Burton dio otro tirón a su brazo: la piel se le estaba irritando, pero la cuerda parecía más floja.

—Tengo una curiosidad. ¿Cómo escapaste del *Ibis*? Me confirmaron que estabas a bordo cuando partió de Angola.

—Cuando llevábamos un día de travesía, nos cruzamos con un buque de carga que se dirigía a Ciudad del Cabo. Aunque estaba medio atontado por la morfina, pensé que alguien podría atacarnos, Hochburg o tú, así que cambiamos de barco.

—Eres un hombre notable, comandante.

—Y después remontamos la costa hasta Suez.

Cranley asintió, pero ya no tenía interés. Miró con indiferencia cómo luchaba Burton con sus ataduras, antes de volver la atención al teléfono. Se identificó como si al otro lado esperaran su llamada.

—Ese asunto de Suffolk, los dos agentes asesinados... Tengo al asesino aquí, en mi casa... No, yo estoy perfectamente a salvo, él no se irá a ninguna parte... Bien, dense prisa, pero sean discretos. No quiero alarmar a los vecinos.

Colgó sin más explicaciones.

—Suponíamos que vendrías, así que solo tardarán unos minutos. —Bebió un sorbo de su brandi—. Te declararán culpable, claro, y te condenarán a la horca. Yo preferiría que te pudrieras en la cárcel el resto de tu vida, pero la ley es la ley. Toda la reputación que pudiste ganarte en su momento quedará enterrada en el fango. No te servirá de nada.

Burton escuchó las últimas palabras con una excitación incontrolable.

—Cuando esté ante el juez, le contaré lo que le hiciste a Madeleine.

—¿Y qué le hice?

—La asesinaste.

—No. Está viva.

Cranley le enseñó su anillo de boda como si fuera una prueba.

Burton sintió un soplo de esperanza, pero lo desechó. Cranley estaba jugando con él.

—No te creo.

—Lo pensé, por supuesto. Pensé en esa última mirada suplicante en sus ojos. —Otro sorbo de brandi—. Pero como he dicho, no creo en la pena de muerte. Es demasiado amable. Una bala o una soga, y todo ha terminado. Pero toda una vida de tormento... eso sí que es un castigo.

—Así que la metiste en un manicomio.

—¿Eso es lo que dicen? —Cranley se dio una palmada en la pierna. La diversión que bailaba en sus ojos era sincera—. Siempre se puede confiar en los chismes de las mujeres.

—Entonces, ¿dónde está?

Del exterior llegó el ruido de un motor.

Cranley se dirigió a la ventana y atisbó entre las cortinas sin dejar de apuntar a Burton.

—La policía. Dos coches.

Burton retorció la muñeca. Unos centímetros más y...

—Quiero decirte una última cosa —apuntó Cranley, volviendo a la mesa—. Para que pienses en los meses de espera hasta que te ahogues; la verdadera razón por la que no la maté. —Se inclinó hacia Burton para hablarle a la oreja, presionando la pistola contra sus costillas—. Por mi hijo.

—No la tocaste en meses.

—Solo un idiota creería a una mujer que lleva una doble vida. Cada vez que volvía de uno de vuestros encuentros, acudía a mi dormitorio. Podía olerte en su cuerpo.

—Mientes.

—Nunca te amó, dijera lo que dijese —escupió Cranley con total seguridad—. Espero que lo comprendas.

Burton tiró de la cuerda. Como no cedió, se lanzó hacia delante con tal ferocidad que derribó la silla y chocó contra Cranley. El reposabrazos se partió, lo que le permitió liberar el brazo. Tiró de la cuerda que le aprisionaba los pies y logró pasar las botas por encima y liberar también las piernas. Solo faltaba el brazo derecho, pero el muñón era inútil ante los nudos.

Cranley se levantó del suelo y contempló el forcejeo de Burton sin intentar impedírselo.

—Tras tus telegramas tuve que improvisar un mecanismo de seguridad. Esta casa es como una fortaleza. Aunque pudieras librarte de esto —añadió, exhibiendo ostensiblemente la Browning—, no podrás salir de aquí.

—No está cargada.

Cranley le apuntó directamente entre los ojos y apretó el gatillo. Sonó un chasquido.

—Tienes razón, no lo está. —Soltó el arma sobre la mesa sin perder un ápice de su aplomo.

Burton deseó arrancarle aquella confianza a golpes. Dejó de forcejear con la cuerda e intentó ponerse en pie con el brazo todavía sujeto a la silla. El asiento le golpeaba en la parte interior de sus rodillas, por lo que no podía erguirse y su posición le hacía parecer un jorobado. Avanzó dificultosamente hacia Cranley, que no hizo el menor movimiento de retirada.

Fuera, los motores se detuvieron. Sonaron puertas abriéndose y cerrándose sin estrépito. Oyeron las pisadas apresuradas de los hombres acercándose a la casa.

Burton levantó la silla por encima de su cabeza y la dejó caer sobre Cranley, pero este se apartó a un lado. Burton volvió a alzar la silla y la estrelló contra la mesa. Al tercer intento la silla se partió en pedazos y quedó libre, aunque el reposabrazos siguió atado a él a modo de garrote. Giró en redondo mientras Cranley cargaba contra él.

Burton cayó sobre la mesa y arrastró a Cranley con él, aplastando platos y vasos, y desparramando por todas partes los restos de pudin. Cranley se hizo con una botella de champán e intentó golpear con ella a su rival. El impacto, a pocos centímetros de la cabeza de Burton, reverberó por toda la mesa. La botella, de la que solo quedaba su cuello dentado, buscó la cara de su contrincante. Burton alzó la mano para intentar protegerse y el reposabrazos desvió el golpe.

Contra sus costillas se estrelló un puño; un segundo puñetazo, más fuerte que el anterior, se hundió en su estómago. A medida que le caían golpes, Burton llegó a la conclusión de que Cranley no había aprendido aquello en la Oficina Colonial. En algún momento de su vida había participado en más de una pelea.

Burton se sintió empujado y golpeado todo a lo largo de la mesa, hasta caer al suelo entre una cascada de platos rotos. Arqueó la espalda para reptar hacia la chimenea.

Cranley dio la vuelta a la mesa, buscó el atizador y lo agitó teatralmente como si fuera un florete. Lo agarró con las dos manos y lo alzó por encima de la cabeza con la boca deformada por la rabia. Ya no era una espada, sino un hacha.

Burton le dio una patada a la reja de la chimenea.

Las brasas se desperdigaron por todas partes y algunas de ellas cayeron sobre la alfombra, prendiéndole fuego. Los dobladillos del pantalón de Cranley también empezaron a arder. Soltó el atizador y los palmeó hasta que sus manos humearon. Burton buscó un espacio libre para ponerse en pie. Del recibidor llegó el carillón musical del timbre.

Cranley intentó apartarse del fuego, chocó contra el mueble-bar y lo derribó. Un cóctel de botellas y decantadores cayó sobre Burton; el alcohol que contenían inflamó todavía más las llamas. Burton apartó los restos del globo terráqueo y reptó bajo la mesa hasta toparse con la descartada Browning. La recogió y buscó su mochila con la vista. Cranley había llegado hasta la puerta. Sacó una llave del bolsillo y se dispuso a abrirla.

Burton dedujo lo que iba a ocurrir, así que se acurrucó y se tapó la cabeza con los brazos.

Oyó un sonido ronco, como si alguien aspirara aire junto a su oreja. Una ráfaga de aire fresco penetró en la sala, tan dulce como letal; y una ola de fuego recorrió el techo. Las paredes y el mobiliario estallaron en llamas. Burton sintió como si le hubieran sumergido la cara en aceite hirviendo. Se puso en pie y metió un cargador en su pistola. Cranley había quedado conmocionado por la ráfaga de fuego. Burton se situó sobre él y disparó. La bala se incrustó a dos centímetros de su cabeza. Amartilló de nuevo el arma.

—¿Dónde está?

—Nunca la encontrarás.

Burton se dejó caer de rodillas, clavando a Cranley contra el suelo. Le golpeó la cara con la Browning.

—¿Dónde? —rugió.

No obtuvo respuesta, así que le golpeó de nuevo. Apareció un corte desde la ceja de Cranley hasta su mejilla y el metal de la pistola se volvió pegajoso. Cada nuevo golpe era más frustrante y frenético que el anterior.

Un sonido metálico. Por toda la habitación cayeron fragmentos en llamas de la lámpara.

Burton se guardó el arma en la cintura, cogió a Cranley por la garganta y lo arrastró al centro de la habitación hasta que quedó rodeado por las llamas. Su rostro se retorcía bajo el intenso calor.

—Última oportunidad —sentenció Burton. Las palabras le abrasaban la garganta.

—Prefiero arder antes de dejar que vuelvas a verla.

—La encontraré.

—Todos los archivos han sido borrados: inmigración, matrimonio... Nunca ha existido.

La lámpara cayó del techo. Por toda la habitación se esparcieron gotas de vidrio fundido.

Cranley rodeó a Burton con los brazos y ambos rodaron por el suelo de aquel infierno. La chaqueta de Burton empezó a arder, la ferocidad del calor le abrasaba la piel. Olió el hedor del pelo quemándose.

Burton golpeó la cara de Cranley con su cabeza y logró liberarse del abrazo. Una barrera de fuego los separó. A través de las llamas, Burton vio la Browning en el suelo, lejos de su alcance. Cranley reptó para alcanzarla.

Burton retrocedió hasta la puerta abierta. Sacó la llave de la cerradura y se quemó los dedos. Salió al vestíbulo y cerró la puerta de un portazo. Segundos después, oyó que los puños de Cranley la aporreaban. Burton la cerró con la llave y la arrojó entre el humo.

Las llamas se extendían por toda la casa. Burton se tapó la boca y bajó las escaleras para dirigirse a la puerta principal. La señora Anderson estaba abriéndola y gritando en su dirección. Entraron tres hombres corriendo: dos policías uniformados, y otro con gabardina y una ametralladora. Las balas rociaron las paredes a su alrededor.

Burton se dio media vuelta en la entreplanta y pasó por delante de un reloj de pie que emitía sonidos metálicos al tiempo que su interior se deformaba por el calor. Un par de ventanas daban a la calle. Probó con la primera, pero tenía pestillo. A través del cristal pudo ver la impenetrable niebla teñida de naranja, que se retiraba de la casa como si temiera chamuscarse. La otra ventana también estaba cerrada. Por encima del crepitar del fuego oyó a la señora Anderson aullando acusaciones contra él. Uno de los policías ladraba órdenes. Entre esas voces oyó otra, un grito que procedía de los pisos superiores.

Su corazón se detuvo un instante. Cranley había mentido, tenía a Madeleine prisionera en algún lugar de la casa. Entonces comprendió lo que había oído. Se dirigió a la escalera principal, intentando ver a través del humo acumulado.

No era Madeleine.

Era Alice.

9

Burton y Madeleine se hicieron amantes en un mugriento compartimento de tren de segunda clase. Antes habían estado hablando de banalidades y decidieron que no volverían a verse. Era mejor terminar su relación cuando las únicas intimidades que compartían eran oscuros relatos de sus pasados respectivos y unos cautelosos besos. Madeleine había llorado demasiado para tomarla en serio. Entre lágrimas, Burton estuvo de acuerdo con sus razones para romper... y las enumeró una a una de camino a la estación. Una vez en el tren se sentaron en silencio. Burton sentía su corazón roto, hueco. Estaba pensando en un rubí que tuvo que entregar para salvarle la vida a un industrial belga ante el avance del Afrika Korps en Stanleyville. Hubiera ofrecido la joya sin pensárselo dos veces por poder leer la mente de Madeleine.

—¿Seguro que estamos haciendo lo que tenemos que hacer? —preguntó él.

—Sí.

Ella dejó la mano sobre el muslo de él de forma inconsciente: desde el principio había tenido una manera casual de tocarlo. Al principio disfrutó de ello, pero llegó a sentir celos cuando la vio interactuar con otros hombres, hasta que se dio cuenta de que era pura formalidad. Notó lo fríos que estaban sus dedos a través del pantalón, así que le cogió la mano entre las suyas para calentarla —ella se resistió brevemente— y, al no lograrlo, se la acercó a la boca para hacerlo con el aliento. Esta vez no encontró la menor resistencia.

—No quiero que este viaje se acabe nunca —susurró ella. Tenían previsto llegar a Londres al anochecer. En el exterior, las marismas brillaban bajo la neblinosa luz del sol y el agua relucía como si fuera espumillón.

Madeleine recuperó la mano, dudó un instante y se inclinó sobre él. Su vestido hizo un ruido sordo al moverse. Posó los labios sobre los de Burton, vacilante al principio y pronto con una pasión rabiosa. Sus lenguas se buscaron, pero no como en anteriores ocasiones. Él se dio cuenta del abandono de Madeleine, resignado y temerario a la vez. Cuando se quedó sin aliento, Burton se puso en pie y fue hasta la puerta. El pasillo estaba vacío. Algunas luces se habían fundido. Bajó la persiana y colocó el paraguas de Madeleine bajo el pomo de la puerta para impedir que pudieran abrirla desde fuera.

Ella se había quitado el abrigo y se había desabrochado los botones del vestido, que le llegaban hasta la garganta. Su piel se había sonrojado de las mejillas a la cabeza. Se quitó cuidadosamente los pendientes de perlas. Volvieron a besarse y se dejaron resbalar en los asientos, que apestaban a polvo y suciedad. Él presionó su cuerpo contra el de ella. Buscó con la mano el cierre de sus medias. Ella le rodeó la cintura con las piernas.

De repente, ella lo apartó.

—¿Y Alice?

En los meses que siguieron, Burton comprendió el significado de la pregunta, ya que antes nunca se había enamorado. Pero en el tren, consciente del acaloramiento del momento, no supo cómo responder.

—No pienso abandonarla —insistió Madeleine—. Pase lo que pase, nunca me pidas algo así.

La última frase la dijo en alemán. Burton no conoció a Alice hasta mucho después.

En la primavera de 1952, siguió a Madeleine en un viaje que hizo con su marido a Germania. Lo discutieron todo en un café de la Kurfürstendamm: que ella abandonaría a Cranley, que él dejaría las aventuras en el extranjero, la búsqueda de un hogar, la vida que compartirían... Todo, excepto lo que ocurriría con la niña, quizá debido a que ambos temían que sus esperanzas, sus sueños, se desvanecieran ante la realidad de una niña de cinco años.

—Ya es hora de que conozcas a Alice —anunció ella varios meses después, cuando vaciaron el ático de la granja.

Burton había captado algo extraño en ella todo el día, una ausencia de su normal buen humor. El matrimonio le había enseñado a Madeleine a ser cauta antes de compartir demasiado abiertamente sus pensamientos, una costumbre de la que todavía no se había librado.

—Podríamos hacer un pequeño viaje. Ir hasta el mar —replicó él, imaginando familias en la playa, helados, normalidad. Ese mundo tan natural, pero que le era tan ajeno.

—Quiero que venga aquí.
Burton dejó la caja que transportaba.
—No es buena idea. Todavía no.
—Algún día este será su hogar.
—¿Y si se lo cuenta a alguien?
—No lo hará. Es demasiado pequeña para comprender lo que significa.
—Pero ¿y si lo hace?
—¿Qué es lo peor que podría pasar? —preguntó ella, tras pensarlo unos segundos—. ¿Que estallara un escándalo? ¿Que la gente cotilleara? Las niñas judías están acostumbradas a todo eso.
—No me parece bien que él se entere de esa forma.
Pero Burton cedió. Y la mañana de la primera visita de Alice fue a la tienda del pueblo para comprar bollos y tartitas de Linz que estaban colonizando las panaderías de todo el país. Parecía que era deber de todo británico criticarlas, aunque las consumieran en cantidades industriales. Más tarde, los tres se sentaron a la mesa en la cocina frente a sendas tazas de té. Quizá porque veía mucho de Madeleine en la niña, el propio Burton se sorprendió al sentir un repentino afecto hacia ella, quería que fueran amigos. La pequeña se sentó muy tiesa junto a su madre balanceando las piernecitas, embutida en un vestido de terciopelo que daba la impresión de ser más caro que toda la ropa de Burton junta. Alice mantenía las manos entrelazadas, miraba los desconchados marcos de las ventanas o el destartalado mobiliario, y arrugaba la nariz ante la humedad. Gracias al apoyo de Madeleine consiguió intercambiar unas cuantas palabras con la niña.

Cuando Burton se quedó solo, tiró las tartas sobrantes. Alice no había heredado el gusto de su madre por lo dulce y no les hizo el menor caso a las tartitas, excepto una mueca de horror cuando un moscardón azul se posó sobre una de ellas. Pensó que todo sería más fácil si Madeleine no tuviera una hija.

Al pensar que su madre pudo sentir lo mismo, un escalofrío recorrió todo su cuerpo.

El policía con la ametralladora emergió de entre el humo del recibidor, con la señora Anderson a su lado.
—¡Es él! —gritó la mujer, señalando a Burton.
Él empujó el reloj de pie por las escaleras para barrarles el paso —un escándalo de engranajes aplastándose y de carillones desafinando— y

subió por la escalera principal desapareciendo entre el humo. Un segundo después el aire se tornó más ardiente, como cuando Hochburg incendió el hogar de su infancia. Burton recordó lo rápido que lo consumieron las llamas. Alice había dejado de gritar, pero sabía que su habitación se hallaba en el segundo piso. Cuando llegó a ella, la puerta ya se estaba deformando en su marco. La empujó con todas sus fuerzas para abrirla, pero solo se encontró una cama vacía y unos cuantos juguetes amontonados.

—¿Alice?

Buscó primero bajo la cama y después tras las cortinas. La ventana tenía cerrojo y estaba echado. Burton miró al exterior, a los más de diez metros de altura que lo separaban de un patio empedrado. Del piso inferior surgía un bajante. Prosiguió con su búsqueda y abrió el armario para encontrarse con un montón de mantas y abrigos. Levantó el primero y descubrió a Alice en camisón, con el mismo pelo negro despeinado de su madre que casi le tapaba la cara y los ojos cerrados aunque lacrimosos.

—Alice —llamó suavemente.

La niña no abrió los ojos.

—Alice, soy Burton. Tienes que venir conmigo.

El aire se espesaba cada vez más a causa del humo. Ella intentó sumergirse todavía más entre las mantas, pero Burton logró sujetarla por la delgada muñeca y la levantó.

A través de los años, muchos padres han llevado a sus hijos en brazos, pero aquella era la primera vez que lo hacía Burton. La niña intentó resistirse y resultó más pesada de lo que esperaba. Olió el sueño en ella, en su ropa ahumada y, muy oculto tras esos aromas, un levísimo rastro de Madeleine. Enterró la nariz en su pelo y la abrazó con fuerza.

—¡Eres un fantasma! —gritó Alice, intentando liberarse.

—No, soy real.

—Papá dice que estás muerto. Pero que no has ido al cielo, has ido al lugar de la gente mala.

—¿Y mami? ¿Te ha dicho dónde ha ido mami?

Ella empezó a toser.

Burton la dejó en el suelo y se arrodilló frente a ella para que sus ojos quedasen al mismo nivel.

—Alice, esto es muy peligroso —dijo, consciente de que no sabía cómo tratar a los niños y temeroso de que sus palabras sonasen a órdenes—. Tienes que venir conmigo y hacer lo que yo te diga.

—¡Quiero a mi papá!

Le puso un abrigo y le abrochó torpemente los botones por culpa de su muñón. Cuando ella vio el extremo de su brazo izquierdo, dio un paso atrás y terminó ella misma la tarea. El abrigo tenía el cuello de piel; le dijo que se tapara la boca y respirase a través de él. La cogió de la mano y cruzó la habitación entre nubes de un espeso humo negro. Burton utilizó la barandilla para guiarse hasta el piso inferior; más allá, las escaleras desaparecían entre las llamas.

—¿Dónde está el cuarto de baño? —preguntó.

Antes de que pudiera impedirlo, Alice se soltó de su mano y corrió hasta el final del pasillo. Burton la siguió. El aire era menos nocivo en el cuarto de baño. Una vez dentro empezó a llenar la bañera y lanzó unas cuantas toallas dentro. Tras empaparlas, las enrolló e intentó tapar con ellas las rendijas de la puerta. Después revisó la ventana. Como todas las demás de la casa estaba bloqueada. Burton arrancó el toallero de la pared y golpeó con él la cerradura de la ventana.

El metal resonó por los golpes, pero no cedió.

Bajo ellos se produjo una explosión que hizo temblar el cuarto y desprendió algunas baldosas de las paredes. El suelo cedió y se hundió varios centímetros. Las maderas crujieron y Alice gritó con todas sus fuerzas. Bajo la puerta apareció una grieta y el aire se ennegreció en pocos segundos.

Burton volvió a golpear el cierre de la ventana furiosamente, hasta que la propia ventana estalló hacia fuera. Él aspiró ávidamente el aire fresco. Se asomó al exterior y vio el jardín bajo ellos, un semicírculo de césped que desaparecía en la niebla. La primera vez que visitó la casa pensando que estaba vacía, no se relajó hasta encontrar varias maneras de salir de ella lo más rápidamente posible por si la situación lo requería. «¡Una ruta de escape!», bromeó Madeleine, mientras él estudiaba la forma de llegar de la cocina a la parte trasera de la propiedad. Estaba bordeada por un muro, con una puerta que daba directamente al brezal.

Burton descubrió que desde su posición podía llegar al canalón que había visto en la habitación de Alice, aunque parecía húmedo y resbaladizo. Se dio la vuelta para volver a cogerla de la mano y la descubrió sentada en la bañera, abrazándose las rodillas.

—¿Qué haces?

—Lo vi en un circo —respondió ella—. No puedes quemarte si estás mojado.

La sacó del agua y se la echó a la espalda.

—Rodéame el cuello con los brazos y sujétate fuerte, como aquella vez en la granja cuando quisiste abrazar el árbol, ¿de acuerdo?

Trepó con ella a cuestas hasta el alféizar de la ventana. Los brazos de la niña se cerraron en torno a su cuello.

—Burton, tengo miedo —confesó, enterrando la cara en la espalda del hombre.

—Yo también.

Se descolgó hasta tocar el canalón con las botas y, lentamente, dejó que su peso descansase sobre él.

En la Legión, cuando le tocó hacer *la corde* —el entrenamiento en la cuerda—, a Burton le habían enseñado a trepar y descender con una sola mano llevando un fusil en la otra. «Las piernas y los pies han de hacer todo el trabajo —gritaban los suboficiales—; la mano solo tiene que guiarte.» Burton pasó casi todo el día despatarrado en el suelo.

Descendió un par de metros, dándose cuenta de lo delgado y hueco del tubo de hierro al que se agarraba. Sobre su cabeza se produjo otra explosión semejante a la del obús de un mortero. Una teja voló por los aires y se hizo añicos al chocar contra el suelo. Alice apretó todavía más su abrazo, le presionó la tráquea y cambió el peso, lo que amenazaba con derribarlos. Burton se quedó inmóvil y pegó la cara a los ladrillos de la pared. Intentó animarla susurrándole que no se moviera.

El canalón tembló en su mano. Las sujeciones empezaban a ceder.

Burton movió los pies más rápidamente. Estaban apenas a un salto de distancia del suelo, cuando la tubería se desprendió de la pared.

Mientras caían giró en el aire para amortiguarle el golpe a Alice, perdió de vista la terraza y aterrizó con un fuerte impacto que lo dejó sin respiración. Permaneció allí un segundo, con el rostro sobre la hierba para que le refrescase la piel. En la distancia se acercaba una sirena. Burton deshizo el abrazo de Alice y miró cómo estaba. Tenía la cara tiznada de hollín y un pequeño corte en la frente, pero nada roto.

—Divertido, ¿eh? —dijo—. ¿Quieres que lo hagamos otra vez?

Ella negó con la cabeza enérgicamente.

Oyó gritos por encima del rugir de las llamas. Burton cogió a la niña en brazos y corrió por el jardín, deteniéndose únicamente un instante para abrir la puerta del muro de una patada. La niebla era densa y negra, y ahogaba el sonido del incendio, de modo que en pocos segundos se movían ya entre el silencio. Cuando Alice le preguntó adónde iban, él se la puso a hombros y siguió corriendo.

10

En la oscuridad apareció una arboleda. Burton se deslizó entre los árboles hasta que encontró un lugar que le pareció seguro y dejó a Alice en el suelo. Reinaba un silencio tranquilizador.

—Súbete el cuello del abrigo —le aconsejó, conteniendo el aliento—. Te mantendrá caliente.

A pesar de la fría niebla, él estaba empapado de sudor. Necesitaba agua para lavarse la cara y aliviar su reseca garganta. Se limpió las cejas con el brazo.

—¿Dónde está tu mano? —preguntó Alice, contemplando fascinada el muñón.

—La perdí —respondió él.

—¿Volverá a crecerte?

Él negó con la cabeza.

—A mamá no le gustará —dijo ella.

—¿Sabes dónde está? —preguntó él.

—No.

—Es muy importante, Alice. ¿No te lo ha dicho tu... papá? —Apenas consiguió pronunciar la palabra.

—No.

—¿Nada de nada?

La niña agachó la cabeza y empezó a rascar la tierra con la punta del zapato, pero no pudo evitar hacer un puchero. Las lágrimas empezaron a deslizarse por su mejilla.

—Dijo que había dejado de ser mi mamá, que se habían separado y que ella se iría a vivir con otra familia.

—Eso es imposible.

—Dijo que era culpa tuya.

Burton se arrodilló y le secó las lágrimas con el puño de su manga. Sus ojos tenían el mismo brillo color zafiro que los de Madeleine cuando lloraba.

—Yo quiero a tu mamá y tu mamá te quiere a ti. Quiero traerla a casa para que podáis estar juntas, pero solo podré hacerlo si sé dónde está. Y no tengo ni idea, necesito alguna pista.

Alice dudó un momento.

—Estaba escuchando a la señora Anderson hablar con las doncellas, pero me pillaron. Dijo que si contaba lo que había oído, me enviarían allí.

—¿Allí? ¿Dónde? —Burton sintió la urgencia de presionarla, de zarandearla, de lo que fuera necesario con tal de obtener una respuesta. Pero se controló y le habló suavemente—: Mamá me contaba todos sus secretos, así que tú también puedes hacerlo.

—Quise saber por qué se reían, pero la señora Anderson se enfadó. Dijo que papá me encerraría en la carbonera por «escuchar por casualidad».

—Nadie se enfadará contigo, Elli. —Nunca la había llamado así antes, pero le salió espontáneamente—. Tienes que contarme lo que oíste.

Por un segundo creyó que no le contestaría, pero finalmente lo soltó:

—Enviaron a mamá al sur. —Sus palabras estaban llenas de una vergüenza que ni siquiera comprendía.

Enviada al sur. Una de las expresiones de la época, repetida con una sonrisa y un guiño en fábricas y pubs a todo lo largo y ancho del país, y usada por los padres para asustar a sus hijos: «¡Pórtate bien o te enviarán al sur!»

Enviada al sur como los judíos. Cinco millones y medio enviados desde toda Europa a la isla de Madagaskar.

Burton volvió a secarle las lágrimas a Alice. ¿Podía ser verdad? Digirió lo que ella había dicho, con la mente llena de confusión, pero sintiendo una pizca de esperanza. Él ya había estado en Madagaskar como mercenario, rescatando a ricos colonos franceses durante la toma de poder nazi.

Desde el principio, la confesada intención de Hitler había sido convertir Alemania en un territorio *judenfrei*, sin judíos. Con la proclamación de las Leyes de Núremberg en 1935 y su antisemitismo institucionalizado, la vida se hizo progresivamente más insufrible para los judíos hasta el estallido de *Kristallnacht*. Aquella noche, miles de judíos fueron atacados, aprisionados y asesinados, sus negocios destruidos, las sinagogas incendiadas. Los nazis supusieron que a eso seguiría una emigración masiva; como no ocurrió y otros países se negaron a aceptar refugiados judíos, comenzaron las deportaciones en masa. La guerra había extendido las fronteras del Reich, de manera que Alemania no solo se encontró reabsorbiendo los judíos que ya había expulsado, sino, además, añadiendo unos cuantos millones de los territorios ocupados. Necesitaban una solución más permanente y radical para solucionar el problema.

Tras la derrota de Francia en el verano de 1940, un diplomático ambicioso llamado Franz Rademacher propuso un plan para deportar los judíos a Madagaskar, una antigua colonia francesa situada junto a la costa oriental de África, y en aquel momento en manos de Alemania. La idea no era original, sino que ya la había concebido en el siglo anterior el pensador Paul de Lagarde; más tarde se la apropiaron los Gobiernos francés, polaco y británico. Antes de convertirse en primer ministro, Lord Halifax se vio involucrado en varias discusiones sobre el asunto. Incluso el presidente Roosevelt barajó una propuesta similar, aunque su país de exilio preferido era Etiopía.

Inicialmente desechado como una fantasía irrealizable, el plan de Rademacher llegó hasta las SS y le fue adjudicado a Adolf Heichmann, cabeza del Departamento de Evacuación de los Judíos para que siguiera desarrollándolo. Dieciocho meses después estaba en la agenda de la Conferencia Wannsee, un encuentro entre las SS y los Gobiernos oficiales para resolver la cuestión judía de una vez por todas. Heydrich adoptó el Plan Madagaskar como si fuera suyo. «Es esto o convertirlos en humo», declaró. Una oleada de júbilo recorrió la mesa.

La logística resultó ser más complicada de lo que Rademacher o Heichmann habían previsto. La enorme cantidad de gente que había que trasladar amenazó con superar la capacidad de las redes de transporte europeas. Tras varios meses de discusiones interdepartamentales, mientras millones de judíos languidecían en los llamados campamentos de tránsito, fue Himmler el que solucionó el problema con su Línea Barbarroja: todos los judíos que el 22 de junio de 1941 vivían al este de la frontera alemana —unos cinco millones— serían trasladados a Siberia; solo los que vivían al oeste de la frontera tendrían que ir a África. Se estableció que los judíos tendrían que pagar trescientos sesenta marcos alemanes por cada mujer, trescientos diez por cada hombre y doscientos por cada niño. Todos los activos judíos serían transferidos a un banco especial controlado por Göring para financiar el éxodo.

Hitler aprobó el plan, insistiendo en que Madagaskar nunca debía convertirse en un Estado judío, sino en una «gran reserva» supervisada por las SS. Nombró como primer gobernador a uno de sus viejos seguidores, Philipp Bouhler. Además, Hitler vio otra ventaja en mantener a los judíos bajo gobierno alemán: eso garantizaría «el futuro buen comportamiento de los miembros norteamericanos de su raza» y eliminaría toda posibilidad de conflicto con Estados Unidos.

Un año después de Wannsee, el proyecto era una realidad... aunque por entonces la ambición del Führer se había ampliado. Quería reasentar a todos los judíos europeos.

Mientras el Consejo de la Nueva Europa estableció la seguridad externa del continente, la nueva amenaza a la estabilidad procedía del interior. En una enmienda a los principios fundacionales se requirió que todos los Estados miembros transfirieran toda la población judía, ya que «no pertenecían a la comunidad de los pueblos blancos, sino a la zona de habitabilidad de los coloreados».

La paz dependía de ello.

Muchos de los Estados miembros del Consejo respondieron con una eficiencia digna de las SS. En Londres, el ministro de Asuntos Exteriores, Anthony Eden, se plantó en el Parlamento para confirmar que él también honraría el compromiso del país con el Consejo, tras recibir la confirmación de la Oficina Colonial sobre la habitabilidad de la isla. «Madagascar es grande, rica, subdesarrollada y escasamente poblada. Parece una buena oportunidad para esa gente despreciable», leyó en el informe.

Churchill se puso en pie entre gritos de aprobación.

«¿Esta es la nación de la Declaración Balfour o la de la Comisión Peel?»,* preguntó el ex primer ministro. «Mientras Palestina siga bajo mandato británico, el deber de Gran Bretaña es establecer una patria judía, no complacer a los fanáticos de Berlín.»

Alguien gritó «Lehi», el nombre de un grupo terrorista sionista que mataba soldados británicos en Oriente Próximo. Una multitud de voces se unió a la primera: que hubiera más judíos en Palestina avivaría el nacionalismo árabe y la exigencia de autogobierno. Ante la inminente independencia de la India, todo lo que supusiera una amenaza a nuevas pérdidas imperiales se consideraba traición. El Imperio británico ya estaba bastante debilitado.

«¿Y qué ocurrirá con los judíos que están viviendo en Palestina?

---

* La Declaración Balfour de 1917 promovía el establecimiento de una patria judía en Palestina. Veinte años después, la Comisión Peel sugirió en otra declaración la partición del territorio entre árabes y judíos. No se llevó a cabo ninguna de las dos propuestas.

—continuó Churchill—. Los alemanes ya están diciendo que son una amenaza. ¿También hay que deportarlos? Preveo que llegará un día en que el Reich mandará sobre nuestros territorios, siempre en nombre de la paz.»

Eden replicó que trataría el tema con el ministro de Asuntos Exteriores alemán, Ribbentrop, en su debido momento. Más tarde se le oyó decir: «Nosotros no le daremos la espalda a Francia para mantener nuestro imperio por encima de los judíos.» Su Ley de Evacuación de 1943 fue aprobada por amplia mayoría.

Eichmann identificó trescientos treinta mil judíos británicos. A los que disponían de medios materiales se les concedieron noventa días para marcharse voluntariamente. Estados Unidos seguía siendo un paraíso para los ricos. Los restantes fueron internados en diversos puertos repartidos por el país antes de embarcar rumbo al sur, a razón de dos mil cada semana. El día que partió el primer barco, George Orwell dijo: «Pocas personas en Inglaterra son verdaderamente antisemitas. Sin embargo, la mayoría es indiferente.»

11

Madagaskar, 7 de febrero, 21:00 horas

—¡Empuja, judía! ¡Vamos!

La enfermera llevaba un uniforme de color tostado y negros guantes de goma hasta el codo. Patrullando la sala tras ella circulaba un obstetra de las SS, parodia de un marido nervioso que no deja de mirar su reloj mientras pasea arriba y abajo. Tenía las espesas cejas rubias y la sonrisa de un escorpión. Fuera, el cielo nocturno gruñía y gorgoteaba emitiendo truenos.

«¿Por qué me has hecho esto, Burton?»

Madeleine seguía repitiéndose la pregunta una y otra vez. Sus labios se movían, pero no emitían ningún sonido. Las contracciones eran más frecuentes, cada veinticinco segundos. Contaba los intervalos, tal como le habían enseñado cuando dio a luz a Alice. Fue en Harley Street, pero allí contaba con abundante clorhidrato de petidina, el sol se colaba a través de las ventanas y había jarrones preparados para los ramos de flores. Jared esperaba tranquilamente sentado.

Ahora estaba en una larga sala de hospital llena de camastros vacíos, con paredes blancas desnudas y suelo de cemento. Sobre la entrada colgaba una insignia, con la calavera y la palmera grabadas en el caparazón de una tortuga. El símbolo de las SS africanas. Madeleine estaba desnuda, bañada en sudor, aunque el ambiente era gélido debido al aire acondicionado. El colchón era lo bastante fino como para sentir los muelles que se le clavaban en la espalda y las sábanas eran de plástico. Cada vez que respiraba, el olor del antiséptico le inundaba la nariz.

—¡Empuja! —insistió la enfermera entre sus piernas abiertas—. Empuja y podremos irnos a casa.

¿Por qué Burton no le había hecho caso? ¿Por qué no se había quedado con ella en lugar de desaparecer en África? ¿Por qué había escogido a Hochburg y no a ella? Sentía vergüenza de su indignación, pero se aferraba a ella.

Madeleine se había despertado aquella mañana en Antzu, su nuevo hogar en Madagaskar, con un hormigueo de excitación y una entumecida sensación de temor. Sentía el cuerpo distendido y desbloqueado, sabía que el bebé nacería ese mismo día. Rompió aguas a las dos de la tarde y tuvo que caminar pesadamente bajo la lluvia y el barro hasta el hospital. Era un viejo almacén de arroz reacondicionado, pero demasiado pequeño para separar secciones como la de Maternidad. A Madeleine le dieron una cama en una sala contigua a la de los tuberculosos. Un anciano doctor y una comadrona le examinaron el vientre y después colocaron una harapienta cortina alrededor de la cama. Ella captó los susurros que intercambiaban:

—Tenemos que decírselo a las SS —decía el médico. Su voz era descarnada, frágil.

—No es ético —respondió la comadrona.

—Si no lo hacemos, nos trasladarán a un grupo de trabajo. O algo peor.

—¿Cómo van a descubrirlo?

El médico dejó escapar una risa amarga.

—Mire lo llena que está la sala. ¿Quién no se chivaría a cambio de un trozo de carne y un saquito extra de arroz?

—¿Cree que ella lo sabe?

—No. Y mejor que no se entere.

—¿Hay algún problema? —preguntó Madeleine.

Cualquiera que fuera la vida que le esperase en Madagaskar, necesitaba a la criatura. En los meses pasados desde que había llegado a la isla, no había dejado de hablar con su hijo nonato como si fuera el propio Burton, eso aliviaba las privaciones y el temor que no le dejaban dormir. Incluso aquella apestosa humedad era más fácil de soportar si la compartía; como el dolor que sintió en el corazón cuando vio una pareja caminar fatigosamente por las calles con la cabeza baja, hambrientos pero capaces de abrazarse mutuamente. El pequeño corazón que latía en su interior era el único lazo tangible que le quedaba con Burton. Necesitaba tocarlo, olerlo, abrazarlo.

La conversación al otro lado de la cortina se reanudó entre susurros.

—No quiero dejarla en manos de esos carniceros de las SS —dijo la comadrona.

—Tengo que pensar en mi familia, en mis pacientes.

Se produjo una larga pausa antes de que la comadrona volviese a hablar. Su tono era incómodo y pragmático, el mismo tono que se oía en toda Antzu.

—Está bien, pero yo no quiero saber nada.

—Yo haré la llamada, así tu conciencia quedará limpia.

Madeleine se quedó sola, deseando poder entrelazar sus dedos con los de Burton. Cada vez que pensaba en él, las lágrimas fluían incontrolables de sus ojos. Estaban en la estación de las lluvias y el techo resonaba. Era de chapa ondulada, y las lagartijas entraban y salían por los agujeros del revestimiento. Madeleine tenía pánico de que le cayera encima una y le recorriera el estómago con sus pegajosas patitas. Podía sentir las contracciones aumentar en velocidad e intensidad. El dolor era cada vez más agudo.

Pasó una hora antes de que oyera ruido de pasos. El silencio reinó en la sala y alguien corrió la cortina.

Apareció el médico de las SS, con su gorra y un goteante abrigo blanco. Le ofreció su sonrisa de escorpión y le acarició el abdomen. Sus dedos eran blandos y cálidos, y llevaba las uñas cuidadas de manicura como las de Jared. Su contacto tenía una cualidad acerada, como si estuviera moldeando arcilla. Le abrió las piernas. Madeleine intentó resistirse, pero tenía demasiada fuerza. Los dedos volvieron a sondearla. Tras él se encontraban dos ordenanzas judías sin atreverse a mirar. Él chasqueó los dedos y colocaron a Madeleine en una camilla, la ataron a ella y la sacaron de la sala.

—Lo siento —le dijo la comadrona cuando pasaron junto a ella.

—Tendrá el mejor tratamiento —le contestó el médico de las SS apartándole la mano.

En la plaza frente al hospital, donde filas de pacientes esperaban ver a un médico, los esperaba un helicóptero. Sus rotores empezaron a girar mientras se acercaban.

El pánico se apoderó de Madeleine.

—¡No! ¡Devolvedme a la sala! —gritó, luchando con las correas.

El toque de queda en Antzu era a las ocho. Cuando oscurecía, sus habitantes se reunían para intercambiar noticias y rumores, mejor cuanto más macabros, especialmente en el Sector Este. Los hombres y las mujeres demasiado viejos para trabajar maldecían entre los bloques de piedra de los *tsingy* de los barrancos. A los judíos rumanos los obligaban a beber agua de mar hasta que les ardía el estómago. Le recordaban a Madeleine los meses pasados en Viena tras la toma de poder de los nazis y las historias que Abner, su hermano menor, solía contarle. Él trataba de tranquilizarla, le decía que no importaba lo desagradable que se hubiera vuelto su vida porque la situación empeoraba en todas partes y solo podían contar con ellos mismos. Atemorizarlos era la forma que utilizaba Abner para sentirse más seguro. Ella imaginaba su destino como un ejemplo admonitorio: una mujer embarazada ascendiendo a una montaña y gritando al aire como si fuera un experimento de las SS; o puede que solo su diversión.

Mientras el helicóptero ascendía entre las nubes, empezó a hiperventilar, y a abrir y cerrar las manos compulsivamente como si estuviera teniendo un ataque. El médico se inclinó sobre ella con una aguja hipodérmica en las manos. Madeleine sintió un pinchazo en el hombro y el mundo se tornó borroso. Esperó hundirse en la nada, pero, en vez de eso, planeó sobre la inconsciencia viendo pasar las verdes colinas.

—¡Empuja, judía! ¡Vamos!

La enfermera de las SS parecía enfadarse cada vez más. A su lado, una *Blutsschwester* —una «hermana de sangre»— intentaba no perder el equilibrio.

Madeleine jadeaba, pero el dolor aumentaba con cada jadeo. Alzó la cara como le habían enseñado. Sobre ella vertían su brillo duros haces de luz.

—¡Empuja!

El médico sondeó entre sus piernas.

—Puede que todavía tarde un poco, avisadme cuando aparezca la cabeza —le ordenó a la enfermera antes de dirigirse hacia la puerta.

—Por favor, *Herr* doctor —rogó la *Blutsschwester* yendo tras él—. Tiene que darle algo para el dolor.

El médico clavó la vista en ella. La mujer agachó la cabeza atemorizada, estrujando el delantal entre las manos. Las *Blutsschwester*, con sus zuecos y sus brazaletes con la estrella de David, eran sirvientas de baja categoría. Su tarea era recoger y limpiar los fluidos que ningún alemán quería tocar. Él sopesó sus palabras y le ordenó que lo siguiera. Volvió diez minutos después con una taza de agua y un puñado de pastillas. Ayudó a Madeleine a sentarse en la camilla.

—Aspirinas —le susurró la *Blutsschwester* al oído.

Madeleine tragó las pastillas con ayuda del agua caliente, mientras la enfermera la observaba con las manos en las caderas.

—Yo tuve a mis tres hijos tal como quiso la naturaleza —dijo con desprecio—. Con dolor y sangre. El deber de una madre es sobrevivir al parto, igual que el deber de un hombre es sobrevivir al campo de batalla.

Las contracciones eran ya incesantes, demasiado rápidas para distinguir las pausas.

Fuera volvía a llover. Madeleine se concentró en la granja, imaginándose acurrucada en los brazos de Burton mientras la lluvia azotaba las ventanas, en el dormitorio seco aunque oliera a humedad, en la sensación de seguridad que le daba la cercanía de su cuerpo. Allí encontraba su propio santuario, no en los grandes tratados de paz de las naciones o en las promesas de las comunidades. Había visto demasiado —Viena, Londres, Auntz ahora— para creer en ninguna ilusión. Todo lo que siempre había necesitado eran unos cuantos ladrillos, un techo y la calidez de la piel de alguien que amara la vida de la misma forma que ella. ¡Los dos habían planeado tantas cosas para el futuro! ¿Cómo podía haberla abandonado?

Madeleine arqueó la espalda y gritó. El niño estaba abandonando su protección.

La enfermera le mantuvo las piernas abiertas. Por encima de su hombro podía ver el rostro ansioso de la *Blutsschwester*.

—¡Empuja, judía! ¡Empuja!

Madeleine empujó. Rugió. Volvió a empujar. Una agonía como nunca había sufrido.

La enfermera dio un estirón.

—Ya viene —exclamó, torciendo la boca. Su labio inferior era gordo y brillante. Le dijo a la *Blutsschwester* que permaneciera atenta y se dirigió hacia el teléfono de la pared para marcar una extensión.

La *Blutsschwester* hundió los dedos en el pelo de Madeleine.

—Lo estás haciendo muy bien. Sigue así —susurró. Tenía la piel reseca y el pelo gris. A Madeleine le recordaba una camarera del café Herrenhof al que solía ir todos los viernes con su familia cuando era niña para tomar café y pasteles. Ahora, tal normalidad distaba mucho de parecer posible.

Madeleine apretó los dientes, tensó los músculos de la cara y empujó con un esfuerzo que la dejó agotada.

La enfermera colgó el teléfono.

—No responden —le dijo a la *Blutsschwester*—. Tengo que avisar al médico.

—Date toda la prisa que puedas —susurró ella cuando se quedaron solas—. Antes de que vuelvan.

Madeleine no la escuchaba, solo era consciente de su desgarro interno. Tragó saliva, aspiró todo el aire que pudo y lo soltó hasta que sintió que se le tensaba la columna vertebral. Volvió a gritar como lo hizo cuando Russell y Lyall la arrastraron por las neblinosas calles de Londres, conmocionada por la inmensidad de la muerte de Burton.

—Ya asoma la cabeza —anunció la *Blutsschwester*.

Una última contracción y el bebé se liberó.

La lluvia seguía golpeando las ventanas, un sonido exagerado y salvaje contra el silencio.

La *Blutsschwester* levantó la vista y cerró los ojos. Ahora que el dolor había cesado, recorrieron el cuerpo de Madeleine unos escalofríos de alivio y con ellos llegó un creciente pánico por el silencio reinante. La *Blutsschwester* levantó una masa carnosa de entre sus piernas. Tras una tos provocada, la criatura empezó a llorar.

Madeleine dejó escapar un suspiro tembloroso y a la vez gozoso. Sus músculos estaban doloridos y agotados, pero pudo sentarse a pesar de todo y miró detenidamente al bebé. ¿Era niño o niña?

Cuando la comadrona le presentó a Alice, una sensación de haber fallado se apoderó de Madeleine. Aunque Jared nunca lo había mencionado, sabía que quería un hijo. Al apartar la tela que envolvía al bebé, él enarcó las cejas en una expresión indescriptible. Ella pasó mucho tiempo preguntándose por el significado de aquella expresión antes de comprender que era de alivio. Alivio por no verse ante un macho que pudiera disputarle su posición en el futuro.

—¿Niño o niña? —preguntó Madeleine.

La *Blutsschwester* ató el cordón umbilical del recién nacido, lo cortó con unas tijeras y buscó una manta. Lo envolvió y le enseñó el paquete a Madeleine.

Tenía un rostro perfecto; manchado de sangre, pero hermoso. Se retorcía, gritaba, vivía. Madeleine pudo ver a Burton en sus rasgos, en su expresión cuando dormitaba en el huerto tras un día de trabajo, cuando los últimos rayos de sol bañaban su piel y el sueño lo liberaba de los problemas. Movió un dedo para seguir la nariz del bebé. Quería besarlo y aspirar el bendito aroma de su piel. Abrió los brazos para recibir al bebé.

Un espasmo contrajo el cuerpo de Madeleine, como si una corriente eléctrica le arquease la columna vertebral.

La *Blutsschwester* se llevó el paquete con los ojos llenos de lágrimas.

—Perdóname —balbuceó—. Perdóname.

Otra contracción.

La enfermera cogió el bebé, lo dejó a los pies de la cama y empezó a ahogarlo. El llanto del bebé quedó sofocado por la manta.

—¿Qué está haciendo? —gritó Madeleine. Luchó por sentarse, pero otra ola de dolor le atravesó el abdomen.

—Es lo mejor —aseguró la *Blutsschwester*—. Confía en mí.

Madeleine miró alrededor, buscando algo que le sirviera para detener a la enfermera, y sus dedos rozaron la taza que se hallaba sobre el armarito junto a su cama. La otra dudó, susurró nuevamente cuánto lo sentía y apretó más fuerte, casi enterrando el bebé en el colchón. Una furia terrorífica, apabullante, inundó a Madeleine. Alzó la taza y la lanzó con todas sus fuerzas contra la cabeza de la enfermera. Le impactó en la ceja y le abrió una herida. Cayó hacia atrás y Madeleine aprovechó el momento para recoger a su hijo y estrecharlo contra su pecho.

Abrió la manta y se encontró con un rostro aplastado y unos ojos hundidos. Madeleine le sopló suavemente en la boca. El bebé tosió y empezó a llorar de nuevo.

Otro espasmo.

Después de parir a Alice, el dolor había cesado casi de inmediato y la había dejado con una agotadora euforia. Ahora debía de tener alguna herida interna.

—Me duele mucho —dijo, esperando poder aplacar a la mujer que estaba en el suelo.

La *Blutsschwester* se puso en pie. Se tambaleó hasta la cama e intentó arrancarle el bebé de las manos. Madeleine le clavó las uñas en la cara, negándose a entregárselo. Vio a Burton entrando por la puerta de la granja aquella última mañana, sus hombros oscuros recortados contra el cielo de coral. «Nunca grites "socorro", la gente no te hará caso, pero si gritas "fuego"...», le dijo una vez.

—*Feuer!* —aulló Madeleine—. *Feuer!*

—¡Chsss! Solo intento ayudarte —siseó la enfermera, acercando su rostro al de Madeleine—. Tienes que arrebatárselo y esta es la mejor forma.

—¡Aléjate de mí! —gritó Madeleine empujándola con un brazo, mientras protegía al bebé con el otro.

—No lo entiendes. Se lo llevarán como se llevaron a los míos. —La sangre resbalaba por su sien y le ennegrecía la oreja; sus ojos llenos de ferocidad—. Les hacen cosas terribles, aquí, en el hospital. Experimentos.

Del pasillo llegó una cacofonía de sonidos: gritos, portazos, pisadas...

—No dejes que sufran —insistió la enfermera. Extendió los brazos para que le entregase el bebé—. Concédeles la muerte de una madre. A los dos.

—¿Qué?

—Estás teniendo gemelos. Por eso les interesan a las SS...

El obstetra entró en tromba, seguido de una multitud de enfermeras y guardias. Se acercó a la *Blutsschwester* con su bata blanca flameando y la apartó de Madeleine.

—Lleváosla de aquí.

—La muerte de una madre, no la suya. La de una madre... —repetía mientras la arrastraban por la sala.

Desapareció por la puerta sin dejar de gritar. Un segundo después se oyó un golpe y dejó de oírse su voz.

—Está trastornada, no le haga caso —dijo el médico, antes de examinarla cuidadosamente—. Su segundo hijo está a punto, no se preocupe. Siga empujando como hacía antes. Todo saldrá bien, Madeleine.

Su voz era aterciopelada; su olor, penetrante por el exceso de café.

Ella no podía recordar la última vez que alguien la había llamado por su nombre. El agotamiento empezaba a oscurecerle la visión. Su cuerpo quería expulsar el segundo bebé y perder la consciencia. La enfermera de las SS tomó al recién nacido de sus brazos y Madeleine no tuvo fuerzas para resistirse.

—Llevaremos a su hijo a una cuna —explicó el médico con una sonrisa—. Y tenemos espacio para el otro. Siga empujando.

Las enfermeras la rodearon. La tocaban manos como tentáculos, la manoseaban.

Ella volvió a tensarse; le pareció que la nuca solo era un cúmulo de tendones.

Y otra vez.

Madeleine sintió que su cuerpo se abría, se partía; siguió una enfermiza sensación de vacío. Los gritos del segundo bebé inundaron la sala, mientras el médico cortaba el enlace entre madre e hijo y le enseñaba el bebé para que Madeleine lo viera. Otra cara perfecta. El fantasma de Burton volvía a guiñarle el ojo.

—Parecen fuertes. Sanos —observó el obstetra. Ahora, sus palabras tenían un ritmo mecánico—. Las condiciones de que disponemos aquí suelen atrofiar los fetos muy a menudo. Es una rara oportunidad.

El segundo bebé desapareció de la vista de Madeleine. Oyó el llanto de los dos, el rechinar de ruedas cuando una enfermera se llevó la cuna.

—¿Adónde los lleváis? —preguntó Madeleine. Se sentía volátil, mareada.

—Tenemos instalaciones especiales —explicó el médico—. Son los mejores especímenes que he tenido en mucho tiempo. Pero tú volverás a Antzu.

Escoltó la cuna por la sala. Cuando abrió la puerta, entró una ráfaga de aire que hizo balancearse las luces del techo, cortando el llanto de los bebés. Cuando volvió a oírlo ya se perdía por el pasillo.

Madeleine sacó los pies de la cama dispuesta a seguirlos. Había sangre en el suelo y la huella de una bota en ella. Una mano la obligó a tumbarse de nuevo. Las correas se cerraron sobre sus muñecas y tobillos.

El sonido de los lloros seguía levantando ecos en la sala, pero cada vez más distantes. Una puerta se abrió y se cerró ahogándolos un poco más. El momento en que acabaran ahogados por el silencio sería demasiado para poder soportarlo.

Luchó por sentarse. Sus miembros luchaban contra las correas con tal ferocidad que las enfermeras se apartaron. Los músculos del estómago cedieron ante el esfuerzo, pero ella apenas lo notó. Algo puntiagudo se hincó en su hombro. Una esponja fría exploró entre sus piernas. Olió a antiséptico.

Madeleine se dejó caer sobre las sábanas de plástico y se quedó en silencio un segundo. Las luces le quemaban los ojos. Entonces abrió la boca y gritó. Gritó hasta que se quedó sin aire.

SEGUNDA PARTE

ROSCHERHAFEN Y LA O.A.O.

Los judíos deben abandonar toda Europa, desaparecer de ella... No basta con expulsarlos únicamente de Alemania. No podemos permitir que tengan países vecinos en los que refugiarse. Queremos estar a salvo de todo tipo de infiltraciones.

Adolf Hitler,
27 de enero de 1942

12

Reuben Salois fue ejecutado durante Mered ha-Vanill, la Rebelión de la Vainilla. Su lugar definitivo de descanso fue una aislada playa del extremo sur de Madagaskar. Al amanecer los obligaron a cavar una zanja: cientos de judíos demacrados tuvieron que extraer arena endurecida sin ni una sola pala. Cuando llegaron a dos metros de profundidad, los nazis les ordenaron que salieran del agujero, se situaran en el borde de la zanja y dieran media vuelta para quedar de cara al mar.

—¡Mirad qué vista más hermosa! —gritó el *Hauptsturmführer*.

El cielo era de un color azul cobalto.

—Tenemos que darles la cara —exclamó Salois con voz serena pero teñida de odio.

Giró sobre sus pies descalzos y urgió a los demás a que hicieran lo mismo. Unos cuantos lo secundaron, pero la mayoría siguió con la vista fija en el océano. Los judíos a su lado empezaron a murmurar plegarias. Salois sintió lástima por ellos: el cielo estaba vacío, allí no había nadie que oyera la angustia de su tribu.

—¡Daos la vuelta! —gritó el *Hauptsturmführer*—. ¡Daos la vuelta!

Salois abrió los brazos y contempló a los soldados que tenía enfrente. El corazón le martilleaba en el pecho, pero una extraña calma se apoderó de él. Había ansiado ese momento muchas veces y era un alivio afrontarlo por fin. Había cosas peores que la muerte.

—¡Daos la vuelta!

Su último recuerdo fue caer en la trinchera cuando el fiu-fiu de las balas impactaba sobre los cuerpos que le caían encima. Oyó que alguien escupía en la lejanía; después, el rumor de las olas fue desvaneciéndose hasta desaparecer.

Mered ha-Vanill comenzó en marzo de 1947, en la región productora de vainilla del sureste. La vainilla era el cultivo principal y un negocio muy provechoso para las SS, que controlaba el noventa y nueve por ciento de la producción mundial. Habían existido grupos de resistencia desde que los primeros judíos llegaron a la isla, pero pocos se atrevían a retar a los nazis o tenían apoyo popular. Cualquier disensión se castigaba con la horca para los cabecillas y con una fuerte reducción de alimentos para toda comunidad que los apoyase. El ciclón Eva había azotado la isla dos meses antes, lo que había provocado que se anegaran enormes franjas de tierra fértil y se ahogaran miles de personas. Medio millón más de personas quedaron sin hogar, ya que la estación de las lluvias no había terminado. A eso siguió una epidemia de tifus. El informe oficial de Heydrich al Consejo de la Nueva Europa estimaba que había muerto el cinco por ciento de la población por culpa de su falta de preparación; en privado, para regocijo de la Cancillería del Reich, reconoció que la cifra real llegaba al quince por ciento.

Con la cosecha de vainilla casi destruida, un supervisor llamado Sakle quiso conservar sus beneficios recortando las raciones de los trabajadores hasta llegar a los cuarenta gramos de arroz diarios. Poco después fue apuñalado en el cuello. Cuando fueron los guardias en busca de los asesinos los rechazó una lluvia de rocas y boles de comida. Los judíos incendiaron las barracas, las granjas y la planta de procesamiento. Llegaron más tropas de la guarnición de Sambava, fueron masacradas por la furia de unos hombres que no tenían nada que perder. Los judíos comprendieron, por primera vez, que era posible hacer algo contra la voluntad y el poder de los alemanes.

Ardieron más plantaciones de vainilla. La rebelión del norte se extendió al corazón de la isla con columnas de humo exageradamente dulce. Cuando el puerto oriental de Salzig fue capturado por los judíos de la vainilla, el gobernador Bouhler fue convocado a Germania; más tarde lo encontraron en su mansión de Schwanenwerder junto a una nota de suicidio. Salzig era el puerto donde tenían que desembarcar los judíos polacos, los más numerosos del Reich y los más despreciados. Aún quedaban por trasladar más de trescientos veinte mil, una operación que ahora corría peligro. En Inglaterra, Lord Halifax dijo que seguiría apoyando el envío de judíos a Madagaskar, siempre que contaran con la seguridad adecuada: las deportaciones se paralizaron temporalmente.

Hitler entró en cólera. Según él, su visión de una Europa sin judíos estaba siendo saboteada por un complot sionista y la incompetencia de los hombres encargados de llevarla a cabo. Reprobó a Heydrich, el director del proyecto, y amenazó con bombardear la isla hasta arrasarla por completo. Al final intercedió Himmler, quien sugirió que la respuesta podía ser Odilo Globocnik, su protegido caído en desgracia. Había tenido ciertos éxitos en el este y estaba listo para su rehabilitación. «A pesar de todos sus errores, creo que hay que reconocer el intenso fervor y el dinamismo de ese hombre. No hay otro más cualificado que él», argumentó Himmler para persuadir a Hitler.

El nuevo gobernador llegó con amplios poderes, tres nuevas brigadas de soldados y una flota de helicópteros de ataque Valkiria, la llamada Fuerza de Defensa de Madagaskar. Criticaron su entusiasmo la Cruz Roja y el Comité Judío Norteamericano, que disponía de un poderoso lobby en el Congreso. Washington invocó la consabida neutralidad del país, al tiempo que enviaba un acorazado a África y un subsecretario de Estado a Germania. «Mantenlo ocupado, necesito otras seis semanas», le confesó Globocnik a Heydrich.

Todo foco de resistencia fue aplastado. Si cinco judíos defendían una cabaña lanzando piedras, Globocnik enviaba veinte hombres de las SS con ametralladoras, granadas y lanzallamas. Los asentamientos de Kandreo en el Sector Occidental y el de Brickaville en el Oriental, aunque no habían participado en la rebelión, fueron arrasados hasta los cimientos como advertencia para la población civil. Salzig fue tomado calle a calle y los judíos capturados terminaron colgados de las palmeras de su paseo marítimo. Hubo nubes de gaviotas sobrevolando masivamente el puerto durante días. Tres meses después de su llegada, el gobernador Globocnik había recuperado el control de la isla y los barcos volvían a atracar con su cargamento humano. Al año siguiente, el 14 de mayo de 1948, Hitler dio un discurso exultante ante el Consejo de la Nueva Europa, declarando que había cumplido con la misión de su vida. Tras dos milenios, Europa estaba *judenfrei*. En Germania, Globocnik fue admitido en el panteón de los héroes; no obstante, aún no había terminado con Madagaskar.

—Los judíos culpan a todo y a todos de la rebelión —dijo en un discurso a los líderes de las SS en octubre cuando visitó Tana, la capital—. A nosotros por darles una patria, a nuestros vecinos europeos por permitir su exilio, a Estados Unidos por abandonarlos... Otras veces es la falta de comida o de alojamientos, el clima o las enfermedades. ¡Incluso culpan al pobre lémur de cola anillada! —Entre los asistentes estalló un coro de carcajadas. Entonces, se puso serio—. La verdadera causa es la holgazanería. Sin nada que hacer, los judíos siempre acaban teniendo malas intenciones.

Globocnik, con la aprobación de Heydrich, puso a la población a construir nuevas carreteras, nuevas presas y un ferrocarril que recorrería toda la isla. Las industrias —desde las fábricas de cordones para botas a las de procesamiento de carne— fueron creadas por la WVHA, el departamento económico de las SS. A los judíos les permitieron tener pequeños negocios propios y granjas unifamiliares, siempre que no hubiera más de cinco empleados. Para evitar que extendieran su «contagio mercantil» al resto del mundo, los bienes producidos solo podían venderse en la misma isla, no en el resto del mundo. Y en la isla solo había un comprador, las SS.

Siguiendo el plan original, Madagaskar fue dividida en cuatro distritos equivalentes a las regiones europeas. Según Globocnik, el idioma común en los distritos había permitido que los judíos conspirasen; además de terminar con las manos ociosas, puso en marcha la Operación Babel para «remover la sopa étnica». La población fue dividida en tres sectores y trasladaron familias al azar de una ubicación a otra.

La parte sur de la isla y sus espinosos desiertos fue dividida a lo largo del trópico de Capricornio y se convirtió en Steinbock, el sector penal. Llevaron a los judíos asentados allí originalmente al norte para unirse a otras comunidades o los mandaron a trabajar a la presa Betroka, situada treinta kilómetros más allá de la nueva frontera. Al mismo tiempo viajó una columna de deportados en dirección opuesta, arrastrando penosamente los pies descalzos por las áridas colinas, sin apenas agua para beber. Se trataba de los prisioneros de la rebelión, a los que exiliaron al sur, lejos de los ojos de aquellos a los que podían inspirar. A algunos les esperaba una labor de esclavos en las minas de mica y zafiros; a la mayoría, una muerte agónica. Cuando el Comité Judío Norteamericano intentó intervenir, Germania respondió tajantemente que eran delincuentes y terroristas. En los días despejados, los trabajadores de Betroka podían ver columnas de humo elevándose al cielo.

A Salois lo despertó el fantasmal sonido de una armónica.

Un guardia patrullaba por el borde de la zanja en una burda parodia de vigilancia. El judío percibió sus pasos hasta que anocheció y el nazi abandonó su puesto. Cuando se quedó solo, Salois se miró el pecho, allí donde las balas del pelotón de fusilamiento debían haberle alcanzado... pero no vio rastro de ninguna herida.

Los cadáveres lo aprisionaban, había piernas y pies en ángulos imposibles, brazos rígidos extendidos como si quisieran alcanzar algo. La cosecha de un carnicero. Se abrió paso entre ellos reptando hasta alcanzar la superficie y escuchó. Silencio, excepto por el rumor del viento y del océano. El hedor de la gasolina le asaltó la nariz, pero nadie había lanzado ninguna cerilla. Junto a él descubrió los ojos abiertos de uno de los fusilados, su alma lista para abandonarlo y, por un instante, Salois creyó estar contemplando a su esposa. Hacía tanto que había muerto que apenas recordaba sus rasgos. Con mano temblorosa, el moribundo rebuscó entre los jirones de lo que había sido su camisa y sacó una lata de sardinas en aceite.

—Disfrútalas —balbuceó. Y murió.

Salois tomó la lata de entre sus dedos. En el delirio de los días que siguieron, unió algunas planchas de madera y las echó al mar. Pasó ante minas de sal del tamaño de cisternas y vagó entre patrullas que ignoraron aquel simulacro de balsa. Las sardinas lo mantuvieron vivo, el aceite le lubricó la lengua. No dejó de recitar números durante todo el viaje, como un mantra. La costa de África parecía hacerle señas desde occidente.

Reuben Salois no lamentó su fuga hasta mucho más tarde.

13

Kongo, 1 de abril, 12:00 horas

La selva era densa, llena de acacias y sombras. Salois no sabía si se trataba de territorio alemán o insurgente. Había estado combatiendo como guerrillero durante tres años. Primero, formando parte de la insurgencia contra el régimen alemán del Kongo; después, en la guerra declarada al norte de la colonia. Una vida dedicada a tenderle emboscadas al enemigo y matarlo siempre que fuera posible. Ahora viajaba sentado en la trasera de un jeep, con las manos esposadas en el regazo y un policía militar de la Fuerza Pública a cada lado. Como tenía las piernas libres, de haber sido los guardias alemanes le habría dado una patada en la nuca al conductor, habría saltado del vehículo y se habría alejado de él todo lo posible hasta que le hubieran disparado. Pero no lo eran, así que permanecía sentado resignadamente.

—¿De dónde eres? —le preguntó al guardia de su izquierda.

—De Stanleyville.

—Me refiero a tu ciudad de origen.

—Amberes.

—Mi ciudad natal —reconoció Salois riendo. Amberes había sido el centro de la vida judía belga durante siete siglos. El único recuerdo que conservaba de ella era una impresión borrosa.

—¿Qué le parece tan divertido? —preguntó el policía.

—Que me hayáis encontrado. Que me hayáis arrestado.

Los nazis habían reconquistado Stanleystadt tras un feroz contraataque; después, se internaron en la selva en busca de insurgentes y hasta llegaron a utilizar gas mostaza contra el baluarte guerrillero de Bambill. Salois había oído rumores de una segunda rebelión en Madagaskar y de su sangrienta represalia. Aun así, en medio de la carnicería, alguien había ordenado a aquellos chicos que lo localizaran y lo arrestaran por un crimen cometido hacía toda una vida.

—No está arrestado.

—Entonces, ¿a qué viene esto? —preguntó Salois, haciendo entrechocar sus esposas.

—Órdenes.

El jeep cambió el pavimento de la autopista alemana por la tierra de la antigua carretera belga, pero siguió avanzando por un túnel de árboles. A través de las aberturas del dosel de ramas, Salois vio que el sol alcanzaba su cénit y empezaba a descender. Poco después, la selva dio paso a una pradera cocida por el calor.

—¿Estamos en Sudán? —preguntó Salois. No había frontera, pero habían estado viajando constantemente hacia el norte.

—Ya falta poco —anunció el chófer.

El cielo había adquirido un color ocre cuando llegaron a una pista polvorienta que terminaba en una puerta flanqueada por dos columnas de ladrillos. Un centinela los guio hasta un convento con un campanario imponente. Aparcados frente a la puerta podían verse tanques y camiones militares.

Escoltaron a Salois al interior por una puerta trasera del edificio. El aire olía a piedra caliza, y poco después captó el aroma de carnes asadas y salsas, no de platos individuales, sino de toda una cocina de campaña. Llegaron frente a una puerta encajada en la pared de piedra. El policía de Amberes llamó a aquella puerta, mientras el otro le quitaba las esposas a Salois y le indicaba que pasara. Entró en una sala amplia y desnuda, bañada por una luz tricolor: dorada, roja y azul. El único mobiliario era una mesa de reuniones, a cuya cabeza se sentaba un oficial vestido con un blanco uniforme naval. Se puso en pie y se dirigió a él en francés con acento británico.

—¡Ah, comandante Salois! Estábamos esperándolo.

—Saluas —lo corrigió.

—Pido disculpas si nuestros colegas belgas lo han alarmado, pero no podíamos enviar soldados británicos. Y temíamos que si no lo esposábamos habría intentado huir. —Sus mejillas parecían una vela que hubiera ardido toda la noche; de los ojos le colgaban bolsas de carne—. Me llamo Rolland, vicealmirante Rolland de la Marina Real Británica. Siéntese, por favor.

Salois no se movió.

—Estamos muy lejos del mar.

—Era una invitación, no una orden —aclaró, soltando una carcajada.

Había dos hombres más a la mesa. Uno de ellos era moreno como un árabe y llevaba un uniforme azul grisáceo que Salois no reconoció; el otro, más joven y al parecer bien alimentado, vestía traje civil y tenía el pelo plateado. Ambos olían a jabón y sábanas limpias, algo de lo que Salois no disfrutaba desde hacía mucho tiempo. Se sentó en una silla frente a los demás.

—Empecemos por un asunto delicado —dijo Rolland, sentándose a su vez—. No todos hablamos francés; ni inglés ya puestos. De hecho, nuestro idioma común es... bueno, el alemán.

—*Deutsch ist gut* —aceptó Salois.

—Excelente. ¿Le apetece alguna bebida para refrescarse antes de que empecemos? ¿Un té? ¿Una copa de algo más fuerte? A mí me parece que, a estas horas de la tarde, un poco de whisky escocés enfría la sangre. —Hablaba alemán con más fluidez que en francés.

—¿Qué tal un poco de comida?

El vicealmirante descolgó el teléfono que tenía sobre la mesa.

—Algo encontraremos.

Los ojos de Salois recorrieron la sala. Sobre ellos colgaban tres ventiladores, aunque solo funcionaba uno. Tras la mesa había una vidriera policromada que representaba a Abraham atando a Isaac. No estaba abierta. Salois sintió que el sudor empezaba a empaparlo, aunque no se aflojó el cuello de la camisa ni se subió las mangas. No quería que aquellos hombres vieran la historia que narraba su piel.

Por primera vez fue consciente de que había una cuarta persona en la sala. Estaba sentada en el alféizar de una ventana, por lo que solo veía su silueta recortada contra el sol. Vestía un traje de lino, que parecía no haber visto una mancha de sudor en toda su vida, y camisa de seda sin corbata. Su rostro quedaba semioculto por el ala de un sombrero Panamá. Notó que el hombre estaba estudiándolo.

—Nos costó mucho rastrearlo, comandante —observó Rolland.

—¿Por qué me buscaban?

—Usted es una leyenda entre las guerrillas del Kongo... ¡El judío invencible! ¡El único hombre que ha logrado escapar de Madagaskar!

—¿Seguro que he sido el único? —La idea deprimió a Salois.

—No, realmente no —corrigió el hombre de la ventana—. Pero sí el único lo bastante loco como para quedarse en África.

Su alemán era impecable. Arrogante y acusador.

—No tenía elección.

—Yo me habría ido a Estados Unidos.

—Si supiera de lo que dispongo, sabría que eso era imposible —replicó Salois.

—¿Es que quiere redimirse?

—Madagaskar no será libre hasta que toda África lo sea. Odio seguir aquí.

—Una virtud incomprendida —intervino Rolland—. Perdone a mi colega, cree que su participación en nuestro proyecto solo complicará las cosas. Yo, por otra parte... Su historial militar es extraordinario, comandante, necesitamos su experiencia.

—¿Esto es un interrogatorio?

—No exactamente —negó el almirante, jugueteando con los dedos.

Llamaron a la puerta y un sargento entró en la sala portando una bandeja cargada con un servicio de té. Frente a Salois colocaron un plato lleno de sándwiches de carne y él cogió uno del que sobresalía una lengua de mostaza. En la selva había subsistido con una dieta de batatas, orugas y carne de mono.

—Lamento lo ocurrido con la porcelana, almirante —confesó el sargento mientras servía el té—. Todavía estamos esperando el material adecuado de Jartum. Uno de los belgas logró salvar esto durante la retirada de Stanleystadt.

Las tazas eran tan finas como los pétalos de una flor, y las decoraba un friso de esvásticas doradas y rojas.

—Suficiente para un simple marinero. —Sorbió un poco de té y dejó escapar un murmullo de satisfacción—. Estaba usted hablando de la guerra, comandante.

—Los alemanes no pueden ganarla.

—Han recuperado Stanleystadt.

—Por ahora. Y les ha costado muy caro. Pero Elisabethstadt está bajo control británico. Los nazis no tienen bastantes hombres, no mientras tengan que combatir en Angola. A menos que dejen desprotegidas sus otras colonias.

—Así pues, ¿las guerrillas están en ascenso?

Salois se aflojó, por fin, el cuello de la camisa, el calor era insufrible.

—No tenemos bastante armamento pesado. Ni hombres. Podemos herir a la bestia, pero no matarla.

—¿Y si los británicos se uniesen a la guerra? —preguntó Rolland—. No solo en Elisabethstadt por el sur, me refiero a todo el Kongo, empezando por una punta de lanza desde Sudán.

—El Pacto Heydrich-Eden elimina esa posibilidad. Es una disputa fronteriza, ¿recuerda? Nada de escaladas.

—Estamos planeando una operación, comandante Salois —desveló el almirante—. Alto secreto. Algo que podría cambiar la situación en África...

Salois alzó una mano para interrumpirlo.

—El año pasado me convocó un comandante de la Fuerza Pública. También tenía algo que era alto secreto. Prometió que cambiaría las cosas. ¿Sabe qué era?

—Matar norteamericanos —respondió el hombre de la ventana—. Para ser exactos, matar a un equipo que hacía prospecciones en el distrito Kosterman.

Salois les había cortado la garganta cuando dormían. Perdonó a uno y se paseó ante él con su uniforme negro y su brazalete con la esvástica.

—Supongo que la idea era provocar a Estados Unidos, forzar su intervención en África —añadió el hombre de la ventana—. Muy inteligente. Por desgracia, el testigo superviviente volvió a Stanleystadt y protestó ante el gobernador Hochburg, que comprendió lo delicado de la situación y mandó fusilarlo. Los norteamericanos nunca han sido muy listos.

—¿Cómo sabe todo eso?

—He estado suministrando armas a la Fuerza Pública desde hace años. —Puede que estuviera sonriendo en el contraluz del atardecer—. Cuando les dijimos que lo buscábamos, nos dieron un montón de detalles.

—Eso no me gusta.

—Debería sentirse orgulloso de que tengamos tanto interés en usted.

—Mire, comandante, la política oficial es respaldar el Pacto Heydrich-Eden —intervino de nuevo Rolland—. No queremos un recrudecimiento de la guerra aquí ni que, Dios no lo quiera, pueda extenderse a Europa. No obstante, algunos pensamos que es inevitable... a menos que cambiemos el equilibrio de poderes.

—¿Quiere decir embarcarse en una guerra aún mayor?

—Por un bien mayor, sí. —Vació su taza—. Traer tropas desde Europa no es factible. No solo dejaría expuesto nuestro país, sino que tampoco podríamos mover una fuerza militar a través de Suez sin que Germania se enterase. Ni podemos rodear el Cabo sin tener que navegar frente a todas las bases nazis de la costa occidental africana. Lo que solo nos deja una alternativa.

—¿Diego? —Salois lo había comprendido de inmediato, pero se mantuvo inexpresivo.

El almirante miró uno por uno a los hombres reunidos en torno a la mesa y asintió.

Diego Suárez, situado en el extremo norte de Madagaskar, era uno de los mayores puertos naturales del mundo. Los nazis lo militarizaron en cuanto se hicieron con el control de la isla y transformaron el ruinoso puerto francés en una fortaleza naval de primer orden. Salois había trabajado en las cuadrillas que lo reconstruyeron, un minúsculo punto de carne entre la piedra y el acero, como cualquiera de los esclavos que levantaron las tumbas de los faraones, consciente de que cada ladrillo que ponía, cada viga que ensamblaba, reforzaba el control nazi. Aprovechando un descuido de la vigilancia, había saboteado una remesa de cemento y los guardias seleccionaron al azar un equipo entero de trabajo —veinticinco hombres— para fusilarlos sin piedad. Desde Diego Suárez, la flota oriental del Reich dominaba las rutas de transporte de todo el océano Índico.

—Tenemos miles de soldados estacionados en el Lejano Oriente —explicó Rolland—. Bastaría una fracción de esa fuerza para marcar la diferencia. Estamos preparando líneas de abastecimiento a través de Kenia y Sudán. Una vez que estén listas, tardaremos apenas una semana en poder llevar nuestras tropas hasta la frontera del Kongo, mucho menos que los nazis en movilizar las suyas. Si nos unimos a la Fuerza Pública, podremos tomar de nuevo Stanleystadt.

—¿Y después? —se interesó Salois.

—Seguiremos hacia Elisabethstadt, presionando al enemigo tanto por el norte como por el sur.

—Pero no pueden traer sus hombres hasta África.

—Precisamente. Durante dos siglos, la Armada Real ha dominado el océano Índico. —Una expresión de disgusto deformó la boca de Rolland—. Ahora tenemos que compartirlo. Queremos que destruya la base de Diego Suárez.

Salois no dijo nada. Tomó otro sándwich y dejó que la mostaza le quemase el paladar.

—Está descartada una operación a gran escala —siguió Rolland—. El sigilo y el secreto son nuestra única esperanza. Usted liderará un equipo de cuatro personas.

—Diego es enorme, más grande que una ciudad —apuntó Salois moviendo la cabeza.

—Sabemos que conoce el terreno, comandante. Es su oportunidad para liberar Madagaskar.

—Habrá represalias. Peores que las que Globocnik haya tomado nunca.

—Piense en esto como en la gangrena —dijo el hombre de la ventana—. A veces tienes que perder un miembro para salvar el resto del cuerpo.

Salois apartó los ojos de la luz que se colaba por la vidriera.

—Eso es fácil de decir, cuando no es tu cabeza la que está bajo el hacha del verdugo.

—Cuando incendió unas cuantas granjas productoras de vainilla, se unieron a la lucha miles de hombres. Destruya Diego Suárez y toda la isla se alzará.

Había parte de verdad en lo que decía; pero Salois también captó impaciencia en su voz, cinismo en su argumento. Se volvió hacia Rolland.

—Cinco hombres no bastan.

—Este es el momento —replicó el almirante—. Han trasladado toda una brigada para que combata en el Kongo. La seguridad nunca ha sido tan escasa.

—Pero cinco hombres...

—Su tarea se limitará a incapacitar las defensas aéreas. Nosotros haremos el resto desde el cielo.

—¿Un bombardeo?

El almirante señaló al hombre de tez oscura que estaba sentado frente a Salois.

—El coronel Turneiro, de la Fuerza Aérea Mozambiqueña.

—No sabía que tenían fuerzas aéreas.

El aviador se irguió orgulloso.

—Los británicos nos vendieron un escuadrón de Lancasters.

—Eso los llevará a la guerra.

—Decisión de Lisboa. Es hora de que nos unamos a nuestros hermanos angoleños. ¿Qué mejor forma que con una victoria importante?

Salois pensó en las colinas bajas que dominaban Diego Suárez. Había una pista donde podían aterrizar los aviones.

—Aunque me encargue de los cañones, debe de haber un centenar de Messerschmitts. Los bombarderos nunca alcanzarán sus objetivos.

—Por eso yo lideraré un segundo equipo que destruirá la estación de radar de Mazunka —dijo el hombre de la ventana—. Si lo conseguimos, toda la costa oriental quedará ciega. Cuando descubran nuestros aviones sobre Diego Suárez, será demasiado tarde.

Salois fijó la vista en los faldones de su chaqueta.

—Puede que se ensucie el traje.

—No deje que eso le preocupe —replicó con una risa hueca—. También me siento cómodo con uniforme. Puede que mucho más, ¿verdad, almirante?

Salois se recostó en la silla; sintió un cambio de tapicería e intentó recordar la última vez que se había sentado en algo tan cómodo. Quería creer en aquellos hombres. Fuera, el sol seguía descendiendo y pintaba el suelo con los colores de la vidriera. Volvió a sacudir la cabeza.

—Nada de eso marcará la diferencia. Aunque puedan destruir Diego Suárez, aunque lancen miles de nuevas tropas a la batalla, lucharán unos contra otros hasta que la carnicería llegue a un punto muerto.

—Entonces, ¿qué sugiere? —preguntó Rolland.

—Lo que todos los judíos saben: Norteamérica.

—Se nos adelanta, comandante. Como hizo cuando mató a aquellos trabajadores de las petroleras. El Kongo es enorme. Si combatimos en el norte y en el sur, queda el oeste. Por eso, en cuanto abramos el nuevo frente, Estados Unidos planeará atacar desde el Atlántico. Así lo han acordado al más alto nivel.

Los ojos de Salois se entrecerraron incrédulos.

—Que haya estado combatiendo en la selva no significa que esté desinformado. Sé cómo ganó Taft las elecciones, prometiendo que los norteamericanos no se involucrarían en aventuras en el extranjero.

—Ganar unas elecciones y gobernar son dos cosas distintas. Hace quince años su economía estaba en ruinas. Ahora la han reconstruido y vuelve a ser pujante. Necesitan nuevos recursos y África los tiene en abundancia.

—La neutralidad ya les compra una parte.

—Que controlan los alemanes —añadió el hombre de la ventana—. Si se le antojase a *Der Führer,* podría dejarlos sin ellos.

—No me lo trago.

—¿Qué dijo Churchill?... «Norteamérica siempre hará lo que debe, tras agotar todas las demás alternativas.»

—¿Lo ve? Nuestros caminos pueden ser distintos, pero llevan al mismo punto —añadió Rolland, con una sonrisa forzada—. Comandante, usted es el más adecuado para comandar la operación. Es más, es el único.

—¿Y si me niego?

—Esto no son las SS, no podemos obligarlo. No obstante, hay un asunto..., bueno, digamos que complicado.

Mientras el almirante parecía absorto con su taza vacía, el hombre que estaba junto a la ventana se adelantó y extrajo una hoja de papel de su chaqueta. La deslizó por encima de la mesa. Salois pudo verlo claramente por primera vez y sintió una punzada de simpatía: la mitad de su cara era puro tejido cicatricial de color ciruela. Centró su atención en la fotocopia que le había ofrecido. El remordimiento lo inundó. No importaba lo profundamente que lo enterrase, bastaba con rascar la superficie para que apareciera.

—¿De dónde lo ha sacado? —preguntó, ocultando su náusea.

—Como dije antes, la Fuerza Pública nos dio todos los detalles que necesitábamos.

Salois estudió el documento. Estaba fechado el 1928 en Amberes, cuando solo era un estudiante universitario de veterinaria. Su nombre estaba blasonado en él... No Reuben Salois, sino el verdadero, el que había abandonado cuando huyó del país para enrolarse en la Legión Extranjera, donde pasó una década de brutalidad en el desierto.

—Esto no tiene sentido —dijo finalmente, empujando la orden de arresto—. Bélgica ni siquiera existe ya.

—Cierto. No obstante, creo que en su caso harán una excepción. La nueva Europa es próspera, limpia, respetuosa con la ley. En ella no caben criminales.

—Excepto en Germania.

La orden quedó expuesta unos segundos más antes de desaparecer en el bolsillo del hombre, que regresó a la ventana. Su forma de moverse le recordó a Salois los trueques furtivos en Madagaskar: un puñado de sal, un poco de pan o un gallo esquelético brevemente mostrado e inmediatamente ocultado hasta que se acordase el precio. Con tanta hambre, el comprador siempre tenía las de perder.

Salois tomó el último sándwich y lo masticó en un silencio deliberado. La luz del sol agonizaba y el brillo de la vidriera desaparecía. Los cuatro hombres lo contemplaban inmóviles.

—No me gusta que me amenacen, pero lo haré —admitió cuando hubo tragado el último bocado—. No por ustedes, sino por mí. Por lo que vendrá después. Por la esperanza.

Rolland pareció aliviado.

—Me alegra que sea realista. Mañana partirá de Mombasa para reunirse con los demás; después a Madagaskar antes del Führertag.

El Führertag. El cumpleaños de Hitler, el 20 de abril. Los alemanes lo celebraban en todas partes, desde las adornadas avenidas de Germania a los témpanos del norte de Europa o los desiertos de África del Sur. Simultáneamente, por lo que respectaba al aparato del Estado, sus enemigos conspiraban. Los días anteriores intensificaban la seguridad, las bases militares se ponían en alerta.

—Todo volverá a la normalidad al día siguiente, el veintiuno —aseguró Rolland—, que resulta ser el cumpleaños del gobernador Globocnik. Las festividades empezarán a medianoche, con una fiesta a la que están invitados los jefes regionales, incluido el comandante de Diego Suárez. Atacaremos una hora antes del amanecer de esa misma mañana.

—¿Y después?

—Su ruta de escape ha sido estudiada concienzudamente, pero ya hablaremos de eso después. Primero, haremos las presentaciones adecuadamente. Ya conoce al coronel Turneiro. A su lado...

Salois estaba más interesado en el hombre de la ventana.

—¿Y usted?

—¡Ah!, nuestro maestro de ceremonias —sonrió Rolland—. Es el coordinador entre Londres y Lisboa. Washington incluido.

El hombre volvió a separarse de la ventana y le ofreció una mano abrasada.

—Jared Cranley, Inteligencia británica.

14

Roscherhafen, DOA, 17 de abril, 10:30 horas

Tünscher llegaba tarde. Tünscher siempre llegaba tarde.
Habían acordado encontrarse aquella mañana a las diez, a la hora de la lluvia, cuando había poca gente por allí. Burton no se molestó en llegar hasta pasada media hora de lo acordado y aun así se encontró con una mesa vacía. El lugar de reunión era el Café Polar, saturado de banderitas para celebrar el Führertag, el cumpleaños de Hitler, cuyo clímax llegaría tres días después. Burton se sentó frente al recinto de icebergs de cemento, donde los pingüinos se apiñaban bajo una intensa lluvia. Repiqueteaba en un techado de hojas de platanero que había sobre su cabeza. Estaba en el zoo del Tiergarten de Roscherhafen, diseñado por la familia Hagengeck. El mayor del mundo, como proclamaba una multitud de carteles a todo lo largo y ancho del recinto: noventa hectáreas, un acuario de doce millones de litros de agua, más de diez mil animales y setecientas especies diferentes de todo el mundo.

A pesar de su tortuoso viaje hasta la Deutsch Ostafrika —la DOA—, Burton se sentía tranquilo y con energía. Era como si Maddie hubiera vuelto de entre los muertos. La idea le golpeaba constantemente el cerebro, avivaba su esperanza y le abría nuevos senderos de luz. Estaba más cerca de ella de lo que había estado en meses y creía que ella también debía de sentirlo. Burton la imaginó acunando a su hijo, con los dedos traslúcidos del pequeño bebé agarrando los suyos, mientras le susurraba que pronto estarían juntos los tres. Había descartado la pretensión de Cranley de ser el padre, porque eso revelaba su verdadera naturaleza maliciosa y vengativa. De momento, Burton no quería pensar en lo que le esperaba. Había escapado de Inglaterra como primer paso de su vuelta a la África nazi y, de algún modo, lograría ponerlos a salvo. El odiado aire de los trópicos, demasiado húmedo y denso para sus pulmones, bullía de posibilidades. Todo lo que deseaban Madeleine y él podía llegar a cumplirse, aunque jamás volvieran a pisar la granja. Durante su viaje a Germania, cuando decidieron vivir juntos, ya hablaron de marcharse al extranjero. Los membrillos no solo crecían en Suffolk.

Burton aplacó el tic nervioso de su pierna y le pidió una bebida a la camarera, que llevaba el tradicional vestido bávaro. No tenían zumo de mango, así que escogió una Reich-Kola. Patrick le contó en cierta ocasión una anécdota de la Guerra Civil española: tuvo que esperar más de dos días a que Tünscher apareciera; cuando finalmente lo hizo, llegó acompañado de una puta fugitiva y un puñado de cuadros de Miró robados.

Por delante de él pasó una familia: padre, madre y cuatro hijos, a cuál más rubio, con impermeable KdF lila y azul, y exhibiendo una sonrisa a pesar de tener las sandalias y los calcetines empapados. La hija más joven debía de tener la misma edad que Alice. La niña intentó encaramarse al muro del recinto de los pingüinos, gritando algo con un acento campestre. Como en respuesta, los animales se deslizaron al agua; la niña aplaudió entusiasmada. Burton sintió un repentino e injusto reproche.

No podía llevarse a Alice con él a África y tampoco tenía ganas de involucrar todavía más a su tía, así que caminó junto a ella a través de la niebla de Hampstead Heath hasta la iluminada sombra de la casa de Cranley. La dejó frente al muro trasero, con el abrigo torcido allí donde intentase abotonarlo con el muñón. De entre la niebla les llegó el rugido de las mangueras de los bomberos y los gritos de una mujer: «¡Alice! ¡Alice!»

—Traeré a mamá a casa —prometió.

—A la granja, no. La granja no me gusta.

—¿Porque te lo ha dicho tu padre?

—Mamá dijo que no se lo contara a nadie —aseguró Alice con vehemencia—. Lo juré.

Tres días después, reservó pasaje en un Comet con destino a Johannesburgo. Descubrió que Heathrow bullía de policías de paisano; también el aeropuerto de Northolt y los muelles de Southampton; de todas partes se escabulló sin ser descubierto. Al final, desesperado, se decidió por la primera escalera de embarque que vio sin vigilancia. Era un barco mercante que iba a Nueva Zelanda. Esperaba encontrar otro barco con mejor destino en alguna de las escalas y pasar a él. Como no tuvo suerte, desembarcó en Panamá y cogió un vapor con el que cruzó de nuevo el Atlántico hasta Ciudad del Cabo; después otro a Durban y siguió por tierra hasta Mozambique.

Burton terminó su kola y pidió otra. Era más oscura que su equivalente norteamericana, tenía más sirope y sabor a vainilla. En la distancia y distorsionado por la lluvia, oyó el chunda-chunda de una banda de música y los gritos procedentes de una montaña rusa.

Lo vio acercarse paseando bajo el aguacero, pero perfectamente seco gracias a un enorme paraguas negro. Destacaba por su traje amarillo a rayas. Parecía que los años no habían pasado por él. Estaba más delgado y sus hombros seguían pareciendo demasiado anchos para el resto de su cuerpo. El pelo rubio, muy corto, contrastaba con su bronceado, pero los rasgos eran tan socarrones como siempre. ¿Cómo solía describirlo Patrick...? Sí, decía que tenía una cara fronteriza. A su lado iba un chico con uniforme de *jungvolk*: pantalón negro corto y camisa caqui, con una manga más oscura, allí donde el paraguas no lo tapaba. A Burton no se le había ocurrido que pudiera tener familia.

Los dos llegaron al café. Tünscher cerró el paraguas y le ofreció la mano a Burton. Este la estrechó con fuerza —cada uno intentaba aplastar los nudillos del otro— y sintió un baño de confianza al ver a su viejo camarada, como si lo ocurrido en Madagaskar no hubiera sido más complicado que asaltar un campamento tuareg. Visto de cerca, tenía un ojo morado e hinchado y las pupilas reflejaban una mirada vacía.

—¿Qué te ha pasado? —preguntó Burton.

—Estaba aburrido y me metí en una pelea.

—¿Es tu hijo?

—¡Joder, no! Es el hijo de mi hermana. Suelo traerlo a las citas de negocios, aporta un aire de... inocencia, en caso de que alguien nos espíe. Y presumo que esta es una cita de negocios, ¿no? —Hablaba con una lentitud insolente, aprendida de las palizas nocturnas de los suboficiales durante los primeros días en la Legión—. Tu telegrama era intrigante.

Tünscher le hizo una seña a la camarera, le dio un buen repaso a su amplio escote y pidió un aguardiente de cereza para él y una Reich-Kola para su sobrino.

—¿Cómo sabías que vivía aquí? —preguntó cuando les sirvieron las bebidas.

—Patrick.

—Hace años que no lo veo.

Se habían enfadado en España y nunca volvieron a hablarse. Burton no tenía ni idea del motivo.

—Te siguió la pista. Dijo que algún día volverías.
—¿Y cómo está ese viejo cabrón yanqui?
—¿No te enteraste? Lo retransmitieron a toda África.
—No escucho la radio. Demasiadas buenas noticias, demasiadas victorias y todo eso. Me deprime.
—Patrick ha muerto.
Una pausa.
—¿Cuándo?
—El año pasado, en Angola. Estábamos juntos en un trabajo.
Tünscher rebuscó en el bolsillo (bajo la chaqueta llevaba una chaquetilla de lana) y sacó un paquete de cigarrillos.
—Siempre pensé que algún día ajustaríamos cuentas. —Su expresión seguía inescrutable—. Los muertos son más felices muertos.
—Tenía una hija en Estados Unidos.
—No lo sabía. —Tünscher se fijó por primera vez en la manga vacía de Burton. La señaló—. ¿Tu contribución al frente angoleño?
—Un accidente de pesca —replicó Burton—. ¿Y tú, Tünsch?
—El cuerpo sigue de una pieza, pero el corazón y la cabeza han sufrido demasiado. Me uní a las SS. —Sonrió, una hilera de dientes amarillos, y estudió la reacción de Burton antes de convertir la sonrisa en una carcajada—. Calma, comandante, no soy un camisa negra. Solo me uní por la posibilidad de pelear. Una brigada Waffen.
—¿Estuviste en Dunquerque?
—No, en el este. Me quedé allí tras la Operación Barbarroja. Pasé los últimos tres años entre los Urales y Siberia.
—¿Cómo era aquello?
—Enorme, demasiado para poder controlarlo. Frío. Desolado.
—Me refería a la guerra.
Tünscher se hundió en su asiento y se pensó la respuesta.
—Como pasar un buen rato con una chica cuando atracas en un puerto.
—¿Qué?
—Que acabas jodido, hagas lo que hagas. Los soviéticos están derrotados, pero no lo saben. Después están los judíos del este... —Le dio una calada al cigarrillo—. Tenía que largarme de allí a un lugar más cálido y civilizado, así que pensé en volver a casa.
Como Burton, Tünscher había crecido en África.
—¿Y ahora?
—¿Qué es esto? ¿Un interrogatorio?
—Solo me pongo al día con un viejo amigo.

—Trabajo para la Sección IX-C, el Departamento de Turismo. Las SS lo absorbieron hace varios años. Llevo hasta el Serengueti a los jefes del partido que buscan caza mayor. Les encanta que los acompañen viejos soldados, creen que tenemos un aire heroico.

—¿Y el resto del tiempo?

—Creo que estás aquí por eso —dijo Tünscher. El niño terminó su kola, sorbiendo ruidosamente por la pajita—. La Sección paga una miseria, pero DOA es un buen lugar para hacerse rico.

—Contrabandeando.

—Alcohol y cigarrillos, sobre todo. Nunca chicas, ese no es mi negocio.

—¿Viajas a Madagaskar?

—De vez en cuando, Nosy Be es una buena escapada. —Nosy Be era un islote situado en la costa noroeste de Madagaskar que las SS utilizaban como escapada cuando no podían viajar a Europa. Era famoso por sus bares y sus burdeles—. No les importa cerrar los ojos para mantener contenta a la guarnición.

Burton miró alrededor. Extrajo una cajita del bolsillo de su chaqueta, la dejó sobre la mesa y la empujó hacia Tünscher. Él la recogió rápidamente y la abrió en su regazo: el fulgor que surgió de ella le hizo entrecerrar los ojos.

—Cinco quilates —aclaró Burton. Dentro de la caja había un diamante de la bolsa que escondió en la granja—. Necesito tu ayuda, Tünscher.

—Depende. Cinco quilates no compran mucho en esta parte del mundo.

—Tengo más.

Había dejado de llover y el café estaba llenándose. Tünscher terminó su aguardiente y le hizo un gesto de «levántate» a su sobrino antes de girarse hacia Burton.

—Conozco un lugar mejor para hablar en privado.

Caminaron a paso enérgico por el Tiergarten, y pasaron por delante del recinto de los elefantes y las hileras rosadas de flamencos. La última vez que Burton había estado en un zoo fue con Madeleine, cuando el terreno estaba sembrado de narcisos. En el cercado de los grandes felinos, una pancarta mostraba uno de los fantásticos retratos de Lazinger: Hitler, con ropa de safari, apoyaba orgulloso un pie sobre la cabeza de un león muerto con evidentes rasgos semíticos.

Mientras que el Kongo era un tesoro de riquezas minerales, la Deutsch Südwest Afrika funcionaba como centro administrativo del continente y Muspel escondía campos de arena azotada por el viento y bases militares. La DOA luchó inicialmente por encontrar una identidad más allá de la producción del sisal y de la pesca. Tiempo atrás había sido una colonia alemana entregada a los británicos tras el Tratado de Versalles y no volvió a manos alemanas hasta la Conferencia de Casablanca. De modo que Germania estaba entusiasmada por convertirla en un ejemplo de lo que el nacionalsocialismo podía conseguir. Fue el KdF quien la transformó.

El KdF, siglas de Kraft durch Freude, «poder a través de la alegría», era la organización de los nazis dedicada al ocio. Uno de sus objetivos era conseguir que los viajes resultaran asequibles hasta para las familias menos favorecidas de los obreros de las fábricas... siempre que estuvieran afiliados al partido. Ofrecía vacaciones subvencionadas y en 1937 ya se había convertido en el mayor operador turístico del mundo. Había excursiones por los Alpes, un enorme centro turístico en el Báltico y, lo más solicitado, una flota de doce cruceros de lujo que transportaban pasajeros a los fiordos noruegos, el Mediterráneo y el norte de África. A medida que el Reich se fue expandiendo por debajo del ecuador, pudo ofrecer posibilidades más exóticas: era uno de los inalienables derechos de conquista. Hitler lo aprobaba: «Todo obrero tendrá sus vacaciones... y todo el mundo podrá disfrutar de un crucero una o dos veces a lo largo de su vida.»

Robert Ley, fundador del KdF y más tarde gobernador de la DOA, propuso primero desarrollar la colonia como destino turístico. Sus infinitas playas de arena blanca y su herencia alemana hacían de ella una elección obvia. Cinco años después de 1945, la capital, Roscherhafen —antes Dar es-Salaam— fue transformada en un resplandeciente centro turístico, capaz de acoger a medio millón de visitantes al año de todas las ciudades y guarniciones del África alemana. Una nueva generación de enormes cruceros aportó trescientos mil nuevos invitados de la madre patria.

A medida que el número de turistas se incrementaba, también lo hacía la necesidad de mantenerlos ocupados. Como los safaris estaban reservados a los oficiales de alto rango, tenían que crearse diversiones más simples para las masas. En el sur de la ciudad, el KdF construyó su primer parque «educativo y recreativo», un complejo colosal que albergaba un zoo, un jardín botánico, un museo militar para conmemorar la campaña de África Oriental durante la Gran Guerra y un parque de atracciones que ofrecía durante todo el año el mismo bullicio de la Oktoberfest, pero bajo el achicharrante cielo africano. Los británicos y sus decadentes ciudades costeras y sus campamentos de vacaciones solo podían contemplar tanta magnificencia con envidia.

Tünscher los guio por el parque de atracciones. El aire olía a adoquines húmedos y a grasa de motor. Les llegaban gritos alegres del tobogán de agua y el tren de la bruja, y el rechinante tintineo de la música de los tiovivos. Si la multitud era consciente de que se estaba librando una guerra en el Kongo, no lo demostraba. En el centro del parque se encontraba la Roscherhafen Riesenrad, una noria monumental. Como sucedía con todo, era la mayor del mundo y se elevaba hasta los cien metros. Tünscher compró un paquete de entradas para asegurarse de tener una cabina reservada para ellos solos.

—Nunca me he sentido cómodo en una de esas cosas —dijo, envolviendo la lámpara que iluminaba la cabina con un pañuelo cuando empezaron a moverse—. Micrófonos —explicó—. Ahora podemos hablar.

—¿Y el chico? —preguntó Burton.

Tünscher se inclinó hacia su sobrino y cantó con la melodía del *Horst Wessel*, el himno nazi:

> *Cuando Der Führer dice que somos la raza suprema*
> *nosotros cuac cuac cuac en la cara de Der Führer.*
> *Cuando Goebbels dice que el mundo y el espacio son nuestros*
> *nosotros cuac cuac cuac en la cara del doctor.*

El texto era de un dibujo del pato Donald, una letra prohibida en todo el mundo de habla germana. Si te oían cantar aquello, podías pasarte cinco años en un campo de concentración. El chico les ofreció una sonrisa inexpresiva.

Tünscher le alborotó el pelo amigablemente.

—Sordo como una tapia.

—Entonces, ese uniforme de *jungvolk*... Creía que antes de admitirte te hacían una revisión médica completa.

—Suspendió. Cabrones. Yo le compré el uniforme y nunca he visto a un niño más feliz. Solo se lo pone cuando salimos juntos.

La cabina estaba ascendiendo. El parque parecía un cráter escarlata gracias a los banderines del Führertag. Al este podían ver la playa y las azuladas olas de lo que, para Burton, seguía siendo el océano Índico. Estaba ansioso por empezar la negociación con Tünscher, pero tenía que ser cauto. Recordaba lo mucho que le gustaba a su amigo darle a la lengua y su expediente de guerra no ayudaba.

—La noria tarda cuatro minutos y cuarenta y un segundos en dar una vuelta completa —dijo Tünscher mirando su reloj—. Será mejor que te des prisa.

—Necesito ir a Madagaskar. Encontrar a alguien.

—A un judío, supongo.

—¿A quién si no?

—En la isla hay varias brigadas de las SS. Quizá querías salvar a un miembro de la Schutzstaffel de sí mismo.

—A un judío.

—¿Pagan bien?

—Nada.

—¿Estás seguro? Circulan historias sobre que hay tesoros ocultos en la isla. Reservas de oro traídas de Europa.

—Esto lo pago de mi bolsillo.

—¿A qué ciudad pretendes ir?

—No lo sé.

—¿A qué sector?

Burton negó con la cabeza.

—Llevarte a la isla podría resultar bastante fácil... si el precio es adecuado. Pero sin una dirección, olvídalo.

—Tiene que haber alguna forma.

—Ayudaría mucho si supiera a quién estás buscando.

Burton habría preferido no contarle nada, pero las verdades que le ocultó a Patrick y sus consecuencias seguían quemándole por dentro. Le habló de Madeleine tan rápidamente y con tan poca emoción como le fue posible; después, esperó el desprecio de Tünscher. En Bel Abbés, si un compañero legionario recibía una carta perfumada o admitía haberse enamorado de una de las prostitutas de Madame Maxine, se convertía en el centro de las burlas y el desprecio de los demás. Y Tünscher era el primero en apuntarse.

Pero todo lo que hizo fue mirar por la ventanilla y asentir. El viento producía un silbido metálico cuando pasaba por los radios de la noria al llegar a su cénit.

—Puede que haya una forma de saber cuál es su paradero, pero nunca la he probado. Tendré que preguntar.

—Necesito ir esta noche.

Tünscher soltó una carcajada. A su lado, el sobrino lo miró con una sonrisa idiota.

—El bebé debió nacer en febrero —dijo Burton—. Yo tardé semanas en poder llegar hasta aquí y entretanto ha podido pasar cualquier cosa. Pueden estar enfermos, pueden estar pasando hambre... Cada día cuenta.

Esa idea lo había estado carcomiendo desde que dejó Inglaterra.

—Al menos espera a que termine el Führertag.

—¿Y si se mueren la noche anterior? ¿Y si hubiera podido estar allí con ellos?

Tünscher se dio unos golpecitos en el pecho.

—No tendría que beber aguardiente, me provoca indigestión. ¿Cuántos diamantes tienes?

—Quédate el que te he dado como pago a cuenta —ofreció Burton—. Ayúdame a encontrar a Maddie y al niño, sácanos de la isla y te daré cuatro más.

—¿Cómo sé que no son falsos?

—No lo sabes.

—Lo haré por diez más.

—Cinco. Es mi última oferta.

El rostro de Tünscher se oscureció como si estuviera pensando en abofetearlo.

—No juego; esto me ha costado demasiado. —Se abrigó con la chaqueta como si de repente sintiera frío. Su expresión se suavizó y encendió un cigarrillo—. A nadie le importa que contrabandees con un poco de brandi, comandante, pero con los judíos es distinto. Diez diamantes. Tengo deudas que saldar en el este.

—¿No te basta con el brandi?

—No. —Miró la muñeca de Burton—. Por aquí hay pocos accidentes de pesca, ¿sabes?

—Puedo llegar a seis.

—Nueve.

—Siete. Necesitaremos dinero para vivir y lo único que tengo son esas piedras.

—No te servirán de nada si no sales de la isla. Ocho.

Burton se pellizcó el labio superior fingiendo indecisión mientras sopesaba cuál de los dos tenía una posición más fuerte. Le estaba mintiendo, ya que lo cierto era que no le quedaban más diamantes. Había gastado el penúltimo para llegar a DOA.

—Siete —terminó por ofrecer.

La noria estaba terminando la vuelta. Burton olió a pretzels y salchichas a través de la ventanilla.

—Tienes suerte de que me aburra tanto —confesó Tünscher, guardando el reloj—. Me siento aburrido y destrozado. Acabas de comprar lo mejorcito de la Sección IX.

—Necesitaré un arma. Una pistola.

—¿Qué le ha pasado a tu Browning?
—La perdí.
—No habrá problema.

Tünscher recuperó su pañuelo. Salieron de la cabina y se mezclaron con la multitud.

—Dame veinticuatro horas y veré lo que puedo conseguir. No te prometo nada y... —se palmeó el bolsillo—, me quedaré con el diamante pase lo que pase. ¿Dónde puedo localizarte?

—Playa Msasani —replicó Burton, dándole el nombre de su hotel.

—Tú y diez mil personas más.

Tünscher le dio un suave codazo a su sobrino, se señaló la boca y formó la palabra *wurst?* sin emitir sonido. Recibió un excitado asentimiento como respuesta y le indicó por señas que ellos tomarían un camino distinto. El chico giró solemnemente hacia Burton e hizo el saludo nazi. Era como si todo el parque de atracciones estuviera mirándolos. Burton le devolvió el saludo alzando levemente su brazo bueno.

—Estaré en contacto —prometió Tünscher.

—¡Espera! —gritó Burton, yendo tras él. Se fijó por primera vez en los pies de Tünscher: el dobladillo del pantalón estaba deshilachado y terminaba en unas botas de paracaidista—. ¿Puedo confiar en ti?

Su antiguo camarada sonrió, mostrando sus dientes amarillentos.

—No. Pero puedes confiar en esos diamantes.

15

Roscherhafen, DOA, 17 de abril, 11:00 horas

—Podría haber sido peor —le había dicho su esposa.

El *Brigadeführer* Derbus Kepplar puso los pies calzados con botas militares sobre la mesa, contempló la pared situada frente a él y se dio cuenta de que había dejado de llover. Era un espécimen ario ejemplar: rubio, ojos azules, musculoso... Frente a él había pilas de papeles que no tenía ganas de revisar: minucias de patrullas fronterizas, aduanas e inmigración en la Deutsch Ostafrika. Las persianas estaban echadas y dejaban el cuarto en penumbra. Aunque tenía la camisa pegada a la espalda por el sudor, no se molestó en encender el ventilador del techo. Se sentía una víctima.

«Podría haber sido peor.» Fueron las primeras palabras que le había dicho su esposa cuando le ordenaron regresar a Germania. Ella tenía unos pómulos perfectos, y era una mujer íntegra y devota, pero si los niños no hubieran estado presentes, si no se hubiera sentido tan consumido, se habría quitado el cinturón y le habría dado una paliza.

—¿Cómo? —exigió—. ¿Cómo podría haber sido peor?

El año anterior, cuando todavía era ayudante de Hochburg, recibió el encargo de atrapar a Burton Cole y a su banda de asesinos. Ante su fracaso, Hochburg insistió en que se tomase seis semanas de permiso obligatorio; después fue trasladado a la DOA, perdió el derecho a llevar su distintivo uniforme negro del Kongo y su diamante plateado en la charretera, y redujeron su rango de *Gruppenführer* a *Brigadeführer*.

Su esposa reculó ante el estallido.

—Podrían haberte enviado al este; o a uno de esos batallones de castigo que hay en el Kongo. Me hablaste de ellos.

—¿Has estado alguna vez en el Kongo?

—Sabes que no, cariño.

—Entonces no hables de lo que no conoces. No sabes nada sobre África. —Se golpeó el pecho con la mano—. Servir en cualquier puesto del Kongo, aunque sea con mestizos étnicos, es todo un honor.

Salió en tromba de la habitación tras «recomendarle» a su esposa que durmiera en el sofá, enfadado porque ella tenía razón. Su castigo podría haber sido peor.

«La seguridad es atroz en la DOA. Encajarás bien, Derbus», le había dicho Hochburg. El *Oberstgruppenführer* tenía poder para haberlo retirado a Germania definitivamente.

Kepplar se alejó de la mesa. Las paredes de su despacho estaban desnudas, a excepción de dos fotografías enmarcadas. Descolgó la primera sin dejar de mirar de reojo la segunda. La había tomado un fotógrafo de las SS dieciocho meses antes durante una inspección de rutina. En ella se veía a Kepplar al volante de un Mercedes, y a un Hochburg risueño y arremangado inclinándose sobre el capó.

El *Brigadeführer* delineó la figura del *Oberstgruppenführer* con el pulgar, ansiando volver a escuchar su risa. «¡Ay, Walter! Esto es agónico», pensó. Cada vez hablaba más con la foto, recordando todo lo que habían conseguido juntos.

Hochburg tenía que saberlo. Un traslado indefinido a un miserable despacho del edificio Zolgrenzschutz era un castigo sádico.

Kepplar había seguido devotamente los progresos de la guerra entre el Kongo y Rodesia. Lloró por la caída de Elisabethstadt y destapó una botella de champán cuando la batalla de Stanleystadt terminó en victoria. Varias semanas antes había firmado una autorización para un vuelo que quería reabastecerse en su camino hacia Germania y evitar que interviniera Inmigración. En la lista de embarque estaba el pasajero Hochburg. Solo podía elucubrar sobre el motivo por el que su antiguo superior tenía que viajar a la capital del mundo, ya que Walter la odiaba tanto como él. Se había sentido tentado de visitar el aeropuerto y pedirle a Hochburg una nueva oportunidad. No habían hablado desde aquel 19 de septiembre en la Schädelplatz.

Todo por culpa de Cole.

Volvió a colgar la foto de Hochburg y miró la otra. Era una foto secreta de la Gestapo en la que se veía a Cole y a Patrick Whaler, el norteamericano. Kepplar estudió el rostro de Cole como había hecho innumerables veces, sus rasgos le eran más familiares que los de su propia familia.

La persecución de Burton Cole era para él una pesadilla recurrente. En los meses siguientes a su fallida captura, había rememorado hasta el infinito sus propios fallos. ¿Y si hubiera conseguido que los camaradas de Cole hablasen un poco antes? ¿Y si se hubiera esforzado más durante la persecución, sacrificando las necesidades físicas de su cuerpo? No debió involucrar a soldados de menor rango con su juvenil brutalidad; claro que el error de Kepplar quizás había sido esa falta de brutalidad por su parte. Si hubiera utilizado métodos más drásticos, si hubiera sido menos cuidadoso para evitar las muertes, no solo dando órdenes sino personalmente, quizás el resultado habría sido distinto. Esa idea era la que más lo martirizaba. El éxito pudo estar en sus manos, de haber estado dispuesto a manchárselas de sangre. Sus limitaciones habían quedado patentes.

Le dio la espalda a la foto de Cole y echó un vistazo a través de las persianas al brillo encapotado. La ciudad era una amalgama de edificios de un estilo vagamente oriental, herencia del siglo anterior y de las austeras estructuras blancas erigidas durante la pasada década. En la distancia podía ver la estructura más famosa del Roscherhafen: la gigantesca noria que destacaba del parque de atracciones KdF como la aleta de un tiburón sobre el agua. Su hijo mayor le rogaba constantemente que lo llevara al parque para montar en ella; más allá quedaban las mansas aguas del O.A.O. Detestaba el océano, quizá por ser austríaco, y llevaba la tierra firme en las venas. Los ojos de Kepplar descendieron a nivel de calle.

Llamaron a la puerta.

En la calle un tullido caminaba dando tumbos por la acera. Iba vestido de negro, llevaba aparatos ortopédicos en las piernas y muletas. A Kepplar le dio la impresión de estar viendo una tarántula monstruosa. Se preguntó cómo podía ser tan deforme, tan débil, tan inútil, y haberse librado de una justa eutanasia. Sintió el impulso de bajar corriendo a la calle y ofrecerle a aquel lisiado un puñado de *Reichsmarks*. Más adelante, el *Brigadeführer* recordaría ese momento. El partido mostraba una clara hostilidad hacia la religión, y Hochburg se burlaba ante toda mención de Dios, pero a Kepplar le pareció que alguien había escuchado sus plegarias. Aquella araña fue una profecía.

Otra llamada a la puerta, más urgente que la anterior.

Kepplar volvió a su mesa, abrió un expediente al azar y fingió estar leyéndolo.

—¡Pase!

Entró un *Untersturmführer* y, con él, el tableteo de las máquinas de escribir.

—Siento molestarle, *Brigadeführer*. Normalmente me hubiera encargado yo mismo. —Le ofreció un teletipo—, pero como lo menciona a usted expresamente...

Kepplar miró el mensaje. Según el encabezamiento, el teletipo había circulado por medio continente: de Rovuma, en DOA, a Stanleystadt, pasando por Windhuk y de vuelta a DOA. Un mensaje en busca de un receptor.

Leyó la primera frase y sintió que un millar de agujas al rojo se le clavaban desde el coxis hasta la base del cráneo. Kepplar se tocó la oreja derecha (de la que le faltaba la mitad superior, un tema del que nunca hablaba) y se acarició el lóbulo.

—¿De dónde viene esto?

—Del puesto fronterizo con Mozambique.

—¿De dónde de este edificio?

—Del tercer piso. Según parece lleva allí un par de días. Ya sabe lo ocupados que están con las festividades del Führertag.

Kepplar salió corriendo de su despacho.

La gente que circulaba por el pasillo frenó en seco y se apartó para dejarlo pasar. No se molestó en esperar el ascensor, sino que bajó dos pisos por las escaleras y cruzó varias puertas de cristal esmerilado. Si él mantenía su despacho en penumbra, entrar en el tercer piso fue como penetrar en una foto de color sepia: suelo marrón, mobiliario marrón e incontables burócratas con camisa marrón. Se percibía un ligero aroma a trementina en el aire. Pasó junto a varias filas de mesas hasta la oficina de Fregh.

Al abrirse de improviso la puerta de su despacho, el *Standartenführer* no pudo evitar que se le derramara su café de media mañana. Sobre su mesa tenía un plato de *Führerplätzchen*, una popular galleta especiada.

—¿Por qué no se me informó de esto en el acto? —exigió Kepplar, agitando el teletipo ante las narices de Fregh.

—¡*Herr* Kepplar, qué sorpresa! ¿Le apetece un café? Las galletas son deliciosas.

—¿Por qué?

Fregh dejó la taza de café, cogió el mensaje y lo leyó siguiendo el texto con el dedo. Kepplar había sido el mejor en las clases de craneometría y creía poder juzgar a un hombre mediante el estudio de su cabeza. Existían cinco tipos: el uno, el dos y el tres eran germánicos, el cuatro y el cinco eran *untermenschen*, subhumanos. El requisito mínimo para trabajar en una oficina pública era la categoría tres. Kepplar nunca había sido capaz de deducir la forma exacta de la cabeza de Fregh, ya que estaba deformada por una capa de grasa, pero creía discernir trazas negroides en su pelo. Se había casado con alguien por encima de su categoría y le debía su posición a su esposa. Era ampliamente conocida la predilección de la mujer por los jóvenes estudiantes de eugenesia de la Universidad de Roscherhafen.

Fregh asintió pensativamente.

—¡Ah!, sí, algo muy poco habitual. Lo recibimos el viernes.

—¿Y por qué no fui informado?

—Quizá debió actualizar su destino o informarnos de que ahora trabaja con nosotros. Quizás así habría sido más fácil localizarlo.

Durante la persecución contra Cole y el norteamericano, Kepplar había emitido una alerta continental para que los arrestasen si intentaban cruzar las fronteras del África alemana. Era dudoso que intentase cruzarlas de forma convencional, pero quería cubrir todas las posibilidades. Ahora, siete meses después, tenía un teletipo que decía que se había detectado al propietario de un pasaporte norteamericano a nombre de Patrick Whaler intentando entrar en la DOA desde Mozambique por el puesto fronterizo de Rovuma Brücke.

—¿Qué puede significar?

Fregh miraba melancólicamente sus galletas.

—Hay muchos norteamericanos aquí. Les gusta pasárselo bien.

—Pero ese hombre, Whaler, murió el año pasado. El gobernador Hochburg vio el cadáver.

—¿Un error?

El teletipo volvió a manos de Kepplar.

—Aquí dice *detectado*. No indica si lo detuvieron o no.

—Esas cosas es mejor dejarlas correr.

—Necesito hablar con Rovuma de inmediato.

Fregh abrió la boca para replicar y se entrevió una lengua ennegrecida por el café, pero se lo pensó mejor y marcó el teléfono de su secretaria.

En el muro había un mapa de Deutsch Ostafrika. Kepplar lo descolgó y lo dejó sobre la mesa de Fregh.

Rovuma Brücke era sinónimo de poco rigor y uno de los destinos más solicitados del continente, allí hasta los hombres de rango más bajo podían volverse ricos. Desde que se había hecho cargo de su nuevo puesto, Kepplar solo había practicado una inspección y descubrió que la situación era todavía peor de lo que se imaginaba. Una semana después fue invitado a la residencia de Robert Ley, gobernador general de la DOA. Era tan lujosa como austero el despacho de Hochburg. Tras la cena hablaron de la salud del Führer y de los informes de una segunda rebelión en Madagaskar. Entonces, inesperadamente, el gobernador dijo:

—Dicen que usted quiere hacer cambios en Rovuma.

—La seguridad es un chiste.

—En la DOA somos conocidos por nuestro sentido del humor.

Kepplar dejó de masticar y soltó el tenedor.

—Ejecute a algunos contrabandistas si quiere; utilícelos para dar ejemplo —prosiguió Ley—, pero recuerde que esto no es Alemania ni el Kongo. Aquí vemos las cosas de otra manera.

—¿Está disculpando todo lo que sucede?

—Claro que no. No obstante, hay veces en que una actitud más flexible con la seguridad tiene sus beneficios. Para mí, para nuestros ciudadanos más importantes y para la provincia como un todo. —Suspiró—. Si algún día llega a una posición como la mía, *Brigadeführer*, lo comprenderá.

Kepplar se había visto obligado a explicarle su degradación.

Estudió el mapa. De la frontera partían dos rutas obvias: una se dirigía hacia el oeste y Songä, pero allí había poco más que plantaciones de tabaco y una excavación en busca de huesos de dinosaurios para el museo Linx; la otra seguía la costa hacia el norte, hacia Roscherhafen.

Kepplar imaginó un puñado de tropas armadas cargando contra un norteamericano inocente que estaba en la ciudad para comprar una cabeza de león y visitar los burdeles. Él empezaría a gritar tonterías sobre sus putos derechos y la embajada norteamericana en Kelele Platz exigiría una explicación. Desde que el presidente Taft había visitado el Reich el mes anterior, Germania estaba más dispuesta que nunca a mantener buenas relaciones con ellos. Esta vez enviarían a Kepplar de vuelta a la madre patria permanentemente; puede que hasta lo internasen en un campo de concentración para que calmase sus impulsos más erráticos.

Pero si tenía razón...

—Necesitamos registrar las habitaciones de los hoteles de toda la ciudad —dijo Kepplar.

Fregh dejó escapar un eructo de incredulidad.

—Dicen que usted no enciende el ventilador ni abre las ventanas de su despacho, *Herr* Kepplar. Creo que el calor le ha afectado la cabeza.

—Diríjase a mí como *Brigadeführer*.

—¡Pero, todas las habitaciones de todos los hoteles...! No tenemos hombres suficientes.

—Para empezar veo treinta de sus hombres que solo calientan sillas con sus culos.

—No están bajo sus órdenes —farfulló Fregh.

Seis meses antes nadie se hubiera atrevido a hablarle así.

—Puedo conseguir permiso de la más alta autoridad, pero eso llevaría tiempo. Tiempo del que usted tendrá que responder si...

Sonó el teléfono.

Fregh respondió antes de pasarle el receptor al *Brigadeführer*.

—El jefe del puesto fronterizo de Rovuma.

Kepplar se acercó el auricular a su oreja buena. Una voz indolente, pastosa, respondió a sus preguntas: «Sí, Whaler... la mayoría de yanquis suele volar desde Roscher, así que nos pareció raro... Fue detenido e interrogado... No, no tenía unos cincuenta años, más bien unos treinta... ¿Rubio y de ojos azules?... Afirmativo. No, no parecía nervioso, y sus papeles estaban en regla... No, no recuerdo otros detalles... ¡Ah, excepto uno! Su mano. Le faltaba la mano izquierda.»

Eso le dio tiempo a Kepplar para pensar.

—¿Todavía lo tienen ahí?

—No.

—Mis órdenes eran explícitas.

—Y tenían siete meses de antigüedad, *Brigadeführer*. Intentamos contactar con usted, pero al no recibir respuesta...

—Debió arrestarlo.

La voz se puso a la defensiva. Kepplar se preguntó cuántos *Reichsmarks* habrían cambiado de manos. De momento estaba convencido de que el que había cruzado la frontera era Cole.

—¿Con qué motivo? Nos dijeron que fuésemos amables con los yanquis. Y sus instrucciones indicaban que detuviéramos a los sospechosos que quisieran salir de nuestro país, no entrar.

—Tuvo que dejar una dirección. —Oyó un revuelo de papel.

—Hotel Kaiserhof.

Kepplar lo conocía, era una parodia de hotel bávaro cerca de la estación central.

—Ha sido muy útil —le dijo al auricular—. Incluiré esta conversación en mi informe.

Fue hasta el Kaiserhof con dos soldados armados de subfusiles. Tal como sospechaba, no había ningún huésped de nombre Whaler o que encajara con la descripción de Cole. Volvió al edificio Zollgrenzschutz y empezó a organizar la búsqueda por toda la ciudad.

El descubrimiento llegó diez minutos después de las cuatro. Kepplar había pasado una hora en silencio, con la garganta irritada por haber estado gritando órdenes sin parar. Ahora estaba movilizando a todo el personal de los pisos tercero, cuarto y quinto, que murmuraban maldiciones cuando creían que no podía oírlos o miraban desesperanzados sus relojes. Los días anteriores al Führertag las calles estaban llenas de músicos y desfiles, de globos y serpentinas. Esa tarde habían programado un desfile en la playa y todo el mundo quería estar allí con su familia. Sonó el teléfono del despacho de Fregh, que se había convertido en el centro de mando temporal de Kepplar. El *Standartenführer* respondió suspirando, se quitó algunas migas de la pechera de su camisa y se sentó.

—Lo han encontrado. Hotel Msasani. —Era el colosal hotel KdF situado al norte de la ciudad.

Kepplar le arrancó el teléfono de las manos y sintió un hormigueo de satisfacción mientras el conserje le describía a Burton Cole.

—¿Se ha fijado si le falta una mano?

—Por supuesto. Estamos acostumbrados, aquí vienen montones de veteranos.

—No cuelgue. —Kepplar tapó el auricular y habló con Fregh—: Necesitaré dos coches. Uno para mí y otro de apoyo para usted. Y un camión lleno de guardias. Armados. Vestidos de paisano para vigilar las salidas.

—¿Quién es ese hombre?

—No podemos permitir que escape. —Fregh miró el reloj y frunció el ceño—. Seguro que su esposa aprobará que trabaje hasta tarde —dijo Kepplar animosamente, antes de volver al teléfono—. ¿Dónde está ahora *Herr* Whaler?

—Salió esta mañana. —Una corta pausa al otro lado de la línea—. Su llave no está aquí, ha debido de regresar a su habitación. ¿Quiere que lo compruebe?

—¡No! —gritó Kepplar. Los ojos de Hochburg brillarían de gratitud cuando le entregase a Cole—. Asegúrese de que no se marche. Llegaremos dentro de quince minutos.

16

Tana, Madagaskar, 17 de abril, 12:00 horas

Hochburg salió de la penumbra del palacio con envidia de Globocnik. Cruzó los brazos e inspiró profundamente el aire limpio del altiplano, como si pudiera absorber el paisaje en sus pulmones. En la distancia podía ver los arrozales cultivados por judíos y, entre ellos, el neblinoso anillo de las colinas que rodeaban Tana, el centro administrativo de Madagaskar. Parecía improbable pero allí fuera, en algún lugar, estaban los medios para conseguir su superarma. Una cálida brisa le lamió la cara.

—Magnífico —admitió ante el ayudante que esperaba junto a él.

—La mampostería se importó de la casa del gobernador en Lublin.

El hombre llevaba décadas al servicio de Globocnik y había adoptado el tono burlón de su jefe. Hochburg bajó la vista. Estaba de pie sobre unas lápidas grabadas con caracteres hebreos.

—Me refería al jardín —puntualizó Hochburg, dando unos pasos entre el caudal de brillantes flores, cuyos pétalos acarició con la palma de las manos. El ayudante lo siguió.

—¿Le gustaría beber algo, *Oberstgruppenführer*? El gobernador dispone de la mejor bodega del hemisferio sur.

—Con agua bastará.

—Tenemos unas cosechas particularmente buenas...

—Agua.

—Se la traeré. Y avisaré al gobernador de que está aquí.

Cuando se quedó solo, Hochburg volvió a llenar los pulmones de aire. Tras la fría lluvia de Europa le encantaba el aroma del aire tropical. Estaba de un humor alegre.

Al final de las escaleras se encontró con una terraza casi tan grande como la de Berghof. Un muro lo separaba del precipicio que caía vertical hasta la ciudad. Se apoyó de espaldas contra el muro y sintió su calor en los riñones. Contempló el palacio con su ojo bueno; el izquierdo seguía tapado por el vendaje. A pesar de las semanas de tratamiento en Germania, el cirujano había sido incapaz de garantizarle que recuperaría la visión.

La residencia del gobernador era un cubo de piedra impenetrable, con torretas en cada esquina y un techo piramidal. Lo construyó en la década de 1830 Ranavalona I, una sanguinaria reina nativa que gobernó la isla con mano férrea como no se había vuelto a ver hasta la llegada de las SS. Bouhler, el primer gobernador nazi, reformó y modernizó el edificio. Desde el nombramiento de Globocnik se había añadido una nueva fachada que él describía como de estilo neomesopotámico: austero, anguloso, peligrosamente moderno. En los cuatro lados había tramos de escalera rodeados por terrazas de jardines, a semejanza de un zigurat. La distribución de las plantas le habría parecido a Eleanor demasiado cuadriculada, pero Hochburg vio muchas de sus favoritas: hibiscos, rubiáceas, euforbias... Había rosas rojas y blancas, cascadas magenta de buganvillas locales. Si tuviera tiempo para crear un paraíso como ese...

El ayudante volvió con una malgache* que portaba una bandeja con una botella de agua Apollinaris. Típico de Globocnik. Solo a él se le ocurriría mandar a una indígena mientras lo hacía esperar. Enviarle una negra cuando el palacio debía hervir de sirvientas rubias era una provocación deliberada. Hochburg se aseguró de que sus dedos negroides no tocasen el vaso antes de servir el agua. El rostro tenía marcas de los estados de ánimo de Globocnik.

—He informado al gobernador de su presencia —le aseguró el ayudante—. Llegará enseguida.

—Quieres decir que está en la cama. O resacoso. Dile que no tengo todo el día.

Pasaron los minutos: cinco, diez, quince... Hochburg vio pasar una escuadrilla de Mes-362 en dirección a su base de Diego Suárez. Aunque la mayor parte de la isla era responsabilidad de Heydrich y de las SS, el sector norte quedaba bajo la jurisdicción de la Kriegsmarine, la Armada, que consideraba esa independencia sacrosanta. El ayudante apareció dos veces más para asegurarle que Globocnik no tardaría. Por fin, media hora después, apareció medio vestido por las escaleras.

* Nativa de Madagascar.

El *Oberstgruppenführer* Odilo Globocnik, el gobernador de las SS de Madagaskar, comúnmente conocido como Globus.

Nacido en Austria, constructor de profesión, se unió al partido en 1930 y ascendió paso a paso hasta convertirse en el *Gauleiter*, o jefe político del partido en Viena. Tras eso, su suerte había girado como una veleta, según le dijeron a Hochburg. Seis meses después de conseguir el mejor trabajo de Viena, un escándalo de malversación de fondos lo obligó a dimitir. Se unió a las Waffen-SS como soldado, fue condecorado en la guerra contra Rusia y, posteriormente, se convirtió en jefe de policía de los territorios ocupados por Himmler. Tras la división de la Línea Barbarroja, Globus fue el encargado de reasignar los judíos soviéticos y pasó varios años evacuándolos más allá de los Urales hasta Siberia, antes de que una nueva acusación de corrupción lo apartara del cargo. Parecía que su carrera había terminado, hasta que Madagaskar salvó su reputación. Su máxima ambición era dejar la isla y convertirse en gobernador de Ostmark.*

—Gobernador Globocnik —saludó Hochburg cuando su anfitrión llegó al pie de las escaleras—, me alegra que hayas decidido reunirte conmigo.

Se estrecharon las manos —sus palmas apenas se tocaron, un pesado reloj de oro tintineaba en la muñeca de Globus— y se evaluaron mutuamente.

Hochburg no lo había visto desde la Conferencia de Windhuk, la reunión de oficiales de las SS que decidió el destino de la población negra y su subsecuente *reasignación*. Con los años transcurridos desde entonces, la melena rubia de Globocnik empezaba a clarear. Su rostro parecía más abotargado, la piel alrededor de la nariz estaba quemada por el sol y surcada por una red de venitas, los párpados le colgaban fofos. Llevaba botas militares y pantalón ancho de color tostado, con los tirantes aleteando a los lados. La camiseta no conseguía contener su barriga y desprendía olor a cerveza.

—Nunca imaginé que compartíamos una pasión —dijo Hochburg admirando el jardín—. O que tuvieras tan buen gusto.

Globus no respondió.

—¿Lo diseñaste tú mismo?

—No. Algún puto judío.

—Me alegra ver que Madagaskar no ha atemperado tu encanto —comentó Hochburg, dejando que una sonrisa asomara a sus labios.

---

* La antigua Austria.

—Si por mí fuera, lo cubriría todo de cemento —replicó con su típico acento austríaco—, pero a mamá le gusta.

—¿Te visita muy a menudo tu madre?

—Vive en el palacio con mis hermanas. Le hacen compañía a mi esposa cuando estoy ocupado en las reservas, porque me encargo personalmente de supervisarlas. —Rebuscó en su bolsillo una cajita de píldoras—. Bien, ¿qué quieres?

En Windhuk, Hochburg había estado de acuerdo con trasladar a la población judía del África continental a Madagaskar. Cuando Globus no actuó recíprocamente con la población malgache y, en cambio, creó una reserva para ellos en el noreste de la isla, Hochburg enfureció. Solo más tarde se dio cuenta de que la mejor manera de tratar con Globus era la adulación burda y la amenaza implícita.

—Querido Globus, he venido a pedirte un favor —confesó Hochburg, imitando la expresión favorita del *Reichsführer*. Incluso se permitió que un leve tono burlón puntuara sus palabras—. De gobernador general a gobernador general.

De repente, la cara de Globocnik se amorató.

—Ya te envié una de mis mejores brigadas. No puedo cederte más hombres, me niego...

—No he venido por eso.

—Desde entonces he tenido que luchar por controlar la isla. Sigue llevándote a mis hombres y los judíos se descontrolarán. Y si eso pasa, me encargaré de decirle personalmente al Führer que fue culpa tuya.

—Cálmate, *Obergruppenführer*. Todos conocemos tus problemas con la seguridad y a quién culpas de ellos.

—Tendrías que estar en el Kongo recuperando Elisabethstadt, no sangrándome todavía más.

—No busco tus soldados —le tranquilizó Hochburg—. Ando tras un judío.

—¿Un judío?

Hochburg hizo un gesto, señalando hacia las tierras bajas con sus chabolas y sus campos de trabajo.

—Tienes varios millones.

—¿Qué pretendes? ¿Qué te dé permiso? Llévate los que quieras.

—Una oferta muy generosa, pero solo necesito uno.

Globus permaneció silencioso, como si sospechara que estaban tomándole el pelo. Desenroscó su frasco de pastillas y se tragó unas cuantas.

—Me han dicho que vienes directo de Germania. Es un largo camino para buscar a un solo judío. Debe de ser muy valioso.

—No es asunto tuyo.

—Mi isla, mis judíos.

—Este asunto atañe a la seguridad del Estado.

—Ya me lo dirá Heinrich —aseguró Globus, soltando un bufido.

—Él tampoco lo sabe. —Desapareció la soberbia de Globus. Aquello iba en contra del orden natural al que estaba acostumbrado—. Este judío en concreto podría estar en cualquier parte —siguió Hochburg—. Así que tengo que pedirte un segundo favor.

—Veamos —dijo Globus, picado en su curiosidad.

—Quisiera visitar el Arca. Con tu permiso, claro.

—¿Por qué no me pides permiso para follarte a mi hermana? —La sangre volvió a palpitar en sus mejillas—. No está permitido y lo sabes. Heydrich pactó toda esa mierda con los yanquis.

—Me ha parecido oírte decir que esta isla es tuya.

—Ni siquiera... —Globus se golpeó el pecho para enfatizar su argumento—. Ni siquiera yo he estado allí.

—No necesito una visita guiada.

—El Arca está podrida, se cae a pedazos. Podrías romperte el cuello. Además, los judíos tienen guardias allí, podrían cogerte como rehén. Es un riesgo para la seguridad.

—Entonces iré sin tu permiso.

Globocnik enrojeció de rabia. Su mal genio era legendario. En los Urales había empapado de sangre laderas enteras por el simple hecho de que le desagradaba una orden de Germania. Se acercó amenazante a Hochburg, que intentó alejarse de él dando un paso lateral como si estuviera bailando.

—Los judíos quieren destruir mi isla. Quieren destruirme a mí —escupió Globus, furioso. Su voz estaba llena de resentimiento—. De momento están divididos, desorganizados. Gracias a eso puedo controlarlos, a pesar de que me robes mis hombres. Pero dales una razón para unirse, profanar el Arca, por ejemplo, y todo lo que he conseguido hasta ahora se desmoronará. ¿Sabes en qué posición me dejaría eso?

—Te has enfrentado a situaciones peores en tu carrera, *Herr* gobernador. Tengo que encontrar a mi judío, así que iré al Arca.

—¡Te lo prohíbo! Quéjate a Heydrich, quéjate al propio Führer si te da la gana.

Globus se acercó otro paso, con los tirantes azotándole los muslos.

Hochburg sintió una punzada de excitación en el pecho. Contempló la ciudad con su único ojo sano. Tras la derrota francesa, el nombre se germanizó y pasó a ser Antananarivo; más tarde, Globus lo acortó oficialmente a Tana. Los rumores decían que seis sílabas eran demasiadas para que el gobernador supiera pronunciarlas. Mientras retrocedía hacia las escaleras, Hochburg volvió su atención a Globus; en la espalda, una mancha gris de sudor.

—¿Cómo van tus piaras de cerdos, *Obergruppenführer*? —preguntó en tono vacilante—. ¿Y tus fábricas de procesado? Mis tropas combaten mejor si tienen el estómago lleno con carne de cerdo de Madagaskar.

Esta vez Globus se detuvo. Pivotó sobre sí mismo con el cuerpo tenso. El cuello seguía palpitando, pero su expresión era cautelosa y apenas lograba ocultar el pánico en aquella cara hinchada. Bajó clavando las botas en los grabados judíos.

—¿Sabes cómo llaman los judíos a su nueva revuelta? —preguntó Globus—. La Revuelta de los Cerdos. Ayer se rebelaron en uno de los mataderos. Tuve que cerrarlo, fusilar a los cabecillas y llevar al resto a la Reserva Sofía. Los judíos creen que atacando nuestra industria podrán derrotarnos, pero no pienso tolerar sus amenazas. Ni las tuyas.

—Tengo dos ejércitos luchando en el Kongo. Eso son muchas latas de raciones para ellos. Muchos beneficios para ti.

—Nadie te ofrecerá mejor trato que yo —replicó Globus, llegando hasta la terraza.

—Es cierto. Pero el gobernador Backe de Kamerún siempre me comenta lo nutritivos que son sus ganados de montaña.

—¿Backe? ¿Ese escuálido chupapollas? Te cobrará el doble que yo.

—Tenemos un interés a largo plazo en lo que es el hambre y su utilización comercial. Estoy seguro de que podemos ponernos de acuerdo en el precio... aunque eso significará una pérdida sustancial de ingresos para esta isla. —Hochburg movió la cabeza, simulando una tristeza que no sentía—. Y cuando hay pérdidas, Germania envía a sus auditores. Claro que tú estás familiarizado con ellos. Revolotean sobre uno como las moscas sobre la mierda: Viena, los Urales. —Sonrió ampliamente—. Todos saben que aspiras a ser gobernador de Ostmark, ¿por qué arruinar tus posibilidades por un simple judío?

La mandíbula de Globus tembló.

Hochburg vio la mano del otro cerrándose en un puño. El metal de sus anillos de boda tintineó. Llevaba dos: uno de su propio matrimonio y otro del de su madre, fuente de muchos chismorreos. Apretó tanto los dedos que la carne sobresalió por los dos lados del metal, pero no se atrevió a lanzar un puñetazo. Todos los gobernadores de África tenían el título de *Obergruppenführer* excepto Hochburg. El arquitecto de la

África nazi había sido ascendido al selecto rango de *Oberstgruppenführer*; y ese rango superaba al de Globocnik.

—Tenemos un archivero —dijo finalmente Globus con un tono de voz más controlado—. Simpatiza con los judíos y le permiten entrar en el Arca. Dame el nombre de tu judío y él se encargará de encontrarlo.

—Lo buscaré yo mismo. Esta tarde.

Globus estalló estupefacto.

—¿Quién es ese judío?

—Ya te he dicho que no es asunto tuyo. También necesitaré un helicóptero que me traslade hasta allí.

—No puedo darte un Valkiria. Los necesito todos por si los judíos se rebelan.

—Entiendo —aceptó Hochburg—. Necesitas cañones para enfrentarte a unos chicos con catapultas y piedras. Un Flettner me bastará.

Globus hacía girar sus dos anillos de boda una y otra vez, como si quisiera desenroscarse el dedo. Rotó los hombros, con lo que mandó una ola de grasa cuerpo abajo. Cuando habló, sus palabras crepitaban.

—Mi oficina se encargará de tu transporte. Después de eso, no quiero volver a verte nunca más. —Se alejó a zancadas—. Encuentra a tu precioso judío, Hochburg, y lárgate de mi puta isla.

17

Roscherhafen, DOA, 17 de abril, 16:30 horas

Todas las habitaciones eran tan pequeñas como idénticas: una palangana, un sofá, un armarito y dos camas individuales de armazón metálico. El mobiliario era crema y marrón. Una celda de vacaciones, pensó Burton la primera vez que entró en una de ellas. Estaba en el quinto piso del gigantesco hotel Msasani Beach del KdF.

Si el Kraft durch Freude iba a ofrecer un paquete vacacional para todo el mundo, necesitaba acomodarlos a todos, así que comenzó un programa de construcción de centros turísticos. El primero, en 1936, fue el de Prora, en la costa báltica alemana, y se convirtió en el prototipo para los siguientes. Diseñado por Clement Koltz, un protegido de Speer, su estilo arquitectónico era uniforme y marcial: un bloque tras otro de habitaciones a escala megalítica. En los días más claros podías estar en un extremo del edificio y no ver el otro. En el centro tenía un enorme salón en el que se celebraban bailes y se festejaban los días sagrados del calendario nacionalsocialista, además de practicar deportes de interior. Cada una de las construcciones contaba con pistas de bolos, cines y piscinas climatizadas, una de ellas con una máquina que creaba olas. A todos los huéspedes se les garantizaban vistas al mar.

Tras la paz en Europa, la expansión del KdF llevó a construir nueve centros turísticos por todo el mundo, desde Danzig —otro favorito en el Báltico— hasta Gotenburg en el mar Negro. El último se construyó en Argentina.

Al KdF Msasani, en DOA, solo lo superaba el de Prora: un bloque de cemento blanco de seis pisos que se extendía cuatro kilómetros y podía albergar a quince mil huéspedes. Originalmente se llamó *KdF zum Weissen Strand*, «Arenas Blancas», pero, a pesar de sus intereses ideológicos, los alemanes quisieron algo más africano, algo que cuando los huéspedes volvieran a su fábrica pudiera evocarles las exóticas aventuras vividas. Al final se adoptó el nombre nativo de la playa —Msasani—, si bien seguía colgando de la entrada el rótulo «zum Weissen Strand» con letras góticas.

Burton se sentó en la cama. Siempre había encontrado deprimentes los hoteles, incluso después de que Madeleine y él se hicieran amantes y los convirtieran en sus lugares secretos de promesas y libertad.

«No quiero morir en una habitación de hotel», le dijo una vez a Madeleine cuando yacían agotados en una cama de Germania. «¿Lo impedirás?» El olor de las paredes era tan impersonal como la arena.

Ella le acarició la mejilla: «Con todo mi corazón.»

Llamaron a la puerta. Burton la abrió y dejó entrar a Tünscher. Bajo el brazo llevaba una caja envuelta en brillante papel Führertag. Parecía de buen humor.

—Le he llevado tu diamante a un joyero —dijo, arrojando la caja sobre la cama—. Es bueno: cinco quilates y medio, corte oval, de las minas de Kassai por lo menos. Seis más es un buen trato. Podré pagar mis deudas.

Burton asintió. En la Legión tenían un dicho: «Promete el mundo, entrega polvo.» El desprecio que sentía por sí mismo le quemó las tripas. Pensó en las veces que, marchando por el desierto, Tünscher lo engañó para quedarse con su ración de agua. O en una pelea en Marsella, cuando Tünsch esperó hasta que él estuvo a cuatro patas, chorreando sangre, antes de lanzar su primer puñetazo. O aquella vez que le pidió a Tünscher que guardase el secreto de que perdió la virginidad en el orfanato con una chica negra; al anochecer lo sabían hasta los camellos.

Y, sobre todo, pensó en Maddie y en el bebé.

Tünscher sacó un mapa de Madagaskar y lo abrió por el cuadrante noroeste de la isla.

—Esto es Nosy Be —dijo, alisando el papel—. Tienes suerte. Mi gente volará mañana por la noche, una última salida antes del Führertag. Llevaremos doscientas cajas de Krug para las celebraciones. —Movió el dedo hacia el sur—. Y aquí, comandante, es donde se encuentra tu mujer.

—¿En Lava Bucht?

—Los judíos guardan sus archivos en un crucero KdF retirado. Lo llaman el Arca.

Burton tenía el vago recuerdo de un trato entre Heydrich y los norteamericanos, después de la primera rebelión, para proteger los registros de los judíos. Por aquel entonces, antes de conocer a Madeleine, Madagaskar ya no tenía interés para los mercenarios desde hacía años. La isla no significaba nada para él, solo era un ejemplo más de la miseria existente en la periferia del nuevo Imperio germánico.

—¿Cómo subo a bordo? —preguntó.

—No está muy vigilado —dijo Tünscher—. Ya nos inventaremos algo.

Le contó el resto de su idea mientras fumaba un cigarrillo.

—¿Y después? —preguntó Burton—. Cuando haya encontrado a Madeleine.

—Te llevaremos a Somalia.

—Sería mejor Sudáfrica.*

—Demasiado lejos.

Burton meditó sobre todo lo que había oído.

—Es un buen plan —aceptó, recogiendo el mapa.

—Quédatelo. Y una cosa más. —Su tono era formal—. Nada de esto saldrá barato. Con siete piedras comprarás tu entrada y tu salida, pero mi pellejo vale mucho más que eso. Te ayudaré a encontrar los archivos, pero una vez en tu poder, el resto es cosa tuya.

Cuando Tünscher se marchó, Burton se dio una ducha fría en los baños comunitarios y volvió a su sofocante habitación. Abrió las puertas de la terraza para que corriera el aire y se sorprendió al ver el escándalo que tenía lugar fuera del edificio. Cinco pisos por debajo estaban los jardines —palmeras, plantas de ricino, violetas importadas del interior de la colonia— y la piscina, que irradiaba su característico olor a cloro. Unos turistas españoles jugaban en ella riendo y gritando, y los niños se tiraban al agua en bomba. Aparecía vacía la silla del socorrista, que estaba lejos del agua hablando con un hombre trajeado.

Msasani había sido construido con visión de futuro y no tenía previsto conseguir su plena ocupación hasta los años sesenta. Incluso cuando los enormes cruceros KdF descargaban sus pasajeros en el puerto, nunca se llenaba más de las tres cuartas partes de su capacidad. Para llenar las habitaciones vacías, se habían creado las alas *ausländer*, bloques donde los extranjeros se hospedaban por cincuenta *Reichsmarks* semanales, veinte más de lo que pagaban los alemanes. La mayoría de esos

---

* Tras la Conferencia de Casablanca y la nueva distribución del continente, Sudáfrica quedó como un Estado neutral e independiente.

clientes procedían de España e Italia, y se les animaba a maravillarse del experimento del Reich en el mercado turístico, un logro solo comparable a sus triunfos militares o ingenieros.

Había un sendero que llevaba de los jardines al océano. El cielo ya estaba pasando del anaranjado al gris y las nubes oscurecían el horizonte. Burton olió que se preparaba una tormenta. A setecientos kilómetros al sureste estaban las islas Komoras, donde los nazis tenían una base submarina. Otros cuatrocientos kilómetros marcaban el primer anillo de minas que rodeaba Madagaskar como un letal arrecife coralino. Y en algún lugar, Madeleine se encontraba a salvo y esperándolo. Estaba impaciente por encontrarla. Durante su viaje por África, se había imaginado el momento en que se encontrarían. Volvía una y otra vez a su mente, imposible de controlar. ¿Se sorprendería? ¿Se sentiría aliviada? ¿Estaría furiosa con él? Ansiaba deslizar los dedos entre los de ella, acariciarle la cara y besarla. Cada vez que se consolaba pensando en esa reunión, imaginaba una Maddie tan rolliza y feliz como lo era el verano anterior, aunque sabía que no podía ser así. Burton volvió a la habitación y abrió el cajón de la mesilla que había junto a la cabecera de la cama, donde había guardado el regalo de Tünscher. Junto a él había una copia del *Mein Kampf*. Todas las habitaciones del KdF en el mundo tenían una edición barata del libro. Hitler no cobraba un sueldo como Führer del Gran Reich germánico, pero era un autor multimillonario. «¿Qué te dice eso del negocio editorial?», era una de las mofas habituales de Madeleine. Cogió el regalo y desgarró el papel para revelar una caja con la inscripción: BERETTA, MOGADISCIO. Dentro había una pistola, una M1951, el último modelo de Beretta que usaba la Policía Africana Italiana, alabada por su fiabilidad y su precisión. Burton olió a aceite de máquina. Era una buena pistola, pero echaba de menos su Browning.

Desmontó el arma, sujetándola contra la mesita con el muñón y usando la otra mano. Cuando terminó, eliminó la grasa original y volvió a montarla cuidadosamente. Tünscher había incluido un cargador de repuesto y una caja de munición. Burton sintió otro espasmo de culpabilidad.

El alboroto bajo su ventana empezaba a irritarlo y le dio una patada a la puerta de la terraza. Al disminuir el estrépito creyó oír un ruido en el pasillo: el eco de botas subiendo las escaleras.

Cerró completamente la puerta de la terraza para aislar el ruido de la piscina. El hombre trajeado estaba mirando directamente hacia su habitación. Parecía que alguien se acercaba por el pasillo. No era un huésped volviendo a su habitación y haciendo resonar sus chanclas, sino que los pasos eran controlados, cautelosos. Suelas duras pisando las baldosas del suelo.

Cruzó la habitación y apoyó la oreja en la puerta.

Nadie sabía que estaba en Roscherhafen, seguramente sería un *jungvolk* jugando... a menos que Tünscher hubiera decidido que podía sacar más provecho delatándolo que enviándolo a Madagaskar. O quizá no había pagado lo suficiente por su visado de entrada.

Como no tenía oportunidad de conseguir un pasaporte falso, usó el de Patrick. Era menos arriesgado que utilizar el suyo, y esperaba que la neutralidad norteamericana le facilitaría la entrada. Quitó la foto de su amigo muerto y la sustituyó por la suya, rascó la fecha de nacimiento y volvió a escribir los dígitos del año, cambiando 1896 por 1916. Cuando lo detuvieron en la frontera con Mozambique, le costó treinta *Reichsmarks* para los agentes de aduanas, otros treinta para el supervisor y una importante donación al Führertag de Rovuma. Pero quizá no había sido lo bastante generoso.

Burton buscó en el cajón de la mesilla y cogió el ejemplar del *Mein Kampf*. Lo tiró y sonó el golpetazo.

Las pisadas se detuvieron.

Él aguantó la respiración. Pasaron los segundos: cuatro, cinco, seis... Y los pasos volvieron a resonar, esta vez conscientemente lentos. Burton empuñó la Beretta, se la puso bajo el brazo y empezó a meter balas en el cargador.

¡Zas!

Kepplar alzó el puño cerrado ante los dos hombres que lo seguían. Ambos llevaban el BK44 con el seguro quitado y se acercaban a la habitación de Burton al final del pasillo. La salida de emergencia estaba cubierta por tropas armadas, así como la escalera principal, el vestíbulo y los jardines.

Cuando Kepplar llegó al *zum Weissen Strand*, se había apoderado de él una excitación infantil. Cada vez que se encontraba frente al edificio, la inmensidad del lugar hacía que se sintiera como un niño transportado a un mundo de gigantes. Se decía que cuando Peenemünde pusiera en órbita el primer nacionalsocialista—«pronto, pronto», prometía Goebbels—, el edificio sería visible desde el espacio. Pasados unos segundos, Kepplar empezó a organizar a sus hombres para que Cole no tuviera ninguna oportunidad de escapar. Si pudiera tener los recursos de los que disponía en el Kongo...

Kepplar bajó la mano y siguió avanzando por el pasillo, pisando con cuidado para que las botas no chirriaran contra el suelo y las hileras diagonales de baldosas amarillas. Del exterior le llegaban los gritos de los niños. Sus hijos nunca se atreverían a hacer tanto ruido, pero los científicos habían demostrado que la sangre mediterránea hacía que los pueblos que la llevaban fueran físicamente revoltosos.

Llegaron ante la puerta. Repitió con susurros las instrucciones que les había dado fuera.

—Lo necesito vivo.

Kepplar vio cómo los soldados bajaban el fusil. Antes de salir del edificio Zolgrenzschutz le había quitado el seguro a su pistola, una Walther P38. Sentía la cartuchera contra la cadera, pero no la necesidad de desabrocharla. Los latidos del corazón le resonaban en los oídos y se le contrajo el estómago. Todo lo que le separaba de Cole y la venganza eran unos cuantos centímetros de madera. Se lo entregaría a Hochburg y disfrutaría del remordimiento de su antiguo jefe.

Kepplar levantó la bota.

Siete meses antes, la mañana que volvió con las manos vacías a la Schädelplatz, Hochburg se había encolerizado por su fallo, ordenó que lo ataran a un poste y amenazó con quemarlo vivo. Era el mismo poste originalmente destinado a la ejecución de Cole. Kepplar recordó el humo que le obstruía las fosas nasales y las chispas que bailaban a su alrededor. Tenía las piernas casi enterradas en ceniza.

—*Herr Oberst*, por favor —suplicó, cuando Hochburg se alejaba—. *Herr Oberst!*

Hochburg cruzó media plaza antes de detenerse y dar media vuelta. Dio una orden y Kepplar fue liberado. El uniforme se había chamuscado. Él se lanzó a los pies de Hochburg y le abrazó las botas, manchándolas con las lágrimas.

—Deme una última oportunidad —rogó. Estaba a cuatro patas, con el culo en pompa—. No volveré a fallarle. Encontraré a Cole, se lo prometo.

—No creerías en serio que iba a quemarte, ¿verdad? —preguntó Hochburg con una voz suave y llena de desdén.

—No, por supuesto.

—Claro que no, ¿te imaginas el puto papeleo? —añadió, estallando en carcajadas—. Es hora de mandarte a casa, Derbus.

Kepplar le dio una patada a la puerta de Cole con toda su fuerza. El marco tembló, pero no cedió. Lanzó otra patada.

Oyó un crujido al otro lado.

—Ha levantado una barricada —les gritó a sus hombres.

Uno de los soldados abrió fuego, pero Kepplar desvió el cañón a un lado.

—¡No disparéis!

Fuera, los niños que jugaban en la piscina se callaron. Él se apoderó del fusil y utilizó la culata para golpear la puerta. Logró abrirla lo suficiente para ver que habían cruzado un armario frente a ella.

Kepplar metió la cabeza por el agujero y vio una figura cruzando la habitación en dirección a la ventana, al mismo tiempo que empujaba la cama y el sofá con la intención de bloquear el paso tras él.

—¡Burton Cole! —gritó.

Su presa giró la cabeza y por primera vez se miraron frente a frente.

Era imposible saber por qué Cole obsesionaba tanto al *Oberstgruppenführer*. Era un hombre —solo un hombre—, una pobre amenaza para el mundo que gobernaba Hochburg. Parecía más macilento que en la fotografía, tenía el pelo más largo, y la piel alrededor de los ojos estaba llena de pequeñas arrugas. El lado izquierdo de su cara mostraba varias cicatrices. Kepplar conocía tan bien aquellos rasgos que creyó estar en presencia de un viejo camarada. Parte de él quiso alargar la mano para saludarlo. Más tarde se daría cuenta de que no se había fijado en la forma de su cráneo.

Cole apuntó con su pistola, disparó una vez y a continuación saltó al vacío desde la terraza.

18

Burton chocó contra el agua y sintió el impacto en todo su cuerpo. Las burbujas rugieron en sus oídos. Llegó al fondo de la piscina y se impulsó hacia la superficie con los pies.

Los veraneantes españoles se aglomeraron alrededor de la piscina y lo ayudaron a salir de ella parloteando excitados. El socorrista y el hombre trajeado intentaron abrirse paso entre los turistas.

El agua pareció explotar tras Burton.

El nazi que había visto a través de la puerta también saltó desde la terraza. En el segundo durante el que sus ojos se habían encontrado en la habitación, Burton pudo darse cuenta de que le faltaba media oreja y que su rostro transmitía ira y acusación.

Burton sujetó al socorrista por la muñeca, le retorció el brazo y lo empujó con el hombro. Cayó a la piscina, arrastrando al hombre trajeado y a todo el mundo que intentaba agarrarse a él. El nazi sin media oreja tuvo que debatirse entre un atasco de cuerpos y miembros.

Burton corrió hacia el océano a través de las plantas de ricino.

Frente a él apareció otro hombre trajeado.

Burton lo embistió, lanzándolo contra la maleza, y siguió corriendo. Desde la piscina llegaban gritos. Alguien hizo sonar un silbato.

La playa estaba atestada a pesar del escaso sol: enjambres de niños, hombres con el vientre enrojecido, pantalón corto y sandalias, mujeres con traje de baño negro de una pieza, ya que el régimen consideraba que el bikini era subversivo. Las empapadas ropas de Burton le pesaban más y más a cada zancada y pronto empezó a jadear. Su largo viaje hasta DOA lo había agotado más de lo que pensaba. Controló la respiración y cogió todo el aire que pudo en los pulmones. Al menos, los años pasados en la Legión lo acostumbraron a correr por la arena. Miró por encima del hombro, pero solo vio turistas.

El bloque de los extranjeros estaba situado en el extremo sur del complejo, cerca de la ciudad, de los humos del tráfico y de las cloacas que claramente necesitaban una renovación. Burton pasó corriendo ante el Bloque Dos y después ante el Bloque Uno, un implacable muro de piedra blanca y ventanas cuadradas. El edificio terminó por fin, tenía ante sí la hilera de palmeras que separaba el hotel de la carretera.

Corrió hacia los árboles apretándose el costado. Pudo ver los coches entre los troncos.

—¡Alto!

En los jardines del Bloque Uno aparecieron varios soldados. Voló un disparo de advertencia.

Burton llegó a la carretera y echó un vistazo atrás. Bajo el sol del atardecer, la fachada del Msasani parecía de color ámbar. Frente a la puerta vio un camión de la policía y dos BMW. Una figura con el uniforme empapado gritaba instrucciones. Burton se metió en la carretera esquivando coches que frenaban y cambiaban de dirección en torno a él. La carretera era de dos direcciones y el tráfico en el que se hallaba inmerso era el que salía de la ciudad. Cruzó la mediana —otra empalizada de árboles— y se paró delante de un taxi.

Un caos de humo y chirrido de neumáticos.

El coche se detuvo entre una cacofonía de bocinazos e insultos. Era un Volkswagen de color crema, como todos los taxis de Roscherhafen. En la puerta llevaba pintado el escudo con una cabeza de león y un águila, el escudo de armas de DOA. Burton abrió la puerta y se zambulló en el interior.

—¡Arranque!

El taxista, que llevaba turbante, se giró hacia él gesticulando furioso.

Al otro lado de la carretera, los dos BMW se habían puesto en marcha. Uno de ellos se unió al tráfico y aceleró, seguido por el camión. Cien metros más allá había un cambio de dirección y se dirigió hacia él. El otro cruzó el primer carril, zigzagueó a través de los árboles y acabó en el mismo que el taxi.

Burton apoyó el cañón de la pistola en la frente del taxista.

—¡Ya!

El taxi se disparó hacia delante.

—¿Cómo te llamas? —le preguntó al taxista.

No obtuvo respuesta, solo una mezcla de gemidos y plegarias. Como muchos de los taxistas de Roscherhafen, era árabe, cuya raza toleraban las autoridades porque estaban acostumbrados a trabajar muchas horas por una miseria y le daban a la ciudad el aire exótico que tanto les gustaba a muchos alemanes.

El segundo BMW se acercaba.

—¡Más deprisa!

El taxi adelantó a otros coches. El interior estaba decorado con baratijas doradas y abalorios que tintineaban salvajemente.

—¿Adónde quiere ir? —preguntó el taxista.

—Al casco antiguo. —La mente de Burton funcionaba a toda velocidad mientras se secaba el sudor de los ojos—. Al bazar.

Aquel laberinto de calles sería el lugar ideal para perder a sus perseguidores. Le diría al taxista que siguiera y él desaparecería a pie en el mercado indio.

Se acercaron a un semáforo en ámbar. El taxista buscó la palanca de cambios para cambiar de marcha, pero Burton le dio un manotazo.

—¡Sáltate el semáforo!

El taxi voló a través de aquel cruce y del siguiente. Y entonces, frenó. Una barricada con un cartel indicaba un desvío que cruzaba la carretera.

—¿Por qué está bloqueada la carretera?

—La han cerrado por el desfile. Es a esta hora. En honor del Führer —explicó el taxista, arriesgándose a mirar de reojo a Burton. Por si acaso, añadió—: Bendito sea su nombre.

—Sigue.

El taxi tomó una calle lateral perseguido por los dos BMW. Burton se asomó a la ventanilla para dispararles, pero el pavimento estaba en malas condiciones y el coche daba demasiados botes para apuntar con garantías.

Dejando aparte unos cuantos estudiantes, las calles estaban vacías. Pasaron frente a la vieja iglesia anglicana, que estaba tapiada, y se acercaron a la Exposición del África Alemana en la Ringstrasse. En el exterior del vestíbulo habían colocado seis banderas, cada una con la silueta de su respectiva provincia; y en el centro, empequeñeciendo a las demás, una esvástica.

Burton sujetó el volante y lo giró a la izquierda, con lo que hizo que el taxi subiera a la acera. Los pocos peatones se dispersaron corriendo para evitarlo. Los BMW lo imitaron sin dejar de tocar el claxon. El taxi chocó contra las astas de las banderas y las partió una tras otra.

T-bum – T-bum – T-bum...

A cada impacto, el árabe invocaba el nombre de Dios. Las astas cayeron sobre el primer BMW, cuyo parabrisas se llenó de banderas. Derrapó y se estrelló contra los escalones que llevaban a la exposición. El segundo coche se incrustó en la parte trasera del primero.

El taxi frenó en seco.

Burton se vio impulsado hacia delante y se golpeó la cabeza contra el tablero de mandos. El taxista aprovechó el momento para abrir la puerta y huir.

—¡Por el amor de Dios! —gruñó Burton.

Miró hacia atrás y vio que el nazi de una sola oreja emergía de entre las banderas que se amontonaban sobre los dos coches, con las piernas enredadas en la bandera del Kongo. Se liberó de ella, dio un paso hacia el vehículo de Burton, vaciló, volvió a erguirse y trastabilló hacia el bordillo. Alzó el brazo como dirigiendo un saludo nazi al tráfico. Burton pensó que debía de estar conmocionado, antes de comprender que solo estaba llamando la atención del camión.

Del edificio de la exposición surgieron un puñado de guardias con el fusil preparado. De algún lugar de la ciudad llegó el estruendo de una sirena.

Burton se pasó al asiento del conductor, pisó el embrague y metió la tercera. El motor tosió... y se caló. Los abalorios brillaban a su alrededor. Intentó arrancar el motor, pero no lo logró.

Por el retrovisor se dio cuenta de que el camión se había detenido. El nazi le ordenó al chófer que bajara del vehículo y ocupó su lugar tras el volante.

Burton giró la llave de contacto como si quisiera partirla. La exposición daba a una plaza y a la Ringstrasse, que era un bulevar abierto. Si dejaba el taxi y huía a la carrera se convertiría en un blanco fácil.

El camión arrancó y se dirigió hacia él en medio de gruñidos y nubes de humo.

Burton gritó dentro del coche y llenó de babas el parabrisas. Los coches lo odiaban. Una tarde, cuando necesitaba dejar a Madeleine en su casa antes de que llegase Cranley, había pasado varios minutos luchando con su destartalado Austin. Llegaban tarde y las ventanas estaban empañadas por la condensación. La frustración de estar siendo derrotado por el reloj, de saber que pronto vería cerrarse la puerta de la casa de Cranley tras Madeleine, creció dentro de él. Golpeó el volante, maldiciendo inútilmente los vehículos británicos. Maddie le cogió la mano y la acomodó bajo sus muslos. Él esperó un momento y, tranquilamente, giró la llave de contacto. Logró dejarla en su casa antes de que anocheciera.

Burton sacó la llave y se imaginó a Maddie presionándola contra los labios. Volvió a meterla en el contacto.

El motor arrancó al primer intento.

Pisó a fondo el acelerador, justo en el momento en que el camión chocaba contra su guardabarros trasero. Burton salió lanzado hacia delante, pero no apartó el pie del acelerador. El taxi dio varios tumbos. Él mantuvo el muñón sobre el volante y utilizó la otra mano para meter la segunda marcha y a continuación la tercera.

Al otro lado, los escaparates destellaron reflejando la luz del sol, llenos de mosaicos blancos con salchichas colgando, cocos, sacos llenos de granos de café. Farmacias, un taxidermista, un letrero señalando la ruta hacia el puerto.

El semáforo de la siguiente intersección estaba en rojo. Aceleró todavía más hacia el cruce, como si su voluntad y su fe bastaran para evitar un accidente. El camión lo siguió, esquivando un *rickshaw* motorizado.

El pie de Burton no dejó de pisar el acelerador: cuarenta kilómetros por hora, cuarenta y cinco, cincuenta...

Avanzó como un rayo entre los agujeros del tráfico, luchando por deducir en qué lugar de la ciudad se encontraba. Había muchas tiendas, así que debía de ser el Bazar. Necesitaba cruzar lo que antes era la calle de la India y después girar a la izquierda en...

Un grupo de estudiantes cortaba la calle. Formaban parte del reciente movimiento 3K a juzgar por las banderas y pancartas que llegaban: ¡GUERRA CONTRA LOS BRITÁNICOS! ¡KENIA, KARTUM, KAIRO: VICTORIA EN EL 53!

El instinto le hizo cambiar de dirección. Mientras subía a la acera pensó que tenía que haber cargado contra ellos. Notó que se reventaba un neumático y el chasis rebotó contra el empedrado. El camión estuvo a punto de embestirlo.

Delante de él vio un callejón. En el último momento pisó el embrague e hizo girar el volante para dirigirse hacia él. El guardabarros delantero chocó contra la entrada, el taxi rebotó contra la pared y Burton consiguió enfilar el pasaje.

El camión frenó frente a la entrada.

Burton se concentró en el volante. El callejón era oscuro, apenas lo bastante ancho para el taxi y parecía estrecharse todavía más. A medio camino había una intersección con otro callejón que lo atravesaba y cuya base brillaba con un color rojo.

Las paredes seguían cerrándose. Cuando los retrovisores desaparecieron entre ruidos metálicos, Burton redujo la velocidad hasta frenar por completo. Pero estaba seguro de que podía conseguirlo.

Le echó un vistazo al retrovisor interior: no vio ni rastro del camión.

Intentó abrir la puerta y descubrió que no podía, chocaba contra los ladrillos de la pared del callejón. Esa vez, el motor arrancó a la primera. Metió la marcha atrás y se giró para mirar por encima del hombro. Pisó el acelerador. El taxi no se movió.

Las luces de la calle se atenuaron cuando el camión de los soldados maniobró para acceder al callejón.

Burton pisó a fondo el acelerador. Las ruedas aullaron al girar y crear una nube de humo... pero el coche no se movió.

El camión entró poco a poco en la callejuela. Saltaron chispas de sus costados al arañar las paredes, hasta que se detuvo bloqueando el paso. El nazi de una sola oreja trepó al techo del vehículo. Por debajo del camión, Burton atisbó un montón de botas pisando los adoquines.

Oyó una voz canalizada y amplificada por el cañón que formaban las paredes:

—No tiene escapatoria, comandante Cole. Salga del vehículo y ponga las manos sobre la cabeza. —Los soldados armados con BK44 intentaban pasar delante del camión—. No le haremos ningún daño.

Burton buscó su Beretta, aunque su peso y su equilibrio le resultaban extraños. Disparó al azar contra el nazi y vació el resto del cargador contra el parabrisas. Limpió los restos del cristal a patadas, se arrastró a través del agujero y corrió.

Las balas rebotaron en las paredes del callejón, escupiendo trozos de ladrillos.

—¡Apuntad a las piernas! —gritó el nazi.

Burton esprintó zigzagueando, llegó al cruce y se metió en el nuevo callejón. Por delante oyó vítores y un batir de tambores; por detrás, pisadas de botas y los gritos histéricos del nazi exigiéndole que se detuviera.

Burton desembocó en el paseo marítimo Von Lettow. Frente a él tenía el puerto donde había desembarcado Albretch Farher en 1850, reclamando aquel territorio para Alemania. Más allá estaba el monumento erigido en honor de los soldados que murieron en la campaña del África Oriental. Durante la etapa de Gobierno británico, allí estaba la estatua de un *askari*, un guerrero nativo negro; cuando la colonia volvió al Reich, el bronce se fundió para dar paso a una figura más autoritaria, con salacot y bigote.

Pasando junto al monumento, ocupando la calle a todo lo largo y ancho, avanzaba un desfile en honor del Führertag. Lo formaban tropas del Afrika Korps, vestidas de un caqui deslucido, y filas de SS con uniforme ceremonial, caballos arrastrando piezas de artillería, carros de combate pánzer y niños exploradores. Y por todas partes podían verse estandartes rojos, blancos y negros. En los laterales se apiñaban familias que disfrutaban del espectáculo y niños ondeando banderas.

—*Halt!*

Burton se deslizó a través de la multitud. Poco después había desaparecido entre un bosque de esvásticas.

Kepplar volvió a la habitación de Cole en el *zum Weissen Strand*.

El pasillo lo cruzaba la cinta de la policía y un guardia protegía la puerta. Kepplar entró en el cuarto, con el pantalón rozándole molestamente la entrepierna; estaban demasiado empapados para secarse fácilmente. Tenía un corte en la sien debido al choque de su BMW con el de Fregh. Habían recolocado el mobiliario de la habitación, pero lo demás parecía intacto. Su inspección descubrió un pasaporte norteamericano y una mochila vacía. En el armario encontró camisas, calcetines y ropa interior de repuesto. Se acercó impulsivamente las prendas a la nariz: no olían a nada. Sobre la cama había una caja de la marca Beretta y una especie de mapa.

¿Por qué Hochburg estaba tan interesado en atrapar a Cole? Tenía muchos enemigos, desde todos y cada uno de los negratas del continente hasta las más altas esferas de las SS, siempre movidas por sus ridículos celos y sus envidias personales. Así que ¿por qué ese hombre? ¿Qué tenía? Kepplar se dio cuenta de que había hecho suya la obsesión de su jefe.

La frustración lo agobió y estuvo a punto de sollozar... ¡Había estado tan cerca! A pesar de que la puerta de la terraza estaba abierta, podía oler a Cole en la habitación, su sudor, incluso los miasmas de su respiración. Y el débil rastro del humo de sus cigarrillos. Eso lo sorprendió, nunca había pensado que Cole fuera fumador. Quizás Hochburg tenía razón y Kepplar no estaba a la altura de la tarea. En ningún momento de la persecución había desenfundado el arma.

Cogió el mapa. Era del departamento cartográfico de las SS, un mapa de Madagaskar doblado en cuatro. La cara superior mostraba el cuadrante noroeste de la isla. ¿Una trampa? No, lo habían pillado por sorpresa, no tenía previsto que ellos vieran ese mapa. Kepplar lo inclinó bajo la luz.

Su superficie reveló huellas dactilares que iban de Nosy Be hasta Lava Bucht.

19

Sector Oeste (Sur), Madagaskar, 18 de abril, 10:30 horas

Al bajar del helicóptero, Hochburg le había pedido dos cosas al *Untersturmführer*: una comida caliente y todos los espejos personales de sus hombres.

Estaba de pie bajo la lluvia mientras reunían al grupo de trabajadores. Había seguido el rastro desde el Arca hasta aquel campo de trabajo, aunque sin garantías de que el judío que buscaba estuviera allí; o de que estuviera vivo siquiera. Hochburg vestía un impermeable de cuero negro, con el cuello subido hasta las orejas. El vendaje que le cubría el ojo herido estaba empapado. Cuando un guardia acudió solícito con un paraguas abierto, lo rechazó sin miramientos.

La carretera terminaba bruscamente tras los trabajadores. El asfalto daba paso a cincuenta kilómetros de un camino polvoriento que llevaba hasta la Reserva Betroka. Aquello era parte del Proyecto Manos Ociosas de Globus: la construcción de una autopista que enlazara Tana con el puerto de Daufin en el extremo sur de la isla. Durante la estación seca, el terreno era duro como el pedernal, pero aquella mañana en el barro podía ahogarse un hombre. En el borde del tramo ya construido se levantaban las tiendas de los guardias y una estructura de bambú con techo de hojas de palmera para acoger a los judíos. Había calderos de asfalto hirviendo que endulzaban el aire.

—Busco al número 1215132 —tronó Hochburg frente a las filas que formaban los judíos.

Como nadie dio un paso al frente, el *Untersturmführer* ordenó que levantasen los brazos. Hochburg intentó revisar los números tatuados de los primeros, antes de comprender que era inútil: tenían la piel demasiado sucia para leer nada.

La lluvia le chorreaba por el cráneo. El Arca podía haberle dado la localización del 1215132, pero fue su investigación en Alemania la que le proporcionó los detalles. La Gestapo tenía un expediente del hombre, incluida una fotografía tomada en 1931. En ella se veía una cara delicada, un frágil cuello blanco y una tripa que presionaba la botonadura cruzada del traje. Feuerstein miraba a la cámara con la arrogancia de un hombre que piensa que su mundo será eterno. «Así nos comportamos nosotros ahora —pensó Hochburg—. Posamos con nuestro uniforme como si nos perteneciera la misma luz que nos inmortaliza.»

Dejó la foto y se fijó en los demacrados judíos llenos de costras que tenía ante él. Debían de ser un centenar y su cuerpo quedaba oculto bajo un uniforme hechos jirones. La fotografía era inútil.

—¿Quién de vosotros es Julius Feuerstein? —preguntó Hochburg.

Juntó las manos a la espalda y caminó entre las filas salpicando barro con las botas, seguido por el *Untersturmführer* y un guardia armado con un BK44.

—Doctor Julius B. Feuerstein, nacido en Viena el año 1900, en la Marc Aurel Strasse. Asistió primero al Ackademisches Gymnasium y después a la escuela Franz Josef, donde despuntó en matemáticas. La dejó en 1915 para alistarse, pero fue rechazado debido a su corta edad. Un mes después viajó a Múnich y lo intentó de nuevo, mintiendo esta vez sobre su edad. Sirvió tres años en la Décima División de Infantería del ejército bávaro. Herido en la batalla del Marne, fue recompensado con la Cruz de Hierro.

Hochburg estudió los rostros. Ninguno se inmutó. Todos miraban fijamente el barro, con los hombros hundidos bajo el peso del uniforme empapado.

—Estudiante becado por la Universidad de Múnich en 1919, estudió con el profesor Somerfeld. Se doctoró en Heidelberg en 1927. Dos años después, ya era titular de una cátedra... hasta que entraron en vigor las Leyes de Núremberg. En 1938 se le concedió un visado para Estados Unidos. —Hochburg miró a los guardias, su severa expresión y su fusil goteante—. Un hombre inteligente lo hubiera aceptado. En 1941 fue internado en Mauthausen, después lo trasladaron al campo de tránsito de Trieste y llegó a Madagaskar en 1945. Casado con Evelyn y padre de cinco hijos.

Un judío decrépito salió de la fila cuando Hochburg pasó frente a él.

—*Apfelsaft* —dijo.
—¿Qué?
—*Apfelsaft*. Zumo de manzana.
—No tengo tiempo para juegos.
El judío tropezó, cayó sobre el barro y sus manos desaparecieron hasta las muñecas.
—Denos nuestro zumo de manzana y le diré dónde está el doctor.
Entre el resto de los judíos creció un murmullo de desaprobación.
—¿De qué está hablando? —preguntó Hochburg al *Untersturmführer*.
—Es un agitador.
El anciano judío se levantó y se quedó encorvado.
—El CDJ nos envía zumo desde Estados Unidos, pero los guardias nos lo quitan.
El CDJ era el Comité de Distribución Judío, una organización judía que enviaba comida y medicinas a la isla.
—¿Es cierto, *Untersturmführer*?
—Lo guardamos para ofrecérselo como recompensa. Un incentivo para que los prisioneros trabajen más.
Hochburg se volvió hacia el judío.
—Dime quién es Feuerstein y el zumo de manzana será vuestro.
—Primero el zumo.
El *Untersturmführer* abofeteó al judío y lo derribó.
—¿Cómo te atreves? ¿Quiere que lo azote, *Oberstgruppenführer*?
—Hoy no. Traed su zumo de manzana.
Cuando el *Untersturmführer* se fue, Hochburg levantó al judío del barro. Era endeble como una muchacha.
—¿Dónde está Feuerstein?
—No se lo digas, papá.
Un niño se situó frente al anciano. Hochburg sacó la pistola de la cartuchera y apoyó el cañón en la sien del chico.
—Para mí no hay diferencia entre un judío vivo y un judío muerto. —Volvió a dirigir el ojo bueno hacia el hombre—. ¿Dónde?
Durante una fracción de segundo por sus rasgos revoloteó cierto orgullo familiar. Le susurró algo a su hijo y dijo:
—Yo soy Feuerstein.
—Mientes.
—Mire el expediente. Rechacé el visado para Estados Unidos porque no incluía a mi familia. ¿Cómo iba a saber eso si no soy Feuerstein?
—Una hipótesis con cierto fundamento.

—¿Por qué iba a inventármelo?

—Quizá creas que he venido a salvarlo.

—O a asesinarme, como a tantos otros.

Hochburg se acercó para estudiarlo más detenidamente.

—Eres demasiado viejo para ser Feuerstein.

—Esta isla consume a cualquiera. Nací el 21 de abril del año 1900.

Hochburg comprobó la fecha.

—El mismo día que el gobernador Globocnik. Seguro que hará una fiesta, quizá te invite: ¡el judío de honor!

Le hizo un gesto al guardia, que se llevó a Feuerstein.

Así que aquel saco de huesos y llagas era el hombre que podía cambiar su suerte, el hombre que lo ayudaría a recuperar toda África. Hochburg lo siguió, estudiando sus movimientos: su caminar encorvado, la forma en que movía los brazos como un simio... Calzaba unos zuecos de cuero llenos de barro con la suela medio suelta.

Se dirigieron a las tiendas de los guardias. La mayor era la del *Untersturmführer*. Hochburg había ordenado que la vaciaran, excepto por una mesa y dos sillas. Entraron levantando el faldón que protegía la entrada. El interior estaba iluminado con lámparas, el aire seco e intoxicado por la parafina. Del techo colgaban dos docenas de espejos de mano. Era improbable que el científico se mostrase obediente y sumiso, así que Hochburg quería que se diera cuenta de lo profundo del abismo en que había caído; eso fomentaría su docilidad. Por el hueco que había dejado el faldón entró una ráfaga de viento que agitó los espejos, haciéndolos chocar unos con otros. El sonido le recordó a Eleanor y sus carillones, aquellos péndulos que reflejaban la luz en su cañamazo.

Feuerstein contempló los espejos y alargó la mano para coger uno. Se miró en él, girando el cuello para contemplar su perfil, pero no tuvo más reacción que una breve mueca.

Hochburg le ordenó que se sentase y él ocupó la silla opuesta. En aquel espacio cerrado notó que el judío apestaba. Su empapado uniforme irradiaba todos los olores que un cuerpo puede producir. El *Oberstgruppenführer* pensó en la foto de aquel hombre, en su cuello impoluto, en su pelo engominado. ¿Cuánto tiempo había necesitado para que la vergüenza no le afectase? ¿Cuánto hasta no notar su hedor peor que un cerdo? ¿Cuánto podía soportar un hombre?

—«He nacido con una paciencia infinita, porque el sufrimiento es el emblema de nuestra tribu» —recitó Hochburg.

—Un nazi culto —admitió el doctor—. ¿Qué maravilla toca ahora?

Hochburg se inclinó hacia él y crujió el cuero de su impermeable.

—Muy atrevido para ser judío. He matado a gente por menos que eso...

—Al menos no me ha preguntado si tengo manos, deseos, pasiones...

—Tú y todos los hombres que hay ahí fuera.

—Pero no usted, *Oberstgruppenführer*.

—Qué confianza.

—No sé por qué ha venido. Pero yo sabía que, si lograba sobrevivir, algún día uno de ustedes me buscaría... aunque tuviera que desobedecer al Führer.

—Continúa.

—Aquí, los guardias no tienen otra cosa que hacer que golpearnos y contar chismes. Sabemos cómo va la guerra en el Kongo, que los británicos han tomado Elisabethstadt.

—La recuperaremos —cortó Hochburg a la defensiva—. Stanleystadt vuelve a ser nuestra y el resto de África no tardará en serlo.

—Pero no está muy convencido. El Reich ha llegado a la cima de su poder, pero usted necesita más, ¿por qué si no iba a estar sentado delante de mí? —Una fugaz sonrisa de suficiencia bailó en los labios de Feuerstein—. Me niego a ayudarlo.

—Entonces, ayúdate a ti mismo. —Hochburg le hizo una seña al guardia, que trajo un carrito cargado con frascas, bandejas, platos, cubiertos y servilletas—. Dejadnos solos.

Levantó la tapa más cercana, y el aroma de pollo asado y jengibre llenó la tienda.

Feuerstein no hizo ningún esfuerzo por ocultar su desprecio. Ni su hambre.

—¿Cree que puede comprarme con un plato de comida?

—Nada tan vulgar, *Herr* doctor.

—A diferencia de los espejos, esto no es una revelación. He visto en lo que me he convertido, he visto el reflejo de una bestia en un charco. —cruzó los brazos—. Tendrá que hacerlo mejor.

Hochburg permaneció en silencio un momento largo. La gasa húmeda de su herida le presionaba el párpado. La lluvia repiqueteaba sobre la lona de la tienda.

—Me disculpo; he insultado a tu inteligencia —dijo al fin—. Pero eso no es razón para que no cenes conmigo.

Los ojos de Feuerstein miraron los platos. Por la comisura de sus labios goteó la saliva. Hochburg alcanzó un frasco y llenó un cuenco con agua caliente. Lo colocó ante el científico.

—Querrás lavarte un poco...

El judío metió los dedos en el cuenco y cerró los ojos ante el instintivo placer de sentir el agua caliente. Entonces recordó dónde estaba y los abrió sobresaltado. El agua se había teñido de negro. Cuando terminó, retiró las manos y se mordió una uña, como lo haría un gato con una de sus garras. Hochburg le acercó una servilleta y sirvió dos platos de pollo asado, arroz hervido y tomates.

Feuerstein no se molestó en utilizar los cubiertos. Cogió el pollo con las manos. Cada bocado era una mezcla de carne desgarrada y chasquido de dientes.

—¿Le repugnan los judíos, *Oberstgruppenführer*? ¿Le repugno yo?

Hochburg cogió el tenedor, lo enterró en el arroz del otro y comió de él. Feuerstein rio a carcajadas, salpicando toda la mesa.

—He vivido así diez años, los últimos dos en esta carretera. He visto hombres mucho más fuertes que yo desmoronarse en semanas. ¿Sabe cómo he sobrevivido?

—¿Intelecto? —sugirió Hochburg.

—Eso aquí no sirve de nada. No; salvajismo. Comprendí que ya no era un hombre, que era un animal. —Cogió un palillo y rasgó la carne de pollo con él—. Con todos los instintos primarios que tienen los animales para poder sobrevivir.

—El hombre puede ser así de básico.

—No como las bestias.

—¿Y por qué deseas sobrevivir, doctor Feuerstein?

—Por mi chico. Para ver a mis otros hijos. Para abrazar a mi esposa.

Hochburg masticó su ración de pollo. La carne era correosa y llena de tendones. Decidió ser franco.

—Cuando estuve en Alemania, hablé de ti con un colega tuyo, el profesor Mannkopff. Buscaba información, algo con lo que convencerte. Dijo que no podría apelando a tu familia.

—Puede que antes tuviera razón —replicó el científico—. Mi familia era un simple accesorio que ayudaba a consolidar mi posición, pero Magadaskar me ha enseñado más de lo que me enseñó la universidad.

Después de eso, Hochburg lo dejó comer en silencio. Feuerstein, cuando terminó, lamió el plato. Él lo detuvo y le pasó una segunda ración. El judío siguió comiendo vorazmente, hasta que le goteó salsa por las manos y la barba quedó llena de granos de arroz.

—Quiero guardar algo para mi hijo.

Hochburg llenó una servilleta con el resto del pollo, limpió los cubiertos y le entregó una caja a Feuerstein.

—Puede que estén un poco duros, pero dudo que te importe —dijo, abriendo la caja.

Feuerstein miró el interior y se llevó los dedos a los labios.

—Mannkopff habló demasiado.

—Te envía sus saludos. Lamenta lo que te ha pasado.

Feuerstein soltó un bufido y metió una mano en la caja.

Aunque Europa estaba declarada oficialmente *judenfrei*, Germania seguía teniendo cierta predilección por la cocina judía. Las tiendas de *delicatessen* vendían furtivamente arenques salados y dulces *hamantashen*, y el cocido *cholent* se podía encontrar en ciertos chiringuitos clandestinos. Hochburg había ido a una panadería alejada de la avenida Kurfürstendamm, donde se rumoreaba que Goering enviaba a su chófer en busca de «dulces judíos». Vestido de negro, cruzó la cortina del fondo de la tienda y bajó al sótano. La chica del mostrador no dejó de temblar mientras le empaquetaba en una caja los *Mandelbrot* y las galletas almendradas. Le divirtió tanto que pagó con un billete de cincuenta *Reichmarks* y le dijo que se quedara el cambio.

El científico masticó lentamente, saboreando aquellas delicias.

—Es lo bastante inteligente para comprender que las galletas son más persuasivas que los puños, *Oberstgruppenführer*. Pero no supondrá ninguna diferencia: no lo haré para usted.

—Seguramente sabrás que vas a morir aquí. No solo tu hijo y tú, sino que morirá hasta el último judío de la isla. La humanidad os ha abandonado.

—Es posible, pero no quiero ser responsable de su destrucción.

Hochburg creyó percibir parte de la antigua arrogancia de aquel hombre.

—¿De verdad es tan poderosa?

Feuerstein sacó otra galleta de la caja.

—¿Sabe por qué empecé a trabajar en ella? Fue después de Versalles. Recuerdo nuestra mayor humillación y los años que siguieron. Quería que volviéramos a ser grandes.

Hochburg nunca había sentido tanta amargura contra el tratado de paz que transfirió las colonias africanas alemanas a Inglaterra. Eso lo llevó de nuevo a Eleanor. La carnicería de las trincheras fue el precio que se tuvo que pagar por aquello.

—Cuando empecé a investigar al acabar la carrera —siguió Feuerstein—, me di cuenta de las implicaciones que tenía el trabajo de mi generación... Es más poderosa de lo que pueda imaginar.

Oculto en la parte trasera de la tienda había un maletín. Hochburg lo recuperó, consciente de que tenía poco con qué amenazar al judío. Un cuerpo humano, sobre todo si estaba tan castigado como el de Feuerstein, no podría resistir mucho más antes de morir; y entonces perdería la única mente capaz de desarrollar su nueva arma. Hitler había prohibido seguir con lo que llamaba *física judía*, y la mayoría de los científicos consultados por él estaban ideológicamente obligados a decir que era imposible de desarrollar. El profesor Mannkopff fue el único disidente. Le habló de un programa secreto de los años treinta, más tarde cancelado por Himmler. Y creía que era posible que los norteamericanos estuvieran trabajando en algo similar. Aunque la posición de Mannkopff le impedía proseguir aquel tipo de investigación, había sugerido que Feuerstein era uno de los pocos físicos capaces de hacerlo.

Hochburg extrajo un bloc de notas del maletín y lo dejó sobre la mesa.

—Tócalo —lo animó—. Siéntelo.

Los dedos del judío se movieron por encima del cuero de la cubierta del bloc, pero sin tocarlo. Su rostro era una amalgama de emociones: maravilla, perplejidad...

—Yo... quiero limpiarme las manos.

Hochburg le acercó otro cuenco de agua caliente. Esta vez, Feuerstein se lavó metódicamente los dedos uno por uno.

El bloc era un conjunto de folios encuadernados en cuero. A Hochburg le había costado un verdadero esfuerzo encontrar en las papelerías de Germania uno que no tuviera grabada una esvástica. Feuerstein abrió la cubierta con los ojos empañados y acarició el papel. Era grueso y lujoso, de color crema fresca.

—¿Sigues siendo un animal? —preguntó el *Oberstgruppenführer*, buscando en el interior de su gabardina una pluma estilográfica. Con su tinta negra había firmado los documentos que crearon Muspel y Kongo, así como el Decreto Windhuk, cuando todos los reunidos en torno a la mesa, incluidos Himmler y Globus, se habían negado—. Escribe todos los detalles posibles sobre tu mujer y tus hijos y al anochecer quedarán libres.

—No puedo darle al Reich un arma así.

—No se la das al Reich, me la das a mí. El régimen nunca se enterará.

—¡No puedo!

—Entonces, condenas a tu familia.

—No sabe lo que me está pidiendo. Morirán millones de personas.

—Si no lo haces, serás tú el que muera. Y tu esposa morirá, y tus hijos e hijas morirán. ¿Quieres que siga? —Hochburg deslizó la pluma entre los dedos engarfiados del judío—. Escribe.

Feuerstein dudó, pero terminó apoyando el plumín sobre el papel con la delicadeza de un padre besando a su hijo recién nacido. Hochburg lo vio garabatear un nombre, Evelyn —dubitativamente, como si los músculos apenas se acordasen cómo se hacía—, y llorar.

—No he escrito en años... Ni una sola palabra.

—«Me quitáis mi vida cuando me priváis de los medios de vivir» —recitó el *Oberstgruppenführer*.

Esta vez el científico no replicó. Completó los nombres de sus hijos, pero no levantó la pluma del papel. Una mancha de tinta comenzó a extenderse por el folio.

Pasó la página.

Empezó a escribir palabras, números y ecuaciones. Puede que fueran coherentes, puede que no tuvieran sentido, Hochburg no podía saberlo. Llenó una página, luego otra, luego...

—¡Basta! —Hochburg golpeó el bloc con tanta violencia que los espejos tintinearon. Dardos de luz bailaron por toda la tienda—. ¿Cuánto tardarías en construir esa arma?

—Depende de los recursos que me ofrezca.

—Todos los que África puede ofrecerte.

El científico se enjugó las lágrimas que brotaban de sus ojos.

—Tres años... quizá cuatro.

—Eres un insensato si pretendes burlarte de mí. Te doy seis meses.

—Imposible. Todos los detalles de esta tecnología tienen que crearse de la nada.

—Dieciocho —contraatacó Hochburg, ocultando su decepción.

—Dos años. Y solo si no hay interferencias. Los errores serán inevitables. Los castigos no ayudarán, solo retrasarán el proyecto.

—Tienes mi palabra.

—Y no puedo hacerlo solo —añadió Feuerstein sin aliento—. Necesitaré más hombres. Más colegas. Judíos. En la isla hay algunas mentes brillantes... si siguen vivos.

—Tienes la libreta, escribe sus nombres. Si viven, los encontraré.

—Y sus familias.

—No abuses de tu suerte, *Herr* doctor.

—Un hombre trabaja mejor si sabe que su familia está a salvo.

De repente, Hochburg comprendió.

¿Qué había dicho Feuerstein? «Sabía que, si lograba sobrevivir, algún día uno de ustedes me buscaría.» Debía de haber imaginado la situación actual en su cabeza mil veces y había racionalizado su ética hasta estar convencido de que aceptaría. Lo que fuera para no tener que volver a empuñar un pico, para liberarse de una vida que se medía por el hambre constante, el agotamiento y, con suerte, la muerte. Su negativa inicial le había servido para conseguir todas las concesiones posibles. Hochburg había juzgado mal al judío.

—Mi avión puede transportar cincuenta personas —dijo—. Elije los nombres cuidadosamente.

Hochburg se apartó de la mesa, captando una docena de imágenes de Feuerstein inclinado sobre el bloc de notas. Si tenía que volver al Arca, necesitaría enmascarar su rastro para que Globus no lo encontrara. Cogió el cuchillo de Burton y empezó a cortar las cuerdas que sostenían los espejos. Tras él sonaban los arañazos de la pluma sobre el papel.

20

O.A.O., 18 de abril, 14:30 horas

Los alemanes le habían cambiado el nombre en 1943. Ya no era el océano Índico, sino el Ostafrikanischer Ozean, el O.A.O., tal como mostraban los mapas nazis. Salois había navegado antes por aquellas volubles aguas de color azul celeste. La primera vez, por su deportación, fue como cruzar la laguna Estigia.

La Conferencia de Wannsee calificó los puertos de Trieste en Italia y Gorenhafen en el Báltico como «principales cauces para la expulsión». Cuando no lograron cumplir con la cuota establecida, añadieron Marsella en Francia y Salónika en Grecia, y más tarde Constanza, para que se ocupasen de los judíos rumanos y búlgaros. Se creó una flota especial compuesta por las naves de la línea regular Hamburgo-Estados Unidos, complementada con los viejos cruceros del KdF: ciento veinte barcos en total. La ruta inicial a Madagaskar circundaba el cabo de Buena Esperanza; pero tras la Conferencia de Casablanca, Inglaterra abrió el canal de Suez, con lo que se redujo el viaje a treinta días. Cruzaban el mar Rojo convoyes de barcos, que luego seguían la costa africana hasta los puertos de distribución de Diego Suárez, Mazunka y Salzig, un viaje de casi diez mil kilómetros. Se dirigían hacia el ecuador con la línea de flotación casi por debajo del nivel del agua y volvían vacíos.

Cuando Salois fue capturado en Dunquerque, pasó el verano como prisionero de guerra antes de que lo identificaran como judío —un compañero belga lo delató a cambio de un puñado de cigarrillos— y lo llevaran al campo de trabajo de Breendonk. Finalmente lo mandaron a Madagaskar en diciembre de 1942, durante las primeras semanas de la estación del monzón, con el mar tan agitado que hasta la sangre se teñía de amarillo. Pero tuvo suerte. Le asignaron un camarote en la parte superior del barco, compartiendo dieciséis metros cuadrados con otros tantos deportados. Otros miles iban apiñados en las bodegas, cuyos suelos terminaron cubiertos de vómito. Cualquier plan que pudieran tener para amotinarse se frustró en cuanto subieron a bordo, ya que el capitán les informó de que el casco estaba minado. Al menor problema hundiría el barco. Las cubiertas estaban patrulladas por *kapos*, criminales judíos que las SS utilizaban para mantener el orden. Iban armados con látigos y eran famosos por su brutalidad.

Para conseguir los objetivos establecidos en Wannsee, tenían que mandar cada mes treinta y cinco mil judíos. Inicialmente, hombres en edad de trabajar, llamados *pioneros*, para construir las nuevas ciudades y las bases militares de Madagaskar; después mujeres, niños y ancianos. Miles de ellos no llegaron: murieron por asfixia o de disentería a causa de las efervescentes letrinas, o porque su ánimo no pudo resistir el interminable bamboleo del viaje. Los barcos se detenían cincuenta kilómetros antes de su llegada a puerto para arrojar los cadáveres al mar. Se le permitía a un rabino decir unas palabras; después, el splash, splash, splash de los cadáveres contra las olas. Se rumoreaba que los tiburones de aquellas aguas estaban demasiado gordos para nadar.

La embarcación que llevaba a Salois, Cranley y el resto del equipo había zarpado de Mombasa tres días antes. Era un *dau* desvencijado, muy compartimentado para ocultar contrabando, y navegaba entre aguaceros y viento cálido alternativamente. En aquel momento, el sol luchaba con las nubes. Salois se había instalado en la popa, a la sombra, con las piernas cruzadas. Habían comido al mediodía, pero sus tripas reclamaban más alimento. Llenó un cuenco con arroz sobrante, ocra y restos de pescado, y lo mezcló todo con una oleosa salsa roja. Cranley y los marineros estaban en la proa usando por turno un par de prismáticos. Parecían expectantes, nerviosos. Cranley se separó de los demás y se dirigió hacia Salois. Aunque apenas había olas, se tambaleaba a cada paso.

—Nos acercamos al primer anillo —anunció. Tenía la cara demacrada a pesar de las quemaduras.

«Los anillos de Madagaskar son una maravilla de la ingeniería náutica», según los describió una vez el gobernador Bouhler. Una triple cadena de minas marinas situadas a cinco kilómetros de la orilla y que circundaban la isla para impedir que los barcos pudieran acercarse a ella. Las minas estaban separadas veinte metros unas de otras y, mientras el mar estuviera en calma, el velero era lo bastante pequeño como para poder deslizarse entre ellas.

—¿Puede ver tierra? —preguntó Salois.

—En el horizonte. Véalo usted mismo.

—Entonces, llegaremos pronto. —Y volvió a concentrarse en la comida.

Cranley se unió a él en la sombra, imitando su posición. Vestía ropa de camuflaje y había insistido en que todo el mundo hiciera lo mismo, a pesar de la opinión en contra de Salois. El plan era pasar a través de los anillos y llegar al primer punto de la costa noroeste al atardecer; allí desembarcarían Salois y sus hombres. Después, el *dau* se dirigiría hacia el sur para dejar al equipo de Cranley en los manglares que rodeaban Mazunka. Aunque fuera más seguro hacerlo al anochecer, Cranley estaba ansioso por entrar en combate. Eso probaba algo.

Cranley observó cómo Salois se atiborraba.

—No sé cómo puede estar comiendo —comentó.

—Será porque nunca ha pasado hambre —replicó el judío sin alzar los ojos.

—He tenido mis épocas frugales. Cuando estaba en España combatiendo al lado de los nacionales, hubo días que solo teníamos patatas para comer. —Pensó en sus propias palabras—. Tiene razón, nunca he pasado hambre.

—Yo me he peleado con un hombre por la piel de una naranja y he roído huesos que los perros ya habían desechado. —Reunió los últimos granos de arroz en un puñadito—. Esa clase de hambre nunca te abandona.

Cuando acabó, se limpió los labios con la manga y estudió al hombre que tenía enfrente. En el poco tiempo compartido, Cranley no le había explicado el motivo de sus quemaduras. El fuego le había perdonado la mayor parte del pelo, excepto las cejas, que ya no tenía. La parte izquierda de la cara estaba chamuscada, la piel tensa, sin poros, opaca; si el sol calentaba demasiado se embadurnaba de crema. A pesar de estar desfigurado, seguía siendo guapo. Su mandíbula era poderosa, con una inmaculada falta de papada bajo el hueso. Era afable al dirigirse a los hombres, no obstante inquietaba a Salois.

—Sigo sin comprender por qué viene con nosotros —dijo.

—¿Esto no le convence? —Cranley se alisó el camuflaje.

—Rolland es militar, Turneiro tiene sus aviones, pero usted...

El motor escupió una nube de humo espeso y se paró. Los indios y los árabes que formaban la tripulación empezaron a plegar las velas.

—El año pasado planeé una operación para frenar a los nazis... —confesó Cranley.

—¿Cómo esta?

—Queríamos salvar a África de sí misma. Si no controlas tus colonias, un día tus colonias te controlarán a ti. —Algo violento oscureció su mirada—. Casi fue un desastre. No puedo dejar que pase lo mismo en Madagaskar.

—Pero los judíos no le importan...

—Mi departamento ha estado enviando suministros a los Judíos de la Vainilla desde hace años. Armas, medicinas... No apruebo lo que le ha pasado a su gente ni que los mandaran a los trópicos.

—Inglaterra podría haberlo impedido.

—O el CONE,* o Estados Unidos —replicó Cranley impaciente—. Y en ese caso, hasta el último de vosotros habría sido enviado a Siberia. Quizá prefiere el frío.

—Madagaskar no es mejor.

—El pasado no puede cambiarse —sentenció con voz más calmada—. Diego Suárez es ahora la clave de África. Nuestro error fue no involucrar a Estados Unidos en la Conferencia de Casablanca. Me duele tener que admitirlo, pero necesitamos que ese país intervenga para rediseñar el mundo. Inglaterra ya no es la potencia que fue.

—Durante la *mered* rezamos porque los estadounidenses se unieran a la lucha; o que frenasen a Globus. Con cada nueva atrocidad estábamos seguros de que lo harían, pero solo obtuvimos su silencio.

—Porque no comprendéis su política. Los estadounidenses solo apoyan a los ganadores. Por eso tenemos que presionar al Kongo, para que puedan entrar por el oeste.

—Rolland y usted no son diferentes. Podrán decir lo que quieran, pero la verdad es que no pelean por África. Solo pretenden que Inglaterra vuelva a ser importante. Esa es la verdadera razón de que estén aquí.

—Piense lo que quiera. Estoy en este barco porque le tengo miedo al futuro. ¿Qué padre no lo tiene?

Salois se sorprendió, le pareció una justificación muy improbable.

—¿Tiene hijos?

—Una hija.

—¿De qué edad?

—Este año cumplirá siete. Es una niña muy inteligente, tendré que vigilarla de cerca cuando sea mayor. —Su voz era tierna, pero llena de

---

* Consejo de la Nueva Europa.

orgullo—. Ya habla francés y alemán, y es capaz de interpretar a Schubert al piano. Hace unos meses creí que me la habían arrebatado, lo peor que me podía imaginar.

—¿Qué pasó?

—Me di cuenta por primera vez de lo que es el odio; sentí ganas de matar. Creía que ya lo conocía, pero aquellos momentos me mostraron que no. Cuando yo muera, mi hija seguirá siendo rica y mimada, pero quiero dejarle algo más: una nación, una patria de la que pueda sentirse orgullosa, Reuben, no una reliquia de lo que una vez llegó a ser un imperio.

Era la primera vez que mencionaba a Salois por su nombre y lo había hecho con una pizca de ironía.

—Usted es un idealista —comentó el judío.

—Nada de eso. Soy egoísta. La semilla de todo idealismo.

—¿Y su esposa?

—Muerta.

Lo dijo súbitamente, como si esa palabra con su rotundidad, su trasfondo de dolor, rabia y anhelo no tuviera importancia.

—Yo también estuve casado —dijo Salois—. O iba a estarlo.

—¿En Madagaskar?

—No, cuando estaba en la universidad. Se llamaba Frieda y estaba embarazada. Ahora el niño sería ya adulto. —Pero no tenía nada con lo que demostrar que su vida anterior había existido. Ni siquiera los recuerdos lo convencían ya.

—¿Por qué se marchó para unirse a la Legión Extranjera?

—Ya ha visto mi orden de arresto. No tenía elección: África o el verdugo.

—Solo era joven —contestó Cranley—. Para ser estudiante universitario debía de descender de una familia bastante respetable.

—Una familia judía.

—Lo que significa una familia rica. Pudo haber comprado una salida.

—Tenía un temperamento odioso. Era arrogante y violento. —El desierto lo había curado de esas tres cosas—. No merecía ninguna indulgencia.

—Entonces, debió entregarse.

Salois pensó en el documento que Cranley le había enseñado en Sudán.

—Si me hubiera negado a acompañarlos, ¿habría utilizado realmente esa orden contra mí? ¿Me hubiera devuelto a Bélgica?

Cranley le dedicó una de sus frías sonrisas.

—Por supuesto.

—¡Coronel Cranley! ¡Comandante!

Era el sargento Denny desde la proa, con unos binoculares. Tenía el pelo oscuro, la mandíbula como de ídolo de una *matinée* y orejas de coliflor. Había participado como boxeador en los Juegos Olímpicos de Núremberg de 1946. Les hacía señas para que se acercasen urgentemente.

Salois y Cranley corrieron hacia proa. Por estribor pasaba a la deriva, sobresaliendo del agua, la enorme esfera de una mina marina. Quinientos metros más allá se encontraban los dos anillos interiores de minas y varios kilómetros más adelante se veía el oscuro muro de la selva que llegaba casi hasta la orilla. Sobre ellos, las nubes se espesaban. Salois pensaba que sentiría un cúmulo de emociones al volver a ver la isla: terror, desafío, vergüenza, posiblemente una fría esperanza... pero únicamente notó cierta opresión en el pecho. Solo era un conjunto de rocas, las mismas rocas que su pueblo había visto un millar de años atrás. Cuando los burócratas presentaron al Consejo de la Nueva Europa el plan de Hitler para Madagaskar, invocaron abundantes pruebas antropológicas que, supuestamente, demostraban que los primeros habitantes eran judíos.

—Será mejor que vean esto —dijo Denny, pasándoles los prismáticos.

Salois miró. Al principio solo vio un borrón azulado y lana blanca. Bajó los prismáticos para rastrear el mar y los ajustó hasta que el horizonte se convirtió en una línea nítida. Súbitamente, el visor se llenó de gris y de una ondeante bandera roja, blanca y negra. Era una de las embarcaciones que patrullaban la costa de Madagaskar para asegurarse de que ningún judío escapase. Salois le pasó los prismáticos a Cranley.

—Es una S-Boot, una lancha torpedera.

En su proa podía verse un ariete muy capaz de convertir el *dau* en astillas.

Tras ellos sintieron los pasos de unos pies desnudos y el olor de un sudor acre. Era Xegoe, el capitán de la embarcación. Iba vestido con un *sarong* blanco y una boina negra.

—Ordenan que nos detengamos.

—¿Podríamos dejarlos atrás? —preguntó Salois.

Xegoe había tratado a Salois con una especie de reverencia supersticiosa desde el momento en que embarcaron; se negaba a mirarlo a los ojos y susurraba que olía a muerte. El capitán no le respondió a él, sino que lo hizo mirando a Cranley.

—Imposible. Pero ya nos hemos encontrado con muchos alemanes *bum-bum* antes —sonrió, enseñando unos dientes blanquísimos—. Les encantará vuestro oro.

Denny agarró su rifle.

—Podemos manejar esto.

—Es una patrulla de rutina —aclaró Cranley—. Los dejaremos subir a bordo, les pagaremos y nos dejarán seguir nuestro camino. La misión no está en peligro.

—Sargento, lleve a los hombres a la bodega —ordenó Salois—. Escondan el equipamiento y luego escóndanse ustedes.

—¿Y si registran el barco?

—Que nadie haga nada, a menos que lo ordenemos el coronel o yo.

—Les enseñaré los escondrijos para el contrabando —aseguró Xegoe. Parecía más excitado que preocupado—. No los encontrarán.

—Necesitamos el loro —pidió Cranley, quitándose la chaqueta de camuflaje—. Será mejor que nos libremos de esta ropa.

—Se lo dije —dijo Salois.

Sus ropas de marinero estaban en la cabina que compartían. Se cambiaron en aquel espacio estrecho y sórdido. Cranley reveló un montón de quemaduras en el cuerpo. Antes, Salois se había desvestido en privado. Dudó antes de quitarse la camisa y el pantalón, y deseaba que la cabina fuese más oscura. Cranley vio su torso desnudo por primera vez, así como sus brazos y sus piernas. Se quedó mudo, después emitió un chasquido con la garganta al tragar saliva.

—Dios Santo...

Salois lo ignoró y se vistió con el caftán borgoña que había llevado desde que dejaron Mombasa y que le daba un auténtico aspecto de pirata. Se bajó las mangas y lo abotonó hasta la garganta, volviendo a ocultar su cuerpo.

21

Una voz metálica cruzó el agua y llegó hasta ellos.
—¡Paren los motores y prepárense para ser abordados!
Salois miró la patrullera acercarse con dos de sus tres cañones apuntando al velero. En cubierta podía verse una docena de soldados, todos armados con fusiles BK44. Cranley sacó una pistola con empuñadura de marfil. Salois reconoció el modelo, una Browning HP.
—Usted le dijo a Denny que no hiciera nada.
—Solo es por precaución —explicó Cranley, ocultando la pistola bajo los faldones de su camisa. Con la otra mano acunaba el loro disecado que había sacado de la cabina—. Deje que yo me encargue de esto, mi alemán es mucho mejor.
—Nunca ha tenido que hablar estando su vida en juego —replicó Salois. El arroz y el pescado le repetían—. Déjeme a mí.
—Asegúrese de que acepten esto —dijo Cranley cediéndole el loro. Las plumas del animal eran azules y negras en el dorso, verdes en el pecho. Su cabeza podía separarse del resto del cuerpo para revelar un alijo de *Reichmarks* de oro—. Y rece por que no lo desnuden para registrarlo. Tendría que habernos avisado en Sudán.
—Rolland dijo que yo era el único que podía hacer este trabajo.
—Un vistazo a su piel y estamos condenados.
Los dos barcos se juntaron; la masa del S-Boot dominaba la del velero. Tendieron una pasarela y se oyeron las pisadas de las botas de los soldados sobre ella, seguidos por un oficial. Salois contempló cómo los alemanes subían a bordo y un chispazo de odio le subió del estómago a la garganta ante la visión de su uniforme negro. El oficial iba casi rapado y le faltaba media oreja.

Escotillas abiertas y cerradas de golpe, telas desgarradas, hachas destrozando la madera.

Kepplar apoyó una bota sobre un cajón y una mano sobre la cartuchera que colgaba de su cadera. El loro le había confundido hasta que desprendió la cabeza y vio el brillo del oro en su interior. Le dio gentilmente las gracias a los contrabandistas, pero ordenó que sus hombres registrasen toda la nave. «Una moneda de oro para cada uno por vuestros esfuerzos.» Obligó a los hindúes a arrodillarse a punta de pistola, pero permitió a los dos hombres blancos que permanecieran de pie, aunque con las manos en la cabeza. El rubio —su cráneo era de Categoría Uno—, estaba lleno de quemaduras y tenía las mejillas redondeadas. Su aspecto no era el de un contrabandista.

—¿De dónde sois? —preguntó Kepplar.

Respondió el más delgado, otro potencial recluta de las SS por su cabeza de Categoría Uno/Dos, tapado hasta el cuello a pesar de la temperatura.

—Amberes —dijo en un áspero alemán.

—¡Ah!, un valón. —Valonia. El nombre que le había dado Hitler a Bélgica. Incluso había pensado convertirla en la provincia noroeste de Alemania—. ¿Adónde os dirigís y cuál es vuestro cargamento?

—A Nosy Be. Llevamos *regalos* para el cumpleaños del Führer.

—¿Nosy Be? Os habéis desviado unos setenta kilómetros.

—Los negros son unos inútiles —replicó el rubio, mirando de reojo a la tripulación arrodillada.

Kepplar se permitió una sonrisa irónica que ocultó su frustración, antes de volverse hacia sus hombres.

—¿Nada todavía, *Oberbootsman*?

—Mucho licor, pero ningún polizón.

—Seguid buscando —ordenó, decidiendo que aquel sería el último abordaje del día. Aunque aliviado por haberse liberado de su trabajo burocrático, había cambiado una situación desesperada por otra.

Las aguas que rodeaban Madagaskar bullían de barcos cargados con contrabando. Mientras los barcos portasen mercancías baratas, y siempre que no hubiera judíos de por medio, ese tipo de comercio se consentía. El gobernador Globus animaba a que la bebida corriera entre sus tropas y desviaba el material caro para sí mismo. Kepplar no podía seguir patrullando aquellas aguas y deteniendo todos los barcos que aparecieran en el horizonte. El mapa que había encontrado en el cuarto de Cole podía ser su mejor pista, pero resultaba una locura de vaguedad. El área que tenía que cubrir resultaba demasiado vasta, más que la franja del

Kongo que había sido su territorio de caza en busca de Cole. ¿Qué decía el Führer? «En tierra soy un héroe; en el mar, un cobarde.» Tenía que sistematizar el planteamiento y utilizar sus magros recursos para reducir la búsqueda. Le daba escalofríos enfrentarse a la futilidad de su tarea.

¿Por qué Madagaskar?

Cole casi había muerto intentando escapar de África y su equipo había sido aniquilado. Solo un loco se arriesgaría a volver y menos todavía a una isla llena de judíos. ¿Por qué?

Kepplar visualizó a Fregh, con su cara llena de restos de galleta y su papeleo. Si él se hubiera encargado de rastrear a Cole, no se habría levantado de su silla. De ser necesario, habría revuelto miles de documentos hasta encontrar una solución, para después marcharse a su casa de cornudo. Kepplar siempre había esperado que su esposa tuviera un amante. Durante su larga estancia en el Kongo, aprovechó el envío de múltiples emisarios a Germania para que le entregasen sus mensajes, haciendo hincapié en lo solitaria que era la vida de su esposa y cómo podrían seducirla, pero su persistente lealtad lo desilusionaba.

La apartó de su mente, hizo lo mismo con Fregh y se centró en Hochburg. La recompensa de volver a servir como su adjunto lo había sostenido en medio de aquellos kilómetros de vacío océano. Como técnicamente era un asunto del Kongo, se había puesto el uniforme negro. Por eso y por impresionar a los marineros con los que se topase. Las SS vestían uniforme tropical en toda el África alemana, a excepción de aquellas regiones que gobernaba Hochburg. Él insistía en que sus subordinados vistieran de negro a pesar del calor. No hacerlo significaba un tácito reconocimiento de que las razas negroides eran propietarias de ese color y ellas no se merecían nada: ni luz, ni sombra, ni aire. Hochburg aún no había terminado con los negros —su trabajo más importante, sin duda—, así que su fijación con Cole parecía una distracción innecesaria. Si Kepplar llegase a comprender las raíces de aquella animosidad, quizá pudiera ser un cazador más eficiente.

En un extremo del barco estalló una bronca. Gritos de sorpresa. Los dos prisioneros ni se inmutaron.

—¿Qué ocurre ahí? —exigió Kepplar.

Uno de los marineros sostenía en los brazos un cachorro de labrador.

—Lléveselo —dijo el rubio—. Un regalo para sus hijos.

—¿Y si no les gustan los perros? —respondió Kepplar con tono presuntuoso.

Reanudó sus elucubraciones. Kepplar no sabía nada sobre la vida de

Hochburg anterior a las SS. Quizá Cole conocía algún oscuro secreto que su antiguo jefe no quería que se supiera. Era bastante común entre los jerarcas nazis más importantes; se decía que Heynrich había hecho borrar los nombres de las lápidas de sus padres para eliminar cualquier rastro de antepasados judíos. ¿Podría pasarle lo mismo a Hochburg? No, su pureza racial estaba más allá de toda duda razonable, tenía un perfecto cráneo de Categoría Uno, Kepplar siempre lo había admirado. Quizá procedía de un ambiente pacifista o amigo de los negros, pero un hombre no es su familia. El padre de Kepplar murió de septicemia durante la Gran Guerra, apenas lo recordaba; y su madre, cuando se unió al partido, a él, a su único hijo, lo tachó de traidor a todo lo decente.

Kepplar se acarició el lóbulo de su media oreja, envidioso de que Cole pudiera saber más sobre Hochburg que él mismo. El loro embalsamado que le había dado el valón seguía en el hueco de su brazo. Lo miró sin verlo. Cualquiera que fuera el secreto que compartían Hochburg y Cole quedaba fuera de su comprensión. Un día, cuando todo acabara y estuvieran sentados en la intimidad del jardín de la Schädelplatz, se lo preguntaría directamente. De momento acabaría su trabajo en el *dau* y volvería a la base de Lava Bucht. Tenía que haber mejores formas de encontrar a Cole.

El *Oberbootsman* se acercó a él con un largo contenedor de metal en los brazos.

—Todo en orden aparte de esto.

Kepplar abrió la caja. Dentro había un Panzerfaust 350, un lanzacohetes de mano con una excelente cabeza explosiva. Lo sacó de la caja —era la primera vez que empuñaba uno desde su entrenamiento en la Academia Colonial de Viena—, y se lo mostró al valón.

—Explícate.

—Protección contra otros piratas.

—Una excusa razonable —concedió Kepplar—. ¿Algo más, *Oberbootsman*? ¿Algún compartimento oculto?

Uno de los barcos que habían detenido resultó que tenía una pared falsa que escondía tres putas polacas.

—Nada, *Brigadeführer*.

—Entonces, parece que todo está en orden —admitió Kepplar dispuesto a marcharse. Pero tenía una pregunta final, una pregunta que hacía a todos los barcos que abordaba—. ¿Dónde está Burton Cole?

—¿Quién? —preguntó el valón sin inmutarse.

Kepplar se fijó en su compañero. La luz del sol iluminó su rubio cabello mientras sacudía la cabeza.

Fue algo infinitesimal. Solo alguien que había pasado meses obsesionado con aquel momento podría haber notado el pequeño rictus en la boca del hombre rubio, una leve sombra de rabia, de incredulidad y de algo más que era incapaz de descifrar. Por alguna razón pensó en Fregh y un escalofrío recorrió su columna vertebral.

—*Oberbootsman*, vuelva a registrar la nave, hágala pedazos si es necesario. No, espere...

A Kepplar se le había ocurrido una idea mejor.

22

—¿Qué está haciendo?

Había pánico en la voz del *Oberbootsman*. Los otros soldados se dispersaron rápidamente.

En Roscherhafen, mientras Kepplar veía cómo Cole desaparecía entre la procesión escarlata, se sintió incapaz de desenfundar su Walther P38. Para él, la violencia era un asunto técnico que encontraba impropio, algo que ordenar, no que practicar. Las expectativas de Hochburg, con su desagradable inmediatez, hacían que se sintiera incómodo. Aun así, si hubiera aprendido a dominar su aprensión, no estaría en aquel barco. No habría malgastado siete meses en Deutsch Ostafrika.

Kepplar se llevó el Panzerfaust al hombro, apuntó a la cubierta y disparó. Todo su cuerpo retrocedió ante el impacto. El cohete centelleó a través de las viejas maderas —un relámpago de fuego y serrín—, y sacudió todo el barco. Las esquirlas de madera azotaron el aire. Kepplar se vio impulsado hacia atrás con los pulmones llenos de humo. Se sentía orgulloso, Hochburg habría hecho lo mismo. A la vez sintió un asomo de rechazo por estar cumpliendo los deseos de otro.

—¡Burton Cole! —gritó cuando pudo ponerse en pie de nuevo. Sus palabras parecían retumbar, como si estuviera hablando dentro de una enorme campana—. Ríndete y perdonaré a la tripulación.

Un chasquido recorrió toda la longitud del barco, que sufrió una sacudida y se escoró.

—¡*Brigadeführer*, tenemos que volver a nuestra nave!

—No hasta que Cole aparezca.

El hombre rubio se había puesto en pie, tenía el cabello lleno de astillas.

—No está a bordo.

—¿Dónde está?

—No tengo ni idea de quién estás hablando —contestó furioso—. Ninguno de nosotros la tiene.

Kepplar lo estudió, repentinamente inseguro. Pero fue su negativa la que le hizo cambiar de opinión: demasiado controlado.

—¡Cole! —volvió a gritar—. Muéstrate y salva a tus compañeros.

Miró la entrada de la bodega esperando que apareciera.

Otra sacudida, seguida de varias más, como si una columna vertebral se estuviera rompiendo vértebra a vértebra. Una ola de espuma mezclada con petróleo inundó la cubierta.

—Nos lo llevamos —dijo Kepplar.

Recogió el Panzerfaust del suelo, y el loro verde y negro con su vientre de monedas. Arrestaron al rubio con ellos a punta de pistola y con las manos en la cabeza. Un segundo después, apartaron la pasarela de una patada.

—Separad treinta metros la patrullera del *dau* —ordenó Kepplar dirigiéndose al puente. Miró cómo la distancia se agrandaba poco a poco.

El velero estaba escorándose, hundiéndose y expulsando humo por popa. El valón corrió hacia la bodega y la tripulación nativa se dispersó, gritando y lamentándose, antes de abandonar el barco.

Sobre la inclinada cubierta se materializó un hombre, desapareció en la bodega y volvió a aparecer acompañado de varios hombres más. Vestían trajes de combate y empuñaban carabinas. Kepplar se inclinó sobre la barandilla para ver si alguno de ellos era Cole. Creyó oír el fantasma de una voz surgiendo del agrietado casco... «Vas a morir.» El valón se unió a los otros discutiendo con uno de los hindúes que le lanzó un saco.

El segundo anillo de minas se acercaba.

La ametralladora principal de la patrullera rotó hacia el velero y un instante después se oyó el repiqueteo de los casquillos cayendo sobre cubierta. Los dos barcos se intercambiaron disparos.

—¡Alto el fuego! —gritó Kepplar a sus soldados. Planeaba arrebatarle el premio de Hochburg a las olas—. Quiero a Cole vivo.

—Idiota —escupió su prisionero rubio—. No está a bordo.

—Mientes. Sacrificaste el barco para salvarlo.

—Míralo. Se va a hundir por nada. —A pesar de seguir con las manos en la cabeza y tener un fusil contra las costillas, no hizo ningún esfuerzo por ocultar su desdén.

Kepplar se sintió irritado por la impenetrable seguridad que demostraba. Decidió llevárselo a Lava Bucht; allí tenían especialistas en interrogatorios que habían perfeccionado sus habilidades durante la anterior rebelión. Sería interesante comprobar los límites de la arrogancia de aquel hombre. Se acercó a él hasta que sus cuerpos casi se tocaron, haciendo crujir el cuero de sus botas y de su cinturón como era costumbre en Hochburg.

—Conoces a Cole —dijo—. Crees que puedes esconderlo, pero se te nota a la legua. ¿Dónde está?

—Lo último que oí de él es que viajaba en un barco hacia Panamá. Te has equivocado de océano.

—Ayer estaba en Roscherhafen.

Los papeles se habían invertido. El hombre rubio estudió sus rasgos para intentar descubrir si decía la verdad. Nada en su aplomo lo desmentía. Kepplar decidió seguir presionando.

—Estoy seguro de que se dirige hacia esta isla. En tu barco o en el siguiente. Dime en cuál y perdonaré a los otros...

Alguien lanzó un grito de alarma y se oyeron descargas de los BK44. Los soldados estaban disparando contra toda la cubierta del *dau*. Kepplar estiró el cuello para ver lo que ocurría.

—¡He dicho alto el fuego!

El rubio movió las manos. Con una, rígida como una espada, golpeó el cuello del nazi y lo derribó al suelo; la otra buscó en su propia espalda, sacó la pistola y apuntó con ella entre los ojos del guardia. Disparó sin dudarlo.

Kepplar pensó que aquellos rápidos movimientos eran los de un hombre familiarizado con la violencia, no los de un contrabandista. Aún de rodillas, lo miró con envidia.

Salois oyó gritos distorsionados bajo él y el golpear de puños contra la madera. La bodega olía a tablones embreados y clavo. Era lóbrega y estaba llena de cajas.

—¿Cómo los liberamos? —le preguntó a Xegoe. Salois había arrastrado al capitán con él.

Xegoe apartó las cajas que tenía ante él para revelar una trampilla. Levantó una tabla junto a ella y buscó una palanca en el agujero. La accionó dos veces.

—Está *kaput* —dijo. Sus enormes ojos brillaban de miedo.

Salois ocupó su lugar y también intentó accionar la palanca. Era tan pesada y blanda como un brazo roto. Buscó frenéticamente cualquier herramienta que le permitiera abrir la trampilla hasta que encontró un arpón. La tripulación solía usarlos para alancear las lampugas que quedaban atrapadas en las redes. Hundió la punta del arpón entre la escotilla y las tablas y dejó caer todo su peso sobre él. Se abrió un hueco por el que, instantáneamente, asomaron unos dedos.

—Xegoe, necesito tu ayuda.

Pero el capitán había huido.

Salois volvió a hacer fuerza, hombros y caderas rígidos por el esfuerzo. El cierre de la trampilla se rompió. En el compartimento secreto estaban Denny y el cabo Grace con el agua a la altura del pecho. Salois los ayudó a salir antes de dirigirse al siguiente montón de cajas. Denny lo contempló trabajar un instante, antes de salir de la bodega.

—¡Denny! ¡Cobarde! —gritó el valón.

Grace se peleó con la palanca chorreando sudor. Negaba con la cabeza, mientras Salois clavaba el arpón entre las tablas de madera. La trampilla se elevó unos cuantos centímetros —oyeron chapoteos y gritos frenéticos— y volvió a cerrarse. Otro tirón, pero el acero del arpón se doblaba.

—¡Apártate!

Apenas tuvo tiempo de moverse cuando un hacha se clavó en el suelo. Denny la sacó, descargó otro golpe y logró abrir un agujero. Salois metió la mano y levantó la tapa. Abajo, las barbillas de los ocupantes del escondite apenas sobresalían del agua burbujeante.

Salois cogió el hacha de manos del sargento.

—Recoge tanta comida y equipo como puedas y asegúrate de llevar los explosivos para Diego Suárez. Después busca una manera de salir del barco.

Quedaban dos compartimentos más. Liberaron a los hombres del primero antes de que Salois les ordenara a todos, excepto a Grace, que subieran a cubierta para ayudar a Denny. Los golpes bajo sus pies se volvían más fuertes, más desesperados y frenéticos, reverberando a través de todo el andamiaje y las paredes del velero. A Salois le dio la impresión de que estaba dentro del ventrículo de un enorme corazón de madera.

El agua del mar empezó a surgir de las escotillas que intentaban abrir. Los puñetazos disminuyeron.

—¡No vais a morir! —gritó Salois, luchando por hacer palanca con el arpón.

Los hombres atrapados eran Perabo y McCullogh, parte del equipo de Diego Suárez. Ambos habían estado en Dunquerque, eran soldados profesionales que conocían la vergüenza de verse obligados a cultivar patatas en los campos enemigos antes de poder volver a casa. La noche anterior, McCullogh le había dicho que después de terminar la misión de Diego, después de recuperar toda África, sería mejor para todos que los judíos siguieran en Madagaskar. «No bajo el control de los *krauts*, claro, pero es mejor que no volváis a vuestras casas.»

La escotilla tembló y se partió. El océano ascendió hasta las rodillas de Salois, que siguió luchando por levantar la trampilla. Cuando el arpón cedió, se acuclilló hasta que el agua le llegó al pecho e intentó meter los dedos en la grieta de la madera. Los puñetazos de los atrapados eran cada vez más débiles y terminaron por cesar. El cabo Grace lo miró con una incredulidad infantil.

Salieron tambaleantes de la bodega y se encontraron con una cubierta inundada por agua de color rojo oscuro. Salois pensó que le habían cortado la garganta a alguien. El velero se hundía irremediablemente; su mástil principal había caído y las velas chasqueaban y se rasgaban. Los alemanes contemplaban indiferentes el espectáculo desde su patrullera. Salois se abrió camino entre el humo hasta llegar junto a Denny.

—¿El bote salvavidas? —preguntó. El aire estaba impregnado de olor a alcohol y salmuera.

—Se lo llevaron esos negratas —y señaló el mar con el brazo extendido. La tripulación del *dau* se alejaba del S-Boot a bordo de un bote medio vacío—. Usaremos los barriles. Nos apoyaremos en ellos para nadar hasta la orilla.

El resto de los hombres ya estaba vaciando los barriles.

—Está demasiado lejos.

—Entonces, ríndete. O ahógate.

Salois miró hacia tierra. Estaba por lo menos a dos kilómetros. Pero, por primera vez, la orilla se distinguía claramente, formaba una fina línea de arena blanca y un manto oscuro de selva.

—Que todo el mundo se concentre en estribor —ordenó—. Allí estaremos más protegidos.

Un silbido.

Xegoe estaba de pie en un bote, con una bolsa de piel de cerdo llena de *Reichmarks* de oro colgando del cuello. Se la había dado Cranley como pago por el viaje a Madagaskar.

—¡Tú has provocado esto! —le gritó a Salois—. ¡Has sido tú, demonio!

Le lanzó un saco y saltó por la borda, nadando para reunirse con el resto de su tripulación. Salois recogió el saco, que emitió un ruido tintineante, y miró en su interior. El saco contenía tres cohetes. Sus hombres estaban haciendo rodar los barriles vacíos hacia estribor. Fue hacia ellos, examinando los restos que flotaban en cubierta en busca de algo útil.

El *dau* pasó a través del segundo anillo de minas, rozando una de ellas.

La ametralladora principal de la patrullera cobró vida. Salois se tiró al suelo al oír volar por encima de su cabeza las balas que destrozaron el bote salvavidas. Xegoe estaba a medio camino del bote, una chillona cabeza marrón en el océano. Dos de los marineros buscaron una posición a cubierto y devolvieron el fuego. Los BK44 de los alemanes respondieron en el acto.

—¡Alto el fuego! Quiero a Cole vivo.

Salois encontró el Panzerfaust. Lo sacudió para eliminar toda el agua posible, lo cargó con uno de los cohetes y se arrodilló, enfocando el S-Boot con la mirilla. Los alemanes lo vieron y lanzaron un grito de alarma. Los proyectiles surcaron el aire. El valón intentó tranquilizarse, aislarse de los ruidos que lo rodeaban: los disparos de los fusiles, los impactos en la madera del velero, los gritos de Xegoe... Buscó a Cranley en el barco alemán, pensando en la hija de la que le había hablado, una niña mimada sin madre, tan afortunada como malditos eran los huérfanos de Madagaskar. Como no lo encontró, apretó el gatillo.

La cubierta de mando explotó en pedazos.

Salois volvió a cargar su arma sin esperar a ver los resultados y apuntó a la ametralladora principal. El cohete acertó de pleno —un estallido ensordecedor— y lanzó por los aires hombres y munición. Salois sonrió satisfecho mientras cargaba su lanzacohetes por tercera vez.

Reinó el silencio, el inmenso silencio del océano, solo roto por el crepitar de las llamas y los gritos de los alemanes que intentaban apagar el fuego. De la patrullera se elevaban dos columnas de humo negro. Seguía pudiendo navegar, pero estaba ligeramente escorada. De momento, las olas la alejaban del *dau*.

Entre los barcos emergió del mar una cabeza, aspirando aire a bocanadas. Salois bajó el lanzacohetes. Era Cranley.

—¡Comandante! —Al otro lado de la cubierta, Denny había reunido a los supervivientes en torno al bote de Xegoe. Lanzó al agua un barril vacío—. ¡Nos vemos en la orilla!

—Tened cuidado con los tiburones —advirtió Salois antes de centrar su atención en Cranley. Se alejaba de la patrullera nadando en un perfecto estilo *crawl*. El *Brigadeführer* de una sola oreja se puso un chaleco salvavidas y se zambulló tras él.

Se aproximaba el último anillo de minas. El *dau* derivaba hacia ellas y ya estaba lo bastante cerca como para que Salois pudiera distinguir los nódulos de detonación. Lanzó el barril por la borda y se preparó para saltar al agua.

En la Legión solían decir: «Pierde el arma, pierde la cabeza, pero nunca pierdas las botas.» Era una máxima aplicable en el desierto, no en el mar. De todas formas se las quitó, ató los cordones entre sí y se las colgó al cuello, y caminó descalzo hasta el borde de la cubierta. Nunca había sido buen nadador.

La mina más cercana se alzó del agua como la joroba de una ballena negra.

23

*Vía férrea Tana-Diego Suárez, Madagaskar,
18 de abril, 14:30 horas*

No fueron los nazis quienes frustraron los planes de Madeleine, sino los propios judíos.

Estaba encorvada sobre las tablas del suelo, serrándolas tan silenciosamente como le era posible. El brazo le dolía a causa del esfuerzo. Una grasienta lona separaba el retrete, un simple agujero en un rincón del vagón donde poder acuclillarse, del resto de los pasajeros. El tren avanzaba a un ritmo tan firme como relajante; como mecidos en una cuna, según Madeleine.

Apartó esa imagen de su cabeza y se concentró en serrar la madera. Desde que dejó el hospital, su mente había estado ocupada en actividades mundanas, lo que la había mantenido anestesiada, nebulosa. En el matadero al que la enviaron, rodeada de judías polacas con su actitud de gueto y su cháchara incomprensible, se había dedicado a trabajar doce horas al día como si estuviera en trance, mezclando paladas de sal y especias para hacer salmuera, y escaldando cerdos abiertos en canal para eliminarles el vello. En aquel estado la dominaba una idea: escapar. Estaba familiarizada con ella: escapar de Viena, escapar de Cranley, escapar de aquella isla.

Después de dar a luz a Alice, su cuerpo tardó meses en recuperarse, por no hablar de la depresión posparto, pero en aquella planta de salazones, Madeleine se curó tan deprisa como los piojos proliferaban en su cabeza. La habían rapado un mes antes y el pelo ya volvía a crecerle en mechones negros que le picaban a causa de los insectos. A medida que recuperaba fuerzas, la fueron trasladando del control de las latas a trabajos más extenuantes, cambiando constantemente de turno hasta que llegó a familiarizarse con la distribución de la fábrica. Todas las secciones en las que trabajó estaban aisladas por puertas y verjas, tuvieran las ventanas enrejadas o no. Incluso, buscando siempre una grieta en la seguridad que le permitiera escapar, estudió las pausas que se tomaban los guardias para fumar un cigarrillo. Varias veces estuvo convencida de haber visto a Burton —unos hombros similares, un andar parecido— y, por un instante, su mente ofuscada luchó por comprender el motivo de que se hubiera unido a las SS.

Al final fue asignada a *der Müllschlucker*, una serie de canales en la parte trasera del complejo, por los que se vertían los desperdicios a un lago apestoso. Su grupo de trabajo tenía que mantener los desagües sin atascos a base de retirar del agua los restos del procesado industrial de carne. En la orilla opuesta del lago había una verja de alambre de espino y una torre de guardia vacía. El ambiente era abrasador.

—He estado observándote —le dijo una mujer durante la pausa de mediodía: diez minutos de descanso, una taza de agua y peleas por unos plátanos verdes—. Crees que puedes nadar hasta la orilla opuesta y escapar. Total, solo son unos doscientos metros.

Habló en alemán con un tono entre burlón y resentido. Madeleine tenía la boca y la nariz tapadas con un pañuelo. Se lo bajó para responder.

—¿Lo ha intentado alguien? —Las palabras le salieron entrecortadas. Era la primera vez que hablaba en voz alta desde hacía semanas. Sentía la garganta cerrada, agrietada.

—¡Vaya, eres alemana! Lo siento.

—Austríaca.

—Pensaba que eras una de esas campesinas polacas. No las soporto, son bastas y ordinarias. Y encima los nazis dicen que todas somos iguales. —Su tono había cambiado, era más amable. Como la mayoría de la gente ávida de conversación, estaba deseando charlar—. ¿Cómo llegaste aquí?

—No importa.

—Yo tampoco tendría que estar en el Sector Este. Mi familia y yo somos berlineses desde hace generaciones. ¿Dónde vivías en Austria? A mí me encanta Viena, sentarme en el Burggarten, tomar un café vienés... Yo era profesora; de lengua y de equitación. —La broma siguiente fue automática—: ¡Podría haberle enseñado a hablar a un caballo! Y ahora estoy en este pozo. Seguro que hasta Jehová puede olerlo. Me metí en un lío con el Departamento de Trabajo y perdí mis papeles. Eso fue hace un año, un año hablando yidis. Habría olvidado mi lengua materna de no ser por los guardias, los únicos con los que puedo conversar. Sigo diciéndoles que soy una judía alemana y que no debería estar con estos animales...

Madeleine no la escuchaba.

—¿Ha escapado alguien?

—Varias. Hasta yo lo he pensado, escapar y volver a Antzu. Mi hija está allí.

—¿Por qué no lo has hecho?

—¿Nadar en eso? —señaló la capa de excrementos y vísceras que flotaban sobre el lago e hizo el gesto de vomitar—. Respirar aquí ya es bastante malo. Y si consigues cruzar la alambrada, te esperan varios kilómetros de tierra yerma sin alimentos ni agua. La última vez que alguien intentó escapar ni siquiera se tomaron la molestia de mandar patrullas en su busca. Se limitaron a recoger sus huesos y colgarlos en la entrada para que todas los viéramos.

—Al menos murió libre —dijo Madeleine.

—¿Libre? —repitió la otra, estallando en carcajadas—. No, gracias, yo seguiré el conducto reglamentario. Mandé una solicitud al Arca. Cuando lleguen mis documentos, me mandarán a casa. Solía ayudar al veterinario en los establos del gobernador Quorp... —Se quedó callada, contemplando a Madeleine a través de la niebla. Apretó los labios; tenía pupas a causa del sol—. Pero ya veo que tú estás buscando que te cuelguen.

—¿Cómo te llamas? —preguntó Madeleine.

—Jacoba.

Las dos mujeres volvieron a colocarse el pañuelo sobre la boca y reanudaron el trabajo, aunque Madeleine no podía apartar los ojos de la orilla opuesta del lago y mantenía alerta todos los sentidos. En los días siguientes estudió la rutina de los guardias con mayor atención y robó comida de la línea de producción: orejas de cerdo para los perros de los guardias, patas que podía ocultar durante la jornada y tuétano que sorbió a escondidas. Lo tenía todo preparado. Por primera vez en muchos meses despertó con un poco de esperanza. Se escondería en el bajante de la basura durante el Führertag y huiría esa misma noche, cuando los nazis estuvieran llenándose las venas de alcohol entre brindis y brindis a Hitler. Entonces, las otras estropearon su plan.

Madeleine sudaba bajo la lóbrega luz del retrete del tren. Llevaba el uniforme de la fábrica, una especie de pijama gris amarillento, y calzaba las botas que le había robado a una de las trabajadoras polacas. Resultaban demasiado grandes para ella y no tenía calcetines, pero eran lo bastante resistentes como para que le durasen bastantes kilómetros. Estaba serrando las planchas de madera empapadas de orina que rodeaban el agujero. Si podía arrancar un par, podría hacer palanca en las otras y deslizarse bajo el vagón.

El primer listón casi había cedido cuando alguien intentó abrir la cortina. Madeleine maldijo a Jacoba, que se suponía que estaba vigilando, y sujetó con fuerza la lona.

—¿Vas a tardar mucho más?

—¡Estoy cagando! —replicó, sorprendida por su propia ferocidad.

—No eres la única. —Por debajo de la cortina vio un par de pies con unas retorcidas uñas negras.

—Dame un par de minutos.

Movió el brazo vigorosamente. Aspiró el apestoso aire e ignoró las manchitas que le nublaban los ojos. Lo último que había comido era un cuenco de sopa tan aguada que hasta pudo contar los granos de arroz, los veintitrés, y eso había sido hacía horas. El cuchillo que había robado de la fábrica siguió mordiendo la madera. El filo de sierra que tenía era adecuado para cortar carne de cerdo, pero no una madera de siete centímetros de espesor. La palma de la mano le ardía. Al otro lado de la cortina oyó un desesperado pataleo.

Cuando juzgó que ya había cortado lo suficiente el listón, liberó la hoja y tiró de él. Tras el primer tirón cedió fácilmente. Una plancha más y sería libre. La quitó, y miró ansiosamente el agujero y lo que dejaba al descubierto: el traqueteo de las traviesas, el olor de las piedras húmedas... y el acero.

La madera se le cayó de las manos y rebotó en el asqueroso suelo. El fondo del vagón estaba reforzado con hileras de barras de acero. Ni siquiera un niño podría deslizarse entre ellas. Algo se quebró dentro de ella y la invadió un profundo desaliento, el mismo que había sentido dos noches atrás en el matadero.

Madeleine nunca supo si fue algo espontáneo o planeado. En las barracas no se oían susurros una vez se apagaron las luces, a pesar de que circulaban rumores de un nuevo levantamiento en la isla. La primera sensación de que su fuga podía peligrar la tuvo al oír las alarmas. De alguna parte de la fábrica llegó el ruido de varios disparos aislados; más tarde, fueron gritos y descargas de armas automáticas. Un grupo de soldados llegó a los vertederos y ordenó a las trabajadoras que marcharan hacia la plaza. Madeleine maldijo a quien fuera responsable de aquel sinsentido porque, a partir de ese momento, los guardias estrecharían la vigilancia.

Permanecieron toda la noche en la plaza bajo una lluvia torrencial. Al amanecer oyeron varias descargas en rápida sucesión y llegó un helicóptero. Madeleine y los cientos de trabajadoras siguieron sentadas a la intemperie una noche más, bajo el aguacero y las estrellas. A la mañana siguiente, antes de que el sol despuntara, las llevaron a los corrales donde desembarcaban los cerdos y los bueyes. Las estaba esperando un tren de ganado vacío.

Madeleine volvió a colocar los listones. Esperaba que los guardias fueran demasiado remilgados para revisar los retretes. Si no, acusaría a una de las polacas. Le sorprendía la facilidad con la que ahora podía echarles la culpa a los demás. Cada vez que se sentía culpable, pensaba en Burton animándola: la supervivencia tiene sus propias reglas.

—Date prisa —rogó la voz al otro lado de la cortina.

Madeleine se bajó el pantalón y se ató el cuchillo a la parte interna del muslo. Había corrido un riesgo grande subiendo el cuchillo al tren y no quería desprenderse de él. Algunos guardias sentían repulsión por cachear judías, pero otros las manoseaban con una dedicación y un entusiasmo que el *Reichsführer* no elogiaría. Se ató el pantalón y abrió la cortina. Fuera esperaba un anciano agarrándose el vientre. Le recordó a uno de los colegas de la clínica de su padre, aunque más andrajoso y escuálido.

—Lo siento —susurró, dejándolo pasar antes de reunirse con Jacoba.

El ambiente en el vagón de ganado estaba cargado por los estornudos y las toses, consecuencia de haber pasado dos noches bajo la lluvia. Jacoba se había repantigado bajo una de las altas ventanas enrejadas, que ofrecían una escasa ventilación y una pálida luz. Se abanicaba con un gran sombrero rojo y exhibía su habitual expresión de repugnancia. Odiaba estar tan cerca de tantos cuerpos.

—Has tardado mucho. ¿Otro cólico?

—No estaba usando el retrete.

—¿Recuerdas los cuartos de baño? —suspiró Jacoba—. Me refiero a los de verdad, los que tienen una taza para ti sola y una bañera en la que puedes sumergirte hasta el cuello... ¡en agua caliente!

Se movió para hacerle sitio a Madeleine, pero ella no se sentó. Se quedó de pie y miró por la ventana. A través de los barrotes vio un valle coronado por colinas y hierba alta hasta las rodillas. Varias horas antes habían cruzado Tana y había vislumbrado el palacio del gobernador, blanco como un terrón de azúcar, en la cúspide de la colina más alta. Después, había contado mentalmente los kilómetros hasta que supuso que debían de estar en la región de Mandritsara. Fue entonces cuando corrió al retrete con el cuchillo rozándole los muslos.

Mandritsara, su constante y doloroso vacío. Mandritsara, el hospital donde le robaron a sus hijos.

Madeleine agarró los barrotes y tiró de ellos con las lágrimas quemándole los ojos. Desde lo alto le llegó una voz:

—*Was machst du da, Jüdin?*

Se abrió una trampilla en el techo que dejó entrar la llovizna. Bloqueando la visión del cielo estaba un guardia con un poncho caqui jaspeado. Cada vagón llevaba un soldado en el techo, además de un contingente de tropas en la parte trasera del convoy. Madeleine había visto aquel vagón al subir al tren: amplias ventanas, asientos acolchados, cestas de fruta y una cantina humeante. El olor del café y la leche caliente le torturó el estómago.

El guardia del techo agitó el cañón de su fusil.

—*Abstand halten.*

Madeleine quería que disparara, deseaba abrazar la misma oscuridad que había devorado a Burton. Entonces oyó el llanto de sus bebés alejándose por el pasillo de un hospital y soltó los barrotes. Dio un paso atrás, alzó las manos para demostrar que estaban vacías y se dejó caer en el suelo.

—Parece que te ha dado una calentura —comentó Jacoba, abanicándola con el sombrero.

Una bocanada de aire fétido le refrescó la cara. Pensó en lo tonta que había sido esperando la fiesta del Führertag para escapar.

—Tenía que haber huido en cuanto estuve preparada —soltó amargamente—. Ahora sería libre.

—Me alegra que no lo hicieras. Imagínate estar sola en este apestoso tren.

Madeleine contempló a la mujer. No tenía ni idea de la edad de Jacoba, pero parecía demasiado vieja para poder concebir. Tenía el mentón de una bruja, afilado por la delgadez extrema, y la voz ronca por el tabaco, aunque no debía de haber fumado en años. Los cigarrillos les estaban prohibidos a los judíos: los nazis no querían que se disfrutara su efecto relajante.

—Nos dirigimos al norte y eso significa la Reserva Sofía —siguió Jacoba—. Dicen que es bastante llevadera si bajas la cabeza y obedeces. Podemos vivir juntas, cuidarnos mutuamente —abrió los brazos como intentando abarcar todo el vagón—, porque ninguna de estas polacas lo hará.

—Voy a escaparme.

—No de esa reserva. Por eso nos mandan allí.

—¿Y tu hija? ¿No quieres volver a Antzu?

—A esta línea de ferrocarril la llaman «el tren de los destinos», porque decide dónde acabarás, quién vive y quién muere, y qué futuro te espera. —Jacoba se limpió la nariz con la sucia manga—. Quizá no está en mi destino volver a ver a mi hija.

—A los nazis les encanta el destino, a mí, no. No pienso rendirme.

—Te engañas a ti misma. Aunque logres huir, seguirás estando en Madagaskar. Cuanto antes lo aceptes, Madeleine, cuanto antes lo aceptemos todas, más fácil será nuestra vida. No hay forma de salir de esta isla.

Tras eso, Madeleine no quiso seguir hablando. Aunque Jacoba intentó evocar Berlín y los pasteles de manzana que solía cocinar, Madeleine la ignoró. Ni siquiera rompió su silencio cuando mencionó a su marido, que había sido entrenador ecuestre y murió en 1932, ahorrándose este futuro.

Contempló el techo de acero. Su mente derivaba constantemente hacia sus hijos, pero sin atreverse a imaginar lo que podía haberles pasado. Pensó en Alice y se avergonzó al comprender que los gemelos eran más importantes para ella que su primera hija. Eran el relicario de todo lo que había atesorado con Burton. Ellos. Odiaba pensar en sus hijos como gemidos y bultos de carne recién nacida sin nombre. Nunca antes había pensado hasta qué punto unas cuantas letras pueden sustanciar el alma.

Durante su última mañana juntos, antes de que Burton se fuera a África, habían hablado del nombre de su futuro hijo. Ante su sorpresa, Madeleine durmió profundamente y no se despertó hasta que Burton se levantó de la cama. Ella sintió que estaba contemplando el amanecer.

—¿Burton? —llamó.

—Duerme.

Se puso el camisón y lo siguió por las escaleras hasta la fría cocina. En Hampstead era el dominio de los sirvientes, una estancia que visitaba escasamente. Sabía que, muy pronto, todas sus mañanas empezarían allí y aquel pensamiento era humilde y limpio. Burton preparó el desayuno para los dos: tostadas y mantequilla, mermelada de membrillo de la despensa y café negro del Kamerún. Madeleine lo aprobó todo, excepto el café. El alemán era mucho mejor, la única buena contribución nazi al mundo. La única vez que bebió *Kaffee aus Deutsch-Afrika* fue en la granja.

Burton la miraba fijamente.

—¿Seguro que estás de acuerdo con tener el niño? —preguntó ella.

Él asintió con la cabeza.

Vio brillar sus ojos, dubitativos pero felices. Durante el embarazo de Alice, su excitación había sido cautelosa. Esta vez llevar al hijo de Burton era todo alegría y canciones.

—¿Cómo lo llamaremos?

—Depende de si es niño o niña.

—Niña —dijo rápidamente Maddie—. Quiero otra niña.

Burton hizo una pausa y luego se rio como disculpándose.

—No lo sé. ¿Cuál te gusta a ti?

—Me gusta Calliope, la musa de la poesía. Significa «cara bonita».

—¿Y si hereda mi físico?

—O Josephine. O quizá podríamos llamarla como tu madre —dijo ella—. O como tu padre, si es niño.

—No —negó Burton con rotundidad.

—¿Qué tal Jane? —Sabía lo mucho que a él le gustaban las películas de Tarzán—. O... o... —No se le ocurrió otro nombre.

Burton le ofreció su mano a través de la mesa y ella la tomó y entrelazó sus dedos. La cocina se fue iluminando a medida que el sol de agosto iba entrando por las ventanas. Burton no tardó en levantarse y subir las escaleras. Madeleine oyó crujir las tablas del suelo, el correr del agua en el cuarto de baño, el reloj del vestíbulo dando las seis de la mañana. Fueron diez minutos que nunca podría congelar en el tiempo. Sonidos ordinarios, pero que aquella mañana hicieron que el corazón se le encogiera.

Después otro ruido; poco familiar.

¡Plum!

Madeleine corrió al vestíbulo. A través de la ventana vio que se aproximaba un coche, negro como una carroza fúnebre.

—Mi transporte —dijo Burton tras ella—. Vamos a recoger a Patrick. Él me guardará las espaldas y se asegurará de que vuelva a casa.

Ella lo abrazó con todas sus fuerzas, hasta que se dio cuenta de que estaba haciéndole daño.

—Calliope es un nombre precioso —susurró Burton.

Él se había lavado los dientes y cuando ella saboreó brevemente su boca, la menta ardió en su lengua. En su pecho volvieron a acumularse todas las razones contra el viaje al Kongo y pugnaban por salir. No importaba la verdad sobre lo que le sucedió a su madre ni su venganza.

—¡Mamá!

Alice estaba entre sus piernas, abrigándose con el camisón. El rostro de su hija reflejaba sueño.

—Elli y Cally. El cielo nos proteja —dijo Burton, siguiendo con la broma. Le apretó cariñosamente la mano y se encaminó hacia la puerta—. Volveré dentro de dieciocho días, te lo prometo.

Tras aquello, los recuerdos de Madeleine se volvían borrosos. Sus palabras de despedida se perdían en un laberinto y ni siquiera podía acordarse de su última imagen. Todo lo que recordaba era contemplar una calle vacía durante lo que le parecieron horas, intentando convencerse a sí misma de que Burton estaría a salvo, pero deseando que cambiara de opinión, que en cualquier momento el coche negro volviera a aparecer y le devolviera su amor. La luz del sol dejó de calentarla. Alice le dijo que no llorase. Allí de pie, no pudo comprender su necesidad de volver a África para perseguir fantasmas. Tan inconsolable venganza era un misterio para ella.

Pero ahora comprendía por qué quería asistir al último aliento de Hochburg.

En el tren, Madeleine apretó las piernas y sintió el duro contacto del cuchillo. A pesar de la advertencia de Jacoba, estaba dispuesta a encontrar la forma de llegar a Mandritsara; y luego escapar de aquella maldita isla. Entonces, un día, volvería a enfrentarse cuchillo en mano con Jared Cranley. Y se lo enterraría entre las costillas.

24

16:00 horas

Madeleine se vio impulsada hacia delante. A su alrededor, en la penumbra, sufrieron la sacudida otros cuerpos. Gritos de pánico. Un largo y estridente chirrido de ruedas de tren. Se sintió aplastada contra el huesudo pecho de Jacoba durante unos segundos, hasta que la inercia cedió y la inercia volvió a separarlas.

El convoy se estremeció y se detuvo. Reinó el silencio, excepto por el sibilante latido de la locomotora.

Del techo le llegó el sonido de botas y gritos de los guardias. Madeleine luchó por ponerse en pie y apretó la cara contra los barrotes de la ventanilla. Estaban en un valle. Colinas irregulares y altas cumbres en la distancia, conjuntos dispersos de árboles frutales, mangos sobre todo. El cielo seguía oscuro, aunque ya no llovía.

—¿Qué pasa? —preguntó Jacoba levantándose a su vez. Agitó el aire con su sombrero. A su alrededor se reunieron más mujeres que intentaban ver el exterior y llevaban con ellas un hedor casi sólido de cuerpos y uniformes sudados.

Madeleine se agachó al ver pasar un grupo de soldados a la carrera.

—Algo bloquea la vía, pero no puedo ver qué es —susurró.

Oyó el pesado golpeteo de botas militares que se acercaban desde la parte delantera del convoy y una voz débil que sonaba a borbotones de sangre.

—¡No detengáis el tren! ¡Es una emboscada!

Los ojos de Madeleine buscaron por el vagón de ganado.

—Danuta, ven aquí.

Danuta era una de las jóvenes huérfanas que compartían la barraca de Madeleine en el matadero. Quinientas mujeres apretujadas en un espacio de cincuenta metros por ocho. La primera noche de Madeleine allí fue la única vez que deseó no haber conocido a Burton Cole y haber abandonado los anhelos de los dos cuando fueron a Germania y hablaron de su futuro. Ella había aprendido a acurrucarse en la nívea blancura de las sábanas de Hampstead, agradecida por todo lo que Jared le daba. Ahora los mosquitos le zumbaban en los oídos y tenía que recostar la espalda en las traviesas de madera. A su alrededor, las toses, los ronquidos y los estornudos incesantes de cientos de cuerpos llegaron a hacerle pensar que jamás podría volver a dormir; pero tras unas cuantas semanas, era capaz de caer inconsciente sin esfuerzo. Danuta era su favorita: siempre le guardaba algunas migajas de comida y Jacoba le enseñaba alemán. Era un poco mayor que Alice, con el pelo cortado a lo chico, y unos ojos tan grandes y alertas como los de un búho. Madeleine apenas hablaba con ella, le resultaba muy doloroso.

Se arrodilló enfrente para quedar a la misma altura.

—Necesito tu ayuda —dijo en un torpe yidis—. Te auparé para que puedas mirar lo que está pasando.

Danuta asintió con la cabeza.

Era ligera como un saco de plumas. Madeleine sintió dolor por todas las meriendas pasadas con Alice.

—¿Qué ves? —le preguntó, cuando la chica estuvo en posición. Danuta podía sacar la cabeza entre los barrotes.

—Muchos soldados. Están muy furiosos. O asustados.

—Si te ven, apártate de la ventana. ¿Qué pasa delante?

La niña sacó un poco más la cabeza.

—Hay un hombre en las vías. Lleva uniforme de guardia y es muy gordo, un *Sturm-shar-führer*. —La palabra sonaba ridícula en la boca de una niña.

—¿Qué está haciendo?

Ella respondió en yidis y Madeleine solo pudo comprender unas pocas palabras. Cuando crecía en Viena, su padre insistió en que toda la familia hablase en alemán. El yidis, con su humor irónico y su carga de superstición, era el idioma de la calle. Sabía lo suficiente para entenderse con los comerciantes y los mendigos, nada más.

—Está atado a una cruz en medio de la vía —tradujo Jacoba—. Como una enorme X...

—¡Es una emboscada!

—... Y los soldados intentan desatarlo.

El chasquido de una bala. El sonido iba de izquierda a derecha.

Los guardias empezaron a gritar. Otro disparo. Entonces, el fuego estalló en ambos lados del convoy. Furiosos estallidos de ametralladora salpicados por el chasquido distante y regular de los fusiles. Sobre ellos rugió el estampido de un mortero. El barro salpicó el techo.

Madeleine retiró a la niña de la ventana.

—Le han disparado —gritó Danuta, contorsionándose entre los brazos de Madeleine.

Una bala atravesó el vagón y dejó un agujero en la pared a pocos centímetros de su cabeza. Se lanzó al suelo, cubriendo a Danuta con su cuerpo, y tiró de Jacoba para que hiciera lo mismo. En el vagón estalló una pelea por encontrar espacio en el suelo. En una pared lateral del tren impactaron más balas, lo que dejó que penetrasen los rayos de una luz verdosa. Alguien aulló agonizando.

La batalla duró varios minutos; luego el tiroteo se hizo esporádico y más tarde cesó. Madeleine puso atención por si oía órdenes en alemán. Nada, excepto el resoplido del tren y algún que otro suspiro de vapor.

—¿Estás herida? —le preguntó a Danuta. Era agradable tener un niño entre los brazos.

—Le han disparado al hombre gordo —dijo la pequeña, riéndose.

Madeleine se situó bajo la trampilla del techo, pero no oyó pisadas de botas.

—Ayúdame a subir —le dijo a Jacoba.

—Espera, no sabes qué hay ahí arriba.

—Es nuestra oportunidad.

Jacoba murmuró algo y se arrodilló juntando las manos. Madeleine apoyó un pie en ellas y se impulsó hacia el techo. Levantó la trampilla unos centímetros para ver si había guardias; al no ver ninguno, la abrió del todo.

—Al menos deja que salga primero una de las polacas —dijo Jacoba resoplando por el peso.

Madeleine apoyó las manos a ambos lados de la abertura y se izó a pulso como en la clase de gimnasia de la escuela. Era uno de sus ejercicios preferidos. De niña soñaba con representar a su país, Austria, en los campeonatos de gimnasia, hasta que comprendió que nunca sería lo bastante buena. Sus entrañas amenazaron con desgarrarse, pero logró impulsar el cuerpo hasta el techo. El aire estaba impregnado de cordita. Miró los alrededores —el mundo nunca le había parecido tan grande, tan abierto— y llamó a Jacoba.

—Diles a las demás que estamos a salvo. Bajaré a abrir las puertas.

El tren estaba sembrado de nazis muertos, la mayoría con un solo agujero, típico de los francotiradores. Hacia el valle descendían grupos de hombres, algunos a caballo, con el fusil al hombro. Madeleine los reconoció por su vestimenta: pantalón de camuflaje robado a las SS y metido por dentro de los calcetines, sucia camisa blanca y chaleco. Algunos llevaban una gabardina flameando entre los talones. También los caracterizaba su salvaje melena. En una isla en la que la longitud del pelo venía dictada por burócratas, dejarse crecer el pelo era un acto de rebeldía. En los mercados de Antzu, Madeleine había visto cambiar pelucas por un mes de comida.

Los hombres eran Judíos de la Vainilla.

A pesar del fracaso de la primera rebelión y de las ejecuciones masivas que siguieron, Globocnik había sido incapaz de erradicar por completo a los Judíos de la Vainilla. Las privaciones de la isla significaban que su número pronto volvería a aumentar y esta vez se verían animados por la imaginación sionista. El sionismo, el movimiento para crear un estado judío en Palestina, no tenía lugar en el nuevo orden mundial, así que había evolucionado hacia una versión alternativa más pragmática. Si vivir en suelo israelí era un sueño perdido, la posibilidad de la autodeterminación era un ideal por el que valía la pena seguir luchando.

Madeleine bajó por la escalerilla lateral del vagón. Quería ser ella la que ayudase a las demás pasajeras a salir a un mundo de luz y de aire libre, no los hombres que corrían hacia ellas. Tenía las mejillas tiznadas de hollín. Aterrizó junto a la vía, tropezó en el terraplén y se cayó deslizándose por él hasta que la frenó el cadáver de un soldado muerto. Estaba boca abajo, con la cara semienterrada en el fango, y yacía sobre su ametralladora. Ignorando el agujero en su cabeza, Madeleine rebuscó en sus bolsillos algo de comida. Encontró una cajita de bombones y se metió un puñado en la boca. Estaban medio fundidos y tenían un empalagoso sabor a fresa. Dudaba entre guardar unos cuantos para el viaje o compartirlos con Jacoba y Danuta, cuando sintió que alguien la estaba observando.

Agazapado entre las ruedas del tren había un guardia con el uniforme manchado de barro. Le manaba sangre de una herida en la cabeza y se deslizaba por la cara hasta la barbilla, contorneando la mandíbula. Madeleine buscó el arma que tenía a los pies, tiró de ella para liberarla del peso del soldado muerto. Nunca había empuñado un arma, y su cargador largo y curvado parecía poco manejable, pero le pareció más ligero de lo que se imaginaba. Era un conjunto de metal y madera que le hizo sentirse importante.

El guardia sostenía un fusil similar al de Madeleine y la apuntaba con el cañón. Por Burton sabía que la gente podía morir por no tener en cuenta la posición del seguro, así que se arriesgó a echarle un vistazo.

Sintió que las piernas le temblaban. El arma que tenía en las manos apuntaba al suelo, como si el barro fuera magnético y atrajera el cañón. ¿Cuántas veces había soñado con fantasías de justicia y muerte? Desde imaginar al Papa limpiándose el escupitajo que le había lanzado a la cara, a las mentiras vacías en la sala de la maternidad. Pero el hombre que tenía ante ella no era el responsable de sus desdichas. Era Ulm, un simple soldado. Lo había visto en el matadero, bromeando con los trabajadores y ofreciéndoles las colillas de sus cigarrillos; pero también lo había visto golpear en la espalda con la culata del fusil y reírse cuando los judíos removían las rebosantes cubas de sebo.

Madeleine apoyó el dedo en el gatillo del arma del guardia. Ulm miró por encima de su hombro y reptó para salir de debajo del tren.

—Quiero rendirme —balbuceó. Sus ojos eran casi del mismo color de los de Burton.

Alzó el arma para apuntar a Madeleine. Ella quiso retroceder y tropezó. El gatillo parecía impasible a la presión de su dedo. Sus tímpanos rugían. Se concentró en los ojos azules del alemán.

Se oyó un solo disparo, como el sonido de un rifle de caza. A Madeleine le recordó la vez que Jared la llevó a las Highlands para cazar ciervos y oyó el eco de los disparos desde la cabaña en la que prefirió quedarse. Alice fue concebida en aquel viaje.

El cuerpo de Ulm rodó por la vía y terminó desapareciendo por el terraplén. Cuando intentó respirar de nuevo, un espasmo le sacudió la garganta. Giró la cabeza para mirar atrás. Vio una multitud de gabardinas negras y ondulados cabellos oscuros. Uno de los Judíos de la Vainilla bajó su humeante fusil. Su cara era una mirada de soslayo desdentada.

Madeleine dejó resbalar el arma de las manos y disimuló su vergüenza.

El convoy era una reliquia de la época francesa y la locomotora funcionaba con madera, no con carbón. Sin nadie que alimentase la caldera, el humo había ido disminuyendo hasta desaparecer. Desengancharon los vagones y las pasajeras se ayudaron mutuamente a descender a las vías. Hacía un calor agobiante. Sobre ellos, el sólido manto gris de las nubes presagiaba lluvia.

Los Judíos de la Vainilla las concentraron en torno a un vagón y les anunciaron que Ben Zeev, su comandante, tenía noticias importantes que darles. Madeleine esperó que también tuvieran algo de comida; los bombones la habían dejado famélica y necesitaba algo más que la sustentara antes de ir a Mandritsara. Junto a ella tenía a una Jacoba impaciente y de mal humor. Danuta había encontrado el casquillo de una bala usada y soplaba como si fuera una flauta. Madeleine sintió ganas de abrazar a la huesuda niña. Daba lo mismo que se sintiera traicionada por Alice: echaba de menos abrazar a su hija; echaba de menos el lustroso olor de su pelo y su carácter vanidoso. Aunque hubiera sido Alice la que le habló a Jared de la granja, ¿cómo podía culpar a una niña de seis años? Madeleine se dio cuenta de que estaba furiosa consigo misma por ser tan ingenua, por no hacerle caso a Burton cuando le dijo que no la llevase allí. Acarició la cabeza de Danuta y cruzó las manos a su espalda.

Un grupo de hombres subió al techo del vagón. Vestían gabardinas negras en perfecto estado, algunas incluso bordadas, no les faltaba ni un botón. Le abrieron paso a su líder. Él cojeó hasta situarse al frente y esperó a que la multitud de prisioneras se callase. Su rostro era feroz, lleno de cicatrices, enmarcado por una melena tan larga como la de un jasidí y una barba gris que le llegaba hasta la cintura. El ala del sombrero le dejaba los ojos en sombra.

Ben Zeev respiró hondo antes de hablar.

—Compañeros judíos —dijo en alemán con voz ronca—, habéis sido liberados, pero eso no quiere decir que estéis a salvo. —Dos de los hombres del techo traducían sus palabras al polaco y al yidis—. Ojalá pudiera hablaros de un lugar que fuera el paraíso que todos deseamos.

Algunas palabras apenas llegaban a los oyentes; el grupo se acercó un poco más.

—Una tierra en la que deberíamos gobernar —continuó—. Sin sectores, sin campos de trabajo ni ejecuciones sumarias. Sin aviones ni helicópteros que nos lancen una lluvia de fuego. —Observó atentamente a los liberados, buscando los ojos de cada hombre, mujer y niño. «Uno de los trucos preferidos del demagogo», pensó Madeleine. Recordó los discursos de Hitler anteriores a la *anschluss*, cuando se sentía cautivada pero no lo bastante atemorizada para creer en sus palabras. Jacoba se quitó el sombrero y se abanicó con él mientras Ben Zeev miraba en su dirección—. ¿Sabéis qué lugar es ese?

—¡Palestina! —gritó una de las polacas.

—¡Antzu! —apuntó otra, provocando una oleada de risas.

Antzu, donde Madeleine había vivido antes de dar a luz, era la capital del Sector Occidental y sede del Judenrat, el Consejo Judío. También era la única ciudad libre de la isla. Se animaba a la Cruz Roja y a los observadores norteamericanos para que realizasen allí todas las inspecciones que quisieran. Goebbels incluso permitió que la BBC rodase allí un documental.

Ben Zeev contempló la multitud.

—¡No penséis en Antzu como un paraíso! Allí también vivimos a la sombra de la Casa Verde, bajo los caprichos de un gobernador general con su enorme esposa y sus cinco avariciosos hijos —escupió—. Judíos son sus sirvientes, judíos cuidan su jardín, judíos limpian sus establos...

La mención de los establos atrajo la atención de Jacoba, estaba orgullosa de haber servido allí. Ben Zeev siguió:

—Sus caballos están mejor alimentados que nosotros. En la ciudad hay enfermedades y toque de queda, cloacas a cielo abierto, nubes de mosquitos, vecinos que espían a vecinos. ¿Queréis vivir así?

Un ataque de tos cortó su discurso y le hizo doblarse sobre sí mismo hasta que la barba le rozó las botas. Uno de los traductores dio un paso hacia él, pero Ben Zeev le hizo señas para que no interviniera. Reanudó su discurso entre jadeos.

—Hablo de un lugar donde los nazis no sean una amenaza, donde el Arca reúna los nombres de hombres libres, no de cautivos. Yo os diré cuál es ese lugar...

Silencio

—Madagaskar. Nuestra nueva patria. Pero tenemos que ganarla, tenemos que expulsar a los nazis al mar. —Cada vez jadeaba más—. Entonces, el trabajo tendrá sentido. La construcción de carreteras, las fábricas y las granjas, y la vainilla que ha hecho millonarios a muchos hombres no servirán al Reich sino a nosotros mismos. ¡Este es el momento! Miles de nuestros enemigos están lejos combatiendo en África y no tienen suficientes tropas para controlarnos.

Volvió a toser incontroladamente sin poder recuperar el aliento. Dio un paso atrás e indicó por señas que uno de sus hombres ocupase su sitio.

—¡Estúpido, estúpido! —susurró Jacoba sacudiendo la cabeza—. Mira lo que pasó en la última rebelión. Discursos como ese acabarán matándonos.

Otro de los Judíos de la Vainilla tomó el lugar de Ben Zeev, aunque daba la impresión de sentirse incómodo ante tanta gente. Era unos cuantos años más joven que Madeleine, esquelético y tostado por el sol. A diferencia de la mayoría de aquellos hombres, su gabardina solo estaba medio abotonada. Se frotó la mandíbula e hizo una mueca de dolor. Las palabras parecían resistírsele, no le salían, pero de repente acudieron a él.

Las lágrimas inundaron los ojos de Madeleine, como cuando se imaginó ver a Burton en el matadero

—¡Ay, Dios mío! —murmuró, agarrando la mano de Jacoba.

—No-no os pedimos que os unáis a nosotros —dijo el hombre—. Ni a los ni-niños ni a nadie que se sienta incapaz de hacerlo. Sabemos que to-todos habéis sufrido mucho. Os escoltaremos hasta Zimety, la reserva malgache del noreste. Allí tenemos un campamento. Las condiciones nn-no son óptimas, pero estaréis a salvo hasta que la isla sea nuestra.

Al principio Madeleine no podía creer que fuera él, pero en cuanto lo oyó hablar supo que lo era. Tenía la misma voz clara y el leve tartamudeo, aunque ahora más acentuado. Se preguntó si seguiría furioso con ella.

—To-todos los demás, hombres y mujeres, deberían unirse a la causa. Una segunda rebelión, la Rebelión de los Cerdos, ha empezado, y esta vez nn-no podemos fracasar. Si sabemos combatir lo ba-bastante duro, los norteamericanos apoyarán nuestra lucha.

—¿Como lo hicieron antes? —dijo una sarcástica voz entre la multitud.

—Tienen un presidente nuu-nuevo que ya se ha pronunciado contra esta isla. El Comité Judío Norteamericano está pidiendo que in-intervenga. Tenemos que luchar heroicamente, resistir con firmeza para que el mundo no pueda ignorarnos. Por eso hemos esperado este tren. Sabíamos que os conducían al maa-matadero. Ahora podríais ser carne enlatada, pero lleváis vainilla en vuestra sangre...

—Fusilaron a nuestros líderes —gritó alguien—. Nosotros solo somos trabajadores.

—Entonces id a Zimety y no os avergoncéis por ello. Está a diez días de marcha a pie —señaló tras él. Las nubes estaban a punto de reventar—. Pero antes de iros, pee-pensad en esto. Dentro de una generación, Tana será nuestra nueva Jerusalén. El *Totenburgen* ya no será un monumento en honor a los alemanes caídos, sino que estará gra-grabado en hebreo. Esta isla será un faro para nuestro pueblo, donde quiera que viva. Llevaréis una vii-vida libre y cómoda, y los hijos de vuestros hijos os preguntarán: «¿qué hiciste tú?».

Terminó con esa nota de expectación para buscar la reacción de los allí reunidos, una ovación de rabia y rebeldía. Pero no oyó nada, excepto el eco de sus palabras en polaco y en yidis. Después, nada.

Madeleine pensó en Alice y en los gemelos, y deseó que sus hijos no fueran capaces de encontrar Madagaskar en un mapa. Fue incapaz de contenerse; alzó las manos y aplaudió. Otro par de manos se unió a ella, y otro, y otro más, sin percatarse de la ironía de su aplauso. Un segundo después todos la imitaron, y estalló un rugido de gritos y silbidos. Los judíos subidos al techo del tren lanzaron puñados de lichis a la muchedumbre. Jacoba cruzó los brazos.

—No me digas que estás pensando en unirte a ellos —le reprochó, cuando la algarabía fue disminuyendo.

—Deberías ir a Zimety con Danuta.

—Danuta tiene muchas madres y yo no pienso vivir con una tribu de negros. Quiero volver a Antzu con mi hija. —Se puso el sombrero—. Podríamos ir juntas.

—Yo voy al norte. A Mandritsara.

—Si te dejan ir... —añadió Jacoba.

Los Judíos de la Vainilla estaban reuniendo a los liberados: en la cola del tren los que iban a Zimety; junto a la locomotora, donde estaban pelando y repartiendo piñas, los que se unían a la lucha. El valle se llenó de órdenes. Jacoba sacudió la cabeza.

—Parecen tan malos como los nazis.

—No me detendrán —aseguró Madeleine—. Necesito comida y agua. Abner me ayudará.

—¿Abner?

Ella señaló al judío que había sustituido a Ben Zeev. Seguía a horcajadas en el techo, aunque ahora se había puesto sus gafas. Parecía estudiar a la multitud como si buscase a alguien.

—¿Y por qué iba a ayudarte?

Madeleine se sintió cohibida de repente.

—Porque es mi hermano.

25

Noroeste de Madagaskar, 18 de abril, 16:50 horas

Solo cuatro llegaron a la orilla.

Reuben Salois nadó los últimos metros y se derrumbó en la orilla, a sus músculos no les quedaba ni una gota de energía. Le habían fallado los brazos más de una vez y se había abandonado a las olas. El ansia de abrir sus pulmones al mar le había resultado irresistible, pero Cranley tiró de él varias veces, lo obligó a sujetarse al barril y lo retó a seguir nadando. «Ya han muerto demasiados judíos», decía. Ahora le parecía imposible tener tierra firme bajo los pies: treinta metros de arena blanca como la sal lo separaban de la selva. Cada vez que respiraba, pensaba en lo dulce y doloroso que le parecía el aire. Nadie se movió durante varios minutos.

El recuerdo de su llegada a Mozambique afloró en su mente. Por entonces ya había perdido la cuenta de los días transcurridos desde que había escapado de Madagaskar e iba a la deriva por las brillantes aguas grises, midiendo el tiempo por el deterioro de la piel que cubría sus ya casi inexistentes músculos. Los tiburones lo rodeaban y le cantaban canciones. Primero, con las voces de hermosas mujeres y, después, con el estridente canto de los borrachos acompañado de violines y panderetas. Al final despertó y descubrió que la balsa estaba cerca de la orilla. Rodó sobre sí mismo y casi se ahogó en un palmo de agua. Se arrastró para alejarse del océano, deteniéndose a cada metro para hundir la cara en la arena e invocar los restos de su espíritu. Por delante, siempre lejos de su alcance, tenía una anhelada franja púrpura.

Salois se liberó del recuerdo y se levantó para comprobar el estado de los demás. Sus botas seguían colgadas del cuello y la sal le ardía en la boca; se imaginó atiborrándose de papayas y exprimiendo el zumo de una lima en la lengua. Del equipo solo quedaban Denny y el cabo Grace. Unos diez metros más allá se encontraba Xegoe, apretando su bolsa contra el pecho. Había perdido la gorra.

—¿Dónde está Cranley? —preguntó Salois con los pulmones doloridos. La fuerza de las corrientes había separado el grupo cuando ya se acercaban a la costa—. ¿Y el resto?

Nadie respondió.

Salois deshizo los nudos de los cordones de las botas como si desenrollase una guirnalda y estudió la playa en ambas direcciones. No vio ninguna figura emergiendo de las aguas. En mar abierto, la patrullera nazi seguía a la deriva y humeante. Ordenó a los demás que se levantasen, recuperaran todo el equipo posible y lo llevasen a un cráter abierto en la playa. Su ladera era suave y el fondo estaba sembrado de manchitas rosas. Los hombres se apiñaron junto a él.

—¿Qué hemos podido salvar?

Denny hurgó en las bolsas.

—Explosivos... bengalas de humo... granadas de mano... parecen bastante secas... detonadores... pero nos falta la radio...

—La llevaba Cranley.

—... un botiquín y algo de munición. Eso es todo.

—¿Y las latas de comida?

—Nada. —Denny se sacudió la arena de las orejas—. ¿Qué hacemos, comandante?

—Buscar a los demás. Y después, seguir el plan.

—¿Y si no ha sobrevivido nadie más? No tiene sentido atacar Diego Suárez si alguien no elimina antes el radar.

—El sargento tiene razón —añadió el cabo Grace—. Todo se acabó en el momento que nos abordaron los nazis.

Grace —Gracovitz— era un judío que había escapado de Madagaskar siendo adolescente y por eso pensaba que era el único con experiencia en la isla, hasta que Salois se unió al equipo. Era duro, irritable y depresivo. Los demás lo llamaban el Judío de Oro a causa de su pelo. Sorbía incesantemente bolitas de anís.

—Lo único que podemos hacer —añadió Grace— es cruzar la isla y llegar al punto de extracción.

—No. Cranley está vivo —replicó Salois—. Si no lo encontramos, buscaremos la manera de anular el radar.

—¿Cómo?

—Primero, salgamos de la playa.

Mientras Denny repartía el equipo entre las mochilas, Salois se puso las botas y caminó hacia Xegoe, que estaba tumbado en la orilla. Le ofreció la mano para ayudarlo a levantarse, pero el capitán del velero la rechazó y se levantó solo, sujetando su bolsa.

—Tú eres el culpable de que hayan matado a mis marineros y de que hayan hundido mi barco —le gritó en sus narices a Salois, que retrocedió un paso. Una daga curvada brilló en la mano de Xegoe—. ¡Eres la piel del diablo!

Antes de que pudiera atacar, Grace se lanzó al suelo y arrastró al capitán por las piernas. Xegoe se derrumbó lanzando maldiciones en su idioma natal e intentó alejarse gateando por la arena.

—No, espera —gritó Salois—. No podrás sobrevivir en esta isla sin nosotros.

—Si los nazis lo capturan... —dijo Grace, apuntando al capitán con su pistola.

Una sorda detonación. El suelo tembló bajo las botas de Salois.

Xegoe desapareció. En su lugar solo quedaron unas volutas de humo.

Un instante después de la explosión de la mina, llovió sobre ellos una mezcla de vísceras y *Reichmarks* de oro. El sangriento repiqueteo cesó tan abruptamente como había empezado. Solo quedó el sonido del batir de las olas y los arrullos de los pájaros mesitornis en la selva.

Grace se limpió la sangre de los ojos. Un escalofrío recorrió su nuca.

—¿Por qué habré vuelto?

—Por la misma razón que yo —dijo Salois—. Dentro de tres noches, Diego Suárez iluminará el cielo. Toda la isla lo verá. Y los yanquis vendrán.

La daga de Xegoe estaba sobre la arena con la mano del capitán aferrada a ella. Salois abrió los dedos para liberarla y siguió las huellas del capitán, pisando únicamente allí donde lo había hecho el otro.

—¿Y el botiquín? —preguntó Denny.

—Déjalo. Una vez que aseguremos un sendero hasta la selva, volveremos a buscarlo.

—Yo llevaré los explosivos —se ofreció Grace, queriendo disimular sus dudas—. No podemos volar Diego Suárez sin ellos.

Cuando Salois llegó al humeante cráter, se tumbó sobre la tripa y, delicadamente, hincó la hoja de la daga en la arena hasta el mango. La retiró. Avanzó unos centímetros arrastrándose y repitió la maniobra buscando minas.

Sondeo. Alivio. Arrastre.

Sondeo. Alivio. Arrastre.

Así fueron ganando centímetros.

Se decía que la frontera entre Kongo y Rodesia estaba minada. Salois había oído que en la invasión de las Waffen-SS, los judíos iban en vanguardia. Se trataba de un grupo numeroso sacado del penal de Steinbock, en el África Central, y al que se le ordenó que abriera camino en la frontera. Eran quinientos hombres, uno al lado del otro. El avance fue rápido y los alemanes no perdieron ni un solo vehículo.

Grace primero y Denny después, siguieron el sendero abierto por Salois. Habían cubierto ya diez metros cuando la punta de la daga tocó metal. El aire se congeló en los pulmones del valón. Extrajo la daga de la arena.

—Aquí —señaló a los otros, marcando el lugar con una equis.

—¿Y ahora qué? —preguntó Grace con apenas un susurro.

—No hace falta que susurres. No son sensibles al sonido.

—Tú no llevas un paquete de explosivos encima.

Salois probó el terreno a su izquierda. Sondeó todo lo que le daba la longitud del brazo y, cuando comprobó que era seguro, volvió a deslizarse. Repitió el procedimiento tres veces antes de seguir avanzando hacia la selva. Habían cubierto otros cinco metros cuando Salois volvió a detenerse. El sabor de la sal se volvió acre en su lengua. Tenía que haberle pedido alguna de las bolitas de anís a Grace. Sus dedos temblaban.

—¿Otra mina? —preguntó Denny.

—Necesito unos minutos —respondió con voz febril.

Apoyó la mejilla en el suelo. La arena era cálida, pero bajo ella sentía frío y humedad, como en la playa de Mozambique cuando tuvo que cruzarla arrastrándose por ella. Al final de ella había encontrado una alfombra de flores magentas y azules, y se había atiborrado de ellas hasta que su saliva se volvió magenta y el estómago le ardió. Entonces se había desplomado, mirando el canal de Mozambique y dispuesto a morir. Cuando el sol hubo alcanzado su cénit, había aparecido un pescador por casualidad. Parecía consumido y llevaba las redes sobre los hombros a modo de capa. Al inclinarse sobre Salois, este había captado su aliento etéreo.

—*A morte nao o quer mesmo levar* —había dicho. Y se había reído.

Salois volvió a la realidad al oír un grito:

—¡Comandante!

Se enjugó el sudor del rostro y volvió a escarbar con la daga. Oyó un zumbido distante como el de un avispón encerrado en una lata.

—¡Comandante! Tenemos que movernos.

—No puedes meterme prisa.

—No tenemos elección.

En el cielo, las nubes se oscurecían todavía más. Volando en círculos sobre la patrullera nazi había un helicóptero Valkiria. Bajó el morro y se dirigió hacia tierra.

Salois clavó la daga en la arena y se movió todo lo rápido que pudo hasta que la hoja tropezó con algo duro.

—Otra mina —anunció. Marcó la zona y cambió de rumbo. Estaban a quince metros de los árboles.

El helicóptero llegó a la orilla y pasó aullando por encima de su cabeza. El viento generado por las hélices lanzó una nube de arena a los ojos y a la boca de Salois.

—¿Nos ha ignorado? —se extrañó Grace.

—No —le aclaró Denny—. Va a dar media vuelta para tener un blanco mejor.

Sondeo. Arrastre. Sondeo. Arrastre. Las minas parecían más numerosas a medida que avanzaban. Su propósito era matar a los hombres que escapaban de la selva más que a los que emergían del mar.

El Valkiria completó su giro volando bajo, con las ametralladoras perfectamente alineadas hacia ellos.

Grace se puso en pie y corrió. Salois intentó detenerlo cuando pasó junto a él salpicando arena. Pensó que siempre estaban corriendo, huyendo de los alemanes. La sombra protectora de la selva llamaba a Grace.

Un géiser escarlata. Y un segundo después, la onda expansiva de los explosivos al estallar.

Salois intentó protegerse la cara de los escombros y gritó cuando algo impactó contra su antebrazo.

El Valkiria abrió fuego. Las balas azotaron el mar y fueron acercándose progresivamente a la arena. Denny gateó incontrolablemente.

—¡Camina! —gritó Salois, poniéndose en pie y siguiendo las huellas de Grace. Daba cada zancada tan amplia y controlada como le era posible, como si estuvieran tomando medidas a pasos.

El suelo reverberó cuando las ametralladoras del helicóptero descargaron sus balas contra él. Salois siguió concentrado en lo que tenía frente a él. Ya podía distinguir vides y el dibujo de las cortezas. Otra explosión y otro grito. La sangre y la arena le azotaron su nuca.

Otra zancada. Un paso más y se encontró bajo las ramas.

El Valkiria frenó y quedó flotando sobre el follaje, con las aspas del rotor azotando los árboles. En torno a Salois revolotearon hojas y aves de brillantes colores, manchas de blanco, amatista y esmeralda. Corrió siguiendo los senderos que se abrían en la selva y se cruzaban al azar, tropezó con las raíces y se golpeó con las ramas en la cabeza. Siguió corriendo hasta que la selva lo oscureció todo a su alrededor y ya no pudo oír el tableteo de las ametralladoras. Solo entonces paró.

El caftán de Salois estaba empapado, aunque no sabía si de sudor o de sangre. Le palpitaba el antebrazo hasta el hombro y se subió la manga para examinarlo. Clavado en la carne tenía un molar completo, con la raíz y todo, y una pepita de mercurio en el centro. Grace y sus bolitas de anís. Al arrancárselo hizo un ruido de succión. Se sintió invadido por una culpabilidad que le era familiar, el castigo de estar solo, y volvió a oír la risa del pescador que lo encontró en Mozambique. «*A morte nao o quer mesmo levar.*»

Aquel anciano le salvó la vida. Lo alimentó con caldo especiado y le ofreció refugio hasta que Salois se sintió con fuerzas para reemprender su misión en Inhambane. Allí, uno de los jesuitas hablaba portugués y le preguntó qué significaban aquellas palabras. El misionero le guiñó un ojo.

«La muerte no te quiere.»

Salois hizo rodar el diente entre los dedos como si fuera una joya. Después se internó en la espesura.

26

Línea férrea Tana-Diego Suárez, 18 de abril, 17:00 horas

—¿Abner?
Cuando Madeleine se acercó a él, Abner se encontraba de pie, de espaldas a ella y sobre un montón de alemanes muertos. Otros Judíos de la Vainilla les robaban el pantalón a los cadáveres tras haber reunido todas las armas posibles.
 Su hermano giró en redondo y le dedicó una mirada inquisitiva, filtrada a través de sus gafas, a la que siguió un amago de reconocimiento que terminó en desconcierto. De cerca se le veía más deteriorado: su piel era de un rojizo oscuro debido al sol y tenía las mejillas hundidas. El muchacho regordete de quince años atrás ya no existía. Su pelo largo, lacio y sin vida era ridículo: ella lo recordaba casi rapado en las sienes y la nuca. «Pareces uno de esos nazis», solía recriminarle su madre.
—¿Te conozco? —preguntó. El negro de su gabardina brillaba como las plumas de un pavo real.
—Soy Madeleine.
Su mirada siguió desconcertada.
—Madeleine Weiss —añadió ella, conteniendo un pinchazo de dolor que se convirtió en vergüenza—. ¡Dios Santo, soy tu hermana!
—Mi hermana vive en Inglaterra y está casada con un hombre importante.
—¿No recibiste mis cartas? Nunca recibí respuesta.
—Antes de la rebelión solíamos escribirnos mucho... —Se frotó la barbilla y observó a la mujer que tenía ante él—. ¿Leni?
Un día, cuando ella tenía doce o trece años, Abner volvió a casa tras

una clase de lucha libre y empezó a llamarla Leni. No tardó en convencer a toda la familia —excepto a su padre— para que adoptaran ese nombre. Ella lo odiaba. Nadie había vuelto a llamarla así desde que huyó de Viena. Un inesperado sollozo pugnó por surgir de su garganta y tuvo que taparse la boca para ahogarlo.

—¿Leni? ¿Madeleine? —repitió incrédulo pero divertido—. No puede ser.

Su hermano la abrazó intensamente, con tanta fuerza que no pudo liberar los brazos para corresponderle. Era como estar inmovilizada por un esqueleto. Madeleine creyó que la había reconocido desde el primer momento y que había estado tomándole el pelo.

—¿Qué haces aquí? —preguntó él, soltándola—. Tendrías que estar en Inglaterra, tan a salvo como el rey.

Se había enfurecido cuando ella huyó de Viena y él no pudo seguirla. La bombardeó a preguntas, lanzándole a la cara un aliento acorde a sus dientes podridos.

—El rey murió el año pasado, ahora tendremos una reina —aclaró ella, sintiendo que su cerebro estaba a punto de explotar. ¿Cómo podía explicarle todo lo que le había pasado?

Enterrada en la Ley de Evacuación de Eden que autorizaba el exilio de los judíos británicos, había una cláusula referente a los matrimonios mixtos. La solución más fácil era la anulación, lo que implicaba la deportación del cónyuge judío. Los que eligieran seguir casados tendrían que obtener una licencia para su consorte. Toda descendencia quedaba sujeta a una estricta directriz conyugal: ningún hijo de un judío podría casarse con otro judío ni podría tener hijos o nietos de judíos. Así, como establecían las Leyes de Núremberg, el problema dejaría de existir en apenas tres generaciones. Los abogados de Germania echaron humo, hasta que les dijeron que Hitler opinaba que debían «cerrar los ojos ante las pequeñas irregularidades». No estaba dispuesto a caer en la trampa de empezar una guerra por un puñado de irreverentes. Antes de que Lyall y Russell se llevasen a Madeleine hasta Tana, le hicieron firmar los papeles de divorcio que había preparado Cranley. Su firma anulaba toda protección legal.

—Me deportaron —confesó ella.

—¿Y tu marido? ¿Por qué no te mandó a Estados Unidos? Erais ricos.

Madeleine sacudió la cabeza sin responder.

—Al menos tendrían que haberte enviado al Sector Occidental...

—Lo hicieron. A Antzu.

—Entonces, ¿qué hacías en ese tren?

Todas sus preguntas sonaban como una acusación. Jacoba apareció junto a ella. Había estado admirando los caballos.

—Ya te lo dije, este es el tren de los Destinos. Os ha reunido a los dos.

—¿Quién es ella?

—Una amiga.

—Me voy a Antzu —sentenció Jacoba—. Vuelvo a la civilización.

—Bien. Puedes llevarte a Leni contigo. —Abner siempre había dado por hecho que le decía lo que tenía que hacer; era la tiranía del hermano pequeño—. Si camináis toda la noche, llegaréis allí mañana.

—No —cortó Madeleine.

—No me digas que piensas unirte a la rebelión, Leni —dijo su hermano, dejando escapar un bufido desdeñoso—. Nunca fuiste una buena luchadora.

Cuando se enfrentaban en casa, no importaba lo ferozmente que lo golpeara, Abner siempre terminaba indemne. En cambio, en cuanto ella recibía el más ligero golpecito su piel se tornaba de color malva.

—Quédate con tu amiga —concluyó Abner.

—No pienso ir a Antzu.

—Es el lugar más seguro de la isla...

—Ben Zeev no opina lo mismo.

—Solo es propaganda para que los polacos crean que podemos ser tan malos como ellos, para convencerlos de que se unan a la lucha. Los necesitamos. Pero tienes una oportunidad que ellos nunca tendrán. —Se quitó las gafas y la miró fijamente—. Sigo sin comprender por qué estabas en ese tren. Si no hubiéramos tendido la emboscada, habrías terminado en la reserva.

—Estuve en el hospital...

—¿Estás enferma?

—Me quitaron la ropa, la documentación, mi... me lo quitaron todo. Después no podía ni hablar.

El *shock* del nacimiento de sus hijos la había dejado muda. Cuando le dieron el alta seguía sin poder hablar. La llevaron al despacho de un *Hauptsturmführer*, que le exigió saber en qué sector vivía y dónde estaba su documentación. Su silencio imperturbable lo enfureció. La inclinó sobre la mesa de despacho y se aflojó la hebilla del cinturón. A ella no le importaba lo que pudiera hacerle. Contó seis azotes, pero ninguno logró que lanzase un simple murmullo. Toda sensación se había reducido a una sola imagen, la de Cranley mirando la sangre que manchaba su pañuelo mientras se la llevaban. Antes del séptimo latigazo el *Hauptsturm-*

führer estalló en lágrimas, balbuceando sobre la presión a la que estaba sometido, las cosas que lo obligaban a hacer y lo mucho que añoraba a su mujer y a sus hijos. Firmó un documento y se lo entregó a Madeleine. Un viaje en camión, otro en tren y al final, el matadero. Sobre los días anteriores, los de los análisis y las exploraciones, sobre sus llantos y sus pechos que no amamantaron, se negó a pensar.

—Quiero volver allí, a Mandritsara —dijo Madeleine con firmeza.

—Está en la Reserva Sofía —replicó su hermano—. Los nazis dicen que es «una instalación para tratamientos especiales». Acabo de recuperarte, Leni, no quiero perderte otra vez.

—Estaba embarazada. Me robaron mis hijos.

—Entonces, ya están muertos.

Lo dijo con tanta seguridad que sintió ganas de abofetearlo. Madeleine lo miró a los ojos negándose a creerlo y, por primera vez, comprendió que su hermano pequeño había visto demasiada muerte para que aquello pudiera conmoverlo.

—El doctor dijo que eran buenos especímenes. No los mataría.

—Lo siento, Madeleine. Allí llevaron hombres con la fu-fuerza de Sansón y nunca volvieron. —Su tono seguía siendo monocorde—. Cuentan historias de experimentos, inyectan la malaria, el tifus... Nos dan drogas como si fuésemos ratas de laboratorio.

Madeleine se tapó las orejas como si fuera una niña y aulló.

—¿Cómo puedes decirme eso?

—Para que no vayas allí. Para ahorrarte una agonía —respondió casi gritando—. Lo me-mejor que puedes pensar es que eran demasiado pequeños para saber lo que les estaba pasando.

—¡Abner!

El grito provenía del techo del tren. Uno de los Judíos de la Vainilla señalaba la cima del valle. Silueteados contra las nubes se veían en fila hombres con salacots y fusiles.

—La Jupo —maldijo su hermano entre dientes—. Tenemos que movernos.

—¿Qué?

—La policía.

—Pero son judíos...

—Sí.

—Entonces ¿por qué tenemos que irnos?

La Jüdische Polizei —la Jupo— había sido creada por las SS. Su misión era mantener el día a día del orden público y acosar a los resistentes.

—Quédate aquí, volveré lo antes posible —dijo Abner. Sonrió, mostrando de nuevo sus dientes podridos—. Me alegra haberte encontrado, Leni.

Cuando ya se había ido, Madeleine dio varios pasos mirando a la distancia. El sol se hundía tras las montañas. Jacoba la siguió y le tiró de la manga hasta que logró detenerla.

—Tu hermano tiene razón, solo intenta salvarte.

—Mis hijos están vivos, lo sé —aseguró, frotándose la nuca que a Burton tanto le gustaba mordisquear—. Y nadie va a impedir que vaya a buscarlos.

—Al menos, despídete de tu hermano. Yo nunca tuve esa oportunidad con mi hija. ¿Y si no vuelves a verlo?

Los Judíos de la Vainilla bullían a su alrededor preparándose para partir. A través del espacio entre los vagones, Madeleine vio una procesión guiada por hombres a caballo que se dirigían hacia Zimety; en la retaguardia, Danuta y unos cuantos niños los seguían sujetos a una cuerda para no perderse. Madeleine pensó en los noticieros cinematográficos que había visto sobre judíos soviéticos que llevaban a Siberia: hileras de cinco hombres que se prolongaban casi veinte kilómetros avanzando penosamente hacia el este. Halifax había dicho que ningún judío británico sufriría tal infortunio.

—Ben Zeev me envía a Antzu —dijo Abner cuando volvió. Llevaba un fusil, una mochila y varias botellas de agua. Se había recogido el pelo en una cola de caballo—. El Consejo Judío tiene que saber que están llevando a los nuestros a las reservas. No pueden seguir ignorándolo.

—Jacoba puede acompañarte —replicó Madeleine agriamente—. Está ansiosa por volver a trabajar en los establos.

—Leni, por favor, no hay tiempo para discusiones. Vamos a volar el tren, y eso atraerá a más policías.

—Pero son judíos, ¿qué importa?

—La última vez que nos topamos con ellos, el encuentro terminó en sangre. Los jupos quieren confiscarnos las armas y entregarnos a los nazis...

La locomotora explotó.

En la cima del valle la policía judía estalló en gritos. Se lanzaron masivamente por la ladera como si cargasen en una batalla antes de que los adelantaran los oficiales montados. Los caballos estaban desenfrenados y parecían hambrientos; el suelo retumbaba bajo sus pezuñas. Madeleine y Abner corrieron en dirección contraria; la hierba húmeda les azotaba las rodillas. Jacoba no podía mantener su ritmo y Madeleine frenó un poco su carrera para animarla.

No tardaron en encontrarse solos, en medio de un paisaje esmeralda y bajo las nubes amenazantes. El ambiente era caluroso y asfixiante. Aparte de la refrigeración de la sala del hospital, Madeleine no recordaba haber sentido frío desde su llegada a Madagaskar. Añoraba un tiempo más fresco como añoraba las largas caminatas que daban Burton y ella por la costa de Suffolk, con el mar desvaneciéndose bajo la niebla y sus pasos sobre los guijarros como único sonido audible. O cuando hacía excursiones con su padre los años en los que se iban de vacaciones los dos solos. Caminaban todo el día absorbiendo el aire de la montaña, y Madeleine disfrutaba del paisaje y de sus pensamientos, aunque no los expresara en voz alta. Abner se enfadaba porque no lo invitaban. Cuando volvían a casa, descubría que le faltaban botones a alguna de sus blusas o que su lata secreta de dulces estaba vacía.

Entre sus recuerdos se abrió paso una pregunta; la pregunta que debería haber hecho antes.

—Abner, ¿qué sabes de nuestros padres?

—¿Ahora piensas en ellos? —contraatacó él, mesándose la barba—. Papá se fue a América.

—¿Y os abandonó al resto?

—Solo es una expresión, una forma de hablar —aclaró con un bufido desdeñoso—. Murió durante la travesía. Sin enfermar, sin que tuvieran nada que ver los guardias. Una mañana despertó... y se rindió. Solo nos dedicó una mirada vacía y apenas un susurro. —Su dolor parecía reciente—. Tres días después lo lanzaron al mar en alguna parte de Südwest Afrika.

Ella sintió que Jacoba le cogía la mano y le agradeció la húmeda palma en contacto con la suya.

—¿Mamá?

—Sigue viva.

—¿Me ha perdonado?

—Nunca deja de hablar de ti: «Madeleine era tan buena hija, tan lista por marcharse a Inglaterra. Demos gracias porque uno de nosotros está a salvo.»

—Cuando llegué a Antzu pasé semanas buscándola, buscándoos a todos. Llamé a todas las puertas de la ciudad.

—Aunque hubieras probado en el Arca, no nos hubieras encontrado. Después del primer levantamiento nos trasladamos a Zimety, era más seguro. Sigue allí con Leah. —La hermana mayor de Madeleine.

—¿Cómo están?

—Mamá ya es muy vieja y está enferma; tiene malaria. Leah se casó aquí, en Madagaskar. Fue un día muy feliz, si eras capaz de obviar la lluvia, los mosquitos... y los nazis. —Sonrió ante el recuerdo.

Madeleine pensó en su solitaria boda. Para evitar verse agobiada por los muchos invitados que podía aportar el novio, Jared organizó una ceremonia íntima, aunque siempre sospechó que fue para evitar tanto su propia vergüenza como la de ella.

—¿Y el pequeño Samuel?

—Se unió a los Vainillas como yo. Creció y se hizo todo un hombre. —La voz de Abner vaciló—. También se fue a América hace pocos meses. Fue uno de los primeros mártires de la nueva rebelión. Míralo tú misma.

Acabó de remangarse y le enseñó el antebrazo. En la muñeca tenía un número tatuado: 6112195. Más arriba había otros tatuajes toscamente entintados en la piel, ocho en total. Abner señaló el último, que todavía conservaba alguna costra.

—Ese es Samuel.

—No lo entiendo.

—Es una tradición entre los Vainillas. Cada vez que cae un camarada, uno de nosotros añade su número para que no sea olvidado. Somos monumentos andantes. Algún día podremos grabar todos los números en piedra.

—¿Quiénes son los otros?

—Hombres que combatieron por un futuro mejor —sentenció con un tono piadoso.

Madeleine contempló la lista de números en su brazo. Durante sus primeros meses en Londres, escribía a sus padres cada semana y recibía cortas contestaciones, pero llegó un momento en que las cartas de Viena dejaron de llegar. En los años siguientes intentó descubrir lo que les había pasado. No sabía dónde se encontraba su familia durante la Operación Barbarroja de Himmler, si los habían embarcado hacia Madagaskar o los mandaron a Siberia. Nadie de la Cruz Roja pudo ayudarla. Asuntos Exteriores la rechazó y las demás instituciones judías la trataron con una palpable indiferencia, antes de que el departamento encargado de los refugiados fuera transferido a la Oficina Colonial. Se abrió paso con ruegos y súplicas a través de muchos despachos oficiales, hasta que su tenacidad la llevó al despacho de Jared Cranley. Él fue muy atento e insistió en que tomase una taza de té y unas galletas mientras charlaban, sin prestar atención a su vestido raído. Por entonces su búsqueda era cotidiana y llenaba las solitarias horas cuando no estaba trabajando. Se había resignado a creer que su padre, su madre, sus hermanos y su hermana estaban muertos, si no quemados o enterrados, tan lejos de su alcance como su infancia. Madeleine los había llorado mucho tiempo, rezó *kaddish* durante once meses —por sí misma, no por Dios—; entonces cogió unas tijeras para cortarse el pelo.

Oyendo ahora su destino, sintió la tristeza superficial que suele sentirse ante la tragedia ajena, como si leyera las necrológicas de un periódico. Su corazón estaba tan lleno de dolor por Burton y los gemelos que no le quedaba espacio para más.

Dejó de caminar y tocó el brazo de su hermano.

—¿Qué número es el de papá?

—Murió antes de que nos tatuaran. Fue Globus el que ordenó marcarnos, una de sus *innovaciones* para controlar a la población. Yo llevo a papá aquí. —Abner se palmeó el pecho—. Cuando te fuiste, le rompiste el corazón.

—Tú rompiste el mío cuando decidiste quedarte. Podríamos haber ido a Nueva York. Todos. Como una familia.

—El mundo nos cerró sus puertas, ¿te acuerdas? —Su voz era dulce, traviesa—. Si llego a marcharme contigo, mamá nunca me lo hubiera perdonado. No vayas a Mandritsara, Leni.

—Yo no tengo número —dijo ella mostrándole la muñeca.

—¿Cómo?

Madeleine se encogió de hombros.

—No puedes detenerme. —Y se alejó un paso de él.

—¿Y qué piensas hacer después? ¿Nadar hasta Inglaterra? —dijo con el mismo tono burlón de su niñez, como si las privaciones de Madagaskar no hubieran cambiado nada.

—Calmaos —intervino Jacoba, intentando tranquilizarlos.

—¿Es que piensas nadar con ella?

—No. Pero deja que conserve la esperanza.

De repente, Madeleine deseó estar sola. La opresiva historia de su familia, suavizada en su memoria por el tiempo de separación, volvió a ella con toda su fuerza. La primera vez que llegó a Londres, a veces pensaba que no solo había huido de Hitler.

Abner bajó el arma. No le apuntó directamente a ella, pero sí permitió que el cañón flotara en su dirección. Madeleine lo ignoró, se orientó hacia el sol menguante y se alejó caminando. Como si alguien hubiera pulsado un interruptor, empezó a llover.

—¿Adónde vas? —preguntó Abner a su espalda. Como no respondió, le gritó—: ¡Niña estúpida! ¡Vas en dirección contraria!

—Mandritsara está al norte.

—No desde aquí. Pasasteis cerca hace veinte kilómetros. Ni siquiera sabes dónde estás, Leni.

Madeleine se detuvo. Tenía el pelo empapado pegado al cráneo. Giró en redondo intentando orientarse. Su hermano trotó hasta llegar a su lado.

—Hazle caso, por favor —le recomendó Jacoba.

—Perdóname, Madeleine. No sé por qué, pero me he portado como un idiota. Yendo sola no conseguirás llegar a Mandritsara. Igual podrías tumbarte aquí mismo y dejarte morir. Si quieres tener alguna oportunidad de salvar a tus hijos, ven conmigo a Antzu. —Su voz era persuasiva—. Hablaremos con el Consejo, intentaremos que nos cedan hombres y armas.

—¿Desde cuándo el Consejo ha hecho algo más que hablar?

—Conozco a uno de los ancianos. Él nos ayudará.

Ella no sabía si confiar en su hermano o no.

—Solo si me dejan ir contigo a Mandritsara. Hasta el mismísimo hospital. Son mis hijos.

—Ya te he dicho que no eres una luchadora.

—La vida cambia.

—Leni, vi lo que pasó con el soldado que estaba bajo el tren.

—¿Qué?

—No pudiste apretar el gatillo. A pesar de todo lo que te ha pasado, no tienes estómago para ello. —Había nostalgia en su expresión. Gratitud—. Ni odio suficiente.

—No necesito que me des lecciones sobre el odio. Pelearé. No tengo miedo.

Abner la miró a los ojos y se inclinó hacia ella; la lluvia le corría por la cara.

—Lo tendrás —susurró—. Lo tendrás.

27

Lava Bucht, Madagaskar, 20 de abril, 02:00 horas

La agobiante humedad de la selva terminó abruptamente y se encontró frente al mar. Burton miró hacia arriba arqueando el cuello para leer el nombre del crucero. La imagen de un acantilado de acero albino llenó su visión.

El *Wilhelm Gustloff* se alzaba en la noche, escorado y gangrenado, desgastado por la brisa marina. Tenía más de doscientos metros de eslora, el cristal que quedaba en las claraboyas y en los ojos de buey estaba agrietado, y desde la proa hasta la línea de flotación bajaba una cicatriz de remaches. Las torres de comunicaciones habían sido cortadas y los botes de salvamento habían desaparecido. Solo unos leves rizos de humo sugerían que el barco estaba habitado.

El *Gustloff*, un crucero con capacidad para mil quinientos pasajeros, se botó en 1937 como buque insignia del KdF. Tras Dunquerque se habilitó como transporte de tropas para la Operación León Marino, la invasión de Inglaterra. Y cuando se declaró la paz, se convirtió en barco hospital con el que repatriar los heridos en la Operación Banana, la conquista alemana del África Oriental. En la víspera de su vuelta al KdF como crucero turístico, uno de los ayudantes de Eichmann calculó que el *Gustloff* podía transportar unos seis mil judíos hasta Madagaskar. Cuando el KdF protestó, Himmler intervino personalmente y declaró que el pueblo alemán prefería una Europa libre de judíos que el supuesto *glamour* de unas vacaciones.

Tünscher emergió de entre los árboles. Desde que estaban en la isla parecía más tenso, menos fanfarrón.

—Veo que la encontraste —dijo, encendiendo un cigarrillo y contemplando la nave. Habían pintado una estrella de David en la chimenea—. El Arca.

Estaba atracado en medio de la bahía, con la popa más baja que la proa, como si soportase una inmensa carga. Una serie de pasarelas de bambú, iluminadas por escasas farolas, conectaban el *Gustloff* con tierra firme.

Tünscher sacó un pequeño telescopio plegable del bolsillo y miró por él.

—Y aquello es Analava —anunció, antes de pasarle el telescopio a Burton—. Una ciudad judía.

Pudo ver, alejada de la orilla, entre los manglares, una masa desvencijada de cabañas levantadas sobre pilones. Sobre ella flotaba un hedor semejante al de una cloaca.

—La gobierna la Jupo, la policía local, que controla el barco.

—¿Por qué?

—El Arca guarda fichas de todos los judíos. Es cuanto necesitas para demostrar que alguien está aquí y vive. —Le dio una calada al cigarrillo, la punta destelló—. Y más allá de la ciudad, ocultos en la oscuridad, están los Judíos de la Vainilla... que no se fían de que la policía haga un buen trabajo.

—¿Y qué hay allí? —preguntó Burton, apuntando con el telescopio al lado opuesto de la bahía. Rodeado de verjas y focos se veía un cúmulo de barracones. Burton llegó a distinguir helicópteros Valkiria y aerodeslizadores.

—Una base de las SS —explicó Tünscher—. Para vigilar a los vigilantes, y para decirle al Comité Judío Norteamericano que se joda. No te preocupes, se supone que no deben acercarse. Es parte del acuerdo.

—Entonces ¿a qué viene esto?

Ambos iban vestidos como *Sturmbannführers*, no con el uniforme negro con el que se había disfrazado Burton en el Kongo, sino con el uniforme tropical de Madagaskar: chaqueta con hombreras y pantalón *tropenhosen*, las dos cosas de algodón color tostado, camisa de color paja, cinturón Sam Browne y gorra flexible adornada con una calavera plateada.

—Aquí todos los judíos se conocen, no podemos fingir que somos uno de ellos —dijo Tünscher, que terminó el cigarrillo y tiró la colilla—. Además, parecemos demasiado bien alimentados. ¿Qué quieres? ¿Que finjamos ser un judío valiente que se atreve a discutir con un comandante de las SS? Confía en mí, es la mejor forma de subir a bordo.

Tünscher los guio por el barro hasta el muelle más cercano. Un hidroavión de contrabandistas italianos los había llevado desde DOA aquella misma noche y amerizaron en una bahía varias millas al sur del Arca. Burton y Tünscher habían remado hasta la orilla y después se abrieron paso entre los tamarindos. No portaban más equipo que sus armas. En cuanto Burton localizase a Madeleine, recogería sus cosas del hidroavión y se dirigiría solo hacia el interior. Tünscher lo esperaría en Roscherhafen antes de volver a volar para recogerlos... o «para recoger mis diamantes», como solía decir.

El embarcadero estaba custodiado por la policía judía armada con porras. Tünscher pasó junto a ellos con el paso confiado del que no admite intromisiones y una mano apoyada en la cartuchera, y siguió por una serie de oscilantes pasarelas hasta una torre que se alzaba en medio de la nave. Las escaleras crujieron cuando subieron por ellas. De cerca, el *Gustloff* tenía un aspecto leproso a causa de las manchas de óxido. Burton vio en el agua un semicírculo de minas marinas rodeando el barco como un collar de perlas negras.

—Déjame hablar a mí —dijo Tünscher cuando llegaron arriba.

Salieron de la torre y pasaron a una zona de recepción. No tenía más decoración que un mural con tres conejos que se perseguían mutuamente y una mesa con dos judíos tras ella. Llevaban gafas y uniformes desaliñados.

Tünscher circunvaló la mesa e intentó abrir la escotilla que daba paso al interior del crucero.

—Abrid —ordenó al ver que no se movía.

—*Herr Sturmbannführer*, con todo respeto, debo pedirle su identificación y su autorización —dijo uno de los judíos levantándose y señalando un libro encuadernado en cuero que descansaba sobre la mesa—. También necesito que firme el libro mayor.

—¿Quién lo dice, Solomon?

Burton se sentía inútil en aquel tipo de situaciones, pero Tünscher las disfrutaba. Una vez le dijo que tendría que haberse unido a un grupo de teatro y no a la Legión.

—Es el protocolo... —respondió el judío sin levantar la vista de sus pies.

—¿Has oído? —le dijo Tünscher a Burton—. Ahora resulta que el puto judío me da órdenes. —Se quitó la gorra y la dejó en las manos del judío—. ¿Ves eso? Eso es toda la autorización que necesitas. Ahora, abre la puerta.

—Por favor, *Sturmbannführer*...

Tünscher desenfundó su arma, agarró al judío por la oreja y lo arrastró hacia la puerta. Al pasar junto a Burton le guiñó un ojo.

—¿Están ustedes con el *Oberstgruppenführer*? —preguntó el segundo judío poniéndose en pie.

Burton y Tünscher intercambiaron miradas.

—Es que estuvo aquí hace poco —añadió el judío, señalando el libro mayor—. Si vienen por el mismo asunto, seguro que podemos saltarnos algunas formalidades.

—Claro que trabajamos con él —dijo Tünscher, soltando a su presa—. ¿Por qué habríamos venido a este estercolero si no?

—Entonces, por favor... Parpadeando tras las gafas, el judío desbloqueó la puerta y asintió con la cabeza a modo de bienvenida.

—Buscamos la sección C —dijo Burton.

—Las cubiertas están ordenadas por orden alfabético de arriba abajo. La C se encuentra en este nivel, hacia proa.

—¿Y la W?

—En la cubierta más profunda. Allí las luces no son muy buenas, pero encontrarán lámparas junto a las escaleras.

Burton se adentró en la nave.

Durante varios años el *Gustloff* había navegado de Trieste a Diego Suárez y viceversa, hasta que en 1947 el casco se resquebrajó cuando se acercaban a Madagaskar. Fue durante la primera rebelión, cuando Estados Unidos envió un acorazado a la zona. Los pasajeros vieron las barras y estrellas, y creyendo que iban a ser rescatados, se amotinaron. Hubo un consejo de guerra, que acordó que el capitán no había tenido más remedio que hacer naufragar el barco. En los compartimentos de popa se ahogaron cientos de personas. Se repararon los daños, pero cuando los ingenieros informaron de que sería demasiado costoso restaurar el crucero por completo, el *Gustloff* fue remolcado hasta Lava Bucht —Lava Bay era una ensenada situada al noroeste de la isla—, y lo abandonaron allí hasta que Heydrich le encontrase un nuevo uso.

Mientras, la revuelta y la brutal represión continuaron. La población judía norteamericana exigió que se tomaran medidas a pesar de la proclamada neutralidad del país. Washington presentó un ultimátum en el que insistió en que los judíos de Madagaskar debían ser los guardianes de sus propios archivos, ya que mientras las SS controlaran las fichas, Globus podría actuar con impunidad. Ese sería el peaje de la no intervención y de la conciencia norteamericana. Heydrich convenció al Führer de que era una nimiedad que valía la pena pagar.

La puerta se cerró con un clonc que reverberó en los mamparos, pero se ahogó al instante. El aire en el interior estaba enrarecido: la fetidez de un mausoleo espesada por la putrefacción de la humedad y por el olor de fritos. Burton sintió que se le agarraba a la garganta.

Se encontraron en un lóbrego pasillo. La tarima se combaba bajo sus botas y de las vigas caían esquirlas de metal. Era la cubierta tapada de paseo, donde alguna vez los turistas alemanes deambularon al compás de Mozart saliendo por el sistema de altavoces o dormitaron en tumbonas antes de la siguiente ronda de actividades obligatorias. Ahora estaba atestada de hileras y más hileras de archivadores. Cientos de ellos se extendían en ambas direcciones, con un mínimo espacio entre una hilera y otra..

Burton agitó el aire con la mano.

—Podías haber sido más amable con esos judíos.

—Hemos entrado, ¿no? —respondió Tünscher.

Cada archivador constaba de cinco cajones, el primero de ellos a la altura de la cabeza de Burton. En el frontal de cada cajón podían verse tres letras escritas en alfabeto gótico, y en hebreo debajo, indicativas de las fichas que contenía. Burton leyó las más cercanas: CAL

Se dirigieron hacia la proa de la nave, pasando por los archivadores con las letras CAL, CAM y CAN, hasta que el prefijo CA dio paso al CE. Burton sintió la presión de los nombres que los rodeaban, de la silenciosa cacofonía de millones de fichas. En algunos puntos, el entarimado había cedido y tuvieron que seguir avanzando por las vigas de hierro que corrían bajo él. Sus botas resbalaban en el moho de las vigas al pasar frente a los archivadores con las letras CH.

De repente sintieron un golpe metálico.

Burton se sorprendió. Había estado concentrado en el suelo, observando las maderas para evitar las más frágiles. Un tobillo dislocado e ir del Arca a Madeleine se haría imposible. Tünscher había cerrado con violencia el cajón de un archivador.

—¿Qué ha sido eso? —preguntó Burton.

—Las fichas que empiezan por COL —contestó Tünscher, señalando las tres letras. Los espacios cerrados no le gustaban y la claustrofobia le hacía perder los nervios. Sonrió para intentar recuperar su sarcasmo—. Si nos quedamos aquí mucho tiempo, será nuestro fin.

Cuando llegaron a las letras CRA, Burton comenzó a abrir cajones buscando el apellido Cranley, aunque sospechaba que allí no encontraría a Madeleine. Todos los cajones estaban llenos de fichas, y el olor del papel podrido impregnó su nariz.

Tünscher se agachó entre dos archivadores y encendió un cigarrillo.

—¿Crees que fumar es buena idea? —protestó Burton—. Una brasa, una chispa que salte y...

Tünscher se encogió de hombros y aspiró profundamente. La brillante punta del cigarrillo le iluminó los ojos, dos pequeños agujeros negros. Burton frunció el ceño.

—¿Estás fumando un Bayerweed? —Tendría que haberse dado cuenta en Roscherhafen.

Tünscher asintió con la cabeza y le ofreció el cigarrillo. Burton se negó y él volvió a dar una profunda calada.

Los Bayerweed eran cigarrillos de tabaco mezclado con heroína. Al principio se les prescribían a los soldados con problemas respiratorios ocasionados por el aire helado de Siberia, pero no tardaron en llegar a todas las guarniciones al este de los Urales, hasta que Germania prohibió su producción. En los meses que siguieron, se produjo un rápido incremento del número de soldados que sufrían un colapso nervioso. La prohibición se olvidó rápidamente.

—No te preocupes —dijo Tünscher dando una última calada y apagando su cigarrillo contra un archivador—. Estas cosas mantienen mi mente clara... y enmascaran el hedor.

Burton volvió a las fichas, revisándolas con una tensa determinación. El sudor le resbalaba por las sienes hasta las orejas. Se quitó la gorra y la guardó en el bolsillo. Encontró treinta Cranleys, pero ninguno era Madeleine. Cerró el cajón violentamente, lo que levantó ecos en los pasillos.

—¿Y ahora qué? —preguntó Tünscher.

—Ahora iremos abajo. Buscaremos por Weiss.

—¿Weiss?

—El apellido de soltera de Madeleine. Su apellido judío.

28

—¡Más potencia! —gritó Globus mientras subía a la cabina—. ¡Hazlo rugir!

Llevaba puesto su uniforme y una botella de coñac VSOP de treinta años en la mano. Era la segunda de la tarde. El piloto pisó el acelerador y el aerodeslizador levantó la espuma por la bahía. El convoy consistía en tres aparatos: el transporte en el que iban Globus y sus invitados, y dos de escolta, más pequeños y armados con ametralladoras.

A medida que los ejércitos del Reich penetraban más profundamente en territorio ruso, iban sobrepasando las instalaciones de investigación antes de que los soviéticos tuvieran la oportunidad de destruir sus secretos. Una vez purgados de la ideología comunista, se vio que esos trabajos eran un tesoro de nuevas armas. El diseño inicial de los BK44, el ubicuo fusil de asalto alemán utilizado en toda África, había sido robado de un ingeniero llamado Kaláshnikov. En Gorky descubrieron el prototipo de un aerodeslizador, ya perfeccionado y listo para entrar en servicio. Globocnik lo utilizó durante su estancia en el este, y no dudó en añadirlo a su arsenal de Madagaskar. Era ideal para patrullar por los manglares de la costa occidental.

—¡Vamos, vamos! —animó Globus, dando palmaditas en el hombro del piloto—. ¡Pisa a fondo! Quiero despertar a toda la ciudad. Que esos judíos sepan de lo que somos capaces.

Aquella exhibición no era solo por los judíos. Volvió a la cabina y se dejó caer en su asiento. En el banco opuesto, con las rodillas muy juntas pero los tobillos separados, se encontraban su cuñada Gretta y Romy, una de sus secretarias, ambas con vestidos de lentejuelas de color rojo cereza, especialmente elegidos por él. Sus ojos parecían nublados a causa del alcohol.

Los tres habían visitado la base de Lava Bucht como parte de la gira por la isla con motivo del Führertag. Quería visitar tantas guarniciones como le fuera posible, excepto Diego Suárez, que quedaba bajo la jurisdicción de la Kriegsmarine. Globus estaba dispuesto a demostrar que seguía manteniendo el control con puño de hierro. En las inspecciones siempre llevaba con él un par de chicas; creía que era bueno para la moral de las tropas que vieran unas faldas. Habían comido salchichas blancas y pretzels con el comandante de la base, y bebieron Riesling y coñac, y entonaron canciones folklóricas antes de exponer las verdaderas razones de su visita y sugerir una excursión en aerodeslizador. Gretta y Romy estaban entusiasmadas ante la idea de visitar el *Gustloff*, pero el comandante palideció.

—Contando a *Herr* Hochburg, su visita será la tercera en tan solo cuarenta y ocho horas —informó—. A estas alturas los judíos estarán alerta y la selva está llena de rebeldes. No puedo garantizar su seguridad.

—Y ahora me recordarás que no somos bienvenidos en el Arca —respondió Globus haciendo un gesto displicente.

—Nunca me atrevería, *Obergruppenführer*, pero usted sería un rehén de lo más valioso. —Se mordió el labio—. Debería llevar escolta, una radio y una pistola de bengalas. Déjeme poner la base en alerta.

—¿Veis lo mucho que se preocupan mis comandantes por mí? —exclamó Globus, dirigiendo una sonrisa a las dos chicas.

El aerodeslizador pasó del agua a las marismas que rodeaban el *Gustloff*, haciendo bascular las lámparas del embarcadero. Globus ayudó a las chicas a desembarcar, le dio un trago a la botella de coñac y se la pasó a ellas. El aire era salobre.

—Cuando me libre de esta apestosa isla, cuando ya sea gobernador de Ostmark, el KdF bautizará uno de sus cruceros con mi nombre. —Un placer infantil iluminó su rostro—. ¡El crucero *Odilo Globocnik*, el mayor del mundo!

Condujo el grupo hasta la torre de entrada. Lo acompañaban —además de Gretta y Romy— seis soldados armados con BK44 y el *Hauptsturmführer* Pinzel, el oficial de enlace entre Tana, Lava Bucht y el Arca. Era una especie de armario, rubio, con gafas y los rígidos modales de los graduados en la Academia Colonial de Viena. Cada vez había más hombres como él en las filas de las SS. Globus temía por el futuro. El imperio lo habían construido hombres capaces de mear a cincuenta grados bajo cero, sin importarles que su orina se congelase antes de llegar al suelo; pero llegaría el día en que aquellos colegiales acabarían mandando. Al menos Pinzel parecía lo bastante inteligente como para demostrar que llevaba en el pantalón algo más que un simple diploma, aunque a Globus no le gustaba la forma en que miraba a Gretta. El *Hauptsturmführer* le había informado de la segunda visita, no autorizada, de Hochburg al *Gustloff*, el verdadero motivo de su presencia allí.

—El gobernador general —anunció Pinzel en cuanto llegaron a la entrada del crucero. Tenía voz como de xilofón—. Tratadlo con la máxima cortesía.

Tras la mesa de recepción se sentaban dos sucios judíos. Globus los vio intercambiar miradas conspiratorias, aterrorizadas. Plantó la botella de coñac en la mesa y ojeó las páginas del libro de visitas hasta llegar a la última entrada. Escrito a mano con letras tan nítidas como minúsculas podía leerse un nombre: Walter E. Hochburg.

—¿Qué quería? —preguntó Globus.

A los judíos les costó hablar.

—Ver... ver una ficha, *Obergruppenführer* —contestó uno de ellos cuando encontró valor para hablar.

—¿Crees que soy estúpido? ¡Claro que quería ver una ficha! Lo que pregunto es cuál.

—Solo somos guardias del turno de noche... Tiene que hablar con Ratzyck. Es uno de nuestros cuatro archiveros... Él acompañó al *Oberstgruppenführer* en su visita.

—Traédmelo.

—Su hija está dando a luz esta noche... Ha ido a Analava.

Pinzel obligó al judío a que se arrodillara.

—Eso no le interesa al gobernador. Id a buscarlo.

Cuando el judío pasó a toda prisa, Globus le dio una patada en el culo.

—¡Corre, judío! —gritó con tanta fuerza que su voz bien pudo llegar hasta el apestoso poblado—. Quiero estar en Tana al amanecer.

Si no terminaba demasiado cansado, pensaba enseñarle a Romy su sala de trofeos. La había instalado en las entrañas del palacio, allí nadie podría oírlos.

Tenía una docena de secretarias para organizar la irrisoria cantidad de papeleo que generaba su oficina. Todas eran especímenes rubios perfectos, nunca mayores de veinticuatro años, y las empleaba por turnos de seis meses. Ser capaces de demostrar que habían trabajado personalmente para el gobernador Globocnik les aseguraba un buen puesto cuando las devolvía a Europa... o eso les prometía. Halagaba a todas las chicas, las llevaba de gira por la isla, enjugaba sus lágrimas cuando se ponían enfermas o se quejaban de lo mal que las trataban las demás, pero nunca las tocaba hasta el final de su turno. Había aprendido de la experiencia.

Esperaba hasta que solo les quedaban dos semanas en la isla. Así, antes de aburrirse de ellas o de correr el riesgo de que se quejaran por sus abusos, las chicas se encontraban volando a casa. La vuelta de Romy a Germania estaba prevista para el primero de mayo.

Esperaron a Ratzyck. Globus paseaba arriba y abajo, cantando *Anything goes* para sí mismo. Dio otro trago al coñac y se lo ofreció a las chicas, que aceptaron sumisas. Él se daba cuenta de que empezaban a aburrirse.

—¿Cuánto más va a tardar tu rata en venir? —le preguntó al judío que se había quedado con ellos, encantado de escuchar las risitas nerviosas de las dos chicas.

—Es un anciano, *Obergruppenführer*. No puede caminar muy deprisa.

—¿Estás seguro? Tu amigo, ese al que le di una patada, ¿no andará por ahí contando que estoy aquí?

—No...

—Porque si comete una estupidez como esa, quemaré vuestra ciudad judía hasta los cimientos y os enviaré a las reservas. No me importa una mierda.

No era del todo verdad, pero no hacía falta que lo supieran los judíos.

Aunque Himmler era inflexible ante toda desobediencia y exigía que fuera castigada, Heydrich, jefe supremo del Proyecto Madagaskar, aconsejaba más control. Valoraba la situación y creía que emplear la fuerza bruta era provocar a los norteamericanos. Tenían que ser precavidos con Taft, el nuevo presidente, ya que era blando con el judaísmo. Según Heydrich había otros medios más sutiles para tratar con los habitantes de la isla.

Globocnik se acercó a la puerta y miró más allá del embarcadero, hacia Analava. La ciudad estaba a oscuras y un delgado velo pendía sobre los tejados. En el camino destacaban dos figuras: el judío al que Pinzel había enviado y un anciano que luchaba por mantener el paso. Globus jugueteó con sus dos anillos y esperó.

—Dime lo que estaba buscando Hochburg —exigió, cuando Ratzyck llegó, por fin, hasta ellos.

El judío luchó por recuperar el aliento. Vestía pijama y llevaba un chaleco sobre los hombros. Iba descalzo.

—No sé... qué quiere decir... *Obergruppenführer* —dijo jadeando.

Globus suspiró. ¡Cuánta paciencia se necesitaba con esa gente! Cogió el libro de visitas, lo abrió completamente por la última página y se lo puso a Ratzyck delante de las narices.

—Ha estado aquí dos veces —dijo, señalando la puntillosa escritura de Hochburg—. Tú lo ayudaste.

—Se equivoca.

—¿Qué quería? —insistió Globus, cerrando de golpe el libro y atrapando en medio la cabeza del judío, que soltó un ahogado graznido.

Romy volvió a soltar una de sus risitas nerviosas. Globus apretó todavía más las dos partes del libro.

—Me dijo que no contara nada... Mi hija ha tenido un niño esta noche y él prometió que nos ayudaría.

—Y yo os prometo que si no me respondes os ahorcaré a todos, empezando por el recién nacido. Y ahora, ¿qué quería?

—La primera vez buscaba un nombre.

—¿Y la segunda?

—Nos trajo pastillas de jabón y chocolate. Cuando salió del barco llevaba por lo menos veinte fichas.

Globus meditó unos segundos antes de volverse hacia Gretta y Romy.

—¿Queréis echar un vistazo al interior, chicas?

Ellas asintieron con los ojos brillándoles ante la perspectiva de una aventura prohibida. Liberó al judío y apostó dos centinelas para que vigilaran Analava; después ordenó que abrieran la puerta. Las bisagras chirriaron. Una vez dentro, Pinzel se dispuso a cerrar la escotilla.

—No, déjala abierta —dijo Globus, irritado ante la perspectiva de encontrarse encerrado allí dentro. Debía de ser el brandi, pensó. Incluso el mejor afectaba su estado de ánimo.

—Por aquí —indicó Ratzyck, guiándolos hacia la popa del barco. El judío que había ido a buscarlo le ayudaba a caminar, parecía demasiado afectado para hacerlo él solo. Le goteaba sangre de la nariz.

La puerta abierta y los agujeros de la cubierta provocaban corrientes de aire que parecían aullidos. Aquello le recordó a Globus las incursiones en Siberia, cuando se quedaban sin municiones y enterraban vivos a los lugareños. Todavía oía en sus pesadillas aquellos fantasmales sonidos que se alzaban del suelo. Por suerte, las chicas no se daban cuenta de su malhumor, caminaban pegadas a él tapándose la nariz y la boca.

—Repugnante, ¿verdad? —bromeó Globus. Necesitaba reafirmarse oyendo su propia voz—. ¿Qué podría querer Hochburg de un estercolero como este? Seguro que estaba cagado de miedo y ansiaba salir de aquí.

—Tenía mucho interés por nuestro trabajo. Fue muy cortés.

Desesperado, Globus sacudió la cabeza. Para él, Hochburg era un *ausländer*, un extranjero nacido en Kamerún. Un negro en todo, excepto por la piel. En los años treinta, mientras Globus combatía en las calles de Viena, Hochburg disfrutaba de una vida cómoda, sin más preocupación que las picaduras de los insectos y el sol. No tenía derecho a estar ahí, entrometiéndose en los asuntos de la isla —África siempre había considerado a Madagaskar como algo aparte—, aunque Globus no se atrevía a quejarse ante Germania por miedo a parecer débil.

El grupo se abrió camino a través de un laberinto de archivadores hasta unas dobles puertas que conducían a un espacio oscuro.

—Aquí fue donde lo traje la primera vez —explicó Ratzyck.

Por el eco, Globus supuso que estaban en un amplio salón por el que circulaba el aire más libremente. El judío en el que se apoyaba Ratzyck pulsó un interruptor y una sola bombilla cobró vida y emitió una débil luz. Las paredes cubiertas de mosaicos destellaron en las sombras.

—No veo una puta mierda. Enciende el resto —protestó Globus a voz en grito.

El judío dudó antes de responder.

—Con todos los respetos, *Obergruppenführer*, el cableado no lo soportará. Podríamos fundir los fusibles de otras cubiertas.

—Es verdad —apoyó Pinzel. Y le ofreció su linterna.

Globus la paseó por toda la sala, iluminando los rostros de dioses y ninfas, antes de centrarse en los tacones de Romy. En el sótano del palacio tenía una vasta colección de zapatos femeninos —no solo zapatos, sino joyas, vestidos...—, para ofrecerlos como regalo a sus favoritas.

Apagó la linterna.

—Si quiero más luz, tendré más luz.

—Pero los dos *Sturmbannführers* preguntaron por la sección W —dijo el judío—. Si han ido abajo...

—¿Qué *Sturmbannführers*? —preguntó Globus con el ceño fruncido.

—Llegaron antes que ustedes. Dijeron que trabajaban para *Herr* Hochburg.

El gobernador se volvió hacia Pinzel.

—¿Tú autorizaste eso?

—No.

—¿A qué está jugando Hochburg? ¡Esto es una conspiración!

Apartó al judío de un empujón y apretó todos los interruptores. Una luz turbia iluminó la sala. Globus le devolvió la linterna a Pinzel.

—Busca a esos dos *Sturmbannführers* y tráemelos. Si Hochburg no ha querido contarme nada, ellos lo harán.

29

La negrura fue instantánea, subterránea.
—¡Ah!, mucho mejor así —dijo Tünscher.
Burton buscó el mechero en su bolsillo. Lo encendió y la cara de Tünscher apareció de repente y, a su vez, encendió otro Bayer.
Cuando llegaron a la última cubierta del *Gustloff*, Burton creyó que se habían equivocado: allí no había archivadores, solo un pasillo vacío salpicado de puertas y una pálida luz procedente de unos apliques. Invisibles criaturas chasqueaban y arañaban en las sombras, y el aire era más fétido. Entreabrió fácilmente la puerta más cercana. El interior de la cabina estaba destrozado, el mobiliario, saqueado, las paredes, arañadas y del techo colgaba un amasijo de cables. Las paredes estaban tapizadas de archivadores, uno de ellos desplazado hacia delante para permitir que entrase un poco de luz por el ojo de buey. Pasaron por delante de varias cabinas hasta encontrar las letras WEB antes de que las bombillas de los apliques parpadeasen y murieran.
—He visto algunas lámparas de mano junto a las escaleras —dijo Burton—. Iré a por ellas mientras tú revisas los nombres.
Acababa de encontrar las linternas cuando oyó que alguien bajaba por las escaleras. ¿Sería uno de los judíos que venía a vigilarlos? No, eran suelas de botas militares que percutían contra metal y se acercaban rápidamente. Un rayo de luz azulada cortó la oscuridad. Burton acercó el mechero a la lámpara de mano, su escasa reserva de parafina prendió y los pasos se detuvieron sobre su cabeza. Alzó la lámpara y vio una figura grande con un uniforme idéntico al suyo.
—¿Quién eres? —preguntó.
—Pinzel. —Su voz era aflautada, presuntuosa. Empuñaba una lin-

terna potente y apuntó con ella a las cuatro insignias del cuello de Burton—. ¿Y tú, *Sturmbannführer*?

—Estoy buscando algunos archivos.

—Tengas el rango que tengas, la entrada a esta nave es limitada y solo a través de los canales autorizados. ¿Cuál ha sido el tuyo?

—Es un asunto no oficial.

—¿Qué significa eso? —Como Burton no contestó, Pinzel dejó escapar un bufido de irritación—. Estoy aquí con el gobernador Globocnik. Quiere hablar contigo.

—Dame diez minutos.

—¡No, ahora! O llamo a mis hombres y te llevo a punta de pistola, aunque no me gustaría hacerlo delante de los judíos.

Solo había una respuesta posible. Burton le lanzó la lámpara y desenfundó su Beretta. Antes de que pudiera apretar el gatillo, Pinzel apuntó a su cara con la linterna. Un halo deslumbrante le quemó la retina a Burton. Disparó a ciegas.

Los escalones resonaron con estruendo cuando Pinzel huyó por la escalera. Burton se lanzó tras él y volvió a disparar, aunque la nueva arma le resultaba difícil de manejar. La bala se estrelló en el pasamanos, pero el nazi estaba ya fuera de su alcance, así que decidió no malgastar más balas. Cogió dos lámparas de mano, encendió la primera y corrió por el pasillo. Tünscher llegaba en dirección contraria.

—He oído disparos.

—No tenemos mucho tiempo —dijo Burton pasándole la lámpara apagada.

—¿Judíos?

—Compatriotas tuyos.

—¿Cuántos?

—No lo sé. ¿Llevas algo más que tu Luger?

Tünscher metió las manos en los bolsillos del pantalón y sacó una granada.

—Es como si me equilibraran.

—Iremos más deprisa si cada uno se encarga de un lado diferente del pasillo.

—No hace falta —aseguró Tünscher acercando una cerilla a su lámpara.

—¿La has encontrado?

—Míralo tú mismo.

Se internaron en la oscuridad. Tünscher iba primero, iluminando a cada paso las sombras con la lámpara. Una excitada tensión recorría el cuerpo de Burton. Tras tantos meses y tantos viajes por toda África y varios océanos, se sentía cerca de Maddie, casi como si pudiera captar su aroma en la granja. Debía de estar pasando por delante de archivadores que tenían su mismo apellido. Esperaba que alguien la protegiera, pero temía las consecuencias: no disponía de los medios para sacarlos de la isla. ¿Y si se negaba a marcharse sin ellos, sin ella y el bebé?

Tünscher se detuvo frente a una cabina.

—Los archivos de Madeleine Weiss están ahí. —Burton fue a abrir la puerta, pero Tünscher lo detuvo. Alzó la lámpara para que iluminara el pasillo—. Y también ahí... y ahí... y ahí. Después de eso dejé de mirar.

La voz de Burton se fue apagando.

—Debe de haber miles...

—Decenas de miles. Podrías haberte buscado una chica con un apellido menos común.

Romy miraba embobada los mosaicos: peces, ninfas cabalgando delfines, todo un mundo submarino. Estaban llenos de grietas y muchas de las losetas habían desaparecido. En el centro podía verse un hombre barbudo con el físico de un semental, enarbolando un tridente.

—¿Quién es? —preguntó.

—Neptuno —dijo Gretta—. El dios del mar.

A diferencia de su hermana, Gretta había estudiado en la universidad, lo que Globus desaprobaba. Maquinaba mil planes para llevársela a la cama, pero era consciente de que el *Reichsführer* fruncía el ceño ante ese tipo de parejas —las había declarado «claramente incestuosas»— y las cosas ya estaban bastante mal con Germania. Antes de que Hochburg le robase toda una brigada de hombres y los judíos volvieran a rebelarse, su futuro nombramiento como gobernador de Ostmark parecía asegurado. Sería el culmen de su carrera. Ahora, sus conversaciones con Himmler eran cada vez más frías y terminaban con la misma advertencia: «Querido Globus, te he salvado el culo dos veces, pero ni siquiera yo podré hacerlo una tercera, sobre todo si te derrotan los judíos.»

—Chicas, alejaos de ese muro —dijo, irritado—. Puede que no sea seguro.

Les hizo una seña a los soldados para que las apartasen. Bajo el mosaico de Neptuno había una piscina vacía de diez metros por cuatro. Más pequeña que la de su palacio, pensó Globus. Al otro lado se veían columnas estriadas que completaban el estilo romano. Aunque admiraba el diseño clásico de los grandes edificios de Germania, creía que esa obsesión por reproducirlo en todas partes era algo vulgar. Prefería las líneas severas de la arquitectura moderna, una preferencia que el Führer le reprochaba constantemente. La piscina había cambiado el agua por una multitud de archivadores.

—¿Hochburg bajó hasta aquí? —le preguntó a Ratzyck.
—Sí.
—¿Estuviste todo el rato con él?
—No, me mandó fuera.
—Pero ¿viste qué archivador consultó?

El judío señaló uno situado en el rincón más lejano. Globus se apoyó en la escalerilla del estanque, pero titubeó. La voz de Himmler volvió a resonar en sus oídos: «Ten cuidado con Walter. Es uno de nuestros mejores hombres, pero astuto como un cocodrilo. Y mucho más peligroso», le dijo una vez.

—Tráemelo aquí —le ordenó Globus a Ratzyck, alejándose unos pasos.

El judío bajó los escalones de la piscina y se abrió camino entre los archivadores.

—Odilo, algo está pasando en la ciudad de los judíos —avisó Gretta, junto a uno de los ojos de buey.

«Demasiado alcohol», pensó Globus y la ignoró. Contempló el progreso de Ratzyck hacia el archivador del rincón.

—¿Ese es el que buscaba Hochburg? ¿Estás seguro?
—Sí, *Obergruppenführer*.
—¿Qué pone en el frontal?
—FEU.
—Abre el primer cajón. Quiero descubrir su secreto.

Ratzyck hizo lo que le ordenaban y extrajo de él un fajo de papeles.
—Son fichas de los judíos que se apellidan Feuerstein.
—¡Odilo! —insistió Gretta. Romy se había unido a ella y ambas miraban el exterior por el ojo de buey.
—Ahora no. Prueba con el siguiente cajón —le ordenó al judío—. Hochburg tiene que haber dejado alguna pista.

Ratzyck devolvió las fichas a su cajón, lo cerró y probó el inferior. No se movió.

—Tira con más fuerza —gritó Globus—. A menos que quieras que baje y lo haga por ti.

El judío volvió a intentarlo. Las ruedas que guiaban el cajón parecían atascadas, así que tiró con todas sus fuerzas... y se abrió. Globus oyó un clic metálico como el de la rueda de su reloj de oro.

Y se produjo un fogonazo cegador.

A Burton le dolía la mandíbula y le ardía el mentón. Si hubiera colocado la lámpara sobre el archivador no le habría dado suficiente luz para ver el interior; como era manco, la única forma que se le había ocurrido para poder ir pasando y leyendo las fichas era sostener la lámpara con los dientes. Le embargaba una sensación de inutilidad buscando un nombre entre tantos, era como el pánico de verse atrapado en un pozo a medida que se iba llenando.

Al mismo tiempo le asaltó una pequeña duda: estaba arriesgándolo todo por un bebé que bien podía ser de Cranley. La apartó de su mente.

Todos los cajones estaban llenos de fichas sucias y manchadas. En cada una de ellas figuraban nombres, lugares y números. La visión burocrática del mundo: país de origen, ciudad natal, última dirección conocida, nombre y origen de los padres, fecha de nacimiento, sexo, profesión, enfermedades congénitas o contagiosas, campo de internamiento (en Europa), transporte y puerto de embarque, fecha de la llegada a Madagaskar, activos registrados en *Reichmarks*. Localización posterior: sector, ciudad, calle... Todas ellas tenían estampadas la esvástica y el águila. Eran los registros que habían viajado con los judíos a su nueva vida bajo el ecuador. Muchas tenían añadidos escritos a mano con nuevas direcciones asignadas tras la primera rebelión.

Madeleine Weiss...
Madeleine Weiss...
Madeleine Weiss...

Un nombre repetido una y otra vez hasta que dejó de tener significado. Ninguno de ellos era de su Maddie.

Burton terminó los dos cajones superiores del primer archivador, incapaz de apartar la idea de que muchas de aquellas Madeleine ya debían de estar muertas. Mientras revisaba las fichas, no dejaba de prestar atención a la puerta de las escaleras por si se abría. Se quitó la lámpara de la boca para descansar la mandíbula y llamó a Tünscher, que buscaba en la siguiente cabina.

—¿Has tenido suerte?

—Esto nos llevará una eternidad.

Burton abrió el siguiente cajón y, de repente, se dio cuenta. Sacó la ficha: Madeleine Weiss, cuarenta y seis años, nacida en Lyon, deportada en octubre de 1951. Así encontraría a Maddie. Corrió hacia la siguiente cabina.

—Todavía nada —masculló Tünscher irritado.
—Mira —dijo Burton enseñándole la ficha.
—No es ella.
—Lo sé. Fíjate en el papel.

Era nuevo, de color marfil.

—¿Y?
—La mayoría de las fichas tienen años, son antiguas, las abrieron durante la deportación original. —Señaló el cajón que Tünscher estaba revisando—. Maddie llegó hace solo seis meses, así que su documentación tiene que ser reciente. Solo tenemos que mirar las fichas nuevas.

La piscina estaba inundada de llamas.

El archivador había estallado y había lanzado fragmentos candentes por toda la sala. Las fichas ardían danzando entre espirales de humo. Diseminados por las paredes había cubos antiincendios; el judío que ayudaba a Ratzyck a caminar se apoderó de ellos y lanzaba la arena que contenían sobre aquel infierno.

Globus permaneció en pie vacilante, con las fosas nasales congestionadas por el hedor del papel quemado. Se acercó a las dos chicas: Romy temblaba con la cara ennegrecida, la parte frontal del vestido de Gretta estaba hecha jirones y dejaba ver el encaje de su ropa interior. Globus se quitó la chaqueta y la colocó sobre los hombros de su cuñada. Entonces, rodeado de soldados, las empujó a lo largo de la cubierta de paseo hacia la salida. Sobre ellos flotaba un humo amarronado.

—Dentro de veinte minutos habremos vuelto a Lava Bucht —gritó—. Le diré al comandante que abra otra botella y podremos contemplar cómo arde este crucero... ¡fuegos artificiales en honor del Führertag!

Los centinelas los esperaban en la puerta alarmados.

—*Obergruppenführer*, tenemos que abandonar el barco inmediatamente.

Globus los empujó para apartarlos del paso y poder bajar por las escaleras que los llevarían a la orilla. Sentía la vejiga a punto de estallar. Al susto inicial le siguió un cúmulo de rabia que latía en el músculo de la mandíbula. Jugueteó con los dos anillos de boda, maldiciendo mentalmente haber hecho caso a Heydrich y a sus consejos de moderación. Podía ser su jefe, pero se encontraba a más de ocho mil kilómetros de distancia, lejos de la amenaza de los judíos, ajeno a la realidad de la isla.

El lugar que debía ocupar el aerodeslizador estaba vacío, los vehículos circundaban la bahía. En la base del *Gustloff*, ocupando el embarcadero y la playa, había cientos de judíos, y muchos más emergían de los manglares. Unos llevaban palos y porras, otros, mangueras desenrolladas. No eran jupos, sino los rechinantes dientes de la rebelión.

Romy empezó a llorar. Globus le pasó un brazo por los hombros. Parecía mullida, más rolliza de lo que había pensado.

—No llores, conmigo estás a salvo. —Era consciente del cosquilleo que le recorría el escroto, pero no hizo nada por disimularlo—. Esos bandidos no se atreverán a tocarnos.

Los judíos cantaban. Uno de ellos comenzó a subir las escaleras.

—Incendiad la torre —les ordenó el *Obergruppenführer* a sus hombres—. ¿Quién lleva la radio?

Nadie respondió hasta que intervino Gretta.

—Dijiste que no nos haría falta.

—Yo nunca...

—Tendrías que haberle hecho caso al comandante y no traernos aquí.

Solo los sollozos de Romy impidieron que le diera una buena bofetada a su cuñada.

El soldado más cercano le ofreció una pistola lanzabengalas y un puñado de cartuchos.

—Al puente —ordenó, poniéndose en marcha y sorteando los archivadores. Cuando ya se acercaban a la escalera de popa, Pinzel salió de entre el humo. Globus no se detuvo.

—Encontré a uno de los *Sturmbannführers* —informó Pinzel, acoplándose a su paso—. El cabrón me disparó, intentó matarme.

—Llévate tres hombres y tráemelo cogido por las pelotas. Nada de remilgos esta vez. Los judíos se han amotinado, yo tengo que proteger a las chicas.

—¿Y el Arca? Si arde, los norteamericanos se subirán por las paredes.

—La culpa de este desastre la tiene Hochburg. Si él no responde por esto, lo harán esos dos de abajo.

Globus llegó al puente y se apresuró a resguardar a las dos mujeres. De allí nacía una escalera en espiral que llevaba a la plataforma de observación. El cuadro de mandos era un cúmulo de palancas y luces atenuadas. Tras la rueda del timón, un judío miope los miraba desconcertado.

—¿Y los demás? —exigió saber. Hacían falta varios hombres para manejar el crucero.

—Han ido a combatir el fuego, *mein Herr* —respondió el judío parpadeando sin cesar, antes de que su cara se convirtiera en una máscara de terror—. A salvar los registros.

A través del ventanal, Globus vio una masa de hombres rodeando la torre. Otros utilizaban garfios para abordar el barco.

—Pon en marcha los motores —le ordenó al judío.

Al recibir una respuesta balbuceante, incomprensible, Globus le dio una bofetada tan fuerte que su gorra voló por todo el puente. El judío la recogió y empezó a mover palancas.

Todos los archivadores tenían pocas fichas recientes y algunos ninguna. Apenas tardaron unos minutos en recopilarlas todas. Burton se arrodilló y esparció las fichas por el suelo. Todas tenían fotos de carnet en la parte superior izquierda. En 1940, Heydrich se convirtió en director de la Interpol y, en cuanto Europa fue declarada *judenfrei*, su función más importante fue la búsqueda y captura de los judíos que habían escapado de la red. Considerados como una amenaza especialmente perniciosa, esos ilegales habían sido inscritos y fotografiados antes de enviarlos al sur. Muchos murieron durante los arrestos.

Burton revisó unas cuantas fotos antes de rendirse. Todas eran casi idénticas: tenían el pelo negro y posaban frente a la cámara con los hombros hundidos y la misma mirada resignada. Podía estar viendo una foto de Madeleine y no reconocerla.

—Oigo pisadas de botas —advirtió Tünscher. Estaba cerca de la puerta con un cigarrillo en la boca.

Maddie había nacido diez meses antes que Burton, en diciembre de 1915, así que filtró las fichas concentrándose en el año de nacimiento. Sus dedos temblaban.

1927
1895
1918
1920
1903
1922...

—*Sturmbannführer!* —La voz de Pinzel resonó en todo el pasillo—. Sé que estás ahí, huelo el Bayerweed. Basta de juegos. El gobernador quiere hablar contigo, con vosotros, eso es todo.

Burton apagó la lámpara y siguió pasando fichas bajo la escasa luz del ojo de buey.

—Son cuatro —susurró Tünscher, atisbando a través de la puerta—. Todos armados con BK. Me pagas un precio de contrabandista, no de soldado.

—Entonces, entrégate —contestó Burton sin levantar la vista—. Diles que eres del Departamento IX o de dondequiera que seas.

—Prefiero arriesgarme contigo que con Globus.

Burton miró la última ficha. Allí no estaba, pero con las prisas podía habérsela saltado. Volvió a empezar desde el principio más despacio y metódicamente; se mojaba el dedo con saliva para separar cada ficha y decía los años en voz alta.

—*Sturmbannführer*, los judíos están asaltando el Arca...

1922

1937

1910...

—... Por tu propio bien, entrégate.

Burton volvió a llegar a la última ficha con el corazón a punto de estallar.

—No está aquí —le dijo a Tünscher. Estaba confuso, perplejo—. No está aquí.

30

—Tenemos que irnos... ¡ya! —gritó Tünscher con urgencia.
—Nos habremos saltado la ficha. Seguro que tú te has saltado la ficha.
—Revisé todos los archivadores.
—Los Bayers te han trastocado el cerebro. Hay que volver a empezar; y esta vez ten más cuidado.
Burton abrió el cajón más cercano y buscó entre las fichas las que fueran nuevas. No encontró ninguna, cogió un fajo y lo lanzó por los aires frustrado. Los papeles revolotearon en torno a él como alas de murciélago.
Del fondo del pasillo les llegó el sonido de un portazo. Pinzel y sus hombres empezaban a registrar las cabinas.
—Puede que aún no hayan traído su ficha —siseó Tünscher—. O quizá se traspapeló.
—Vete si quieres, yo me quedo.
—No pienso irme sin mis diamantes.
Burton sintió el impulso de contarle la verdad.
El camarote osciló. Un chirrido reverberó en los mamparos, como si el casco estuviera arañando las rocas del fondo. Burton luchó por mantener el equilibrio.
—Se está moviendo el barco.
—Imposible.
—*Sturmbannführer!* Ya te dije que los judíos se habían sublevado. Ríndete y podremos ponernos a salvo.
Pinzel se encontraba a solo cuatro o cinco camarotes de distancia.
—Dentro de treinta segundos estarás mordiendo un BK —advir-

tió Tünscher—. Entonces todo se habrá acabado de verdad para Madeleine.

—Si me voy, nunca descubriré dónde está.

—Ya encontraremos otra manera. —El rostro de Tünscher estaba iluminado por el ojo de buey: un óvalo azul pálido, ojos agitados. Sincero.

El golpetazo de otra puerta al ser abierta violentamente.

Burton apretó un puñado de fichas contra su pecho. ¿Podría haberse equivocado Alice? ¿Habrían podido Cranley y su ama de llaves hacer que la niña oyese una mentira? ¿Habrían tramado un plan para enviarlo a Madagaskar, lo más lejos posible de donde fuera que estuviese realmente Madeleine? Burton dejó caer las fichas al suelo y empuñó la Beretta. Tünscher sostenía una granada en la mano, tiró de la anilla y la lanzó a través de la puerta.

Globocnik había deseado hacer aquello desde que era niño, era como tirar del mantel de una mesa preparada para cenar. Era uno de los trucos favoritos del Führer en Berghof, aunque solo a él le estaba permitido intentarlo. Globus sujetó con fuerza la rueda del timón y la giró hacia un lado hasta que ya no pudo más y se bloqueó. El horizonte comenzó a cambiar. El temblor de los motores sacudió el suelo.

Situó un guardia en la puerta del puente y guio a Gretta y a Romy por la escalera en espiral. Las chicas no necesitaron que las animara. Dejó otro guardia apostado en el último escalón.

—¿Lo veis? —les dijo a las chicas cuando llegaron a la plataforma de observación—. Hay suficiente espacio para un helicóptero.

Romy estaba temblando y el maquillaje le corría por las mejillas. Puede que, a fin de cuentas, no tuviera ganas de follársela.

De la popa del barco salía una gran humareda. Al otro lado de la bahía, la base de las SS estaba en alerta, Globus oyó aullar las alarmas y vio figuras corriendo hacia los Valkirias. Los judíos seguían escalando los flancos del crucero, pero en aquel momento no importaban nada. Que ardieran los archivos, qué más daba. El primer helicóptero se elevó hacia los cielos.

Inhaló profundamente el fuerte aroma del Ostafrikanischer Ozean y experimentó una rara sensación de satisfacción. Su padre siempre había sido una constante fuente de humillación para él. Incluso su apellido, Globocnik, tenía un vergonzoso acento eslavo. Globus había pensado cambiárselo y, sin embargo, en aquel momento deseó tenerlo a su lado para que viera el mundo que él regía.

Apuntó al cielo con su pistola y disparó tres bengalas en rápida sucesión. Toda la bahía quedó bañada por una luz de color rojo sangre.

El *Gustloff* tiró de su ancla y derivó hacia la cadena de minas marinas que rodeaba el casco.

Burton se lanzó al suelo al oír la ráfaga de un BK44. Tünscher lo imitó, y ambos reptaron hasta refugiarse en el camarote más cercano, mientras las balas rebotaban en las paredes. Sintieron una violenta sacudida y el crucero volvió a traquetear.

Tünscher contó extrañado los segundos de silencio.

—Están recargando —susurró, poniéndose en pie.

Corrieron por la cenagosa oscuridad, solo iluminada por los fragmentos llameantes de la granada. En el extremo más alejado del pasillo se encontraba la escalera trasera del barco. Si conseguían llegar hasta ella...

El estallido de la granada fue tan fuerte que Burton la sintió como una presión física. Parecía que los oídos iban a explotar con un quejido ensordecedor. La explosión recorrió el pasillo, seguida de un regusto a fuego invisible. Burton cayó a tierra y su mentón impactó contra las tablas del suelo. Tuvo la sensación de que el pasillo se deformaba, se desplazaba y giraba. La oscuridad le presionó los ojos, más que la penumbra propia del crucero, con una calidez aterciopelada que fluía a través de él...

Un instante después un chillido agudo que se escabullía. Unas garras pequeñas le arañaron los párpados. Burton se sentó, mareado por un movimiento brusco, y se arrancó la rata de la cara. A su alrededor corrían cientos de ellas, huyendo de una lengua de agua. Se puso en pie. Apenas unos segundos y tenía las botas sumergidas.

—No podemos hundirnos, la bahía no es lo bastante profunda —tosió Tünscher. Por el techo circulaba una capa de humo.

—¿Qué nos decía Patrick? Que puedes ahogarte en un palmo de agua, incluso en el desierto.

El pasillo estaba inclinado y el sonido del acero deformándose levantaba ecos por toda su longitud. Chapotearon hacia la escalera con el agua burbujeando alrededor de sus espinillas como un pestilente manantial. No tardó en llegarles hasta las rodillas; y después, a las caderas. Burton llegó hasta la escotilla que daba a las escaleras y tiró de ella para abrirla... No se movió.

Tünscher lo empujó para apartarlo.

—No puedes hacerlo con una sola mano —dijo tirando de la puerta una vez, dos, tres, con la boca deformada por el esfuerzo. Se negó a rendirse y se arrodilló con el agua por el pecho para examinar la cerradura.

—Olvídalo —dijo Burton—. Las ratas han sido más inteligentes.

Empezó a alejarse de las escaleras. Un cable eléctrico que se había partido y desprendido del muro lanzaba chispas amenazantes. A la luz intermitente de esas chispas pudo ver la silueta de tres figuras con el agua por el pecho.

—El gobernador Globus os quiere vivos —dijo Pinzel ondeando su arma—. Pero también puedo decirle que os ahogasteis.

Repentinamente, Tünscher agarró el cogote de Burton y lo empujó contra los nazis. Burton se retorció en el aire. Pudo ver las escaleras y la puerta por la que habían entrado. Por ella se colaban chorros de espuma resiguiendo su marco. Un río de agua tan letal como una bala brotaba de un mamparo desgarrado. El impulso de Tünscher le hizo chocar contra el pecho de uno de los hombres de Pinzel.

La presión del agua reventó la puerta.

Burton cayó de espaldas y rodó en una explosión de burbujas que le taparon la nariz y la boca. Se sintió ingrávido, como si estuviera cayendo interminablemente, como aquella vez en Germania.

Madeleine lo empujó haciendo que cayera sobre la cama. Los botones de su vestido habían saltado y la ropa interior estaba por el suelo. Ella parecía ebria. Recordaba vívidamente los colores de la habitación del hotel, el mobiliario de un borgoña oscuro y, a través de la ventana, el cobre iridiscente del domo del Gran Auditorio dominando la ciudad. Rebotó en el colchón y la sensación de ingravidez persistió, como si nunca fuera a terminar. Madeleine se sentó a horcajadas sobre él y lo sujetó por las muñecas. Lo obligó, con poca oposición por su parte, a colocar los brazos por encima de la cabeza, y acercó tanto el rostro al suyo que hasta pudo saborear en su aliento el helado de cerezas, pistachos y leche que había comido poco antes.

—Prométeme una última cosa —dijo ella. Poco antes, esa misma tarde, se habían prometido mutuamente compartir el futuro.

—Lo que sea.

—Que viviremos juntos, que envejeceremos juntos, pero que no nos casaremos.

Matrimonio, un país indeseado. Nunca se había imaginado compartiendo votos con Madeleine, pero sus palabras despertaron algunas viejas vulnerabilidades. ¿Había querido casarse con Cranley, pero no con él?

—Pero...

Presionó un dedo contra sus labios y le mostró la marca que había dejado en él su anillo de casada. Cuando estaban juntos, siempre se lo quitaba. La piel estaba dura y encogida.

—Nunca más quiero volver a llevar otro anillo.

La corriente disminuyó y Burton luchó por abrirse paso a través de la espuma. Tünscher llegó a la escalera y alargó el brazo para ayudar a su amigo. Cruzaron el marco donde había estado la puerta. Burton estiró el cuello para ver un cuadrado de intensa luz en el techo mientras el agua se colaba por todas partes.

Tünscher tomó la iniciativa y subió los escalones de dos en dos.

—Hacia arriba. Podemos salir de aquí —gritó.

El barco seguía retorciéndose y deshaciéndose a su alrededor. Se oía el sonido del metal desgarrándose y la escalera se torcía hacia la izquierda. Burton siguió subiendo por ella, usando su única mano para estabilizarse. Resbaló en el metal de las escaleras.

—*Stormbannführer!*

Pinzel apareció bajo ellos y les apuntó con su BK44. Burton se pegó a la pared como si intentara fundirse con ella, pero Tünscher reaccionó lanzando su última granada sin detenerse.

Saltó un chorro de espuma y humo.

La escalera siguió girando. Burton tuvo la sensación de trepar por el interior de un tronco que estaba cayendo tras ser talado. No tardaron en trepar y reptar al mismo tiempo. Un rótulo marcado A-C les indicó que se encontraban en la cubierta por la que habían accedido al crucero.

—Dos más —anunció Tünscher jadeando.

Burton se detuvo cuando ya era capaz de notar una brisa de aire fresco. Se le había ocurrido una idea ilógica, improbable... pero posible. ¿Cómo no lo había pensado antes?

—Voy a volver —le gritó a Tünscher, retrocediendo por el camino que habían tomado.

—Me tomas el pelo.

Burton lo ignoró y accedió a la cubierta de paseo a través de una puerta doble. Estaba llena de humo y del olor a hojas de árbol quemadas. La mayoría de los archivadores habían caído como fichas de dominó. Gateó entre ellos, perseguido por los gritos de Tünscher. La puerta por la que habían entrado estaba bloqueada y se oían golpes al otro lado de ella. Burton siguió su búsqueda hasta alcanzar los archivadores que indicaban COL. Empezó a revisarlos.

—Necesito que me ayudes —dijo cuando Tünscher llegó junto a él.

—¡Mira fuera!

El crucero había roto los anclajes e iba a la deriva. A través de los ojos de buey se veía la base de las SS: un helicóptero Valkiria estaba despegando de ella y la bahía se veía salpicada de aerodeslizadores.

—Si quieres tus diamantes, ayúdame.

Enderezaron juntos el archivador. Burton abrió los cajones y buscó entre un montón de fichas amarronadas. Nada. Levantaron otro y en el segundo cajón encontró un puñado de fichas de color marfil. Sintió una renovada energía. Extrajo una de las fichas.

Tünscher leyó por encima de su hombro.

—Madeleine Rachel Cole.

—Nacida en diciembre de 1915 —terminó Burton. Miró la foto. Los ojos de la mujer parecían sin vida, como los de su padre cuando desapareció su madre.

Tünscher le arrancó la ficha de sus manos.

—Aquí dice que está en la Sección Oeste, en Antzu. Eso está a unos cincuenta kilómetros. Podrías ir y volver en un par de días... si es que conseguimos salir de aquí.

Burton recuperó la ficha y se la guardó dentro del uniforme. Treparon por encima de los demás archivadores y se dirigieron hacia popa. El humo se aclaró un poco. La mente de Burton estaba centrada en Madeleine, en su amabilidad, en su vitalidad, en su ocasional seriedad, en lo bien que le sentaba el azul que iluminaba su rostro y sus ojos, en esa mezcla de timidez y descaro cuando cerraba la puerta del dormitorio, en la sensación de pertenencia que le transmitía. Reprimió las ganas de soltar una carcajada y se lanzó hacia la puerta que daba a la cubierta principal.

A pesar del manto de nubes, ya se atisbaba el amanecer en el horizonte. Le cegaron las luces de un helicóptero. A medida que este se acercaba al Arca, los rotores impulsaban el aire en su dirección y lo ahogaban con el hedor de cientos de cuerpos que no habían visto el jabón en años. Sudor acre y cabello aceitado, ropa lavada en aguas cenagosas, un olor inhumano, salvaje y furioso.

Se encontraban a veinte metros de la borda, pero la cubierta estaba llena de judíos vestidos con gabardinas negras.

Burton retrocedió un paso y chocó con Tünscher.

—También los tenemos detrás —susurró.

Los judíos se fijaron en su uniforme. Se acercaron a ellos lentamente hasta que el que estaba más cerca quedó a tres palmos de distancia. Burton mantuvo su expresión neutra, sin atreverse a mirarlos a los ojos.

Una mano lo agarró por el cuello de la chaqueta, y le arrancó la calavera y la palmera de la solapa. Las sostuvo en alto para que todo el mundo las viera antes de aplastarlas en su puño. Se le echaron encima más manos, lo abofetearon, le dieron puñetazos. Burton se vio derribado por un aluvión de puños y pies descalzos manchados de barro.

31

En Madagaskar vivían ochenta tipos diferentes de lémures. La ambición de Globus era tenerlos todos y cada uno como trofeo de caza.

Una vez estaba intentando cazar uno de la especie sifaca en una selva de Steinbock. Percibió el destello de una piel blanca, se echó el rifle al hombro y disparó. Pudo oír el ruido sordo del animal desplomándose. Sus batidores —malgaches que conocían el terreno— buscaron en vano hasta que un grito de horror desgarró el aire. Globus siguió las voces y encontró a su lémur. El tiro no lo había matado; yacía jadeante, gimoteando, rodeado de un ejército de hormigas del tamaño de su pulgar, que se abalanzaron sobre el herido animal hasta que su piel bulló de ellas y terminó desapareciendo. Entonces lo arrastraron hasta el hormiguero.

Viendo a aquellos dos pobres *Sturmbannführers*, a Globus le volvió la imagen del lémur. El soldado más cercano a él apuntó hacia la cubierta con su BK44, pero el gobernador apartó el cañón.

—Veamos qué pasa.

—¡Odilo, haz algo! —gritó Gretta por encima del ruido de los motores del helicóptero que ya se aproximaba.

—¿Por qué? Así aprenderán. —El *Gustloff* seguía ardiendo—. Los yanquis van a crucificarme por lo sucedido esta noche. Eso significa más problemas cuando vuelva a casa.

—Pero no puedes dejar que los judíos los maten.

Gretta tenía una forma particular de pronunciar la palabra *juden* que lo excitaba, despiadada a la par que sumisa. Tomó la mano de su cuñada y la besó, manteniendo sus labios varios segundos contra los nudillos de ella.

—Lo hago por ti, Gretta.

Globus le quitó el BK44 al soldado y roció de balas la cubierta. La muchedumbre se dispersó.

—¿Están a salvo? —preguntó Gretta, tapándose las orejas.

Globus siguió disparando hasta que vació el cargador.

El helicóptero descendió hasta posarse sobre la cubierta de observación. Era un transporte de tropas y la fuerza del viento que generaba terminó por dispersar a los judíos de la cubierta. Globus observó a los dos *Sturmbannführers* luchando por ponerse en pie y apoyándose tambaleantes en la borda para dirigirse hacia la proa del barco. Pasó un brazo por los hombros de Gretta y el otro por los de Romy para escoltarlas hacia el aparato que los esperaba. Los soldados que habían estado guardando el puente se unieron a la comitiva.

—¿Y el *Hauptsturmführer* Pinzel?

—A estas alturas estará en manos de los judíos.

Era una lástima, pensó Globus, pero perder al oficial de enlace con el Arca podía tener sus ventajas. Era el último que había visto a Hochburg.

¡Hochburg! ¿Qué podía ofrecerle aquel cascarón podrido para que lo visitase dos veces? ¿Quién era ese tal Feuerstein? Para alguien del rango de Hochburg mostrar tanto interés por un judío era indecente. Por la mente de Globus cruzó una inesperada idea. Hochburg siempre había sido uno de los favoritos de Himmler, quizás había sido enviado por el *Reichsführer* para provocarlo y que actuase para resolver la crisis actual. La tarjeta de visita que Hochburg dejó en el archivador había destripado la nave, algo que Globus nunca se había atrevido a hacer. Quizás Himmler, por fin, había hecho caso de las protestas que él manifestaba desde que Heydrich había firmado la creación del Arca: el que controle los archivos, controlará a la población.

Quizá, quizá... Estaba demasiado agotado para pensar. Solo sabía que el trono de Ostmark se alejaba un poco más con cada atrocidad judía. Se aseguró de que las chicas se abrochasen los cinturones —ahora temblaban, pero de risa y gratitud— y ocupó el puesto de copiloto. Un segundo después, el helicóptero despegó de cubierta.

Globocnik se hundió en el asiento y le disminuyó la adrenalina tan deprisa como si estuviera orinándola. Vio que abajo los dos *Sturmbannführers* saltaban del barco y se dirigían a nado hacia uno de los aerodeslizadores.

—Aseguraos de recoger a esos dos payasos; tienen mucho que explicar —ordenó por los auriculares—. Y avisa a Tana. Quiero saber dónde se encuentra Hochburg.

Burton luchó denodadamente contra las olas, que tiraban de él hacia el fondo. Tünscher ya había llegado al aerodeslizador más cercano y se sujetaba a la popa para mantenerse a flote. Subió a bordo y arrojó al piloto al mar. El artillero intentó protestar, pero Tünscher le apuntó con su Luger. Un instante después la cabina se iluminó por los fogonazos de la pistola.

El *Gustloff* se escoraba como si fuera a desplomarse sobre un flanco. De los ventanales y los ojos de buey surgían nubes de humo anaranjado. En la orilla, los judíos contemplaban la escena y lloraban.

—¿Sabes cómo pilotar esta cosa? —le preguntó Burton cuando subió a bordo.

—Los manejaba en el este cuando el río Tobol empezaba a descongelarse. Cobraba cincuenta *Reichmarks* por cada paseo.

—¿Ganaste mucho?

—Tanto como perdí. Átate ahí atrás.

El asiento del cañonero se encontraba bajo una cubierta de plexiglás, justo detrás del piloto. Contaba con una ametralladora MG48, capaz de un giro lateral máximo de ciento treinta y cinco grados para no apuntar en dirección a la hélice trasera. Burton se sentó haciendo caso omiso del cadáver que tenía a sus pies.

Tünscher pisó el acelerador y el aerodeslizador se dirigió hacia la desembocadura de la bahía y al océano de color índigo que había más allá. Burton sintió la vibración de la hélice en sus hombros.

—¿Adónde vamos? —gritó.

—Al hidroavión, antes de que esos gallinas italianos se caguen encima y decidan abandonarnos.

—¿Y Antzu? —Consultó el mapa que le había pasado Tünscher. Lava Bucht estaba en la ensenada de un río que llevaba hasta la ciudad—. Podríamos llegar en una hora.

—Ese no era el plan.

—Pero las circunstancias han cambiado.

—No para mí —replicó Tünscher—. Ya he hecho más de lo que me correspondía en este viaje.

El otro par de aerodeslizadores navegaban en círculo por la bahía y un Valkiria rugía sobre su cabeza, dirigiéndose hacia el *Gustloff* y los manglares que bordeaban la orilla. Burton pensó que en medio de ese caos el aerodeslizador podría ir hacia el río sin que nadie lo notara. Era mejor que volver al hidroavión; después podría penetrar solo en la selva. A la mañana siguiente, aquello herviría de patrullas.

—Da media vuelta —ordenó—. Vamos a Antzu.

En respuesta a la petición de Burton, Tünscher aceleró todavía más y se alejó del Arca y de la base de las SS. Uno de los otros aerodeslizadores lo siguió.

—¡He dicho que des media vuelta! —gritó Burton, apoyando el cañón de su Beretta contra la cabeza de su amigo.

—¿Vas a dispararme? —Tünscher se rio.

—Quiero recuperar a Madeleine.

—Y yo dije que no iría tierra adentro. Ese fue nuestro trato. Tengo deudas que pagar y no podré hacerlo si estoy muerto.

—Tus deudas morirán contigo.

—Esta no.

Burton le acercó la punta de la pistola a la oreja.

—Esos asquerosos espaguetis no esperarán mucho más —dijo Tünscher a modo de respuesta—. No con este jaleo que se ha montado, Burton. Huirán. Y si se van sin mí, no volverán nunca. Madeleine y tú no tendréis cómo escapar de esta isla.

Tünscher miró por la ventanilla lateral hacia mar abierto, pero las olas golpeaban contra el aerodeslizador y las salpicaduras oscurecían los cristales.

—Te lo advierto, Tünsch.

Tünscher se encogió de hombros y buscó los controles del limpiaparabrisas.

El disparo resultó ensordecedor a pesar del estruendo de la hélice. La bala abrió un agujero en el parabrisas. Burton volvió a apoyar el humeante cañón en el cráneo de su amigo.

El limpiaparabrisas cobró vida y Tünscher levantó el pie del acelerador y dijo:

—Idiota. Ya es demasiado tarde.

El hidroavión que los había llevado desde DOA lamía las olas impulsado por sus cuatro motores. Volaba a ciegas, con todas las luces de posición apagadas. Bajo el plomizo amanecer, Burton pudo ver a los dos pilotos en la cabina charlando entre ellos. Empezó a elevarse con los flotadores chorreando agua.

Poco después, desapareció.

Un globo de fuego estalló en pleno aire y sus restos se esparcieron a los cuatro vientos.

La Beretta cayó de las manos de Burton. Vio que un Valkiria disparaba otro cohete a lo que quedaba del hidroavión. Se inclinó hacia Tünscher y su voz sonó triste y sarcástica a la vez.

—Se acabó el Plan Madagaskar.

TERCERA PARTE
MADAGASKAR

Hay que erradicar todos los intentos de crear una nación judía. Al mismo tiempo, es necesario impedir que alguien presente objeciones, sobre todo los EUA.

Der Madagaskar Projekt,
15 de agosto de 1940

32

Aeropuerto de Tana, 20 de abril, 06:15 horas

Walter Hochburg estaba abocetando una nueva Schädelplatz para controlar el desánimo que lo roía por dentro. El desánimo que siempre acompaña al éxito.

Se sentó en la cabina de su avión privado, ansioso por alejarse antes de que descubrieran los explosivos que había dejado en el Arca. El avión era un bombardero Junkers Ju-387 modificado: asientos de cuero blanco y aire tan fresco y seco como el de un aerosol. A través de las ventanillas, las alas brillaban con un azul acero y oro, bañadas por el sol que ya se escabullía sobre las colinas de Tana. El equipo de tierra se ocupaba del abastecimiento de combustible. Los científicos judíos que había tardado más de cuarenta horas en reunir, tras recorrerse toda la isla, estaban siendo acomodados en la bodega. Todo lo que necesitaba a partir de ese momento para conseguir la superarma era paciencia; y con su misión en Madagaskar a punto de concluir, el sentimiento de pérdida que llevaba media vida intentando acallar volvía a hacerse presente. Lo único que conseguía con cada triunfo era anhelar un nuevo entretenimiento.

Dibujaba con trazos precisos, seguros, en el bloc de notas que le había dado Feuerstein. Su dominio del dibujo provenía de sus tiempos como cartógrafo, cuando enviaba en secreto mapas del África británica a Berlín. La nueva Schädelplatz sería una fortaleza a una escala jamás vista en el continente: torres elevándose al cielo como las de un castillo de cuento de hadas, una profunda catacumba de oficinas abajo y paredes tan gruesas que ni siquiera los proyectiles de los tanques podrían perforarlas. En el centro, en lugar de un cuadrángulo había planeado un gran círculo formado, no por veinte mil, sino por cien mil cráneos. Primero, anillos concéntricos de huesos de negros; después, calaveras de británicos, belgas y cualquier nacionalidad que desafiara su poder. El anillo exterior quedaría reservado para los desleales de sus propias filas. Entregaría a Feuerstein y después supervisaría la construcción en persona.

Una idea repentina se apoderó de Hochburg. La insatisfacción desapareció sustituida por un frío éxtasis.

En el centro del círculo trazó un agujero negro, como el vórtice de un remolino, desproporcionado respecto al resto del dibujo. En principio había pensado rellenarlo con los cráneos que pudo salvar de la plaza original del Kongo, pero siempre podía exponerlos en una vitrina de su colección privada. Se le había ocurrido una alternativa mucho más gratificante.

Feuerstein apareció por las escaleras que llevaban a la bodega y cerró la puerta tras él. Hochburg le había dado la llave al científico y le había concedido que viajara en la cabina; eso establecería su autoridad sobre los demás y crearía un semillero de potenciales resentimientos, lo cual podía resultarle útil más tarde. Feuerstein caminó hasta la butaca frente a la suya con las manos metidas en los bolsillos del pantalón. Llevaba un traje gris-ratón que había pertenecido a un adolescente y que le iba muy grande. Una maquinilla de afeitar había dejado expuestas sus huesudas mejillas.

—No tienes que esperar a que te pregunte para hablar —le dijo Hochburg sin levantar los ojos del boceto. Del judío emanaba un fuerte olor a desinfectante—. Siéntate y dime cómo están tus camaradas.

—Desean que vuelva a expresarle su reconocimiento. Le están muy agradecidos. —El científico se dejó caer en su asiento y escogió sus siguientes palabras con mucho cuidado. La animalidad que sostenía a Feuerstein lo había abandonado, estaba contaminado de esperanza, temeroso de que la más mínima imprudencia lo devolviera a la vida de la que había escapado—. No obstante... faltan algunos hombres de mi lista. El doctor Pavel, por ejemplo.

—Encontré a todos los que pude —replicó Hochburg—. Pavel estaba en Marana. —Marana, la mayor leprosería de la colonia—. Si es esencial para ti, te invito a que vayas en persona a buscarlo. Pero eso no es lo que querías decirme, *Herr* doctor, así que ve al grano.

—Falta mi esposa.

—Fue la primera que busqué —reconoció Hochburg. Su intención había sido ocultarle la verdad y usarla como palanca para hacerle trabajar más duro, pero la expresión del científico, angustiada y expectante, despertó su compasión—. Está muerta.

—¿Sabe cómo murió? —Los oscuros ojos de Feuerstein se nublaron.

—La rastreé hasta una plantación de cacao en Banja. Me dijeron que murió en un accidente de trabajo el año pasado. Lo siento.

Siguió una larga pausa.

—Fui un mal marido —dijo Feuerstein—. Ella se merecía algo más.

—Entonces, sé un buen padre. Abajo tienes cinco hijos; da gracias. Trabaja duro por ellos y ninguno tendrá que volver a sufrir.

—Mis colegas tienen a sus esposas. Me resultará difícil verlos juntos.

—Si lo prefieres, podemos dejarlas aquí.

Hochburg creyó percibir un atisbo de su antigua actitud desafiante.

—No —respondió Feuerstein, antes de hacer una nueva pausa y mirar al equipo de tierra mientras recogía las mangueras—. *Oberstgruppenführer*, ¿ha pensado alguna vez que ya vivimos nuestras vidas hace mucho tiempo y que este mundo es el castigo por nuestros pecados anteriores?

—Creí que la mente científica era más racional.

—Cuando trabajaba en la carretera tuve mucho tiempo para pensar y me pareció la única explicación posible para mi destino. —Su voz se quebró—. Visto este nuevo tormento, y sabiendo que nunca podré enmendarlo, me parece más plausible que nunca.

Hochburg pensó en ello y en los años de sufrimiento que había sido su propia vida.

—Si tienes razón, debo de haber sido muy malo en mi anterior vida.

Cuánto mejor habría sido morir en brazos de Eleanor, exhalar juntos el último suspiro. En los días posteriores a su muerte había pensado en el suicidio, un puente hacia ella, pero pronto desechó la idea: quería honrar su memoria. Vengarla. Las palabras del judío lo habían inquietado. Su desdicha se debía a que no se había hecho justicia, a que Burton no había sufrido lo indecible. Su persecución del muchacho en el Kongo solo tenía que ser el prólogo de una agonía indecible. Hochburg se maldijo a sí mismo por haber hundido el *HMS Ibis*.

Volvió a su boceto y presionó la pluma contra el agujero central de su nueva Schädelplatz hasta que la tinta traspasó el papel y manchó las páginas siguientes. Cuando volviera a ser el dueño de África, mandaría reflotar el *Ibis* del golfo de Kamerún y se lo presentaría a los británicos como un acto de reconciliación. Pero su verdadero propósito era buscar a Burton Cole entre los restos. Estaba seguro de que podría reconocer el cadáver; quizá Kepplar, con sus obsesivos conocimientos de craneología podría ayudar a identificarlo. «Entonces le arrancaré la cabeza y rellenaré con ella el agujero central del círculo», pensó. En cuanto al resto de su esqueleto, lo trituraría y lo molería hasta convertirlo en harina para hacer pan, partiría la barra por la mitad y se la comería todavía caliente mientras admiraba su nuevo hogar. El hombre que devora su pasado se libera de él. Era el único gesto que se le ocurría para compensar el error de haberlo matado rápidamente. Quizás así, por fin, encontraría la paz.

La puerta de la cabina se abrió y entró el copiloto.

—*Oberstgruppenführer*, estamos listos para partir.

—Bien. Estoy harto de esta isla.

—También hemos recibido un mensaje del gobernador Globocnik. Quiere hablar con usted urgentemente.

Hochburg hizo un gesto displicente con la mano.

—Despegue de una vez. —Esperaba no tener que volver nunca.

—¿Cuál será nuestro destino? —preguntó Feuerstein cuando los motores empezaban a rugir uno tras otro. Las paredes de la cabina vibraban.

—Muspel —contestó Hochburg—. Allí tengo una instalación secreta donde nadie os molestará.

—¿Y el uranio?

—Como ya te dije anoche, no es asunto tuyo.

Hochburg había enviado instrucciones al general Ockener para que avanzase hacia el sur. No para contraatacar a los británicos en Elisabethstadt, sino para asegurar la mina de Shinkolobwe; temía que los norteamericanos mandasen una segunda expedición. Aquel cráter de la corteza terrestre era más valioso que la segunda ciudad más importante del Kongo. Todavía luchaba por entender el interés de Estados Unidos en el arma. Seguían aferrados a su aislacionismo como si fueran una isla remota, una posición que le convenía al Reich. Incluso Gran Bretaña, la mermada líder del mundo anglosajón, los prefería así, pese a las soflamas de Churchill. Norteamérica no necesitaba un poder tan destructivo.

El Junkers rodó por la pista hacia su punto de despegue, al tiempo que el ruido de los motores aumentaba.

—Nunca he volado —confesó Feuerstein—. Comprendo los principios de la aeronáutica, por supuesto, pero...

Hochburg se recostó en la butaca y cerró el ojo bueno. El otro había dejado de palpitarle durante la noche y estaba convencido de que nunca volvería a ver con él. Se produjo una momentánea calma en las turbinas antes de acelerar a toda potencia. El aparato devoró metros en la pista. Tardarían seis horas en llegar a Aquatoriana, donde repostarían, y ocho horas más hasta su destino final. Cuando llegaran, se daría una larga ducha fría; estaba convencido de que se le había adherido a la piel una capa de suciedad del Arca. De repente se vio impulsado hacia delante y solo el cinturón de seguridad impidió que aterrizase en el regazo del judío.

—Algo ha pasado —gimió Feuerstein. Sus ojos miraron aterrorizados y acusadores a Hochburg, como si este lo hubiera estado engañando todo el tiempo.

A través de la ventanilla vieron los flaps levantados para frenar la carrera del aparato. El avión se estremeció, crujió y, finalmente, se detuvo. Hochburg se liberó del cinturón y se abalanzó hacia la cabina de mando. Los dos pilotos levantaron la vista de los controles.

—Han bloqueado la pista —dijo uno de ellos.

Cien metros más adelante se veía un jeep negro.

—Globus —gruñó el *Oberstgruppenführer*.

El jeep se acercó lentamente, asegurándose de que el Junkers no pudiera despegar, y se detuvo al llegar bajo el morro. El sol del amanecer iluminó la insignia de la calavera y la palmera en la carrocería. Se abrió la puerta del pasajero.

—No apague los motores —ordenó Hochburg, que salió de la cabina. Abrió la escotilla, con lo que entró una ráfaga de aire que apestaba a combustible, y liberó de una patada la escalerilla para descender.

—Pase lo que pase no digas nada, no importa con qué te amenacen —le advirtió a Feuerstein—. Globocnik no debe enterarse de nuestro plan. Tu vida y la de todos los judíos que van en este avión depende de eso.

En el extremo más alejado de la pista, se habían reunido varias figuras en torno a las ventanas de la torre de control. Los motores del Junkers seguían bombeando el fresco aire de la mañana.

Antes de que la compuerta se abriera, Kepplar sintió mariposas en el estómago ante la posibilidad de volver a ver a Hochburg; ahora, intentaba contener la risa. Jamás había visto a su antiguo jefe tan sorprendido. La alegría de Kepplar se convirtió en preocupación.

—¿Qué le ha pasado a su ojo? —preguntó, sin poder dejar de mirar el vendaje.

Hochburg giró la cabeza instintivamente para distraer la vista del otro.

—Será mejor que tengas una buena explicación para esta intromisión, *Brigadeführer*. —Su voz era baja, peligrosa.

Kepplar pensó que había servido lealmente al *Oberstgruppenführer* durante años, que tenía buenas noticias para él, que no tenía nada que temer. Aguantó la mirada de Hochburg, como contemplar un abismo negro y sin fondo, hasta que no pudo resistir más. Kepplar se alisó la guerrera negra en el pecho y respondió enérgicamente.

—Burton Cole está vivo aquí, en Madagaskar.
—¿Me tomas el pelo?
—Lo juro, *Herr Oberst*. Hace tres días que le sigo los pasos. Decenas de hombres pueden corroborarlo. —Buscó un detalle que sostuviera su afirmación—. Ha perdido la mano...
—¿Tú lo has visto? ¿Estás seguro? —preguntó Hochburg, acercándose un paso a Kepplar.
—Tan seguro como que lo estoy viendo a usted ahora.
—¿Dónde está?

Una sensación familiar de inutilidad recorrió el cuerpo de Kepplar. Por primera vez comprendió que Cole era el compendio de todos sus fallos, que se sentía inferior a él a pesar de su rango y de su ejemplar estructura craneal.

—Lo tuve a tres palmos.
—Vivo.
—Aunque hubo bajas, en Roscherhafen y aquí.

A la boca del *Oberstgruppenführer* asomó la mueca de júbilo más pequeña posible. Pero ¿por qué Madagaskar? No tenía sentido. Miró al Junkers detras de él. Desde una de las ventanillas, un rostro demacrado, temeroso, lo observaba.

—Claro. Ha venido buscando a un judío —susurró para sí mismo.
—Esa fue también mi conclusión. Un recién llegado —añadió Kepplar, impresionado e irritado al mismo tiempo por que Hochburg lo hubiera deducido tan rápidamente.

Su momento de revelación lo tuvo cuando la patrullera estaba regresando a la base. El helicóptero enviado tras los huidos del velero informó de que había visto llegar hasta la orilla dos grupos separados. Estaba a punto de organizar una patrulla para seguirlos por la selva cuando descubrió el motivo del viaje de Cole.

—Pasé toda una noche en las oficinas que la Interpol tiene en la ciudad —le contó Kepplar—. Antes de mandar las fichas de los nuevos deportados al Arca, hacen una copia. Así que revisé las de todos los hombres, mujeres y niños llegados en los últimos seis meses. —Había sido una noche tediosa y desesperada. Le prestaron un pequeño despacho con poca luz y una jarra de agua con sabor a tierra. Allí examinó todos los documentos en busca de una pista, desalentado al llegar a la última ficha y no encontrar nada—. Entonces, amplié la búsqueda a los doce meses.

Le mostró una carpeta a Hochburg. Este la abrió y la leyó en voz alta.

—Madeleine Rachel Cole. Deportada desde Londres. Octubre de 1952.

—Su esposa, supongo. Una buena razón para arriesgarse a venir hasta aquí.

Silencio.

Hochburg contempló el documento sin parpadear, con un estado de ánimo extraño. Pasaron los segundos y Kepplar se preguntó si habría cometido otro error. Sintió una punzada de envidia hacia Cole, seguro de que conocía algún secreto de su jefe que a él se le escapaba.

—La ficha indica que fue enviada a Antzu —dijo para romper el silencio.

Hochburg siguió sin decir nada. El viento generado por los motores del avión le molestaba, especialmente por la venda que le tapaba el ojo, pero logró mantener el papel tenso entre los dedos. Su expresión era neutra... pero ocultaba algo. ¿Un minúsculo temblor de rabia? A Kepplar le parecía menos capaz de dominar su entorno de lo que recordaba; su figura parecía menos imponente. Pero eso supondría una decepción que no quería admitir. Si su jefe parecía empequeñecido era culpa suya por haberlo sobrevalorado antes.

Finalmente, Hochburg cerró la carpeta.

—¿Te trataron bien en DOA?

—Aborrezco cada segundo que pasé allí.

—El gobernador Ley me telefoneó para quejarse y sugirió que fueras enviado a Siberia. Me negué.

—Todo lo que deseo es volver a servirle, *Oberstgruppenführer*.

—Entonces, sube a mi avión y asegúrate de que su cargamento llegue sano y salvo a Muspel. —Enrolló la carpeta y dio unos golpecitos con ella en el pecho de Kepplar—. Buen trabajo.

—Si no le importa, *Herr Oberst*, desearía permanecer a su lado para terminar el trabajo que empecé en el Kongo.

Hochburg pensó en la propuesta y soltó un bufido.

—Parece que has captado el espíritu, Derbus. Está bien, buscaremos juntos a Burton y a su mujer.

—¿Y después?

—Se hará justicia. Ya se ha pospuesto demasiado.

—Quería decir que qué pasará conmigo...

Hochburg no respondió. Subió por la escalerilla del Junkers y dejó a Kepplar en la pista. Este se quedó allí de pie, como un tonto, absorto en el Me-362s que tenía enfrente y en los misterios de sus alerones estabilizadores. A pesar de todos los esfuerzos de Himmler, Tana solo contaba con un simbólico escuadrón de cazas; la base principal estaba en Diego Suárez y allí mandaba la Kriegsmarine, no las SS. Se volvió hacia el jeep y ordenó que lo apartasen de la pista.

Cuando encontró la ficha, se levantó de golpe con un aullido y se puso a recorrer el despachito de un lado a otro; luego se ensombreció su estado de ánimo. Había descubierto el rastro de Cole sin necesidad de mancharse las manos de sangre, lo que debería demostrar la eficacia de sus métodos; aun así, tenía una sensación de vergüenza, como si no hubiera hecho lo suficiente, a diferencia de los marineros asesinados en la patrullera, hombres que ni siquiera estaban bajo su mando. Se encontraba en un sótano del edificio de la Interpol y el olor del papel lo ahogaba como si alguien le tapase la boca con la mano. Ese era el problema. El papeleo. Se vio de nuevo en la Schädelplatz arrodillado, con el uniforme chamuscado y Hochburg riéndose. Deseaba más que nada llevar a Cole ante su jefe, pero lo persiguió y fracasó. Si desperdiciaba esa segunda oportunidad, no habría vuelta atrás. Quería que Cole ardiera, como había estado a punto de arder él mismo. Lo mejor era informar a Hochburg y dejar que él corriera con los riesgos de la persecución. Cuando buscó al *Oberstgruppenführer* y descubrió que estaba en Madagaskar, tomó la decisión.

Hochburg bajó del Junkers y la escotilla se cerró tras él.

—¿Qué hay a bordo? —preguntó Kepplar, cuando el avión pasaba ante ellos y reemprendía su carrera sobre la pista.

—El destino de todo lo que hemos construido en África. Deséale lo mejor.

Los dos hombres contemplaron en silencio cómo el avión se elevaba rugiendo. Kepplar miró de reojo a Hochburg; su perfil estaba semioculto por el vendaje, pero en la mandíbula y en la boca se adivinaba un rictus de triunfo. Kepplar volvió a mirar el avión. Se dirigía hacia el oeste e iba haciéndose pequeño hasta que en cierto momento se lo tragaron las nubes.

33

Lava Bucht, 20 de abril, 06:20 horas

Era como ver desaparecer toda una civilización.

El Arca seguía ardiendo e iluminaba el amanecer más intensamente que el propio sol. Aunque la compuerta del aerodeslizador estaba cerrada, el olor a papel quemado le inundaba la nariz. Tenía sensación de desaliento, pero también de cierta indiferencia. No eran su gente, su pueblo. Él no tenía pueblo. Recordaba lo bastante del Antiguo Testamento para saber que aquello ya les había pasado antes a los judíos. Y no solo al pueblo elegido por Dios. Muchos países y culturas habían sido repetidamente borradas de la faz de la tierra. En la Legión, sus comandantes hablaban del Sahara como si no concibieran una época en la que no hubiera sido francés; un decenio después toda aquella arena le pertenecía a Alemania. Y eso volvería a pasar, una y otra vez, hasta el día en que Inglaterra, Estados Unidos, incluso el Reich de los mil años desaparecieran.

O eso se decía Burton. Todo lo que le importaba en aquel momento era haber salvado la ficha de Madeleine. Aquella hoja de papel significaba más para él que todo lo demás.

Tünscher manipuló los controles del aparato y lo hizo girar para regresar a la bahía y alejarse de los restos en llamas del hidroavión; el Valkiria no lo siguió. Pasaron cerca de los otros aerodeslizadores y del Arca, y enfiló el río Analava con una trayectoria que los llevaría en la dirección que Burton guardaba en el bolsillo. Tomaron una curva y el dantesco escenario quedó oculto tras ella. Los manglares dieron paso a la selva y de las aguas se levantaron chorros de barro.

Burton iba en la parte trasera, con el cañonero muerto a sus pies, y se reprochaba haber disparado su Beretta: las amenazas contra Tünscher casi nunca funcionaban. Se inclinó hacia delante para hablar con él.

—¿Vamos a Antzu?

No obtuvo respuesta.

Burton captó el reflejo de su amigo en el parabrisas de la cabina. Miraba hacia delante con ojos llenos de furia.

—¿Tünsch?

—Cállate. Estoy pensando. —El aerodeslizador saltaba en la corriente—. Estás jodido, Burton. Yo puedo ir a Nosy Be o a cualquier otra base, pero tú estás atrapado.

—Si te entregas después de lo que ha pasado, te encerrarán.

En Bel Abbés, Tünscher se pasaba la mayor parte del tiempo en el calabozo. Abrasador, de paredes claustrofóbicas, era el único castigo que lograba contener su insubordinación. Temía que lo encerraran.

—He suministrado muchas cosas a las cúpulas directivas de esta isla; podría comprar mi salida a base de sobornos.

—¿Sobornar con qué?

—Siempre te tengo a ti.

La mano de Burton se deslizó hacia su pistola.

—Lo único importante es encontrar a Madeleine.

—¿Y después qué? ¿Te quedarás a vivir aquí como un judío? Si lo haces, morirás como un judío.

Tünscher redujo la velocidad y estudió la orilla del río buscando algún lugar donde desembarcar. No los seguían. El sol asomó por encima de los árboles y atrapó la estela del aerodeslizador, un rastro de espuma marrón rojiza.

¡Crack!

El relleno del asiento de Tünscher entró en erupción. Burton se inclinó hacia delante para tocarlo. En el cristal de la cabina apareció un nuevo agujero redondo.

La ribera izquierda explotó con un estallido de luz y ruido. Hacia ellos llegaban balas y flechas. Burton vio hombres con gabardina negra y el rostro enfurecido entre la maraña de los árboles. Tünscher pisó a fondo el acelerador y el aerodeslizador salió disparado. Del metal saltaron chispas. Se oyó un golpe sordo y empezó a salir un humo negro del rotor.

Siguieron acelerando hasta atravesar la cortina de disparos, aunque perseguidos por un prolongado lamento de miedo y desesperación. El vehículo se desviaba a un lado y otro mientras Tünscher luchaba con los controles.

—¡Allí! —gritó Burton.

Delante de ellos se abrían marismas, un lugar despejado de vegetación donde los cocodrilos disfrutaban del sol antes de que los cazadores de las SS y los judíos desesperados por algo de carne con que alimentarse redujeran su número hasta casi exterminarlos.

Tras ellos, la selva se llenó del ruido de disparos contra nuevos blancos cayendo en la emboscada. Burton giró cuanto pudo el asiento del cañonero: habían aparecido dos aerodeslizadores más. Uno de ellos frenó su avance y maniobró para enfrentarse a los judíos, escupiendo balas contra los árboles; el otro aceleró para perseguirlos.

Burton lo vio acercarse y pasar por su lado entre un torbellino de hojas para bloquearles el camino. Su única salida era dirigirse a la orilla. Manipuló el cargador de la MG48 que tenía delante y le colocó el extremo de una cinta de municiones.

—¡No! —gritó Tünscher—. Todavía estamos a tiempo de hablar con ellos y salir de esta.

—Quizá tú podrías, pero ¿y yo?

Burton apretó el gatillo. Un chorro de balas impactó en la hélice, la cabina y el tanque de combustible del otro aerodeslizador. El río pareció desaparecer tras una cortina de llamas y humo, al tiempo que los escombros caían sobre ellos, reventaban el parabrisas y dejaban que el viento penetrase rugiendo en el interior. Tünscher gritó como si alguno de los restos lo hubiera alcanzado. En la consola de mandos empezó a parpadear una luz de aviso y a la vez el aerodeslizador dio un bandazo hacia estribor.

Burton fue consciente de que el otro aparato se hundía. El rumor constante de la hélice se convirtió en un resoplido intermitente, ya que las palas no podían mover suficiente aire. Tras ellos, el segundo aerodeslizador seguía barriendo la selva con sus ametralladoras y de las ramas de los árboles iban cayendo hombres.

—El motor pierde potencia —aulló Tünscher—. No conseguiremos escapar.

—Entonces, da la vuelta. Atacaremos.

—No tenía previsto morir hoy, comandante —respondió mordaz.

Pasó entre los pilares de un puente derruido e intentó dar la vuelta en un serpenteante brazo del río. Desde su posición elevada de cañonero, Burton vio que los árboles empezaban a ralear y daban paso a un tramo quemado, devastado, de llanura cultivada. Divisó un cúmulo de edificios que surgían del agua y un almacén con un agujero en el techo calcinado.

Burton tocó el hombro de Tünscher con el muñón para llamar su atención y pedirle que se dirigiera a la orilla.

—Allí podremos escondernos.

Chocaron contra la orilla con una sacudida que hizo saltar a Burton del asiento. Tünscher forzó la palanca de control con toda la fuerza de su cuerpo, y consiguió que el vehículo trepara por el barro y recorriera el campo con el motor petardeando. Mientras se aproximaban al almacén, una bandada de pájaros alzó el vuelo desde las vigas. En un costado del edificio había una enorme puerta corredera, lo bastante abierta como para que un hombre pudiera deslizarse por ella. Burton salió de la cabina y tiró de la puerta hasta dejar suficiente espacio para que pasase el aerodeslizador. Tünscher lo metió dentro y apagó el motor. El colchón de aire del aerodeslizador se desinfló; a Burton le recordó la forma en que se arrodilla un camello para que desmonte el jinete.

Cerró la puerta hasta dejar la misma abertura que tenía originalmente y espió el río a través de ella. Las orillas estaban tapadas por banianos. El segundo aerodeslizador prosiguió su ataque unos segundos más, antes de dar más potencia al motor y dirigirse río arriba.

Burton contempló el rastro de espuma que dejaba en el agua, bañado por una luz entre amarillenta y rosada, como la de los amaneceres que había compartido con Madeleine en la granja. El cielo de Battenberg, lo llamaba ella. A los dos les habían hecho daño, errantes durante tanto tiempo, que ninguno de los dos podía creerse que la granja, con sus robustos membrillos, fuera su nuevo hogar. A veces conversaban toda la noche sin darse cuenta de la hora, hasta que la oscuridad desaparecía del cielo; y entonces entrelazaban las manos para saludar el nuevo día.

La inesperada belleza de la escena le cortó la respiración a Burton. A pesar de todo lo que habían perdido, sentía la permanencia de lo vivido con Madeleine. Y juró no subsistir otro día sin ella.

—Me voy a Antzu —dijo, girándose hacia el aerodeslizador. El asiento del piloto estaba vacío.

Oyó pisadas rápidas acercándose a través de la penumbra. Un segundo después, lo derribaron y unos puños le machacaban la cara. Aguantó los golpes recordando el ritual de la Legión. Pinchazos, solía llamarlos Patrick. Solo perdería un poco de sangre a cambio de apaciguar la rabia de Tünscher, cuyos nudillos apenas empezaban a calentarse cuando se detuvo. Se puso en pie jadeante y esperó varios segundos; después le ofreció la mano a Burton para ayudarlo a levantarse.

Se contemplaron mutuamente. Burton se preguntó cómo reaccionaría su viejo amigo cuando supiera la verdad sobre los diamantes. Querría castigarlo con algo más que unos «pinchazos», eso seguro. Él fue el primero en moverse. El interior del almacén estaba vacío y las paredes ennegrecidas. La única fuente de luz era el agujero del techo, que proyectaba un óvalo de luz sobre el suelo.

—¿Qué es esto? —preguntó. Percibía un leve aroma a fruta podrida.

—¿Cómo quieres que lo sepa? —Tünscher suspiró y metió la mano en el bolsillo para buscar sus cigarrillos—. Creo que pertenecía a la rebelión. Deben de haber enviado a los trabajadores a las reservas.

—Tendrías que haberme hablado de los Bayerweed —dijo Burton.

—Ese es el menor de tus problemas.

—¿Qué hacemos ahora?

Las aves regresaban a las vigas, donde se arrullaban y cagaban.

—No me has dejado muchas opciones —admitió Tünscher—. Iremos a Antzu y buscaremos a tu mujer.

—Creí que ibas a regresar a casa sobornando a todo el mundo.

Su amigo se encogió de hombros.

—Lo único que importa son los diamantes. ¿Recuerdas las apuestas en la Legión? *À quitte ou double!* ¡Todo o nada! —Jugar con dinero estaba penado con severos castigos, así que cambiaban de manos enormes cantidades de dátiles—. A menos que quieras pagarme ahora.

Tünscher tenía la misma expresión desconsolada que Patrick en el Kongo, cuando comprendió la gravedad del problema en que se habían metido. Burton se sintió culpable y furioso consigo mismo por depender de una mentira.

—¿Y si primero nos sacas a Maddie y a mí de esta isla?

—Tú espera, algo se me ocurrirá. —Tünscher apagó la colilla y caminó hacia el aerodeslizador—. Quizá la flota pesquera de Varavanga...

Burton se fijó por primera vez en que su amigo se sujetaba el costado derecho.

—¿Estás bien, Tünsch?

—Exultante. —Se metió en el aerodeslizador para registrarlo en busca de todo el equipo que pudiera serles útil, incluyendo los bolsillos del cañonero muerto. Le entregó a Burton una brújula, una cantimplora, un paquete de carne seca y un botiquín.

Del exterior les llegó ruido de disparos, lo que espantó de nuevo a los pájaros. Era imposible deducir lo cerca o lo lejos que estaban.

—Será mejor que nos vayamos —dijo Burton.

—El río es demasiado peligroso —comentó Tünscher—. Deberíamos ir tierra adentro. Son cinco o seis horas de marcha.

Cinco o seis horas. Parecía una nimiedad para llegar hasta Madeleine.

—¿Conoces el camino? —Burton ya había estado en la isla como mercenario, pero en Tana. No estaba familiarizado con aquella parte de la isla.

—Debemos atravesar la selva hacia el sureste. —Tünscher se puso la gorra y la inclinó con aire de chulería—. Pasadas unas horas tendríamos que ver el palacio del gobernador. Eso nos guiará.

Ya estaban fuera, corriendo entre los edificios, cuando Tünscher frenó en seco.

—Espera, tengo una idea.

Volvió al almacén y sacó el cuerpo del cañonero de la cabina. Tiró los casquillos del MG48 y toda la basura que pudo encontrar al suelo alrededor del cadáver. Burton miró confuso a Tünscher, que recogía un casco y una postal de Hitler con traje tirolés que encontró en el tablero de mandos.

—Los partisanos solían hacer mierdas así en Siberia, después de tenderles una emboscada a nuestras patrullas.

—¿Qué significa? —preguntó Burton.

—Ni puta idea. —El latón de los casquillos brilló entre sus dedos—. Nos pasamos horas intentando buscarle sentido. Si encuentran el aerodeslizador, podría concedernos algo de tiempo.

Se marcharon en cuanto Tünscher consideró que había acabado y siguieron un sendero lleno de barro que intentaba tragarse sus botas. Entre los árboles se arracimaban los tentáculos de la niebla.

Tras ellos, el cañonero quedó apoyado contra el colchón de aire del aerodeslizador con el casco del revés, una mano en los genitales, la pierna izquierda plegada y sin botas ni calcetines. Lo rodeaban figuras geométricas hechas con los casquillos además de la palabra *KÜRBIS*. «Calabaza». La postal de Hitler estaba partida por la mitad: una parte enrollada entre los dedos de los pies y la otra entre sus labios.

34

*Presa de Sofía, norte del Sector Occidental,
20 de abril, 10:45 horas*

Hochburg contempló la ficha que tenía en su regazo, ajeno al estrépito de la pequeña cabina del helicóptero. Intentaba imaginarse el color de los ojos de Madeleine. Cuando terminase el Führertag sería suya, el cebo perfecto para capturar a Burton. Ya imaginaba un futuro en el que podría volver a hablar con el chico y rememorar tiempos pasados, antes de empezar a castigarlo. Si el cuerpo de Burton resistía, le esperaban unos años muy largos. Los hábiles profesionales del dolor sabían administrar tanto la parte cruel como lo que aliviaba.

—¿Se imagina a los negros haciendo algo tan atrevido? —La voz de Kepplar le llegó a través de los auriculares. Su ex ayudante iba encajonado en la parte trasera del Flettner.

Hochburg levantó la vista. Habían volado desde Tana y la última etapa de su viaje los llevaba por el valle Mandritsara, sobrevolando una tupida red de barracas y el cauce del río Sofía hasta la presa que lo contenía. Por la noche, los judíos habían hecho una pintada de cincuenta metros de altura en el muro del dique. Mientras Hochburg intentaba descifrar el grafiti, una sonrisa divertida curvó sus labios. Estaban en la reserva norte de la isla, la Reserva Sofía.

—Los judíos están técnicamente más dotados —replicó, pensando en Feuerstein. El científico ya estaría volando sobre DOA—. Y eso los hace más peligrosos.

Hochburg le dio instrucciones al piloto para que rodease la presa y su embalse rojo anaranjado, y así poder ver a Globus. Este iba vestido con pantalón de montar y una camisa de manga corta, y les gritaba órdenes a sus hombres mientras cabalgaba por la carretera que coronaba el dique. En sus botas brillaban unas espuelas.

En el risco más alto, dominando el valle, se hallaba el centro de control de la planta hidroeléctrica. Su recinto contenía una plataforma de aterrizaje levantada sobre un conjunto de pilones, a la que se habían añadido unas cuantas banderas de más para conmemorar el Führertag. El Flettner aterrizó junto a un trío de helicópteros ya posados en la plataforma: uno de ellos era un Bell 47 norteamericano con insignias diplomáticas.

—¿Por qué necesitamos el permiso de Globus? —preguntó Kepplar cuando desembarcaban.

—Todo lo que tiene que ver con Antzu lo irrita y necesitamos a sus hombres —dijo Hochburg—. Es mejor respetar las formalidades, eso complace al *Reichsführer*. Espera aquí.

Hochburg había sido responsable involuntario de las presas de Madagaskar. Mientras que Tana y Diego Suárez estaban iluminados por la noche, la mayoría de la isla permanecía a oscuras. Y Globus temió que, envuelta en la oscuridad, a la población le fuera más fácil conspirar contra él. El carbón era demasiado caro para importarlo, y el departamento forestal de las SS quería la madera de los árboles nativos para venderla y obtener beneficios, no para alumbrar a los judíos. Al regresar de la Conferencia de Windhuk, Globus había tomado un vuelo nocturno para ver las ciudades de África Central bajo él. Hochburg había sometido los ríos del continente. La presa de Inga, alimentada por las cataratas del río Kongo, era la más grande del mundo. Así que Globus encargó a un equipo de ingenieros que estudiara el potencial hidroeléctrico de Madagaskar. Se llegó a la conclusión de que varios ríos ofrecían posibilidades, aunque su tendencia a arrastrar y acumular barro levantaba ciertas dudas sobre su viabilidad. Globus no hizo caso de los detractores y, como parte de su Proyecto Manos Ociosas, puso a la población a trabajar en la presa de Sofía al norte y la de Betroka al sur.

A lo largo de la parte superior del dique corría una carretera de dos direcciones, que unía las dos vertientes de la garganta. Los equipos de trabajadores habían preparado cestas con las que bajar por la pared de la presa. Sobre ellas el embalse estaba a su nivel máximo ya que estaban en la estación de las lluvias. Cerca de la superficie el color era rojizo y el aire, acre. Globus se mantenía apartado de los trabajadores, charlando con un hombre trajeado. Parecía tan furioso y a la defensiva como lo estuvo él días atrás en los escalones de su palacio.

—Aquí está —anunció Globus. De él emanaba un fuerte tufo a alcohol—. Mientras el *Oberstgruppenführer* Hochburg esté de visita, es el oficial más antiguo en la isla. Quizás él pueda darle las explicaciones pertinentes. —Globus le presentó al hombre trajeado con una animadversión apenas disimulada—. Este es *Herr* Nightingale, el enviado norteamericano a Madagaskar.

Cuando Washington intervino para salvaguardar los archivos del Arca, también estableció una pequeña misión diplomática, en parte para tranquilizar a los ciudadanos norteamericanos con familiares en la isla, que se unió en Tana al Consejo de la Nueva Europa y a la representación de la Cruz Roja. Las tres instituciones compartían una casa en el viejo barrio colonial de la ciudad.

—Es nuevo y quiere hacerse un nombre —le explicó Globus a Hochburg en voz baja.

Nightingale dio un paso adelante alargando la mano, pero dudando si debía estrechar la del otro o alzarla en el típico saludo nazi. Hochburg le ahorró el dilema y se la estrechó formalmente. Había algo afeminado, casi hermoso en el norteamericano. Su piel parecía tan suave que daba la impresión de depilarse antes de cada comida. Tenía el ligero cabello plateado y el flequillo le tapaba media frente, que brillaba por el sudor.

Globus miró a Hochburg con ojos resacosos e inyectados en sangre.

—¿Estás al tanto de las terribles noticias? El Arca ardió anoche. ¿Cómo ha podido pasar un desastre así?

—El barco ha quedado destrozado —recalcó Nightingale en un alemán blando y untuoso—. Se han destruido cientos de miles de fichas, quizá millones. Eso contraviene todos los acuerdos firmados.

—Casualmente, Hochburg visitó el Arca ayer mismo —se apresuró a precisar Globus—. Y también el día anterior. Quizá sepa lo que pasó.

—Cuando me marché estaba absolutamente intacta —dijo Hochburg.

Globus se volvió hacia el norteamericano.

—¿Lo ve? El *Oberstgruppenführer* tenía un permiso especial para visitar el Arca. Tenga cuidado con lo que pretende implicar con sus palabras, *Herr* enviado. Usted es nuevo en la isla y no comprende cómo funcionan aquí las cosas.

—¿A diferencia de mi predecesor?

—Al menos sabía disfrutar de nuestra hospitalidad.

—La situación es inaceptable —insistió Nightingale—. Tengo informes de primera mano que hablan de oficiales de las SS abordando el barco. Informes de sabotaje.

—¿Y les da crédito? Los judíos mienten como respiran. Le juro que es una conspiración para enturbiar nuestras relaciones.

—Ya he informado a Washington y lamento informarles de que no se ha descartado una respuesta militar. Puede que tengamos que enviar un buque de guerra a esta región, como hicimos en el cuarenta y siete.

El tono del norteamericano era mesurado, pero Hochburg detectó una profunda convicción. Esperaba que Globus estallase, pero el gobernador de Madagaskar apenas lanzó un descuidado bufido y metió los pulgares en el pantalón de montar, apretándose la barriga.

—Y yo le he dicho a Germania que la culpa de lo ocurrido con el Arca es de los propios judíos. Están aprovechando el incidente para alimentar su rebelión. Mire lo que hicieron ayer aquí mismo. Pero no lo conseguirán. Ahora, si no desea nada más, tengo trabajo que atender.

Se alejó para supervisar a sus hombres, haciendo tintinear las espuelas a cada paso. Hochburg se disponía a seguirlo, pero Nightingale lo detuvo.

—¿Puedo hablar con usted en privado? Es importante.

—No tengo tiempo.

—Sus tropas en el Kongo no agradecerán que se marche sin que hablemos.

Hochburg frunció el ceño curioso y se dejó llevar hacia el extremo de la presa. Nightingale habló en inglés y en voz baja.

—Sé quién es usted, *Herr Oberstgruppenführer*, y sé que Himmler le hace caso. Necesito que le transmita un mensaje de prudencia.

—No soy el chico de los recados.

—Esto no es oficial.

Abajo, la niebla estaba dispersándose y dejaba ver retazos del valle. Cerca de la base de la presa estaban las barracas que Hochburg había visto antes: miles de cabañas encajadas entre las rocas, construidas con troncos y cuyo techo de paja estaba, en parte, todavía verde. El plan de Globus había significado un épico desperdicio de esfuerzos. Tal como le advirtieron los expertos, el río Sofía arrastraba demasiado barro para que pudieran funcionar las turbinas. Tras un despliegue inicial de energía, el agua de la presa pasó del azul a un amarillo amarronado, primero, y a un fuerte anaranjado, después, a medida que el sedimento se consolidaba y dejaba de producir electricidad. Y lo mismo sucedió en el sur. Fue entonces cuando empezó el segundo levantamiento y Globus encontró una estupenda excusa para sus locuras. Cualquier comunidad que presentara resistencia era trasladada entera a los valles de las presas; allí, confinadas por la orografía, eran fáciles de controlar. En la distancia, el río desaparecía de la vista al trazar una curva hacia Mandritsara y su hospital, un lugar que Hochburg conocía por su reputación. Los médicos compartían de vez en cuando su investigación con los colegas de Muspel, y algunos experimentos llegaban a su mesa. Su lectura resultaba espeluznante.

—No creo que el gobernador Globocnik se dé cuenta de la gravedad de la situación —añadió Nightingale— ni de sus potenciales consecuencias. Todos los días recibo informes de ejecuciones sumarias, de racionamiento de comida, de pueblos y trabajadores de las fábricas trasladados por toda la isla como si fueran juguetes. Se suponía que las reservas eran una solución a corto plazo. —Señaló el conglomerado de cabañas que tenían debajo, el sonido de los martillazos colándose a través de la niebla—. Y a mí me parecen permanentes.

—Tiene una rebelión entre manos —respondió Hochburg—. ¿Qué espera que haga?

—Las reservas tienen que acabarse. A este paso, todo hombre, mujer y niño acabarán encerrados en ellas.

—Dígaselo a Globus, no a mí.

—Lo intenté, pero su respuesta fue enviarme alcohol y mujeres —se quejó Nightingale al tiempo que se aflojaba el cuello de la camisa por la creciente humedad—. Y ahora ha pasado lo del Arca. Los dos sabemos lo importantes que son los nombres.

—Déjeme que le asegure una cosa: no tuvo nada que ver con eso.

El tono del norteamericano cambió hasta casi la súplica.

—Por el amor de Dios, Germania tiene que retirarlo de Madagaskar.

—He venido por un asunto privado, *Herr* Nightingale. No tengo ninguna influencia sobre los acontecimientos.

—El presidente Taft fue elegido gracias a su declaración de mantener a Estados Unidos a salvo, protegidos por nuestros océanos.

—Una neutralidad que el Reich respeta.

—Se necesitó mucho dinero para conseguir la Casa Blanca... y los judíos de mi país son muy ricos.

—¿Está en sus manos?

—Decir eso sería simplificar las cosas, pero no les falta influencia. Consideraron que mi predecesor era demasiado condescendiente con Globus y por eso fue destituido...

—... en cuanto Taft llegó al poder. —Hochburg terminó la frase y Nightingale asintió con la cabeza—. ¿Usted simpatiza con su causa?

El norteamericano respondió con brusquedad.

—Estoy diciendo que los judíos pueden presionar al presidente para que actúe y tome medidas que quizá vayan contra los intereses de Estados Unidos y que terminen involucrándonos en una confrontación que no deseamos.

Hacía mucho que Hitler había advertido que los judíos norteamericanos buscaban provocar un conflicto. Hochburg era escéptico a ese respecto. Creía lo que Nultz le había lloriqueado en la mina de uranio cuando le reconoció que querían el arma únicamente para asegurarse de que no serían atacados. Solo Norteamérica podía pretender poseer tal ingenio para no hacer uso de él, eso decía mucho sobre su carácter nacional.

—Eso no pasará nunca —sentenció.

—Ojalá compartiera su confianza.

—¿Cree que Estados Unidos entraría en guerra?

—Madagaskar es territorio alemán y los tratados que aseguran su seguridad también garantizan la de Estados Unidos. Pero si se llevase a cabo una atrocidad imperdonable, algo a una escala que no se pudiera ignorar... Hace dos semanas, en una de sus «noches locas», Globocnik amenazó con gasear toda la Reserva Betroka.

—Sería el vino el que hablaba.

—Un borracho no tendría que estar al cargo de un barril de pólvora. Puede perder el control.

—Globus es una bestia, de acuerdo, y sus métodos son primitivos, pero no se atrevería a tanto. Se muere por gobernar Ostmark.

—Sin el Arca puede hacer lo que quiera.

Hochburg agitó la cabeza.

—Una orden así solo podría provenir del Führer; y el Führer no desea la guerra entre nuestros dos países.

—Rezo por que tenga razón. —Nightingale irradiaba sinceridad—. Piénselo, *Oberstgruppenführer*, no por mi bien, sino por el suyo. Uno de nuestros barcos de guerra anclado en la costa no le ayudaría en el Kongo.

El enviado se excusó y se alejó sin hacer ruido. En el orfanato, Eleanor había establecido una clasificación de los niños a su cuidado. Su esposo la creía superficial, así que solo la compartió con Hochburg y los dos añadieron más términos con los años. Estaban los camorristas, los bárbaros, los «por favor, señora», los cabrones y los chicos que necesitan cariño. En cierta ocasión, ella llamó a uno de ellos «la espina bajo la nieve»: blanca y fría en la superficie, pero mejor no pisarla.

Hochburg no había pensado en aquella frase desde que vivía en Togo y se acordó de ella al ver alejarse a Nightingale. Quienquiera que lo hubiera enviado desde Washington, había cometido un error. Los modales del norteamericano eran demasiado sutiles para que la cerrada mente de Globus lo tomase en serio. Eso era un peligro.

—¿De verdad mandaría su país un buque de guerra? —le preguntó a Nightingale. Estaba sopesando las implicaciones.

El norteamericano hizo un gesto indolente.

—Contenga al gobernador. Acabe con las reservas.

Aunque Hochburg nunca había temido un ataque directo de Estados Unidos, su presencia en la zona podría reafirmar una actitud británica agresiva. Churchill siempre estaba hablando de la unidad anglosajona. Si no podían derrotar a los ingleses en el Kongo, al menos debían contenerlos hasta que Feuerstein hiciera su magia. Pensó en el arma que el judío iba a crear para él, en su sublime y decisivo poder. Y en el interés norteamericano en ella. ¿Qué había querido decir Nultz con la palabra «seguro»? Sus palabras exactas habían sido «un seguro contra Madagaskar».

Hochburg caminó a grandes zancadas hacia Globus y los hombres que descendían en cestas por la presa. Por el momento solo quería llegar a Antzu y encontrar a Madeleine Cole.

—Creí que te marchabas —dijo Globus.

—Cambio de planes. Tengo que pedirte otro favor.

—Ahora no. Necesito bajar y comprobar los daños.

—Es importante. Estoy seguro de que el *Reichsführer* lo aprobaría.

Globus se frotó las sienes.

—Me dijiste que Heinrich no sabía lo que estabas buscando... —Sacó un bote de pastillas y se tragó un puñado—. ¿Sabes montar?

—No.

Hochburg recelaba de los caballos, de sus caras plácidas pero astutas, de todo ese músculo indomable que se interponía entre el suelo y él. En el rostro de Globus apareció una sonrisa desagradable.

—Pues si quieres que te haga ese favor, será mejor que aprendas.

35

Globus había permitido que su cuñada bautizara al semental. Mantenía picaderos por toda la isla con caballos importados de Arabia y lo que antes era la estepa rusa. Su nueva montura había estado semanas sin tener nombre, hasta que una mañana, cabalgando con Gretta, ella lo llamó *Kansas*. Era una estupidez, pero parecía hacerla feliz y él tenía que admitir que no le desagradaba.

Kansas tenía diecisiete años, pálidas manchas grisáceas y una melena de color carbón. No era precisamente delicado, siempre intentando librarse del bocado y corcoveando, siempre dispuesto a escaparse. Globus bromeaba diciendo que era un caballo judío al que había que enseñar quién mandaba. Él montaba a caballo desde niño y era un jinete experto. En las raras ocasiones en que Himmler visitaba Madagaskar, salían juntos a cabalgar y el *Reichsführer* lo felicitaba por su habilidad, aunque dejando traslucir un punto de envidia.

El sol estaba disolviendo la niebla. Globus tiró de las riendas y miró por encima del hombro. Todavía se encontraba demasiado cerca de la presa para ver toda la extensión del vandalismo de los judíos. Le habían informado de lo ocurrido cuando estaba descansando con las chicas en Lava Bucht, mientras sorbían café con coñac y doble de crema, y el Arca se venía abajo. Se tomó inmediatamente uno de sus combinados de vitaminas y anfetaminas, y corrió hacia la presa. Desde entonces, a medida que las noticias sobre el Arca se iban extendiendo, sufría un constante martilleo de nuevas atrocidades. Los comandantes de toda la isla pedían instrucciones sobre cómo reaccionar, a pesar de que él mismo no estaba seguro de qué hacer. Su primera reacción fue lanzar contra los judíos a todo un escuadrón de Valkirias, pero se contuvo. Tenía que ir con pies de plomo.

Según Globus, el resto de los gobernadores africanos lo tenía fácil porque eran autónomos. Mientras siguieran pagando su tributo a Himmler, y mantuvieran el flujo de plátanos y minerales, los dejaban en paz, lo cual molestaba a Globocnik. Él tenía que rendir cuentas a Germania, a Himmler y a Heydrich; al RSHA, el Departamento de Seguridad, al Departamento de la Raza y la Reinserción, al Departamento Económico. Incluso tenía que lidiar con la Kriegsmarine, cuya base guardaban oficiales que le recordaban constantemente que eran independientes de las SS y que también habían estado preguntando por lo sucedido en el Arca. Y, encima, Globus tenía que cargar con el peor de los trabajos: tratar con la apestosa ensalada de los judíos.

¡Vaya forma de celebrar el Führertag! Normalmente lo pasaba en familia preparando su fiesta de cumpleaños, que era al día siguiente. Su único consuelo era que la situación no podía empeorar más. Tenía una de sus legendarias resacas: la sangre resonaba en sus oídos y la garganta le parecía papel de lija. Cincuenta metros por detrás, Hochburg lo seguía como lo haría un campesino con un caballo de tiro. En los establos, Globus insistió en que escogiera un potro negro joven: «Para que combine con tu uniforme», dijo sarcástico, pero Hochburg se había negado y prefirió un jamelgo veterano.

—Necesito tu ayuda, no una lección de equitación —dijo Hochburg cuando pudo acercarse.

Globus disfrutaba demasiado de la incomodidad del otro para terminar con la situación. Puede que fuera su única diversión del día.

Clavó las espuelas en los flancos de *Kansas* y galopó a través del valle, a través del velo de la cálida niebla y de la luz del sol, ascendiendo hasta una cresta que dominaba la Reserva Sofía. Era uno de sus lugares favoritos. Frenó a *Kansas* hasta un trote de paseo y admiró su creación. Era de una escala que Speer apreciaría: incontables filas de cabañas, distribuidas en forma de red, mucho más ordenadas que los guetos que había conocido en Europa o las chabolas de otras partes de la isla. Por encima de las barracas, en las laderas del valle destellaban las hileras de alambre de espino, como viñedos de acero que mantenían prisioneros a los judíos.

—Aún haremos un cosaco de ti —dijo, riéndose cuando Hochburg llegó a su altura. Parecía congestionado. La cabalgada había hecho que el gorro se le torciera sobre el ojo vendado y la correa se le clavaba en la barbilla.

—Creía que tú habías acabado con los cosacos.

El sendero era lo bastante amplio como para que pudieran ir uno al lado del otro. Desde su posición elevada veían la vía muerta del ferrocarril, donde desembarcaban diariamente los recién llegados. En la distancia se veía una multitud de bulldozers nivelando una colina.

—¿Qué hacen? —preguntó Hochburg.

—Nada que te interese. —Globus fijó su atención en el valle—. Ya hemos hecho espacio para trescientos mil judíos. Añade la Reserva Betroka en el sur y tienes en un mismo sitio el veinte por ciento de la población. Y seguimos construyendo. El plan a largo plazo es eliminar los sectores y concentrar aquí a todos los judíos. Una idea de Heydrich.

—¿Política de contención?

—En la isla abundan las enfermedades tropicales. Concentraremos a los judíos durante un par de generaciones y dejaremos que la Naturaleza siga su curso. «Extinción natural», lo llama Heydrich. No se derramará sangre, así que los norteamericanos no podrán protestar.

—Es un riesgo, ya probé algo similar en Muspel —previno Hochburg—. En un espacio tan confinado, la desobediencia se extiende más deprisa de lo que puedes controlar.

—No en mis presas. Al primer problema corto el suministro del agua, como hoy. Eso les enseñará una lección. Y si se produce una revuelta, abriré las compuertas.

—Tus vándalos escalaron la pared de la presa en la oscuridad, bajo las narices de tus guardias. Podrían haber bloqueado las compuertas.

Irritado, Globocnik usó la fusta y su montura salió disparada. Himmler le había hecho una advertencia similar. Más de una vez le había dicho: «Mi querido Globus, deberías minar las presas con dinamita.» Pero cada vez que Globocnik pedía esa orden por escrito, recibía la callada por respuesta. Pensó en los cosacos y en lo fácil que había sido: un comunicado de Germania con instrucciones impresas y una firma. Desde la nueva Rebelión de los Cerdos, Globus había esperado encontrar una solución permanente a los problemas de la isla, siempre dividido entre los deseos de Himmler y los de Heydrich. Era el criado de dos amos. Ambos aseguraban hablar en nombre del Führer.

Las vertientes del valle habían estado cubiertas de casias y palmas del viajero, que tuvieron que talar para utilizar la madera en la construcción de las barracas y, al mismo tiempo, despejar las colinas para facilitar la vigilancia y el control de los judíos. Globus se abrió paso entre los tocones hasta la cima del risco y Hochburg lo siguió de cerca. Había torres de guardia cada cincuenta metros en ambas direcciones. A través de la niebla se abrieron paso pálidos rayos de sol que revelaban claramente por primera vez la pared de la presa. Globus frenó en seco. Le temblaban las manos.

Durante la noche, los judíos habían escalado la presa y habían pintado en ella una gigantesca estrella de David; solo el amanecer interrumpió su trabajo. Cada brochazo alejaba más a Globocnik de Ostmark.

—Tienes que admitir que es impresionante —comentó Hochburg.

—En el centro de control hay suficiente TNT para volar la presa —aseguró Globus apuntando con la fusta—. Es lo que deberíamos hacer según Heydrich, arrasar toda esa basura.

—No seas idiota. Vuela la presa y provocarás a los norteamericanos. No le darás opción a Taft.

—¿Es lo que estabais susurrando antes Nightingale y tú?

—Ya lo oíste. Quieren enviar un buque de guerra.

—Una fanfarronada.

—Lo subestimas.

Globus chasqueó los labios.

—No voy a dejarme amedrentar por un projudío.

—Si la marina de Estados Unidos se presenta aquí, Heydrich pedirá tu cabeza. Y Himmler también.

—Así que no te ha enviado Heinrich.

Hochburg se quitó la gorra y bajó del caballo, aliviado por volver a pisar tierra firme.

—No sé de qué estás hablando.

—Pensé que quizá te había enviado al Arca para darme un empujón, para mostrarme el camino que tenía que seguir.

—He venido en busca de un judío. Y ahora estoy buscando a otro.

—¿Los coleccionas?

—Necesito una patrulla.

—¿Para qué?

—Para entrar en Antzu.

El cuello de Globus empezó a palpitar.

—Antzu es nuestra ciudad piloto. Y pretendes ir con un grupo de hombres armados, precisamente el día del Führertag. —El eco de su voz resonó en el valle—. Toda la puta isla estallará.

—Estaré menos de una hora.

—Ya me has causado bastantes problemas. Sé que pusiste una bomba en el Arca. Podría haber muerto.

—Una trágica pérdida.

—Te he seguido el juego, Hochburg, pero ahora me niego. Pon un pie en Antzu y te acusaré de traición. Te... te...

Estaba demasiado furioso para encontrar una amenaza convincente.

—¿Qué me harás, *Obergruppenführer*? —preguntó Hochburg tranquilamente—. Puede que esto solo sea una isla de África, pero eres lo bastante listo como para recordar tu rango.

—¡Y tú deberías recordar de quién es esta isla! —A Globocnik le hervía la sangre.

Le clavó las espuelas a *Kansas* con tanta fuerza que le perforó la piel. El animal corcoveó y a punto estuvo de chocar con Hochburg. Globus galopó a lo largo de la cresta, inclinado sobre el cuello de su montura. Desde las torres, los guardias se sorprendieron al verlo pasar. Siguió la curva del valle hasta que vio el hospital de Mandritsara y su complejo de edificios color carmín. Más allá había un *Totenburg*, uno de los monumentos dedicados a los alemanes muertos durante la primera rebelión.

Siguió hasta que *Kansas* se agotó; tenía los pálidos flancos empapados en sudor. Solo entonces frenó, desmontó y acarició al animal bajo las orejas para calmarlo.

No había ni rastro de Hochburg, pero podía ver claramente la presa; su monumental grafiti seguía burlándose de él. Miró a sus hombres intentando borrar la pintura. Si alguien hacía una foto y la mandaba a casa, sufriría tal humillación que su única solución sería meterse una Luger en la boca y apretar el gatillo. Se frotó las sienes y oyó la voz de Himmler y sus consejos. Al volver, seguían resonando en su cabeza: lo que los hombres tardarían horas en limpiar, la dinamita podría hacerlo en un instante.

36

Antzu, 20 de abril, 14:20 horas

Madeleine supo que estaban cerca de Antzu cuando empezó a notar el zumbido de los mosquitos. No tardaron en llenar el aire a su alrededor y ella se sentía demasiado agotada para espantarlos. Su ropa estaba empapada y los huesos de sus pies, doloridos. Y Jacoba parecía todavía más exhausta que ella.

—Si tuviéramos caballos... —había dicho unas horas antes, cuando las azotaba la lluvia.

—Si dejaras de quejarte... —dijo Abner a modo de réplica.

El empeño había mantenido en marcha a Madeleine mucho tiempo —el pie derecho por la posibilidad de encontrar a los gemelos, el izquierdo por la de apuñalar a Cranley en el corazón—, pero hacia el amanecer se le había agotado. Solo Abner parecía indiferente al cansancio. Mientras caminaban toda la noche por las colinas, él no dejaba de regañarlas por ser tan lentas y suspiraba impaciente cada vez que se detenían unos minutos para descansar. Madeleine admiraba su fortaleza, pero no dijo nada. Durante los últimos minutos había estado buscando el camino. La temperatura había subido, por lo que el terreno empapado se había calentado y la niebla serpenteaba a su alrededor.

Finalmente lo encontró: una maraña de arbustos como cualquier otra, pero que parecía significar algo para él. Se quitó la gabardina, la plegó hasta formar un paquete y la escondió junto con su fusil. Después se ató el pelo, dudó... y se quitó la peluca de la cabeza.

Madeleine se quedó contemplando a su hermano con una mezcla de diversión y lástima. Estaba casi calvo y el poco pelo que le quedaba estaba rodeado de llagas.

—¿Por qué?

—Dejó de crecerme el pelo —explicó a la defensiva, avergonzado. Metió la peluca en la mochila, cambiándola por una gorra—. Aquí es normal, la falta de vitaminas, el estrés...

—Quiero decir, ¿por qué te la has quitado?

Se bajó las mangas para tapar los tatuajes del brazo.

—Los Judíos de la Vainilla no son bienvenidos en Antzu.

—Entonces, ¿cómo vas a poder convencer al Consejo para que me ayude?

En vez de responder, se llevó dos dedos a los labios y tocó con ellos el número de Samuel antes de taparlo. La última vez que Madeleine vio a su hermano pequeño tenía diez años. En casa siempre lo había considerado un incordio, un niño tímido y poco organizado al que tenía que vigilar cuando su madre estaba ocupada. De saber lo que le esperaba, quizá todo hubiera sido diferente.

—Debería tatuarme el número de Samuel —dijo Madeleine mirándose la muñeca—. Por si a ti te pasara algo.

—¿Y estropear esos preciosos brazos? —Abner suavizó su tono—. No me pasará nada. Cuando lleguemos a Antzu estaremos a salvo. Y falta muy poco.

Llegaron al mediodía por la puerta sur.

En los años treinta, Polonia decidió deportar a sus judíos a Madagaskar, y envió una delegación para estudiar los asentamientos. Antsohihy, como se conocía entonces, era un pequeño poblado accesible desde la costa por el río Analava. Estaba rodeado de pantanos, sufría de malaria endémica y se consideraba inhabitable para grandes grupos, un aspecto destacado por los oficiales de las SS cuando lo escogieron como centro administrativo del Sector Oeste. En pocos años se convirtió en una ciudad de chabolas en constante crecimiento. Allí, el Judenrat, el Consejo Judío, servía de enlace con Tana, se encargaba del papeleo y transmitía las órdenes. Los ciudadanos de Antzu, que llevaban una vida relativamente cómoda, habían rehuido unirse a la primera rebelión; ahora el Consejo había ido más allá y exigía a los Vainillas que cesasen en su lucha porque la consideraban contraproducente.

Por medio de recompensas, y con un ojo puesto en Washington, Heydrich permitía que Antzu fuera la única ciudad libre de la isla. Las protestas de Globus eran ignoradas y tras tanta matanza procuraba llevarse bien con los norteamericanos. Había una guarnición de las SS más allá de los muros y el gobernador regional tenía una casa desde la que se podía contemplar toda la ciudad, pero Antzu estaba controlada por los jupos y durante el día los judíos podían vivir como quisieran. «Es un modelo, un modelo de obediencia y de libertad al que puede aspirar el resto de Madagaskar», declaró Heydrich a los periodistas del *New York Times*.

Habían levantado una empalizada en torno a la ciudad, no por deseo de los nazis sino por el de los propios habitantes. «Los judíos hemos vivido tanto tiempo entre muros, que ya no podemos vivir sin ellos», había oído Madeleine una vez. Varios jupos en uniforme, con capa de lluvia beige y salacot, guardaban la entrada. Parecían agitados y cotilleaban entre ellos. Junto a ellos ardían cáscaras de coco para mantener a raya las nubes de mosquitos.

Un guarda (como se llamaban a sí mismos) se adelantó para pedirles la documentación y los otros siguieron susurrando y moviendo las cabezas. Tenía la mirada de una persona a la que le deben algo. Abner le tendió sus papeles, Madeleine se dio cuenta de que el nombre escrito en ellos era el de otro.

El guarda les echó un vistazo por encima, ansioso por hablar de malas noticias.

—¿Os habéis enterado? El Arca se ha quemado.

—¿Cuándo? —Abner no tuvo que fingir su horror.

—Esta mañana —hizo un gesto hacia otro guarda—. Creemos que han sido esos cabrones de los Vainillas para obligarnos a actuar, para que nos unamos a su rebelión, pero el Consejo es demasiado inteligente para caer en esa trampa. —Bajó la voz, como si compartiera un secreto—. Está reunido en este mismo momento, una reunión de urgencia para denunciar a los Vainillas antes de que nos aniquilen a todos.

—Los Vainillas nunca atacarían el Arca.

—¿Cómo puedes estar seguro? —preguntó el guarda mirándolo con desconfianza.

—Porque sabemos que la rebelión está destinada a fracasar —replicó Abner sin mucha convicción—. Y en los días posteriores, el Arca será nuestro único resguardo.

El guarda gruñó y le tendió la mano a Madeleine. Llevaba las uñas largas y sucias.

—Tus papeles.

—Es una tonta, se los dejó en casa. Su amiga y ella, las dos —intervino Abner, dejando caer al mismo tiempo unas monedas en la mano del guarda—. Puedes acompañarnos y comprobarlo si no te fías.

El guarda le miró la mano y después miró a sus colegas para ver si se habían dado cuenta.

—¿Dónde vives?

—En Boriziny Strasse —dijo Madeleine.

—La próxima vez no los olvides —le riñó el guarda cambiando de actitud. Los empujó hacia la puerta.

Abner esperó hasta alejarse lo suficiente para que no pudiera oírlos y pasó ante edificios de color verde musgo y paredes estampadas de algas.

—¿Boriziny? Mamá quería vivir allí, pasó años rellenando solicitudes. ¿Cómo lo conseguiste?

—Me enviaron allí la primera vez que llegué.

—Nadie vive en la calle Boriziny sin mover bastante dinero. Puede que tu marido lo pagara.

—Lo dudo. —La mención de Cranley hizo que se removieran en su interior emociones lúgubres—. ¿Hablabas en serio cuando dijiste que la rebelión fracasaría?

—Solo lo dije para que nos dejasen entrar. —Suspiró y, por primera vez, pareció cansado—. Quizás acabe siendo cierto, Madeleine, no lo sé. Estoy harto de todo esto. Si queremos tener una oportunidad, necesitamos que intervengan los norteamericanos.

—¿Cómo?

—Fue mi gran sueño. Pasamos meses tramando un plan para obligarlos a actuar.

—Puede que todo sea diferente con Taft.

—Lo mejor que podemos hacer es seguir combatiendo. En todas partes. Si los nazis asesinan a bastantes de los nuestros, los norteamericanos no tendrán elección.

—Nos servirá de consuelo cuando todos estemos muertos —intervino Jacoba.

Se internaron cansinamente en la ciudad, cuyas calles estaban más desiertas de lo que Madeleine recordaba. Abner iba al frente, animando como siempre a las dos mujeres para que se dieran prisa. Las constantes reprimendas y la dureza del viaje habían hecho que Madeleine se acercase aún más a Jacoba. Buscó su mano. La anciana había mostrado un inesperado estoicismo. Ahora que estaba entre los muros de Antzu, entre «gente civilizada», parecía más segura de sí misma.

La niebla parecía tener un efecto tóxico a causa de los efluvios de las cloacas y los vapores de la pintura, pero sobre ella flotaba un aire cálido y reconfortante. El estómago de Madeleine se contrajo al detectar el aroma del pan recién hecho. No recordaba la última vez que había comido algo. En el matadero la dieta consistía únicamente en arroz. Llenaban su mente algunas imágenes: hogazas de pan blanco crujientes espolvoreadas de harina, cruasanes, las jalás que su madre solía hacer con su elaborada masa trenzada. No tardaron en llegar a calles que le resultaban familiares. Cerca había una tienda donde había comprado pan varias veces.

—¿Te queda algún amarillo? —le preguntó a Abner. La moneda para los judíos era el *gelbmark*, comúnmente llamado *gelb*, «amarillo».

—He gastado las últimas monedas en la puerta.

—Alguna debe de quedarte. —De niño, siempre guardaba algo de calderilla como reserva—. Estoy famélica.

—Y yo —añadió Jacoba, olisqueando el aire.

—Tenemos que apresurarnos. Sin el Arca, es más importante que nunca hablar con el Consejo. —Se frotó las muelas a través de las mejillas—. Creí que eso es lo que querías.

—Lo es, pero... —Madeleine se detuvo ante la tienda—. Tengo la sangre como si fuera agua, no puedo dar un paso más.

Irritado, Abner rebuscó en los bolsillos y encontró algo de calderilla. No eran *gelbmarks*, sino monedas de zinc —las llamaban rupias— con un valor de diez, cinco, dos y uno. Habían sido acuñadas por última vez en los años cuarenta, por lo que las que circulaban estaban muy limitadas por la cantidad que un individuo podía poseer y porque la población había ido menguando.

Madeleine y Jacoba entraron en la tienda. El olor de aquel lugar, a especias y arroz pasado, casi hizo que Madeleine se desmayara de hambre. La cantidad de sórdida y magra comida almacenada en jarras y contenedores tras el mostrador debía desalentar a los ladrones.

—¿Tiene algo de pan? —preguntó Madeleine.

—Hoy no —replicó la mujer señalando los estantes vacíos. En el último podía verse el grueso rectángulo de un pastel de miel.

—¿Y eso?

—No lo querrás. Es un *Bienenstiche*, una picadura de abeja.

—¿Cuánto?

—Nos lo trajeron esta mañana y no he vendido ni un solo pedazo. La mujer era de Londres y tenía el acento gutural del West End.

—¿Por qué?

—Los nazis han repartido uno a cada tienda para celebrar el cumpleaños del Führer.

—Si no hay pan, córtame tres porciones.

—¡No deberías comer eso! Anoche incendiaron el Arca. Nuestro deber es no comérnoslo.

—Tres porciones. Grandes.

—Estás enferma, chica. Los Vainillas usarán eso como excusa para crearnos más problemas. ¿Sabes qué te digo? Que todos acabaremos en las reservas.

—Ya no tengo hambre —dijo Jacoba, tirándole de la manga.

Madeline dudó. Y lanzó todas las monedas que tenía sobre el mostrador.

—Dame tantas porciones como puedas por este dinero.

Al volver a la calle, Abner se limpiaba los cristales de las gafas. Por allí circulaban parejas de ancianos y madres jóvenes con sus hijos, pero no hombres en edad de combatir. Para impedir cualquier posibilidad de rebelión, el Consejo Judío había decretado que los hombres entre quince y sesenta años no vivieran en la ciudad, a menos que estuvieran casados y tuvieran hijos, o fueran devotamente religiosos. Abner condujo a las dos mujeres a través de la niebla, con las respectivas caras llenas de migajas de pastel. Madeleine devoraba su porción sin apenas masticarla, la miel le quemaba la garganta.

Llegaron al barrio español, una madriguera de calles que conducían a los muelles y al río. No afectada por la Operación Babel de Globus, Antzu se dividía por identidades nacionales. Todos los edificios estaban ocultos por andamiajes de bambú. En los niveles más altos, había ancianos con latas de pintura y brochas que los contemplaban al pasar.

—¿Qué es esto?

—Si viviste aquí desde el principio, tendrías que saberlo —respondió Abner con tono acusador—. Es un ritual que se celebra todos los años: la semana de la pintura.

—No lo entiendo.

—La madera soporta mal este clima. Hay que cuidarla, pero los nazis controlan la pintura. Dicen que los elementos químicos que la componen pueden utilizarse para fabricar explosivos, así que solo nos la dan la semana del Führertag.

Del barrio español pasaron a un bloque donde se concentraban los judíos de Liechtenstein y después al distrito de Altes Reich, la parte más antigua de la ciudad, donde vivían alemanes y austríacos.

La calle Boriziny había sido la principal vía pública antes de que llegaran los judíos, una larga carretera serpenteante lo bastante ancha para un motocarro al principio y se estrechaba al final. Los pioneros habían construido casas mejores que los que fueron llegando después:

levantadas sobre pilones para evitar las riadas que a veces causaban las lluvias, tenían techo de hojalata y un pequeño jardín, incluso un rudimentario sistema de alcantarillado. En el extremo norte, bajo la sombra de los árboles de papayas, había un grupo de chalets del período colonial francés. Allí vivían el Consejo Judío y los altos cargos de la Jupo. La calle había estado pavimentada, pero una década de tormentas tropicales la había reducido a simples fragmentos de adoquines rodeados de charcos. Nadie sabía quién había sido Boriziny o por qué le habían dedicado una calle.

La mente de Madeleine vagaba melancólica. Luchaba por recordar sus paseos por aquella calle sintiendo el peso de los gemelos en sus entrañas. ¿Había cometido un error regresando allí? Sus hijos parecían más lejanos que el día anterior. Intentó animarse recordando su caminar de pato en las últimas semanas de embarazo, segura de que le habría hecho sonreír a Burton.

—¿Qué número? —preguntó Abner.

—Once treinta y ocho.

—Todo el mundo quiere vivir aquí, Leni. Así que mentalízate, es muy probable que tu casa esté ocupada.

—¿Y mis cosas? —Pensaba en su maleta y las pocas pertenencias que había comprado o intercambiado, entre ellas, una reserva de leche en polvo.

—Perdidas.

No le importaba demasiado. En aquel momento solo quería descansar.

—Puedes vivir conmigo —le dijo Jacoba—. No es un lugar tan bueno como este, solo un edificio de pequeños apartamentos, pero estoy segura de que mi habitación seguirá allí.

—Yo no estaría tan seguro —dijo Abner, aplastando un mosquito posado en su brazo.

La niebla pendía de los tejados. De alguna parte les llegó una voz de soprano practicando escalas. Unos cuantos niños desharrapados jugaban a la rayuela mientras las madres hacían la colada. Madeleine recordó con claridad las calles de Hampstead y las casas en las que había trabajado como doncella cuando llegó a Londres. Incluso la Viena de su infancia seguía vívida en su cabeza, pero nada de lo que ahora la rodeaba le resultaba familiar.

La voz de la cantante de ópera sonó más cercana. Era una de las vecinas de Madeleine, que le tenía envidia porque le habían concedido una casa en aquella calle a «una inglesa» y más todavía porque estaba embarazada. Con tan pocos hombres en la ciudad y el control de natalidad establecido por las SS, los embarazos eran raros. La cantante estaba practicando en su porche, pero calló cuando ellos se acercaron.

Abner subió los escalones del número 1138 y llamó a la puerta. Era una cabaña abovedada de color marrón, erosionada y con el óxido resbalando desde el tejado por las paredes exteriores. Nadie contestó a la llamada.

—¿Tienes la llave? —preguntó Abner.

—La perdí.

Su hermano examinó el marco.

—No parece muy fuerte, creo que podré forzarla.

—No, espera —lo detuvo ella.

Se situó junto a él y sacó el cuchillo del pantalón. Lo había llevado pegado al muslo todo el camino hasta que le irritó la piel. Cada vez que se le escapaba una mueca de dolor, pensaba en Cranley. Metió el cuchillo entre el marco y la cerradura, y lo retorció hasta que cedió el pestillo. Dentro, todo estaba como lo había dejado diez semanas atrás. Abner dio un paso para entrar, pero ella le cortó el paso y se dirigió a Jacoba.

—¿Quieres entrar? ¿Descansar un poco?

—Primero quiero ver a mi hija.

Desde que se encontraron en el lago del matadero, Madeleine había compartido los días con Jacoba. Jacoba, que la había animado la noche anterior a pesar del agotamiento. Jacoba, que le permitía aferrarse a la esperanza de escapar de la isla, aunque creyera que era imposible. La idea de separarse de ella le resultaba más dolorosa de lo que Madeleine había imaginado. Bajó los escalones y abrazó a la anciana. Había algo tan natural en el gesto, como si fueran dos amigas despidiéndose después de comer o de pasar una tarde de compras (si no se tenían en cuenta la ropa y las embarradas calles de Antzu), que Madeleine sintió que los ojos se le llenaban de lágrimas. Jacoba le dio un último beso en la mejilla y susurró:

—Ojalá hubiera podido hacer más.

Y desapareció de la calle Boriziny por una de las travesías laterales en dirección al río.

—No confío en ella —dijo Abner, entrando en la casa.

—Se preocupa por mí.

—¿Y no has pensado por qué? Porque no es de la familia.

Abner estudió el interior. Había una pequeña ventana con una fina malla para contener los mosquitos. Solo las casas del Consejo Judío tenían cristales, un producto muy escaso. Sus ojos se centraron en la caja que Madeleine había pensado usar como cuna.

—Iré a ver al Consejo para comunicarles los traslados a las reservas —dijo—. Allí también tienen un transmisor, necesito hablar con Ben Zeev, contarle lo del Arca.

—¿Y Mandritsara?

—Han quemado nuestros archivos, Madeleine. Ahora a nadie le importarán tus hijos.

—Me lo prometiste.

Abner le ofreció un abrazo ridículo.

—Iré sola —dijo ella, demasiado cansada para ser persuasiva.

—Entonces, ve. —Abner abrió la puerta, lo que dejó entrar una brisa que olía a pan y a cloaca—. Sigue el mismo camino por el que vinimos y al llegar a la colina gira a la izquierda hacia la casa del gobernador. Así llegarás a la carretera principal. —A cada palabra parecía más enfadado—. Son cuarenta kilómetros, aunque una mujer sola levantará sospechas, sobre todo en el Führertag. Así que sería mejor que fueras campo a través.

Madeleine bajó la cabeza y se dio cuenta de que uno de sus cordones tenía un nudo.

—Desde que dejamos el tren has ido muy lenta, Leni, y el camino era más fácil que el que hay entre aquí y Mandritsara.

—Alguien tiene que ayudarme.

—¿Por qué? Hay miles, millones de personas que necesitan ayuda, ¿por qué te crees tan especial? —Abner suspiró y se rascó la calva cabeza; parecía estar calculando algo—. Déjame ir a ver al Consejo y hablar a tu favor. Pero tienes que prometerme que te quedarás aquí.

—Quiero ir contigo.

—Esta casa es más segura. Quédate y descansa.

Salió de la casa y se alejó en la misma dirección que Jacoba. Entonces se detuvo.

—Es una bonita casa, Leni, mejor que cualquiera que hayamos tenido aquí... o que la que tienen ahora mamá y Leah. —Miró al cielo—. Deberías estar agradecida por tenerla.

Madeleine siguió su mirada. No podía distinguir nada por la niebla, pero oyó el ruido de un helicóptero. Pasó rugiendo por encima de la ciudad y aterrizó junto a la casa del gobernador. Cuando volvió a mirar la calle, Abner había desaparecido.

37

Antzu, 20 de abril, 15:20 horas

«Más putos caballos», pensó Hochburg cuando Kepplar abría la puerta del helicóptero. A su alrededor revoloteaban briznas de paja.

El Flettner había aterrizado junto a los establos, tras la villa del gobernador. Apareció un mozo de cuadra en mangas de camisa y condujo a los dos hombres hasta la casa, pasando por un cobertizo de aparejos y un vestíbulo adornado con jarrones, cuadros y ornamentos de plata. Flotaba un olor mareante a franchipán e ylang-ylang.

—Es para enmascarar el hedor de la ciudad —explicó el mozo, antes de ser relevado por un ayudante que los llevó por unas escaleras hasta llamar a una puerta.

Hochburg la cruzó y entró en un comedor: más opulencia chabacana, más tesoros saqueados. El aire era helado. Ya había pasado por lo mismo antes: eran los típicos europeos para los que el estatus se medía por la capacidad de enfriar el aire tropical. Hochburg contempló la cantidad de comida expuesta sobre una mesa y sintió náuseas. Era el nuevo estilo alemán, el exceso, la gente que se llenaba la boca hasta que no podía ni respirar. Un pobre ejemplo de los altos cargos que se estaba filtrando a las masas. No pasaría mucho tiempo antes de que todo el mundo exigiera ese estilo de vida.

En la mesa podían verse los manjares tradicionales de un Führertag: cordero asado con salsa de enebro, jamón con costra de pan, ensalada de patata y col lombarda. Había un montón de botellas de vino. Ya hacía diez años que las autoridades animaban a los ciudadanos del Reich a comer pan especiado con nueces en esa época del año, siguiendo las preferencias dictadas por Hitler, nunca muy populares. Por toda la sala revoloteaban criadas judías, que servían a una mujer obesa de rizos rubios y a cinco niños rollizos vestidos de uniforme. Toda la familia llevaba pieles de zorro para protegerse del frío y deslumbrantes anillos en los dedos. A la cabecera de la mesa, con una cara redonda como una tetera, se encontraba el gobernador del sector, el *Brigadeführer* Felix Quorp.

—*Herr Oberstgruppenführer*, ¡cuánto honor! —saludó Quorp con una evidente falta de sinceridad—. Acabamos de brindar por sus fuerzas del Kongo.

—Tenemos que hablar en privado —dijo Hochburg.

—Seguro que tiene tiempo para unirse a nosotros en la mesa.

—De inmediato.

Quorp dejó escapar un suspiro y señaló unas ventanas francesas; se abrían a una galería que circundaban todo el primer piso de la casa. Hochburg se alegró de volver a sentir la humedad en las mejillas. Más allá del muro que aislaba la villa podía verse una amalgama de tejados semioculta por la niebla.

—El gobernador Globus me telefoneó para avisarme de que podría aparecer en mi casa —dijo Quorp en tono agresivo, cerrando las puertas tras ellos—. No pienso ofrecerle ayuda. La ciudad ya está bastante revuelta por culpa de lo ocurrido con el Arca.

—Necesito una docena de hombres.

—Odilo y yo somos viejos amigos desde los tiempos de Carintia. —Ocultó un eructo con la mano—. La lealtad lo es todo.

—Este asunto afecta a la seguridad del Estado. ¿De quién recibe órdenes, de Globus o del *Reichsführer*?

—De ambos. Y usted no es ninguno de los dos.

Hochburg le dio la espalda al comedor. Kepplar estaba rechazando una copa de champán que le ofrecía la esposa de Globus. Bajo la mesa, dos sétters devoraban el contenido de unos cuencos con comida. Le hubiera gustado ir acompañado de *Fenris*.

—Su familia, supongo.

—Por supuesto.

—¿Qué edad tiene su hijo pequeño?

—Emilia tiene cuatro años. Nació aquí, en Mandritsara, sus instalaciones son excelentes... —explicó, fijando la vista en el único ojo bueno del otro.

—Una familia adorable. —Hochburg no profirió una amenaza; se limitó a dejar que su voz transmitiera un sinfín de posibilidades.

—Usted no... no se atrevería... —balbuceó Quorp, como si se le hubiera atragantado un hueso.

Quince minutos después, Hochburg esperaba impaciente en la puerta de la villa. La casa, pintada de un verde ácido, estaba rodeada de bismarckias y situada sobre la única colina de la ciudad merecedora de tal nombre. Una simple barrera con dos centinelas daba paso a una carretera de grava que conducía a Diego Suárez, al norte, o a Mandritsara, al sur; un tercer ramal llevaba al puerto y a la misma Antzu. Jugueteando con el cuchillo de Burton entre los dedos, Hochburg captó el aroma del pan recién hecho.

—Estoy ansioso por encontrarme de nuevo con Cole —comentó Kepplar mientras esperaban la escolta—. En Roscherhafen no tuve ocasión de estudiar detenidamente su cráneo. Supongo que es de categoría cuatro, quizá cinco, un tanto negroide, no sabría decirlo con precisión.

Hochburg no le respondió, pero vio la obsesión en los ojos de su ex ayudante. Qué poco comprendía su misión en África por culpa del exceso de adoctrinamiento. Era un soldado entregado a la causa pero incapaz de pensar por sí mismo y Hochburg estaba empezando a hartarse de los hombres como él. En realidad, de todos los hombres. Suspiraba por tener en sus manos la superarma que lo liberaría de tener que depender de esa especie de zombis.

La fachada de la villa estaba decorada con macetas llenas de buganvillas escarlatas. Hochburg recordó una frase: «Si me dieran una flor cada vez que pienso en ti, caminaría eternamente por un jardín.» ¿Quién había escrito aquello? La melancolía hizo presa en él, pero se aferró a las predicciones de Feuerstein para alejarla. Los científicos hablaban de que la explosión del artefacto emitiría un fogonazo capaz de fundir la retina.

—Recuperaré África para ti, amor mío —le susurró a una ausente Eleanor.

De repente, entendió el interés de los norteamericanos por la bomba. Nultz tenía razón, para ellos era un seguro. Cualquiera que fuera el tipo de presión que el Comité Judío Norteamericano ejerciera sobre Taft, este había jurado repetidamente que su país seguiría siendo neutral. Estados Unidos no quería la bomba para atacar, sino como medio de disuasión. Cada vez que Globocnik arrasaba una ciudad o enviaba más judíos a las reservas, corría el riesgo de que los norteamericanos se vieran arrastrados a la guerra contra el Reich. La amenaza de la bomba le cortaría las alas a Globus y los reduciría al papel de simple administrador. El CJN se tranquilizaría y Washington no tendría necesidad de embarcarse en aventuras al otro lado del Atlántico.

El ruido de los pasos de cuatro jóvenes apartó a Hochburg de sus pensamientos. Se cuadraron en posición de firmes con su BK44, frescos y sonrosados europeos de cabezas rapadas y emocionados por portar armas.

—¿Eso es todo? —se extrañó Kepplar—. ¿Mozos de cuadra?

—A menudo los de más abajo son los más entregados —replicó Hochburg. Quorp se había negado a prestarle soldados de la guarnición.

—Pero ¿podemos confiar en ellos? Si los judíos...

Hochburg lo hizo callar mirando hacia la villa.

—Nómbrame un solo hombre en el que pueda confiar. Llevan la insignia de la calavera y la palmera, con eso me basta. —Quorp los observaba desde el comedor, con su hija pequeña sobre las rodillas—. Seguro que ya ha hablado con Globus. No tenemos mucho tiempo.

Hochburg ordenó que levantaran la barrera y se encaminó hacia la niebla. Guardó el cuchillo de Burton en el uniforme, sacó la ficha de Madeleine y se dirigió al chico más próximo a él. Era el mismo mozo de cuadra que los había recibido al aterrizar el helicóptero.

—¿Conoces la ciudad?

—Sí, *Oberstgruppenführer*.

—Bien. Llévame a Boriziny Strasse.

38

La discusión con Abner le había robado a Madeleine toda la energía que le quedaba. Comprendía que quisiera mantenerla a salvo, pero creía que no necesitaba su protección. Era una actitud egoísta, un deseo de probarse a sí misma. La única persona que le había hecho sentirse a salvo era Burton.

Madeleine cerró la puerta y aseguró el pestillo lo mejor que pudo. El aire estaba saturado de un olor de tierra, de humedad. Estaba sola por primera vez en muchos meses. En el matadero habría dado lo que fuera por disfrutar de unos momentos de soledad; ahora, el silencio le parecía ensordecedor. Su casa, a pesar del lujo que se le suponía a Boriziny, consistía en una sola habitación, con una separación en la parte trasera que escondía unos cubos y un agujero donde ponerse en cuclillas; el agua llegaba de una tubería procedente de la calle. Las paredes, pintadas de un rojo coral por su anterior ocupante, estaban desmoronándose y los toscos tablones del suelo los cubrían hojas de platanero a modo de estera. El único mobiliario era una cama, una cuna improvisada con una caja y una segunda caja que usaba como mesa. Una idea acudió a su mente: que su hermano la había engañado llevándola hasta allí. Madeleine se sentó en la cama y el armazón crujió como si fuera a partirse.

Quizá su animadversión hacia Abner se debía a que tenía razón. Ella no tenía espíritu guerrero. Si quería reunirse con los gemelos, debía ir inmediatamente a Mandritsara. Contempló la cuna conteniendo un sollozo.

—Estoy demasiado cansada —dijo en voz alta para romper el silencio—. Necesito descansar... solo unos minutos. Perdonadme.

No sabía si les hablaba a los bebés, a Burton, o a sí misma. El azúcar del pastel de miel, tan vigorizante hacía un momento, recorría su sangre y hacía que le latiera el corazón. En su interior iba cuajando una sensación de desesperanza: encontrar a los gemelos iba a ser imposible; además, nunca podrían salir de la isla. Y aunque algún día llegara a encontrarse frente a Cranley, seguramente podría derribarla de un manotazo como si estuviera ahuyentando un olor desagradable. Quería culpar a alguien: a Burton por su temeridad, a su marido por exiliarla, a Hochburg... De no ser por Hochburg, Burton nunca habría ido al Kongo. Madeleine pensó en las semanas que pasó esperando que volviera de África. Más de una vez había estado a punto de coger a Alice y huir. ¿Por qué fue tan idiota de quedarse?

Tras sus ojos sentía como si la cara se le estuviera desmigajando. Era el agotamiento. Burton solía decirle: «Nunca pienses cuando estés cansada porque el mundo te parecerá muy negro.» Necesitaba calmarse, dormir un poco. Aquellas descascarilladas paredes rosadas habían protegido a sus hijos durante el embarazo; estando allí no le había ocurrido nada malo.

Madeleine se quitó la bota izquierda antes de enfrentarse al nudo de los cordones de la derecha. Las uñas, romas y reblandecidas por la lluvia, no le servían de nada. Pensó en usar el cuchillo, pero el cordón era demasiado valioso para cortarlo.

La segunda vez que se encontró con Burton Cole también luchaba con un nudo. Fue en agosto de 1949, un día luminoso en la costa. Más tarde se daría cuenta de que todos los acontecimientos importantes de su vida, la huida de Viena, su encuentro con Jared, el nacimiento de Alice, tuvieron lugar cuando el año empezaba a cambiar. Aquella vez, Madeleine caminaba por la playa llena de guijarros como solía hacer casi todos los días que estaba en Suffolk. Podía perderse por aquel paisaje desierto en todas direcciones, a excepción de alguna vela solitaria en alta mar; hacia el interior solo había dunas y marjales. Iba vestida con la última moda para hacer excursiones y un par de resistentes botas Ayres&Lee. Salir de casa y pasear le servía de desahogo, ya que la criada cuidaba de Alice y Jared se quedaba en Londres hasta el fin de semana. Era un momento para llenarse los pulmones de aire limpio y fresco. La campiña local era demasiado llana para el tipo de excursiones que le gustaban cuando era niña. No obstante, el ejercicio le recordaba a su padre. Ojalá estuviera allí para intercambiar confidencias.

La primera vez que llegó a Londres, con un uniforme usado y una desastrada maleta, creyó que el resto de su vida sería una criada solterona, más huesuda y desagradable con el transcurrir de los años. Ahora tenía una hija maravillosa, dos casas hermosas y un matrimonio que la protegía de la persecución antijudía, aunque no de ocasionales comentarios malintencionados; Jared era un esposo sobrio, adinerado e infinitamente fiel. La vida nunca había sido tan cómoda para ella... y, aun así, se avergonzaba de admitir lo desgraciada que se sentía.

Madeleine ya no era la mujer a la que Jared le ofreció un anillo. Había florecido en el rico sustrato en el que él la plantó y había crecido por vías que ninguno de los dos había imaginado. Cuando se dejaba ir, él la reprendía y siempre parecía insatisfecho con los resultados. Por mucho que ella lo intentara, por mucho que lo amara, no conseguía mostrarle su agradecimiento como él esperaba. El milagro de los primeros años se convirtió en algo opresivo como una tormenta que acechase en el horizonte, siempre oscura y amenazante pero nunca desatada. Como ocurrió tras el desastre de Dunquerque, cuando el país contenía el aliento esperando la invasión. A veces deseaba entablar una discusión, gritar y que le gritasen para disfrutar de la reconciliación que seguiría. Jared no había cambiado, pero no era el marido que había imaginado. Sentía que él prefería a la inmigrante sucia y vulnerable que entró por primera vez en su despacho. Podría haber sido más llevadero si hubiera tenido alguna confidente, pero pocas mujeres querían ser sus amigas; y las que querían, aunque se mostraban amables, eran incapaces de comprender la vida que había llevado. Entretanto, ella se fue acostumbrando al lujo.

Caminando entre guijarros, Madeleine se dio cuenta de que se le había desatado una bota. Se agachó y descubrió que los cordones tenían un nudo. Cuanto más intentaba soltarlo más parecía apretarse. Terminó por quitársela y se la acercó a la cara para poder ver mejor el nudo. Sintió que las piedrecitas bajo sus pies eran ásperas pero sensuales. Le gustaba sentirlas en la piel, así que se quitó los calcetines y enterró los dedos en ellas, arqueando la columna de placer. El nudo resultó menos placentero, tiró de él con el pulgar, pero se negaba a deshacerse.

—*Verfluchter mist!* —gritó en alemán.

Madeleine siguió intentándolo hasta que se le rompió la uña. Juró otra vez, y otra más, cada vez más fuerte. Las palabras le salían como un torrente. La playa estaba vacía, ¿qué importaba?; además, le sentaba bien. Maldijo el cordón, y la bota, y los cuchicheos de los criados cuando volviera a casa. Fue siguiendo su repertorio favorito hasta llegar a los nazis, a Hitler, ese centro de odio gratificante y visceral. Jared siempre se mostraba muy diplomático cuando hablaba en público de Hitler.

La tensión se fue reduciendo hasta que acabó riendo. Como el nudo seguía sin deshacerse lanzó la bota por los aires frustrada.

Rebotó en los guijarros y aterrizó frente a un extraño.

Madeleine se encogió de vergüenza, preguntándose cómo había podido acercarse tanto sin hacer ruido. Su rostro le pareció familiar y, por un momento, temió que fuera uno de los amigos de Jared. Pensar que aquel incidente pudiera llegar a oídos de su marido era más de lo que podía soportar. El extraño llevaba una chaqueta impermeable y estaba muy bronceado.

—¿Problemas con la bota? —preguntó en alemán.

Su voz era grave y exótica. De repente, recordó quién era.

—Usted es el sobrino —dijo—. El africano.

—¿Conoce a mi tía?

—Usted y yo nos conocimos el año pasado en una de sus fiestas. Yo estaba tocando a Schubert en el piano, ¿se acuerda? Se llama Burton.

Él medio sonrió, halagado porque lo reconociera. La miró como si estuviera recuperándose de una larga enfermedad. Su barba incipiente mostraba los primeros atisbos de color gris. Madeleine tenía buena memoria para los nombres, un talento heredado de su padre; decía que su éxito como médico radicaba tanto en sus habilidades clínicas como en la familiaridad que establecía con los pacientes. Recordaba aquella noche muy vívidamente... y el error que había cometido. Tras dejarlo junto al piano, comprendió que de las personas con las que había hablado era la primera capaz de responder a sus preguntas. Buscó por toda la casa y los jardines, pero Burton había desaparecido.

Él se agachó con dificultad para recoger la bota.

—Un nudo feo.

Madeleine alargó la mano, mortificada porque la bota pudiera oler mal. Esa mañana no se había puesto calcetines limpios, un acto infantil de rebeldía.

—No se preocupe, puedo desatarlo.

—¿Lanzándolo contra los guijarros?

No estaba segura de si se burlaba de ella; sus ojos no transmitían nada.

—Por favor. No es un problema. —Él le devolvió la bota.

A ella le gustó que no insistiera ni alardeara de ser más hábil. Luchó con el cordón otros treinta segundos antes de rendirse—. No quiero cortar los cordones.

Burton estaba mirando al suelo.

—¿No tiene frío en el pie?

Le pasó la bota y empezó a ponerse el calcetín. Él cogió los cordones entre los dedos, hizo algo que ella no pudo ver bien y, en un instante, el nudo estaba deshecho.

—¿Cómo ha hecho eso? —Estaba exasperada porque a él le hubiera resultado tan fácil.

—Un viejo truco de la Legión Extranjera.

—¿Es soldado?

Asintió con la cabeza y le entregó la bota.

—¿Hacia dónde se dirige?

—A Dunwich.

—Igual que yo. ¿Le molestaría tener compañía?

Madeleine dudó sin saber qué contestar. No quería animarlo, pero tampoco ser grosera. Sabiendo que quizá no volverían a verse nunca más, aceptó. Sentía curiosidad.

Caminaron en silencio, excepto por el crujir de los guijarros. Burton luchó por seguir el ritmo de la mujer. Siempre mantenía por lo menos un metro de separación entre ambos por si se topaban con alguien conocido. Oía a su marido diciendo: «Una yarda. No deberías utilizar esos términos continentales.»

—¿Acaba de volver de África? —preguntó. Él volvió a asentir con la cabeza de modo evasivo—. Siempre he querido visitar África.

—No hay nada allí. Solo miseria.

Madeleine aflojó el paso, preparándose para la pregunta importante.

—¿Y ha estado en Madagaskar?

—Una vez.

—¿Cómo es?

Él la miró e intuyó que, probablemente, ella tenía sangre judía. Ella no solía admitirlo, detestaba la piedad o el veneno que aparecía en las caras de la gente cuando se enteraban. La expresión de Burton siguió inalterable.

—Fue hace mucho —respondió al fin—. Antes de que los enviaran al sur.

—Nunca he conocido a nadie que haya estado allí.

—En mi última noche, estábamos escondidos en las colinas sobre Mazunga esperando un barco. El bombardeo había terminado y todo estaba en calma, realmente en calma, menos los insectos —exhibió una sonrisa distante—. Casi se podía pensar que reinaba la paz.

Ella siguió preguntando, sorprendida de lo comedidas que eran las respuestas ya que, por alguna razón, había pensado que sería un bruto. Sabía que no encontraría palabras de consuelo en él, tampoco las necesitaba, simplemente quería saber más sobre el lugar donde habían mandado a su familia, cómo era el color de la tierra y el olor del cielo, por boca de alguien que hubiera estado allí.

Diez minutos después, él se detuvo abruptamente.

—No puedo seguir. Me duele mucho —dijo, agarrándose el muslo. Se giró en la dirección por la que habían llegado hasta aquel punto—. ¿Viene a menudo por aquí?

—Me gusta.

—El médico dice que necesito ejercitarme todos los días para reforzar la musculatura. Quizá volvamos a vernos.

—No creo que sea apropiado. Estoy casada.

Se alejó cojeando, aplastando guijarros con las botas antes de detenerse de nuevo.

—Ahora me acuerdo de Schubert. La *Melodía húngara*. Tocaba usted muy bien, pero, lo siento, no me acuerdo de su nombre.

—Señora Cranley.

—Su nombre de pila.

—Madeleine —respondió tras una leve duda.

—Como en la Biblia. —Burton sonrió y cambió al alemán—. Sanadora de heridas y de malos espíritus.

La mañana siguiente amaneció cálida y azul, ideal para caminar. Un chiste muy común por entonces decía: «El tiempo es mejor desde que no hay judíos.» Madeleine se quedó en casa, igual que el día siguiente; después, Jared se presentó y se quedó hasta el domingo. Llevó regalos y bonhomía, como siempre, y eso tensó la atmósfera de la casa. El martes diluvió. Madeleine se recogió el pelo en un moño y se puso un impermeable asumiendo que tendría la playa para ella sola, pero se topó con Burton en la misma zona pedregosa donde se encontraron el primer día. Intercambiaron cumplidos bajo la lluvia y él le preguntó por su fin de semana. Por razones que nunca comprendió, el complot del tiempo, la necesidad de aliviar su carga, el instinto, ella le contó la verdad. No dijo nada malo de Jared, pero le contó lo asfixiante que eran las expectativas que recaían sobre ella en la casa y que los criados no la dejaban en paz, por lo que tenía que mantener el aplomo constantemente.

—Debe de pensar que soy terriblemente ingrata —dijo al terminar. «Terriblemente ingrata»; sonaba como una parodia de Celia Johnson.

—Mi tía es una buena mujer y su doncella también —explicó Burton—. Me tratan como si fueran enfermeras, pero a veces tengo la necesidad de salir de esa casa para no ponerme a gritar.

Madeleine estaba empapada cuando llegó a casa. Corrió al baño y mientras se quedaba en ropa interior, con el vapor surgiendo del grifo, se preguntó si a Burton le gustarían los baños calientes. Cuando era adolescente, solía decirles a sus amigos que nunca podría casarse con un hombre al que no le gustara un buen baño. La nueva obsesión de Jared eran las duchas. Para él suponían el futuro, solo había que fijarse en los norteamericanos.

Volvió a salir al día siguiente, con una tranquila expectativa por encontrarse con Burton. Pero cuando lo vio en la distancia —una oscura y renqueante figura contra los grises guijarros— se quedó helada. ¿Qué estaba haciendo? Nunca podrían ser amigos. Pronto tendría que volver a Londres con Alice. Cuando él levantó la mano a modo de saludo, ella salió corriendo en dirección opuesta.

—*Ami!* —gritó él. El sonido reverberó sobre los guijarros por encima del romper de las olas—. *Ami!*

Madeleine despertó de golpe, convencida de estar oyendo el eco de la voz de Burton a su alrededor, tan real como las paredes rosadas y la penetrante humedad.

Ami... Era la llamada del legionario al aproximarse a una fortificación.

Fue dando tumbos hasta la puerta, medio cayéndose, y miró en ambas direcciones de la calle Boriziny. Estaba vacía, con niebla que se enroscaba y se desplazaba por toda la calle, y solo captaba el olor de la comida. Al verla, la vecina de enfrente dejó de hacer ejercicios de respiración y frunció el ceño.

Madeleine entró. Se quitó la otra bota y se concentró en anudar los cordones tal como le había enseñado Burton. Solo tardó unos segundos. Dejó las botas y se masajeó los pies. Tenía las plantas arrugadas y peladas, y una verruga en el talón. Recordó lo ágiles y hermosos que tenía antes los pies y la forma en que Burton los apretaba ligeramente, una sensación deliciosa. Se quitó la camisa y el pantalón mojados.

Más allá de la separación de la parte trasera, había un desagüe, una tina de ceniza y varios cubos de agua que nadie había tocado desde hacía meses. Madeleine cogió un puñado de ceniza, que usaban como sustituto del jabón, y se restregó el cuerpo con ella hasta que la piel adquirió un tono rosado. Después se echó un balde de agua por la cabeza. De vuelta a la habitación fue consciente del olor a agua estancada que emanaba de su cuerpo. Buscó la maleta que tenía debajo de la cama y sacó la última de las botella de perfume que Jared le había metido en el equipaje. El resto lo había vendido en el mercado, sorprendida de los precios que alcanzaban y la vanidad de algunas mujeres entre tantos cuerpos malolientes. Apuntó el vaporizador hacia el cuello, pero no presionó el pulsador.

Madeleine no había querido ni buscado una aventura. Solo retrospectivamente se daba cuenta de hasta qué punto su vida afectiva estaba aletargada. Jared podía ser atento y afectuoso, le había dado a Alice, pero solo era capaz de dar amor. No necesitaba recibirlo ni lo quería.

Siguió encontrándose con Burton y, a medida que él recuperaba las fuerzas, aumentaba el recorrido de los paseos. Le contó muchas más cosas de Madagaskar, pero pronto quiso conocer el resto de su vida: África, la Legión Extranjera, su infancia. Era como escuchar una voz amiga en la oscuridad. Le conmovieron sus momentos difíciles, sus dudas, tan distintas de la pétrea seguridad de su marido. Por primera vez habló libremente del pasado. Jared procedía de una familia alegre y próspera. Su padre tenía buena salud y su madre había muerto pacíficamente en su casa. Él no podía compartir con ella la amargura del sufrimiento.

A medida que avanzaba la mañana y arreciaba el viento del mar del Norte, Madeleine dejó de mirarse a sí misma para prestar más atención a Burton. Siempre se mantenía a tres palmos de distancia de ella y nunca se insinuó, a diferencia de los amigos de Jared y sus miradas furtivas, como si quisieran comprobar la propaganda nazi sobre la lascivia de las judías. El único contacto ocurrió durante uno de sus encuentros: él tenía una miga de pan en la barba y ella se la quitó; le pareció lo más normal del mundo. Esperaba que tardara mucho en curársele la pierna.

Hubo un momento en que Jared le preguntó por qué pasaba tanto tiempo en su segunda casa.

—Al final Alice se pensará que es una chica de campo —dijo en broma pero sin sonreír.

—Ven y pasa más tiempo con nosotras —le pidió, segura de que no lo haría—. Trabajas demasiado.

Aquel fin de semana Alice y ella volvieron a Londres con Jared.

Cuando Madeleine imaginó a Burton esperándola en la playa, y teniendo que caminar solo, sintió una punzada en el pecho. Le escribió una nota de disculpa por su marcha y firmó «Maddie» antes de añadir una posdata, consciente de que había cruzado un umbral, que estaba compartiendo un secreto. Le pidió que no contestase su misiva ni hablara con su tía de su amistad.

Madeleine encontró excusas para visitar Suffolk, y Burton, para viajar a menudo a Londres. Por alguna razón siempre se encontraban en martes. Ella deseaba que llegase el verano para poder llevar vestidos más ligeros y no ir siempre envuelta en chaquetones de lana y pieles. Se besaron por primera vez en Navidad, en una de las cafeterías de la cadena Kardomah, una tensa, casi embarazosa presión de unos labios que temblaban de expectación. Recordó los villancicos y el frío en la cara, el aroma de las castañas asadas y los humos del petróleo. Fue en Trafalgar Square, junto al enorme árbol que Hitler mandaba todos los años a Inglaterra. Pocos años antes había vagado por aquellas calles como una mendiga, parpadeando deslumbrada ante las luces y los restaurantes lujosos, consciente de que nunca pertenecería a aquel mundo. En cambio, Jared le había permitido acceder a él. La barba de Burton era blanda y cálida. Se besaron bajo las guirnaldas de luz, acariciándose las mejillas, sin importarles que los vieran. Volvió a su casa de Hampstead exultante y enferma, y tuvo que pasar toda una semana en cama con gripe. Después de Año Nuevo le dijo a Burton que tenían que dejar de verse. Aquella misma tarde hicieron el amor por primera vez. Ella ya se había imaginado ese momento y, para su sorpresa, fue menos dulce de lo que pensaba.

Madeleine dejó el frasco de perfume de nuevo en la maleta y se tumbó en la cama, dejando que el agotamiento la venciera. El aire era húmedo y cálido, pero sentía desprotegido su cuerpo desnudo. Tiró de la fina sábana gris y se tapó hasta la barbilla.

Yacía inmóvil, sin pensar, con los ojos abiertos y llorosos, y tenía la sensación de que nunca podría volver a dormir. Según Jacoba, el sueño era el único lugar seguro en Madagaskar. En el matadero circulaban rumores de que los nazis estaban desarrollando una máquina que les permitiría espiar los sueños y así asegurarse de que nadie tuviera tregua ni durmiendo. Vio su cuchillo sobre la cuna, pero estaba demasiado cansada para levantarse y recogerlo. Imaginó que la mano de Burton cogía la suya.

Lo siguiente de lo que fue consciente fue que la puerta estaba abierta y una silueta se recortaba en la niebla. Sus párpados aletearon antes de apartar los ojos de la luz y volver a soñar.

39

Antzu, 20 de abril, 15:30 horas

—¿Libélula?... ¿Me recibes, Libélula? Cambio.

Libélula, la contraseña de Cranley. La había elegido lanzando una de sus risas huecas. Salois habló con la boca pegada al micrófono, sosteniéndolo con una mano y moviendo el dial de la radio con la otra para encontrar la frecuencia exacta. Estaba convencido de que Cranley había conseguido llegar hasta la orilla y estaría dirigiéndose a la estación de radar de Mazunka. Salois iba a continuar hacia Diego Suárez mientras pudiera. Se habían perdido demasiadas vidas para abandonar la misión. Sintió el cansado palpitar de haber engañado otra vez a la muerte, la sensación de ser de algún modo inferior a los demás que habían muerto en la playa. Por eso, y por el orgullo que le quedaba, no quería que Rolland informase de que habían fallado. La culpa recaería inevitablemente en él, en el judío.

—¿Libélula? ¿Cranley?

Solo obtuvo el crujido de la estática como respuesta.

Las telecomunicaciones estaban prohibidas para los judíos en toda la isla. La sala de radio donde se encontraba estaba oculta en una minúscula bodega en los cimientos de la sinagoga y solo se podía acceder a ella tras bajar tres tramos de escaleras ocultos por una trampilla. No tenía ventilación y la única luz era la de una vela. Siguió luchando con la estática cuando se abrió la puerta.

—¿Has terminado? —preguntó el rabino—. Alguien más espera.

Salois giró la rueda de la frecuencia para que nadie más viese la que había estado probando y recogió su mochila. La noche anterior había vuelto a la playa y había salvado todo lo que pudo encontrar: media docena de granadas, detonadores, bengalas de humo, verdes para que los bombarderos supieran que las defensas antiaéreas habían sido destruidas y rojas para abortar el ataque. Toda la comida se había perdido. Había devorado dos cuencos de sopa de arroz y boniato que le había dado el rabino, pero seguía hambriento.

No tenía explosivos.

Subieron las escaleras. El dobladillo del pantalón del rabino, que iba delante de él, dejaba al descubierto sus talones huesudos. Arriba les esperaba un hombre con gafas y casi calvo, muy moreno. El rabino le indicó que podía bajar, antes de guiar a Salois por un laberinto de pasillos sombríos. Este pudo vislumbrar aulas vacías y unas pocas ventanas, pero con la visión bloqueada por montones de tierra y basura. Contra algunas de las paredes se apilaban sacos de arroz marcados con la enseña COMITÉ DE DISTRIBUCIÓN COLECTIVA; en algunos puntos tenían que aplastarse contra ellos para seguir adelante.

—¿Es cierto lo de los sacos? —preguntó Salois.

Conocía al rabino desde hacía tiempo. Era famoso por su caridad y su dedicación al baile. No había participado en la *mered*, «rebelión», pero tampoco se avergonzaba de ella.

—Por la isla circulan demasiados rumores —respondió.

Durante la rebelión, los nazis incautaron toda la comida enviada desde Estados Unidos. Se decía que les devolverían el arroz pero saco a saco, uno por cada diez Judíos de la Vainilla que el Consejo delatase. Los veinticuatro miembros del Judenrat, el Consejo Judío, no se consideraban a sí mismos colaboracionistas. Sumisos tras años de vivir al borde del precipicio, aceptaron su suerte en Madagaskar, creyendo que era más sabio obedecer a los nazis y construir la mejor sociedad posible, que enrolarse en una resistencia fútil y sin esperanza. Salois sabía que ir a Antzu y pedir ayuda al Consejo era correr un riesgo, pero los Vainillas no tenían un mando central y no tenía tiempo de vagar por la selva a ver si se encontraba con una banda de combatientes. No se le ocurrió otra alternativa. Un miembro del Consejo, Zuckerman, a quien el valón había conocido de pasada cuando trabajó en Diego Suárez, tenía una vena más militante y quizá podría convencerlo para que lo ayudase.

El rabino llegó hasta una pesada puerta de madera y le ofreció a Salois una kipá, como ya hizo la primera vez que llegó. Pero esta vez fue inflexible.

—Si quieres ver al Consejo, tienes que ponértela.

Del otro lado de la puerta les llegaban voces airadas. Salois se colocó la kipá en la coronilla. La sintió tan poco familiar como si fuera un casco alemán. El rabino lo condujo a través de la puerta hasta una sala que resonaba como un almacén. El aire era un tormento: caluroso, turbulento y harinoso.

La inquietud se adueñó de Salois. El santuario estaba en sombras, a excepción de la *ner tamid*, la «luz eterna», cuyo brillo era pálido. Por encima de la estancia, a nivel de calle, había una galería donde se les permitía a las mujeres sentarse y rezar. Era la segunda vez que pisaba un lugar similar. La primera fue en Amberes, el día que huyó de la ciudad con las manos todavía ensangrentadas. Entonces se dio cuenta de que, si se marchaba, dejaría atrás algo más que su crimen, que renunciaría a su vida, a los lazos con la familia y los amigos, y a todo lo que le era habitual, incluso a su nombre. No habría vuelta atrás. Invocó a Dios y le juró que si le enviaba una señal, se quedaría y afrontaría el castigo que le correspondiera. Siguió allí hasta el anochecer.

La sinagoga de Antzu era la única de la isla, una concesión del gobernador Bouhler con el tácito consentimiento de Heydrich. Tras el programa de limpieza étnica autorizado por los nazis, era la única sinagoga al este de Nueva York. Como los materiales de construcción estaban restringidos —los nazis temían que el hierro y el cemento se utilizaran para la defensa militar— había sido construida con madera, excepto la chimenea de ladrillos, como las sinagogas de los poblados. Lo llamaron el estilo malgache. Se permitió que entraran en la ciudad trabajadores del Sector Oriental para construirla. La tradición talmúdica dictaba que la sinagoga debía ser la estructura más alta de la ciudad, a lo que Bouhler se negó, hasta que el Consejo sugirió una solución. Los ingenieros de las SS abrieron un profundo agujero en el terreno y la sinagoga se construyó sobre esa base, así era el edificio más alto de la ciudad, aunque la villa del gobernador estuviera situada en un terreno más elevado.

El Consejo estaba reunido en torno a siete mesas formando un octógono, cuyo lado vacío servía como abertura para entrar y salir de la figura geométrica. Todos los miembros eran ancianos y vestían trajes que tenían más de diez años, pero lavados y planchados, por lo que su aspecto era bastante aparente. Llevaban la camisa abotonada hasta la garganta, sin cuello, y se habían remangado para poder trabajar con comodidad. En la muñeca no se veía ningún tatuaje; a los pertenecientes al Consejo se les perdonaba esa indignidad. Frente a ellos había tinas de sal y de harina de arroz; la masa subía bajo los paños.

—¿Qué están haciendo? —le susurró Salois al rabino.

—Al Consejo le está prohibido reunirse durante el Führertag, así que están haciendo pan. Si se presenta una patrulla, simplemente están preparando comida para los necesitados.

—¿Aquí pueden entrar patrullas?

—Estamos en la estación del monzón, pero eso no significa que hoy tenga que llover.

Salois buscó con la mirada a Zuckerman entre los ancianos, pero no lo encontró. En las sombras, tras la mesa, dos panaderos cuidaban de un horno. Se amontonaban un montón de barras de pan, barras de forma irregular, producto de manos no profesionales.

—Ese es Wischblatt; ha dirigido el Consejo este pasado año —dijo el rabino, señalando al hombre sentado a la cabecera del octógono. Tenía el aspecto de un abogado de provincias, con la piel manchada de harina y la cabeza lisa como una piedra, salvo una pequeña franja de pelo sobre las orejas—. Debes esperar a que te llame.

Los miembros del Consejo intercambiaban acalorados comentarios en alemán, el idioma oficial del Judenrat. Su ira no se dirigía contra sus interlocutores, ni siquiera contra los nazis, sino en otra dirección. Algunos de los rostros estaban surcados de lágrimas. Al principio, Salois luchó por comprender el hilo de las discusiones. Parecía que durante la noche había sucedido algo muy especial: la nueva rebelión era contagiosa y el deber del Consejo era apaciguarla y dejarle claro a Globus que la condenaban. Salois se acordó de Rolland, Turneiro y Cranley. «Otra vez me veo ante hombres que hablan demasiado», pensó. Pero, de repente, comprendió de qué estaban hablando y sintió un estallido de dolor y de rabia.

Se liberó de la mano del rabino que pretendía sujetarlo y se metió entre las mesas. Tuvo la impresión de que se enfrentaba a un tribunal.

—¿El Arca ha sido destruida?

—Ardió esta misma mañana —respondió alguien del Consejo—. Nuestros archivos han quedado reducidos a cenizas.

Wischblatt le hizo callar.

—Rabino, ¿quién es este extranjero que has traído hasta nosotros?

—Soy el comandante Reuben Salois. Luché en el Benelux y con las brigadas Vohemar durante Mered ha-Vanill. He venido a ver a Zuckerman.

Soltó la mochila a sus pies, con el consiguiente tintineo de las granadas, y miró alrededor de las mesas en su busca.

—Cuando la rebelión fracasó, los supervivientes de las Vohemar fueron enviados a Steinbock para que trabajasen en las minas. —La voz de Wischblatt sonó melodiosa, autoritaria, con un toque de rencor que no podía disimular—. Estamos mejor sin ellos; querían conducirnos a los hornos.

—Nunca llegamos a las minas. Los nazis nos hicieron cavar nuestras propias tumbas y ejecutaron hasta el último hombre.

Wischblatt lo evaluó enarcando una ceja.

—Entonces, tenemos ante nosotros a un fantasma.

—El destino me salvó y escapé de África. Ahora estoy buscando a Zuckerman.

—¿Zuckerman? Mmm, ¿cuál es la expresión?... Se fue a América.

Muerto, dedujo Salois. Claro que estaba muerto. Todo el mundo estaba muerto. A todo el mundo se le concedía la liberación de la muerte, menos a él. Lo atravesó una fugaz desesperación y luego lo inflamó el odio. Los nazis habían destruido sus archivos y ahora le tocaría a la población. Tenía que continuar con Cranley o sin él, aunque fuera sin esperanza de tener éxito. Si el Arca era un símbolo, también lo era Diego Suárez.

Salois volvió a estudiar los rostros del Consejo. ¿Podría persuadir a uno de ellos? Le deprimía depender de aquellos hombres.

—No tenía planeado rogarles que...

Wischblatt lo interrumpió.

—Este Consejo propugna la detención de los Judíos de la Vainilla, en realidad la de todos los grupos de resistencia, tanto por su propio bien como por el nuestro. —Le hizo un gesto a un hombre de enmarañado cabello negro y mandíbula de buey—. Yaudin es nuestro jefe de policía. Es hora de que sus guardias te saquen de aquí.

Dos jupos dieron un paso al frente.

Yaudin alzó una mano para detenerlos. En uno de los dedos llevaba un anillo de boda, una rareza entre los isleños. Hacía tiempo que la mayoría de ellos habían sido robados o intercambiados. El policía parecía irritado por las órdenes de Wischblatt.

—Yo era amigo de Zuckerman —le dijo a Salois—. Y Zuckerman habría dicho que este es un hombre valiente que pudo escapar para siempre, pero que eligió regresar. Cualquier otro día habría estado de acuerdo con *Herr* Wischblatt. —Su acento era de los barrios bajos berlineses—. ¿Por qué has vuelto?

—Para destruir Diego Suárez.

Una ola de rabia seguida de risas incrédulas recorrió a la mayoría de los presentes. Salois explicó el plan de Cranley, pero solo les contó aquello que necesitaban saber, esperando que su franqueza los persuadiera.

—Estás loco —dijo Wischblatt temblando—. Las represalias...

—... harán que los norteamericanos declaren la guerra.

—Una bendición para Inglaterra y su decadente imperio. Tus jefes nos mirarán arder desde el otro lado del Atlántico con prismáticos.

—Con los norteamericanos en África tendremos una oportunidad.

—¿Qué oportunidad? Estarán en el lado que no tienen que estar del canal de Mozambique. Los Vainillas nunca podréis derrotar a las SS.

—Eso es verdad. Pero hay un límite a la sangre que puede derramar Globus antes de que se vean obligados a intervenir.

—¿Como hicieron durante la primera rebelión?

—Es la única manera.

La puerta crujió al abrirse y entró el hombre con gafas, el que había estado esperando para utilizar la radio.

—La única manera de sobrevivir es cooperar con nuestros gobernantes —prosiguió Wischblatt, lleno de razón y de halagos—. Este Consejo lo ha demostrado. Mientras que vosotros, los Vainillas, sois cazados como perros, nosotros hemos creado una comunidad próspera. Pero si atacas Diego Suárez no distinguirán unos de otros. Serás responsable de la muerte de todo hombre, mujer y niño de esta isla.

—Ya están muertos. Los nazis ven este lugar como nuestra tumba y están dispuestos a llenarla; deprisa o despacio, da igual. El Arca es una prueba de ello.

—No en el Sector Occidental. No en Antzu. Mira todo lo que hemos conseguido. —Gesticuló, señalando la luz eterna—. Aquí vivimos como queremos. Cualquier judío puede caminar por las calles sin temor.

—Tus calles están vacías.

—¿Y dónde estarás tú cuando Globocnik se vengue? —preguntó Wischblatt—. ¿En Palestina? ¿En Estados Unidos quizá? Los británicos no abandonan a sus soldados ni se arriesgan a que los capturen. Seguro que han planeado una ruta de escape.

—Nos recogerá un bote en Kap Ost dentro de cinco días.

Kap Ost, el punto más oriental de Madagaskar. Podía verse desde las rutas entre Asia y el sur de África.

—¿Lo ves? —exclamó Wischblatt, contento por demostrar que tenía razón. Entonces, se dirigió al Consejo—: Primero provoca al ejecutor y después nos abandona para que suframos las consecuencias.

—No. —A pesar del elaborado plan de Rolland para extraer al comando, Salois nunca había pensado irse con él—. Yo me quedaré y lucharé.

—Entonces, morirás —sentenció Wischblatt, antes de añadir—: Al menos no eres hipócrita. Yaudin, no queremos seguir escuchando sus palabras.

El policía contemplaba a Salois con la duda reflejada en los ojos.

—No entiendo una cosa. ¿Por qué arriesgarse a venir aquí? ¿Por qué nos cuentas todo eso?

Desde que había salido de Amberes, Salois recelaba de los policías sin importar cuál fuera su uniforme, pero podía ver la vacilación en la expresión de Yaulin.

—Para intentar convenceros —respondió—. Para suplicaros. Necesito hombres y explosivos.

—Entonces, Dios nos sonríe —dijo Wischblatt—. No hay explosivos en Antzu.

—Algo debéis de tener.

—Tu viaje ha sido en vano, comandante Salois —sentenció Wischblatt con un enfático y satisfecho movimiento de la cabeza.

—Sé dónde encontrar explosivos.

Salois y los miembros del Consejo miraron al hombre con gafas. El valón se fijó en que las mangas de su camisa no dejaban ver más allá de las muñecas.

—Rabino, ¿quiénes son estos vagabundos que nos has traído hoy?

—Me llamo Abner Weiss y ya hablé una vez ante el Consejo. Ben Zeev me manda con noticias. Han ocurrido más cosas además del incendio del Arca. Los nazis están cerrando las fábricas y las granjas, y están enviando a todo el mundo a las reservas.

Wischblatt pidió silencio.

—Solo a los que se han unido a vuestra Rebelión de los Cerdos. Yaudin, insisto en que arrestes a esos hombres. Tenemos asuntos más importantes que discutir.

El jefe de policía seguía indeciso.

Otro de los miembros del Consejo tomó la palabra, señalando a Salois.

—¿Cómo sabemos que es judío? Esta mañana destruyen el Arca y el mismo día aparece un extraño prometiéndonos la salvación si ayudamos a su revuelta. Si dice la verdad sobre las reservas, puede que lo haya enviado Globus, que sea un agente provocador.

Un murmullo de aprobación recorrió la mesa.

—¿Puedes probar quién eres? —preguntó Yaudin.

—¿Que si tengo alguna documentación? No.

—¿Y cómo podemos confiar en tu historia?

Salois miró primero a los ojos de Yaudin y después a los de todos los miembros del Consejo uno tras otro, terminando con Wischblatt. Avanzó hasta el centro del octógono y se desabrochó los puños de su caftán, lleno de manchas de sal y de sangre. Hizo lo mismo con los botones del pecho y se lo quitó por encima de la cabeza. La prenda cayó al suelo.

Salois alzó los brazos con las palmas hacia arriba y, lentamente, empezó a girar sobre sí mismo para que todos los reunidos pudieran ver su torso desnudo.

El carbón del horno crepitaba. Los dos panaderos habían dejado de trabajar y miraban embobados a Salois con la boca abierta por el horror. Wischblatt contempló al hombre hasta que, como el resto del Consejo, tuvo que taparse los ojos.

—¿Queréis verme las piernas? ¿Las plantas de los pies? —preguntó Salois retador. Su voz era fúnebre, salvaje. Empezó a desabrocharse el cinturón.

—Ya basta —dijo Yaudin—. Te pido disculpas, comandante. Todo el Consejo te las pide. Y compartimos tu dolor.

—Solo quiero vuestra ayuda.

La noche de las ejecuciones, antes de lanzarse al canal de Mozambique, Salois había gateado entre la multitud de cadáveres leyendo sus antebrazos a la luz de la luna, memorizando todos los números que fue capaz. Parecía que tantas almas le dieran a su mente una capacidad sobrenatural. Más tarde, cuando su cuerpo se curaba y engordaba en el monasterio de Inhambane, le pidió a uno de los jesuitas una aguja y un tintero. Pasó días recitando todos los dígitos que recordaba, tatuando su piel hasta que todo espacio libre adoptó un color índigo.

Abner recogió el caftán del suelo y se lo tendió a Salois, que volvió a cubrirse el cuerpo. Cuando lo exponía se sentía desdichado, como si fuera el culpable de la historia que narraba su piel.

—¿Qué tipo de explosivos? —preguntó, abrochándose los botones.

—Dinamita, sobre todo. Los británicos la metieron de contrabando en los suministros que nos enviaron.

—¿Dónde?

—No lo hagas —pidió Wischblatt—. ¿Crees que nos gustan los nazis? Los odiamos tanto como tú.

—No es cierto —negó Salois—. Solo buscáis mantener vuestra posición. Ignoráis a vuestros compañeros a cambio de una cabaña en Boriziny y un saco extra de arroz.

Las mejillas de Wischblatt enrojecieron.

—Es una posición inteligente. Sin el Arca, tenemos que ser más cautos que nunca.

—Sin el Arca, nadie nos salvará de Globus... excepto Estados Unidos.

Salois despreciaba al Consejo por su falta de valor, pero comprendía que quisiera preservar la fragilidad —la ilusión— del mundo que habían creado tras los muros de Antzu. Un lugar donde los niños podían jugar sin miedo a ser alcanzados por un disparo y donde sus padres morían tranquilamente en sus camas; donde podías pasear con tu esposa, aunque fuera soportando el hedor de las cloacas a cielo abierto. Quizá por eso sentía tanto resentimiento, porque tenían familia que proteger.

—Hay una granja de cerdos en Nachtstadt, a unos treinta kilómetros al este —informó Abner—. Enterramos los suministros entre los gallineros.

—¿Me ayudarás? —Salois estudió los ojos del muchacho y vio demasiadas emociones para poder descifrarlas. Esperanza, excitación, alivio. ¿Frustración y culpabilidad entre ellas?

Abner sacudió la cabeza.

—Puedo decirte cómo llegar hasta allí y dónde buscar los explosivos, pero tengo que quedarme en Antzu.

—Eres uno de los nuestros —dijo Salois, señalando las mangas de Abner.

—Desde los primeros días de la *mered*.

—Entonces, tienes que venir conmigo.

—Hace veinticuatro horas te hubiera seguido sin dudarlo, pero las cosas han cambiado. Acabo de encontrar a mi hermana tras años de estar separados. Tengo que cuidar de mi familia.

—Si es necesario, puedo encargarme de Diego Suárez yo solo, pero necesito que me lleves hasta la dinamita.

El rostro de Abner reflejaba su angustia.

—Puedo enviar un mensaje a Ben Zeev. Él aportará todo un ejército.

—¿Cuánto tardaría?

—Dos o tres días.

Salois se acercó al joven para que el Consejo no pudiera oírlos con la esperanza de ganarse así su confianza.

—Hay un tren capaz de llevarme hasta el corazón de la base. Sin guardias ni controles, los británicos lo han preparado. Pero necesito estar allí esta noche.

Abner dio un paso atrás.

—¿Tienes una hermana? —preguntó—. ¿Una madre?

—No.

—¿Una esposa?

—No tengo a nadie.

—Si tuvieras a alguien, quizá me comprenderías.

Salois apartó a Abner y se dirigió a Yaudin.

—Dame dos de tus guardas.

—No sé. Mis hombres solo protegen la ciudad. Ninguno quiere ser un héroe.

—Madagaskar no hace héroes. —Probó con el rabino—. ¿Y tú?

—Yo blando la sabiduría de Dios, no su espada.

Salois no pudo ocultar su disgusto.

—¿Ninguno de vosotros me ayudará? ¿Ningún compañero judío? —Silencio. Levantó la vista hacia el cielo y lanzó un pequeño pero despectivo suspiro—. Entonces, merecéis vuestro destino.

40

16:00 horas

La casa estaba vacía.

Hochburg paseó por la habitación de Madeleine, pensando que vivir allí sería repugnante. El cuarto era pequeño y polvoriento, y al respirar el moho le entraba en la garganta. Ella había estado allí hacía poco. Su silueta se marcaba claramente en el colchón y en el suelo aún se veían pisadas de pies mojados. Las botas le empequeñecían las pisadas.

—Sal fuera y habla con los vecinos —le ordenó a Kepplar—. Averigua si alguien sabe dónde está.

Cuando se quedó solo siguió buscando, moviéndose con rapidez. Estaba eufórico, con más expectativas que cuando buscaba a Feuerstein. Medio oculta por la cama encontró una maleta. La abrió y hurgó entre las escasas prendas y encontró un frasco de perfume. Apretó el pulverizador un par de veces e inhaló la nubecilla que se había formado. Olía a almizcle y del caro, no le gustó. A juzgar por la fragancia y la ropa, Burton le había dado a su esposa una vida de lujo. Abrió el expediente de la mujer y estudió su ficha, en la que esperaba encontrar en los hechos y los números alguna pista que lo condujera a su actual paradero.

Cuando Kepplar acudió a él en el aeropuerto de Tana, se quedó paralizado al ver la fotografía. El pelo de Madeleine era negro, la nariz y la frente, severas, y la expresión captada por la cámara de la Interpol resultaba deprimente. Pero había algo en sus ojos y en el gesto de sus labios que lo impresionó porque le recordaban a Eleanor. Así que aquella era la esposa de Burton. Cualquiera que fuera el motivo que la había llevado hasta Madagaskar, Burton y ella habían compartido algo que se le negaba a Hochburg. Su envidia en el aeropuerto había sido feroz pero silenciosa. Volvió a contemplar la fotografía.

Walter Hochburg quería poseer a aquella mujer.

La sensación nació de lo más profundo de sus entrañas, tan intensa y poderosa como su ambición por África. Quería estar encima de ella y presionar su cuerpo contra el colchón, quería saborear la cálida y salada descomposición de su boca donde fuera que la pobreza concentrara la podredumbre de sus dientes, quería su servilismo, que Madeleine abrazara voluntariamente su espalda y lo atrajera hacia ella, que lo envolviera con sus brazos y lo deseara.

Eleanor había sido su segunda amante y desde su muerte solo había tenido otra mujer, una secretaria de su oficina en Muspel. Fue una relación breve y mal calculada, desencadenada por un impulso similar al que sentía en ese momento. Sal en la herida de su pérdida. Cada vez que se acostaban, se obligaba a cerrar los ojos e imaginar que era Eleanor, pero nunca lo conseguía. Cuando su aventura terminó, sintió ganas de sepultar a la mujer entre las dunas, pero se limitó a trasladarla a Windhuk y juró no volver a repetir aquel error. En los decenios siguientes intentó olvidarse de los placeres de la carne y lo había conseguido... hasta entonces. Hacer que Burton fuera un cornudo sería la venganza más inesperada y satisfactoria de todas las que había imaginado hasta entonces. Hochburg recordó la angustia que sentía cuando Eleanor abandonaba su cama para meterse en la de su marido.

—*Herr Oberst!* —lo llamó Kepplar desde el exterior.

El apodo de las SS para Antzu era Moskitostadt. El aire zumbaba como si estuviera electrificado. Kepplar y los mozos de cuadra no dejaban de rascarse y darse palmadas para matar o ahuyentar a los mosquitos, pero ni un solo insecto se acercaba a Hochburg. Nunca lo hacían. Himmler, irritado, le había dicho que debía de tener ácido en las venas en vez de sangre.

—Los judíos la han visto —informó Kepplar. Y señaló a la mujer de la cabaña de enfrente. Tenía la piel fina pero llena de manchas y llevaba un raído chal de seda.

Los mozos de cuadra formaban un cordón en torno a la casa, con los BK44 colgados al hombro. Cuando entraron en Antzu les brillaba la cara de excitación al ver que los judíos se escabullían hasta dejar las calles vacías; ahora parecían aburridos, frustrados por no poder entrar en acción. Era la decepción de los no experimentados.

La mujer hizo una reverencia y habló con un tono arrogante que indicaba que aún no había aceptado que el mundo había cambiado irremediablemente.

—La inglesa ha estado fuera varios meses, pero nadie quería su casa porque está embrujada...

—No tengo tiempo para supersticiones —cortó Hochburg—. ¿Dónde está ahora?

—¿Cuánto vale esa información? ¿Unas cuantas rupias? ¿Un saco de arroz?

Uno de los mozos le dio un empujón.

—Cuidado con lo que dices, judía. Estás hablando con el *Oberstgruppenführer*.

Hochburg alzó una mano para contenerlo.

—Puedo conseguirte algo de arroz.

—Creímos que la inglesa había muerto, pero esta mañana volvió. Un hombre, una anciana y ella. Nunca había visto a los otros dos.

Los ojos de Kepplar brillaron de emoción.

—Debe de ser Cole.

—¿Dónde están ahora?

—La anciana se marchó y volvió muy nerviosa no hace ni diez minutos. —Un mosquito se posó en su cuello. Lo mató de un manotazo—. Las dos se fueron por allí.

—¿Qué hay en esa dirección? —preguntó Hochburg a los mozos.

—Los muelles, *Oberstgruppenführer*. Y la casa del hoyo.

—¿La casa del hoyo?

—La sinagoga —respondió con cara de disculpa—. Pero no podemos ir allí. El gobernador Quorp nos advirtió que eso causaría problemas.

Los demás mozos se rieron de él.

—No seas tan gallina...

—Ha estado muy dispuesta a colaborar, *Fräulein* —dijo Hochburg antes de volverse hacia Kepplar—. Mátala.

La mujer palideció.

—Pero, *Oberstgruppenführer*... intentaba ayudarlo...

—¿Cuándo aprenderéis? Mientras unos judíos os volváis contra otros judíos, vuestra extinción estará garantizada.

El brillo desapareció de los ojos de Kepplar.

Madeleine la seguía ciegamente, a toda velocidad, por un laberinto de callejones, girando a la izquierda, a la derecha, otra vez a la derecha, siempre rodeada por la niebla. El olor a pan se volvía cada vez más intenso, pero ya no le importaba. La náusea y la euforia se entremezclaban en su interior. Intentó esquivar un andamio, pero tropezó con un bote de pintura. El suelo se tiñó de amarillo.

—¿Adónde vamos?

Se dirigían hacia el río.

Solo hacía un momento que se había despertado cuando alguien la sacudió en su cama. La desorientación se convirtió en alarma... hasta que se dio cuenta de que era Jacoba.

—¡Despierta, niña! He encontrado la forma de que puedas escapar de la isla.

Al principio Madeleine no la entendió.

—No hay salida de...

Miró hacia la puerta abierta, esperando ver el atardecer o una noche impenetrable, quizás el amanecer del día siguiente, pero la niebla seguía arrastrándose por la calle como hacía unos minutos. Había estado soñando, pero las imágenes ya perdían su claridad. Tenían algo que ver con los gemelos, y con Burton, y con Jared. Su marido tenía una expresión de incredulidad al verla a ella empuñando una daga y...

El significado de lo que Jacoba había dicho penetró en su mente.

Se sentó en el suelo. Tenía los ojos resecos.

—Tienes que darte prisa —la urgió Jacoba—. Antes de que lo arresten.

Madeleine cogió la primera prenda que vio en la maleta, un vestido blanco de lunares manchado de moho, se puso las botas y se dirigió hacia la puerta. Entonces, se detuvo. Era como si el cuchillo la llamara con un gorjeo vengativo. Lo recuperó y dejó la casa.

Se detuvieron en la Nabi Daniel Strasse, frente a la sinagoga. Delante de la anodina fachada se alineaban varias naves que almacenaban las cosechas de los granjeros locales —algodón, sisal, tabaco— antes de que las embarcasen río abajo. Cuando vivía en Antzu, Madeleine visitó la sinagoga varias veces, pero pronto dejó de hacerlo. Aquellos muros consagrados a Dios no le ofrecían consuelo, solo enfatizaban lo sola que se sentía. Le pasó lo mismo durante sus primeros días en Londres. Años después, cuando el Parlamento aprobó la Ley de Evacuación, le afectó poco ver que demolían las sinagogas británicas o las convertían en albergues para indigentes.

—¿Viniste aquí? —le preguntó a Jacoba.

Un par de hombres encorvados estaban pintando el edificio contiguo. Dejaron de pintar para observarlas.

—Para ver a mi hija. Tuve que rogarles que me dejaran entrar. —Señaló a dos jupos que vigilaban la entrada—. Fue entonces cuando los oí hablar abajo. Es el destino.

Atravesaron corriendo el vestíbulo con los ojos de los muertos contemplándolas y siguieron hasta la galería donde se permitía rezar a las mujeres. Abajo había un conjunto de mesas a cuyo alrededor estaba reunido el Judenrat. Ella reconoció al presidente del Consejo, se llamaba Wischblatt, y también vio a Abner con una kipá en la cabeza. Nunca le había visto usarla. Se miraba las botas de una forma que le recordaba a Cranley cuando se disgustaba con ella. La voz del rabino llegó hasta las mujeres: «Blando la sabiduría de Dios, no su espada.»

—¿Ninguno de vosotros me ayudará? —fue la réplica de un hombre que se hallaba en medio del círculo de mesas, vestido con un sucio caftán de color borgoña. Había algo amenazante en su presencia.

—Es ese. Salois —dijo Jacoba, señalando al hombre—. Dice muchas estupideces, cosas peligrosas, pero está esperando un barco que vendrá a rescatarlo.

Las dos bajaron las escaleras y Madeleine se dirigió al centro de las mesas. Con la posibilidad de huir al alcance de la mano, había recuperado la esperanza de ir a Madritsara. Tenía la sangre encendida. El Consejo en pleno —los hombres calvos y grises que solían pavonearse por la Boriziny Strasse— frunció el ceño y gruñó.

—Aquí están prohibidas las mujeres —protestó el rabino, intentando que regresara a las escaleras.

Ella lo esquivó y caminó directamente hacia Salois. Tenía el aspecto de quien va a la horca.

—¿Tienes forma de salir de la isla?

Él asintió.

—¿Quién eres?

—Madeleine Weiss. Haré lo que sea por un pasaje en tu barco.

Salois la examinó. Ella sintió que los ojos se fijaban en sus delgados brazos y su arrugado vestido. Había una cualidad etérea, intensa, en toda ella que hacía pensar en espacios abiertos como las vistas del desierto que Burton solía describirle o la amplitud del mar infinito. No fue capaz de describir su color.

—Ninguno de estos hombres me ayudará —dijo—. ¿Qué harías tú?

—Lo que sea —respondió Madeleine con fiereza.

—No sabes lo que puedo pedirte. Puede que no vivas para llegar al barco.

—¿Adónde irá?

—A Sudáfrica.

Abner se interpuso entre los dos.

—N-no puedes hacer eso. Es mi hermana, no un so-soldado. Apenas le quedaban fuerzas para llegar hasta a-aquí.

Madeleine lo empujó para apartarlo.

—Es la primera persona de este lugar dispuesta a ayudarme.

—No es como tú o co-como yo —dijo Abner. Las palabras salieron nerviosas de su boca—. No sabe lo que es matar. No le importa Estados Unidos o su mi-misión.

—Veo odio en sus ojos. Con eso me basta.

Abner se encaró con Jacoba.

—Esto es culpa tu-tuya. ¿Por qué la trajiste aquí?

Madeleine intentó calmar a su hermano.

—¿Se lo has preguntado al Consejo? ¿Lo de Mandritsara?

—Claro que no —y añadió un poco avergonzado—: Bu-ueno, todavía no; no me ha dado tiempo.

—Pregúntaselo ahora. Dijiste que uno de los ancianos podría ayudarnos.

—Te lo dije para traerte hasta aquí. S-sé que estuvo mal, pero fue por tu propio bien. En Antzu es-estás a salvo.

Ella estaba más exasperada que sorprendida o furiosa.

—No necesito que me salven y no puedo quedarme aquí. Si no lo intentase, no sería capaz de vivir en esa casa, de dormir en esa cama.

—Leni, por favor, escúchame...

—¡Se acerca una patrulla! —Un grito en la pasarela.

Salois recogió su mochila del suelo. Jacoba sacudía la cabeza.

—Las puertas principales son la única salida.

—No entrarán —aseguró Wischblatt—. Hoy no. Dejaremos que pasen y terminaremos con este sinsentido de una vez por todas.

Esperaron inmóviles, hasta que el jupo volvió a gritar.

—Vienen hacia aquí.

Salois se volvió hacia el rabino.

—¿Podéis escondernos?

—No hay tiempo.

Otro grito de la galería.

—Son seis. Y van armados.

—Por el amor de Dios —exclamó el rabino dirigiéndose a Salois—. Asegúrate de que hasta el último centímetro de tu piel esté tapado.

Oyeron un sonido chirriante cuando se abrió la puerta de entrada. Un murmullo de voces. Repicar de botas militares.

Madeleine empuñó su cuchillo. Salois vio el movimiento y negó con la cabeza para indicarle que no lo hiciera. Estaba completamente inmóvil. No solo su cuerpo, sino el aire que lo rodeaba. A ella el aplomo de Salois le hizo pensar en su padre cuando tenía la cabeza ocupada en la resolución de un problema o en las mañanas en las que tenía que verbalizar algo relacionado con la muerte. Salois se movió rápidamente y se puso tras las mesas. Madeleine lo siguió, repitiéndose a sí misma que haría todo lo necesario para conseguir subir a ese barco.

Él la ignoró y cogió un puñado de masa.

—Haced pan —siseó a los demás—. Haced pan.

—¿Qué es esto? —preguntó Hochburg.

El vestíbulo apenas estaba iluminado por una sucia luz grisácea. Había miles de fotografías clavadas en las paredes, algunas con mensajes o flores secas. Documentos de identidad, fotos informales, incluso pinturas en miniatura. Algunas eran retratos de familia con los rostros recortados, semejando un rompecabezas al que le faltasen algunas piezas. En el suelo podían verse montoncitos de pequeñas piedras.

—Judíos muertos —explicó el mozo de cuadra que había entrado con Hochburg y Kepplar en la sinagoga. Los dos pintores carcamales habían visto a la mujer entrar en el edificio y no dudaron en delatarla. El resto de los mozos esperaban fuera, vigilando la salida—. Un homenaje hacia ellos, como nuestros *Totenburgen*. Me dan escalofríos.

Hochburg arrancó una foto, pero no se molestó en mirarla detenidamente. La única fotografía que llegó a tener de Eleanor fue una preciada posesión para él, hasta el día en que no pudo soportar más su visión y la quemó sin remordimientos. Hochburg arrugó la foto y la dejó caer al suelo.

Kepplar encontró la escalera. Descendieron hasta un santuario donde un grupo de hombres estaba preparando hogazas.

Un rabino se adelantó hacia él con una reverencia.

—*Froher Führertag, Oberstgruppenführer*. Estamos haciendo pan para los hambrientos y honrar este día.

—Hace tiempo que leí el Éxodo, pero, ¿no debería ser pan ácimo? ¿El pan de la aflicción?

Sin saber muy bien qué responder, el rabino le ofreció una hogaza. Hochburg partió un pedazo.

—Blando y ligeramente salado. Muy bueno —aprobó, dándole un bocado. Dejó el resto y observó a los panaderos. El olor a levadura de cerveza le hizo pensar en el aliento de Globus.

—Soy Walter Hochburg, gobernador general del Kongo. No quiero causaros ningún daño, solo estoy buscando a una mujer que se llama Madeleine Cole.

—En esta parte del edificio no se permiten mujeres, *Herr Oberstgruppenführer* —dijo el rabino—. Es la ley de Dios.

Hochburg le puso un dedo en los labios para que se callase y repasó las mesas con la vista.

Había esperado que se escondiera o que huyera, pero Madeleine dio un paso al frente y se destacó del grupo. El hombre con gafas que estaba a su lado intentó retenerla, pero ella se encogió de hombros.

Estaba demacrada, anémica. El pelo en mechones como si se hubiera expuesto a una dosis alta de radiación; Feuerstein le había informado de los peligros del uranio. Él prefería a las mujeres con una complexión más robusta, pero había belleza en su oscuridad, a pesar de estar, hasta cierto punto, desfigurada por el hambre y el agotamiento. Sus ojos se movían de arriba abajo para estudiarlo.

—¿Eres la esposa de Burton? —preguntó.

—Adopté su nombre cuando me lo arrebataste.

Así que no sabía que estaba vivo, pensó Hochburg. Sus expectativas aumentaron por segunda vez. Calculó si podía utilizar aquella información en su beneficio... y falló. Todo cuanto podía oír era el dolor implícito en la acusación. Comprendía el dolor del superviviente y le entraron ganas de consolarla.

—Acércate más —ordenó.

Madeleine cruzó la sala hasta quedar bajo su sombra. Bajo su vestido llevaba botas de trabajador y las pantorrillas eran puro hueso. La fotografía en blanco y negro de su ficha no mostraba el color de los ojos. Allí de pie reconoció su tono inmediatamente. Era el mismo que el de Eleanor y Burton también debió de verlo. Estaban condenados a perseguir su pasado.

Madeleine lo miraba desafiante. Desafiante, temerosa y llena de odio. Y había algo más: en sus ojos bailaba un velado y saltarín destello que creía imposible de recuperar.

Cuando conoció a Eleanor, ella curó su dolor con la ternura de una madre y logró que confesara sus pecados; más tarde, discutieron y bromearon como hermano y hermana. El reducido mundo del orfanato —cuatro blancos entre muchos negros— se asemejaba al de una familia. El verano siguiente a su llegada enseñó a Eleanor a nadar hasta que un día, al terminar la lección, ella llegó a la orilla y lo miró. No fue el hecho de que sostuviera la vista, ni el agua goteando de su melena, sino la indescifrable necesidad que vio en sus ojos... la misma que estaba viendo en los ojos de Madeleine.

Aquella noche escribió sobre ello en su diario, esperando la catarsis que suele acompañar a la plasmación de una idea sobre el papel. Cuando ella salió del agua caminando, evitó centrar su mirada en la espalda o en las nalgas de la mujer y se concentró en sus tobillos. En esa pálida frontera donde la palidez de sus talones se encontraba con la piel bronceada por el sol africano. Solo podía describir aquel color si lo comparaba con la crema de azúcar y mantequilla. Sintió que aquello era ilícito: su vida cambió por algo tan vulgar y mundano como el color de un postre. Se había sentido febril, incapaz de soportar la mirada de ella y castigándose por ello. La honestidad de Eleanor, su cuerpo prohibido, acosaban su mente cuando estaba despierto. Ni siquiera soñando se libraba de ello. Al principio se sintió desdichado porque estaba seguro de que ella no compartía sus sentimientos; al final, por la tragedia de que sí los compartiera.

Madeleine dio otro paso para acercarse todavía más a él, con las manos cruzadas remilgadamente a la espalda. Hochburg también dio un paso hacia ella, consciente de que Kepplar se movía inquieto tras él, hasta que pudo captar el aroma de la mujer. Estaba tan esquelética que el peso del cuerpo de Hochburg la aplastaría.

Los judíos contemplaban fijamente la escena. El mozo de cuadra que vigilaba las escaleras bajó su BK44 incrédulo. Nada de eso le importaba a Hochburg.

Creyó oír que la mujer susurraba el nombre de Burton.

Entonces, ella lo abrazó. Madeleine se puso de puntillas para apretarse más contra él. Sus delicados dedos se deslizaron por la fría rigidez de su nuca. Presionó sus labios contra los del *Oberstgruppenführer* y entreabrió la boca.

41

Boriziny Strasse, Antzu, 20 de abril, 16:15 horas

Tünscher lanzó una sonora carcajada.
—No me lo digas. No está.
Sudaba, su rostro tenía un color cetrino y los ojos enrojecidos. Habían tardado más de lo que pensaban en llegar a Antzu, ya que debía detenerse y descansar cada hora.
Burton bajó los escalones de la casa de Maddie y se unió a él en la calle. La niebla flotaba a su alrededor. Si Burton no hubiera estado tan agitado, podría haber disfrutado de la ironía. Como en la granja, había recorrido medio mundo para encontrarse al final con una habitación vacía. El único indicio de que alguien había estado allí era el hueco dejado por una cabeza en la almohada. Y el olor. Tenía la misma sensación que la primera vez que conoció a Madeleine, cuando esperaba en la playa sin estar seguro de que volvería a verla o esperaría en vano solo y desilusionado. Cuando caminaban juntos, su voz lo acompañaba el resto del día.
Abrió la carpeta con la ficha de Madeleine, todavía húmeda por el tiempo pasado en el agua al saltar del Arca, y volvió a leer el número de la casa, aunque sabía que no se habían equivocado. Reconocía la fragancia almizcleña del interior, lo último que se esperaba. Hizo que sintiera ganas de vomitar.
La calle estaba desierta en ambas direcciones. Toda la ciudad parecía vacía, a excepción de la nerviosa policía judía que encontraron a las puertas de la ciudad. Tünscher les ordenó que abrieran la puerta utilizando de nuevo su voz de actor y sus movimientos autoritarios. ¿Quién

iba a cuestionar a dos comandantes de las SS que habían emergido de la selva con la gorra calada hasta las cejas? Para entonces una mancha de sangre había empapado la guerrera de Tünscher, pero cada vez que Burton le preguntaba por la herida, el otro se encogía de hombros.

Burton captó algo con el rabillo del ojo; algo oscuro y viscoso que goteaba en la fachada de la choza que tenían enfrente. Cruzaron la calle y se acercaron a ella. En la pared había una mancha escarlata, como si la hubiera pintado un niño. Tünscher apagó su cigarrillo contra ella y la colilla siseó.

—Es reciente. —Buscaron por toda la casa, pero no descubrieron ningún cadáver ni indicios de lucha—. Una coincidencia. No creo que tenga nada que ver con tu chica.

Su tono era tan tranquilizador que Burton añadió una puñalada de vergüenza a su decepción. Volvieron a la cabaña de Madeleine. Tünscher rebuscó febrilmente su paquete de Bayerweed, pero cuando lo encontró, lo abrió y volvió a guardárselo. Estaba quedándose sin cigarrillos.

—¿Y ahora qué?

En la Legión Extranjera, si te separabas de tu unidad, te quedabas donde estabas y esperabas que una patrulla de búsqueda te encontrase en vez de buscarla tú; si no, entre la arena y el viento, los dos podían terminar sin encontrarse.

Burton se echó la gorra hacia atrás y volvió a mirar a un lado y a otro de la calle. Esperaba ver a Madeleine volviendo a casa con su hijo. No vio ni un alma.

—Esperaremos.

Entraron en la casa. Sus orificios nasales volvieron a verse atacados por el olor y presionó el muñón contra la nariz para bloquearlo. Tünscher se tumbó en la cama mientras Burton volvía a examinar el cuarto en busca de alguna pista que le indicara dónde podía estar Madeleine. Su mirada se topó con la improvisada cuna y sintió una punzada en el corazón. ¿Cómo podía haber dado a luz? ¿Cómo podían hacerlo millones de mujeres, arrancadas del orden y la modernidad de las ciudades europeas para acabar en aquel gueto tropical? Al menos Burton había nacido en un ambiente de humedad relativa y con el constante arrullo de los insectos, cuyas noches de luna eran más agradables que las iluminadas por la electricidad. Con los años había ido borrando el recuerdo de aquel lugar por ella.

—Varavanga —dijo de repente Tünscher.

—¿Qué?

—He estado pensando en ir allí. Hay una pesquería y quizá puedan sacaros.

—Pero es territorio de las SS —comentó Burton frunciendo el ceño.

—Departamento VIII. Bacalao del Báltico. Solo hay redes y sureños, sin alambradas. Mientras no crean que somos judíos fugitivos podremos llegar a un trato.

—¿Con qué?

—Con uno de tus diamantes.

—Prometí pagarte con los que me quedan.

—Puedo prescindir de uno.

—Muy noble por tu parte, Tünsch. —Burton no se molestó en ocultar el sarcasmo.

—Lo sé. Y también sé que no veré ni un pfennig si no salimos de la isla. Podría funcionar. Fingiremos ser desertores. Cuando vean que no tenemos números tatuados en las muñecas, sabrán que no somos judíos.

—¿Y qué hacemos con Madeleine? Seguro que ella sí tiene un número tatuado.

Tünscher miró la manga vacía de Burton y sonrió.

—¿Le cortamos el brazo?

—No tiene gracia.

A Burton le encantaba la delgadez de las muñecas de Madeleine, pero nunca había pensado que podían tatuarlas. La mera idea lo horrorizaba, pero también había algo perversamente tranquilizador en ella: ambos compartirían la misma mutilación.

Burton se sentó en el suelo frente a Tünscher, que le lanzó los restos de *biltong* que se llevaran del aerodeslizador y del que se habían alimentado durante el viaje a Antzu. El *biltong* consistía en tiras de carne seca mezclada con especias para que se conservase mejor; podía aguantar meses enteros, incluso en aquel clima africano. Burton partió un pedazo tan grueso como una pieza de tabaco de mascar y se lo comió en silencio. Después le pidió a Tünscher que encendiera otro Bayerweed para librarse del olor ambiental.

Cuando la conoció, Madeleine solía parapetarse tras una nube del perfume francés más caro. Al despedirse él siguió sintiéndolo durante días por mucho que se duchara. No era el olor natural de su cuerpo, sino las fragancias que le compraba Cranley. Burton nunca se quejó, no quería parecer autoritario o posesivo, pero a medida que transcurrían los meses, Madeleine fue utilizando cada vez menos perfume, hasta que un día dejó de usarlo por completo. Por entonces ya eran capaces de entrar y salir de los pensamientos del otro con facilidad. Su verdadero olor, a madreselva, era tan parecido a un hogar como él podía imaginar. La casa de Boriziny Strasse olía a un tiempo largamente olvidado, Burton no le encontraba sentido.

La afirmación de Cranley de que el hijo era suyo se abrió camino en la mente de Burton. Era una semilla de maldad, de duda, que lo atormentaba. No quería creerlo, la prueba estaba en el viaje que había emprendido... pero la idea persistía, oculta en los recovecos de su cerebro como un tumor maligno.

Tünscher terminó su cigarrillo expulsando una bocanada de humo.

—Cuando tenga mis diamantes puede que me compre una casita como esta.

—Nunca me has dicho para qué los quieres.

—Ya te lo dije. Deudas.

—¿Qué clase de deudas?

Su amigo iba a contestar, pero se lo pensó mejor y se sentó. Respiró hondo; estaba pálido.

—¿Estás malherido?

Tünscher se subió el uniforme por encima de la cintura. Tenía el abdomen empapado en sangre. Buscó una gasa en el botiquín y se limpió la piel. En la Legión habían recibido entrenamiento de *martin-pécher,* de Martín Pescador, que era como llamaban al médico.

—Me corté cuando estrellaste el aerodeslizador.

—¿Es grave?

—¿Qué nos decía Patrick? «Si duele, no es grave.» Y duele un huevo.

—¿Por qué no me lo has dicho?

—¿Qué habrías hecho? —preguntó a su vez, encogiéndose de hombros como había hecho todo el viaje hasta Antzu. Su rabia había desaparecido, sustituida por la resignación—. ¿Darme mis diamantes y decirme *auf Wiedersehen*?

Se quitó la camisa para revelar un torso hirsuto y un guardapelo colgado del cuello. Burton contempló cómo limpiaba y vendaba la herida, no mayor que un penique, pero que seguía sangrando. Pensó que debía haberlo dejado en Roscherhafen. Una copa, unas cuantas bromas de la Legión... y nada más. O, por lo menos, haberle contado la verdad acerca de los diamantes. Había visto a hombres desangrarse hasta morir por heridas menos graves que aquella.

Para mantener a raya su sentimiento de culpa, Burton paseó por la habitación imaginando la sorpresa y el alivio en el rostro de Maddie cuando llegase a casa. Y podría ver a su bebé por primera vez. ¿Sería una niña como quería ella? Eso debería hacerle feliz, pero su mente volvía a Patrick y a la hija de la que no había podido despedirse.

El estampido de un disparo rompió el rítmico crujido de sus botas.

Fue hasta la puerta y escuchó: el sonido había levantado ecos por los ondulados tejados de Antzu. Era la inolvidable réplica de un BK. Manoseó nervioso la visera de un gorra.

Oyó un segundo disparo... seguido por toda una andanada.

—No puede tener nada que ver con Madeleine —dijo Tünscher.

—Seguramente tienes razón —admitió Burton, aunque consciente del nudo que tenía en el estómago.

Empuñó su Beretta, bajó los escalones hasta la calle y empezó a caminar en dirección al tiroteo.

No tardó en correr a toda velocidad.

42

En la Academia Colonial de Viena, las clases de higiene racial eran obligatorias. Como Kepplar escogió África y no Madagaskar —que técnicamente pertenecían a departamentos distintos de las SS europeas—, su instrucción se centró básicamente en las subrazas negroides. No obstante, todos los reclutas recibían también nociones básicas sobre el judaísmo. Un famoso *Hauptsturmführer* que trabajó con ellos en el este, les advirtió que las mujeres judías eran capaces de hechizar a los hombres. Kepplar no estaba convencido; creía que los que sucumbían a sus encantos solo buscaban excusar su debilidad o una secreta contaminación de su sangre. Estaba dándose cuenta de que esa brujería existía realmente, que Hochburg, de entre todos los hombres, hubiera caído víctima de ella le provocaba una profunda decepción.

Sintió que su piel se humedecía como si fuera a mudarla.

Kepplar había estado observando a la mujer de Cole desde que se identificó: enseguida se dio cuenta de que era una amenaza y quiso avisar a su *Oberstgruppenführer*. La judía fue muy rápida; envolvió a Hochburg en sus brazos esqueléticos y profanó su boca. Presenciar la escena le resultó repulsivo, pero no podía apartar los ojos. Como en Muspel, cuando vio a los negros aparearse en sus barracas por la noche y se sintió hipnotizado de horror.

Pensó en los marineros que habían muerto en la patrullera y, antes que ellos, en todos los que habían caído en el Kongo. ¿Qué pensarían aquellos hombres si estuvieran ahí ahora?

La esposa de Cole sacó una daga que llevaba oculta a la espalda. Descargó un golpe sobre Hochburg.

Kepplar saltó hacia delante y la sujetó por la muñeca en el momento en que la hoja completaba su arco descendente. Luchó con ella y derribó su enflaquecido cuerpo. El cuchillo repiqueteó al rebotar contra el suelo. Sostuvo a Hochburg mientras despertaba del hechizo y palpó el uniforme de su superior bajo el brazo, allí donde la daga había golpeado. Retiró los dedos; estaban secos. Hochburg lo apartó furioso, destellando furia por el ojo que no estaba vendado.

La esposa de Cole recuperó su cuchillo. Tenía un filo de sierra y Kepplar se dio cuenta, aliviado, de que estaba más preparado para cortar que para clavarse, ya que su punta era casi roma.

—Llama a los otros —le gritó al mozo de cuadra que vigilaba la puerta.

Hochburg se dirigió a la mujer con voz tranquila.

—Suelta el cuchillo, Madeleine. —La única vez que Kepplar le había oído hablar en ese tono era cuando charlaba con *Fenris*—. No quiero hacerte daño.

Ella retrocedió. Había brujería en sus ojos, invitaban a Hochburg a acercarse para poder rajarle la garganta.

De la galería llegó el ruido de la puerta exterior al abrirse. Kepplar vio al mozo que disparó a la mujer en Boriziny Strasse. Cuando Hochburg dio la orden de matarla, Kepplar extrajo su Walther P38 y se la pasó al chico, como si aquella fuese una tarea indigna de su rango. El mozo de cuadra se encargó de la mujer tan eficientemente como si le administrase una vacuna, encantado de tener la oportunidad de demostrar que era algo más que un simple ayudante de establo. Ahora apuntó con su BK44 a la escena que se desarrollaba abajo y disparó un tiro de aviso. Impactó en uno de los ancianos judíos reunidos en torno a las mesas. Kepplar oyó un gemido y varios gritos de indignación. De la galería surgió un segundo disparo, seguido de una sarta de balas cuando el resto de los mozos de cuadra se unieron al primero. Otro de los judíos tumbó una mesa, se refugió tras ella para utilizarla de escudo y rebuscó en su mochila.

—¡Alto el fuego! —gritó Hochburg, colocándose entre los fusiles y Madeleine.

Se produjo una explosión cegadora y una lluvia de chispas. Kepplar se tapó la cara para protegerse. La sinagoga empezó a llenarse de un espeso humo rojizo.

Alguien sujetó a Madeleine por el brazo —cruel, furiosamente— y la arrastró entre el humo. Era Abner. Ella se liberó y buscó a Salois con la mirada. Jacoba estaba acurrucada en el suelo cubriéndose la cabeza con los brazos. Los miembros del Consejo corrían para huir de las balas y no todos lo conseguían. Los disparos centelleaban en la niebla roja, a pesar de la orden de Hochburg para que detuvieran el fuego.

Ayudó a Jacoba a ponerse en pie y corrió tras Salois. El valón se dirigía hacia la parte trasera, con la mochila rebotando en la espalda y un montón de panes en cada brazo.

—La puerta de entrada principal es también la única de salida —dijo Abner siguiendo al trío.

El tiroteo cesó, pero su sonido fue sustituido por el de botas militares bajando por las escaleras.

Madeleine corrió en dirección contraria siguiendo la estela de Salois, hasta que él se detuvo. Partió los panes en pedazos y los metió en la mochila. Tras ellos el pasillo estaba vacío, excepto por las volutas de niebla rubí.

Abner agarró de nuevo el brazo de Madeleine y la sacudió.

—¿En qué estabas pensando? —le gritó a la cara, tan cerca de la suya que pudo verle los molares podridos—. Podían haberte matado.

Desde el momento en que Hochburg se dio a conocer, Madeleine sabía lo que debía hacer, casi como si pudiera oír a Burton urgiéndola a atacar, casi como si el cuchillo encarnara el dolor que sentía por su pérdida. Si Abner tenía razón, nunca lograría llegar a Mandritsara ni encontraría a sus gemelos. Cranley se hallaba a miles de kilómetros de distancia, a salvo de su odio por paredes, cerraduras y su posición en la sociedad. Pero al menos podía poner fin a esa parte de la historia, sería un acto de devoción hacia el hombre que había perdido. La noche anterior a la partida de Burton, él le enseñó el cuchillo plateado con el que esperaba matar a Hochburg. Ella había ocultado su horror, recordando las torturas sufridas por su padre y sintiendo, al mismo tiempo, un escalofrío de satisfacción. Ahora comprendía la atracción de la venganza.

Madeleine se dirigió hacia Hochburg. Cuando Burton se lo describió, lo pintó como un hombre forjado en las sombras, con toscos rizos y el hedor de la selva. Pero era de carne y hueso. La venda que le cubría media cabeza le hizo pensar en Claude Rains. Si intentaba apuñalarle el corazón quizá tuviera tiempo de bloquearle el brazo. Entonces leyó aquella expresión en su cara y comprendió su debilidad: se avergonzaba de que los demás pudieran ver su deseo. Cuando sus labios se tocaron, tenía la mente insensible, como si estuviera en el fondo del océano besando la boca fría y muerta de Burton despidiéndose.

Había una ventana estrecha y sin cristales, a través de la que se veían los sacos de arroz acumulados en la sinagoga. Eso quería decir que se encontraban por debajo del nivel de la calle. Salois lanzó un bote de humo en la dirección por la que habían llegado y subió las escaleras. Los otros lo siguieron.

Llegaron al piso superior. A medio camino tenían una puerta que daba a una de las aulas y en ella había otra ventana. Salois abrió los postigos, recorrió con los dedos el marco y pareció satisfecho. Madeleine oyó la voz de barítono de Hochburg en el piso inferior, asqueada por la familiaridad con que gritaba su nombre. Salois lanzó otro bote de humo al pasillo y aseguró la puerta del aula.

—Tenemos que montar una barricada.

El aula olía a savia y a humedad. Las paredes eran de una tosca madera áspera. En todo el perímetro, apilados hasta la altura del hombro, había sacos de arroz. Casi toda la parte frontal estaba ocupada por una pizarra en la que habían escrito:

Mein Name ist...
Ich bin ein jude
Ich werde gehorsam und ehrlich sein

La educación estaba prohibida en la isla, a excepción de la aritmética hasta el número quinientos y las lecciones sobre Alemania —«una clase elemental de imitación», como Hitler la describió—, para que los judíos pudieran comprender a sus amos.

Los cuatro se pusieron a bloquear la entrada con los sacos. Cuando llegaron a la altura del dintel, empezaron a apilar una segunda capa.

—Nos estamos enterrando nosotros mismos —dijo Abner.

Madeleine arrastraba un saco a medias con Salois, negándose a dejarle todo el peso al otro.

—¿Me dejarás subir a tu barco? —le preguntó.

—¿Qué pasa con el *Oberstgruppenführer*?

—No significa nada. Ojalá lo hubiera matado.

—Tienes más agallas que todo el Consejo... pero si él va a por ti, eso es malo para mí.

—Entonces, vayámonos lo más lejos posible de Antzu. —Soltaron el saco, la barricada ya llegaba a la altura de la cintura. Al otro lado de la puerta escuchaban a sus perseguidores toser a causa del humo—. ¿Qué necesitas?

—Ir a Diego Suárez y destruir la base. —Pronunció el nombre de «Diego» como si fuera una persona que conociera y odiara—. Puedo hacerlo solo, pero tendremos más posibilidades si somos dos. —Miró a

Abner—. O tres. También necesito explosivos. Tu hermano sabe dónde conseguirlos.

—No irá contigo —cortó Abner—. Ninguno de nosotros lo hará.

Del pasillo llegó una ráfaga de disparos, pero las balas se incrustaron en los sacos sin causar más daños. A eso siguió el bum-bum-bum de las culatas de los rifles contra la puerta.

—Tienes que ayudarlo —le insistió Madeleine a su hermano.

—¿Y tus hijos? ¿Cómo vas a ir de Diego Suárez a Mandritsara y volver a tiempo de subir a ese barco? —Se le notaba frustrado—. Suponiendo que no lo torpedeen. Si vuela Diego Suárez, el mar hervirá de patrullas.

—Es mi única esperanza. Eso o rendirme. ¿Qué otra cosa puedo hacer?

—Puedes quedarte en Antzu. Aquí estarás a salvo.

—¿A salvo? —Madeleine casi dejó escapar una carcajada.

Los golpes en la puerta cesaron un segundo para volver a empezar con renovada intensidad. Algo muy pesado percutía contra la puerta. Abner apeló a Salois.

—Nachtstadt está demasiado lejos. Ella te retrasará, no llegarás a tiempo.

—Podéis cabalgar —sugirió Jacoba. Estaba temblando de miedo y le costaba hablar—. Podéis conseguir caballos en los establos del gobernador.

—Y botas nuevas y pantalón de montar —cortó Abner irónico—, para hacer el viaje un poco más lento.

—Cuando trabajaba allí no estaban muy bien custodiados. ¿Quién se atrevería a robar un caballo?

—Ibas a quedarte con tu hija.

—Primero quiero ayudar a Madeleine.

—Tú decides —le dijo Salois a Abner—. Nuestros destinos están en tus manos.

—Estás utilizándola.

—El destino de toda la isla.

Abner soltó una maldición. Se quitó la gorra y la lanzó furioso contra el suelo.

Terminaron de apilar el arroz, con Madeleine siempre cerca de Salois. Normalmente, cuando estaba cerca de un isleño, solía retroceder a causa de su olor corporal, de su ropa o de lo que fuera que se removiera en su estómago, pero Salois no olía a nada. Él sacó una granada de mano de la mochila y les dijo que levantasen otro muro de sacos para protegerse de la explosión. Entonces, quitó la anilla de la granada y la colocó bajo el marco de la ventana. Madeleine se agachó tras los sacos con la cara apoyada contra la arpillera.

—Hará que te maten —le susurró su hermano—. Quédate; es lo que querría mamá. Y papá. Siempre le hiciste caso.

—Esta puede ser mi única oportunidad.

—Ahora no, por favor. Es demasiado peligroso.

Madeleine se tapó las orejas y oyó sus propias palabras dentro de la cabeza.

—Si no es ahora, ¿cuándo?

La granada explotó y abrió un agujero en el muro. Las llamas ocuparon el aula. Salois se irguió y los instó a que salieran por el boquete.

Madeleine saltó y cayó en la ladera del cráter sobre el que se asentaba la sinagoga. Intentó subir, y las rocas y los escombros le caían a ambos lados. Sus manos se aferraban al barro hasta que por fin se encontró de nuevo en la Nabi Daniel Strasse y la carretera que conducía hasta el puerto. De la sinagoga surgía una columna de humo rosa y sus paredes de madera crujían.

Un soldado enemigo se asomó al agujero del muro que había dejado la granada y apuntó con el fusil. Otro, vestido con el mismo uniforme negro de Hochburg, saltó al cráter tras ellos.

—Aún podemos escondernos, conozco un lugar —le dijo Abner.

La cogió por la muñeca, intentando alejarla de Salois y Jacoba. Ella se liberó y corrió con los otros hacia el centro de la ciudad. Por encima de los tejados, entre los jirones de niebla, vieron la mansión del gobernador.

—Podemos entrar por la pared del jardín —explicó Jacoba.

Salois lanzó otro bote de humo para ocultar la dirección que habían tomado y se internaron en los estrechos callejones del barrio español, que llevaban hasta Boriziny Strasse. Madeleine había creído que nunca volvería a ver su casa. ¿Acudiría allí su espíritu si moría mientras buscaba a los gemelos? ¿O vagaría hasta Hampstead? Quizá la eternidad la llevase hasta la granja. ¿Estaría Burton esperándola? Por un instante creyó oír su voz, le pareció tan real que un escalofrío le recorrió la espalda.

A Burton le pareció atisbar a Madeleine. Tropezó, excitado y horrorizado al mismo tiempo. La niebla se espesaba a su alrededor, como si añadieran vino a la leche.

—¿Era ella? —preguntó Tünscher.

Estaba demacrada, su cuerpo no era más que unos ángulos, como si los huesos se hubieran reconfigurado; su melena, su lujuriosa, maravillosa melena negra, había desaparecido. Peor que el declive físico, creyó captar en ella un reciente salvajismo. La imagen de Madeleine, rellena y radiante en su vestido azul, lo había impulsado a través de océanos y continentes, incluso aunque supiera conscientemente que era pura ilusión.

Enfrentarse a la realidad era más duro que cualquier golpe físico.

Reconoció el vestido que llevaba, uno de sus favoritos. La ropa se ceñía a sus caderas como si se hubiera duchado con él puesto. «Mi vestido para seducir», solía llamarlo entre risas. Estaba manchado de barro. Por lo visto, tenía tres compañeros: uno con la vestimenta típica de un soldado, una anciana con uniforme de trabajo y un tercero casi calvo, de la misma edad que Burton. Este se mantenía cerca de Madeleine, corría a su lado de una forma que hizo que Burton sintiera deseos de separarlos. No había tiempo para preguntarse por la ausencia de un niño.

Pero desapareció en un abrir y cerrar de ojos.

—¡Madeleine! —rugió. Su voz rebotó en las paredes de los callejones, amortiguada por la niebla—. ¡Madeleine!

Corrió tras ella con Tünscher pisándole los talones. El sonido de las pisadas resonaba a su alrededor y hacía imposible deducir qué dirección habían tomado o si el eco pertenecía siquiera a Madeleine y sus acompañantes. Burton se detuvo en una plaza ruinosa en la que confluían numerosos callejones. Giró en redondo, incapaz de decidirse. El aire a su alrededor era escarlata y turbulento.

—¿Por dónde? —le preguntó a Tünscher.

—No lo sé.

Burton siguió girando sobre sí mismo, luchando por descifrar la dirección original de las pisadas...

Se detuvo de golpe y tambaleándose volvió hacia Tünscher.

Del humo había emergido una figura, que se materializaba como un genio y apoyaba las manos en las caderas. Vestía enteramente de negro y la mitad de la cabeza estaba envuelta en vendas. En sus labios bailaba una leve sonrisa.

43

Todo parecía oscurecerse. Los muros del callejón desaparecían a medida que el humo y la niebla aumentaban, tan espesos y opacos como la sangre. El crujido de la madera ardiendo devolvió a Burton a su infancia, cuando su hogar fue reducido a cenizas.

Aquel era el momento que esperaba desde hacía años. Acarició su Beretta, deseando que el tacto le resultara tan familiar como el de su Browning perdida. El zumbido de los mosquitos le pareció anormalmente ruidoso.

Hochburg.

Burton esperaba ver el odio reflejado en su único ojo negro, pero solo vio alivio y un placer victorioso. ¿Cómo lo había llamado Madeleine hacía tan solo unos meses? Un fantasma. Y le rogó que no lo resucitara. Si Burton la hubiera escuchado, ahora no estaría en aquella apestosa calle llena de barro, y su manga izquierda no terminaría en la muñeca. Patrick estaría vivo. Tünscher no estaría herido ni confiando en la promesa de unos diamantes inexistentes. Burton, Madeleine y su hijo estarían a salvo, puede que no en los campos de Suffolk como habían soñado, pero sí en algún lugar secreto lejos del alcance de Cranley.

Una segunda figura vestida de negro se unió a Hochburg, el nazi al que le faltaba media oreja y que lo había perseguido en Roscherhafen. Tras él aparecieron un puñado de jóvenes soldados rapados y armados de ametralladoras.

—No lo matéis ni le hagáis daño —dijo Hochburg—. Ese placer me lo reservo para mí.

Los dedos de Burton tocaron la Beretta.

Todo lo que tenía que hacer era desenfundar, apuntar al corazón de

Hochburg y disparar. Pero ese viejo deseo había desaparecido... como su huerto de membrillos, talado, agotado por la rabia. Lo había consumido durante tanto tiempo, que ahora se sentía mareado y avergonzado. Era un ansia que nunca debió aceptar. Cada paso hacia Hochburg había sido un paso hacia el pasado, un paso que lo alejaba de Madeleine. Y ahora estaban tan cerca que podían respirar el mismo aire. Burton oyó a su padre en el púlpito, gritándoles a unos huérfanos temblorosos o indiferentes: «Abrazarlo es morir.»

Burton huyó.

Tünscher se mantuvo cerca, presionándose el costado con la mano. Les llovió una ráfaga de balas. Burton oyó la voz de Hochburg —grave, tremenda—, que daba órdenes, y cogió un pasaje lateral para seguir avanzando por calles paralelas hasta que Tünscher le señaló un callejón diferente.

—Por aquí —indicó.

—¿Cómo lo sabes? —preguntó Burton, viendo que se dirigían hacia una pendiente.

—Si tu mujer está intentando escapar, la carretera que lleva a la puerta de Antzu está arriba.

—¿Y si no es eso lo que pretende?

—Entonces, quédate y registra todas las putas casas de la ciudad... pero no cuentes conmigo.

Se toparon con un callejón sin salida. Tünscher giró a la izquierda, por una callejuela llena de andamios. Era tan estrecha que chocaban con los soportes y hacían vibrar los tablones. Se los tragó otra nube de niebla roja. Burton vio tirado en el barro el bote del que surgía el humo rojo. El sonido de las botas, amplificado y distorsionado, parecía provenir de todas partes. En un momento estaba tras ellos y en el siguiente a un lado, como si los soldados corrieran por una calle paralela. Burton creyó oír la voz de Hochburg por encima de las pisadas, pero no estaba seguro de si era real o se la imaginaba, un recuerdo de la misión en el Kongo.

«Fe-fi-fo-fum, huelo la sangre de un inglés...»

Otro callejón sin salida, ese sin rutas alternativas.

—Atrás —gritó Tünscher.

Pero Burton se encontró con el camino bloqueado.

—¡*Herr Oberst*, ya lo tengo!

El nazi al que le faltaba media oreja estaba enmarcado por un andamio, con su BK44 apuntando al suelo como si quisiera volarse las espinillas y los pies.

—¡*Oberstgruppenführer*, venga, deprisa! —Su voz era chillona, histérica—. Las manos en la nuca, Cole. Tu amigo también.

Burton alzó los brazos lentamente. Tünscher no se movió.

—Quítate la gorra —ordenó el nazi.

—¿Qué?

—¡Hazlo! Quiero verte la cabeza.

Cuando Burton se negó, el nazi disparó contra el barro a pocos centímetros de sus pies. Él se quitó la gorra y la dejó caer. El nazi estudió su cráneo y en su cara apareció una expresión de disgusto.

Tünscher, cuyas manos seguían sobre el costado, dio un paso adelante hasta situarse junto a Burton. Estaba pálido y le costaba respirar, el sudor empapaba su labio superior. El nazi levantó el arma hasta apuntarle al pecho.

—Las órdenes del *Oberstgruppenführer* solo afectan a Cole.

—Podemos atacarle —dijo Tünscher tranquilamente.

Burton estudió la distancia entre ellos y el BK.

—Creía que hoy no querías morir.

—No disparará.

—¿Por qué no?

—Lo veo en sus ojos, como cuando firmé para ir a Rusia. Sabías quién iba a pasarse la guerra detrás de una mesa de despacho. Confía en mí.

—¡Silencio! —exigió el nazi—. *Oberstgruppenführer!* ¡Quien sea! ¡Rápido, ya los tengo!

Burton bajó la mano y el muñón.

Los tres permanecieron quietos unos momentos, observándose mutuamente. Los mosquitos zumbaban entre ellos.

—¿Qué crees que le pasó a su oreja? —preguntó Tünscher.

La humillación y la furia destellaron en el rostro del nazi mientras alzaba una mano para taparse la mutilada oreja. Tünscher aprovechó el momento para lanzarse hacia delante y empujar al nazi contra los puntales que sostenían el andamio. Estos se quebraron lanzando plataformas y botes de pintura en todas direcciones.

Jacoba evitó la puerta delantera de la mansión del gobernador y, siguiendo el muro del jardín, guio al grupo entre matorrales de aloes espinosos. Llegaron a una carretera que llevaba hacia el sur hasta Mazunka, serpenteando durante trescientos kilómetros a través de campos de cebollas. Se había levantado un viento que dispersaba la niebla. Más allá del muro, Madeleine podía ver prados vacíos que descendían hasta el río. Jacoba observaba el tejado de la casa, como buscando algo.

—Aquí. La curva del ciego —dijo por fin. Era una curva del muro que seguía el contorno natural del terreno. Aquel punto quedaba oculto de la villa y su única torre de guardia—. Los criados venían aquí para pasar comida a sus familias, normalmente en una cesta. Yo le mandaba remolachas y melocotones a mi hija.

Madeleine se había olvidado de la hija de Jacoba.

—¿La encontraste? —preguntó.

—La vi solo unos segundos. Después oí a Salois y fui a buscarte.

—Te lo agradezco. —Dio un cariñoso apretón a la mano de Jacoba—. ¿Vendrás conmigo?

—Te ayudaré con los caballos... —El miedo y la disculpa pugnaron en el rostro de Jacoba—. Pero después solo os retrasaría.

—No puedes quedarte aquí.

—No iré a Mandritsara, Antzu no es tan malo. Cuando todo se tranquilice, estaré bien. Esto es el paraíso comparado con el matadero, los cerdos y las polacas.

Jacoba le dedicó una trémula sonrisa, pero Madeleine sintió que se le rompía el corazón.

—Si no puedo llegar hasta el barco de Salois, volveré. Podemos vivir juntas en Boriziny.

—No volverás, chica.

Salois escaló el muro aprovechando los huecos en el mortero. Madeleine dudó si Jacoba y ella misma serían lo bastante fuertes para imitarlo. Cuando el valón llegó arriba, le preguntó a Madeleine si aún conservaba su cuchillo. Ella se lo pasó. Salois serró un agujero en la alambrada y se aplastó contra la piedra para pasar a través de él.

—Desde aquí puedo ver los establos. Parece que no hay nadie.

—Está demasiado alto para nosotras —advirtió Madeleine.

—Encontraré algo —dijo y desapareció al otro lado. Madeleine oyó el ruido de las botas al impactar contra el suelo —¡tump!— y sus pisadas alejándose rápidamente.

De la ciudad llegó el eco de unos disparos. Al otro lado de la casa verde resonaba una alarma.

—Suena en las barracas —dijo Abner—. Será mejor que tu amigo se dé prisa o nos pillarán.

Esperaron agachados junto al muro. Eran pasto de los mosquitos. Madeleine se frotó la cabeza, estaba cubierta de arañazos de las espinas de los aloes. Siempre que se hacía un corte en la granja, Burton se lo curaba con yodo.

Una soga rosa llena de hojas y espinas cayó junto a ella. Abner la recogió y tiró de ella para tensarla.

—Jacoba, tú primero.

—No —cortó Madeleine. Primero yo, después Jacoba y luego tú.

Le preocupaba que, si se quedaba sola con su hermano, este insistiría en que se quedase en Antzu, quizás hasta quisiera golpearla para que obedeciera.

Antes de que Abner pudiera discutir su decisión, agarró la soga y empezó a escalar, tensando al máximo los músculos que poco antes habían soportado el peso de sus gemelos. Al llegar arriba echó un vistazo a Antzu. Una neblina rojiza flotaba. Le hizo señas a Jacoba para que subiera. Contra el otro lado del muro se habían apilado árboles frutales y ella aprovechó las ramas para bajar hasta aterrizar en un sendero de grava. Jacoba no tardó en unirse a ella y después lo hizo Abner. Se quedaron de pie con la boca abierta por la incredulidad.

—Mered ha-Vanill comenzó por un puñado de arroz —explicó Abner—. Los nazis nos dijeron que no había bastante comida. He visto hombres, hombres maduros, soldados, asesinos, llorar como niños por un plato de sopa.

—Y esto es solo para la casa del gobernador —dijo Jacoba.

Estaban en el huerto de la cocina. Madeleine había planeado hacer uno tras la casa de la granja, pero una pequeñísima parte de la monstruosidad que tenían ante ellos. Se extendía por una serie de secciones cuadradas, dedicadas a hortalizas y frutas de toda especie imaginable. Había berenjenas, calabazas, maíz, matas de pimientos rojos, naranjas y chiles, melones y piñas. No solo había plantas tropicales, también europeas, modificadas por los agrónomos nazis para que pudieran crecer en aquel clima: apio, nabo, repollo. E invernaderos con la temperatura y la humedad controladas, estructuras de cristal para delicadezas como berzas y frutas del bosque.

—Cuando trabajaba aquí, los cubos de la basura rebosaban —siguió Jacoba—. Se tiraban platos enteros sin tocar. Los criados teníamos buena salud porque comíamos las sobras... hasta que Quorp lo prohibió.

A Abner se le escapó un sollozo como no le había salido desde que era pequeño, lo castigaban y le parecía una injusticia. Corrió hacia los cultivos, lanzando patadas y puñetazos contra las plantas, destrozándolas. Arrancó las varas que soportaban una mata de judías, tropezó con ella y se cayó, y fue aplastando calabacines y repollos hasta que llegó a un invernadero de arándanos y moras. Alzó una vara y se dispuso a golpear el invernadero.

Salois le sujetó el brazo antes de que la dejara caer.

—Los repollos no hacen ruido, el cristal sí.

Los jardines estaban desiertos, pero rodeados por la niebla. Seguía llegando ruido de disparos en la ciudad.

—Hemos de tener cuidado con los mozos de cuadra —advirtió Jacoba cuando se aproximaban a los establos. Pero el patio estaba vacío, a excepción de un helicóptero y su piloto. Mientras se acercaban, el piloto corrió hacia la casa atraído por la alarma. El fértil hedor del estiércol y del salvado prensado flotaba sobre los adoquines.

Buscar los arreos era demasiado arriesgado. Encontraron algunas bridas en el patio, pero solo dos sillas de montar. Jacoba les dijo que se las quedaran porque ella podía montar a pelo. Seleccionó los caballos y les palmeó la grupa para animarlos a salir de su pesebre. Se impulsó sobre el lomo de una yegua de color castaño y al instante pareció transformarse, llenarse de confianza, de elegancia, a pesar de no tener silla.

—¿Sabes montar? —le preguntó a Salois, que intentaba acomodarse sobre su caballo.

—He montado en camello.

La única persona que Madeleine conocía que hubiera montado en camello era Burton. Aseguró la cincha de su silla y montó en su caballo. Las lecciones de equitación habían sido un regalo —una expectativa— de Jared.

—¿Y yo? —preguntó Abner aún en tierra—. No sé cómo funciona esto.

Madeleine le ofreció la mano, pero él no la cogió.

—No es demasiado tarde para que te quedes.

En las nubes apareció una mancha negra. Se acercaba rápidamente. El ruido de los rotores inquietó a los caballos.

—No te he pedido que vengas conmigo.

Abner montó tras Madeleine y cerró los brazos alrededor de la cintura de su hermana. Ella miró los tatuajes de su brazo. Los tres caballos cruzaron el patio hacia la puerta de entrada. No había rastro de los guardias.

—Tenemos que llegar a la carretera del sur —le gritó Abner a Jacoba, que iba en cabeza.

Cuando cruzaban la puerta, Madeleine pensó que se había vuelto loca. Debía de ser el agotamiento y la falta de comida, sumados al estrés de los últimos días. O quizás el sabor de Hochburg, aún frío y dulce en su boca, estaba envenenando su mente, porque creyó oír la voz de Burton por segunda vez, tan clara y real como el canto de un pájaro.

—¡Madeleine!

Azuzó al caballo, pasando como un rayo junto a dos soldados de las SS cubiertos por toda una paleta de colores. Uno de ellos, al que le faltaba una mano, la señaló e intentó cortarle el paso. Creyó oír de nuevo el fantasmal grito de Burton.

—¡Madeleine! ¡Madeleine!

Ella miró hacia atrás y vio que el soldado movía los brazos frenéticamente y luego daba media vuelta y corría hacia los establos. Por encima de ellos, el helicóptero sobrevolaba la ciudad siguiendo la ruta de Mazunka.

—Ahora sí estamos acabados —gritó Jacoba.

El helicóptero giró y descendió para patrullar el cielo sobre Antzu. Flotó unos instantes sobre la llameante sinagoga y después descendió hacia la villa del gobernador.

Los caballos bordearon las murallas de la ciudad. Cuando cruzaron a toda velocidad la puerta sur, los guardias jupo que habían visto antes corrieron tras ellos lanzándoles piedras.

—Adelanta a los otros —le dijo Abner a Madeleine al oído.

Ella se inclinó sobre el caballo con una sensación de libertad como jamás había sentido montando. En cuanto superó a Jacoba y Salois, Abner le dijo que saliera de la carretera.

Su caballo trastabilló al pisar la hierba empapada, pero recuperó la estabilidad cuando los cascos encontraron tierra. Cargaron a través de la llanura hacia una cresta a varios kilómetros de distancia. El horizonte estaba teñido de violeta por el sol menguante. Galoparon hasta llegar a la cresta y descendieron por la ladera opuesta. Madeleine aflojó un poco el ritmo hasta un medio galope. Salois se situó a su lado.

—¿Es por aquí? —preguntó—. ¿Los explosivos?

Abner asintió.

—¿Estás seguro?

—Estoy contigo. Por Leni.

Cruzaron otra colina hasta llegar a un paisaje con una hierba tan alta que acariciaba el vientre de los caballos. Los animales se cansaban. Otra colina más y se encontraron frente al lecho pedregoso de un río casi seco, solo recorrido por un chorrito de agua.

—Es por la Reserva Sofía —explicó Abner—. En esta época del año tendría que ser un torrente, pero ellos controlan la reserva de agua.

Cuando llegaron, desmontaron y dejaron que los caballos bebieran.

El sol se ponía. Madeleine sentía los muslos ardiendo y doloridos. Asoció la sensación a la de meterse en una bañera de agua demasiado caliente y pensó si alguna vez volvería a tomar un baño o si sería capaz de ello: la idea de concederse ese tipo de lujos le pareció hasta inmoral después de todo lo que había visto. En la lejanía se oyó el rumor de un trueno.

Abner ahuecó las dos manos para recoger un puñado de agua y se la echó por la cara y el cuello.

—Debiste quedarte en Antzu. Lo lamentarás —suspiró, lleno de una magnanimidad reticente—. Pero prometo ayudarte... no es que me hayas dejado mucha elección.

Madeleine no lo escuchaba.

Miraba el vacío paisaje que habían dejado atrás. A la luz del crepúsculo, Antzu era un distante punto de luz ardiente. Le temblaba la voz al preguntar:

—¿Dónde está Jacoba?

44

Antzu, 20 de abril, 17:15 horas

Había un ritmo en las zancadas de Hochburg, como una sensación de renovación. Se movía enérgicamente por la villa, utilizando todos los atajos posibles para alcanzar a Burton en los establos, pero con una lánguida urgencia. Era como perseguir a alguien por un campo de concentración: ¿adónde podía ir? Si no lo atrapaba hoy, lo haría mañana; en todo caso, la persecución estaba llegando a su fin. Los candelabros oscilaron y repicaron al aterrizar el helicóptero. Desde el comedor podía oír los ladridos de los perros de Quorp y los gritos de alegría de los niños.

—¡Es el tío Globus! ¡Es el tío Globus!

Hochburg llegó al cobertizo de los aperos, a tiempo de ver cómo Burton y su camarada cruzaban la puerta principal galopando a toda velocidad. El Valkiria de Globocnik se situó sobre los establos. Hochburg cerró la puerta para amortiguar el ruido y se pasó la lengua por los labios. El atrevimiento de Madeleine, su lealtad hacia un hombre al que creía muerto, le había impactado. Ojalá Eleanor hubiera tenido un poco más de esa lealtad... Pero inmediatamente lamentó ese pensamiento, ya que lo llevaba a lo único que no quería admitir, que el amor que ella había sentido por Burton era más fuerte que el que sentía por él.

De su espalda le llegó un rechinar de botas. Era Kepplar, empapado de pintura de pies a cabeza, con los distintos colores superpuestos unos a otros como en un cuadro abstracto. Una muestra ambulante del arte degenerado tan detestado por el Führer.

—Aún podemos atrapar a Cole —sugirió. El repicar de los cascos de las monturas todavía era audible por encima del rugir de los motores del helicóptero.

—No. Globus lo vería y podría arrebatarme mi premio. De momento, sigue con la persecución tú solo.

—¿Y usted, *Herr Oberst*?

—Intentaré suavizar las cosas.

—Globocnik estará furioso y se dice de todo sobre su mal genio.

—Prefiero que la responsabilidad caiga sobre sus espaldas y no sobre la mías. Que eche espuma por la boca si quiere.

—Podría quejarse de usted a Germania.

—Tu preocupación es conmovedora, Derbus, pero no te preocupes. El *Reichsführer* tiene muy en cuenta el rango de cada uno. Requisa lo que necesites, pero sigue a Burton... y tráemelo.

—¿Y la judía?

Hochburg se imaginó a Madeleine como invitada en la nueva Schädelplatz, alimentándose de guisos nutritivos y chucherías hasta que los huesos de sus pómulos no se marcaran tanto como lo hacían ahora, mientras Burton sufría en las mazmorras subterráneas, impotente para impedir que su esposa engordara y sanara.

—Tu prioridad es Burton. Su mujer va después.

—Ella es peligrosa.

—Si la encuentras, verás que estará desarmada. Todos ellos lo están.

En el exterior, el helicóptero de Globus estaba aterrizando.

—Cole es un terrorista declarado. No entiendo por qué no podemos decírselo a Globocnik, facilitaría nuestro trabajo...

—Entonces también se enteraría de nuestros asuntos —contestó Hochburg—. Y después no tardarían en saberlos Himmler, Heydrich y hasta la última telefonista desde aquí hasta el Báltico.

La nariz de Kepplar goteaba pintura azul y amarilla. Se la limpió con la manga.

—Es pintura al óleo —explicó, mirando lo que antes había sido un uniforme negro—. Está arruinado.

—Ya te conseguiremos otro.

—¿Tengo que encontrar a Cole antes?

Un solemne asentimiento.

—Ambos sabemos lo que ocurrirá si fallas.

—¿Y cuando consiga atraparlo?

—Volverás al Kongo conmigo, y te devolveré tu cargo y tus privilegios. Ahora ve, amigo mío.

Kepplar dio media vuelta para marcharse, y entonces su sonrisa desapareció.

—Los británicos nos derrotaron en Elisabethstadt. ¿Y si avanzan hacia el norte? ¿Y si se apoderan de toda la colonia?

—Lo tengo todo controlado.

Hochburg pensó en las palabras que le había dicho a Feuerstein: «Muspel puede ser duro. Confío en que el sol no te meterá ideas raras en la cabeza.»

«Los judíos somos un pueblo del desierto —le había respondido el científico—. Déjenos trabajar en paz y cumpliremos con lo prometido.»

Kepplar asintió con la cabeza. Dio un paso atrás, giró sobre sí mismo y se marchó.

En el patio frente a los establos, los rotores del helicóptero estaban reduciendo velocidad. Los pensamientos de Hochburg volvieron a Madeleine una vez más: quizá podría alimentarla hasta que reventase, aunque fuera a la fuerza. Se llenó los pulmones de aire. El cobertizo olía a cuero y acero, y al rico aroma de la cera.

La puerta se abrió. Globus. Seguía con su vestimenta de jinete.

—¡Te lo dije! —rugió—. ¡Te dije que no vinieras a esta puta ciudad!

Estaba temblando de rabia y tenía la nariz púrpura rodeada de venitas. Tras él entró la criada de piel color moca que ya conocía de su primera visita a Tana. Agitaba una cáscara de coco humeante, como si fuera una sacerdotisa bendiciendo el aire con incienso.

—¿Quién es la negra?

—Es malgache, no una de tus negras. Viene conmigo porque no puedo soportar los mosquitos, y el humo los mantiene a raya.

—Chamanismo —bufó Hochburg.

—¡Entraste en la ciudad con una patrulla e incendiaste la sinagoga! —Apenas podía hablar de la indignación.

—Hace años que a ti te hubiera encantado hacerlo, pero Heydrich no te lo permite. Míralo como un favor de un gobernador a otro. Un regalo de cumpleaños anticipado.

—Nightingale querrá colgarme por las pelotas.

—Esta mañana no parecías muy preocupado por el yanqui.

Globus hacía girar frenéticamente sus anillos de boda. Caminó por el cuarto hacia Hochburg con las espuelas tintineando, hasta que quedaron cara a cara.

—¡Y todo esto durante el Führertag! Cuando se sepa todo lo que has hecho, la isla entrará en erupción. Ni con mil Valkirias podré impedirlo. —Sacudían su cara y su cuello espasmos incontrolados; sobre la frente y los ojos le cayó un mechón de pelo—. Todo aquello por lo que he trabajado se perderá irremediablemente.

—Cálmate, *Obergruppen*.

Globus le dio un puñetazo en el estómago con todas sus fuerzas.

Hochburg cayó de rodillas. Le pareció que jamás podría volver a respirar. Un segundo golpe en la nuca y chocó de bruces contra el suelo.

Globus se puso de cuclillas y siseó en su oído.

—¿Crees que puedes venir aquí y joderme en mi propia isla? —Le puso la mano en la coronilla e hizo rebotar la cabeza del *Oberstgruppenführer* en el suelo antes de ponerse de pie.

Un instante después, la punta de su bota impactó contra el ojo vendado de Hochburg. La oscuridad estalló en mil estrellas, deslumbrantes, supernovas intensas, que fueron desapareciendo lentamente. La agonía no fue nada comparada con perder a Eleanor o los decenios pasados desde entonces, el dolor físico le resultó insípido a pesar de su intensidad. Hochburg fue consciente de que hacia él se dirigían más botas, que se reunían a su alrededor otros hombres. Quorp y Globocnik hablaban entre ellos en voz baja como dos gánsteres. Lo registraron brevemente y lo obligaron a poner las manos en la espalda. Sintió un frío metal cerrarse sobre sus muñecas y el clic del cierre de las esposas.

Sacaron a rastras al *Oberstgruppenführer* Walter Hochburg.

Tünscher vio el caballo por casualidad. No tenía jinete y estaba descansando bajo la sombra de un mango solitario, grueso como un roble. Habían seguido el rastro de Madeleine hasta allí.

Burton vislumbró varias veces el grupo, una pequeña mancha tostada contra el verde de las colinas. Pero se hizo de noche y lo perdió de vista. Desmontó, palmeó cariñosamente el lomo del animal y buscó alrededor del árbol moviéndose en círculos cada vez más amplios, hasta que descubrió un cuerpo semioculto entre los matorrales. Reconoció a la anciana que había visto con Madeleine en Antzu. Ella gimoteó desesperadamente cuando se aproximaba, pero no hizo ningún esfuerzo por escapar.

Burton se arrodilló. La hierba a su alrededor estaba sembrada de piedras.

—¿Estás herida?

Jacoba no respondió. Bajo la menguante luz púrpura, su cráneo parecía luminoso. Tünscher revisó su cuerpo. No vio sangre ni rastro de ninguna herida.

—Creo que tiene la espalda rota, ha debido de caer sobre una roca —susurró. Le dio un pellizco en la mano—. ¿Puedes sentir esto?

La mujer siguió tan callada como temerosa.

—Olvídate del uniforme —dijo Burton—. Te vi con Madeleine. Me llamo Burton.

—Burton está muerto.

—No, sobreviví. He venido para buscar a Madeleine y llevármela a casa.

—¿Cómo os conocisteis?

—¿Qué?

—Madeleine y yo éramos las únicas personas civilizadas en ese terrible lugar, las únicas con las que valía la pena hablar. Nos contamos nuestras vidas mutuamente.

Burton lo comprendió: quería pruebas.

—Fue en casa de mi tía, durante una fiesta. Ella tocaba Schubert al piano.

—La *Melodía húngara* —añadió Jacoba. En su rostro apareció una sonrisa y tarareó unas cuantas notas.

Él pensó en la tarde de su segundo encuentro en la playa. Y recordó algo que Hochburg le había dicho una vez: «No hay coincidencias en los asuntos del corazón.» Los heridos, los imperfectos, los que se buscan mutuamente. ¿Sería verdad? ¿Era eso lo que les pasaba a Maddie y a él?

Tünscher volvió a pellizcar a la mujer. Jacoba parecía febril, pero sus ojos carecían de brillo.

—Nada —dijo ella—. El caballo tropezó y me caí. No soy lo bastante buena sin una silla de montar.

—¿Cómo te llamas? —preguntó Burton tomándole la mano. Estaba fría.

—Jacoba. El destino ha querido que me encuentres.

—Necesito saber hacia dónde se dirige Madeleine.

—A Mandritsara. Al hospital.

—¿Está enferma?

—Mandritsara no es esa clase de hospital —intervino Tünscher, evitando mirarlo a los ojos—. Pero se han equivocado de camino. Mandritsara está al suroeste.

Jacoba volvió a hablar.

—Primero íbamos a Nachtstadt.

Tünscher chasqueó la lengua, un sonido que podía significar cualquier cosa: incredulidad, irritación, desespero.

—¿Dónde está eso?

—No lo sé. Era Abner quien nos guiaba...

—¿Te refieres a su hermano? —Por supuesto. Era el hombre medio calvo que había visto con ella. Sintió un alivio idiota y miró a Tünscher—. ¿Alguna idea de cómo llegar hasta ese Nachtstadt?

—Quizá —admitió su amigo, buscando su paquete de Bayerweed en el bolsillo. No encendió ninguno. Estaba racionándolos.

Burton estrechó la mano de Jacoba unos segundos. Después se quitó la guerrera para tapar con ella a la mujer. Quería darle las gracias, pero no sabía cómo expresarlas. Cuando ella le dijo que no quería que la cubriera con aquel uniforme, la enrolló para formar una especie de almohada y la colocó debajo de su cabeza. Se llevó a Tünscher aparte. Las colinas reverberaban con los truenos de la inminente tormenta.

—No podemos dejarla así —susurró.

—Deberías estar más preocupado por Mandritsara. Si tu mujer piensa ir allí, es que está loca.

—¿Qué quieres decir?

—Es un mal sitio.

—Hemos visto muchos de esos.

—No como Mandritsara. —A la escasa luz del anochecer tenía un aspecto gangrenoso—. Vuelven a la gente del revés. Literalmente. Experimentan con la carne, como si fuera una especie de broma enfermiza. Tienes que impedir que Madeleine vaya allí.

—¿Y Jacoba?

—Lo mismo que el Vikingo.

El Vikingo era un soldado que formaba parte del mito de la Legión. Sus camaradas lo rescataron bajo el fuego enemigo, pero fueron incapaces de salvarle la vida. Solo pudieron poner fin a su sufrimiento.

—Ya no tengo estómago para esa mierda —confesó Burton.

—¿Por qué te importa tanto? Acabas de conocerla. Pegarle un tiro es lo más piadoso que puedes hacer.

—Es amiga de Maddie.

—Bueno, pues a mí no me mires. Siete diamantes no son suficientes. —Se acercó a los caballos—. Siete diamantes no son suficientes para todo esto.

Burton sintió una repentina urgencia de confesarle la verdad y se preguntó si, durante el tiempo que duró su idilio, Madeleine habría experimentado algo similar. Pero se tragó la culpabilidad y volvió con Jacoba. La mujer intentaba decirle algo.

—Mi bolsillo...

Buscó en él y encontró la fotografía de una mujer vestida con elegancia. Debía de tener la misma edad que Madeleine.

—Mi hija —explicó Jacoba—. Fui al muro de la sinagoga a buscarla. Quería sentirme cerca de ella.

—¿Qué le pasó?

—Pobrecita mía, murió durante la epidemia de tifus. Al menos no fue la única, la muerte es más fácil cuando estás rodeada de ella.

Parecía tranquila y resignada. Burton dejó la foto en la mano de la mujer, le cerró los dedos y le llevó la mano hasta el pecho. Pero él tenía algo más que preguntar.

—Madeleine estaba embarazada. ¿Qué le pasó al bebé?

—Tuvo gemelos.

—¡Gemelos! —Burton experimentó un segundo de euforia. Pero la alegría no sería completa hasta que sus dedos pudieran volver a entrelazarse con los de Maddie—. ¿Niños? ¿Niñas? ¿Qué pasó con ellos?

—Eso te lo tiene que decir Madeleine.

Cerró los ojos para evitar más preguntas.

Un trueno retumbó sobre ellos y asustó a uno de los caballos. Burton sacó la Beretta.

Jacoba volvió a abrir los ojos.

—¿Me enterrarás?

—Tengo que alcanzar a Madeleine.

—Por favor. No quiero terminar como carroña para las bestias salvajes.

—Te lo prometo —mintió Burton.

Ella cerró los ojos y se dejó ir. Su respiración era superficial pero regular, como si se negara a rendirse. Burton alzó la Beretta y apuntó a la sien. Todo terminaría en un instante. Sin dolor. Según Patrick, lo único que importaba.

Siguió inmóvil unos segundos con el dedo en el gatillo. Pensaba en sus hijos y en los dos hermanastros que había tenido su padre de un primer matrimonio, y que él nunca había conocido. De niño solía maravillarse ante una foto de ambos que su padre conservaba en el estudio. Su simetría era increíblemente milagrosa. Burton le preguntó dónde estaba su propio duplicado, pero él le respondió que no existía. La herencia genética había saltado hasta Madeleine. En su interior se desató un nudo, un nudo del que no había sido plenamente consciente. Era una prueba física de que Cranley mintió cuando dijo que el bebé era suyo.

Burton bajó el arma sin disparar.

Tünscher seguía bajo el mango, junto a los caballos. Tenía la piel más pálida; los labios, más grisáceos; las ojeras, más profundas.

—Un disparo haría demasiado ruido —dijo Burton sin convicción.

—¡Serás cabrón...! —suspiró Tünscher.

Le arrancó la Beretta de las manos y caminó hasta Jacoba. Segundos después se oyó un solo disparo. Volvió con un cigarrillo colgando tristemente de los labios.

Ninguno de los dos dijo nada, mientras contemplaban cómo desaparecían los últimos vestigios del día. Los caballos pastaban tras ellos. Cuando Tünscher terminó su Bayerweed, miró abatido el paquete.

—Solo me quedan dos.

—¿Qué pasará cuando se te acaben?

Se encogió dentro del uniforme.

—Las cosas empeorarán.

45

Nachtstadt, 20 de abril, 20:15 horas

En lo alto de una colina, sobre Nachtstadt, se alzaba un *Totenburg*. Diseñados por Wilhelm Kreis como homenaje a la victoria de 1942, esos monumentos en recuerdo de los alemanes muertos estaban diseminados a todo lo largo y ancho del Reich para honrar a los caídos de cada comunidad. Todos ellos eran idénticos, no importaba que se asentaran en el permafrost siberiano o que hubiera que limpiarlos de arena todos los días. Consistían en cuatro torres de granito de treinta metros de altura, grabadas con los nombres de los fallecidos, que rodeaban un obelisco de bronce o un pilar rematados con un pebetero de fuego eterno. Tras la primera rebelión, Globocnik insistió en que todo soldado que hubiera sacrificado su vida en Madagaskar viera su nombre inmortalizado en piedra.

A Madeleine la despertaron las voces de una discusión amortiguada, como las voces susurrantes que solía oír en Hampstead cuando creía que su deber era no prestar atención. Había estado dormitando bajo una de las torres; se sentó con el hombro dormido. Percibía un ligero aroma de carne asada en el aire. Del valle llegaba música de acordeón y risas estridentes, borrachas.

—... es eso o nada. No puedo dejar que vaya sola —decía su hermano. No quería parecer intransigente, pero ella notaba desesperación en su voz. Madeleine se preguntó si Salois también era capaz de percibirla.

—Tenemos que atraer a los norteamericanos —replicó el valón—.

Sobre todo por lo que pasó en el Arca; y ahora en Antzu. La única forma es volar Diego Suárez.

—No lo dudo y ojalá se me hubiera ocurrido a mí. Pero no puedo pelear por la isla si eso significa abandonar a los míos.

—Ambos sabemos lo que pasará si va a Mandritsara.

—Si lo intentas, conseguirás convencerla.

—Tu hermana es una mujer valiente —aseguró Salois.

—Siempre se ha salido con la suya, incluso cuando era pequeña.

Madeleine se unió a los otros dos. Estaban agachados tras unas rocas vigilando la granja. Los rayos seguían iluminando el cielo a intervalos, pero todavía no caía una sola gota de agua.

—No vamos a ir a Diego Suárez —dijo Abner.

—Le di mi palabra —respondió Madeleine mirando a Salois.

—Nunca podremos llegar de Diego Suárez hasta Mandritsara a tiempo. Si quieres volver a ver a tus hijos, tenemos que ir esta noche.

—¿Y el barco? Necesitamos escapar de la isla. Me lo prometió.

Antes de dormir, ella había preguntado por la embarcación. Se trataba de un buque mercante que viajaba de Singapur a Durban, en Suráfrica. Cinco días más tarde se aproximaría a Kap Ost, enviaría una señal de socorro, y se desviaría rápidamente hacia aguas alemanas hasta los anillos de Madagaskar, antes de retomar su curso original.

—Ayúdame a encontrar los explosivos y estaremos en paz —dijo Salois—. Y mantengo la oferta de una plaza para ti. Para los dos.

Madeleine sintió una gratitud difícil de explicar. Le tomó la mano y le dio un apretón cariñoso. La tenía helada. Para su sorpresa, él le devolvió el apretón. Algo se cruzó entre ellos, aunque no sabría explicar qué. No era caridad o amistad, ni tampoco lástima, simplemente un instante de conexión humana.

—¿Cómo te llamas?

—Reuben.

Él la dejó ir, abrió su mochila y compartió el pan que se había llevado de la sinagoga. Madeleine partió un trozo y lo devoró hambrienta. Tenía un ligero sabor a lona, pero Hochburg dijo la verdad: estaba bueno. Salois también comió sin dejar de observar Nachtstadt. Abajo, los soldados alemanes cantaban acompañados de un acordeón. Sus voces eran roncas y desacompasadas.

—¿Dónde están los explosivos?

—Ahí abajo, entre los cerdos —respondió Abner con la boca llena—. Esta es una de las mayores piaras de la isla. ¿Sabes lo que significa Madagaskar?

—Isla de los Cerdos Salvajes —dijo Madeleine. Lo había descubierto durante los días en que estuvo leyendo libros y artículos de prensa, buscando detalles sobre el destino de su familia.

Abner le dirigió una mirada irritada, como llamándola sabihonda.

Desde la base de la colina, rodeadas de alambre de espino, se extendían varias hectáreas de barro y filas y filas de corrales, algunos con techo de chapa ondulada, si bien la mayoría de ellos eran de paja. Miles de cerdos husmeaban alrededor; su piel blanca destacaba, fantasmal, contra la oscuridad del barro. Más allá de los animales había otra valla y el sector industrial de la granja, las barracas de los trabajadores, un hospital veterinario, graneros, cobertizos y otros edificios, uno de ellos rematado con antenas de comunicaciones. En la más alta parpadeaba una bombilla roja.

—¿Dónde los sacrifican? —preguntó Madeleine. No reconocía ninguna de las instalaciones de procesamiento que le eran familiares del matadero.

—No lo hacen aquí, los llevan a una fábrica de Tana. Desde allí, la carne se exporta a Europa. —Abner señaló un par de torres de agua en el extremo más alejado de las instalaciones, allí donde el campo se fundía en la oscuridad. En su base podían verse dos tiras paralelas de acero—. Es un desvío que conecta con la línea Tana-Diego Suárez. Ahí podrás coger tu tren.

—¿A qué distancia?

—¿Desde aquí? Unos cinco kilómetros.

Salois asintió, estudiando el panorama.

—¿Y la fiesta?

—Nos ayudará. No veo muchos guardias alerta.

En el punto más alejado, separadas del resto de Nachtstadt por un muro de ladrillos, había un grupo de casas construidas en torno a una plaza muy iluminada. Madeleine podía distinguir banderolas rojas, una hoguera sobre la que se asaba algún animal —muy probablemente un cerdo— y mesas montadas sobre caballetes con botellas y tanques de cerveza. Los hombres allí congregados bebían y bailaban.

Mientras Salois seguía familiarizándose con la granja y sus instalaciones, Madeleine fue a revisar los caballos. Estaban atados tras una de las torres de granito, y eran más importantes que nunca si tenían que llevarlos a Abner y a ella hasta Mandritsara. Revisó los nudos y se quedó contemplando la oscuridad, esperando la aparición de Jacoba. Cuando insistió en que retrocedieran para ir a buscarla, la respuesta de Abner fue cruel pero cierta. Cada minuto dedicado a buscar a Jacoba era un minuto que les negaba a sus hijos.

Madeleine deseó que su amiga se hubiera separado de ellos para regresar a Antzu, aunque quizá se había caído, quizá se había «ido a América». Como mucho de lo experimentado en Madagaskar, la única forma de salir adelante era hacer caso omiso de lo que te dictaba el corazón. La falta de seguridad y de sanidad no eran la única forma de los nazis de arrancarles la humanidad a millones de personas. Juró tatuarse el número de Jacoba en su muñeca sin marcas.

Antes de volver con los demás, Madeleine se agachó junto a una de las torres y orinó. Hubo un tiempo en que era incapaz de hacerlo delante de otras personas, incluido Burton, pero el matadero la cambió. Ahora hasta encontró cierto placer en orinar sobre los muertos de las SS.

Un rastro de pisadas se extendía por la falda de la colina desde la granja hasta el *Totenburg*. Descendieron por allí y siguieron el perímetro de la verja hasta que Abner dio el alto. El infrecuente rayo de un foco iluminó la oscuridad.

—Hace tiempo que no he estado por aquí —reconoció Abner—. Tengo que comprobar algunas cosas.

Se internó en la oscuridad, mientras Salois y Madeleine se tumbaban contra el barro con los hombros casi tocándose. Los gritos de los borrachos atronaban el aire. Ella pensó en los nombres que acababa de mancillar, incapaz de explicarse por qué sentía tanta vergüenza por ello. Salois permaneció inmóvil; tanto, que Madeleine sintió un miedo irracional a que hubiera dejado de respirar.

—¿Por qué has cambiado de idea? —susurró ella—. Sobre necesitar mi ayuda, me refiero.

Buscaba tanto una respuesta como asegurarse de que estaba vivo.

—Yo también tuve un hijo.

—¿Qué pasó?

Él la miró con los ojos desorbitados, como si fuera lo más obvio del mundo.

—Murió.

—Lo siento.

—Nunca pude abrazarlo, no está bien tener que sufrir ese vacío. Por eso creo que deberías ir a Mandritsara.

Ella sintió de nuevo el deseo de cogerle la mano, pero se contuvo y mantuvo los dedos en el suelo.

—Eres la primera persona que me anima.

Abner regresó de su inspección y los guio a lo largo de la verja hasta una zanja llena de vegetación. Apartó el follaje y dejó a la vista una tubería de drenaje lo bastante ancha como para deslizarse a través de ella.

—La mayoría de los trabajadores son convictos o provienen del Sector Oriental —explicó—. Pero, con el tiempo, unos cuantos Vainillas también han acabado aquí. Uno de ellos escapó y nos habló de esta salida. Hemos estado usándola desde entonces.

—¿Por qué no buscar otro escondite más accesible? —preguntó Madeleine.

—Por los jupo. Siguen encontrando nuestros almacenes clandestinos y destruyéndolos para dificultar la rebelión, pero nunca pensarán en buscar aquí.

Salois se metió primero en la tubería con la mochila por delante, después le tocó el turno a Madeleine. Por el interior fluía una corriente de agua en la que podía haber de todo: serpientes, ratas... Ella inspiró profundamente y gateó por el lodo, manteniendo la barbilla en alto y los ojos fijos al frente. Cuando emergió por el extremo opuesto, su vestido blanco era negro.

—Al menos, ya no necesitas camuflaje —comentó Salois, ayudándola a salir.

Se encontraron al otro lado de la verja entre los chiqueros, con su aire fétido. Abner avanzó metido hasta los tobillos entre las pocilgas buscando algún tipo de señal, como lo había hecho cuando se acercaron a Antzu, y se escondió detrás de una de las pocilgas. Madeleine y Salois lo siguieron, encorvados bajo la chapa ondulada. Una enorme cerda yacía en un rincón, y los miraba con ojos brillantes. Parecía tan triste que Madeleine sintió deseos de acariciarla.

Abner dio una patada en el suelo. Salpicaba barro y heces a cada golpe de las botas hasta que abrió un agujero. Se arrodilló, y apartó la paja y el estiércol.

—Otra razón por la que usamos Nachtstadt, es que ningún nazi se atrevería a registrar aquí.

Alzó una trampilla del suelo para dejar ver una cavidad húmeda que contenía cuatro cajas para el té. Abner abrió la primera —vacía—, y después la segunda, que contenía una caja de dinamita. La abrió y le fue pasando su contenido a Salois.

—Por suerte, sigue seca —comentó.

La satisfacción inundó el rostro de Salois, que miró dentro de la caja. Estaba marcada con letras góticas alemanas.

—Dijiste que vuestros proveedores eran británicos.

—Y lo son. Pero imagínate lo que pasaría si los pillaran. Por eso utilizan material de la Wehrmacht.

Salois guardó la dinamita en su mochila mientras Madeleine ayudaba a su hermano a sacar el resto. El hedor y los gruñidos de los cerdos le recordaron el matadero y el miedo a no poder escapar nunca de él. Abner le preguntó si estaba bien y ella asintió con la cabeza de forma muy poco convincente.

—No es suficiente —dijo Salois cuando cargaron todos los explosivos.

Abner abrió las otras cajas. En la tercera encontraron varios fusiles viejos —sin munición—, pero la cuarta estaba también vacía.

—Hay más escondites —aseguró, cerrando la trampilla y ocultándola bajo la paja.

Salieron y Abner volvió a estudiar con atención los chiqueros hasta que encontró lo que fuera que le informase de los tesoros de su interior. Entró y repitió la operación hasta abrir otra trampilla. Salois se quedó fuera, contemplando el edificio de las antenas.

—Necesito utilizar esa radio, contactar con mi otro equipo.

—Demasiado arriesgado —dijo Abner.

—Un riesgo que vale la pena correr.

—¿Y el resto de la dinamita?

—Necesitaré otra cantidad similar. Después nos encontraremos en el ferrocarril.

—Llévate a Leni —lo dijo mirando al cielo, contando los segundos entre el resplandor de los rayos y los truenos subsiguientes; aspiró el aire con fuerza—. Necesitarás que alguien vigile mientras usas la radio.

Los dos avanzaron agachados usando los cerdos como cobertura, hasta que llegaron a la verja que separaba el ganado del resto de la granja. El hedor era casi insoportable, por lo que Madeleine se alegró de estar en movimiento. La verja tenía una puerta de metal, con una garita y un soldado que hacía guardia fuera de ella. Cuando estaban cerca, Salois hizo que se tumbase en el suelo y él rodeó la garita para aproximarse por detrás.

Un profundo retumbar recorrió el cielo. Madeleine esperaba que las primeras gotas de lluvia le mojaran la cara. Nada. Cuando miró hacia la garita, el guardia había desaparecido y Salois le hacía señas con una mano ensangrentada. Se deslizaron a través de la entrada hasta una pista llena de baches. A un lado quedaban los establos; al otro, una cerca de alambre de espino y las barracas de los trabajadores. Se mantuvieron cerca de los establos hasta que Salois se detuvo inesperadamente. Dobló el puño de la manga y siguió doblándolo hasta dejar todo el antebrazo al descubierto. Madeleine vio que estaba repleto de tatuajes.

—¿Qué haces? —susurró.

Él señaló al otro lado de la pista y suspiró. El muro de una de las barracas tenía una sola ventana con barrotes a través de la que los observaban tres macilentas caras. Se quedaron contemplando el brazo de Salois hasta que uno de ellos giró la cara y susurró algo hacia las sombras que tenía detrás. Un cuarto hombre apareció y presionó su propio brazo contra los barrotes. En él podían verse una docena de números.

—Los guardias nos han dicho que el Arca ha sido destruida —dijo.
—Es verdad —admitió Salois—. Y la sinagoga. Ambas han ardido hasta los cimientos.

Las novedades fueron repitiéndose en el interior de la barraca. Madeleine pudo oír a los hombres caminando de aquí para allá y saltando de las literas. Una furiosa e invisible energía recorrió toda la cabaña.

Salois la cogió de la mano y siguieron avanzando por el complejo. La mayoría de los edificios se alzaba varios metros del suelo para protegerlos de las lluvias monzónicas. Los focos creaban unas zonas de luz y otras de sombras. Se movieron deprisa entre los pilares hasta llegar frente a la cabaña de la radio; una vez se ocultaron para dejar pasar a dos soldados. Justo detrás de los mástiles y las antenas se hallaban los dos depósitos de agua que marcaban el comienzo de la vía férrea. Salois le indicó a Madeleine que esperara y se lanzó a la carrera por terreno abierto hasta las escaleras de acceso a la cabaña. Un segundo después le hizo señas para que se reuniera con él.

Dentro del edificio había toda una batería de transmisores y luces parpadeantes. Unos relojes mostraban la hora en varias zonas del Reich. Salois manipulaba los diales buscando alguna frecuencia concreta. La estática rugía y enmudecía como las olas chocando contra una playa. El radiotelegrafista de guardia yacía en un rincón.

Salois le puso a Madeleine un fusil en las manos.
—Vigila la puerta.

Encima de la mesa vio un bote de bolígrafos. Madeleine cogió uno y un clip.

—¿Qué haces? —preguntó Salois.
—Es por Jacoba.
—Lo haré yo —dijo, mirando los pálidos brazos de Madeleine.

Ella se situó en cuclillas junto a las escaleras, bajo la balaustrada, para poder ver a cualquiera que se aproximase y que nadie pudiera verla a ella hasta que pisase el primer escalón.

La estática dio paso a un chirrido, y después...
—Libélula, ¿me recibes? Cambio —dijo Salois por el micrófono.

Madeleine se guardó el bolígrafo y el clip en el bolsillo. Se preguntó por sus bebés: ¿los habrían tatuado los médicos? La idea de que su piel inmaculada fuera perforada y rellenada con tinta hizo que se le revolviera el estómago.

Un grupo de hombres entró en su campo de visión. Los dedos de Madeleine se cerraron en torno al fusil hasta que pasaron discutiendo y eructando.

—¿Libélula? —Salois maldijo la radio y siguió cambiando de frecuencia—. Libélula, ¿puedes oírme?

Las primeras gotas de agua cayeron junto a Madeleine. Otra figura apareció debajo, caminando tranquila y sobria, con la insignia de *Untersturmführer* en la manga. Iba directamente hacia la cabaña de la radio.

—¿Salois?

El soldado miró en dirección a Madeleine en el preciso momento en que le llegó una voz clara y confiada.

—Aquí Libélula. Me alegra oírlo, comandante.

Al principio Madeleine no hizo nada. Entonces se irguió de repente, como si hubiera recibido una descarga eléctrica en los talones.

Vio cómo se movían los labios de Salois hablando por el micrófono, pero solo oía las réplicas, filtradas por el chisporroteo de las ondas, que penetraban en su cerebro, con la entonación más cruel que había oído en su vida.

El *Untersturmführer* llegó hasta las escaleras y levantó la vista.

—¿Qué haces aquí, judía? ¡Largo!

Como ella no hizo caso, desabrochó su cartuchera y empezó a subir las escaleras. Madeleine estaba demasiado aturdida por la voz de Cranley para que le importase.

46

Nachtstadt, 20 de abril, 20:45 horas

—He oído un feo rumor sobre este lugar —dijo Tünscher.
Le costaba cierto esfuerzo hablar. Estaba tumbado, pero no dejaba de moverse o rodar sobre sí mismo como si ninguna posición le resultara cómoda. Tenía la piel húmeda y había cogido un color cetrino. Las manchas oscuras bajo los ojos se extendían como hongos.
Hasta ellos llegaban la música y los gritos de fiesta. Los truenos resonaban en la distancia.
—¿Qué rumor? —contestó Burton distraídamente.
Estaban en una colina sobre el *Totenburg*. Burton había encontrado el caballo de Madeleine pastando bajo las torres y observaba el valle con el telescopio de su amigo.
—Dicen que pertenece a Himmler.
—Pues no parece muy bien guardado —comentó Burton, bajando la lente.
Tünscher se encogió de hombros. Se había quitado el guardapelo del cuello y lo mordisqueaba para mantener a raya el dolor.
—Parte del licor que he contrabandeado debe de haber terminado ahí. Es un puesto Vit B.
Los chicos Vitamina B eran hijos de oficiales del partido, por lo que se les concedía puestos cómodos para cumplir el servicio militar. Nada de primeras líneas en ningún frente, solo un año en cualquier guarnición aburrida antes de ir a un puesto en la maquinaria de la burocracia.
Burton volvió a mirar por el telescopio. Aparte de la fiesta en el ex-

tremo más alejado del campo, el lugar parecía desierto. Cambió de los edificios a las pocilgas; allí debían de aglomerarse miles de cerdos. Alice había querido tener cerdos en Suffolk, o vacas, u ovejas. «Si no hay animales, no es una granja de verdad», le había dicho cruzando los brazos. Burton detectó movimiento entre las jaulas. Enfocó mejor el aparato. Era el hermano de Madeleine. Abner arrastró una pieza de equipo hasta campo abierto y alzó algo hacia las nubes como si estuviera tomando una lectura del tiempo. Burton no podía saber exactamente qué era.

—Voy a bajar —anunció.

Tünscher se pasaba su último Bayerweed bajo la nariz, inhalando profundamente. Se había fumado el otro hacía una hora y había jurado que el último se lo guardaba hasta que encontrasen a Madeleine. Lo devolvió al paquete.

—Voy contigo.

Burton ayudó a su amigo a ponerse en pie. Tünscher gruñó, llevándose la mano al costado. La venda que le rodeaba la cintura debía de estar empapada, ya que estaban formándose manchas oscuras en su guerrera.

La culpabilidad royó a Burton. Aún cargaba con la mancha de la sangre de Patrick. No necesitaba otra más.

—Deberías quedarte aquí.

—Estoy bien.

—Me retardarás.

Era verdad a medias. Al cabalgar toda la noche, Burton había esperado encontrar a Madeleine en Nachtstadt antes de que amaneciera, pero Tünscher necesitaba descansos cada vez con más frecuencia, sujetándose las entrañas y con la barbilla apoyada en la crin de su cabalgadura.

—He dicho que estoy bien —replicó Tünscher irritado—. No quiero arriesgarme a que te pillen, tengo que cuidar mi inversión...

Oyeron el estallido de un fusil automático. El ruido rebotó por todas las colinas, pero la música no se interrumpió.

Burton utilizó de nuevo el telescopio. No vio nada excepto sombras y barro, y cerdos saltando unos sobre otros, agitados por los disparos... Y otro resplandor junto a un edificio coronado por antenas de radio. Los soldados lo rodeaban, pero seguía sin ver ni rastro de Madeleine.

—Espérame aquí —dijo Burton, pasándole el telescopio a su amigo.

—Olvídalo.

—No estás en condiciones, Tünsch.

—Esto no es la Legión, comandante, no puedes darme órdenes. No perderé de vista mis diamantes.

—No hay diamantes.

Las palabras le salieron antes de que supiera lo que estaba diciendo.

—¿Qué?

Burton siguió mirando al suelo.

—Te mentí. Necesitaba tu ayuda. No hay diamantes.

—Pero... ¡me diste uno! —Tünscher dejó escapar una risita, intentando reafirmarse—. Lo llevé a un joyero. Cinco quilates. De las minas de Kassai.

—Es el único que tenía.

Tünscher se frotó el costado manchado de sangre mientras sacudía incrédulo la cabeza e intentaba digerir la confesión de Burton. Este vio que una nube de humo rojo rodeaba el edificio de la radio.

—Lo siento, Otto.

—¿Cómo has podido hacerme esto? —De repente, su voz parecía hueca—. Necesito esos diamantes.

Desenfundó su Luger y apoyó el cañón en el pecho de Burton. El movimiento fue lento, sin convicción. Los ojos de Tünscher, apagados, agotados, estaban teñidos de amarillo. En su rostro apareció durante un segundo una expresión de odio a la que sustituyó otra de desolación. Burton apartó la pistola.

—Lo siento —repitió—. Madeleine lo es todo para mí. No tenía elección.

—Lo sé... lo sé...

Su voz destilaba tanta comprensión, que Burton sintió un profundo remordimiento. Al mismo tiempo fue consciente de que si Tünscher lo hubiera traicionado, lo habría hecho con un simple encogimiento de hombros. ¡Cuántas veces lo había visto enseñarle a un tipo sus dientes amarillentos mientras decía: «La próxima vez sé más listo»!

—¿Qué harás ahora?

—¿Acaso importa? —Se guardó el guardapelo bajo la camisa—. Iré a Nosy Be. O buscaré una patrulla y le diré que me atacó una banda de judíos, me entregaré y...

—Te meterán en el calabozo. Y sabes lo mucho que odias los barrotes.

—No pueden relacionarme con nada de esta mierda. Puedo estar en Roschenhafen a final de mes, volver a mis safaris y seguir con el contrabando hasta que me haga rico. —La desolación se apoderó de él una vez más—. Necesito ese dinero, Burton. Más de lo que te imaginas.

—Si alguna vez llego a tenerlo, Tünsch, te buscaré y te lo daré.

Tünscher lanzó una carcajada llena de resentimiento que le hizo doblarse sobre sí mismo.

—¿Te acuerdas cuando andábamos juntos Patrick, tú y yo? Él me dijo que tú eras el mejor, el único decente..., ¡estúpido yanqui cabrón!

Las nubes se abrieron en ese momento.

La lluvia le golpeó el pelo a Burton. Quería marcharse tal como se habían encontrado, con un apretón de manos y lanzándose bravuconadas mutuamente. Eran dos hombres que una vez estuvieron en lo mismo. El zoo parecía pertenecer a otra época. Burton le ofreció un medio saludo avergonzado y empezó a descender la colina.

—Si la encuentras, no vayáis a Mandritsara —le advirtió—. Prueba con esos barcos pesqueros en Varavanga. Es vuestra única posibilidad de salir de la isla.

—Lo intentaré.

—*Bon courage*, comandante.

Burton le deseó lo mismo, pero Tünscher ya se alejaba cojeando, oscurecido por la cortina de lluvia.

Salois oyó el sonido de unas botas subiendo por la escalera. Le dijo a Cranley que esperase y miró a Madeleine. Ella estaba embobada con la radio, los ojos brumosos como si alguien le hubiera dado una bofetada. A medio camino de los escalones había un *Untersturmführer*, que se quedó helado al ver a Salois y darse cuenta de su brazo tatuado.

El *Untersturmführer* retrocedió. Salois arrancó el arma de las manos de Madeleine y apuntó entre los hombros del soldado. Pensó en Steinbock, donde los prisioneros llevaban uniformes con una enorme X pintada en la espalda para que fueran un blanco fácil si intentaban escapar. En el último momento relajó el dedo que tenía en el gatillo, ya que pensó que el disparo atraería más rápidamente a los soldados de lo que el *Untersturmführer* podía reunirlos.

Salois volvió al micrófono.

—¿Cranley?

—¿Qué ha pasado? Cambio.

—Nada.

—¿Estás en posición?

—Junto al tren RV. Estaré en Diego Suárez a las cuatro en punto. ¿Dónde estás tú?

Madeleine se situó a su lado y se inclinó hacia el altavoz para no perderse palabra. Intentó hablar por el micrófono, pero Salois la detuvo.

—Estoy en Mazunka —contestó Cranley—. Tengo a la vista la estación de radar. Todo está preparado.

—¿Cuántos sois?

—Tres, incluyendo al cabo Manny de tu equipo.

Así que habían conseguido llegar a la orilla. La euforia se adueñó de Salois.

—¿Procedemos?

—He contactado con Rolland. El tiempo es bueno para los bombarderos. Adelante con la misión. Repito: adelante. Nosotros haremos nuestra parte, el resto es cosa tuya. ¿Recibido?

—Afirmativo.

—Buena suerte, comandante. Cambio y corto.

En cuanto Salois aflojó la mano del micrófono, Madeleine se lo arrebató.

—¿Jared? ¿Jared? —Solo le respondió la estática—. Llámalo otra vez —exigió.

—Ya no está.

—¿Trabajas con él? ¿Te envió para buscarme?

Salois no entendía nada.

—Estoy aquí para destruir Diego Suárez.

—Con Cranley. ¿Dónde está ahora?

—En Mazunka, en la costa oeste. ¿Por qué? ¿Lo conoces?

—Estuvimos casados. —Lo miró llena de confusión—. Es un empleado civil... juró cuidar de Alice...

Salois no estaba menos confuso.

—Puede ayudarte a encontrar a tus hijos...

Madeleine estalló en una carcajada tan fuerte que sintió un pinchazo en el costado.

Empezó a sonar una alarma.

Salois se ajustó la mochila y volvió a coger a la mujer de la mano. Madeleine se negó a que la arrastrase tras él. Se resistía a soltar el micrófono como si esperase que Cranley volviera a hablar.

Salois la soltó y fue hasta la escalera. Los soldados acudían a la cabaña desde todas las direcciones. Corrían haciendo eses, tropezando y riendo; algunos incluso llevaban todavía gorritos de fiesta. Todos iban armados, pero para ellos parecía un divertimento, no una amenaza seria contra la seguridad.

—Coge el fusil y abre esa trampilla —le gritó a Madeleine, señalando al techo. Era un punto de acceso al tejado para que los ingenieros pudieran llegar a las antenas.

A Salois le quedaban dos botes de humo. Lanzó el primero por la escalera, con lo que los pilares del edificio quedaron envueltos en niebla;

entonces, volcó un archivador para bloquear la puerta. Madeleine bajó una escalera de aluminio plegable situada bajo la trampilla. La aseguró y subió por ella. Salois la siguió. Quitó la anilla del segundo bote y lo lanzó en la cabina de radio antes de cerrar la trampilla. Le quedaban dos botes verdes en la mochila, pero quería reservarlos para Diego Suárez. Eran tan importantes como los explosivos.

Se encontraron en el tejado rodeados por las antenas, que se agitaban y gemían a causa del viento. El humo rojo se filtraba por todas partes: a pesar de ello, Salois pudo ver los depósitos de agua claramente por primera vez. Uno era nuevo y estaba hecho de acero, por lo que el clima de Madagaskar aún no había tenido tiempo de erosionarlo; el otro era de madera y estaba claramente podrido, en desuso. Los raíles del ferrocarril empezaban en la base del depósito de metal y se curvaban para salir de la granja antes de desaparecer en la oscuridad que rodeaba las colinas. En el extremo más lejano de las vías, una red camuflaba dos helicópteros.

—¿El barco es de Cranley? —preguntó Madeleine. La luz intermitente situada en la punta de la antena más alta teñía su rostro de rojo, negro, rojo, negro...

—Sí.

La desesperación se adueñó de ella bajo la sombra que iba y venía. Él ya había visto aquella expresión —la boca floja, la mirada vacía— muchas veces antes; horas después solían morir algunos hombres, demasiado desmoralizados o abatidos para seguir interesados en su propia vida. Por mucho que deseara lo mismo, nunca se permitió exteriorizarlo.

De repente el rostro de Madeleine pareció animarse, como si acabara de comer algo fresco y delicioso.

—Esta es mi oportunidad, quizá mi única oportunidad. Iré contigo a Kap Ost y lo mataré.

Salois gruñó. No se había equivocado cuando le pareció ver odio en sus ojos. Los dañados y los condenados siempre se reconocían.

—Siempre que él pueda antes destruir la estación de radar.

Abajo, los soldados nazis no dejaban de reír. Uno de ellos disparó su BK44 contra las ventanas y destrozó la mayoría de los cristales. Salois y Madeleine se acercaron al borde del tejado: el edificio más cercano quedaba a menos de un metro de ellos. Saltaron.

Sonaron más disparos, esta vez dirigidos a los cerdos. Por encima de los tejados, Salois vio a los trabajadores irrumpir de algunas de las barracas. Habían dominado a los guardias y estaban derribando las puertas del resto, mientras que otros se dirigían hacia las vallas de alambre de espino. El acordeón seguía tocando su alegre melodía.

Salois y Madeleine llegaron al límite del nuevo edificio, pero el siguiente tejado estaba demasiado lejos. Se colgaron del borde del techo y se dejaron caer los últimos metros. Empezó a llover. Sobre ellos y sobre los edificios cayeron gruesas gotas, que empezaron a disolver el humo que cubría su huida. Salois atrapó a Madeleine mientras caían y huyeron a la carrera.

Una voz dio la alerta a su espalda.

Zigzaguearon entre los pilares de los edificios en dirección a la vía férrea. Los soldados de la radio empezaron a perseguirlos bramando y riéndose. A la lluvia real se unió una lluvia de balas que impactaban a su alrededor.

Desde una dirección se acercaba otro grupo de soldados, en calzón y tirantes, con la camisa abierta; uno hasta empuñaba una botella en lugar de un rifle. Salois derrapó entre el barro y la lluvia buscando alguna vía de escape.

—El depósito de agua —sugirió Madeleine.

El más cercano era el de madera. Lo aguantaban cuatro patas gruesas como troncos de árbol, con una escalera que llevaba a una plataforma situada en la base y que rodeaba toda su circunferencia. Ella gateó por la escalera seguida por Salois. No veía otra alternativa, pero temía que quedarían atrapados en la plataforma. Toda la estructura estaba torcida y cubierta con manchas de verdín. La construcción más cercana era el depósito de acero, pero la distancia que los separaba era demasiado grande para poder saltar.

Diez metros más abajo, los soldados se reunieron en torno a la base. Un olor a sudor y alcohol ascendió hasta ellos a pesar de la lluvia.

—Ese depósito es peligroso —gritó uno de ellos—. Bajad antes de que os rompáis el cuello y bebamos todos juntos. —La invitación fue coreada por risas—. Una copa de vino por la dama. —Más aullidos.

Empezaron a cantar: «*Runter, runter, runter!*», «Bajad, bajad, bajad».

Alguien lanzó una botella que se estrelló en la cabeza de Madeleine y le cayeron encima los cristales rotos. Los soldados lanzaron una descarga de balas al aire, como en las celebraciones de boda que Salois había visto en el Sahara, donde los árabes maldecían al cielo.

Un soldado se acercó a la escalera. Su ascenso fue coreado con gritos de ánimo y canciones.

Cuando la sangre judía manche nuestros cuchillos
colguemos a los judíos, pongámoslos frente a un muro.
Su cabeza rodará, los judíos gritarán.

Salois recordó la letra de los grupos de trabajo de Diego Suárez. Para distraerse de la monotonía, los guardias habían organizado un partido de fútbol: La Raza Elegida contra la Tribu de Israel. Once judíos habían improvisado un campo más allá de la pista que estaban construyendo. Estaban exhaustos, eran puros huesos, pero derrotaron a los alemanes. Las canciones de los espectadores se vieron sustituidas por un silencio malhumorado. Tras la victoria jamás volvieron a ver al equipo ganador. Los nazis aseguraron que estaban tan impresionados por su espíritu ganador que, como recompensa, los habían enviado a Antzu. Todos hicieron como que se creían la explicación.

El soldado estaba a punto de llegar a la plataforma, Madeleine se descolgó el fusil del hombro y se lo entregó a Salois. Él se inclinó sobre el borde y apuntó. El nazi levantó la vista y en el punto de mira de Salois apareció el rostro de un muchacho, sorprendido y rosado por la bebida. Disparó.

Clic.

Volvió a apretar el gatillo. Clic. Clic. El arma no estaba cargada.

El soldado siguió subiendo.

Salois le golpeó la cabeza con la culata del fusil. El cráneo crujió y el chico soltó la escalera. Cayó de espaldas en medio de una explosión de barro.

Las canciones enmudecieron.

Mientras varios de los soldados atendían a su camarada, otro barrió el depósito con su BK44. El *Untersturmführer* que los había descubierto en la caseta de la radio se adelantó un paso y detuvo al tirador.

—Los queremos vivos —dijo, lo bastante alto para que todos lo oyeran. La lluvia siseaba a su alrededor. Dio una orden y otro soldado salió corriendo.

Salois buscó una forma de escapar, pero no había otro edificio cercano al que saltar ni un lugar donde ocultarse. La indiferencia se adueñó de él como si se encontrara bajo una silenciosa nevada. Al mismo tiempo recordó al viejo pescador: «La muerte no te quiere.»

Madeleine hurgó en su mochila.

—Usa la dinamita.

—Necesito todos los cartuchos para Diego Suárez.

—Si no la usas aquí, nunca llegarás a Diego Suárez.

—Es demasiado potente. Derribaría el depósito.

Miró a los hombres que tenía bajo ella. Estaba empapada hasta la médula.

—No podemos esperar a ver lo que tienen planeado.

Oyó un chapoteo y vio que el soldado volvía llevando en brazos un montón de ramas, que distribuyó entre sus compañeros. Salois sintió que Madeleine se agarraba a él alarmada. No eran ramas, eran hachas. Los soldados se reunieron en torno a las patas del depósito de agua y empezaron a talarlas, retomando su canción: «*Su cabeza rodará, los judíos gritarán...*»

47

Palacio del gobernador, Tana, 20 de abril, 20:50 horas

El *Reichsführer* colgó sin felicitarle el cumpleaños; ni siquiera se despidió. Globus sostuvo pensativo el auricular contra la oreja unos segundos. Su despacho era amplio, con un frío suelo de piedra y mobiliario de caoba. Solo la mesa era tan grande como un escenario. Junto a ese despacho, la sala de su equipo de mecanógrafas estaba en silencio. Por lo general, a esas horas de la noche, solía haber un par de secretarias cotilleando y acicalándose, pero ese día las había echado. Desde más allá de las ventanas llegaba el estrépito de los carpinteros en plena faena.

Globus se meció en su sillón —imaginándose la tristeza de Himmler si se caía y se rompía el cuello—, y contempló arrepentido el teléfono, semienterrado por los regalos de los gobernadores sectoriales y de sus admiradores europeos: entre ellos, una botella antigua de champán Pol Roger enviada por el presidente brasileño Vargas. Globus había prohibido que las noticias sobre Antzu y la creciente rebelión salieran de la isla, pero no tenía control sobre las comunicaciones de Nightingale. El norteamericano había mandado un mensaje por vía diplomática al otro lado del Atlántico y, desde allí, había llegado al Ministerio de Asuntos Exteriores y al cuartel general de las SS en Germania. Himmler, despectivo, le había dicho: «No puedes contener a los judíos más de lo que puedes contener la gripe. La única forma de que no se extienda el contagio es erradicar el virus. Creí que eras el hombre adecuado para ese trabajo, Odilo. Puse mi reputación en tus manos.» Nunca antes había llamado a Globocnik por su nombre.

Sonó el teléfono.

Globus lo descolgó, esperando que fuera otra vez el *Reichsführer*, pero de mejor humor. Hubo una época, durante la euforia de la derrota de la primera rebelión, en la que Himmler le telefoneaba colmándole de cumplidos, contándole sus chistes de colegial y animándolo a conseguir la gobernación de Ostmark. Globus hacía que sus secretarias estuvieran presentes durante las llamadas mientras él, apoyado en su sillón, con los pies encima de la mesa, soltaba un *ja!* de vez en cuando para demostrar la sintonía que compartía con el jefe de las SS. Ellas estaban encantadas.

Globocnik se llevó el auricular a la oreja. Era el almirante Dommes, el comandante de la base Diego Suárez. Se trataba de uno de esos tipos con aires tranquilos de superioridad, muy respetado en Germania y adorado por sus hombres, con la barba bien recortada, puntiaguda, y unos ojos fríos como un témpano. Globus lo encontraba irritante. Dommes le lanzó un sermón sobre la seguridad antes de que el gobernador pudiera interrumpirlo para recordarle que la isla estaba bajo la jurisdicción de las SS y no de la Marina.

—En el supuesto de que sea capaz de mantener el orden —matizó el almirante—. La nueva rebelión está extendiéndose como el fuego.

—¿Acaso están llamando a su puerta los judíos? —respondió furioso—. ¿Diego Suárez está en llamas?

—No... de momento. Pero si la situación empeora, le recuerdo que tengo autoridad para tomar las medidas que considere necesarias para defender la base. Y la isla.

—Eso nunca pasará. Me encargaré de esos bandidos.

—¿Y si atacan?

—Los aniquilaré sobre el terreno.

—Puede que entonces ya sea demasiado tarde —dijo Dommes con frialdad—. Necesita restaurar el orden de inmediato.

—La Kriegsmarine no tiene que preocuparse. Estoy apretando el nudo. ¿No ve que ese es el plan de los judíos, enfrentarnos unos contra otros cuando deberíamos estar de celebración? ¿Qué puedo esperar de usted y del resto de los oficiales? Antes usted siempre se divertía el día de mi cumpleaños.

Una pausa incrédula.

—Tengo demasiado trabajo aquí.

Y cortó la llamada.

Globus volvió a recostarse en su sillón y se meció. Las paredes de su despacho estaban cubiertas de fotografías de su antigua gloria. Sin embargo, se concentró en una pequeña foto de su padre, colgada en el espacio que dejaba la puerta abierta. Su madre se la había dado cuando se convirtió en el *Gauleiter* de Viena. Un recuerdo, le había dicho. Al principio no quería ni verla, pero cuando fue destituido de ese cargo empezó a colgarla en cualquier sitio libre. Su padre había desertado durante la Gran Guerra y Globus juró que nunca avergonzaría a su familia de esa forma. Y no iba a hacerlo por culpa de un puñado de puñeteros judíos.

Llamaron a la puerta y entró el médico de Globus. Tenía los modales de un hombre al que no le preocupaba nada de este mundo. Globocnik pensó que así vivían sus subordinados, sin la carga que recaía sobre su espalda.

Le ofreció el brazo —todavía llevaba las mangas cortas de su equipo de equitación—, mientras el médico abría una pequeña caja y extraía una jeringuilla y una ampolla. Globus había exigido una dosis doble de su tónico regular con una dosis adicional de testosterona para potenciar las vitaminas y la anfetamina. La cabeza le palpitaba como consecuencia del martilleo del exterior. Necesitaba estar fresco y en forma. La última noche que había podido dormir lo suficiente había sido la del viernes, cuando llegó Hochburg y lo sacó de la cama. Desde entonces, vivía entre la amenaza y el peligro.

Globus apartó la vista mientras el médico le inyectaba, odiaba las agujas, y mantuvo la vista clavada en la pared. Entre las fotos había colgado los planos para construir una mansión del gobernador en Ostmark. Se habían basado en sus propios bocetos, otro de sus diseños neomesopotámicos. Pretendía pasar sus últimos años en él, y después cedérselo a las SS... suponiendo que pudiera salir de aquel agujero de mierda. Temía que Himmler lo destituiría sin más. ¡Menudo lugar para morir!

El médico terminó, le deseó un feliz cumpleaños y se marchó.

La mente de Globus volvió a Hochburg. En solo cuarenta y ocho horas había convertido lo que era un reto en una pura calamidad. ¿Cuál era su juego? ¿Por qué iba allí en busca de judíos? Quizás Hochburg quería desestabilizar la isla para que terminase bajo su control. En su conversación con Himmler le preguntó abiertamente si sabía lo que pretendía Hochburg. «Está en el Kongo ganando una guerra», contestó el *Reichsführer*. «Ojalá pudiera decir lo mismo de ti.»

Globocnik se levantó, lo que hizo rechinar los muelles del sillón, y flexionó el brazo. Era hora de hacerle una visita a su prisionero.

Hochburg estaba sentado en la oscuridad con las manos atadas a la espalda. De su ojo muerto salían ondas de dolor, que se extendían por toda la cabeza como un mapa de carreteras. El dolor se agravaba por el constante ruido exterior de las sierras, los martillos y los gritos de los trabajadores. Cada vez que respiraba, la nariz se le llenaba de un olor rancio. El cuarto en el que lo retenían desprendía el hedor de un armario lleno de abrigos de pieles. Era demasiado oscuro para ver nada con claridad, pero desde que había recuperado la consciencia tenía la impresión de que lo vigilaban cientos de ojos. A su espalda sentía la presencia de un guardia, silencioso y grande como un armario. Hochburg había intentado hablar con él, pero no recibió respuesta alguna.

Oyó el ruido de una cerradura y de unas botas que se acercaban, acompañadas del sonido metálico de unas espuelas. No se preocupó, Globus no tenía nada con qué amenazarlo y tampoco podía mantenerlo prisionero indefinidamente. Kepplar debía de estar a punto de capturar a Burton y, cuando lo consiguiera, lo buscaría a él. Se deleitó ante la idea de su próxima liberación: su primera orden sería formarle un consejo de guerra a Globocnik.

Alguien susurraba fuera de la habitación. La puerta se abrió y ese alguien se situó frente a él. Reconoció el aliento alcohólico de Globus.

—¿Por qué me retienes aquí? —preguntó Hochburg—. ¿Con qué cargos? Cuando Heinrich se entere...

—No se han presentado cargos, *Oberstgruppenführer*. De otro modo estarías en una celda. Estás aquí por tu propia seguridad, has sufrido una especie de... crisis nerviosa.

—¿De qué estás hablando?

—No tienes de qué avergonzarte —siguió Globus—. Yo mismo tuve una en el cuarenta y tres por todo lo que me hicieron. Es fácil dar órdenes estando en Germania, lejos del meollo de los problemas. Somos hombres decentes, pero más pronto o más tarde tenemos que pagar un peaje. Debes de sufrir un estrés inmenso por lo que ocurre en el Kongo.

—No he tenido ninguna crisis.

—¿De qué otra forma puedo explicar tu conducta? Te dije que no fueras al Arca y fuiste, te dije que no fueras a Antzu y fuiste... Las dos veces me desafiaste. Ahora todo es un caos. Seguro que perdiste la cabeza; a menos que tengas una explicación mejor.

Globus encendió las luces y se dirigió a un mueble bar mientras Hochburg observaba su alrededor. Un guardia le apuntaba al pecho con su BK44.

—Impresionante, ¿no? —exclamó Globus, sirviéndose un vaso de *schnapps*—. Estamos en las profundidades de mi palacio. Aquí abajo nadie puede oírnos.

La sala era la cueva de Aladino de la taxidermia. Un cocodrilo embalsamado, una tortuga, docenas de especies de lémures, una especie de extraño felino. En el muro opuesto, del suelo al techo, había estanterías llenas de aves, con sus ojos de vidrio que reflejaban la luz.

—Mi colección privada —dijo Globus—. La muerte en mil formas distintas. Yo mismo maté a todos y cada uno de ellos, no solo en Madagaskar, también antes. —Señaló algo tras Hochburg—. Los traje conmigo desde el este, son como viejos amigos.

Hochburg se giró en la silla, lo que hizo que las esposas se le clavaran en las muñecas. Tras él, con las zarpas alzadas a punto de atacar, vio un oso negro de tres metros de altura. Globus se sirvió otro *schnapps* y se tumbó en una *chaise-longue*. Había sillas y sofás diseminados por toda la sala, y un gramófono en un rincón, pero ni un solo libro, observó Hochburg.

Globus vació su copa.

—Me has causado innumerables problemas. La rebelión está extendiéndose como dije que pasaría. Si los judíos creen que ni siquiera Antzu está a salvo, ¿qué control es ese? Tengo granjas que se rebelan, plantaciones que se queman, ganado que se sacrifica. Eso significa ingresos y beneficios perdidos. Pero esto ya no es la Rebelión de los Cerdos, es la Rebelión de Hochburg. Tú has sido la chispa.

Se puso en pie, gritando:

—¿Por eso estás aquí? ¿Quieres quedarte con Madagaskar?

En el silencio que siguió, solo se oyó el ruido de los trabajos del exterior y Globus acabó resoplando. Sacó algo plateado y afilado de su bolsillo y lo acercó al ojo bueno de Hochburg hasta que casi lo tocó.

El *Oberstgruppenführer* ni siquiera pestañeó. Preferiría ser un ciego al que Kepplar guiase por toda África como lazarillo, que decir una sola palabra. Globus sonrió y le enseñó lo que llevaba en la mano. Era una llave. Con ella abrió las esposas de Hochburg.

—Si lo que quieres es esta isla, quédatela —ofreció Globus—. Es un castigo. Ahora tomemos una copa.

—Agua.

—Ah!, me olvidaba de que ni hueles el alcohol. —Parecía receloso, como si estuviera ante un hombre que no respirase ni cagase. Globus cogió una botella de Apollinaris y cruzó la sala—. ¿Recuerdas cuando nos conocimos, Walter? Yo estaba en Windhuk y pensé: ese es un hombre como yo, un hombre con el que se pueden hacer negocios.

Hochburg estaba sediento, pero apenas le dio un sorbo al agua, reacio a diluir el resto del sabor de Madeleine que aún creía conservar en la boca.

—No nos parecemos en nada.

—Ambos somos ambiciosos, ambos hacemos un trabajo peligroso para una gente a la que no le importa, ambos nos jugamos el cuello en una cloaca racial. Cuando tenemos éxito, nadie nos lo agradece; cuando las cosas se joden, nos saltan encima como lobos.

—Tú eres un animal que disfruta matando.

Globus se sonrojó, pero consiguió controlar su genio.

—Y eso me lo dice el amo de Muspel. Has quemado suficientes negros como para cubrir toda esta isla con sus cenizas.

—Pero no disfruté haciéndolo. Soy un utópico, no un asesino.

Globus se rio muy divertido hasta que se dio cuenta de que Hochburg no estaba bromeando. Se detuvo junto a un lémur y acarició su piel como si se tratara de un gato.

—Déjame que te hable de utopías, *Oberstgruppenführer*. El 16 de junio de 1992. El Führer y yo solemos hablar a menudo de esa fecha. Será un día que pervivirá mientras los hombres sigan caminando sobre la Tierra, el día en que, según imaginamos, todo el mundo se verá libre de judíos.

—¿Y cómo planeas conseguir ese milagro?

—Ya has visto las reservas y cómo trabajan los bulldozers. Estamos construyendo una nueva fase para los judíos de Argentina. El presidente Perón ya ha firmado un acuerdo con el Führer. De momento es secreto, pero los judíos empezarán a llegar en septiembre. —Se frotó la cara—. Otra razón por la que necesito acabar con esta rebelión. Después de Argentina irá Brasil. Cuando acabe la década, toda Sudamérica se habrá librado de sus judíos como lo ha hecho Europa.

—Te olvidas de Estados Unidos.

—También se someterá a su debido tiempo. Una vez que el resto del mundo esté curado del patógeno judío y se acerque a nosotros, Estados Unidos se quedará atrás, asfixiándose en su propia decadencia. Entonces, los yanquis comprenderán su error. Según nuestras predicciones eso ocurrirá en la década de los setenta. Después, ni siquiera podrán embarcar a sus judíos hacia aquí tan deprisa como desearán. Una generación de monzones y malaria —hizo un ruido con la boca como si rompiera el cuello de algo o de alguien— y los judíos se habrán extinguido.

—¿De verdad te crees ese cuento de hadas?

—Al Führer se le parte el corazón de pensar que no vivirá lo suficiente para verlo.

—Los judíos tienen poder en Washington. Influencia.

—Ya discutí eso con los anteriores enviados. Tras una botella o dos de su bebida preferida, estuvieron de acuerdo en que ese es el futuro inevitable.

—No para Nightingale.

—No me hables de ese tipo. Ha sido como un grano en el culo desde que volví de Antzu. —Globus puso un acento norteamericano sorprendentemente exacto—. «Mis informes indican que usted destruyó la sinagoga, que está internando cada vez más población en las reservas. Las reservas ya están al borde del colapso y ahora pretende vaciar Antzu. Insisto en que debe parar.»

Hochburg cambió de postura en el asiento. Ansiaba respirar un poco de aire que no oliera a animal muerto.

—¿Eso es cierto?

—Tu intromisión no me deja alternativa.

—Nightingale tiene razón. Recuerda lo que dijo en la presa, quieren enviar un barco de guerra. La situación ha cambiado desde la elección de Taft, hasta tú tendrías que verlo.

Globus se rascó la oreja.

—Eso dificultaría mis esfuerzos en el Kongo —siguió Hochburg—. Necesitaría más tropas tuyas y hasta tu propia posición se resentiría.

—Entonces liquidaré a los judíos y no necesitaré más tropas.

—Ni siquiera lo pienses. Atraerás a Estados Unidos a la zona, quizás a la guerra en África.

—Los norteamericanos siempre trazan líneas rojas... y después no hacen nada.

—Nunca gobernarás Ostmark.

—O puede que el *Reichsführer* me siente en un trono dorado. Él tampoco se deja intimidar por los norteamericanos. En fin, me estoy aburriendo. Quiero saber por qué estás aquí. Última oportunidad.

Como Hochburg no respondió, Globus terminó su *schnapps*.

—¿No? Entonces te enseñaré una cosa.

Dejaron la sala de trofeos. Hochburg iba azuzado a cada paso por el BK44 del guardia. No tuvo más remedio que contemplar la obesa espalda y el orondo culo de Globus mientras subían una escalera y salían al jardín que el *Oberstgruppenführer* conocía de su primera visita. Aspiró a fondo el aire impregnado del aroma de la húmeda vegetación y las durmientes flores. En la terraza, un equipo de carpinteros trabajaba a la luz de unos potentes reflectores. Estaban construyendo una horca.

—Es para mi fiesta de cumpleaños —explicó Globus—. Una tradición que instituí en el este.

—¿A quién piensas colgar? —preguntó Hochburg, impresionado por el tamaño de la construcción. Había espacio para unas veinte sogas.

—Depende de si hablas o no.

Globus lo llevó hasta otra escalera.

—Este es el lado norte del palacio —le informó mientras descendían—. Aquí tengo mis oficinas y en el fondo están los calabozos; son la única parte que he conservado del edificio original. —Llegaron hasta el nivel inferior y dirigió una incisiva mirada a Hochburg—. Aquí es donde la reina de Madagaskar solía encerrar a los traidores.

Cruzaron una serie de puertas cerradas, que iban abriendo los guardias hasta que llegaron a su destino.

—Quizás ahora hables.

Globus desatrancó la puerta y empujó a Hochburg. La altura de la celda los obligó a que se agachasen. La sala era lóbrega y estaba repleta de apestosos prisioneros. El hedor de los excrementos humanos era espeso como si fuera niebla.

—No vi la necesidad de instalar desagües —dijo Globus, tapándose la nariz y la boca con una mano—. ¡Luces!

Una bombilla eléctrica iluminó la celda.

Al principio Hochburg no comprendió lo que estaba viendo. Después la rabia creció en su interior y, por primera vez, tembló de miedo.

Del pasillo llegó el repicar de botas contra la piedra. En la puerta apareció un ayudante.

—*Obergruppenführer...*

—Ahora no. —Estaba muy ocupado viendo la reacción de Hochburg.

—Es una emergencia.

El ayudante le dijo algo al oído. Hochburg no pudo captar las palabras, pero el aire pareció restallar alrededor de Globus.

—Vuelve a la radio y diles que usen toda la fuerza de que dispongan. Yo iré pronto.

Hochburg contempló las caras aterrorizadas de los prisioneros, pero logró mantener su tono de voz indiferente.

—No tengo ni idea de por qué me has traído aquí.

—¿Creíste que te dejaría salir de mi isla sin registrar primero el cargamento de tu avión? —preguntó Globus caminando entre los cautivos.

Apiñados en el calabozo estaban los científicos que Hochburg había reunido para que le construyeran su superarma. Buscó desesperadamente con la mirada al más importante.

Como si pudiera leerle la mente, Globus dijo:

—Sé que uno de ellos es Feuerstein, lo descubrí en el Arca. Pero has entrenado bien a tus monos. Ninguno ha querido hablar... por más que he insistido. En el suelo yacían varios cadáveres con un agujero en la cabeza; uno de ellos estaba desnudo.

—Mi asunto está más allá de tu comprensión —susurró Hochburg—. Si quieres acabar en Ostmark, será mejor que no le hagas daño a ninguno más.

—¿Sabe Heinrich que eres amigo de los judíos?

—No solo está en juego tu carrera o la mía, sino el destino de toda África. Puede que la del mismísimo Reich.

—¿Por unos cuantos judíos apestosos? Mientes. —Globus se frotó incrédulo los ojos—. Habla o te juro que iré matándolos uno a uno hasta que lo hagas.

Hochburg no dijo nada.

Se negaba a que su secreto cayera en manos de alguien como Globocnik. Siguió buscando entre los prisioneros y descubrió a Feuerstein al fondo de la celda. Sus ojos se encontraron por un segundo.

—O quizá los mate solo por diversión —dijo Globus con una mirada maliciosa—. O porque te pertenecen.

Le arrebató la pistola a uno de los guardias y apuntó con ella a la multitud de prisioneros. Como Hochburg no reaccionó, sonrió ampliamente, aunque la cara reflejaba su frustración.

—Tengo que marcharme. He de cumplir un importante trabajo para el *Reichsführer*. Hablaremos más tarde. —Se volvió hacia un guardia—. Devolvedlo a la sala de trofeos.

Mientras se lo llevaban, Hochburg lanzó una última mirada a Feuerstein. Se había deshecho del traje y llevaba un uniforme harapiento. Su rostro estaba manchado de suciedad. El científico no le devolvió la mirada, sino que se retiró a las sombras. Volvía a ser un animal.

48

Nachtstadt, 20 de abril, 21:15 horas

Burton se abrió camino entre las piaras de cerdos. Los animales estaban inquietos por los disparos y los truenos. Un ondulante lago de carne rosada. Entre los disparos Burton oyó otro ruido, algo que no pudo identificar, pero que avivó recuerdos infantiles de cuando iba de caza por la selva esquivando tocones de árboles. Hochburg le había advertido que los evitase, que eran el producto de hombres malos. Talar árboles mataba el espíritu de la selva.

Apartando cerdos de su camino, Burton se acercó al lugar donde había visto al hermano de Madeleine por última vez. Mientras descendía la colina sintió remordimientos por Tünscher e iba lanzando miradas hacia el lugar donde lo dejó; ahora, entre las jaulas, era imposible distinguirlo. Empezó a revisar cada una de las pocilgas metiendo la cabeza en ellas. El amoníaco le aguijoneaba los ojos.

Creyó oír una voz tras él.

Burton intentó localizar el sonido. Se agachó bajo un tejado de chapa que resonaba por la lluvia y vio a Abner. Estaba de rodillas, rodeado de cajas abiertas, con una pieza de maquinaria en los brazos. Abner también vio a Burton, se fijó en su uniforme y arremetió contra él.

Cayeron al suelo aplastando varias cajas, rodando por la paja y el estiércol. Burton recibió un puñetazo en el ojo y otro en el esternón, que hizo que los ácidos del estómago le subieran hasta la garganta. Contraatacó con cautela y procuró no dejar inconsciente a Abner. Le incrustó el muñón en el cuello y desenfundó la Beretta.

—No voy a dispararte —dijo—. Me llamo Burton Cole y soy el...

el... —No estaba seguro de cómo describirse a sí mismo. Amante le parecía inapropiado—. He venido a buscar a tu hermana.

Apartó la Beretta y la mantuvo desviada.

—¿Dónde está?

Abner se frotó la garganta y le lanzó una mirada furiosa. Quiso hablar, pero su voz parecía más bien un graznido a causa de la presión que Burton había hecho sobre su tráquea.

—Se supone que estás muerto.

—Me lo dicen mucho.

—Se ha ido con Salois a la estación de radio. —Le enseñó la pieza de equipo que aún sostenía—. Podían haber usado esto.

Era un teléfono de campaña con su transmisor, del tipo utilizado por el ejército británico.

—¿Por qué dejaste que fueran? Es demasiado peligroso.

—Intenté evitarlo, pero no quiso escucharme.

—Tenemos que salvarla.

Abner se ajustó las gafas y volvió a frotarse la garganta. Sacó el transmisor de la caja y empezó a llenar la mochila de dinamita. Burton cogió un puñado de cartuchos preguntándose de que servirían; sin un detonador, eran inútiles como un ladrillo.

—No hay tiempo para esto.

—Salois necesita la dinamita. Quiere atacar Diego Suárez para llamar la atención de los norteamericanos.

En cuanto Abner terminó, salieron al exterior bajo la lluvia. Era como vadear la corriente de un río. Los cerdos estaban más descontrolados todavía que antes y correteaban por el barro chocando unos con otros, gruñían, se contagiaban el pánico y embestían a Burton y a Abner, apartándolos constantemente de su objetivo, que era llegar a la verja. Más allá varias barracas estaban en llamas, pero no todos los edificios habían sido incendiados y el chaparrón era demasiado intenso para que el fuego se extendiera. Hacia el cielo se enroscaban las nubes de humo. Los trabajadores se habían encaramado a los tejados, unos cuantos armados con rifles, e instaban a los demás a rebelarse. Recordando lo que había pasado en el Arca, Burton se quitó la guerrera; quizá le fuera útil más tarde, pero en aquel momento podía ser un imán para las balas.

—Guarda esto en tu mochila —le dijo a Abner.

—No. ¿Por qué?

—Tú, hazlo.

Un rayo cruzó el cielo durante un segundo y lo siguió el retumbar de un trueno que reverberó a través del terreno. El pánico de los cerdos se intensificó. Cargaron a ciegas, empujando a Burton y a Abner hacia la puerta. Burton tenía la sensación de resbalar constantemente, de caer, de ahogarse bajo aquella marea de carne. Sus botas apenas rozaban el suelo.

Chocó contra la verja y la masa de cuerpos pálidos lo empujó contra ella en medio de un estruendo de chillidos y metal. La cara de Abner quedó aplastada contra los alambres. A través de ellos, Burton vio que los trabajadores atacaban las rejas de todo el complejo y tiraban abajo toda una parte; divisó más lejos la estación de radio y sus ventanas teñidas de rojo. Los soldados que había estado espiando antes estaban congregados alrededor de un depósito de agua y golpeaban sus soportes con hachas. El depósito se tambaleaba como un anciano al que le quitaran de improviso su bastón.

Y en la plataforma del depósito estaba Madeleine.

Una renovada determinación empujó a Burton. Sujetó a Abner por la ropa y tiró de él con todas sus fuerzas; la ropa se desgarró. Volvió a intentarlo con las cinchas de su mochila y esa vez lo consiguió. Abner trepó por la verja y asintió con la cabeza dándole las gracias.

Llegaron a la parte superior de la reja y se deslizaron entre el alambre de espino que la coronaba. Los cerdos siguieron con su ajetreo incontrolado golpeando contra la barrera, que empezó a vencerse por los golpes y la presión.

Burton y Abner saltaron al suelo y corrieron entre los graneros y las barracas. La verja cedió tras ellos.

Estampida.

El acordeón enmudeció por fin. Las dos alarmas seguían sonando aunque no sincronizadas; una llenaba los silencios de la otra. Como el llanto de un niño de pecho reclamando a su madre, pensó Madeleine.

Al principio se maravilló del autocontrol de Salois, pero no tardó en inquietarla. Estaba sentado contemplando a los soldados, mientras que ella se encogía con cada hachazo y luchaba por no gritar. Cada vez que el acero mordía la madera, la vibración se transmitía a través de la estructura. Todo el depósito temblaba.

—¿Cómo puedes estar tan calmado? —gritó.

Los soldados parecían ajenos a las alarmas y a las barracas ardiendo. Estaban demasiado borrachos para ser precisos y pocas veces los hachazos incidían en el mismo lugar que los anteriores. Uno de ellos se reía tanto que tuvo que retirarse a un lado a vomitar. El *Unterstumführer* se mantenía apartado del grupo, fulminándola con la mirada.

Salois le contestó como si estuviera sumido en sus pensamientos y solo la voz de la mujer lo hubiera despertado.

—Tu marido...

—Ya no es mi marido.

—Cranley me llamó «el judío invencible». Soy el huérfano de la muerte; ella no me quiere.

—Esta noche te equivocas.

—He estado a punto de morir en situaciones peores que esta. —Le dedicó una sonrisa—. Estoy destinado a vivir; ese es mi castigo.

Un crujido; el depósito empezó a inclinarse.

—¿Castigo por qué?

Se produjo una pausa en el chop chop chop de las hachas, seguida por gritos de júbilo, y el gruñido y la presión de la madera astillándose. Los soldados abandonaron su posición y se retiraron unos metros para ver caer el depósito. Se inclinó varios metros, Madeleine gritó, y de repente se detuvo. El espacio entre ese tanque y el de acero se había reducido, pero saltar seguía siendo demasiado arriesgado.

Madeleine y Salois se agarraron a la plataforma. Él la cogió de la mano y la animó a reptar hasta el lado opuesto para contrarrestar el peso. La forma en que lo hizo era extrañamente amable e hizo que ella pensara en las viejas parejas, en cómo sostendría su padre el brazo de su madre si su mundo no se hubiera desintegrado.

Los soldados volvieron a empuñar las hachas.

—Hice algo... —dijo Salois en voz baja. Buscó una palabra como si tuviera muchas donde escoger para expresar lo que pretendía decir—. Algo retorcido, algo malvado. La muerte sería demasiado amable para mí. Vivir es mi penitencia.

—¿Qué puedes haber hecho para...? —Madeleine se sorprendió de su propia rabia—. Con todo lo que hemos visto en esta isla, ¿qué puedes haber hecho para creer eso?

—He visto demasiado odio, Madeleine. No quiero el tuyo.

—No tengo mucho más que ofrecer.

Su respuesta fue tan débil, que tuvo que inclinarse hacia él para oírla.

—Maté a mi esposa... mejor dicho, a la mujer que iba a ser mi esposa.

—¿Por accidente? No puede ser nada peor que eso —dijo ella sin apartarse.

—En un ataque de ira. —Algo irremediable oscureció su expresión—. Por eso nunca pude abrazar a mi hijo. Estaba embarazada.

Era doloroso oír la enormidad de su desgracia, de la repugnancia hacia sí mismo; aun así, ella no retrocedió. Madeleine no alcanzaba a comprender la catástrofe en que se había convertido la vida de aquel hombre, pero instintivamente estaba dispuesta a perdonarlo. No podía explicar el motivo, era como si el Dios en el que ella no creía se lo hubiera susurrado al oído. En un mundo que negaba la redención, Reuben Salois estaba dispuesto a caminar solo y pagar sus deudas.

Les llegó un rugido desde el suelo. Ansioso y enloquecido. Los trabajadores se habían escapado de las barracas y cargaban contra los soldados con puños y planchas de madera.

—Esta es nuestra oportunidad —exclamó Salois deslizándose hacia la escalera. Empezó a descender y Madeleine lo siguió.

En medio de la pelea el *Untersturmführer* se apoderó de un hacha y volvió a la carga contra los pilares. Madeleine sentía cada golpe a través de los escalones. El depósito empezó a ceder y astillarse, y se inclinaba de nuevo. Cada vez caía más deprisa... hasta que se detuvo al chocar con el otro tanque de acero. Madeleine quedó colgando de la escalera con las piernas enredadas en el vestido.

Salois saltó al suelo. El *Untersturmführer* blandió su hacha contra él y la agitó cortando la lluvia y el aire. Salois dio un salto hacia atrás. Su oponente perdió el equilibrio y cayó al suelo. Él cerró el puño y empezó a descargar golpes contra la cara del *Untersturmführer*, peleando como si de verdad tuviera la convicción de que no podía morir.

Madeleine se soltó de la escalera y cayó pesadamente al suelo. Sintió las piedras que se le clavaban en las piernas y rodó por el resbaladizo barro. Un ruido llenó sus oídos, como el del matadero cuando llevaban los animales al sacrificio y uno de ellos luchaba por escapar.

Se puso en pie y la arrolló una estampida de cerdos.

Volaron cientos de ellos. Se vio golpeada y abrumada por un alud de pezuñas hasta que Salois tiró de ella y pudo levantarla. En una mano llevaba una ametralladora y con la otra la conminaba a que corriera. Se sentía demasiado aturdida y sin aliento para hacer otra cosa que no fuera obedecer. Entonces se dio cuenta de que estaban siguiendo las vías del ferrocarril y se adentraban en la oscuridad.

—¿Y Abner? —preguntó jadeante.

—Ya nos encontrará.

Corrió. Con la ropa empapada pero llena de energía. La noche le ofrecía la promesa de encontrar a sus gemelos.

«Madeleine... ¡Madeleine!» El grito que la perseguía desde Antzu levantó ecos en la lluvia. Ella se tapó los oídos. Salois giró en redondo y empuñó su arma.

Ella volvió a oír aquella voz: más cercana, más tensa, nada sobrenatural.

—¡Maddie, detente!

Ella titubeó, miró por encima de su hombro, incrédula, con una imposible y venenosa esperanza que no tenía cabida en la realidad.

Emergiendo de las luces de la granja, corría hacia ellos una solitaria figura, difícil de discernir por la lluvia y por los cerdos que la rodeaban. Su cuerpo parecía delgado y agotado, pero no podía verle la cara. Corría entre las vías; los raíles atrapaban la luz y brillaban como si fueran de platino.

Salois disparó y las balas rebotaron contra las vías, cerca de los pies de su perseguidor, y le lanzaron fragmentos de piedra.

Otro grito. La llamada de un legionario al aproximarse a un fuerte. Ella se detuvo de golpe, con el corazón a punto de salírsele del pecho. Salois bajó su arma frunciendo el ceño, expectante.

—Ami! Ami!

Burton parecía agotado, pero sonreía de alivio y de una euforia infantil que se le borró casi de inmediato.

Madeleine estaba perpleja.

Estupefacta.

Se alejó un paso de él con el cuerpo tenso, dispuesto a correr de nuevo. De cerca parecía todavía más exangüe que cuando pudo entreverla en Antzu. La luz de sus ojos era mortecina, las comisuras de la boca, agrietadas y ulceradas.

—Por favor, no corras —le rogó él.

Ella sacudió la cabeza incrédula. Los cerdos seguían pasando por ambos lados.

De niño, Burton se imaginaba el regreso de su madre y la alegría de volver a verla. La cogería de la mano y la arrastraría hasta el huerto de fresas que había cultivado, para que saborease los frutos aunque estuvieran blancos y duros como piedras. Pero si realmente hubiera emergido de la selva tras años de ausencia, muy posiblemente su reacción sería la misma que la de Madeleine al verlo a él.

Una fatiga aplastante se apoderó de Burton. Quería abrazar a Maddie y dormir hasta que se hicieran viejos. Pensó en Bel Abbés, el fuerte de la Legión Extranjera que había sido su hogar tantos años. Si volvías a él desde el oeste, lo primero que veías era la punta del Faîte du Pierre. Era precioso a la luz del amanecer: el aire fresco, la luz azafranada iluminando las almenas. Burton siempre evaluaba su cansancio en aquel punto. Entre él y una cama, una comida recién cocinada y el agua fresca había treinta kilómetros de desierto implacable.

Los ojos de Madeleine no cesaban de moverse. Tan pronto se fijaban en su cara como en su raído uniforme de las SS. Avanzó hacia él y lo tocó, vacilante al principio, trazando el contorno de su cabeza como si fuera ciega. Sus dedos palparon las cejas y se deslizaron por la mandíbula, le pellizcaron las mejillas y se hundieron en la carne, intentando convencerse de que él era real y no una alucinación. Burton la dejó hacer hasta que le hizo daño; entonces le apartó los dedos.

Las lágrimas manaban de los ojos de Maddie y recorrían sus mejillas.

—Jared me enseñó tu nombre en una lista de bajas. Juró que habías muerto.

—Mintió.

Una carcajada de alegría. Burton olió la sal de las lágrimas de ella. Madeleine alargó las manos buscando las suyas. Él dudó y le ofreció la derecha. No quería que viera el muñón... todavía no. Quería fingir que había vuelto completo.

En la vía resonaron otras pisadas y Abner llegó hasta ellos, manchado de barro hasta las cejas, con la mochila colgando pesadamente del hombro.

—Están enviando helicópteros —anunció, antes de dirigirse a Madeleine—. Lo encontré para ti en medio de los cerdos.

Burton creyó percibir una chispa de satisfacción en su tono. Salois se reunió con el grupo.

—¿Tienes el resto de los explosivos? —Abner asintió—. Entonces, andando.

Los focos hacían que la piel de Madeleine pareciera luminosa. Sus ojos habían perdido el miedo y brillaban maravillados. Burton deslizó sus dedos entre los de ella —más huesudos que nunca, más ásperos— y se alejaron de la luz, de nuevo hacia la oscuridad.

—Voy a llevarte a casa —susurró Burton.

—No. Vas a llevarme a Mandritsara.

CUARTA PARTE
MANDRITSARA

Si sabes lo que te duele, sabes lo que les duele a otros.

Proverbio malayo

49

Nachtstadt, 20 de abril, 23:50 horas

El escenario estaba iluminado como si fuera el estadio de Núremberg y alfombrado de cerdos muertos. Cuando los judíos se dieron cuenta de que iban a ser derrotados, empezaron a matar a los animales: los apuñalaron, los golpearon con tablones, les cortaron la garganta... Algunos de los cadáveres tenían estrellas de David tatuadas en el costado.

—¡Putos salvajes! —escupió Globus.

Había estado caminando solo por Nachtstadt para inspeccionar la carnicería. Al principio lo acompañaban el comandante de la granja y sus oficiales; negaban servilmente con la cabeza y el aliento les apestaba a alcohol. Globus se cansó pronto de su presencia y los despidió. La mayoría eran chicos Vitamina B. Solía hacer favores a cierta gente de Germania asegurándose de que sus hijos recibían destinos cómodos. Esperaba que esa gente lo recordase si él volvía a Europa caído en desgracia. Había dejado de llover y en la granja reinaba el silencio. La superficie de los charcos se ondulaba de vez en cuando y de los tejados caían gotas con su típico tip tip tip.

No podía quitarse el sonido de la cabeza. Era su futuro —Ostmark, la mansión que había soñado construir— alejándose de él.

Allí donde miraba solo veía cerdos sacrificados. Globus había visto muchos animales tras una cacería para saber que solían yacer con los ojos y la boca abiertos. Pero todos, hasta el último de aquellos cerdos, parecían sonreír como si formaran parte de alguna broma macabra.

Y él era la víctima de esa broma.

El *Reichsführer* se sentiría deshecho, enfurecido por la pérdida de Nachtstadt. Los edificios quemados, las verjas derribadas, el hospital veterinario arrasado. Era una pequeña pero lucrativa parte de los negocios privados de Himmler y tenía un interés especial en aquella operación, ya que experimentaba con las últimas técnicas ganaderas. Los mejores especímenes eran enviados regularmente a su castillo de Wewelsburg para servirlos en algún banquete. «Me encanta asar cerdos judíos», solía decirles a sus invitados. Si Globus admitía lo ocurrido allí, sería como admitir que no era mejor que Bouhler, el primer gobernador de Madagaskar. Y todo el mundo sabía cómo terminó su carrera.

A Globocnik se le escapó un gemido, el mismo gemido que cuando su mujer sufrió un aborto y expulsó el hijo deforme que llevaba en sus entrañas. Ni siquiera los expertos de Mandritsara fueron capaces de salvar al bebé. No había compartido la noticia con Himmler la primera vez que este embarazó a su mujer.

Se detuvo frente a un montón de animales muertos, todos con la estrella judía grabada en la piel, lo que le hizo pensar en el grafiti pintado en la presa Sofía. Si lo que había pasado en Nachtstadt se repetía en las reservas, no tendría suficientes tropas para controlar la situación. La única oportunidad de acabar con un levantamiento masivo era abrir las compuertas de las presas. Pero ¿qué le había advertido repetidamente el *Reichsführer*? Las compuertas podían ser saboteadas.

La idea revoloteó en su cabeza como un mosquito.

Se abrió paso entre los cadáveres hasta la plaza principal. Todavía llevaba las espuelas, pero atoradas por el barro, silenciosas. Las mesas estaban cubiertas con cuencos de ensalada de patata y remolacha, flotando en agua de lluvia. Globus se apoderó de una de las botellas de vino y se dispuso a beber de ella, pero lo pensó mejor. La lanzó con violencia y el estallido del cristal fue su primer momento de placer desde que había estado en la mazmorra de Tana. La sensación de que Hochburg era responsable de todos sus males volvió a él. Hochburg, que le había privado de sus hombres; Hochburg, que había provocado los desastres del Arca y de Antzu; Hochburg, con sus judíos secretos y su miedo a Estados Unidos. Había tardado dos horas en llegar desde su palacio, volando en un Valkiria que lideraba una formación entera de helicópteros. Los pilotos se sintieron decepcionados al llegar y descubrir que el orden estaba restaurado. Habría dormido un rato durante el vuelo, pero el líquido de la inyección que acababan de ponerle seguía corriendo a través de sus venas y la radio escupía constantemente en sus oídos las noticias de nuevas atrocidades por toda la isla.

Globus recogió otra botella y bebió de ella. El frescor del alcohol mezclado con una pizca de agua de lluvia hizo que un escalofrío le recorriera todo el cuerpo. Había llegado el momento de retomar su carrera antes de que la población se desbocara o de que interviniera la Kriegsmarine. Perder el control de Madagaskar a manos de la Marina sería igual de humillante. Ya se había comprobado que la política de contención de Heydrich era un desastre. ¿A quién le importaba que los judíos pudieran desaparecer en una generación, si en aquel momento estaban arrastrando la isla hacia una catástrofe? El *Reichsführer* siempre lo había apoyado.

Solo él tenía la claridad de visión necesaria respecto a lo que se tenía que hacer con los judíos.

También valía la pena que se recordara a sí mismo los persistentes rumores sobre la mala salud del Führer. En los días posteriores a su muerte sería Himmler quien ascendería al trono, no Heydrich.

Globus estrelló la segunda botella, disfrutando del estallido del cristal, y se dirigió a la sala de radio. Había aplastado la Rebelión de la Vainilla en su momento y aplastaría la llamada Rebelión de los Cerdos. A medio camino se topó con el comandante de la granja.

—*Obergruppenführer*, los cabecillas han sido ejecutados —informó—. Los demás están listos para ser transportados.

—He cambiado de idea. Fusiladlos.

—¿A todos?

Pensó en el consejo que le había dado Heinrich una vez: «Si estás falto de recursos, mi querido Globus, solo puedes apelar a la brutalidad.»

—Sí, a todos. Necesitamos ser todavía más implacables que durante la primera rebelión. Ese fue mi error. La fuerza bruta acabará imponiéndose.

Globus subió la escalera hasta la estación de radio. Todo el interior estaba cubierto por una fina capa de polvo rojo. Contactó con Tana y transmitió sus órdenes: todos los permisos quedaban cancelados y los hombres debían presentarse en sus puestos de inmediato; todos los Valkirias tenían que reaprovisionarse de armas y combustible.

—Informad a los gobernadores regionales de que deben empezar a transportar judíos desde sus sectores hasta las reservas. Toda resistencia debe ser aniquilada.

—¿Esta noche, *Obergruppenführer*? —preguntó el operador.

—Esta noche. También quiero que todas las comunicaciones externas de la residencia del enviado de Estados Unidos sean bloqueadas.

Que no se cuele ni un chirrido. —Globus no se dejaba intimidar por Nightingale y sus amenazas, pero tampoco quería oír las quejas de Washington; al menos hasta que hubiera restablecido el orden—. Después contactad con la presa Sofía, decidles que reúnan todo el TNT que puedan encontrar y que se preparen para mi llegada. Necesitaré todos los hombres posibles, así que ordenad a la guarnición de Mandritsara que se traslade a la presa.

Mientras el operador transmitía sus instrucciones, Globocnik miró los relojes que tenía encima. Eran cuatro: uno marcaba la hora local, otro la hora de Germania. Los dos restantes abarcaban el resto del imperio: Dakar, la ciudad más occidental del Reich, en Deutsch Westafrika, y Ufa, la más oriental, en los montes Urales.

En Madagaskar pasaba de la medianoche, así que oficialmente era su cumpleaños. Se permitió a sí mismo una invitación, un regalo para los invitados a su fiesta de parte de su ausente anfitrión. Globus sonrió y dio una última orden.

—Y colgad a los judíos de Hochburg.

50

Nachtstadt, 21 de abril, 00:40 horas

Las esperanzas de Kepplar disminuían con cada puñetazo. Apoyó su oreja ilesa contra la puerta de la celda para oír mejor. Los mozos de cuadra eran vigorosos y despiadados, pero a cada golpe, a cada puñetazo, a cada esforzado gruñido de dolor le seguía el silencio. Tenía que llevar el interrogatorio personalmente. Hochburg le había ofrecido todo lo que quisiera si lograba quebrar la voluntad del prisionero. Su jefe exigía un espectáculo sangriento, así que Kepplar se frotó los nudillos preparándose para lo peor.

Las pertenencias del prisionero estaban amontonadas en el suelo. Las registró: un uniforme manchado con la misma pintura que el suyo, una Luger oficial de las fuerzas del este, un paquete de Bayerweed con un solo cigarrillo... Uno de los mozos le había arrancado un guardapelo del cuello. Kepplar lo abrió y encontró la foto de una chica de rasgos eslavos.

Un golpe en la puerta hizo que Kepplar se sobresaltase.

Decidió dar a los mozos un par de minutos más. Fue a la siguiente celda y se encerró en ella, contento de que nadie pudiera verlo. Temblaba a causa de la adrenalina, intentando controlar un ansia desesperada por defecar. «Creía en mi misión, comprendía el valor del castigo físico. ¿Qué me pasa?», pensó Kepplar.

En la academia de Viena era un defensor entusiasta de la disciplina. En cada promoción de cadetes había un *Versager* que estropeaba la imagen del resto. Cuando las luces se apagaban, era el momento en que los demás le enseñaban una lección. Kepplar estaba entre los primeros en meter una pastilla de jabón dentro de un calcetín para propinarle una buena paliza. Si pudiera recuperar aquel entusiasmo...

La celda era pequeña y oscura, apenas podía albergar a un hombre. Las paredes estaban llenas de manchas marrones, aunque era imposible saber si eran de excrementos o de sangre seca. El único mobiliario era un catre de madera y, a pesar del reciente aguacero, la atmósfera resultaba opresiva.

Kepplar se sintió enfebrecido por la tarea que le esperaba.

Se desnudó de cintura para arriba, concentrándose en los ruidos que le llegaban de la puerta más cercana: la percusión amortiguada de puñetazos y patadas, los gemidos y la respiración entrecortadas; y, mezclado con todo ello, ocasionales y despectivos bufidos como si los golpes no significasen nada. Eso era lo que más temía.

Sus pensamientos fueron interrumpidos por una intensa salva de disparos. Estaban fusilando a los trabajadores.

Kepplar había perseguido a Cole desde Antzu, con los mozos de cuadra rastreando las huellas de los caballos que los llevaron hasta su compañero, el que se había atrevido a burlarse de su oreja. Estaba herido y dispuesto a entregarse voluntariamente hasta que descubrió que no eran una patrulla normal. Los mozos pensaron en llevarlo a Nachtstadt para interrogarlo, ya que allí tenían celdas de castigo. Esperaron hasta que se marchó Globus para trasladarlo.

Necesitaba calmar los nervios y recogió el paquete de Bayerweed. Su padre le enseñó a fumar cuando era adolescente, pero él dejó de hacerlo cuando el Führer habló contra ese vicio: «Fumar es la cólera del hombre rojo contra el hombre blanco.» Dio una profunda calada al cigarrillo... y le entró una tos incontenible. Apagó la colilla. Sintió un extraño hormigueo en la cabeza y las extremidades, y un creciente agotamiento, no por lo ocurrido en los últimos días sino en los últimos meses. Había gastado una enorme cantidad de energía en pos de un único e insignificante hombre, por no mencionar los recursos y las vidas de muchos otros. Las razones estaban como aquella celda, envueltas en sombras. Kepplar consideraba que habría valido la pena si su detención significase algún avance importante en la guerra del Kongo.

—Espero que valga la pena —dijo en voz alta, como si Hochburg estuviera a su lado en aquel pozo. Dejó que su desilusión inundase la celda.

No podía seguir esperando.

Se puso en pie y se vistió; alisó los pliegues de su uniforme hasta dejarlos impecables, se abrochó metódicamente cada botón y cada hebilla, consciente de que estaba retrasando el momento. La pintura de su guerrera se había secado y se había cuarteado con los movimientos. Reasumió su posición ante la puerta. El prisionero intentaba decir algo... «soy... oficial de las SS...», pero cada palabra era respondida con un golpe. Kepplar dejó la academia con el mismo fervor que demostraban aquellos chicos, pero lo había perdido en algún momento de su estancia en África. Como oficial joven en Muspel estuvo expuesto a un mantra que no se encontraba en los libros de texto ni se pronunciaba en las clases orales: «Hoy día, para ser un técnico tienes que ser un asesino.»

Entró en la celda. La atmósfera estaba saturada de sudor y esfuerzo. Había escupitajos sanguinolentos salpicando el suelo de cemento. Kepplar esperó que el moratón en su nuez de Adán no fuera visible.

—Basta —dijo tranquilamente.

Los mozos se apartaron del prisionero. Estaba desnudo y enroscado en forma de signo de interrogación, con las manos protegiendo el escroto y con el tobillo izquierdo esposado a la pared. Cuando se dio cuenta de que los golpes habían terminado, intentó arrodillarse con tanta lentitud como esfuerzo. En lugar de debilitarlo, la paliza había reafirmado su tozudez. Temblaba, pero no de miedo ni de dolor. La sangre le manaba de la nariz, y tenía el labio partido y el cuerpo surcado por docenas de verdugones, que tardarían pocos días en ennegrecerse hasta parecer las manchas de un guepardo. Kepplar no tenía estómago para algo tan grosero. Prefería lo que Hochburg llamaba «las referencias»: dedos de las manos y de los pies, ojos y orejas, riñones y genitales.

—Así que tú eres el capullo que está al mando —dijo el prisionero.

—Unas palabras muy valientes para un hombre en tu posición. Soy el *Brigadeführer* Derbus Kepplar. ¿Y tú?

—Soy el *Obersturmführer* Tünscher, Sección IX-C, Roscherhafen. Antes de eso serví tres años bajo el mando del *Standartenführer* Kanvinsky. Puedes leer mi hoja de servicios.

Los mozos intercambiaron miradas de admiración, una actitud respetuosa que nunca habían tenido ante Kepplar. La fama de Kanvinsky era grande. Se trataba de un coronel renegado, que fue uno de los ayudantes de Globocnik en Siberia, el único en ser reclamado a Germania por la crueldad extrema de sus métodos.

—Tu hoja de servicios es irrelevante. Quiero saber dónde está Burton Cole.

La expresión de Tünscher se agrió, pero no dijo nada.

Kepplar se quitó la guerrera, se la pasó a uno de los mozos y se subió las mangas de la camisa con una actitud que se entendiera como el preludio de la violencia. Se arrepintió de no llevar guantes, una barrera de cuero entre la carne del prisionero y la suya.

—Me destrozaste el uniforme. En Antzu —dijo como amenaza.

Tünscher lo estudió atentamente y, al darse cuenta de que le faltaba media oreja, se dio cuenta de quién se trataba. ¿Se lo imaginaba o veía una sonrisa de suficiencia asomar en su castigado rostro? Kepplar convirtió sus manos en puños y buscó algo en lo que descargar su furia. Recordó a Madeleine besando a Hochburg y su desaliento, su disgusto, ante el espectáculo. Cambió esa imagen por la de Hochburg riéndose en la Schäderplatz y el olor de las brasas, tan vívida como el día en que sucedió. Aquello tenía que hacerlo explotar, pero solo consiguió que se sintiera consumido por la humillación. El papeleo. ¿De verdad toda su vida se había reducido a eso?

Tünscher lo evaluó con la misma expresión con la que lo había hecho en Antzu, como si supiera lo que pasaba por su mente.

—Hace media vida que conozco a Burton. Nos formamos juntos, combatimos juntos, compartimos el mismo *esprit*. No puedo traicionarlo... pero hay otra manera.

—¿Otra manera?

—Te resultará más fácil.

Bajo las costillas de Tünscher se veía una herida de metralla que goteaba sangre. Si Hochburg estuviera allí, metería la mano en aquel agujero y la retorcería, un método simple y efectivo para que el *Obersturmführer* hablase. Todo lo que tenía que hacer Kepplar era imitarlo y meter los dedos en la herida.

De repente, se dio cuenta de su error. Tendría que haber apaleado la cara del prisionero en cuanto entró en la celda. Se lo estaba pensando demasiado y eso, no importaba lo furioso, avergonzado o azuzado que se sintiera, lo llevaba a la inacción.

—Dejadnos —ordenó a los mozos de cuadra.

No se movieron.

—Marchaos. Habéis hecho un buen trabajo, es hora de descansar. —Comprendió que había aflojado los puños y los ocultó a la espalda—. Quiero hablar con el *Obersturmführer* Tünscher a solas.

Kepplar esperó a que el ruido de las pisadas se desvaneciera antes de dar vueltas en torno a su prisionero. Tenía los hombros casi tan anchos como los de Hochburg y un cráneo de categoría Uno o Dos. Su desnudez no parecía perturbarlo.

Tünscher lo olisqueó.

—¿Tienes algún Bayerweed?

—Me he fumado el último que te quedaba.
—Lástima.
Del exterior llegó otra andanada de disparos.
—Me hablabas de Cole —dijo Kepplar. La fatiga le pesaba sobre los hombros y eso que el interrogatorio ni siquiera había empezado.
—Servimos juntos en la Legión Extranjera; nos unía un código. —Soltó un bufido de desprecio—. Como el que nos une a ti y a mí.
—A nosotros no nos une nada.
—Ambos juramos lo mismo ante el Führer.
—Continúa.
—Puedes... puedes comprar mi honor —sugirió Tünscher.
—¿Sabes dónde está Cole?
—Sé hacia dónde se dirige. Burton me prometió mucho dinero por traerlo a Madagaskar, diamantes por valor de miles de marcos. Me mintió.
—¿Pretendes venderme la información?
—Quiero salir vivo de esta isla.
—¿Y si me parece que tu propuesta es denigrante?
—Entonces será una noche muy larga.
Por el cuerpo de Kepplar fluyó un torrente de intolerable emoción: gratitud hacia Tünscher porque le permitiría encontrar a Cole sin mancharse las manos de sangre, vergüenza por sentir esa gratitud e ira contra Hochburg por haberlo colocado en aquella situación.
—Digamos que te compro la información. ¿Cómo puedo saber que es cierta?
—¿Cómo podrías estar seguro de que lo es, si me la sacaras a golpes? En el este, durante los interrogatorios, vi a partisanos diciendo cualquier cosa para conseguir que pararan. No te imaginas el tiempo que perdimos con unas confesiones de mierda.
Las palabras de Tünscher tenían lógica, pero Kepplar se resistía a aceptarlas, consciente de lo mucho que le apetecía hacerlo. Podían estar torturándolo días enteros antes de que les entregase a Cole... o podía conocer el paradero en aquel instante. Recordó el Kongo, cuando capturaron a uno de los compañeros asesinos de Cole y lo golpearon hasta que sus dientes se esparcieron por el suelo... No había confesado nada y Kepplar había perdido un tiempo precioso. De haber conseguido que hablase, podría haber apresado a Cole y no le habría fallado a Hochburg.
La mente de Kepplar volvió al loro embalsamado que había confiscado en el velero y su relleno de monedas de oro. Lo había dejado en Lava Bucht para que estuviera a salvo, pero fuera tenía helicópteros a su servicio.

—El muy cabrón me engañó —dijo Tünscher—. Necesitaba ese dinero más que nada.

—¿Por qué?

—Deudas.

—¿Qué clase de deudas?

A pesar de la cadena que le aprisionaba el tobillo y su maltrecho cuerpo, la réplica fue insolente.

—Eso es asunto mío.

—Si esperas que pague, necesitas convencerme.

Tünscher bajó la cabeza, con la sangre todavía goteándole de la nariz. Habló rápidamente, en susurros. El estómago de Kepplar se revolvió de desprecio. La explicación le pareció sacada de una de esas novelas que tanto disfrutaba su enyojada mujer: relatos de la vida en la frontera oriental tan nauseabundos, tan sentimentales, que solo podían ser ciertos.

Tünscher sintió su desdén.

—Esta isla es muy grande —dijo, intentando endurecer el tono—. Nunca encontrarás a Burton sin mí. Puede que esta sea tu única oportunidad.

—Me lo pensaré —replicó Kepplar, que salió de la celda.

51

Palacio del gobernador, Tana, 21 de abril, 00:45 horas

Una brisa ventilaba la sala de trofeos gracias a la ventana y sus destrozados postigos, Hochburg los había roto a patadas en un intento fallido por escapar. Bajo ella solo había un muro prácticamente liso y una caída que mataría a cualquiera que intentase escalarlo. Del gramófono brotaba música de Schubert.

Contempló Tana. En la última hora había visto Valkirias cargados de misiles que rugían sobre la ciudad sumida en la oscuridad y regresaban vacíos. Los pitidos de los trenes creaban ecos desde muy lejos. Sus vagones de carga debían de estar llenos de judíos en ruta hacia la Reserva Sofía. Hochburg podía percibir la escalada de violencia. Había buscado con la vista la residencia de Nightingale, que se encontraba en un conjunto de edificios del período colonial francés. Sus ventanas estaban iluminadas. ¿Habría pasado la tarde enviando informes a Washington sobre las medidas tomadas por Globus? ¿Era posible que ya estuviera navegando hacia África un barco de guerra norteamericano?

Pudo oír un fuerte chasquido en el jardín de la terraza, seguido por el rumor de unos silbidos. La noche se iluminó.

Hochburg se acercó a la puerta.

—¿Qué está ocurriendo? —le preguntó al soldado que hacía guardia al otro lado.

—Órdenes del gobernador. Van a colgar a sus judíos.

Hochburg experimentó una sensación tan vertiginosa que se lanzó de cabeza hacia la ventana. Se imaginó a Feuerstein colgando del extremo de una soga. Sus secretos se perderían para siempre.

—Son míos —rugió Hochburg—. Quiero verlos. —Nada—. ¡Abrid la puerta!

Golpeó la madera con los puños, pero cada golpe se topó con el silencio.

Hochburg retrocedió. Antes ya había buscado por la sala, entre las aves disecadas y en los cajones, algo que le permitiera escapar. En su frustración derribó el oso. Una caja cerrada le ofreció una momentánea esperanza, hasta que logró abrirla y la encontró llena de discos de vinilo, la mayoría de folk austríaco, pero también de música clásica, como grabaciones de *The Ring*, de Keilberth. Hitler las había enviado a los altos cargos de las SS en las Navidades del año cincuenta. Hochburg las quemó en su Schädelplatz; Globus ni siquiera les había quitado el celofán original. También vio una copia sin abrir de los *Impromptus* de Schubert, los favoritos de Eleanor.

Puso el disco para tranquilizarse, levantó el oso y siguió con su búsqueda, sin encontrar nada más que una media femenina entre los cojines de la *chaise-longue*. Se sentó y cruzó los brazos, a la espera, y notó un bulto en el pecho. Rebuscó en el interior de su guerrera y encontró el puñal plateado de Burton. Casi lo había olvidado y agradeció que el registro que le habían hecho tras ser arrestado fuera bastante somero.

Empuñó la daga, fue hasta la ventana y sacó el cuerpo todo lo que pudo. Le golpeó una ráfaga de viento. Diez metros por encima de él tenía la terraza con una balaustrada de hierro forjado, pero intentar escalar la pared parecía suicida. Los muros del palacio estaban formados por enormes bloques de piedra pulida. Hochburg recorrió con los dedos el mortero que unía las piedras y clavó el cuchillo en él para probar su resistencia. Quizá podría aguantar su peso. Recordó los cuchillos de la cubertería de Eleanor, la que solo utilizaba en las ocasiones especiales. Burton los había fundido para convertirlos en una daga letal.

Desde la terraza llegaban órdenes gritadas y la balbuceante cháchara de los borrachos. Durante su encarcelamiento, no pocas veces se había filtrado el ruido de las fiestas hasta la sala de trofeos. Puede que Globus estuviera ausente, pero sus invitados sabían cómo disfrutar del Führertag.

Hochburg maldijo a Kepplar.

Habían pasado suficientes horas como para poder encontrar a Burton y llevarlo allí; ya tendría que haber liberado a Hochburg. Su antiguo colaborador había demostrado una vez más que no se podía confiar en él y era una nueva prueba de que necesitaba la superarma de Feuerstein. Si hasta sus colaboradores más fieles le fallaban, necesitaba medios para combatir sin tener que depender de esos hombres. Quizá Kepplar ya había dado de sí todo lo que podía.

Desde lo alto le llegó un nuevo ruido: el sombrío redoblar de los tambores previo a una ejecución.

¡El típico montaje teatral de Globus! Sin duda, también habría insistido en la obligatoriedad de llevar vestimenta de etiqueta. Tampoco habría una caída corta en la que los judíos se partieran el cuello; en vez de eso patearían, lucharían y se ahogarían durante varios minutos: un espectáculo para el público. Con su muerte, también expirarían las ambiciones de Hochburg respecto a África.

Se retiró de la ventana y aporreó de nuevo la puerta. Lo contemplaban los ojos muertos de cientos de animales.

La música del gramófono llegó a un exultante *crescendo*, seguido del arañazo y el salto entre pistas que precedía a la siguiente pieza. Hochburg la reconoció de inmediato: era la *Melodía húngara*. Una interpretación más lenta y solemne de lo que estaba acostumbrado. Recordó a Eleanor tocando la pieza al anochecer bajo las lámparas de parafina. Al principio le resultó encantador, pero al cabo de un rato se convirtió en un público nervioso. Tras huir juntos, nunca más volvió a escucharla.

Impelido por la música, Hochburg volvió a la ventana y puso un pie en el alféizar. Volvió a verse azotado por el viento y tuvo la sensación de que podía arrancarle la venda que le tapaba el ojo herido. Hundió el cuchillo de Burton en el mortero como si fuera un picahielos y empezó a trepar por la pared.

Ascendió lenta, cuidadosamente. Su cuerpo no estaba hecho para aquello. Deseó tener los dedos largos y flexibles de un mono para poder meterlos en las grietas; o haberse quitado las botas, ya que los dedos de los pies le proporcionarían un mejor asidero. Siguió concentrado en el balcón, unos metros más allá de donde llegaba. Ya no oía la melodía de Schubert ni los tambores, tan solo el viento. Soplaba a rachas: tan pronto parecía querer incrustarlo contra la piedra como arrancarlo del muro.

Clavó el cuchillo entre los bloques de piedra y tiró de sí mismo hacia arriba.

La hoja se soltó.

Por un instante se sintió ingrávido…; después, una sensación de estar volando.

Arañó la piedra con la otra mano, balanceándose en el vacío, mientras intentaba clavar de nuevo el cuchillo. Miró las rocas de abajo y sus bordes afilados.

Resbaló. Su agarre se debilitaba. En aquel largo segundo no pensó en

Eleanor o en salvar a Feuerstein, sus pensamientos volaron hasta Burton y la venganza que siempre le era negada. Qué insatisfactoria había demostrado ser su vida. Hundió la hoja en el muro con fuerza renovada y encontró un punto débil en el cemento. El cuchillo desapareció hasta la empuñadura.

Hochburg se abrazó a la piedra e impulsó su cuerpo hacia arriba, hasta que pudo agarrarse con la mano a la forja de la balconada. Se aupó hasta una ventana francesa que se abría a una *suite*. El interior era tranquilo y cálido, repleto de seda. Había un vestidor lleno de frascos de perfumes y de baratijas, desparramados por el suelo había docenas de pares de zapatos de tacón alto.

Sin el viento, volvía a escuchar los tambores.

La puerta estaba cerrada. Descargó toda su fuerza contra ella. Tuvo que golpearla varias veces antes de que cediera y pudiera acceder a uno de los pasillos de piedra del palacio. Corrió hacia la escalera principal con el repicar de los tambores creciendo a cada piso que descendía, hasta que llegó al jardín... y los tambores enmudecieron.

Abajo, en la terraza, el patíbulo estaba iluminado por los focos. Los judíos estaban alineados de cara a la ciudad, dándole la espalda, con la soga alrededor del cuello. Los pies se apoyaban en cajas de colores chillones, como si contuvieran regalos para los niños asistentes a la fiesta. Los guardias se mantenían vigilantes.

En medio del silencio, Hochburg creyó oír las últimas notas de la *Melodía húngara*. Empuñó la daga de Burton.

El verdugo asintió a la señal del *Hauptsturmführer*, que supervisaba el acontecimiento. Caminó a lo largo de la línea de judíos y fue dándole una patada a cada una de las cajas.

El jardín parecía anémico bajo la luz artificial, a pesar de sus cascadas de rosas y buganvillas. La delicada fragancia de las flores se mezclaba con el olor de los asados, la fruta y el champán. Una parte de la terraza había sido acordonada para los invitados y cubierta con un toldo para resguardarla de la posible lluvia. Bajo él habían colocado sillas. Allí se veían oficiales con uniformes desaliñados y muchas chicas jóvenes. Globus tenía un hambre insaciable de carne fresca. Hochburg nunca permitiría que nadie de su personal femenino terminase en Madagaskar.

Subió los escalones del patíbulo y pasó entre las piernas convulsas de los judíos para verles las caras. La de Feuerstein ya estaba morada, los ojos se le salían de las órbitas y la lengua le asomaba entre los labios. Tenía las manos atadas a la espalda como los demás, pero sus pies estaban libres y se sacudían, otro detalle de Globus para potenciar el espectáculo. Hochburg utilizó el cuchillo para cortar las ligaduras del científico y dejó la daga en sus manos ya libres.

—Tendrás que liberarte tú mismo —dijo Hochburg.

Se agachó bajo él y apoyó los pies descalzos de Feuerstein en sus hombros para soportar su peso. El científico cortó la soga que llevaba alrededor del cuello.

Una de las espectadoras se puso en pie indignada. Iba cargada de perlas, rizos de color plateado y los mismos rasgos que su hijo.

—¡Estás estropeándolo todo! —gritó con acento cantarín.

El *Hauptsturmführer* avanzó indeciso hacia Hochburg.

Feuerstein cayó al suelo tosiendo e intentando coger aire. Se puso en pie y ayudó a soportar el peso del hombre que tenía al lado. Hochburg le cortó las ligaduras. A todo lo largo del patíbulo, ojos llenos de esperanza le imploraron, pero había demasiados para poder liberarlos a todos antes de que se ahogasen. Cada uno de aquellos científicos podía ser esencial para el Proyecto Muspel como componentes individuales de algo mayor, que era la bomba. No podía arriesgarse a perder a ninguno. Algunos ya estaban dando sacudidas con el rostro inflado y de color púrpura.

Tan pronto como Hochburg cortó la cuerda, le pasó el cuchillo a otro y se dirigió a los guardias. Parecían sorprendidos e inseguros sobre cómo reaccionar. El *Hauptsturmführer* había desenfundado su Luger, pero la mantenía baja, apuntando al suelo. Hochburg utilizó su voz más profunda y la hizo resonar con la autoridad de su rango y de los territorios que gobernaba.

—Estos judíos son más valiosos que toda la riqueza de esta isla. Y vosotros me ayudaréis a salvarlos. —Nadie se movió. Una de las chicas resopló fastidiada—. Me ayudaréis a salvarlos o pasaréis el resto de vuestra vida trabajando en las minas del Kongo.

Los guardias siguieron sin moverse. Hochburg cogió al más cercano y lo arrastró hasta dejarlo debajo de uno de los científicos. El *Hauptsturmführer* avanzó hacia él.

—Tú, al siguiente —ordenó Hochburg.

—Ningún judío va a pisotearme. —Alzó la pistola—. Se lo advierto...

Hochburg hizo lo mismo que con los norteamericanos de la mina de Shinkolobwe. Lo sujetó por el cogote y lo arrastró por la terraza. Cuando llegaron al borde, un murmullo temeroso se extendió entre los invitados. Tana centelleaba bajo ellos. Hochburg lo levantó por encima del parapeto y lo lanzó al precipicio. A diferencia de los norteamericanos, no gritó.

Así estaban las cosas. Una momentánea esperanza revoloteó en sus entrañas, las SS aún podían imperar en África.

No todos los guardias obedecieron, pero sí los suficientes para sujetar a los judíos por los tobillos y aguantar su peso. Unos pies sucios que ensuciaron las insignias que los soldados llevaban en los hombros y las solapas. Algunos de los invitados más borrachos estallaron en risas ante el espectáculo. El resto de ellos negaban con la cabeza o se marchaban disgustados. *Frau* Globus se abrió paso hablando en voz alta.

—Mañana lo ahorcarán con el resto de los judíos, ya lo veréis.

Aparecieron más cuchillos y un guardia escaló la viga del patíbulo. El resto de los judíos fue liberado bajo la supervisión de Hochburg. No fue lo bastante rápido para salvarlos a todos; varios cayeron al suelo, muertos.

—La mujer de Baranovich —dijo Feuerstein, cerrando los ojos de una mujer. Su voz era como un graznido.

—Dijiste que no te gustaría ser el único viudo —replicó Hochburg—. La vida en Muspel será más fácil.

—No quería decir eso. Deseaba... yo...

El resto de su respuesta quedó ahogado por el rugido de un escuadrón de Valkirias que sobrevoló sobre ellos camino de sofocar alguna rebelión.

—¿Dónde están los otros? —preguntó Hochburg cuando pasaron los helicópteros. Solo habían llevado una veintena de científicos hasta el patíbulo.

—Abajo, en las celdas. —Feuerstein miró a Hochburg lleno de gratitud y de repulsión hacia sí mismo por sentir lo primero. Se frotó el magullado cuello—. Te debemos la vida dos veces.

—Lo único que quiero es mi arma.

Los judíos se reunieron en torno a él con los ojos nublados por las lágrimas, tosiendo y farfullando. Le tocaron las mangas, todo su uniforme como si fuera un ídolo, mientras emitían un gemido fantasmal. Hochburg se libró de ellos y se plantó en el límite de la terraza contemplando la ciudad. Entre las banderas y las esvásticas pudo localizar la de barras y estrellas.

52

Vía férrea Tana-Diego Suárez, 21 de abril, 00:55 horas

Salois había oído algunos sonidos terribles en su vida: gemidos en las playas de Dunquerque, quejidos de los hombres que se ahogaban en cemento durante la construcción de Diego Suárez, los gritos casi infantiles de los lémures cuando los nazis quemaban la selva para desalojar a los rebeldes... pero ninguno lo perturbaba tanto como el de un hombre y una mujer discutiendo.

Madeleine y Burton reñían en susurros y lo más desesperante era que era su manera de intentar ser discretos. Salois se había alejado un poco de ellos —hasta donde la sombra de los tamarindos daba paso a campo abierto—, pero no por eso dejaba de oír todas y cada una de sus palabras. Sobre él, las hojas se agitaban movidas por el viento. No había ni rastro del tren que había prometido Cranley. De repente, Madeleine lo llamó y Salois reaccionó con sorpresa al escuchar su nombre.

—¿Qué opinas, Reuben? —preguntó.

Salois la miró primero a ella y después a Burton. No había conocido a ningún compañero legionario durante su estancia en Madagaskar y allí tenía a un hombre que resistió el mismo entrenamiento brutal, atravesó el mismo desierto y devoró la misma comida asquerosa, aunque en aquel momento un cuenco de carne de camello y dátiles le parecería un festín. La Legión tenía dos bases principales: Saida, donde estaba destinado Salois, y Bel Abbés. Ambas rivales feroces, unidas por la amistad y el odio. Mientras huían de Nachtstadt, siguiendo el estímulo de la vía férrea, Salois y Burton intercambiaron nombres, buscaron algo en común que los uniera todavía más que su pertenencia a la misma institución, pero no encontraron nada hasta que Burton mencionó a Patrick. «*Ah, l'american! Un vieux camarade*», había respondido Salois.

Madeleine hizo su pregunta con ojos suplicantes. Salois se sintió incómodo. Lo obligaban a inmiscuirse en un dolor y un miedo que no eran suyos.

—Burton tiene razón —terminó admitiendo—. No deberías ir a Mandritsara, no hay esperanza... Pero si yo tuviera la oportunidad de abrazar a mi hijo, aunque solo fuera un instante, lo arriesgaría todo por conseguirlo.

El viento volvió a sacudir las ramas que tenían sobre sus cabezas y los salpicó de gotas de lluvia. Abner se levantó del tronco en el que estaba sentado.

—El tren —anunció casi sin aliento.

Salois recogió su BK44 y una de las mochilas que se colgó al hombro. Pesaba lo suyo por la dinamita y los detonadores. Abner cargó con la otra. No iría con él a Diego Suárez, pero se había comprometido a ayudarlo a subir al tren.

—¿Sigues queriendo ir a pesar de todo lo que te he contado? —preguntó Burton. Le había explicado todo lo ocurrido en el Kongo y la implicación de Cranley en aquel desastre.

—Destruir Diego Suárez es la única oportunidad que tiene esta isla.

—Pero... no puedes confiar en él —insistió Burton.

—El tren está aquí tal como prometió. Esta vez todo será distinto.

—¿Cómo puedes estar tan seguro?

Salois les ofreció una sonrisa de disculpa.

—No tengo una aventura con su esposa. —Se ató la mochila—. Él no es el único que dirige este asunto. Están Rolland y los mozambiqueños, y el acuerdo con Estados Unidos. Aunque Cranley sea todo lo que dices que es, quedan los demás implicados. Y todos queremos lo mismo.

Hasta ellos llegó un pitido.

Salois no tenía nada más que añadir. Le ofreció la mano a su compañero legionario y después a Madeleine.

—¿Puedo quedarme con tu cuchillo? —le preguntó.

Ella asintió y lo besó en la mejilla.

—No me parece correcto despedirnos así.

—Cuando terminéis con vuestro asunto en Mandritsara, tendréis cuatro días para llegar a Kap Ost y al barco. No esperarán.

—Allí estaremos.

Salois sintió que ella quería decir algo más, pero en aquel momento sonó otro pitido.

—Cuídala —le dijo a Burton.

Abandonó la cobertura de los árboles, seguido por Abner con la segunda mochila.

Corrieron a través de la hierba, que les llegaba hasta la cintura y estaba húmeda como en un arrozal, hasta que llegaron al pequeño montículo sobre el que se asentaban los raíles del ferrocarril. En aquel punto la línea se dividía durante varios kilómetros para que pudieran cruzarse sin dificultad dos trenes que fueran en direcciones opuestas. El ojo amarillo de la locomotora rodó hacia ellos. Cranley le había informado de que el tren reduciría la marcha en aquel punto para que el equipo pudiera subir a bordo; y ya estaba haciéndolo.

—Buena suerte en Diego Suárez —le deseó Abner—. Ojalá pudiera ir contigo. Hace mucho que esperamos la intervención de los norteamericanos.

Madeleine se unió a la pareja.

—¿Harás una cosa por mí? Es por si no lo consigo en el hospital —dijo, depositándole algo en la palma de la mano. Salois miró y vio el bolígrafo y el clip que ella se había llevado de la estación de radio—. Por Jacoba.

Él asintió.

Lo abrazó con fuerza. Salois le pasó un brazo por encima de los hombros, sujetando el fusil en la otra mano.

—Quizás esto no sea un castigo —susurró Madeleine. Sus palabras se mezclaron con el acerado ruido de las ruedas del tren—. Quizás estés de verdad perdonado, Reuben. Quizás estés destinado a realizar una gran hazaña. Por algo llaman a esta línea el tren de los destinos.

—Encuentra a tus hijos —dijo en respuesta—. Y no vuelvas nunca a esta isla.

Los raíles vibraban cada vez más. Salois dejó que pasaran algunos vagones, contándolos hasta que pudo ver el final del convoy. Cranley le había indicado que tenía que subir al penúltimo. Salois empezó a correr, seguido como siempre por Abner.

—Estaremos pendientes del cielo —gritó Madeleine.

En la parte trasera del vagón indicado había una estrecha plataforma. Salois subió a ella, medio saltando, medio impulsándose a sí mismo. Abner aceleró la carrera para mantenerse a la misma altura. Se quitó la mochila de la espalda y la mantuvo en alto sobre la cabeza como si estuviera presentando una ofrenda. Salois la sujetó por las correas y la atrajo hasta la plataforma.

Abner y su hermana quedaron atrás en pocos segundos. Vio que Madeleine decía adiós con la mano y la imitó alzando la suya.

Volvía a estar solo.

Salois abrió la puerta del vagón y vio lo que había dentro. Esperaba un vagón de ganado, pero se encontró con un suelo tapizado, una mesa de comedor vacía, una jarra de acero inoxidable y una vajilla completa que tintineaba con el traqueteo del tren. El ambiente olía a tabaco, plátano y posos de café. Cranley, y no él, había elegido el vagón de los guardias para el equipo. Se imaginó sus quejas por tener que viajar como los judíos. De las paredes colgaban lámparas de parafina. Salois se aseguró de que las persianas estuvieran bajadas antes de encender luces y empezar a preparar los explosivos. Sacó la dinamita de las mochilas y la dejó sobre la mesa; a continuación, hizo lo propio con los detonadores.

Para el asalto a Mazunka, Cranley había equipado a su equipo con detonadores controlados por radio, lo último en tecnología. También se los había ofrecido a Salois, pero él prefería el mismo tipo que había estado utilizando desde hacía dos décadas. Sus detonadores eran mecánicos y se conectaban a un temporizador con un reloj y un contador que podía regularse de los diez segundos a los cincuenta y cuatro minutos.

El tren estaba adquiriendo velocidad. Las borlas doradas que decoraban el vagón aumentaron su balanceo.

Salois probó los detonadores uno a uno: una pequeña chispa brillando entre los dedos. Una vez satisfecho, se quitó el caftán y cortó las mangas en tiras, que utilizó para atar los cartuchos de dinamita, cuatro en cada paquete, y asegurar un detonador con otra tira de tela. Cuando el contador llegase a cero, saltaría una chispa que haría estallar la carga. Siguió trabajando hasta que todo estuvo preparado y dividió los paquetes entre las mochilas.

Seleccionó una taza de la vajilla y se sentó. Aún tardaría dos horas en llegar a Diego Suárez y necesitaba descansar. Pero, antes, tenía que cumplir una promesa.

Exprimió la tinta del bolígrafo que le había dado Madeleine en la copa y desdobló el clip. Aparte de la cara y de las manos solo quedaban pequeños espacios en su cuerpo que no fueran de color índigo. Hasta las plantas de sus pies estaban llenas de números. Los jesuitas le habían ayudado a tatuarse la espalda. Afiló uno de los extremos del clip, lo mojó en la tinta y fue haciéndose meticulosas punciones bajo el tobillo izquierdo hasta añadir el número de Jacoba. Lo había hecho tantas veces, que era casi insensible a la sensación.

A medida que iba marcándose la piel, pensó en Madeleine y deseó haber soltado el fusil para abrazarla con ambos brazos antes de partir. No era la primera persona a la que se había confesado. Había descargado su conciencia en varias ocasiones, cuando creía que la muerte por fin lo requería. Los que compartieron su secreto no vivieron mucho. Si bien la muerte no parecía tener muchas ganas de reclamarlo a él, se mostraba voraz con sus compañeros. ¿Habría abandonado a Madeleine a ese mismo destino? Un perturbador sentido de la responsabilidad hizo presa en él... pero no, ella tenía a su hermano para protegerla; y ahora también a Burton. Además, apenas le había contado algunos detalles.

Pensaba muy poco en el día en que cometió su crimen; lo había obsesionado demasiado tiempo para que siguiera teniendo significado o capacidad de conmoverlo. Todo ocurrió durante el desayuno. Su recuerdo pintaba la cocina de escarlata: el suelo, el techo, el mobiliario, todo. Sabía que no era verdad —la mesa era de pino sin barnizar y en el exterior brillaba la más azulada de las mañanas—, pero solo evocaba los acontecimientos en rojo.

Frieda iba descalza, con el bulto de su hijo colgando del vientre. Cuando el embarazo empezó a ser evidente —apenas tenían veinte años y no estaban casados—, su familia se desentendió de ella, pero no le importó mientras él siguiera a su lado. Empezaron a discutir. Él lanzó un puñetazo, su respuesta habitual, que impactó contra un diente de Frieda y a él le rasgó la piel de los nudillos, una de esas heridas que suelen sangrar mucho. La sangre cayó sobre el suelo de la cocina. Frieda le dirigió una mirada cargada de tanto perdón, tanta lástima, que no pudo controlarse y volvió a golpearla. No podía resistir aquellos ojos llenos de dolor. La segunda vez no lo hizo con el puño sino con la mano abierta, pero con tal ferocidad que le hizo perder el equilibrio. El desacostumbrado peso de la criatura la tumbó. Él oyó el crujido del cuello de ella contra la mesa de la cocina cuando cayó. Se le grabó el sonido. Supo de inmediato que la había matado. Cortó una rebanada de pan. La tostó, la untó con mantequilla y se la comió. Después se inclinó sobre ella y le dijo que dejara de fingir. Le tomó el pulso y descubrió que la piel ya se estaba enfriando. Creyó percibir una pequeña vibración en ella: todavía había esperanza. Le levantó el camisón, y en los años y las pesadillas que siguieron, juró que había podido ver unos puños diminutos golpeando el vientre desde el interior, los últimos estertores de su hijo.

Salois sintió la garganta seca y áspera. Terminó de tatuarse el número de Jacoba y se secó la sangre con los restos de su caftán. Apenas había intercambiado una docena de palabras con la judía, y ninguna con los cadáveres cuyos números memorizó, pero seguían existiendo en su cuerpo. Para Frieda y su hijo nonato no tenía números, solo la orden de arresto que Cranley había conseguido y el recuerdo de Salois: desconsolado y teñido de rojo. Meditó en las palabras de despedida de Madeleine. En ciertos momentos también se preguntaba si seguía vivo para llevar a cabo alguna hazaña importante, era una explicación reconfortante para su supervivencia.

Pero el mundo no era amable. Tanto si tenía éxito en Diego Suárez como si fallaba, estaba resignado a la idea de que él sobreviviría. Si los años pasados le habían permitido perdonarse a sí mismo por golpear a Frieda, el origen de toda discusión, de toda su mezquindad persistían. No había liberación para Reuben Salois.

Echó una cabezada, sobresaltándose cada vez que empezaba a deslizarse en un sueño profundo. Cuando dedujo que había pasado una hora, se levantó y miró a través de las persianas. Destacando sobre la oscuridad vio Die Teckiste, una montaña de cumbre plana y falda vertical que los franceses fortificaron durante su período colonial, pero que no pudo resistir ante la invasión nazi. Los paracaidistas de las Waffen-SS la habían tomado e inundaron las fortificaciones con gas nervioso. El tren bordeaba la montaña, y tras ella se encontraba Diego Suárez.

Salois se desperezó y miró el reloj. Eran las 3:45 de la madrugada. Cranley atacaría la estación de radar dentro de quince minutos. Los bombarderos ya estarían volando sobre el canal de Mozambique. Se imaginó al coronel Turneiro en su base caminando impaciente por la pista y a Rolland en su centro de control esperando que le llegaran noticias por radio mientras se bebía un whisky para templar los nervios.

Quedaban algunos trozos de pan en los bolsillos de la mochila y los devoró ávidamente, bebió un poco de café frío de la jarra y buscó por el vagón hasta encontrar una bolsa, exactamente donde Cranley dijo que estaría, llena de uniformes de la Kriegsmarine. Cualquiera que fuera su motivo, quería destruir la base tanto como Salois.

—¿Sabes por qué fracasó la primera rebelión? —le preguntó Cranley la noche antes de partir de Mombasa. Su tono era extrañamente amistoso, conspiratorio.

—Porque nosotros teníamos palos y piedras, y ellos tenían helicópteros de combate. Y porque el mundo no quiso intervenir.

Cranley sacudió la cabeza.

—Los judíos sois valientes, sabéis odiar... pero no tenéis miedo. —Salois soltó una carcajada desdeñosa—. Al menos no como los nazis. Ellos están aterrorizados de vosotros, de lo que sois y representáis. Un miedo profundamente primordial, como el miedo a la misma muerte. Cuando aprendáis a temerlos tanto como ellos os temen a vosotros, podréis inclinar la balanza a vuestro favor.

A pesar de las advertencias de Burton, él no dudaba de Cranley.

Salois se puso un uniforme de la Kriegsmarine. Si no estuviera tan tenso, se habría reído de su aspecto. Pantalón blanco, chaqueta blanca y cinturón con una hebilla brillante. Perfecto para pasar desapercibido en la oscuridad. La única concesión a la hora nocturna era un pañuelo de cuello azul oscuro, casi negro. En la bolsa había tres uniformes más, pero Salois los dejó a un lado con una punzada de arrepentimiento.

Apagó las lamparitas y se agachó frente a la ventana. Fuera, los campos cubiertos de maleza dieron paso a un barrio de chabolas. Ahí vivían los judíos que servían en Diego Suárez, los hombres que transportaban el carbón y limpiaban las calles, las cuadrillas de estibadores, las sirvientas que atendían la villa de los oficiales. Eso los diferenciaba de los que se encontraban bajo el dominio de Globus. A estos judíos seguían considerándolos poco importantes, pero esenciales para el correcto funcionamiento de la base y los trataban como tales. Ahí no habría ninguna rebelión.

Después, el tren llegó a una zona industrial de fábricas y talleres, su perfil oscurecido por una serie de chimeneas. A ella siguió un breve interludio de más barracas. Había pocos marineros acuartelados en la base, la mayoría de ellos vivían en una zona situada al este, Französinnenbutch.

Un estallido de ruido y color. Salois se agachó bajo la ventana mientras el tren pasaba por el centro de la ciudad. Las cervecerías aún estaban atestadas de marineros celebrando el Führertag. Si alguno de los bombarderos de Turneiro dejaba caer sus bombas segundos antes de lo planeado, arrasarían aquellas calles.

«Bien», pensó Salois.

El jolgorio quedó atrás. Poco después, la locomotora desaceleró al entrar en un vasto patio que rodeaba los muelles. Salois vio almacenes y los largos cuellos de las grúas. Diego Suárez también era sede de una parte bastante sustancial de la flota mercante del África Oriental. De allí partían con destino al Reich barcos cargados de vainilla, cacao y carcasas de cerdo. El tren siguió a paso de tortuga, con las ruedas y los enganches rechinando, hasta que todo el convoy topó con los parachoques, dio una sacudida y se detuvo. Lanzó una última y cansada exhalación de vapor y... silencio.

Minutos después pasaron los conductores charlando junto al vagón de Salois. Las voces fueron desapareciendo a medida que se alejaban.

Abrió la puerta del vagón. El paisaje aparecía verde azulado bajo las luces de mercurio; y vacío. Saltó al suelo y se colgó las mochilas, una delante y otra detrás. Abner había bromeado: «Vas a ser el judío más gordo de toda la isla.»

El aire olía a combustible, carbón y acero engrasado, mezclados con la brisa marina. Varios cientos de metros más allá, el patio terminaba en una alambrada y un pequeño acantilado que daba directamente al mar. Salois corrió como un rayo entre trenes y vagones; el peso de las mochilas hacía los movimientos engorrosos.

Creyó oír un ruido, y se detuvo en seco y se apretó contra un vagón de ganado. Frente a él había una serie de tuberías de cemento, lo bastante altas como para que un hombre pudiera caminar erguido por su interior. El patio seguía desierto.

Salois estaba preparándose para moverse de nuevo cuando volvió a oír el sonido. Esta vez sonaba muy claro. Alguien lo llamó por su nombre.

53

Norte del Sector Occidental, 21 de abril, 02:30 horas

El piloto del helicóptero despertó a Kepplar y le indicó por señas los auriculares.

—Transmisión de emergencia.

Kepplar se sentó, desorientado por la oscuridad bajo ellos. No había pretendido quedarse dormido. En su regazo tenía el loro relleno de monedas que había recogido en Lava Bucht. Se colocó un par de auriculares y oyó la voz de Hochburg.

«... tomado el control de Madagaskar con la autorización de la RSHA y la *Reichsführer-SS*. Diego Suárez seguirá bajo el mando de la Kriegsmarine.»

El piloto mejoró la sintonía.

«El gobernador Globocnik ha sido temporalmente relevado del mando. Cualquier orden que hayan recibido en las últimas cuarenta y ocho horas queda anulada. La situación es crítica. Todos los judíos deben seguir donde están ahora. Aquellos que se encuentren en tránsito, serán entregados en las reservas o, si es posible, devueltos a su lugar de procedencia. Las medidas extremas contra la población judía, sus asentamientos o sus propiedades quedan expresamente prohibidas, a menos que las vidas de otros camaradas o las propias se vean amenazadas. Los helicópteros de combate deben volver a su base. Cualquier hombre, del rango que sea, que desobedezca estas órdenes se enfrentará a un tribunal militar. Repito: la situación es crítica. Los judíos no deben sufrir el menor daño. Los refuerzos llegarán pronto. *Heil Hitler!*»

—¿Dónde estamos? —le preguntó Kepplar al piloto. No tenía ni idea del tiempo que hacía que habían dejado Lava Bucht. Su cerebro estaba aturdido.

—Casi hemos llegado.

El mensaje de Hochburg seguía repitiéndose: «Aquí el *Oberstgruppenführer* Walter Hochburg transmitiendo desde el palacio del gobernador en Tana. A la 01:00 horas de este 21 de abril, he tomado el control de Madagaskar con la autorización de la RSHA y...»

Kepplar escuchó el comunicado una y otra y otra vez. El auricular que tenía puesto en su media oreja le hacía daño. Por primera vez se sentía agotado por la futilidad de su tarea, siempre cerca de Cole pero sin poder atraparlo nunca. Solo quería volver al Kongo y a la familiaridad de los problemas que había allí. Eligió África para purificarla —en su mejor momento, en la Era de la Civilización Germánica—, no para perseguir por toda ella a un hombre blanco, fuera cual fuese su crimen. Se le escapaba cómo podía la captura de Burton dar impulso a ese propósito.

Inesperadamente sintió una chispa de resentimiento hacia Hochburg por no confiar en él y no compartir su secreto. Las órdenes del *Oberstgruppenführer* resonaron en sus oídos y el resentimiento se transformó en desánimo. Cerró los ojos e intentó dormir, pero no consiguió recuperar el sueño. Y era consciente de las muchas incomodidades físicas: tenía hambre, los músculos del hombro le dolían y sentía un picor insufrible en la barbilla. Odiaba no poder afeitarse.

Nachtstadt emergió de la oscuridad como el cono de un volcán, un círculo brillante que despedía penachos de humo. Kepplar sacudió la cabeza y se riñó a sí mismo. Estaba más cerca que nunca de descubrir a Cole.

El helicóptero aterrizó.

—Cárgalo de combustible —le dijo al piloto—. Despegamos en quince minutos.

—¿Nuestro destino?

—Ahora lo averiguaré.

El comandante de la granja lo esperaba en el campo de aterrizaje, intentando recuperar la sobriedad. Su aliento apestaba a café y a mentol. Había vacilado cuando Kepplar le pidió un helicóptero, hasta que le dijo que si no se lo cedía tendría que responder ante Globocnik. Ahora, tras las órdenes recibidas por radio, el comandante estaba más que inquieto.

—No sé qué hacer, ya hemos fusilado a los judíos —le confesó—. Creo que lo mejor será ocultar las pruebas.

El olor a ceniza que flotaba en el aire le recordaba a Muspel. Ignoró al comandante y se dirigió a las celdas de castigo, pasando entre enormes piras ardientes.

Habían adecentado la celda y habían colocado un colchón en el catre de Tünscher. El prisionero yacía sobre él, vestido únicamente con un pantalón, y parecía tan despreocupado como los guardias fronterizos de Rovuma Brücke. Había recibido la atención médica solicitada por Kepplar. Tenía el costado vendado, los cortes de la cara, limpios y cosidos. De los labios le colgaba un Bayerweed.

—¿Dónde puedo encontrar a Cole? —preguntó Kepplar.

—Directo al asunto —replicó Tünscher—. Bien.

—Quiero largarme de esta isla tanto como tú.

Tünscher movió lateralmente las piernas para acabar sentado en el borde de la cama.

—Gracias por esto —dijo, soltando una bocanada de humo—. ¿Has traído el dinero?

Kepplar le lanzó el loro, que cayó en el regazo de Tünscher.

—¿Es una broma?

—Ábrelo.

Tünscher retorció el pájaro y después estiró de la cabeza hasta que se quedó con ella en las manos. Salieron disparadas las monedas de oro, que tintinearon y rodaron por el suelo de cemento. Tünscher se apoderó de un puñado y examinó las marcas distintivas.

—Dime dónde —insistió Kepplar.

La duda nubló el rostro de Tünscher.

—Burton me mintió sobre los diamantes. Tendría que haber sido un trabajo fácil, pero...

—Cole te trajo aquí con falsas promesas. La lealtad hacia él no debería ser algo difícil de traicionar.

—¿Qué le pasará?

—No soy yo quien lo decidirá.

—¿Morirá?

—No —mintió Kepplar. Suponía, esperaba, que Hochburg cumpliría su palabra y lo quemaría vivo como estuvo dispuesto a hacer durante la persecución en el Kongo. Disfrutaría del espectáculo cerca de su jefe y compartiría su broma sobre el papeleo—. Te he pagado, *Obersturmführer*, ahora dime dónde puedo encontrar a Cole.

Las palabras surgieron a borbotones de los labios partidos de Tünscher.

—El hospital. —Hizo rodar una moneda entre los dedos—. Mandritsara.

—¿Por qué diablos iba a querer ir allí? —se extrañó Kepplar. Conocía la fama de aquellas instalaciones.

—Pregúntaselo tú mismo cuando lo atrapes.

Mandritsara estaba a veinte minutos en helicóptero. ¿Debía informar primero a Hochburg o ir directamente al hospital? La alegría le cosquilleó el pecho, aunque no tanto como solía hacerlo tiempo atrás.

—¿Estaba la mujer con él? —preguntó Kepplar. Había vuelto a verla en la sinagoga, con sus sucias rodillas y sus greñas.

—¿Maddie? ¿También vas tras ella?

—Sí.

Tünscher se sintió repentinamente inseguro, disgustado.

—Cuando los encuentres, no les digas que fui yo quien se chivó. —Apagó el cigarrillo y se arrodilló para recoger las monedas desparramadas por el suelo. Alzó los ojos para mirar al otro—. ¿Qué te pasó en la oreja?

Kepplar movió la mano para tapársela, recordando la vergüenza de aquel día, pero finalmente la dejó caer.

—Me mordió una negra —replicó, riéndose—. Era muy joven, la muy puta. Unos doce o trece años.

Tünscher se unió a las risas.

—Quizá tenía hambre. ¿Qué hiciste?

—¿A ella? —La alegría se extendió por todo su cuerpo. No podía recordar la última vez que se había reído tanto—. Mi superior conoce el Viejo Testamento. «Ojo por ojo y diente por diente», suele decir. En el Kongo era la política oficial. La dejé vivir... pero nunca volverá a oír.

La respuesta provocó en Tünscher más carcajadas. Los dos terminaron muertos de risa.

Kepplar siguió desternillándose hasta que descargó toda la tensión acumulada y solo quedaron los espasmos de sus pulmones. Se sintió vacío, sórdido, y dio media vuelta para marcharse. No estaba seguro, pero creía que su aversión hacia la violencia había empezado tras el incidente con aquella chica.

—¿Y yo? —preguntó Tünscher, agotada también su risa.

—Ya tienes tu dinero.

—No puedes dejarme aquí.

—No es inteligente confiar en un hombre que acaba de traicionar a su mejor amigo.

Kepplar llamó a la puerta y le abrió un mozo de cuadra. Cuando salió y la cerraron tras él, volvió a hablar con Tünscher a través de los barrotes—. Suponiendo que encuentre a Cole en Mandritsara, volveré a por ti. Necesito una garantía de tu honradez.

—¿Y si no vuelves?

—Tendrás que confiar en mí. Me aseguraré de que nadie te tome por un judío —dijo Kepplar disfrutando del momento. Ya iba a marcharse cuando se detuvo y pasó entre los barrotes el guardapelo de Tünscher—. Ella no merece la pena. Nunca la merecen.

—Esta, sí.

Kepplar ya no lo escuchaba. Tenía que ir a la estación de radio, al hospital, y prepararlos para Cole.

54

Diego Suárez, 21 de abril, 04:15 horas

—¡Comandante Salois!

Salois reconoció la voz. Vio dos figuras emerger de su escondite entre las tuberías. Vestían de negro y sus rostros estaban manchados de petróleo. Las luces de mercurio les daban una tonalidad sobrenatural. Por un momento, tuvo la loca idea de que eran Grace y el sargento Denny, que habían sobrevivido a las explosiones de la playa y se reunían con él.

—No sabíamos si lo conseguirías —dijo Yaudin, jefe de la policía judía. Llevaba botas blandas y una boina negra, un viejo fusil colgaba de su hombro. Tras él iba uno de los guardias empuñando una guadaña.

Salois no pudo recordar la última vez que sonrió tan sinceramente. Tras los horrores que había presenciado, hasta las alegrías más fugaces le parecían una traición a los muertos.

De entre las tuberías surgió otro guardia y se unió a ellos. Aquellos hombres podían carecer de experiencia militar, pero juntos recuperaban la fuerza de su equipo original. Salois aflojó las correas de la mochila que llevaba por delante.

—Habéis acertado con la decisión —dijo.

—Creo que te equivocas, comandante. Hemos venido a detenerte —respondió Yaudin quitándose la gorra. Se había rapado la abundante melena negra.

—¿Qué?

—Después de quemar la sinagoga, los nazis eliminaron toda una manzana de la ciudad como advertencia —explicó con voz ronca, gutural—. Han enviado a todos los ancianos y los niños a la Reserva Sofía. Era gente que se creía a salvo en Antzu, que no quería participar en vuestra rebelión. Desde entonces, Globocnik ha ido apretando el nudo corredizo en nuestro cuello. Viniendo hacia aquí, hemos visto varios pueblos en llamas y muchos helicópteros de combate.

—Más razones para luchar.

—Piensa en la represalia que puede tomar Globus si vuelas Diego Suárez.

—Demasiado tarde —confesó Salois—. Los bombarderos ya estarán en camino, no puedo detenerlos.

—Ríndete y no lo lograrán. —La respuesta de Salois fue tan apasionada como exhausta. Estaba harto de tener que explicarles lo obvio a unos hombres que querían engañarse a sí mismos. O quizás es que una pequeña parte de él también dudaba—. Nuestra única esperanza es Estados Unidos.

—Si haces esto, comandante, lo único que encontrarán los norteamericanos serán nuestros huesos.

Salois alzó su fusil y los apuntó.

—Hazlo. Dispara —le retó Yaudin—. Alertarás a todos los centinelas de la base. Si nosotros no podemos detenerte, ellos lo harán.

—Entonces, moriréis conmigo.

—Probablemente. Pero mi familia tendrá una oportunidad. —Como Salois no respondió, Yaudin siguió hablando—. Tengo dos hijos y una hija. Una esposa y una madre. Tíos, tías, vecinos. —Hizo un gesto señalando a los dos guardias—. Todos los tenemos. Y ellos no merecen morir.

—Ya has visto mi piel. Ellos tampoco merecían morir.

Salois cargó contra Yaudin y el peso de las mochilas los arrastró al suelo. El jefe de los jupos intentó agarrarse a uno de los guardias mientras caían y los tres terminaron cayendo. Yaudin gruñó al quedarse sin aire por el peso del valón. Salois intentó ponerse en pie, pero un brazo del segundo guardia le rodeó la garganta y lo apartó de su jefe. Salois hincó los dientes en el brazo y le golpeó las piernas con toda la fuerza de sus talones. El jupo trastabilló y cayó sobre la vía férrea. Salois saltó sobre él con dificultad, ya que las mochilas amenazaban con desequilibrarlo, y le rompió la rodilla de una patada.

La quietud del patio se vio alterada por sus gritos.

Salois volvió a golpearlo con la culata de su fusil y lo dejó inconsciente. Corrió entre traviesas y vagones en dirección a la verja del perímetro. Miró atrás: Yaudin estaba en pie y lo apuntaba con la pistola.

Al principio creyó que había fallado el tiro, pero después se dio cuenta de que era una pistola lanzabengalas. El proyectil pasó por encima de él y estalló. Un pequeño sol naranja flotó un segundo sobre el patio y lo bañó de una luz cobriza y anaranjada tan intensa que alertaría a todos los guardias de la base.

Salois pegó la espalda a un vagón de ganado. El color blanco de su uniforme parecía brillar. En alguna parte un perro empezó a ladrar.

La bengala descendió lentamente. Salois pudo ver que su sombra proyectada en el suelo se alargaba a medida que el foco de luz iba cayendo. Los explosivos que llevaba en la mochila delantera parecían el vientre de una embarazada. Pasó por debajo del vagón y corrió a toda velocidad por terreno abierto hasta el siguiente, donde esperó a que volviera la oscuridad. Los focos se encendieron y barrieron el patio. Oyó pisadas enérgicas y a Yaudin animando al único guardia que lo acompañaba. Salois los dejó pasar antes de abandonar su escondite. Retrocedió a través de las separaciones entre vagones hasta encontrarse a la espalda del jefe de policía, que sostenía su fusil como si fuera un cazador. Se acercó a él sigilosamente y descargó la culata de su BK44 contra el cráneo del otro. Yaudin se desplomó.

Salois le dio media vuelta y volvió a empuñar su arma. Imaginó la voz de Cranley diciéndole: «Hazlo, está poniendo en peligro la misión.» Los párpados del jefe de policía aletearon como si intentara recuperarse de una pesadilla. Frieda le había dicho una vez: «La historia es una pesadilla de la que los judíos no pueden despertar.» Salois sintió que lo mismo podía aplicarse a su vida. Deseó que ella pudiera ver el hombre en el que se había convertido.

Bajó el fusil. No había ido a Madagaskar para matar judíos.

Salois arrastró el cuerpo gimiente de Yaudin bajo el vagón de ganado y lo ocultó tras las ruedas. En la Legión, cuando capturaban a un árabe que había escapado de las celdas, le cortaban el tendón de Aquiles para impedir nuevas fugas. Pensó en hacerle lo mismo a Yaudin, pero eso lo dejaría lisiado para siempre. Diego Suárez pronto estaría en llamas y en los meses siguientes todo el mundo sería necesario para seguir combatiendo. Cuando la rebelión se extendiera, los jupos no tendrían más remedio que unirse a la lucha.

Salois no vio rastro del otro guardia, y siguió su carrera hasta llegar a la cerca. Metió los dedos entre la alambrada, deteriorada por la acción del aire salado, y quedó deslumbrado por la luz.

Bajo él se encontraba la base naval de Diego Suárez.

La primera vez que la vio fue en 1943 cuando era un pionero, uno de los miles de hombres que llegaron a la isla creyendo que iban a construir un futuro para todos: casas, hospitales, escuelas... Pero pasó dos años esclavizado levantando fortificaciones. Cuando Salois se marchó, la base era un polígono de cemento y acero. Estaba dividida de forma natural por ensenadas, cada una de una extensión de varios kilómetros, como compartimentos de una caja de herramientas. Cruzando una de las ensenadas llegabas a Donnerbucht y a los submarinos del Grupo Monzón; al noroeste quedaba Weissfelsenbucht, la mayor y más profunda de las bahías, capaz de acomodar portaviones. Allí anclaban más de una docena de navíos. La base brillaba, daba la impresión de que habían encendido todas y cada una de las luces de Diego Suárez.

Salois empuñó el cuchillo de Madeleine y empezó a serrar la alambrada. Al otro lado de la misma, la pendiente llevaba hasta una segunda alambrada, y al muelle y las defensas antiaéreas que había ido a destruir: cuatro baterías de misiles que protegían el flanco sur de la base. De momento las ignoró, sus ojos estaban fijos en la península de Kap Diego y su pista de aterrizaje.

Allí podían verse alineados los cazas Me-362, con sus alas reflejando las luces. Sabía que en los hangares esperaban muchos más, de los que solo se veía el morro. Todos los aparatos permanecían silenciosos y vacíos.

El ataque del segundo equipo contra Mazunka había sido un éxito. La estación de radar estaba inutilizada.

Salois soltó un gruñido de satisfacción y se coló por el agujero abierto en la alambrada. «Nosotros haremos nuestro trabajo. El resto es cosa tuya», le había dicho Cranley por la radio.

Había llegado su hora.

55

Mandritsara, 21 de abril, 03:20 horas

—No tenemos por qué hacer esto.
—Entremos y salgamos mientras podamos —replicó Madeleine secamente.
—¿Cómo puedes decir eso? —Intentó volver a cogerle la mano—. No pueden haber sobrevivido, Maddie. No hay nada que podamos hacer.
—Son tus hijos.
—No ha sido culpa tuya.
—¿Eso es lo que piensas? ¿Que hago esto para no sentirme culpable? —Su tono era firme—. Están vivos, lo sé.
Burton negó tristemente con la cabeza.
—No es posible.
—¿Creías que yo estaba viva?
—Sí.
—Pero no lo sabías seguro; podía haberme pasado cualquier cosa. ¿Por qué viniste a buscarme?
—Creí... creí en ti.
—Lo mismo que pienso yo. Es algo más que una simple esperanza. Sé que están ahí abajo, Burton. Que están esperándome.
Abner intervino en la discusión.
—Dejad que vaya yo.
Estaban acuclillados entre la maleza al socaire de una colina. A su alrededor se extendía el bosque que rodeaba el hospital. Habían añadido nuevos eucaliptos a los árboles habituales; la mayoría de los nuevos ya habían arraigado, pero también podían verse otros más jóvenes sosteni-

dos por estacas. Burton planeó hacer lo mismo en la granja, reforzar el límite sur del prado con más árboles para conseguir más intimidad en la casa. No corría la brisa, y por culpa del calor húmedo tenían las caras empapadas de sudor. A través de los troncos se filtraban rayos de luz procedentes del hospital.

—Son nuestros hijos —dijo Madeleine—. Tú no deberías arriesgarte.

—Las posibilidades de que nos descubran son menores si solo va uno de nosotros —replicó Abner, arañando el suelo cubierto de hojas, sin atreverse a mirarla a los ojos—. Para compensar mi comportamiento anterior, Leni.

Burton creyó que también pretendía darles tiempo para estar a solas y se lo agradeció mentalmente. Desde que se reunieron, habían estado siempre con alguien más, sin oportunidad de hablar en privado de todo lo que necesitaban. La febril felicidad de las primeras horas había dado paso a la confusión y a los reproches. Pensó en la propuesta del hermano de Madeleine.

—Si me descubren, alejaos de aquí —añadió Abner.

—Llévatela —dijo Burton, ofreciéndole su Beretta.

Abner se negó a aceptarla.

—Buscaré una entrada. Si la encuentro, volveré. —Se arriesgó a mirar a su hermana—. Burton tiene razón, ¿sabes? Deberías salir de aquí mientras puedas. Todos deberíamos hacerlo.

Se marchó antes de que ella pudiera responder.

Lo vieron deslizarse por la pendiente y desaparecer entre los árboles, silenciando los insectos a su paso. Poco a poco los chasquidos y los zumbidos fueron retornando, envolviéndolos en una algarabía incesante. Más allá, a lo largo del valle, Burton sintió una creciente presión de movimientos y fuerzas invisibles, como le ocurrió en Dunquerque, cuando esperaban los tanques de Guderian. Según Abner, llegaba de la Reserva Sofía. Podían oír en la distancia el sonido de los helicópteros y algún pitido ocasional de un tren. Madeleine contempló el hospital a través de los árboles con los ojos brillantes, como si tuviera fiebre. Él deseaba tocarla, estrechar su cuerpo contra el suyo, sentir la calidez de su aliento.

—Nunca imaginé que nuestro reencuentro sería así —dijo finalmente.

—Yo tampoco.

—¿Cómo te lo imaginabas?

—Creía que habías muerto, Burton. Te lloré, pero luego intenté olvidarte. Era la única forma de sobrevivir.

De nuevo el silencio entre ellos.

—¿Comprendes por qué no quería venir aquí? —Procuró ser lo más amable posible—. Yo también quisiera salvarlos, pero creo que están muertos.

—Circulaban historias sobre que mantenían a la gente viva para experimentar con ella.

—Bien, supongamos que siguen vivos y supongamos que Abner encuentra una forma de entrar. No dejarán que nos los llevemos. Si nos descubren en el hospital, se acabó. —Le apretó cariñosamente la mano—. Todo lo que quiero es salir de esta isla y que vivamos juntos. Podemos tener más hijos.

Se dio cuenta inmediatamente de que acababa de decir una estupidez.

—¿Recuerdas nuestra última noche en la granja, cuando me hablaste de Hochburg? Ambos sabíamos que no debías ir al Kongo, pero me dijiste que la única forma de afrontar el futuro era dejar atrás el pasado. Por eso estoy aquí.

—Me equivocaba.

—Entonces, deja que me equivoque yo también.

Una vez más se impuso el silencio, hasta que ella añadió:

—Lo vi. Vi a Hochburg en Antzu. Es más calvo de lo que imaginaba. —Intercambiaron una incómoda sonrisa—. Intenté ajustar cuentas con él.

En el interior de Burton lucharon el orgullo y la vergüenza; y un calor que le nacía en el pecho ascendió hasta su garganta, ardiente como un vómito.

—¿Puede la vida ser siempre la misma? —Estaba anonadado por la profundidad del pesar de ella.

Madeleine no respondió inmediatamente. Se estremeció a pesar de la calidez de la noche.

—Hubo un tiempo en que pensé que nunca volvería a ser feliz. Pero nos conocimos, encontramos la granja e hicimos planes.

—Nunca podremos volver a aquel punto.

—Quiero vivir en las montañas o en el desierto, no importa, siempre que sea un lugar seco. Estoy harta de tanta exuberancia, de tanta humedad. Siento que hasta mis huesos están empapados.

Burton recordó la descripción que Patrick había hecho de su casa en Las Cruces, Nuevo México, del calcinante sol y de las distantes cumbres.

—Vayamos a América.

—Esa es una frase simbólica para los Vainillas. Aquí significa algo diferente.

—Conozco un lugar donde nadie nos encontrará.

—¿Exiliarnos?

—Volver a empezar. Un nuevo hogar.

En la mente de Burton se aglomeraron recuerdos al azar. Pensó en los primeros días de sus encuentros en la playa de Suffolk, cuando estaba desesperado por que Madeleine enlazara el brazo con el suyo y se apoyase en él. No lo movía el deseo, entonces no, sino la soledad, la urgencia de compartir una agradable intimidad con ella. Se dio cuenta de que ahora eran iguales, dos personas rotas que se habían recompuesto juntas pero que nunca volverían a ser tan fuertes como antes. Ambos necesitaban a alguien que conociera sus puntos débiles, las invisibles fisuras acumuladas con el paso de los años.

Madeleine temblaba más violentamente que antes, como si fuera incapaz de controlarse. Burton no sabía si era por el frío o por el miedo ante lo que les esperaba en el hospital. Se acercó más a ella, hasta que se tocaron los muslos. Le asaltó otro recuerdo.

—¿Te acuerdas de los pretzels que comíamos en el Tiergarten? —preguntó. Él casi podía olerlos—. ¿Y el algodón de azúcar? ¿Y las almendras recubiertas de miel?

—Calla. Estoy famélica.

Habían estado paseando por el Tiergarten, el parque más grande de Germania, situado entre el Gran Auditorio y el palacio del Führer. Exploraron las casetas que vendían tentempiés y vieron a los acróbatas y a los hombres de caras enrojecidas tocando la tuba. Los nervios fueron haciendo presa en Burton toda la tarde. Habían prometido hablar sobre su futuro —la eterna pregunta de los amantes: «¿y ahora qué?»—, pero ninguno de ellos se atrevía a abordar el tema. Burton ya estaba seguro de que aquello no era una simple aventura, pero no sabía si Madeleine estaría dispuesta a dejar a su marido.

Ahora, descansando entre los matorrales de Mandritsara, él experimentaba la misma sensación de incertidumbre que entonces. Pasó el brazo por los hombros de Madeleine; dudó un momento, pero terminó por acercarse lentamente. Ella ya no olía como él recordaba y su cuerpo era todo huesos, le daba la impresión de estar abrazando un saco con un esqueleto dentro. Sintió la amenaza de unas lágrimas que nunca llegaban al recordar la tensa, firme, excitante carne de su cuerpo. Ella se libró de su abrazo, cogió su brazo herido y recorrió las marcas con los dedos.

—Enséñame tu tatuaje —pidió Burton, queriendo ver sus cicatrices.

—No tengo ninguno.

—¿Por qué no?

—Cuando llegué, pasé muy deprisa por los trámites obligatorios. Creo que no le importaba a nadie. —Examinó los pliegues de piel donde terminaba su brazo—. ¿Me contarás algún día lo que te pasó?

Él intentó esconder el muñón.

—Alice me dijo que no te gustaría.

—Es un milagro que aún pueda tener todo el resto de ti —acarició la punta del muñón. Él nunca se había sentido tan desfigurado—. ¿Cómo estaba Elli?

—Te añoraba. Le prometí que te llevaría de vuelta con ella.

—¿Cómo vamos a poder alejarla de él?

Una vez más quiso decirle que era imposible, rescatar a Alice, salvar a los gemelos, pero no le quedaban fuerzas para hacerlo.

—No lo sé.

—El barco de Salois.

—Hay otras formas de salir de la isla.

—Cranley estará allí. Lo esperaremos. Lo mataremos.

—La venganza es vanidad —replicó Burton, recordando las palabras de su tía—. Mira dónde me ha conducido.

—Es la única forma. No soporto la idea de imaginarlo en Inglaterra, en su casa. Sano, salvo y próspero. Tenemos que impedirlo como sea.

Creyó que había perdido la razón, pero al mirarla a los ojos se dio cuenta de que estaba en sus cabales. Como lo estaba él cuando decidió ir al Kongo para matar a Hochburg. Su piel tenía un tinte cobrizo. Notó pequeñas arrugas alrededor de los ojos y de los labios que no estaban antes. Burton le había contado más cosas de su vida a ella que a cualquier otra persona, pero seguía habiendo experiencias sobre las que no le había contado nada. No tenía necesidad de repetir ahora y allí todas las crueldades que había presenciado. Comprendía que Madeleine había visto y vivido cosas que nunca compartiría. Eran más parecidos que nunca.

—¿Por qué sonríes? —preguntó ella.

Retiró el muñón de sus manos y lo pasó por su cintura, atrayéndola hacia él.

—Por el futuro.

La respiración de Madeleine era superficial, pero su rostro parecía relajado. Cayó en un sueño profundo, como si estuviera agotada por haber escalado una montaña. Burton repasó sus cejas con un dedo. Eran oscuras y densas, muy distintas de las líneas depiladas que recordaba. De las cejas, sus dedos pasaron a los mechones de pelo.

—Ahora tienes el corte de pelo de un soldado —susurró.

Su cabello era débil y quebradizo. No importaba cuánto daño hubiera sufrido Burton en el cuerpo, siempre se reponía en cuanto se iba de África. El aire de ese continente era nocivo y envenenaba a todo aquel que lo respiraba; creía que todas las enfermedades del mundo se concentraban en cada aliento.

Dejó que Madeleine durmiera hasta que la ansiedad hizo presa en él. La energía que le había transmitido el encuentro con Salois, un compañero legionario, se había agotado. El cielo mostraba los primeros signos del amanecer. Despertó a Madeleine con ternura. Ella abrió los ojos, le palpó la cara para convencerse de que no era un sueño y lo besó. Una ráfaga de viento se filtró entre los árboles y provocó que las hojas susurraran.

—Abner está tardando demasiado —dijo él.

—¿Y si lo han descubierto?

—Nos hubiéramos enterado.

—¿Qué hacemos?

—Echemos un vistazo.

Descendieron por el bosque siguiendo el mismo sendero de Abner hasta el límite de los árboles. Vieron una carretera y una verja que los separaba de los terrenos del hospital. En la cima de la colina más lejana se adivinaba un *Totenburg*. Sus cuatro columnas parecían vigilar el valle.

—No puede haber entrado por aquí —dijo Burton.

—¿Cómo lo sabes?

—Escucha. —En el aire flotaba un zumbido constante—. La verja está electrificada.

Volvieron de nuevo entre los árboles y siguieron la carretera hasta la entrada principal. Consistía en una puerta de hierro con un puesto de ametralladoras a cada lado y una garita, todo bien iluminado.

—¿Dónde están los centinelas? —susurró Madeleine.

La entrada estaba desierta.

Esperaron varios minutos por si aparecía alguien. Nada. Llegaba un débil olor a quemado desde la Reserva Sofía. El constante trasiego de helicópteros se había reducido a vuelos de reconocimiento intermitentes.

Burton empuñó su Beretta.

—Espérame aquí —dijo. Y corrió por la carretera, esperando que un foco lo iluminara en cualquier momento. Al aproximarse a la puerta redujo la velocidad, se irguió y caminó con la chulería de Tünscher. No se encontró con nadie. En la garita había un teléfono, que supuso conectado con el edificio principal. Descolgó el auricular y se lo llevó a la oreja. La línea parecía muerta. Pensó en lo que Patrick solía decir en situaciones similares: «Esto es raro de cojones.»

Madeleine apareció en la puerta.

—¿Algo?

Él negó con la cabeza.

—Quizás han evacuado el hospital por la rebelión.

La carretera seguía varios cientos de metros hasta la fachada del hospital. A medio camino había otra barrera. Torres de guardia con focos punteaban todo el perímetro de la ralla. Al lado del teléfono vieron algunas tazas esmaltadas. Burton cogió dos, se asomó a la ventana de la garita y las lanzó al aire.

Se estrellaron contra el suelo estrepitosamente. Los focos siguieron apagados.

Madeleine salió de la caseta y corrió hacia el hospital. Burton la siguió.

—Los gemelos podrían estar ahí —dijo llena de entusiasmo—. A lo mejor podemos cogerlos y marcharnos antes de que nadie se entere.

—Pero ¿dónde está Abner?

En vez de responder, ella aceleró la carrera. Burton hizo lo mismo y se situó delante. Un gesto inútil, ya que podían atacarlos desde cualquier parte.

El hospital estaba construido con bloques de piedra de color rojizo, extraídos de una cantera local. Consistía en un edificio central de dos pisos con un techo de estilo pagoda, sostenido por columnas de ladrillos. Tras él se veían docenas de otros edificios conectados por pasajes cubiertos, como si el complejo hubiera ido creciendo sin un diseño preconcebido. La parte superior de unas palmeras sobresalían de algunos tejados, lo que indicaba que había patios interiores. Burton supuso que aquel lugar era considerablemente mayor de lo que parecía desde el lugar donde se encontraban. En la parte trasera del complejo destacaban una antena de radio y un par de chimeneas.

—¿Recuerdas algo de esto? —le preguntó a Madeleine.

—No. Me trajeron en helicóptero. Cuando me sacaron, ya nada me importaba.

Aparcado frente a la entrada encontraron un Mercedes Geländewagen sin chófer. Burton miró el interior. Tenía espacio para seis pasajeros y en la parte trasera había una cuna vacía.

Las luces eran el único indicio de que el edificio no estaba abandonado. Llegaron a la puerta principal y Burton le quitó el seguro a la Beretta. Deseó más que nunca tener la familiar empuñadura de su Browning, que era tanto su amuleto como su arma. Abrió la puerta poco a poco con el pie y entraron en el vestíbulo, un espacio que servía de esclusa para mantener el fresco ambiente del interior resguardado del calor exterior. Allí había una oficina donde el personal y los visitantes firmaban entradas y salidas, y el obligatorio retrato de Himmler. Enfrente tenían un par de puertas dobles.

Madeleine las empujó. Se movieron unos centímetros, pero entonces se bloquearon. Volvió a intentar abrir las puertas pero no tenía la fuerza suficiente. Burton arrimó el hombro y entre ambos consiguieron moverlas lo suficiente como para que él pudiera deslizarse al interior.

—¿Ves algo? —preguntó Madeleine.

Burton se encontró en un largo pasillo blanco. Un mazazo de refrigeración. Contuvo la respiración. La entrada estaba bloqueada por un montón de cadáveres. Doctores, enfermeras y guardias, apilados unos encima de otros, todos agarrándose la garganta con las manos.

56

El aire frío olía a antiséptico, un olor que le era familiar por su anterior estancia. Madeleine se sintió intimidada por el miedo y la sensación de pérdida. Se abrazó el vientre de forma inconsciente. Las luces parpadeaban como si la energía estuviera siendo redirigida hacia alguna otra parte.

Burton se arrodilló junto a los cadáveres.

—Hace tiempo que murieron —dijo, levantando el brazo de un médico. Se estremeció al tocarlo.

—Fueron gaseados —dijo ella.

—¿Cómo lo sabes?

Madeleine señaló algo tras él. En el suelo se veían dos máscaras antigas que parecían dos cabezas cortadas. Ella las recogió.

—Una para cada uno, como si nos estuvieran esperando —señaló Burton. Soltó el brazo del médico, que se mantuvo rígido en su posición. Un medio saludo al Führer—. Deberíamos irnos ahora que todavía podemos.

—Hemos llegado demasiado lejos para eso.

—Este lugar es una tumba.

Ella se negó a someterse al miedo.

—Eran pequeños paquetes de piel, sonrosados y perfectos, Burton, deseosos de vivir. Éramos tú y yo.

—¿Adónde se los llevaron?

—No lo sé. Después del parto, no volví a verlos.

Siguieron por el pasillo y miraron en cada habitación ante la que pasaban; las botas chirriaban sobre el suelo de linóleo. Aquel nivel estaba casi enteramente dedicado a oficinas y almacenes llenos de vitrinas.

Una de las puertas daba a un dispensario. Encontraron más cadáveres de médicos, enfermeras y *Blutsschwestern*, abandonados allí donde habían caído, con la boca rodeada de espuma y saliva. Madeleine y Burton llevaban la máscara colgada de la cintura; no se la habían puesto, excepto un momento en que Burton creyó detectar un ligero olor a cloro. El aire mantenía un regusto a sintético.

Mientras buscaban por toda la planta, Madeleine recordó la época en la que trabajó de sirvienta en Londres. Un fin de semana que los señores no se encontraban en casa, se dedicó a explorarla. Era un mausoleo. Fue de habitación en habitación, buscando algo que ni siquiera sabía lo que era. Años después acudió con Jared a una fiesta que se celebraba en aquella misma casa. Si la familia se acordaba de ella, no lo demostró.

En las paredes podían verse carteles y flechas que señalizaban diversas partes del complejo, pero todo estaba descrito con números y acrónimos. Madeleine no tenía mucha idea de las diversas secciones del hospital, ya que siempre la habían mantenido confinada o drogada; y siempre la transportaban en camilla por pasillos infinitos, apenas consciente de otra cosa que no fueran las luces del techo que pasaban sobre ella.

Se detuvieron al llegar a la escalera principal. El edificio seguía completamente silencioso, aparte del ruido del aire acondicionado. La ropa de Madeleine estaba húmeda por la lluvia y el frío se iba apoderando lentamente de ella.

—El gas pesa más que el aire —observó Burton—, así que primero iremos al piso superior.

Más pasillos, más habitaciones distribuidas en un cuadrángulo. Y la primera señal de que estaban en un hospital: descubrieron filas de camas vacías y un quirófano. Madeleine no encontró la sala donde había dado a luz ni la habitación de paredes amarillas donde la mantuvieron prisionera después, mientras el médico con la sonrisa de escorpión le realizaba innumerables pruebas. No encontraron una sección de pediatría ni pistas de dónde podían encontrarse los gemelos. Tampoco ningún rastro de Abner. Daba la impresión de que hubieran esterilizado todo el complejo.

—Quizá... quizá me equivoqué —confesó Madeleine cuando acabaron de recorrer toda la planta. Su voz reverberaba en el recinto, lo que obligaba a Burton a hacerle señas de que bajase el tono. Sus dedos estaban blancos de tanto apretar la pistola—. Estaba loca de dolor, no era muy consciente de lo que me rodeaba. ¿Y si se trataba de otro hospital?

Burton se acercó a un ventanal y contempló el conjunto del recinto.

En la distancia podía distinguir las escasas y dispersas luces de la Reserva Sofía.

—Queda mucho por registrar.

Regresaron a la planta principal. Burton hizo una pausa en los escalones y se puso la máscara antigás antes de seguir descendiendo. Madeleine también se colocó la suya, y su respiración se volvió pesada y ruidosa. Tuvieron que bajar dos tramos de escalera para llegar al sótano. Allí las luces eran más débiles y el pasillo parecía el de un búnker. Se extendía varias decenas de metros, con puertas a ambos lados situadas a intervalos regulares. A medio camino encontraron otro cadáver en el suelo.

—Esto debe de llevar a uno de los edificios anexos —dijo Burton, casi ininteligible a causa de la máscara.

Cada uno se encargó de revisar las puertas de un lado del pasillo. Las abrían y cerraban rápidamente en previsión de que contuvieran gas. El clic clic de los pomos resonaba por todo el pasillo, pero Madeleine estaba casi convencida de que los gemelos no podían encontrarse allí. Era una zona de almacenaje, las puertas no ocultaban más que montones de papeleo. Burton avanzaba más rápido que Madeleine. Ella quiso decirle que bajara un poco el ritmo para estar seguros de que no se dejaban nada por revisar. Si encontraba alguna cerrada, apoyaba la oreja en ella por si captaba el llanto de un bebé, pero solo se encontraba con el silencio. Los visores de su máscara de gas estaban empañándose.

De pronto fue consciente de que Burton ya no se movía.

Estaba frente a una puerta abierta y miraba el interior. Un momento después retrocedió lentamente, como si se hubiera topado con un animal peligroso. De la habitación surgía una luz verdosa que iluminaba el pasillo.

Madeleine corrió hacia él.

—¿Qué has encontrado?

Se fijó en que la cerradura del cuarto había sido forzada. Él le respondió despacio, con voz entrecortada, barrándole el paso con el muñón.

—No entres ahí.

Ella dudó, pero terminó apartándolo y entrando.

No había ventanas, la sala no disponía de luz natural, solo eléctrica, y el zumbido parecía más nauseabundo que nunca. Un fulgor verde jade de apariencia biliosa ondeaba por el techo, aunque Madeleine no podía determinar su fuente. Entonces vio dos tanques llenos de un líquido turbio. Era una sala pequeña, con no más de veinte camas reunidas por parejas. Lo significativo de ese detalle le impactó. La mitad de las camas estaban ocupadas.

Oyó tras ella los resoplidos mecánicos de la respiración de Burton a través de su máscara.

—No hace falta que veas esto —dijo él—. Sal, ya lo revisaré yo.

Madeleine siguió entrando en la sala, mirando las camas e ignorándolas al mismo tiempo, hasta que se detuvo. En el colchón que tenía ante ella yacían dos chicas, gemelas idénticas, de la misma edad que Alice. Estaban desnudas, abrazadas, con los miembros entrelazados y el cabello dorado desparramado sobre las sábanas. Tocó con la punta de los dedos el pie más cercano de una de ellas: estaba helado.

—Pobres niñas —dijo.

La mano de Burton se apoyó en su hombro.

—El efecto del gas debió de ser instantáneo.

Por primera vez Madeleine se dio cuenta de que la sala era más amplia de lo que pensaba, ya que unas cortinas verdes la dividían en dos. Estaban corridas, pero en algún momento alguien las había cruzado descuidadamente y una había quedado doblada. Se deslizó por la abertura y entró en un espacio que contenía seis cunas. Los listones de madera de los lados eran demasiado altos para poder mirar por encima y tuvo que mirar entre ellos. La luz verdosa seguía ondeando sobre su cabeza.

Madeleine sintió que el corazón se le subía a la garganta y sus latidos le retumbaban en los oídos. Sus entrañas parecían haberse licuado.

Todas las cunas estaban vacías.

El alivio fue tal que de su máscara surgió una bocanada de aire, casi una carcajada. Y tras el alivio llegó la duda. Madeleine sintió una sensación de vértigo que amenazaba con hacer que se desmayara. Colgando de cada cuna había una tablilla con notas médicas: dos columnas de números y observaciones comparando el espécimen A con el B. Sobre las columnas, una fecha. Una de ellas le atrapó la mirada.

Dio un paso adelante para poder leerla bien y se quitó la máscara antigás.

Fecha de nacimiento: 7 de febrero de 1953.

El día que la habían trasladado de Antzu a Mandritsara.

Se apoderó del papel y leyó los detalles.

Madre: Austro-alemana/británica.

Edad: 37 años.

Salud: Categoría B.

Grupo sanguíneo...

Metió la mano en la cuna y creyó palpar un pequeño hundimiento doble en el colchón. En cuanto los dedos lo tocaron, la forma se arrugó y desapareció.

—¿Dónde están? —preguntó. Las lágrimas brotaron de sus ojos—. ¿Dónde se los han llevado? —Ellos. Ellas. Sus bebés seguían sin tener sexo ni nombre. Burton estiró el brazo hacia Madeleine, pero ella lo rechazó—. ¿Qué han hecho con ellos?

Gritaba. Gritaba como gritó aquella noche en la sala de maternidad.

Burton tuvo que luchar para calmarla. Su rostro quedaba oculto tras la máscara: negro, alienígena, amenazador. No lograba callarla. Rugió todavía más fuerte, liberando el cúmulo de dolor, de agotamiento y de todo lo que había soportado en los últimos meses. Sentía que le habían arrancado su corazón a pedazos.

—Por favor, Maddie... rogó Burton.

Le tapó la boca y ella le mordió. Saboreó la sangre caliente y salada. Gruñó y lo golpeó, y solo cuando ya era demasiado tarde fue consciente del sonido.

La histeria que se había apoderado de Madeleine fue cediendo a medida que se alejaban de las cunas. Ella parpadeó desconcertada como si acabara de despertarse.

Del pasillo les llegó el sonido de pisadas.

Burton abrió las cortinas y apuntó la Beretta hacia la puerta, goteando sangre por la muñeca mordida. La náusea y el fracaso lo atenazaban. Le deprimía la casi total seguridad de que seguramente nunca conocería a los gemelos, porque se los habían llevado Dios sabía dónde o porque habían ido directamente al crematorio.

En aquel momento solo tenía una idea en la cabeza: salir de allí lo antes posible. Si tenía que arrastrar a Madeleine, lo haría.

La puerta se abrió.

—Os estaba buscando —dijo Abner, irrumpiendo en la sala con las mejillas encendidas—. Los he encontrado.

Madeleine se adelantó a Burton.

—¿A mis bebés?

—Eso creo. —Miró a su alrededor con repulsión—. Unos gemelos. Unas cositas adorables.

—¿Están vivos?

Abner salió corriendo de la sala con Madeleine a su lado. Burton los siguió.

Llegaron al final del pasillo a través de una serie de puertas basculantes, que dieron paso a otro pasillo idéntico. A medio camino había una escalera. Abner corrió por ella a la planta baja y hasta otra puerta. Estaba entreabierta y una luz amarillenta surgía de su interior.

—Están ahí —dijo Abner ansioso.

Madeleine lo empujó para entrar, seguida de Burton. El aire era cálido y olía a ácido tartárico. Solo tuvo tiempo de ver máscaras de gas dispersas por una mesa y un montón de contenedores abiertos.

Algo golpeó el cráneo de Burton.

Se tambaleó y su visión se tornó borrosa, pero pudo sentir cómo un círculo de metal le presionaba la sien. La pistola estaba amartillada. Reconoció el clic del percutor al instante, tan familiar como el saludo de un viejo amigo. Era el sonido de una pistola que conocía muy bien.

57

Palacio del gobernador, Tana, 21 de abril, 02:20 horas

—Gracias por venir a una hora tan tardía.

Los ojos de Nightingale estudiaron la sala. Tenía el pelo alborotado y su antes inmaculada barbilla ya mostraba rastros azulados de una barba incipiente, pese a estar envuelto en una nube de loción para después del afeitado.

—¿Dónde está el gobernador Globocnik? —preguntó.

Hochburg había ocupado el despacho de Globus y estaba sentado en su sillón. La superficie de la mesa quedaba oculta bajo un maremágnum de despachos que Hochburg había estado firmando durante la pasada hora. Bajo su firma, añadía: *«per pro Der Reichsführer-SS»*. El exterior de la sala era una cacofonía de gritos y de teléfonos sonando, a la que se sumaba el constante teclear de las máquinas de escribir. Hochburg había reclutado a todos los hombres leales a las SS, no a Globus. Sentado en un rincón tras él se hallaba Feuerstein, con un plato lleno de migajas de pastel en el regazo. Miraba fascinado las fotografías que colgaban de las paredes: Globocnik y el Führer, Globocnik y Himmler, Globocnik y Heydrich, Globocnik y una miríada de otros dirigentes del partido. Las escenas era una mezcla de fotos oficiales y otras informales: cenas, partidas de caza, los Juegos Olímpicos de Garmisch-Partenkirchen... Hochburg las había definido como «una galería de leones, los complacientes y los ladrones».

Invitó a Nightingale a sentarse.

—Globus ha ido en helicóptero a la presa Sofía. Yo iré dentro de poco... para arrestarlo. Pero, primero, quería hablar con usted. —Vertió café en dos tazas—. ¿Quiere también un trozo de pastel?

Antes había ido hasta la cocina, donde encontró un pastel con velas de cumpleaños y la forma de Ostmark. Cortó un trozo para el enviado norteamericano. Nightingale hizo caso omiso.

—He oído su transmisión, *Oberstgruppenführer*, pero es demasiado tarde.

—¿Qué quiere decir?

—Tomé precauciones por si se producían nuevas salvajadas, piense que mi deber es mantener a Washington informado. Saben que la sinagoga ha ardido y conocen los transportes masivos de judíos a las reservas. He visto los trenes desde mi ventana. —Enumeró otras denuncias hasta que Hochburg lo detuvo—. Solo estoy exponiendo la situación. El presidente Taft ha sufrido muchas presiones del Comité Judío Norteamericano y mi Gobierno ha decidido enviar el *USS Yorktown* a Madagaskar.

—¿El *Yorktown*?

—Un portaviones con sesenta aviones a bordo. Más los navíos de apoyo.

Hochburg digirió la información. El barco norteamericano no pasaba de ser un engorro para la flota de Diego Suárez, pero el peligro estaba en su proximidad. Se podían cometer errores, como el derribo accidental de un avión de combate o un torpedo disparado sin órdenes, y si se cometían, los acontecimientos podían desmandarse más allá de lo razonable.

—Contacte con su Gobierno —le dijo a Nightingale—. Dígales que me he hecho con el control.

—Cortaron mis comunicaciones poco después de recibir el mensaje del envío del *Yorktown*.

—Pronto descubrirá que han sido restablecidas. Ambos creemos en la neutralidad de su país. Dígale a Washington que su intervención no es necesaria.

El enviado negó con la cabeza.

—Solo usted puede detener este problema, *Oberstgruppenführer*. —Le dio un sorbo a su café—. Si restaura el orden en la isla, cierra las reservas y termina con las matanzas, no tendremos necesidad de que nuestros barcos lleguen hasta la isla. Volverán a casa.

—Sigue habiendo una rebelión. No puedo controlar a todos los hombres que están combatiendo.

—Mientras no se cometan mayores atrocidades, por nosotros puede encargarse de los rebeldes.

Hochburg ocultó una sonrisa: la eterna conveniencia de la diplomacia.

—Los judíos tienen mi protección —dijo con sinceridad.

—¿Puedo confiar en usted?

—Usted mismo lo dijo en la presa, *Herr* Nightingale. Mis tropas en el Kongo no se sentirían contentas con una intervención norteamericana. Salvaguardar a mi ejército es proteger a los infortunados habitantes de esta isla.

—¿Es la política oficial?

Hochburg había cortado todas las líneas de comunicación con Germania.

—Tengo las bendiciones del Führer. Él comprende lo importante que es la paz para toda África.

—Pax Germanica.

—No hay otra.

Nightingale se acabó el café y se levantó de la silla.

—Rezo por que tenga razón. No deseo fallarle a mi país, *Oberstgruppenführer*.

—Nadie lo desea.

Se estrecharon las manos y Nightingale prometió transmitir las garantías de Hochburg a sus superiores. Antes de marcharse, hizo una pausa en la puerta.

—Cuando todo esto acabe, la situación de la isla debería volver a ser la de hace cinco años. Eso tranquilizará a los judíos de mi país. El plan original para Madagaskar era algo con lo que todos nos sentíamos cómodos.

Tras irse el enviado, Hochburg le pasó el pastel a Feuerstein, que aceptó encantado. Su cara seguía manchada y sucia a pesar del ofrecimiento de Hochburg de agua y una toalla.

—En los tiempos de la *mered* —dijo entre bocados—, estábamos convencidos de que Estados Unidos nos salvaría.

—Fue un norteamericano quien me llevó hasta tu arma. Ellos la quieren como un seguro contra esta isla.

—¿Para defendernos o para defenderse ellos mismos?

—Eso es muy cínico, doctor. ¿Crees que ellos pueden construirla?

—Nightingale es su respuesta —replicó Feuerstein.

Hochburg cortó un trozo de pastel para él con el cuchillo de Burton. Esa era otra razón para rebajar la tensión en Madagaskar, reiniciar el reloj tal como había sugerido Nightingale. Si la isla se mantenía estable, Estados Unidos tendría menos razón para desarrollar la nueva arma. Se reclinó en el sillón y mordió el pastel: alimento para la larga noche que le esperaba. Limpió el cuchillo y volvió a guardárselo en la guerrera.

Apareció un ayudante:

—Sus Valkirias están reaprovisionados y plenamente armados, *Oberstgruppenführer*.

Hochburg se puso en pie y le indicó a Feuerstein que hiciera lo mismo.

—Nos vamos inmediatamente.

El ayudante dio un taconazo y se marchó, cruzándose con Kepplar. El rostro del *Brigadeführer* parecía ceniciento en comparación con su uniforme. La pintura se había secado y cuarteado.

Hochburg suspiró.

—Te presentas con las manos vacías. Como siempre.

Vio que su ayudante luchaba por tragarse unas lágrimas de vergüenza, pero había algo más en él, algo que Hochburg no había visto nunca, un destello de resentimiento. Y no pensaba tolerar algo así.

—Sé dónde están Cole y la mujer —anunció Kepplar.

—Entonces, ¿por qué no me los has traído?

—Después de tanto tiempo, *Herr Oberst*, he creído que el placer debe ser suyo. —Titubeó un instante, antes de hundirse como un corredor tras una larga carrera—. Estaba a veinte minutos de ellos y pensé en ir personalmente, pero era demasiado riesgo. Si volvía a fallar...

Hochburg lo miró con lástima.

—¿Tanto significa para ti?

—No quiero que vuelva a enviarme a Roscherhafen. O a Germania. Todo lo que deseo es servirle.

—¿Dónde están?

—En el hospital. En Mandritsara.

La devoción de Kepplar era enternecedora, como lo era la de *Fenris*. Le esperaban años muy difíciles. El sentimiento era un lujo para las futuras generaciones. No le había llevado el corazón de Burton, pero al menos sí su localización. Quizá todavía podría serle útil en Muspel, vigilando a Feuerstein.

—Mandritsara. ¿Estás seguro?

—Me juego la vida, Walter.

Una sonrisa helada curvó los labios de Hochburg.

—Y por la pira de la Schädelplatz ambos sabemos lo mucho que la valoras, ¿verdad? —Buscó bajo la mesa y le lanzó un paquete a Kepplar—. Puede que necesite algunos retoques, pero de momento bastará.

Kepplar abrió el paquete y vio un uniforme negro. Sus ojos brillaron.

—¿Puedo ponérmelo ya?

Hochburg había encontrado un par de esposas. Llamó a Feuerstein y encadenó su muñeca a una de las del judío.

—No pienso perderte de vista.
—¿Y mis colegas?
—Están a salvo y seguros.

Tras su excursión a la cocina, Hochburg había pasado por el cine privado de Globus. Contaba con cuarenta sillas plegables y un buen montón de latas de celuloide: pornografía japonesa, algunas comedias de Heinz Rühmann y dibujos animados de Disney. Había dejado a los científicos con mucha comida viendo *Dumbo* y les había ordenado a los guardias que no los molestaran.

Hochburg se volvió hacia Kepplar.

—Cuando tenga a Burton, volveré a nombrarte *Gruppenführer*. Yo iré al hospital, tú ve a la presa Sofía.

—Déjeme ir con usted —le pidió, quitándose la guerrera y esparciendo por el suelo motas de colores.

—Tu tarea es demasiado importante para que se la confíe a nadie más. Ve a la presa y detén a Globus. Redímete.

Kepplar bajó la cabeza como si hiciera una reverencia y se enfundó el prístino uniforme negro.

La atmósfera era toda truenos, viento y combustible de aviación. Las luces rojas y blancas alumbraban la pista de aterrizaje. Dos Valkirias esperaban permiso para despegar junto a dos helicópteros más, transportes llenos de soldados.

Hochburg caminó hacia el Valkiria más cercano, tirando de Feuerstein. Tras ellos iba Kepplar orgulloso de su nuevo uniforme, aunque con los fondillos caídos. Fingía que no le importaba, pero Hochburg lo había pillado subiéndose el pantalón cuando creía que nadie lo miraba.

—El otro Valkiria es para ti —dijo Hochburg—. Uno de los transportes de tropas te acompañará. Haz lo que puedas para coger a Globocnik vivo y tráemelo aquí. Antes de que dejes la presa, y esto es importante, Derbus, comprueba que las compuertas de desagüe no se pueden abrir ni alterar. Si Globus intenta inundar la reserva, mi pacto con los norteamericanos quedará en nada.

—¿Y usted, *Herr Oberstgruppenführer*?

Él dudó, preguntándose si no sería mejor arrestar a Globus en persona, pero no podía volver a perder a Burton. En aquellos momentos tenía todo un banquete de venganzas donde escoger.

—Volveré con el joven Burtchen. Y luego nos iremos al Kongo.

El helicóptero de Kepplar despegó primero. Hochburg estuvo siguiéndolo con la vista hasta que sus luces se perdieron en la oscuridad. Se estaban agrupando bancos de nubes, manchas de carbón contra la noche, y el viento refrescaba. Segundos después, Hochburg sintió una sacudida mientras su aparato ascendía. Feuerstein iba apretujado en el mismo asiento que él, mirando hacia abajo, hacia el palacio que se alejaba.

—Un avión por la mañana y un helicóptero por la tarde, *Herr* doctor. Para un hombre que nunca había volado, hoy es un día para recordar.

El físico se tapó la boca, convencido de que iba a vomitar.

58

Hospital de Mandritsara, 21 de abril, 04:45 horas

—Es importante que veas esto —dijo Cranley.

Hablaba de forma fría, desapasionada, pero sus ojos brillaban llenos de malicia. Iba vestido con un traje de faena oscuro y blandía una pistola con la empuñadura de marfil tallado. Madeleine reconoció el arma de Burton, y recordó las veces que le había reñido por no ocultarla cuando Alice visitaba la granja.

Burton estaba de rodillas ante su marido, con el cuello dolorido por el golpe y la nuca llena de sangre apelmazada. Un soldado situado tras él lo vigilaba y otro sujetaba a Madeleine. Tenía las muñecas atadas y se le estaban entumeciendo los dedos. Los soldados también habían intentado atar las de Burton, pero se rindieron al ver que le faltaba una mano.

—¿Estás mirando? —preguntó Cranley.

Su voz transmitía una mezcla de emociones: autocontrol forzado, rabia, necesidad de alardear. Madeleine se fijó en lo cuidadosamente peinado que llevaba el pelo. Agitaba la pistola frente a la cara de Burton.

El golpe lo pilló por sorpresa. Burton cayó al suelo murmurando amenazas y dejó una brillante mancha de sangre allí donde su cara chocó contra el suelo. El soldado tiró de él para ponerlo arrodillado. En la mejilla de Burton apareció un tajo. Madeleine lo había visto machacarse el pulgar con la maquinaria de la granja, pero nunca sangrar. Un escalofrío le atenazó el estómago.

Cranley se guardó la pistola en la cintura, antes de lanzar un puñetazo contra la nariz de Burton. Y luego otro. Y otro más. Los nudillos se le empaparon de sangre.

Madeleine luchó por liberarse del soldado que la retenía dando codazos y patadas, pero las manos del hombre parecían ganchos de carnicero. Abner se mantenía apartado, silencioso y avergonzado, esquivando en todo momento las miradas de su hermana.

Cranley paseó orgulloso frente a Burton.

—Vamos por el segundo botón —dijo.

Burton se había abrochado la guerrera por el frío del hospital, y el segundo botón le quedaba a la altura de la base de la garganta. El puñetazo de Cranley fue preciso y los nudillos clavaron el botón en su esófago. Burton cayó al suelo tosiendo y ahogándose.

Madeleine no pudo soportarlo más, bajó la cabeza y cerró los ojos.

—Te he dicho que mires.

Ella no tenía suficiente pelo como para que el guardia pudiera tirar de él, así que la sujetó por las orejas para hacerle levantar la cabeza; sus dedos buscaron las pestañas de la mujer para que abriera los párpados. Cranley llenó su campo de visión. Tenía una expresión concentrada, casi suplicante, que asoció con el dormitorio durante los primeros meses de su matrimonio.

Por primera vez reparó en el aspecto correoso de su piel a causa de las quemaduras. Le sentaba bien, parecía completar su rostro.

—Sigue mirando —le ordenó—. No tienes mucho más que hacer.

Se alejó de ella y propinó un último puñetazo al esternón de Burton. A Madeleine se le escapó un grito de horror. Burton gruñó y se quejó como si le hubiera roto el hueso. Esta vez el soldado no se molestó en levantarlo.

Cranley se inclinó sobre él y le clavó una jeringuilla. Madeleine volvió a forcejear con el soldado que la inmovilizaba.

—¿Qué le estás haciendo?

—Es un nuevo tipo de epinefrina desarrollada por los alemanes. Mientras os esperaba, encontré algunos viales en el dispensario. Tienen la selección de drogas más extraordinaria que he visto en mi vida. La utilizan en los interrogatorios para levantar al prisionero y poder hacerle más preguntas. No hay honor en torturar a un hombre inconsciente. —Retiró la aguja—. En unos cuantos minutos, estará con los ojos como platos.

Habían apartado todo el mobiliario de la sala, excepto una larga mesa que seguía en el centro. Cranley se apoyó en ella, un gesto que le había visto muchas veces a lo largo de los años. Contra las paredes podían verse mesitas con microscopios, una unidad refrigerada llena de viales y varias centrifugadoras. También había montones de grapadoras e instrumentos ortopédicos que parecían retorcidos huesos negros y varias baterías de productos químicos. En un rincón había un esqueleto de tamaño natural al que habían puesto de cara a la pared, como si no quisieran que viera lo que allí iba a suceder.

Madeleine se enfrentó a su hermano. Tenía las mejillas coloradas como si alguien lo hubiera abofeteado.

—¿Tú has hecho esto? ¿Tú los has traído hasta nosotros?

Cranley respondió por él.

—Mis agentes han estado enviando suministros a los Vainillas desde hace años. Tardamos un poco, pero al final pudimos rastrearlo hasta aquí.

—Tu marido quiere ayudarte, Leni.

—Niño idiota —replicó ella.

—Él es nuestra única oportunidad.

—Estúpido de los cojones niño idiota.

—Salvó a mamá y a Leah.

Eso le recordó algo.

—Dijiste que estaban en Zimety.

—No podía decirte la verdad. Están en Sudáfrica, esperándonos. El coronel Cranley lo arregló todo.

Madeleine estaba mareada.

El coronel Cranley, agentes, Sudáfrica... «¿Quién es realmente el hombre con el que me casé?» —Madeleine intentó ordenar sus pensamientos.

—Miente.

—Los vi partir.

—Pero no los viste llegar. No se puede sacar a la gente de esta isla.

—En realidad, sí se puede —intervino Cranley—. Hemos estado haciéndolo desde que cayó en poder de los nazis. Nosotros, el CONE, incluso los norteamericanos. Las SS tienen un programa secreto de intercambio de rehenes.

—¿Por qué?

—Escarba en la mierda y siempre encontrarás algunas joyas. Los judíos que no creían que a ellos fueran a embarcarlos o que pensaban que podían comenzar una nueva vida. Llegaron con muchas posesiones valiosas. ¿Te acuerdas del Renoir que vimos?

Fue durante una visita a la National Gallery. Alice estaba entusiasmada primero y aburrida después, y Jared extrañamente animado. Ella se preguntó el motivo, ya que a ninguno de los dos les interesaba mucho el arte. Hicieron cola para echarle un vistazo a la nueva exposición, cuya procedencia era un misterio. Después tomaron un café en Fortnum's.

Durante toda la tarde Madeleine había fingido ser feliz, hasta que su eterna sonrisa hizo que le dolieran los músculos de la cara. Ansiaba el día en que Burton y ella pudieran pasear juntos como una familia.

Cranley continuó, jactándose de sus palabras.

—Lo compramos para el país y le ofrecimos a sus anteriores propietarios un billete de salida. Ahora viven en Brasil. Hice lo mismo con tu madre y tu hermana. —Su sonrisa era escalofriante—. Recompensamos espléndidamente al gobernador Globocnik, para él solo significó unos cuantos judíos menos de los que preocuparse.

Madeleine centró su atención en Abner.

—No entiendes lo que has hecho.

—Mamá estaba enferma y Leah no podía ocuparse de ella —replicó, ansioso por que le creyera—. Papá y Samuel se habían ido a América...

—Déjate de estúpidos eufemismos.

—Hice todo lo que pude.

—¿Por quién? —exigió Madeleine.

—Por la familia.

—¿Y Burton?

—Burton no es asunto mío —aseguró Abner, incómodo.

—Después de todo lo que te conté.

—No lo conozco.

—Es el hombre que amo. Mira lo que le están haciendo. Van a matarlo.

—El coronel Cranley nunca me dijo lo que pensaban hacer con él. Se supone que no debería estar aquí.

—¿Y yo? ¿Cómo encajo yo en todo esto?

—Tú vas a volver a Inglaterra. Volverás a tu antigua vida.

Ella no pudo evitar reírse, pero Cranley lo confirmó asintiendo.

—Voy a llevarte a casa, Madeleine.

Otra risotada, mezcla de incredulidad y desprecio... hasta que se dio cuenta de que hablaba en serio. Cranley le hizo un gesto al soldado que se encontraba tras Burton.

—La epinefrina ya debe de haber hecho efecto. Levántalo.

El soldado puso a Burton de rodillas y lo sacudió para que espabilara. Él parpadeó y abrió los ojos, las pupilas artificialmente grandes y alertas, la sanguinolenta saliva colgándole de la barbilla. Madeleine quería limpiarle la cara, salvarlo de Cranley, pero el soldado tras ella la retenía implacable.

Burton contempló a Cranley. La barbilla le colgaba floja y habló como si se hubiera mordido la lengua.

—Esta vez... te... mataré...

—Muy divertido. Pero antes de que lo hagas, es importante que sepas que voy a llevarme a Madeleine a Londres. Esa fue siempre mi intención. Como ya te dije durante nuestra última charla, no creo en los castigos rápidos. ¿Y qué es lo único peor que Madagaskar? El lujo del hogar, el tener que pasar el resto de su vida como mi fiel esposa, dócil y agradecida.

—Vuelves a mentir —dijo Madeleine. Le daba asco—. No serás capaz de soportarlo.

—Lo soporté seis meses sin que sospecharas lo más mínimo.

—Por eso no... —Burton escupió sangre—... no está tatuada.

—Exacto. Me aseguré de que no lo hicieran. No podría reisentarte en nuestra sociedad con un número tatuado como brazalete. También te conseguí una casa en Boriziny Strasse. Me costó una fortuna en sobornos.

—¿Pretendes que te esté agradecida?

—La próxima vez te abandonaré en una pocilga.

Madeleine se frotó las muñecas, las sentía indignas. Le hubiera gustado tenerlas tan púrpuras como las de Salois.

—Mi plan original era dejarte aquí un año, quizá dos —siguió Cranley—. Por eso escogí Boriziny; allí podía tenerte controlada. Al final me habrías suplicado que te llevara a casa, lo que fuera con tal de salir de la isla. Eso me gustaba: que estuvieras tan desesperada como para desear tu propio castigo. Pero tuve que venir antes de lo previsto por culpa de tu amante.

—Nunca volveré. —Pensó en Salois y su tormento diario—. Antes prefiero morir.

—¿Prefieres morir que ver a Alice, que vivir como un ser humano?

—Nunca volveré —volvió a decir, como si repitiéndolo pudiera convencerlo.

—Por eso trasladé a tu familia. Ahora viven en una preciosa casita del valle de Natal —le dedicó una sonrisa indulgente—. Si te niegas a venir conmigo, las devolveré a Madagaskar. Tu madre está enferma, Madeleine, no creo que pueda sobrevivir al viaje. Nada quebranta más el espíritu que la pérdida de la esperanza.

—Tienes que ir con él —insistió Abner. Su expresión era la de un loco deseoso de que su hermana aceptase la propuesta—. No es tan malo como este lugar, Leni, y podrás volver a ver a tu hija.

—Has perdido la cabeza.

—Piensa en los demás por una vez, no sabes lo duro que fue para tu familia. Ya lo fue cuando nos abandonaste, no queremos sufrir más. Esta vez tienes que hacer lo que debes.

Madeleine captó el fervor en su voz, y el lamento, y el resentimiento que había estado cociéndose a fuego lento desde el día en que ella se marchó de Viena y él quedó atrás, como la sopa de remolacha que su madre solía cocinar y dejaba en el fuego hasta que abrasaba. Su deseo de salvar a la familia, de salvarse él también, lo había convencido de que lo que hacía era justo. Lo odiaba, pero tampoco podía condenarlo del todo. Quizás Abner creía que hacía lo que pensaba que era mejor para ella.

—¿Cómo has podido hacerme esto? —se quejó Madeleine.

—Si hubieras pasado diez miserables años aquí, si supieras que la rebelión está condenada y no te quedara ni un átomo de esperanza, si Samuel hubiera muerto en tus brazos, habrías hecho lo mismo.

—Pudiste avisarme.

—Te conozco demasiado, Leni, habrías desaparecido... y ya nos lo pusiste bastante difícil sin hacerlo. Para empezar, no habrías vuelto a Antzu; y después, preferiste seguir a Salois. Si te hubieras quedado un par de horas más en Boriziny, todo se habría solucionado.

—Parece que tenías un plan perfecto.

—No gracias a ti. Fue pura suerte que encontrase una radio en las pocilgas. Gracias a ella pude avisar a tu marido de que veníamos a Mandritsara.

—No es mi marido.

—He tenido que hacer un gran esfuerzo para encontrarme contigo, Madeleine —intervino Cranley—. Podría haber enviado a cualquiera de mis agentes, pero preferí venir en persona. Vas a volver conmigo.

Pero había un temblor en su voz que ella no conocía; su jactancia ocultaba algo. Madeleine volvió a frotarse las inmaculadas muñecas.

—¿Y Salois?

—Tu hermano no contaba con su intervención.

—Cree que estáis en Mazunka.

Cranley se irguió desafiante.

—Si mi presencia ayudó para que aceptase la misión, tanto mejor.

—Él cree en ti.

—Un engaño necesario. Por el bien de todos es esencial que llegue a Diego Suárez.

—Para forzar a Estados Unidos a declarar la guerra —explicó Abner, como si creyera que eso demostraba la benevolencia de su marido.

—No —corrigió Cranley—. Precisamente para que no lo haga.

Abner habló con cautela. Madeleine pensó que él se daba cuenta de que había cometido un error, involuntario, que podía costarle su viaje hacia la libertad.
—Pero... yo ayudé a que Salois consiguiera explosivos —dijo él. Una justificación que sonaba a disculpa—. Yo..., los Vainillas, quiero decir, creemos que es imposible vencer sin la implicación de los norteamericanos.
—Y yo os estoy agradecido por ello —sonrió Cranley.
—Pero... podrá atacar Diego Suárez.
—Y quiero que lo haga. Lo que no quiero es que tenga éxito.
Burton tosió y expulsó otro pegote de sangre.
—Me parece una repetición de la jugada del Kongo.
—Es parte de la misma operación, sí, parte de un plan más amplio que nos asegurará la estabilidad a todos. Globocnik no es distinto de Hochburg, ambos son saqueadores desconectados de la verdadera *realpolitik*. Antes del presidente Taft todo eso importaba poco, pero aceptó el dinero de los judíos para llegar a la Casa Blanca y ahora sus financieros tienen los ojos puestos en Madagaskar. Es solo cuestión de tiempo que Globus los provoque. —Se dirigió a Madeleine—. Envié a Salois para detener al gobernador.

En casa, Jared era discreto con sus tareas ministeriales, los viajes a capitales extranjeras y las visitas a Downing Street. Ahora, los nombres y los detalles fueron encajando como un rompecabezas. De repente lo comprendió todo y sintió repulsión hacia su exmarido.

«Quería impresionarme», pensó. Por eso había venido a Madagaskar, por eso llevaba uniforme y empuñaba una pistola. Bajo su engreída confianza sentía miedo. O desconcierto, como mínimo. Ella había elegido a un vulgar soldado —un hombre surgido del desierto y las privaciones, un hombre que ni siquiera podía ofrecerle un cuarto de baño decente— antes que a él. El sistema de valores de él no podía comprenderlo ni admitirlo; quería demostrarle su poder, no solo sobre Burton, sino sobre el mundo. Si conseguía convencerla de que era capaz de controlarlo todo, ella no tendría más remedio que someterse a su voluntad.

Cranley clavó los ojos en los de Madeleine.
—Salois atacará la base de Diego Suárez. Y si a ese ataque se le suma una nueva rebelión, quedará demostrado que Globus ha perdido definitivamente el control de la situación. Es el hombre de Himmler, y Himmler odia hasta el más leve indicio de fracaso. Globus será llamado a Germania o no tendrá más remedio que pegarse un tiro por la humillación de su descalabro. Pase lo que pase, la amenaza contra los judíos quedará eliminada y eso tranquilizará a Washington.

Madeleine le devolvió la mirada con desprecio.

—¿Así de simple?

—El gobernador Bouhler fue destituido por menos que eso.

—Puede que coloquen a alguien peor que Globus en su lugar.

—No solo a Londres le gustaría librarse de Globus, hay más interesados. Mis contrapartidas en Germania han filtrado que, pase lo que pase con el gobernador, la Armada se hará cargo temporalmente de la isla y reprimirá la rebelión. Son marinos, no carniceros de la Schutzstaffel. Después, la isla formará parte de las obligaciones de Heydrich. Y él ya tiene un sucesor designado, *Herr* Bischof. Un contable. Se suele confiar en los auditores para calmar cualquier situación.

—Pero los bombarderos... —dijo Abner.

—¡No hay bombarderos, nunca los hubo! Salois destruirá las defensas antiaéreas, pero nada más. El daño será mínimo, la flota del África Oriental seguirá indemne... ¿y a quién culparán? A un judío, un judío vengativo con el cuerpo completamente tatuado, muestra inequívoca de su locura. Es decir, un asunto de seguridad interna. Otra prueba de la inutilidad de Globus.

—¿Vas a sacrificar a Reuben?

—En un altar ya muy abarrotado de mártires.

—Es un buen hombre —dijo Madeleine.

—Que asesinó a su mujer embarazada, seguro que no te lo dijo. —Como ella no respondió, Cranley añadió—: En este mundo hay muchos hombres buenos. ¿Qué diferencia hay entre que haya uno más o uno menos?

—Así que nunca tuvo ni la más mínima posibilidad.

—Ninguno la tuvisteis.

59

Diego Suárez, 21 de abril, 04:40 horas

Colocó la primera de las cargas. Los pequeños dientes del mecanismo interno de los detonadores comenzaron su inexorable cuenta atrás hacia la explosión.

En el velero, cuando navegaban hacia Madagaskar, Salois había hecho un aparte para revisar el material y asegurarse de que el *Fabriqué en Belgique* estuviera impreso en el metal. A las cuatro cincuenta y cinco, la dinamita volaría las baterías de misiles en una llamarada de fuego. Minutos después, los bombarderos de Turneiro se precipitarían contra la base. Si el resto de la población prestaba atención a la señal y se unía a la rebelión, los alemanes no podrían contar con sus esclavos para reconstruirla. Para cuando Diego Suárez estuviera de nuevo operativa, la marina de Estados Unidos ya estaría patrullando todo el océano Índico.

La mala suerte que persiguió a la misión desde que la isla apareció en el horizonte se había terminado. La bengala de Yaudin atrajo hacia la vía férrea a la mayoría de los centinelas, con lo que se alejaron de los muelles. El guardia de la puerta interior había escogido el momento de la aparición de Salois para ir a un rincón a aliviar la vejiga; aún estaba orinando cuando mordió el polvo. Incluso el uniforme blanco de la Kriegsmarine que le había facilitado Cranley —el camuflaje más inútil que Salois había llevado en su vida—, desaparecía bajo el fulgor de los focos. Salois se movió por la base como si fuera translúcido.

Llegó a la segunda batería, se ocultó en la base de las vigas y colocó un paquete de dinamita. Era como hallarse bajo un monstruo prehistórico. Salois ajustó el temporizador y pasó a la siguiente pata del monstruo.

El principal sistema de defensa de la base consistía en cuatro baterías de misiles Loge. Tres de ellas se encontraban junto a los muelles, cada una montada sobre una plataforma giratoria que albergaba el lanzamisiles y el asiento de los operadores. Las plataformas estaban pintadas de amarillo miel, y sus cuatro patas encajaban en unos raíles para que toda la estructura pudiera desplazarse a lo largo de la zona costera. La cuarta Loge se asentaba sobre una pista de cemento que sobresalía del muelle en ángulo recto para poder apuntar a cualquier blanco que esquivara las baterías principales. La artillería antiaérea vigilaba el terreno alto. También había focos y gigantescos espejos angulados. Hitler insistió personalmente en que se instalaran en todas las bases militares: «cegados por su reflejo, los pilotos enemigos no serán capaces de fijar los blancos», les dijo a sus comandantes.

Salois situó el tercer detonador. Cranley insistió en que colocase explosivos en las cuatro patas de cada batería, pero Salois sabía por experiencia que con tres bastaba. Cada segundo que permaneciera allí aumentaba la probabilidad de que lo descubrieran y la misión fracasara. Mientras trabajaba, no dejaba de mirar hacia Kap Diego; esperaba que sonara la alarma en cualquier momento y que despegaran los cazas alemanes. Pero todo seguía en silencio.

Una carretera de dos direcciones recorría toda la longitud del muelle junto a las baterías; al otro lado había un laberinto de oficinas, talleres y arsenales. Salois corrió hacia esos edificios, sería más fácil moverse entre ellos sin ser detectado. Se agachó tras unos contenedores, se quitó la mochila de la dinamita ya vacía y la enterró entre la basura. Desde donde se encontraba podía ver a los dos operadores de los misiles en sus cabinas acristaladas: uno en el asiento de disparo, pendiente de la pantalla que escaneaba la bahía, y el otro pendiente de la radio y de la antena. Salois hizo una pausa para observarlos, eran, obviamente, ajenos a la proximidad de su muerte.

Oyó pisadas de botas.

Apareció una patrulla. Uno de los guardias llevaba un dóberman. El perro se detuvo, olisqueó el aire y tiró de la correa en dirección a Salois. Si huía lo verían y los contenedores no eran lo bastante grandes para esconderse tras ellos. Entonces, la voz de la buena suerte gritó:

—¡Eh, vosotros! Echadme una mano.

En el muro opuesto había una puerta de acero con un letrero en el que podía leerse: ¡PELIGRO! ¡MANTÉNGASE SIEMPRE CERRADA! Un joven marinero intentaba mover unas cajas. Salois salió disparado hacia él.

—La carretilla está *kaput* —explicó—. Y los otros todavía están de juerga por ahí.

Dentro había una segunda puerta de acero, pintada con rayas blancas y rojas en diagonal. El marinero metió una llave en la cerradura y la puerta basculó sobre unas bien aceitadas bisagras. Salois lo ayudó a transportar la primera caja y dejó que un escalofrío de asombro recorriera su espina dorsal.

Había tenido más que suerte.

La patrulla del dóberman pasó por delante del edificio. Uno de los guardias echó un vistazo al interior y, satisfecho, siguió su camino.

—No te había visto por aquí —comentó el marinero, yendo a por la segunda caja—. ¿Quién eres?

—Nadie —respondió Salois empuñando su cuchillo.

Después, arrastró el cadáver del marinero a través de la segunda puerta y contempló la sala, que brillaba con un apagado tono metálico. Se encontraba en un arsenal, rodeado de hilera tras hilera de munición y proyectiles antiaéreos del tamaño de sandías. Salois tomó un paquete de dinamita y graduó el temporizador para que estallase dos minutos después de las cargas principales. La tormenta de fuego que podía desatar daría la impresión de que atacaba la base una fuerza mucho mayor. Cerró la puerta interior, rompió la llave en la cerradura, para que no se pudiera abrir fácilmente, y se deslizó en la noche hacia la última de las plataformas de misiles.

Ya había recorrido la mitad del camino cuando un géiser surgió disparado hacia el cielo. Pudo escuchar un siseo y, después, silencio. El dóberman ladró.

Segundos después vio elevarse otra torre de agua.

Salois miró hacia donde se habían producido las explosiones, escudando los ojos de los focos. Los dos hombres de la primera batería se habían puesto en pie y escudriñaban el muelle. Una tercera explosión salpicó de agua el ventanal de su cabina.

En la base de la plataforma, con la cabeza cubierta de vendas, se encontraba Yaudin. Había conseguido un BK44 y miraba a su alrededor expectante, esperando que sonaran las alarmas.

Otra explosión y otro géiser de agua, esta vez junto a la segunda batería. Bajo ella se afanaba el segundo jupo para arrancar la siguiente carga de dinamita. La tiró al agua y allá hizo explosión.

Salois contempló la escena impotente y desolado... antes de correr en dirección opuesta. Hacia él se dirigieron dos centinelas que iban abrochándose las cintas del casco. Cuando vieron su uniforme, frenaron la carrera.

—¡Judíos! Nos están atacando —gritó Salois—. Tenéis que detenerlos, a mí me han ordenado que proteja las otras defensas.

Se cruzó con ellos corriendo hasta quedar bajo la pilastra de la tercera batería. Colocó dos paquetes de dinamita y ajustó ambos temporizadores a los veinte segundos. Volvió a correr hacia la última Loge.

Tras él oyó disparos. Los dos centinelas disparaban contra el guarda jupo. Miró asombrado la escena, acunando su último paquete de dinamita. Otra descarga y el guarda cayó. Aparecieron más soldados, que se dirigían hacia el extremo del muelle.

Explotó la tercera batería.

Salois sintió el impacto como si le clavaran una espada al rojo vivo en la espalda. Se vio lanzado hacia delante, pero logró mantener el equilibrio y siguió corriendo. Oyó cómo el metal de la tercera batería se retorcía, cedía y se partía entre una lluvia de chispas, pero no tenía tiempo de comprobar lo efectiva que había sido su dinamita.

La última batería estaba situada en una península artificial construida sobre una pequeña meseta. El monzón castigaba el cemento todos los años y habían crecido plantas en las grietas, que se habían llenado de matorrales y flores rosadas. Tenía escalones tallados en la roca y Salois los subió de dos en dos. Arriba, en la plataforma, uno de los dos alemanes estaba evaluando el daño producido abajo. Vio algo tras Salois y abrió la boca para lanzar un grito de aviso.

Salois solo miró atrás al llegar a la cima. La batería estaba torcida, envuelta en humo, pero los explosivos no la habían destruido. Una cuadrilla de bomberos preparaba las mangueras y el muelle estaba lleno de marineros armados. Pero la suerte que estaba teniendo en Diego Suárez no lo había abandonado del todo. La plataforma se había colapsado y se había inclinado peligrosamente. Aunque el sistema de misiles siguiera operativo, solo podría apuntar hacia el mar.

Al pie de los escalones estaba Yaudin mirándolo.

Las patas amarillentas de la plataforma resonaron y reverberaron, uno de los operadores estaba descendiendo de ella. Salois apuntó a los últimos escalones con su BK. Aparecieron unas botas, unas piernas, un cinturón, un rostro. Salois disparó dos veces y le alcanzó en el pecho. El operador se desplomó, rodó y desapareció entre los arbustos. Salois apoyó el fusil contra un pilón y buscó los últimos paquetes de dinamita en su mochila. Esta vez colocaría uno en cada pata para asegurarse de destruir la batería.

Por toda la bahía resonó un claxon. Otro se unió a él; y otro más, como lobos respondiendo a la llamada del primero.

Salois miró la pista de los aviones, todavía nada, y luego su reloj, un pálido círculo contra su piel índigo. Los bombarderos ya debían de haber cruzado el monte Ambar y habrían empezado a bajar desde el suroeste; llegarían a Diego Suárez antes de que los cazas alemanes pudieran despegar.

Estaba colocando la última carga cuando Yaudin terminó de subir los escalones. El jupo alzó su fusil. Respiraba pesadamente y luchaba por poder hablar.

—Detén esta locura... Suelta eso, comandante...

Salois miró al BK que había dejado contra uno de los pilones y se dirigió hacia él sin soltar la dinamita.

Yaudin hizo un disparo de aviso.

Una voz susurró en la mente de Salois. Una voz fría, resuelta, previsora. Darles una oportunidad a los bombarderos era más importante que su propia supervivencia. Ajustó el temporizador a diez segundos y la abrazó contra el pecho.

Salois nunca pensó en cómo terminaría su vida. Tras huir de Amberes, ni la autocompasión ni el autodesprecio bastaban. Luego, en Madagaskar, la misma noción de morir le pareció aberrante. En medio de tanta muerte sería un insulto contra la vida. Además, una pequeña parte de él temía las palabras del pescador: «La muerte no te quiere.» ¿Y si era verdad? ¿Y si intentaba suicidarse y fallaba? La comprensión de que no conseguiría ningún consuelo era un castigo demasiado difícil de soportar. Miró cómo la cuenta atrás del dial se acercaba a cero.

Yaulin le roció las piernas de balas.

Por un instante, Salois fue tan incrédulo que casi estalló en carcajadas.

Las balas lo atravesaron, desgarrando tendones y destrozando huesos. Cayó hacia atrás pesadamente y la dinamita se le escapó de las manos.

Yaudin saltó hacia delante y acabó sobre el borde. La explosión hizo llover sobre él fragmentos de cemento. Se movió rápidamente para desactivar las otras cargas.

Salois reptó tras él, rogándole que se detuviera, pero su cuerpo se debilitaba. La sangre de las heridas manchaba su uniforme, tiñéndolo de una brillante mancha escarlata. Por las caderas se le extendió una ola de dolor y entumecimiento que le provocó arcadas.

Estaba quitándose el cinturón para hacerse un torniquete cuando vio al segundo operador de la batería deslizándose por la escalera con una Luger en la mano. Vio el uniforme de Salois, se puso un dedo en los labios para que guardara silencio y avanzó hacia el jefe de policía.

—¡Yaudin! —gritó Salois.

El jupo dio media vuelta y disparó.

El alemán cayó junto a Salois con la pistola todavía en la mano. Salois no se molestó en cogerla. Con ambos operadores muertos, la batería ya no suponía ninguna amenaza. Yaudin hizo un asentimiento de cabeza para darle las gracias y volvió a manipular la última de las cargas.

Mientras, Salois abrió la mochila. Sacó los botes de humo y los lanzó hacia los escalones uno tras otro. Rebotaron en la piedra al caer y expulsaron un brillante humo verde hacia los cielos.

—¿Qué estás haciendo? —preguntó Yaudin. Su ennegrecido rostro reflejaba el fulgor verdoso.

Salois apretó el torniquete en la pierna. Entonces, se arrastró hasta el alemán muerto y le quitó el cinturón para usarlo en la otra pierna.

Dos baterías de misiles inutilizadas. Eso debería bastar.

Probablemente el primero de los bombarderos caería derribado, pero los demás podrían encargarse de las dos baterías restantes. Se había derramado un océano de sangre judía; que los mozambiqueños derramasen unas cuantas gotas por la «famosa victoria» de Turneiro. Si los pilotos eran lo bastante habilidosos y valientes, incluso podrían destruir los cazas enemigos en los hangares o en la propia pista. O los submarinos en los muelles de atraque. O los silos de combustible un poco más allá. Diego Suárez rebosaba de objetivos.

Un foco cobró vida escrutando el firmamento. Se le unieron otros que apuntaban a los espejos deflectores. Todo el cielo se iluminó.

Salois se arrastró al rincón más alejado de la plataforma para poder ver mejor la base en su conjunto. El aire que lo rodeaba estaba envuelto en un halo de humo verde. Yaudin lo siguió agitado, inseguro de lo que debía hacer.

Una tremenda y ronca explosión sacudió el terreno.

Desde el arsenal se elevó hacia el cielo una enorme bola de fuego, seguida de una miríada de explosiones más pequeñas cuando la munición estalló: rayos rojos, blancos, dorados y de color aguamarina, como si una armada del océano Índico estuviera atacando la base. A Yaudin se le cayó el BK44 y se llevó las manos a la cabeza.

Salois le dedicó una sonrisa llena de felicidad. «Es lo más maravilloso del mundo», solía decirle a Frieda a medida que su hijo crecía en su vientre, un bálsamo para la noche. Las llamas sobre Diego Suárez le parecieron igual de milagrosas. Giró su cuerpo hacia el suroeste, arrastrando las piernas, y se quedó contemplando el horizonte... a esperar el zumbido de los bombarderos.

60

Hospital de Mandritsara, 21 de abril, 04:55 horas

Miró a Madeleine inseguro y con náuseas. Abner seguía junto al ventanal de cristal esmerilado que ocupaba toda la pared, del suelo al techo, y que daba a un patio interior. Intentó controlar la tartamudez, pero solo consiguió empeorarla.

—¿Po-por qué no quieres que se im-implique Estados Unidos?

—¿Qué más te da? —replicó Madeleine—. Ya tienes tu billete de salida.

—Los norteamericanos pueden hacer que todo sea di-diferente. Salois estaba convencido. Los Vainillas también lo es-estábamos.

Habló Cranley.

—Los norteamericanos solo añadirían más caos al mundo.

—A tu mundo —puntualizó ella.

—Un mundo del que disfrutaste muchos años, un mundo en el que crecerá tu hija. He dedicado toda mi carrera a preservar mi país y a apuntalar su futuro. Solo un loco lo pondría en peligro por esta isla podrida.

—Pero Salois y tú vinisteis aquí juntos —apuntó Abner.

—¿Sabes cómo define Hitler a Estados Unidos? «El principal competidor del Imperio británico.» Y la Oficina Colonial está de acuerdo, como también lo están Halifax y Eden...

—Pero no Churchill —replicó Madeleine, recordando los discursos tras la invasión de Rodesia y su llamamiento al otro lado del Atlántico.

—Su madre es norteamericana. Churchill nunca aceptó su fracaso en Dunquerque y pretende compensarlo con beligerancia. Todavía peor, siempre hace hincapié en nuestras deficiencias. —Cranley frunció el ceño como si acabara de tragar vinagre—. Inglaterra es más débil económica y militarmente de lo que nos atrevemos a admitir. Se suponía que la guerra del Kongo sería algo fácil y que terminaría en Navidad, pero nuestra victoria en Elisabethstadt solo nos demostró dónde estaban nuestros límites. Si Estados Unidos interviene con éxito, será nuestro fin. Las colonias empezarán a cuestionarse nuestra supremacía y quizá pretendan independizarse; y creemos que Estados Unidos apoyaría esa independencia para ganárselas. El imperio se enfrentaría a muchos años de declive. —Su tono se había vuelto agresivo—. ¿A quién le beneficiaría eso?

—Juntos podríais de-derrotar a los alemanes, li-liberar Madagaskar —replicó Abner.

Cranley le lanzó la mirada que les dedicaba a los criados cuando pretendía enseñarles disciplina.

—Taft juró preservar el aislacionismo norteamericano. Ni él ni su nación desean intervenir, a pesar de las peticiones del Comité Judío Norteamericano. Nuestro deber es asegurarnos de que esa posición se mantenga. El mundo es como un matrimonio: añade un tercer elemento y lo que había ido bien hasta entonces se hundirá.

—¿Y si los norteamericanos...? —intentó insistir Abner.

—¿De verdad quieres seguir discutiendo eso? —El hermano de Madeleine calló—. El mejor regalo de Washington es su neutralidad, no hay nada más que discutir.

—¿Y las tropas de Extremo Oriente? Salois nos dijo que trasladaríais miles de soldados para combatir en el Kongo...

—Otra mentira necesaria para convencerlo de nuestra sinceridad. Mientras Estados Unidos no intervenga, la situación de África entre los alemanes y nosotros seguirá en punto muerto. Y los puntos muertos significan negociaciones, acuerdos... estabilidad. El mundo se sostiene sobre dos pilares, y ya nos va bien. Devolveremos Elisabethstadt a los alemanes a cambio de una garantía de...

Mientras seguía con su argumento, Madeleine miró a Burton. Parecía que había dejado de sangrar. Estaba atento a la discusión sin perder detalle de la sala, buscando algo que pudiera ayudarlos a escapar a pesar del fusil que se apoyaba en su espalda. Le dedicó un furtivo asentimiento, que pretendía ser tranquilizador, pero había pocas dudas sobre lo que iba a pasar a continuación. Ella sintió una punzada de pánico. No importaba con qué la amenazaran, no estaba dispuesta a aceptar la propuesta de su ex marido.

Cranley se dio cuenta de ese intercambio de señales.

—Ella no te ama, nunca te ha amado —dijo bruscamente—. No de la forma que me amó a mí. Tú solo fuiste una diversión, una aventura, pero no un amor. Díselo —ordenó—. Quiero oírtelo decir.

—No es verdad —dijo ella.

—Díselo.

—Los tres sabemos la verdad.

—Una orden mía y meterán a tu madre y a tu hermana en un avión directo a Tana.

¿Así iba a ser el resto de su vida? ¿Tendría que vivir bajo la amenaza constante de un avión cada vez que no estuviera de acuerdo o pusiera algún reparo? ¿O cuando no mostrara suficiente entusiasmo por su reclusión? ¿O cuando mirase sospechosamente un cuchillo mientras cenaban? ¿Cuán triviales tenían que ser sus faltas? ¿Bastaría con unos pendientes inadecuados o un pintalabios equivocado? ¿Unos tacones demasiado altos, demasiado bajos o demasiado lo que fuera?

—Solo s-son palabras, Leni —dijo Abner, pero sin convicción.

Ella pensó en los gemelos, en los breves segundos que los tuvo en los brazos. Podía recordar cada pliegue de su cara, cada brillo de su piel, cada arruga de su boca. Cuando intentaba recordar a su madre o a Leah, apenas se le aparecían sombras y una difusa culpabilidad.

—Perdí a mi familia hace mucho, no puedes amenazarme con ella.

—Entonces, ¿por qué pasaste tantos años buscándola?

—Ahora mi familia es Burton. Puedes arrastrarme a Londres, pero nunca conseguirás que diga lo que quieres.

A Cranley le escocieron esas palabras. Apuntó con su pistola a Abner.

—Acosaste a toda la Oficina Colonial para que te dieran hasta el más mínimo detalle de ellos —le recordó a Madeleine—. Lo que fuera para confirmar que los Weiss estaban vivos. Ahora no los sacrificarás.

Ella no dijo nada.

—¿Crees que me estoy marcando un farol?

—¡Leni, no seas tan terca! —rogó su hermano.

El ruido del disparo fue ensordecedor. El impacto de la bala lanzó a Abner contra el ventanal y dejó un rastro rojizo en el cristal al deslizarse lentamente hacia el suelo.

Madeleine logró liberarse de la presa del soldado y corrió hacia su hermano. Le dio la vuelta y vio que tenía las gafas dobladas y retorcidas sobre la frente, y la mugrienta camisa empapada. Le recorrió el pecho con las manos atadas intentando encontrar la herida, la sangre parecía manar entre las costillas.

Abner intentó decir algo. El color rojo corría entre sus dientes. Ella se inclinó junto a su oído, pero todo el sonido que pudo emitir fue un gorjeo incoherente. Se quedó exangüe. Su pulso era un recuerdo.

Abner se había ido a América.

Cranley amartilló de nuevo la pistola. Después de un disparo, el clic era intimidatorio. Apuntó al corazón de Burton.

—Nunca lo he querido —dijo Madeleine de forma mecánica.

—Díselo a él, no a mí.

—Nunca te he querido.

Cranley parecía insatisfecho, pero volvió a colocar el percutor en su posición original y guardó la pistola en su cinturón. Le habló al soldado que estaba sujetando a Madeleine.

—Ve al Mercedes. Comprueba que el cargamento está seguro y prepáralo todo para marcharnos. —Se giró hacia ella—. Nos largamos.

Madeleine no lo escuchaba, ocupada en enderezar las gafas de Abner. Su expresión variaba entre la sorpresa y la vergüenza.

—Niño idiota —susurró, acariciando la calva cabeza.

—Podría decirte que tu hermana está embarazada —añadió Cranley muy cerca de su oreja—, que puedo hacer que su marido sea trasladado a Sudáfrica si me da la gana, pero dudo que eso te haga cambiar de opinión. —La rodeó con los brazos desde atrás—. ¿Qué tiene Burton? Solo es un vulgar soldado que tiene que seguir matando para poder comprarte un anillo o usar uno de los diamantes con los que le pagué.

—Si lo liberas, me iré contigo.

—Esto no es una negociación —dijo Cranley, soltando una carcajada amarga—. Solo puedes hacer una cosa para solucionar este problema...

La bilis ascendió hasta la garganta de Madeleine.

—... y tienes que hacerla.

La obligó a ponerse en pie y la arrastró hasta situarse frente a Burton.

—Santo Cielo, qué delgada. Estás incluso más delgada que cuando nos conocimos. Cuando lleguemos a casa, tendremos que alimentarte bien. —En su voz había afecto, mezclado con una pizca de repulsión.

Ella intentó liberarse, pero Cranley era demasiado fuerte. La sujetaba como si fuera la blanda masa interior de un cangrejo y él el caparazón y las pinzas. Burton, de rodillas, la contemplaba con el fatalismo que había visto en tantos rostros de la isla.

Cranley le puso la pistola en las manos y sus dedos sobre los de Madeleine, alzando el arma hasta situarla a pocos centímetros de la frente de Burton. El soldado que lo vigilaba parecía incómodo ante la situación.

—¿Cuándo empezó? —preguntó Cranley—. Sé todo lo demás: las citas en los hoteles, las promesas mutuas en Germania, el sexo en el huerto de membrillos...; pero no el principio.

—En la playa. La casa de Suffolk —respondió Madeleine con las lágrimas rodando por sus mejillas.

—¿Lloraste alguna vez por mí?

—Lo hizo —contestó Burton por ella—. Traicionarte fue lo más duro que tuvo que hacer hasta entonces.

Madeleine creyó percibir un cambio en la respiración de Cranley, que quitó el seguro de la pistola con un dedo.

—Un disparo y todo habrá acabado. Te lo perdonaré todo. Alice se alegrará de recuperar a su madre.

Ella luchó por liberarse.

—Nunca podré mirarte sin sentir ganas de cortarte la garganta.

—Tu amante nunca saldrá de aquí —dijo en un tono casi maníaco—. Su forma de morir es la única concesión que pienso hacerte. Así que hazlo o yo le dispararé en el vientre y dejaré que se desangre durante horas hasta que muera. Será una agonía. Su vida seguirá escapando de él mucho después de que nuestro avión haya despegado.

—Por favor, Jared...

Cranley accionó el percutor con el pulgar. Ella se fijó en la uña manchada de barro. Nunca lo había visto con las manos sucias, incluso se ponía guantes cuando cuidaba del jardín. Insertó el dedo de Madeleine en el gatillo antes de colocar el suyo sobre el de ella. No la obligó a presionarlo, quería que lo hiciera ella sola. El cálido acero del gatillo contrastaba con la frialdad de su dedo.

Burton parecía sereno, su expresión impasible.

Madeleine flaqueó, pero sus brazos seguían rígidos por la presión de su marido.

—No quiero... no puedo...

—Tendrías que haber aceptado mi oferta de hace unos meses para quedarte a mi lado, esto no habría terminado así. Es culpa tuya. No tenías necesidad de sufrir. Ni tú ni los gemelos.

—¿Qué sabes de los gemelos?

—Aprieta el gatillo —insistió—. Apriétalo y dentro de tres días despertarás en tu propia cama. Piensa en eso: en tu propia cama.

—Mi cama está en la granja.

Era vieja, olía a humedad y a veces se levantaba con dolor de espalda, pero era la única en la que quería despertar.

De muy lejos llegó el ruido de una profunda explosión que sintió en los talones. Seguido de otro sonido, como el de un grito de dolor eterno, que desapareció al superar la frecuencia que podía captar su oído.

Madeleine se concentró en Burton, pero veía su imagen distorsionada a causa de las lágrimas. Fluctuaba y se fundía, mientras ella era consciente de la ligera presión que el dedo de Cranley ejercía sobre el suyo. Oyó la voz de Burton como si estuviera muy, muy lejos: «No importa, Maddie, no es culpa tuya.»

Era el mismo tipo de voz que utilizó su padre la última vez que lo vio. Ella estaba en un andén de Westbahnhof, esperando un tren con destino a Zurich. Había dejado una carta en su casa, esperando que nadie la leyera hasta que hubiera cruzado la frontera. Su padre apareció casi sin aliento entre el humo de la locomotora, segundos antes de que partiera el tren. A los judíos no se les permitía usar el tranvía. Ninguno de los dos lloró, no se dijeron adiós ni se abrazaron. Él simplemente tomó las manos de Madeleine entre las suyas —unas manos arrugadas, llenas de manchas de la edad, rugosas de toda una vida de que las estrecharan los pacientes— y dijo: «Un padre les da a sus hijos dos regalos: raíces... y alas. *Und jetz geh, meine Kleine.*»

Desde más allá de la ventana llegó un rumor; se intensificó hasta convertirse en un rugido, como si un trueno estallase bajo la superficie.

Madeleine apeló a todas sus fuerzas para desviar la pistola hacia el techo.

Cranley era demasiado rápido y demasiado fuerte. Ella intentaba levantar los brazos y él la bajaba para que volviera a apuntar al pecho de Burton. Entonces, ella relajó los músculos y, con el esfuerzo de Cranley, la pistola se dirigió hacia el suelo. Madeleine apretó el gatillo y la bala se estrelló contra las baldosas. Las manos de los dos pugnaban por controlar el arma.

Ella apuntó a los pies de Cranley. Otro disparo fallido. La bala levantó chispas del suelo. El cañón volvió a alzarse y apuntó al centro del cuerpo de Burton. Cranley era más fuerte que Madeleine. Su dedo se curvó sobre el de ella en el pequeño espacio entre el gatillo y el seguro.

Madeleine recurrió a sus últimas fuerzas para retorcer el brazo. No hacia arriba ni hacia abajo, sino hacia sí misma, lo último que él esperaba. Enterró la pistola en su vientre, allí donde sus hijos habían dado patadas y habían luchado por salir al mundo.

Y apretó el gatillo.

61

Presa Sofía, 21 de abril, 04:45 horas

—Quiero más —ordenó Globus—. Quiero hasta el último cartucho que tengas.

—No es necesario, *Obergruppenführer* —respondió el zapador, tragando saliva con tanta dificultad como si tuviera paperas.

Se encontraban dentro de la presa Sofía, dos niveles por debajo de la superficie. En la sala reinaba un martilleo sordo e implacable, como el dolor de cabeza que castigaba las sienes de Globus. El suelo estaba pintado de un brillante verde botella.

—La detonación es un triángulo —explicó el zapador—. Primero explota la base, y la gravedad y la presión del agua hacen el resto. En los niveles altos se necesita menos potencia.

Globus no estaba muy convencido. Intentó imaginar visualmente lo que había explicado el zapador, pero tenía que hacer un esfuerzo en concentrarse. La inyección que le habían puesto en Tana ya no le hacía efecto. Revisó los cables que conectaban las cargas de TNT a lo largo del pasillo hasta desaparecer en la sala de control, aunque no tenía ni idea de lo que estaba viendo. Estaba de pie, pero se tambaleaba inconscientemente.

—No confío en la gravedad. Dobla las cargas aquí y en el nivel inferior. Cuando termines, saca a tus hombres.

Se dirigió a la escalera de metal que conducía a la superficie. Le habían limpiado las botas al llegar y las espuelas volvían a relucir y a tintinear. Adoraba ese sonido, hacía que se creyera un oficial de caballería.

—Lo hace por precaución, ¿verdad, *Obergruppenführer*? —preguntó el zapador—. No piensa en serio detonar las cargas.

—Depende de los judíos. Nosotros solo cumplimos las órdenes del *Reichsführer*, esto tendría que haberse preparado hace meses.

Subió las escaleras y salió a la vía que coronaba el embalse. Era noche cerrada y hacía frío. Globus aspiró aire por la nariz y escupió a un lado.

Debajo de él se abrieron las compuertas de desagüe.

De la presa surgió el rugido de una gigantesca manga de agua. En la sala la había llamado Cascaglobus y los técnicos le habían reído la supuesta gracia. Les ordenó que calculasen el volumen necesario de la descarga para asustar a los judíos. Su plan no era inundar la reserva, al menos no esa noche, sino solo mojarles un poco los tobillos, recordarles quién controlaba su destino.

Eso tendría que haberle animado, pero a la vista de los chorros de agua Globus se sentía inseguro, desalentado.

Pensó en su cumpleaños anterior, cuando gobernar Ostmark no era un sueño sino una realidad que lo esperaba. Aquella misma mañana y en aquel mismo lugar, mientras Hochburg y Nightingale conspiraban contra él, aún confiaba en su futuro. Recordó los cumpleaños de su infancia: entonces le era imposible imaginarse teniendo cincuenta y tres años, pero ya estaba seguro de que se convertiría en uno de los emperadores de esa era.

Abajo, en el valle, algunas barracas ardían. Podía ver a muchos judíos con antorchas a ambos lados del río. Debían de ser los mismos bandidos que habían pintado la presa la noche anterior. La guarnición de Mandritsara le había fallado. Tras ayudarlo a minar el embalse, los envió a la reserva para mantener el orden; pero, a menos que estuviera encima de cada uno de los hombres, su debilidad prevalecía... y la culpa siempre recaía sobre él. ¡Era tan injusto...! En cuanto amaneciera, mandaría todo un escuadrón de Valkirias para que sobrevolase el valle.

Todavía podía recuperar el favor de Himmler.

La sala de control de la presa era un espacio amplio de luz tenue. Contenía lo que parecía un conjunto de armarios de cocina con diales del tamaño de platos y, tras ellos, mesas con palancas y botones donde trabajaban los técnicos. A causa de los sedimentos y las turbinas obsoletas, la mayor parte del equipo era redundante y solo se utilizaba para alterar el flujo de los desagües de agua o para las comunicaciones. Un mapa de la red eléctrica del norte de la isla colgaba de la pared cubierto de polvo. Dos enormes ventanales en los extremos de la sala mostraban el valle y el embalse. A pesar de los millones de litros que se estaban desaguando a través de las esclusas, el nivel apenas había descendido perceptiblemente.

Un zapador fue al encuentro de Globus cuando entró en la sala y le enseñó un detonador. Era del tamaño de un paquete de cigarrillos con un enorme botón rojo en un extremo.

—Si lo mantiene presionado tres segundos, creará un circuito. Si repite la operación, lo desarmará. Una vez que esté creado, dos rápidos clics harán estallar la carga.

El cerebro de Globus absorbió la información: uno largo... dos cortos... Tiró del cable para asegurarse de que estuviera conectado.

Cinco operadores de radio controlaban las ondas. Globus los había reunido para poder comunicarse con el resto de la isla, ya que la situación no era buena. La rebelión se extendía más rápida que nunca. Uno de los operadores tenía un labio hinchado y un ojo negro. Había compartido antes la noticia de la emisión de Hochburg.

Globus se situó tras él, apoyado en el respaldo del asiento.

—¿Cuándo llegarán los demás?

También había convocado a los comandantes regionales de la presa. Quería actuar según las reglas de Germania: mientras Hochburg estuviera en Tana, se encontraría en el centro de la amenaza judía luchando por restaurar el orden. Había enviado un mensaje a Diego Suárez para informar al mando de la Kriegsmarine que él, y solo él, estaba al cargo en Madagaskar.

—El gobernador Quorp está en camino —le informó el operador—. Todavía no hemos podido contactar con el resto.

—Ahí fuera reina el caos. Deben de estar en sus sectores aplastando a los judíos.

La verdad es que todos habían sido invitados a su fiesta de cumpleaños. Si Hochburg había tomado el palacio, era muy posible que estuvieran detenidos. Quizás Hochburg los intercambiase en las mazmorras por Feuerstein y sus pestilentes compañeros.

Globus paseó por la sala lleno de frustración, accionando teatralmente el detonador.

Conectar/desconectar.

Los técnicos de la presa y los operadores de radio mantenían la cabeza agachada, y trabajaban en silencio o susurrando al micrófono. Un público ingrato. Debería haber llevado un par de secretarias con él: las escogía tanto por sus facultades mecanográficas como por su sentido del humor.

Uno de los técnicos tenía en su puesto de trabajo una fiambrera con sándwiches. Globus se apoderó de uno con carne de cerdo y lo mordisqueó ante el ventanal que daba al valle. Allí donde el río se curvaba y desaparecía de vista en dirección a Mandritsara y su hospital aparecieron un par de luces cegadoras. Volaron por encima de la reserva como luciérnagas. Tenía que ser Quorp, el obeso y fiel Quorp. Se habían producido algunos conatos de agitación en Antzu durante la noche; los había aplastado todos. Globus sintió cierta culpabilidad por las veces que había invitado a *Frau* Quorp a su sala de trofeos. A él le gustaba su flirteo y sus rizos infantiles, pero su inmensa barriga lo asqueaba.

Las luces se convirtieron en un helicóptero de combate y otro de transporte de tropas. Aterrizaron y desembarcaron los hombres; uno de ellos se quedó en el borde de la presa, contemplando las compuertas abiertas.

El operador de radio con el labio hinchado levantó tímidamente una mano.

—Diego Suárez en línea, *Obergruppenführer*. Los están atacando. Los judíos.

—Seguro que son marineros borrachos lanzando fuegos artificiales en honor al Führertag.

—Creo... creo que debería hablar con ellos.

Hizo un gesto despectivo y esperó a Quorp y a sus hombres.

Entró una docena de soldados, formando un perímetro alrededor de la sala. Llevaban equipo de combate: cascos y BK44, y granadas en el cinturón. Globus reconoció a algunos. No lo miraban, mantenían la vista al frente y las caras impávidas. Los seguía un oficial con el uniforme negro de las fuerzas kongoleñas al que le faltaba media oreja. Miró a Globus y preguntó quién estaba a cargo de la presa.

Tras una pausa, uno de los técnicos dio un paso adelante.

—Soy el ingeniero jefe.

—Cierra las compuertas.

—Déjalas abiertas —intervino Globus—. Mi isla, mi presa. Yo la construí.

El oficial con media oreja repitió su orden y, cuando el técnico siguió indeciso, se acercó a un operador de radio y le susurró algo. El operador pulsó un interruptor y la voz de Hochburg inundó la sala.

«... tomado el control de Madagaskar con la autorización de la RSHA y la *Reichsführer-SS*. Diego Suárez seguirá bajo el mando de la Kriegsmarine...»

Globus se imaginó llenando la boca de Hochburg con las cenizas de Feuerstein hasta ahogarlo. Cortó la grabación.

El técnico empezó a dar instrucciones para que se cerrasen las compuertas.

—Tú debes de ser uno de los hombres de confianza de Hochburg, ¿no? —dijo Globus—. ¿Cómo te llamas?

—Soy el *Brigadeführer* Derbus Kepplar y tengo órdenes de arrestarlo.

Globus detectó un ligero disgusto en su voz y soltó una risita.

—¿Ah, sí? ¿Con qué autoridad?

—Ya ha oído la grabación. La isla está bajo el control de emergencia del *Reichsführer*. Aquí tiene la orden.

—¿Dónde está Hochburg ahora?

—En Mandritsara.

Globus contempló la oscuridad más allá del ventanal y levantó la mano en la que llevaba el detonador.

—Retira a tus hombres —ordenó. Después se dirigió al técnico—. Y quiero que las compuertas permanezcan abiertas.

Nadie se movió.

Globus mantuvo el botón rojo del detonador presionado tres segundos.

—La presa está llena de dinamita, *Brigadeführer*. Un par de clics de este detonador... y todo saltará por los aires.

—No se precipite. Piense en la reacción de Estados Unidos.

—Que se jodan los yanquis.

Kepplar hizo una señal y los soldados alzaron sus armas. Un anillo de fusiles apuntó a la cabeza de Globus. No se alarmó, solo sintió rabia. La cartuchera de Kepplar seguía abrochada cuando le pidió el detonador.

El operador de radio volvió a levantar la mano.

—Vuelve a llamar Diego Suárez.

Globus lo ignoró.

Un segundo operador también alzó el brazo. Y un tercero. Y un cuarto... hasta que todos hicieron lo mismo, como si fueran una clase de niños en la escuela. Todos tenían comunicación con Diego Suárez.

El primer operador carraspeó para aclararse la garganta.

—Es el almirante Dommes. Necesita hablar con usted urgentemente.

Sin apartar los ojos de Kepplar, Globus retrocedió unos pasos, tomó el teléfono y se vio asaltado por una descarga de acusaciones.

—Me garantizó que los judíos no atacarían, que estaba controlando la situación —dijo Dommes.

—¡Vaya! Ahora resulta que la Marina no puede encargarse de unos cuantos bandidos.

—Todo el cielo está en llamas.

—No sea tan dramático.

—Escuche esto —dijo Dommes fríamente, sosteniendo el auricular en alto. A través de la línea telefónica, Globus oyó una rápida serie de estallidos como los que provocaban los petardos que sus hombres solían lanzar contra los judíos en Viena. Luego, detonaciones y gritos—. Nos está atacando un ejército —explicó el almirante—. Han destruido las defensas antiaéreas y el muelle sur es una bola de fuego. ¿Esta es su promesa de orden?

Su voz seguía siendo calmada, igual que la que utilizaba el padre de Globus cuando era niño, antes de azotarlo con la fusta del caballo. Lo que más odiaba no eran los golpes o el hecho de ser castigado por un desertor, sino la falta de pasión de aquel hombre.

Dommes seguía con su monólogo.

—Si no puede controlar la isla, gobernador Globocnik, la Kriegsmarine lo hará.

El teléfono resbaló de las manos de Globus. Lo dejó apoyado contra su pecho, preguntándose si Dommes podría escuchar los furiosos latidos de su corazón. Sintió un estruendo dentro de la cabeza, como si le estrujaran el cerebro. Primero era Hochburg quien quería su isla y ahora la marina. Ninguno de ellos la tendría. Le demostraría a Germania quién era el más sanguinario de todos. Le vino a la mente un discurso que les dio a sus tropas durante sus últimos días en el este: «Tenemos las placas de bronce en las que se inscribirá que nosotros, nosotros, tuvimos el valor de completar esta gigantesca tarea.»

Apretó el detonador con el pulgar.

Una vez.

Dos veces.

Kepplar saltó hacia él.

—¡*Herr Oberst* está ahí abajo...!

Globus lo empujó y escuchó. El leve temblor que sacudía el suelo le recordó el paso de los pánzer en camino de aplastar a los soviéticos. Miró el ventanal esperando ver la presa volatilizarse en cualquier momento.

Nada.

Entonces, todos oyeron el crepitar de la lluvia en el ventanal opuesto, el que daba al embalse.

Globus y Kepplar giraron en redondo a tiempo de ver los enormes surtidores de agua que se alzaban hacia el cielo. En la superficie se formó una ola que se alejaba de la presa.

—¡Putos zapadores! —rugió Globus—. No tenía que haber confiado en ellos. Se han equivocado de lado al poner las cargas.

—Solo ha sido la detonación —dijo Kepplar con el rostro ceniciento.

Ambos volvieron a mirar al frente. El terreno temblaba. Unas luces rojas iluminaron las consolas. Las luces de la sala parpadearon y se apagaron. Del techo se desplomaron algunas piezas.

La presa parecía desprender un débil resplandor plateado. Desde la distancia, Globocnik pudo ver los restos del grafiti que habían pintado los judíos, una fantasmal estrella de David que sus hombres habían intentado borrar. En ella aparecieron unas grietas que poco a poco se ensancharon y agrandaron y que escupían chorros de agua. Una enorme sección en forma de corazón se desprendió de la pared de la presa.

Y entonces, se derrumbó toda la estructura y soltó una montaña de agua negra.

62

Hospital de Mandritsara, 21 de abril, 05:00 horas

La Browning cayó de las manos de Madeleine y rebotó en el suelo. La explosión del disparo retumbó en toda la sala y tardó en desaparecer, como si su dispersión fuera la de un gas. Hasta que no acabó la reverberación Burton no fue consciente del rumor exterior.

Contempló el rostro de Madeleine. Todos sus músculos estaban tensos, la luz de los ojos, congelada. Un segundo después, su expresión se relajó, la mandíbula cayó y la lengua apareció entre los labios. Le ofreció una breve sonrisa, como cuando volvían a Londres en tren. Cuando se acercaban a la ciudad, solían dejar un espacio vacío entre los dos, por si acaso los veía alguien conocido. Desde el extremo opuesto del asiento le dedicaba sonrisas burlonas. Burton tuvo un infinitesimal momento de esperanza, pensó que bajo el vestido llevaba una placa de acero que la había protegido de la bala.

Madeleine seguía sujeta por un Cranley inexpresivo. La soltó y ella se desplomó de lado. No tenía agujero de salida. Cranley, sin poder creerlo, le palpó el torso.

Burton vio que una mancha rojiza se extendía por el estómago de Madeleine. Se había disparado en el mismo punto en que la metralla hirió a Patrick en Dunquerque. Su amigo había maldecido y bramado, llegó a perder mucha sangre, pero Burton consiguió extraerle la metralla y coserle la herida en el sótano de un edificio bombardeado; y sobrevivió. Ahora estaban en un hospital, rodeados de salas con camas, quirófanos, instrumental, vendas y medicamentos.

El rugido exterior aumentó.

Burton miró la Browning, temblaba en el suelo avanzando a saltitos hacia él. Se lanzó a por ella antes de que Cranley pudiera hacerlo.

Las paredes empezaron a vibrar.

El esqueleto del rincón se desplomó hecho pedazos. Los microscopios y las centrifugadoras se estrellaron contra el suelo. El soldado que había estado vigilando a Burton miraba a su alrededor desconcertado. Tras él, a través de los cristales, Burton vio los árboles del patio doblarse y desaparecer. Un muro negro se alzó, tapó el ventanal y llenó todo el campo de visión.

El cristal estalló hacia dentro.

Burton se quedó sin respiración. De repente se encontró bajo el agua, aplastado por una fuerza capaz de romper los huesos. Junto a su cara había burbujas y en los oídos resonaba un ruido ensordecedor. Pasado un segundo, pudo volver a respirar. Inspiró desesperadamente.

Todo el hospital se sacudía. Se abrieron grietas en las paredes; el torrente rugía por toda la sala y el aire apestaba a salmuera. Burton iba zarandeado de un lado a otro, pero se negó a abandonar su pistola y se esforzó por guardársela en el cinturón. Un soldado chocó contra él y desapareció. Segundos más tarde vio a Madeleine semiinconsciente, sacudida por la riada como una muñeca rota. No supo cómo, pero logró atraparla pasando el brazo por el interior de las muñecas atadas.

Se desintegró una parte del muro, con lo que el agua descendió más de un metro y los arrastró de la sala al pasillo. Burton tuvo la sensación de estar corriendo en el vacío, pero sus pies tocaron suelo y logró erguirse. Se encontró con el agua hasta la cintura. Su brazo seguía reteniendo a Madeleine. No tenía tiempo de comprobar su estado, así que se la cargó al hombro e intentó avanzar.

El pasillo no tenía ventanas y el agua se precipitaba sobre ellos desde la sala en la que habían estado, como si alguien estuviera bombeándola desde allí. Un ruido terrible, como el crujido de una roca partiéndose, rasgó el aire. De momento las luces se mantenían encendidas. Burton temió que tuvieran que buscar una salida a oscuras. Vadeó hasta el final del pasillo, con el agua ascendiendo, hasta llegar a otro menos inundado. Pudo ver varias puertas en un lado, mientras que en el otro solo había ventanales. En el extremo opuesto un letrero indicaba una de las salidas de emergencia.

Burton cargó con Madeleine hacia aquella salida, ya que empezaba a crecer otro rumor amenazante.

Estaba a medio camino cuando las ventanas se oscurecieron y estallaron una tras otra, como si estuvieran conectadas. Burton recordó la ocasión en que Tünscher, borracho, fue a un acuario de Marsella y le dio por disparar contra uno de los tanques de agua.

Se aferró al cuerpo de Madeleine mientras los zarandeaba la fuerza de las aguas. Rodaron por el pasillo sin poder evitarlo, cruzaron descontroladamente la salida de emergencia, sumergidos un segundo y rozando el techo al siguiente.

Sumergidos. Techo. Sumergidos.

Una sensación de caída... y se encontraron en el suelo de otro pasillo, con el agua, inexplicablemente, a la altura de las rodillas.

Burton levantó a Madeleine. Tenía los ojos cerrados y el cuerpo flácido. Le puso dos dedos en el cuello y detectó un pulso débil. Puso su boca contra la de ella y sopló con toda la fuerza de sus pulmones. El pecho de la mujer se expandió y expulsó agua por la nariz. Repitió la operación, otro aliento vital.

Un nuevo rugido llenó el pasillo; primario, imparable.

El suelo tembló como si hubiera un terremoto. Burton aseguró la Browning y abrazó con fuerza a Madeleine.

La ola cayó sobre él como lo había hecho a bordo del Arca. Rodó bajo el agua con la boca y la nariz burbujeando. Esta vez no hubo recuerdos de Germania ni de helados, ni de Maddie abalanzándose sobre él en una cama ni de susurros sobre la vida que iban a compartir.

Iban más y más deprisa. El agua arrastraba objetos de toda clase; unos los rodeaban y otros chocaban con ellos. Burton intentó protegerse la cabeza como pudo. Cada vez que emergía momentáneamente, solo era consciente de las luces, de las paredes a su alrededor y de la incontenible fuerza de las aguas. Apretó a Madeleine contra él en un intento de presionarle el pecho y mantenerle abiertas las vías respiratorias. Pesaba como un cadáver. Volvieron a desaparecer bajo el agua.

Burton percibió unas nubes negras y humedad. Flotaban entre árboles. Se agarró a uno de ellos hundiendo los dedos en la corteza. El tronco se doblaba por la fuerza de la corriente. Si solo se tratase de él, si hubiera tenido dos manos para agarrarse, quizá lo habría conseguido.

Vio el hospital tras ellos. El agua corría a través del edificio y a su alrededor. Destrozaba puertas y ventanas, derribaba la estructura, arrancaba árboles como si fueran palillos de dientes. Las olas arrastraban un montón de restos flotantes. Burton vio movimiento sobre uno de los techos en forma de pagoda y creyó reconocer a Cranley; un enorme lagarto negro escabulléndose por las baldosas del edificio principal que, de momento, se mantenía firme gracias a los profundos cimientos y los sólidos muros. Más allá, la noche era negra. Todas las luces de la Reserva Sofía se habían apagado.

Los dedos de Burton resbalaron por la corteza del tronco... y se soltaron.

La corriente volvió a arrastrarlos. Todo lo que pudo hacer fue abrazar a Madeleine mientras rodaban, giraban y se sumergían en el agua.

Poco a poco la ferocidad de la riada empezó a remitir. Fueron a la deriva por la ladera de un valle. Los escombros los rodeaban: vigas de madera, pedazos de techo ondulado, troncos partidos...

Y cadáveres.

Cientos de cadáveres flotando boca abajo, muchos con la ropa destrozada. La piel desnuda parecía grotescamente blanca en la oscuridad.

Burton se sujetó a una viga de madera y la utilizó para mantenerse a flote. Madeleine escupió agua y se quejó. Él usó el brazo bueno para luchar contra las olas e intentar llegar a la orilla. Ante ellos, en la cima de la colina, seguía el *Totenburg* desde el que había espiado el hospital. Un potente foco lo iluminaba desde atrás y hacía de las torres de granito meras siluetas.

Se dirigió hacia ellas hasta llegar a una orilla llena de barro. Burton se arrastró fuera del agua y luego sacó a Madeleine. Un estallido de alegría explotó dentro de él cuando sintió que su corazón seguía latiendo.

—¿Maddie? Maddie, hemos conseguido salir vivos.

—Tengo frío —respondió Madeleine, abriendo los ojos, que habían perdido parte de su color.

Él le subió el vestido y examinó la herida. Era un círculo perfecto, limpio después de todo lo que habían pasado, pero volvía a sangrar. Presionó con los dedos alrededor del agujero para intentar averiguar a qué profundidad estaba la bala. Madeleine se había disparado desde tan cerca que no podía haber ganado mucha velocidad: así era, la bala estaba alojada cerca de la piel.

Sus ojos se llenaron de lágrimas de alivio. Podía extraerla.

Sería algo atroz, pero si lo conseguía y detenía la hemorragia, la salvaría. Más cicatrices que poder comparar algún día. Se reafirmó imaginando el futuro. Estarían en la cama, de algodón cálido y seco, acariciándose mutuamente las heridas de guerra. Burton insistiría en que un agujero en el vientre era peor que perder una mano; y mucho más imprudente.

El agua seguía subiendo, las pantorrillas de Madeleine ya estaban sumergidas.

Burton contempló el *Totenburg*. La luz que emanaba de él tenía una cualidad serena, casi celestial. Era un buen lugar donde refugiarse. Después buscaría una torre de guardia, un puesto de avanzada, lo que fuera que pudiera tener suministros médicos para una primera cura de urgencia y poder llevarla a Antzu. Cuando Tünscher y él llegaron por primera vez a la ciudad, habían pasado por delante de un hospital. Burton deseó tener ahora a su amigo al lado, y no solo por su experiencia médica. Deseó que estuviera a salvo. Quizás había llegado a Nosy Be y estaba atendido por un montón de enfermeras, fumándose un Bayerweed.

—Maddie, voy a tener que moverte. Quiero llevarte hasta el *Totenburg*.

Ella asintió débilmente.

La cogió en brazos y ascendió fatigosamente por el barro, luchando por no resbalar. El agua parecía perseguirlo, ya que le lamía constantemente las botas. Hubo un momento en el que tropezó y Madeleine dejó escapar un grito de dolor. El rugido que llegaba hasta él se asemejaba al que hacían los grandes ríos africanos que conocía: el Niger y el Zambezi, y las cataratas del Kongo.

Cada paso le arrancaba a Madeleine una mueca de dolor. Él siguió pidiéndole perdón en susurros hasta que ella le puso un dedo en los labios. Seguía con las manos atadas.

Burton logró avanzar casi diez metros antes de tener que detenerse. La pendiente era demasiado empinada y los resbalones, constantes. Se quedaba sin fuerzas. La dejó en el suelo y se sentó junto a ella intentando recuperar el aliento.

—Vas a tener que subirte encima de mí —le dijo. La cima de la colina seguía emitiendo su luz.

—¿A caballito? ¿Como hacías con Eli en la granja?

—Como hacía con Eli.

—Prométeme que cuidarás de ella.

—Podemos conseguirlo, Madeleine. No puedes rendirte. Tendrás que luchar, pero podemos conseguirlo.

Su voz era débil.

—Jacoba tenía razón. No hay salida de esta isla.

—Podemos recurrir a la flota pesquera de Varavanga.

Ella guardó silencio varios segundos, con el rostro casi enterrado en el lodo, antes de hacer una pregunta.

—¿Qué le ha pasado al hospital? ¿Crees que los gemelos estaban...?

Burton negó con la cabeza.

—Ya no puede pasarles nada.

—Ojalá hubieras podido verlos. Ojalá hubiera podido pasarlos de mis brazos a los tuyos, aunque fuera una sola vez.

—Ya nos preocuparemos de eso cuando estemos lejos. Ahora subamos, ya falta poco.

Al principio creyó que ella se negaba, que se había rendido y quería morir allí, hasta que comprendió que estaba reuniendo fuerzas. Rodó hasta situarse sobre él llorando. Cuando lo consiguió, se sujetó con las manos a sus hombros.

Burton siguió ascendiendo casi a cuatro patas. Se alejaban del agua, pero tenía la ropa empapada y pesaba demasiado. Cada vez que el muñón desaparecía en el fango, un ramalazo de dolor recorría todo su brazo. Avanzaban terriblemente lentos. El cieno era pastoso como cemento fresco.

De repente, el peso de Madeleine desapareció de su espalda.

Vio sus piernas desaparecer por la cima de la colina. Burton luchó por ir tras ella antes de que una mano enorme y brutal le empujara la cara contra el suelo.

—No te muevas —ordenó una voz familiar.

Burton estaba demasiado exhausto para pelear. Dejó escapar un suspiro que le vació los pulmones y se agarró al recién llegado. Había algo casi tranquilizador en su fuerza y su solidez. Miró al ojo negro clavado en él, tan negro como el verdugo del diablo.

63

Diego Suárez, 21 de abril, 05:10 horas

Salois había fallado.

El cielo estaba lleno de aviones, pero eran Me-362S con esvásticas en la cola. Los miró despegar de Kap Diego en parejas y después dar vueltas en torno a la base. Un hervidero de motores rugiendo, repetidos una y otra vez, y unos segundos de tranquilidad antes de que la siguiente pareja de aparatos se elevase. Las estelas eran trazos grises sobre la lustrosa atmósfera.

Rolland no sería capaz de trasladar miles de hombres hasta África, la guerra en el continente no tardaría en llegar a un atolladero. Estados Unidos, la distante esperanza de todos los judíos, seguiría observando hasta que se extinguiera.

Las últimas volutas de humo verde, la señal para los bombarderos mozambiqueños, estaba desapareciendo. Salois apretó los torniquetes que impedían que la vida se le escapase por las piernas. No sentía rabia. O injusticia. O una abrasadora desilusión, aunque era consciente de que algo se había extinguido en su interior. ¿Debió hacerles caso a Madeleine y a Burton? Mientras preparaban el asalto a Diego Suárez, Cranley había preparado una compleja maqueta de la base para que Salois y su equipo la estudiaran. Al acabar una reunión, Cranley apoyó la mano en ella.

—Cuando todo haya acabado, instalaré esto en mi casa para que me recuerde nuestra hazaña. —Le ofreció una sonrisa a Salois; por primera vez desde que lo conocía parecía de buen humor—. Es mucho mejor que una medalla.

¿Por qué organizar un viaje tan largo y tan complicado para una farsa? En su último contacto por radio, Cranley dijo que estaba en posición cerca de Mazunka. Era posible que su ataque hubiera fallado, que lo hubieran capturado o matado, que se hubiera desatado un frente tormentoso en el canal de Mozambique y que eso obligara a los bombarderos a dar media vuelta hasta su base. O quizá se habían topado con una patrulla de Messerschmitts. Salois pensó en lo frecuente que era que sus guerrilleros y él se encontraran por sorpresa con patrullas nazis en el Kongo y las intensas batallas que siguieron, batallas que dejaban la selva sembrada de cadáveres mientras él seguía incólume.

Salois reflexionó y llegó a la conclusión de que Cranley no lo había traicionado.

Cruzando las aguas, en Weissfelsenbucht, los portaviones habían soltado amarras y estaban saliendo del puerto, adentrándose en la oscuridad, la seguridad del océano. El arsenal que explotó junto al muelle destruyó la mayoría de su munición, y ahora sonaba como un leño húmedo lanzado a una hoguera que crepitaba y chasqueaba por el calor de la brasa. Ya no era fascinante, sino cruel. Un recordatorio de lo cerca que había estado de tener éxito. Los equipos de bomberos intentaban apagar las llamas. Yaudin miraba la escena abatido.

—Deberías irte ahora que todavía puedes —le dijo Salois.

—¿Adónde? —preguntó el jefe de los jupos—. Nunca podré escapar. En cuanto no quisiste rendirte, comandante, supe que todo había acabado para mí.

—Pudiste quedarte en Antzu.

—Que no queramos combatir contra los nazis no quiere decir que seamos unos cobardes.

Salois se preguntó qué habría sido Yaudin en su vida anterior. Su áspero acento cuadraba con cualquier cosa: albañil, inspector de tranvías, cochero...

—¿Qué le pasará a tu familia?

—Lo mismo que a todo Antzu. —Su voz se quebró por la angustia—. Lo mismo que a todo Madagaskar. Esto es un desastre.

—No me lo parece —dijo Salois sin apartar los ojos de la base intacta.

—Los dos hemos fallado, comandante. Nos esperan días terribles. Globocnik nos internará a todos en las reservas. O algo peor.

—Puede que esto atraiga a los norteamericanos.

Un resoplido amargo.

—¿Eso es lo máximo a lo que aspiráis los Vainillas? ¿Empapar esta isla de sangre y esperar que un país lejano venga a salvarnos? Nunca derrotaremos a los nazis, solo podemos intentar vivir con ellos.

—El deseo de un ingenuo.

—Antes de que dejara Antzu, le di a mi esposa dos frasquitos: uno era de veneno y el otro de miel. —Su voz era quejumbrosa—. ¡La miel es tan escasa! La guardé para una ocasión especial. Le dije que si sucedía lo peor, la mezclara con el veneno... para nuestra familia y para ella. No quiero que sufran las represalias o se mueran de hambre. No quiero que mis hijos vean más sufrimiento. Prefiero que mueran tranquilamente.

—¿Eso es lo máximo a lo que aspiras para ellos? ¿Que mueran tranquilamente?

—Todo lo que quiero es conservar la miserable vida que tenemos, mantener a raya a la muerte.

—El peor castigo de todos —replicó Salois. Aflojó el torniquete de una pierna, pero no del todo—. No quiero que me veas morir.

Yaudin se alejó hasta el límite de los escalones, una sombra contra la luz de los focos de la bahía y las moribundas llamas. Los cazas seguían patrullando sobre ellos, volando tan bajo que la batería de misiles temblaba a cada pasada.

Salois pensó que la suya sería una muerte tranquila. Se quitó el cinturón que tenía en torno a la pierna izquierda, después el de la derecha. Sintió de inmediato que un calor húmedo le empapaba el pantalón y se extendía por el suelo como si fuera un anciano incontinente. Un hombre mortal. Y, tras ese momentáneo calor, llegó la primera señal de un frío profundo, implacable. Así que eso era el toque de la muerte.

Se había asombrado por la rapidez con que el cuerpo de Frieda había perdido su calidez. Había desaparecido de ella, de toda la habitación, hasta que el aire frío lo entumeció. De todas las muertes que había presenciado, la de Frieda fue la más inútil, la más absurda. La había matado a ella y al niño que crecía en su vientre.

Él llevaba el mismo nombre de su padre y del padre de su padre, una elección que seguía la tradición familiar. Una tradición que él pretendía continuar. Frieda estaba orgullosa de su herencia y era un espíritu demasiado libre para tales convenciones. Tenía otra idea en mente.

—Así que no te gustan mi nombre y mis apellidos, ¿eh? —gritó él. Estaba perdiendo el control, la rabia lo dominaba... Y disfrutaba del poder que le daba.

—Claro que sí. Por eso quiero casarme contigo, para sumar tu apellido al mío.

—Pero no mi nombre.

—Quiero que mi hijo se llame Reuben.

—¿Y si es una niña?

—Es un niño. Un Reuben. —Frieda sonrió palmeando su vientre, pero él vio que estaba nerviosa—. Ven, escúchalo y oirás cómo él mismo lo dice.

Pero a él no le gustaba que lo contradijeran.

—Ningún hijo mío se llamará así. Es un nombre judío.

—Somos judíos.

—No hace falta que el mundo lo sepa.

Ella parecía triste y eso lo enfureció todavía más.

—No lo llamaremos Reuben —gritó como si el diablo aullara desde su corazón.

Fueron las últimas palabras que pudo escuchar Frieda Salois, la mujer que iba a ser su esposa.

Al pie de los escalones que llevaban hasta la batería de misiles había soldados con ametralladoras. Empezaron a subir.

Sobre el océano resplandecía un amanecer intensamente anaranjado y por el aire se esparcía el aroma a ylang-ylang.

Salois empuñó el cuchillo de Madeleine. Ella se había preguntado si no estaría destinado a protagonizar una gran hazaña. Se equivocaba. No había redención para él. Su muerte no sería más significativa que la de millones de personas que murieron antes que él y la de millones que morirían después. Al menos, Madeleine, Burton y Abner tenían Kap Ost y el barco que los conduciría a la libertad. Se cortó el pantalón, se quitó la chaqueta y la lanzó lejos. Quedó desnudo, solo con las botas. La sangre seguía manando de sus piernas. Quería que los nazis vieran el color de su piel cuando lo encontrasen. En algún lugar del brazo, perdido entre cientos de otros números, estaba el suyo. Agradeció que no hubiera mucha luz, ese número pertenecía a una persona que nunca había existido.

Cuando llegó de Argelia para empezar su servicio —«montar al tigre», lo llamaban—, a todos los reclutas se les recomendaba que adoptasen una nueva identidad, era norma en la Legión. A él le pareció bien, su vida anterior había terminado. Nadie, ni su familia ni sus pocos amigos ni las autoridades, debía ser capaz de rastrearlo. De pie en la fila, con el sol martilleándole la cabeza, esperando que le tocara el turno; hacía más calor del que había sentido en toda su vida, un calor infernal. Un buen lugar donde pagar su penitencia.

Cuando llegó hasta el legionario encargado de tomar los datos, le parecía obvio el nombre que tenía que adoptar; iba a darle vida al muerto.

—Reuben Salois —anunció.

—Putos judíos —susurró el legionario mientras escribía el nombre.

Yaudin agitó la cabeza.

—Ya vienen, comandante.

Oyeron gritos y ruido de pasos en los escalones. Yaudin tiró su arma y levantó las manos en señal de rendición.

—Media vuelta —ordenó una voz.

Yaudin obedeció, y repitió su nombre y el de su familia, sin mirar hacia Salois.

Una ametralladora escupió fuego.

Uno de los guardias apartó el cuerpo de Yaudin de su camino y le disparó un último tiro en la cabeza.

El resto de los soldados rodeó a Salois, un semicírculo de hombres recién despertados o arrancados de las fiestas del Führertag. Le apuntaron con las armas a cierta distancia, sin querer pisar el oscuro charco que se extendía desde su cuerpo.

Salois miró la sangre con una inmensa gratitud. Era un alivio enfrentarse a ese momento. La calma se apoderó de él. Había cosas peores que la muerte.

Ese había sido su último pensamiento de pie en la playa ante el pelotón de ejecución durante Mered ha-Vanill. Cerró los ojos y recordó aquel pelotón, su milagrosa huida de Madagaskar y la cantidad de números que recitaba mientras iba a la deriva por las aguas africanas.

Ya era hora de volver a abandonar aquella isla. Salois abrió los brazos y ofreció su pecho de color índigo.

64

Mandritsara, 21 de abril, 05:20 horas

Hochburg cogió a Madeleine en brazos y la llevó a través del barro hasta el refugio del *Totenburg*. Ella abrió los ojos una vez y lo miró con ojos apagados, pero finalmente se refugió en la semiinconsciencia. Feuerstein hizo tintinear la esposa que lo mantenía unido al *Oberstgruppenführer*. Burton los siguió de cerca.

Hochburg pensó en que llevaba una moribunda en los brazos y, detrás de él, un judío hechicero y un hijo vengativo. Allí tenía que haber alguna parábola, alguna lección que llevarse a África. O quizá solo fuera una trágica y retorcida broma.

El Valkiria de Kepplar sobrevoló los pilares de granito y aterrizó. Hochburg lo vio en la burbuja de la cabina, mirando ansiosamente hacia abajo. El aparato de Hochburg estaba cerca y lo iluminaba todo con su foco a plena potencia.

Dejó a Madeleine dentro del *Totenburg*, cerca del obelisco de bronce. Estaba amaneciendo y los rayos de sol incidían en él. El reflejo caía sobre el rostro de Madeleine y le daba una tonalidad anaranjada y una falsa apariencia de vitalidad. Los soldados se habían distribuido por parejas en la base de las torres, posicionados de forma automática, como si pensaran que debían proteger los nombres de los caídos. El aire olía a otoño, a vegetación y a piel contra metal.

Hochburg se quitó la chaqueta y tapó con ella a Madeleine.

—¿Qué ha pasado?

—Le han disparado en el estómago —dijo Burton. Su rostro estaba surcado por numerosos cortes. Los soldados lo habían desarmado y su pistola la tenía ahora Hochburg—. Si puedo conseguir ayuda médica, se salvará.

—Por aquí no hay ninguna.

—Es necesario parar la hemorragia.

—Hay un hospital en Lava Bucht.

—Está demasiado lejos. Serían horas...

—No si la llevo en helicóptero. Puede estar en un quirófano en menos de media hora.

Burton dejó escapar un suspiro desesperanzado. Asintió con la cabeza.

—Es un hospital de las SS —dijo Hochburg—. Recibirá los mejores cuidados.

La levantó en brazos, con las piernas colgando de su codo. Madeleine soltó un pequeño grito y arqueó el pecho, con lo que se vio su garganta pálida.

—¡Ten cuidado! —siseó Burton.

El helicóptero de Kepplar había aterrizado, pero sus rotores aún azotaban el aire. Hochburg avanzó contra el viento y el ruido bajo las torres de los difuntos... para verse transportado a otro tiempo y otro lugar, muy al oeste de Madagaskar. Oyó la respiración de Eleanor, superficial y frágil, como si fuera a lanzar su último aliento. Y se sintió avasallado por su incapacidad para salvarla.

Miró a Madeleine y después a Burton. Sus miradas se cruzaron durante unos segundos.

Burton comprendió de golpe lo que él estaba pensando, como solo podía hacerlo un compañero de viaje que circulase por la misma ruta; y su boca se deformó por el pánico.

—No. Por favor, no.

Hochburg se arrodilló y dejó a Madeleine en el suelo con delicadeza. Feuerstein, siempre esposado a su muñeca, tuvo que agacharse como un suplicante. Esa era la venganza que había estado buscando desde que ordenó que torpedearan el *Ibis*. Desde que perdió a Eleanor.

Una venganza más completa que la simple muerte, más agónica que la peor tortura o que matar a Madeleine con sus propias manos.

Acarició la cara de la mujer, que parecía trasmitir paz. La cabeza casi rapada le daba una apariencia vulnerable, al tiempo que endurecía el contorno de las mejillas. Recorrió el cráneo con los dedos.

Burton saltó hacia delante y se agarró a Hochburg.

—¡Sálvala! —suplicó.

Los guardias lo sujetaron y lo obligaron a arrodillarse.

Hochburg sabía que Burton ya no era un peligro, estaba desarmado. Le habló con una voz suave, seductora.

—Ya es hora de que aprendas el verdadero significado del sufrimiento, como he hecho yo durante los últimos veinte años.

—Por favor, Walter, te lo ruego. Puedes salvarla —rogó Burton.

—Ahora compartirás mi tormento diario. Sabrás lo que es tener una rata royéndote constantemente las entrañas.

Oyeron un entrechocar de talones cuando Kepplar se unió a ellos. Pasó junto a Hochburg, se situó detrás de Burton y lo sujetó por los hombros con una juvenil expresión de triunfo. Burton apenas lo notó, había tomado la mano de Madeleine, susurrándole que la salvaría de la misma fútil manera que Hochburg ya lo había hecho una vez.

—Temía lo peor —dijo Kepplar—. Creí que usted estaba en el valle.

Hochburg miró más allá de las torres, hacia el agua abajo. Había perdido su potencia destructora y ahora no era más turbulenta que cualquier río en la estación de las lluvias. Bajo la luz del amanecer tenía un color achocolatado y estaba infestada de cocodrilos. No, no eran cocodrilos, eran cadáveres. Miles de ellos. La Reserva Sofía había sido anegada tal como Globus había amenazado.

—Nunca debí confiar en ti para enviarte a la presa —regañó a Kepplar—. Me has fallado una vez más.

—Intenté impedirlo, pero llegué demasiado tarde —intentó disculparse Kepplar.

—¿Dónde está Globus ahora?

—Esposado y arrestado. Lo dejé en la presa.

Hochburg suspiró pesadamente, impresionado de nuevo por las limitaciones de sus subordinados. Se ajustó la venda que le tapaba el ojo herido. La necesidad de contar con la superarma era más urgente que nunca.

—¿Dijo algo en su defensa?

—Deliraba. Pidió coñac para brindar por su mansión en Ostmark.

—¡Ostmark! Globocnik está acabado. Le formarán un consejo de guerra por esto, y estoy seguro de que lo declararán culpable.

La corriente seguía arrastrando cadáveres, como si su nacimiento fuera una infinita fuente de cuerpos.

—Hora de marcharse, Derbus.

Se agachó y tomó la mano de Madeleine, arrebatándosela a Burton. Estaba fría, tan fría como la de Eleanor la última vez que la tocó.

—Es hermosa —dijo, llevándose la mano a los labios—. Demasiado hermosa para este lugar olvidado de Dios. Y la hermosura debe morir.

Se despidió de Burton con un breve asentimiento de cabeza. Miró a Kepplar, chasqueó los dedos, y se alejó.

—¿Va a dejarlo con vida? —preguntó Kepplar atónito.
—Sí —confirmó Hochburg. Su tono era rotundo, seguro, sin el menor atisbo de burla.

El estómago de su ayudante dio un vuelco. Miró a los soldados, esperando que hubieran recibido instrucciones antes de su llegada y que le aclararían lo que estaba pasando. Sus manos seguían engarfiadas en los hombros de Cole. Este agradecía en silencio que fuera otro quien lo ayudara a mantenerse erguido.

—Pero... pero... —Kepplar no encontraba palabras para expresarse.
—Olvídalo, nos espera un largo viaje —dijo Hochburg impaciente. Hizo un gesto circular con su dedo al piloto del Valkiria, y el motor del aparato rugió.

Kepplar contempló la nuca de Cole, allí donde el bulbo raquídeo se unía a la médula espinal, intentando controlar su ansia por golpearlo. Podía matar a un hombre con un puñetazo bien dirigido a ese punto. Algo opaco presionaba tras sus ojos, oprimía los senos de su nariz como si se hubiera bebido un vaso de agua helada de un solo trago. A pesar del calor solía rehuir las bebidas frías, lo que Hochburg veía como un signo de debilidad.

—Apenas he dormido desde Roscherhafen. No he comido, no me he afeitado... —Su voz oscilaba entre lo ronco y lo aflautado.
—El precio de tu posición, *Gruppenführer*. Por eso vistes de negro.

Por fin volvía a ser *Gruppenführer*, pero Kepplar se sentía engañado.
—Pero han muerto muchos hombres... en mi patrullera, y antes que ellos, en el Kongo... Y a pesar de todo, ¿piensa dejarlo aquí sano y salvo?
—Sí —repitió Hochburg.
—¿Por qué?
—Si tengo que explicártelo, nunca lo entenderías.
—Merece morir en una pira, tal como prometió el año pasado... y como iba a hacer conmigo. Esa era la sentencia.

Hochburg respondió con un deje de satisfacción.
—Su castigo es mucho más severo.
—Usted lo prometió.
—No lo quemaré.

Hochburg llegó hasta él y liberó los hombros de Cole; Kepplar no se había dado cuenta de la fuerza que estaba ejerciendo.

—Hoy volaremos a Muspel. Tengo un trabajo secreto para ti allí: me ayudarás a crear un arma extraordinaria, un arma que nos dará la victoria definitiva sobre los británicos.

—No quiero ir a Muspel.

Kepplar recordó la pureza de aquellos cielos azules. Sus labios estaban permanentemente congelados o cuarteados, necesitados siempre de vaselina para no sangrar.

—Servir es obedecer, Derbus. Dado tu fracaso en la presa, creo que estoy siendo bastante generoso.

—Me culpa por algo que hizo Globocnik.

—Hago lo que puedo teniendo en cuenta tus limitaciones.

Su tono era paternal y medianamente burlón. Kepplar estaba seguro de que nunca le hablaría de esa forma a Globus. Hasta los grasientos mozos de cuadra de Antzu gozaban de más respeto. Hochburg había sido despectivo con aquellos muchachos, pero la facilidad para asesinar que compartía con ellos los hacía de algún modo sus iguales, dignos de una aprobación que le negaba a él, aunque le hubiera entregado a Burton Cole en bandeja de plata.

La irrelevancia de su tenacidad quedaba clara. Era la única forma de ser digno del hombre que pavimentaba su hogar con cráneos humanos.

—Nuestra tarea aquí ha concluido —dijo Hochburg, pasando un brazo por encima de los hombros de Kepplar para llevárselo de allí. Este recordó los meses pasados en Roscherhafen, cuando ansiaba el contacto del *Oberstgruppenführer*. El resto de su vida quedaría marcado por sus limitaciones a menos que actuase.

Algo se rompió en Kepplar, como la presa que había visto quebrarse poco antes.

Se libró del abrazo de Hochburg con rabia. Si bien no sabía qué dominio tenía Cole sobre su jefe, sí sabía cómo destruirlo. Kepplar desenfundó su Walter P38. Quería meterle una bala en la cabeza a Burton y liberar a la mujer de su agonía. Dos disparos que compensarían su humillación en la Schädelplatz, dos disparos que lo reivindicarían ante Hochburg.

Le quitó el seguro a su pistola y sintió un escalofrío liberador.

—¡Guarda esa pistola! —le gritó Hochburg.

Kepplar recordó su primera misión en África y su expectación ante la posibilidad de matar a un negro.

No sintió el impacto de la bala. Su sonido rebotó en las torres como el badajo en una campana, distorsionado y antinatural. En la pechera de su uniforme apareció un agujero del tamaño de un penique, aunque el tejido era demasiado negro para que se pudiera apreciar el rojo de la sangre que estaba empapándolo. La P38 cayó de su mano.

Hochburg bajó su pistola humeante y sujetó a Kepplar, cuya expresión al caer no mostraba el menor remordimiento.

—No podía dejar que lo mataras —dijo—. No cuando finalmente lo tengo donde quería.

Kepplar no podía respirar. Quiso responderle, pero se dio cuenta de que no podía lograr que entrase aire en sus pulmones. Se agarró desesperadamente a Hochburg.

—Pero, el papeleo será...

Burton vio que Hochburg dejaba en el suelo al oficial al que le faltaba media oreja y que les ordenaba a los guardias que se encargasen del cadáver. Después, estudió atentamente la Browning.

—Un arma estupenda. Me la quedaré como recuerdo de este momento.

Madeleine se agitó y llamó a Burton. Seguía teniendo momentos de lucidez alternados con otros de silencio, pero el lapsus entre ambos se alargaba cada vez más. Su respiración era constante pero muy débil. Burton la arropó con la guerrera de Hochburg para mantenerla caliente, estaba convencido de que aún podía salvarla. Madeleine había sobrevivido a muchas tragedias para morir allí; se había ganado su derecho a vivir. Recordó a Patrick fumando con su pipa y susurrando: «La esperanza es lo último que se pierde.»

—No tienes por qué hacer esto —exclamó.

—La misma súplica del hombre desde el principio de los tiempos —respondió Hochburg irguiéndose.

—Véngate de mí, pero perdónala a ella. Te lo ruego.

A través de los pilares, Hochburg contempló el agitado y renacido río, y los miles de cadáveres. Habló pensativamente.

—Después de lo que ha pasado hoy, ya no habrá amenazas o declaraciones diplomáticas que aplaquen a Estados Unidos. Mandarán su Armada y el Comité Judío Norteamericano no se conformará con eso solo. Se avecina una guerra cuyas consecuencias no podemos prever. —Hochburg obligó al judío de aspecto miserable que iba encadenado a su muñeca a que se levantara—. Sé que me buscarás, Burton. Bien, te estaré esperando en nuestra África natal.

Se retiró hasta el borde del *Totenburg* rodeado de soldados. Hizo una pausa en el umbral y le quitó el casco a uno de sus hombres. Se lo lanzó a Burton.

—Para que caves una tumba. —Señaló el uniforme negro que tapaba a Madeleine—. En mi guerrera encontrarás todo cuanto necesitas.

Segundos después el Valkiria rugió y ascendió, dirigiéndose hacia el sur hasta que el ruido de los motores desapareció. El agua chorreaba por las masivas torres de piedra y goteaba ruidosamente en desagües escondidos. Del valle llegaba el rugido del río.

La vida abandonaba a Madeleine. Volvía a estar despierta y parpadeaba, intentando enfocar la vista. Él retiró la guerrera de Hochburg y examinó la herida. Seguía atada por las muñecas, tal como la había dejado Cranley, y el vestido estaba teñido de rojo. Encontró la bala bajo la piel e intentó pensar que no era peor que una astilla, como las varias que ya le extrajo en la granja. Solo tenía que lavarse los dedos con agua caliente y sacarle cuidadosamente la astilla de madera con unas pinzas.

Madeleine sacudió la cabeza como si pudiera oír sus pensamientos.

—Mi padre solía decir que el peor lugar al que ir es una mesa de operaciones.

—Tengo que intentar...

Ella volvió a sacudir la cabeza y miró hacia el río más abajo.

—La isla volverá a alzarse. Es lo que quería Salois.

—No me importa.

Silencio, excepto por el rugido del río.

—Aquí no, Burton.

Tuvo que apartar la vista y sus ojos se posaron en los pilares. Solo uno de ellos tenía inscritos nombres de los caídos; y esos nombres estaban escritos con letras demasiado grandes, como si las hubiera grabado un niño. No habían muerto suficientes alemanes durante la primera rebelión para llenar todo el monumento.

—Quiero ver el cielo —insistió ella—. Sol y hierba, no piedras.

La sacó de allí, con la guerrera de Hochburg apretada contra su cuerpo como una mortaja. Madeleine gimoteó cuando la levantó del suelo. Burton la sacó de la sombra del *Totenburg* hacia el amanecer. El cielo estaba cubierto de nubes negras, pero vio alguna estrella fugaz y una cinta de luz en el horizonte.

—Aquí —dijo ella.

Cerca del límite del monumento se erguían unos árboles, cuyos troncos estaban protegidos por varias palmeras enanas. La llevó hasta allí, le recordaba la arboleda donde se ocultaban muchos meses atrás, en Hampstead. El terreno olía a hongos y a humedad. Tras dejarla en el suelo, arrancó algunas hojas de palmera y las colocó bajo ella para que le sirvieran de estera. Le quitó la chaqueta, la dobló y se la puso debajo de la cabeza. Ella susurró un débil «gracias». Un pájaro empezó a cantar. Burton sintió cólera, cólera contra la creciente luz del sol y la menguante de sus ojos. El rosa y el amarillo se filtraban a través de las nubes.

—Es un cielo Battenberg —dijo él, con la voz casi rota—. ¿Te acuerdas cuando definías el cielo de esa forma? ¿Cómo solíamos contemplarlo en la granja?

Madeleine tenía los ojos cerrados. Su pecho apenas se movía.

Burton entrelazó los dedos con los suyos, se sentó con las piernas cruzadas y bajó la cabeza más y más para sentir su respiración, hasta que tuvo la oreja casi apoyada en el pecho de ella. Se sentía abrumado por el caos de su mente, mudo por todas las cosas que quería decir al mismo tiempo y no podía. Todo le parecía demasiado aciago y demasiado trivial.

Quería tumbarse junto a ella y abrazarla con fuerza, pero temía provocarle más dolor. Quería morirse. Y, más que cualquier otra cosa, quería verla como una anciana, con la piel colgando floja en torno al cuello, el pelo gris recogido en un moño, el rostro arrugado y hermoso, sonriéndole lleno de sabiduría.

Entre las ramas se abrió paso un rayo de sol. De repente, ella tuvo un espasmo y se agarró a su brazo amputado, allí donde terminaba el hueso. Su voz era feroz.

—Encuéntralo. Y mátalo.

No fue consciente de su último suspiro: demasiado delicado. Ni siquiera habría apagado una vela. Lo único que sabía era que hubo un momento en que miró a Madeleine y que todo lo que compartían, todo lo que habían construido y planeado y soñado juntos... había desaparecido.

65

El Gran Auditorio del Reich se alzaba sobre Germania como una montaña cubierta de nieve.

Se había inaugurado el 30 de enero de 1950, veinticinco años después de que un convicto dibujara los primeros bocetos en la prisión de Landsberg. El Auditorio se elevaba un cuarto de kilómetro hacia el cielo, su fachada tenía una columnata de pilares de color rojo sangre y podía albergar ciento ochenta mil personas bajo su cúpula. Sobre el domo se erguía el águila nazi, con las garras clavadas en una bola del mundo. Simbolismo para mentes simples.

Burton y Madeleine estaban sentados en la terraza de una cafetería de la Kurfürstendamm. Podían ver el auditorio a través de los árboles imponiéndose a cualquier otro edificio, visible desde cualquier parte de la ciudad. No podías evitar sentirte impresionado por su monstruoso volumen y por la ambición de una mente capaz de concebir tal estructura. Incluso Madeleine se sentía abrumada.

Era una tarde apacible y soleada. Alguien cercano tocaba el acordeón. A su alrededor revoloteaban camareros con chaqueta almidonada. Sobre la mesa tenían una cafetera y varias porciones de un pastel de semillas de amapola. Madeleine había pedido un elaborado helado de cereza y pistacho bañado en salsa de chocolate que estaba comiendo con una cuchara de plata; como un oso hormiguero, bromeó Burton, lo que la hizo reír como un león marino hasta que ambos dejaron de comer para poder controlar las risas. Burton se sentía ligeramente seco, perezoso y relajado. Tendría que haber sido una tarde perfecta y ninguno de los dos había planteado todavía la conversación sobre su futuro.

—¿Por qué te ha traído aquí tu marido? —preguntó Burton de improviso.

Eso lo tenía preocupado desde que habían llegado. Cranley solía viajar a menudo por diversas ciudades europeas y llevaba a Madeleine con él, para después dejarla sola casi todos los días. No obstante, llevarla hasta el corazón del Reich le parecía innecesario. En su pasaporte solo constaba la nacionalidad británica y por sus rasgos bien podía pasar por nacida en Roma o Madrid; pero Burton era consciente de su constante tensión, de su ansiedad cada vez que alguien gritaba cerca de ella o cuando se le acercaban por detrás caminando rápidamente.

—Ha creído que tengo que ver la capital del mundo.

Las calles hervían de uniformes y turistas de todos los continentes. La Asociación Turística del Reich ofrecía viajes subvencionados a norteamericanos, japoneses, ciudadanos del CONE y personas blancas del Imperio británico, para que pudieran maravillarse del prodigio que era Germania y después volvieran a su casa y contasen sus maravillas.

Maddie siguió comiéndose el helado, hasta que tomó una decisión y dejó la cuchara.

—¿Quieres saber la verdadera razón?

Burton se sintió incómodo, quizás había sido una pregunta innecesaria.

—Déjalo, no importa.

—Quiere demostrarme lo afortunada que soy, que sea consciente de todo lo que le debo. —Nunca había sido tan crítica con su marido—. Quizá también quiere asustarme un poco para que no dé nada por garantizado.

—Yo jamás te haría algo así —contestó él.

—Lo sé. —Su expresión se volvió muy seria—. Ya no quiero seguir viviendo así.

Burton se sintió con valor, incluso temerario. Siempre había sentido que no tenía nada perdurable en su vida, pero eso había cambiado desde que estaba con Madeleine. Quería construir algo. Allí y en ese momento, ¡precisamente en Germania!, parecía el momento adecuado para empezar. Las palabras que había estado callando todo el día acudieron a su boca.

—Quiero que lo dejes. —El acordeón terminó su canción y sonaron aplausos—. Nunca se lo he dicho a una mujer: quiero que vivamos juntos, que envejezcamos juntos.

Madeleine se limitó a decir «sí», con la cara brillante, como si tuviera en ella una flor gigante de ranúnculo.

Cuando terminaron el helado, compartiendo bocados con la misma cuchara, fueron hasta el hotel de Burton cogidos de la mano. Mientras caminaban, él irradiaba una alegría que no había sentido nunca en su vida. La había mantenido encerrada en su interior desde la infancia, no por miedo o porque pudiera ser demasiado fugaz, sino porque no tenía ningún interés en sentirse contento. La felicidad era para los demás.

Ahora le sorprendía la intensidad de la emoción.

Miró a Madeleine y supo que su corazón sentía lo mismo.

Burton recordó ese momento, un fragmento de tiempo que quería atesorar para siempre, mientras cavaba una tumba.

Había llevado el cuerpo desde los árboles entre los que había muerto hasta una colina próxima, un lugar más apartado y seguro. Que por un lado daba al río y a las colinas bajas que acababan convertidas en manglares, y al océano, por el otro. Primero arañó la tierra con las manos y después utilizó el casco que le había dado Hochburg para agrandar el agujero, como si estuviera achicando agua. El terreno era blando y húmedo, fácil de excavar.

El sol continuó su ascensión y proporcionaba una luz difusa del color de un membrillo maduro.

Se desnudó hasta la cintura y siguió cavando, más profundamente de lo necesario, como si lo sucedido solo fuera a ser real si se detenía. Intentó rememorar el resto de aquella tarde en Germania: la vuelta al hotel, la fiereza con que hicieron el amor como si estuvieran peleando sobre la cama, la brisa que entraba por la ventana abierta y que los refrescó cuando terminaron, pero las imágenes lo abandonaron. Todo lo que pudo evocar, una y otra vez, fue el paseo que dieron al salir de la cafetería, siempre con el Gran Auditorio dominando el perfil de la ciudad.

Burton trepó para salir del agujero, quitó la guerrera de Hochburg del cuerpo de Madeleine y buscó una piedra afilada para cortar las ligaduras de las muñecas. Tras hacerlo, la abrazó contra su pecho y se preguntó, brevemente, cómo Cranley habría conseguido que no le tatuaran un número en el brazo. Se humedeció los dedos con la lengua y le limpió la cara, le humedeció el pelo. Después alisó el vestido destrozado y sucio.

Finalmente, la llevó hasta la tumba.

No era lo bastante larga. Tuvo que doblarle las rodillas sobre el pecho para que cupiera. La miró como si fuera una niña que estuviera durmiendo, como hacía en la granja cuando controlaba el sueño de Alice en su habitación antes de irse él mismo a dormir.

No derramó ni una sola lágrima. Solo era un cascarón vacío.

Lo más difícil fue arrojar sobre ella el primer puñado de tierra. Burton tuvo que cerrar los ojos. Cuando los abrió, la mayor parte del cuerpo ya estaba cubierta, solo sobresalían un hombro y un talón. Terminó de rellenar la tumba y buscó algunas piedras para colocarlas encima. No tenía nada con qué imitar una lápida.

¿Qué importaba? Nunca volvería a aquel lugar. Ni a Madagaskar. Iría a Varavanga en busca de los pescadores de Tünscher.

Cuando terminó, el sol ya estaba en lo alto y le quemaba la espalda. Burton permaneció frente a la tumba hasta que se le secó el sudor; volvió a ponerse la camisa. Oyó el ruido de las aspas de un helicóptero aproximándose y vio un Bell que seguía el lecho del nuevo río. En la cola tenía pintada una bandera norteamericana. Circundó el valle un par de veces, con un hombre sentado en el asiento del pasajero que observaba la carnicería con unos prismáticos y tomaba fotografías.

El río era como el canal de un molino, de un color entre marrón y anaranjado, y estaba lleno de cadáveres. Burton percibió movimiento en la orilla. Al principio eran personas solitarias, luego grupos de dos o de tres, después decenas y centenares. Los judíos que habían sobrevivido a la riada ascendían por las colinas buscando la salvación en terreno elevado. Hombres, mujeres, niños, de uno en uno o en familias. Levantaban la vista hacia el sol y se tumbaban para sentir el calor.

El helicóptero completó una segunda pasada y se alejó en dirección a Tana.

En el oeste se formaba un nuevo banco de nubes. Burton dejó el casco manchado de tierra en la ladera de la colina y se arrodilló ante la tumba. Apoyó su única mano en las piedras que el sol ya empezaba a calentar. Tenía la garganta reseca. Tuvo la sensación de que había estado inconsciente y que en ese momento empezaba a despertar, todavía incapaz de unir las piezas de lo que había pasado.

Quiso despedirse, pero las palabras se le resistían. Era incapaz de hablar.

Dio media vuelta y se alejó tras recoger la guerrera de Hochburg. Algo sólido chocó contra su cuerpo. En el bolsillo izquierdo encontró un objeto envuelto en tela de arpillera. Dejó la chaqueta y desenvolvió la tela. Dentro descubrió el cuchillo que había guardado de su madre, con el filo algo mellado por los años de uso. Era el arma que se llevó al Kongo para vengarse de Hochburg. Lo sopesó en la mano.

«Encuéntralo. Y mátalo.»

¿A quién se refería Madeleine? ¿A Hochburg? ¿O a Cranley?

Burton jugueteó con el cuchillo. La luz de la mañana daba en la hoja. Aún estaba lo bastante afilada para los dos.

NOTAS DEL AUTOR

El Plan Madagaskar es una obra de ficción creada a partir de hechos históricos. Esos hechos y su interpretación siguen siendo objeto de una polémica que pivota sobre la idea de si los nazis siempre estuvieron decididos a exterminar a los judíos o les hubiera bastado con expulsarlos de Europa. Queda lejos de la intención de estas notas examinar todas las controversias y contradicciones surgidas del Proyecto Madagaskar. No obstante, sí quiero demostrar que ese plan se discutió en los niveles más altos, que varias ramas del Gobierno se tomaron en serio tal posibilidad y que, si se hubieran dado algunas desviaciones de la historia real, podría haberse llevado a cabo.

Aunque los planes de los nazis para con los judíos nunca fueron precisamente benévolos, no siempre fueron genocidas. En los primeros estadios de la guerra siguieron una política de expulsión y guetos. La Reserva Lublin fue creada en octubre de 1939 en las fronteras del Reich, después de conquistar Polonia. Creían que, con el tiempo, toda la población judía podría ser deportada allí y los traslados se pusieron en marcha. Los judíos que llegaron se encontraron con condiciones de vida muy duras, pero no un exterminio sistemático. Lublin estaba dirigido por un ambicioso jefe de policía y protegido de Himmler: Odilo Globocnik. No obstante, la falta de planificación, combinada con una plaga de fiebre tifoidea y las discusiones internas entre diversos jefes de las SS hicieron que el proyecto se cancelase. También se impuso la idea de que Lublin podía no ser un emplazamiento lo bastante remoto para mantener en «cuarentena» a los judíos.

El 3 de mayo de 1940, Himmler propuso formalmente un plan más ambicioso (como muestra el primer párrafo de esta novela): deportar a los judíos a una colonia africana. Dadas sus declaraciones previas, solo podía referirse a Madagascar. La fecha también es significativa: la víspera de Dunquerque y menos de un mes antes de la rendición de Francia, ya que la derrota francesa ponía Madagascar, a la sazón colonia francesa, a disposición de los alemanes.

Hitler respondió que la idea de Himmler era *«ser gut und richtig»*, «muy buena y acertada», y que debería ponerla en práctica.*

La idea de exiliar a los judíos a Madagascar se remonta al siglo XVIII, aunque el primer tratado sobre el tema, escrito por Paul de Lagarde, profesor de Filología de la Universidad de Göttingen, no apareció hasta 1883. El trabajo de Lagarde lo retomó más tarde The Britons, una organización dedicada a la propaganda antisemita en toda Europa. Estaba encabezada por Henry Hamilton Beamish, que se entrevistó con Hitler en 1923 para discutir el Plan Madagaskar (esa es la primera ocasión de la que se puede afirmar con seguridad que Hitler fue consciente de la existencia de dicho plan). A medida que la idea de llevarse a los judíos hasta el océano Índico se iba extendiendo, varios Gobiernos, entre ellos el británico y el francés, lo consideraron la solución idónea para sus poblaciones judías. El plan fue recibido con entusiasmo en Polonia, que lo sometió a debate dos veces (en 1926 y 1938); en la segunda ocasión, llegó a enviar una delegación a Madagascar para que llevase a cabo un estudio sobre su viabilidad. La Comisión Lepecki (dos miembros de ella eran judíos) informaron de que las condiciones de la isla eran difíciles y que existía la amenaza de una malaria endémica, por lo que concluyeron que se podían enviar siete mil familias como máximo. Cuando los oficiales de las SS empezaron a trazar sus propios planes, utilizaron ese material como punto de partida.

¿Por qué Madagascar? A lo largo del tiempo se propusieron otras lejanas posibilidades, desde la Guayana Británica (la preferida del primer ministro británico Chamberlain) a Etiopía (la del presidente Roosevelt), así como Brasil o Angola. No obstante, los antisemitas continuamente recurrían a Madagascar. Gustaba la situación geográfica, obviamente, y a eso hay que sumar las teorías que, inspiradas en la Biblia, aseguraban que Madagascar había sido judía siglos atrás y que sus habitantes, los malgaches, eran sus descendientes. Entre las pruebas espurias se contaba que la circuncisión estaba muy extendida entre los malgaches y que observaban el *sabbat*.**

---

* *Der Dienstkalender Heinrich Himmlers 1941/42*. Ed. Peter Witte (Christians, Hamburgo, 1999).

** Hay una explicación más detallada de los motivos de elegir Madagascar, en el ensayo «Writing Madagaskar back into the Madagascar Plan» (*Holocaust and Genocide Studies 21*, n.º 2, otoño de 2007).

Cuando Hitler aprobó el plan de Himmler en mayo de 1940, lo discutió con Mussolini, señalando que «podría crearse una reserva israelí en Madagascar» (18 de junio), y analizaron la viabilidad logística junto al almirante Erich Raeder, cabeza visible de la armada alemana (20 de junio).

La fiebre por crear un *grossgetto* (un supergueto) en Madagascar arraigó entre los nazis durante el verano de 1940. El 3 de julio, Franz Rademacher, del Foreign Office, preparó una propuesta inicial. Su intención quedaba clara en el primer párrafo: «Los judíos, fuera de Europa.» Hay que señalar que no era la primera vez que el plan aparecía en documentos nazis oficiales. La primera mención se remonta al 24 de mayo de 1934 en un documento enviado a Heydrich. Seis años después, Heydrich insistió en que las SS tenían que desempeñar un papel fundamental en el plan de Rademacher, y les encargó la tarea a Adolf Eichmann y a Theo Dannecker. Toda la discusión versaba sobre una «solución territorial final». El texto definitivo del Proyecto Madagaskar fue entregado el 15 de agosto de 1940 y Heydrich lo hizo circular entre los ministros. Es el informe más detallado que tenemos de cómo los nazis intentaban organizar la isla y decía: «... trasladar unos cuatro millones de judíos a Madagascar. Para evitar el contacto entre los judíos y otros pueblos, recurrir a una isla es una solución preferible a cualquier otra alternativa.»

Para transportar tal número de personas, había que organizar una flota de ciento veinte barcos, cada uno de ellos con capacidad para mil quinientas «unidades», a razón de dos envíos diarios. Como el viaje de ida y vuelta duraba sesenta días, el documento señala: «Esto debería suponer un total aproximado de un millón de judíos al año.» Se esperaba que el éxodo durase cuatro años. Los judíos se enviarían en tandas y los primeros en llegar debían ser «granjeros, expertos de la construcción y artesanos». Los viajes se sufragarían con la expropiación compulsiva de las propiedades y los bienes de todos los judíos.

La isla se dividiría en sectores según el país de origen. Los judíos trabajarían en un «programa a gran escala para extender la red de transportes» para construir nuevas carreteras y vías férreas. Los ríos serían canalizados y desviados si hiciera falta. La WVHA, el departamento económico de las SS, quería explotar los negocios franceses ya existentes y utilizar mano de obra judía, especialmente «café, té, clavo, vainilla, perfumes y plantas medicinales».* Madagascar era (y sigue siendo) el

---

* El plan no decía mucho sobre los veinticuatro mil colonos franceses que vivían en la isla, aparte de que serían «reubicados y compensados»; y de los 3,6 millones de malgaches nativos no decía nada en absoluto.

mayor productor de vainilla del mundo, lo que pretendían aprovechar las SS. El plan también preveía el establecimiento de una industria exportadora de carne.

Un consejo de ancianos judíos tenía que ayudar a la gobernanza de los sectores regionales, un sistema que Heydrich ya había utilizado en la Europa ocupada, con el consejo siempre subordinado a las SS. A los judíos también se les permitiría tener servicios postales, sanitarios y policiales propios. Mientras Madagascar siguiera bajo mandato alemán, como a los judíos no se les permitiría tener nacionalidad alemana, no tendrían nacionalidad, ya que a Madagascar nunca se le permitiría convertirse en Estado. La isla quedaría bajo el control directo de un gobernador de las SS. Aunque no se mencionaba en el plan del 15 de agosto, existen otros documentos que mencionaban a Phillip Bouhler (jefe de la cancillería en la oficina personal de Hitler y viejo camarada del Führer) como primer candidato para el cargo.

Vale la pena mencionar dos puntos más de la propuesta inicial de Rademacher: 1) «Diego Suárez... que es estratégicamente importante, se convertirá en una base naval alemana»; y 2) «Los judíos seguirán bajo tutela alemana como garantía de la futura buena conducta de los miembros de su raza en Estados Unidos».

¿Algo de eso es creíble? El tema divide a los historiadores. Algunos, Philip Friedman y Magnus Brechtken, por ejemplo, desdeñan el plan y lo califican de fantasía, de pantalla de humo para ocultar las verdaderas intenciones de los nazis. Otros, como Hans Jensen y Christopher Browning, insisten en que debe tomarse en serio.* Hay muchas pruebas que sugieren que, en aquel momento, se aceptó el plan como una solución viable.

Dejando aparte la implicación de Hitler, Himmler y Heydrich, así como la de Göring y otras figuras clave no mencionadas en estas notas, es cierto que durante el verano de 1940 se invirtió una enorme cantidad de energía burocrática en el plan. A principios de julio, Hans Frank, gobernador del Gobierno General (el nombre nazi para la ocupada Polonia), fue informado de los planes sobre Madagascar y eso lo convenció de la necesidad de detener la construcción del gueto de Cracovia, ya que

---

* *Der Madagaskar Plan*, de Hans Jensen (Herbig, Múnich, 1997), es un completo estudio del plan y me ha sido imprescindible para poder escribir esta novela. Lamentablemente no está traducido al inglés. *The Origins of the Final Solution*, de Christopher R. Browning (Heinemann, Londres, 2004), es otro texto valioso. Browning es especialmente interesante para ver cómo evolucionaron los nazis durante los años 1939-1942, desde una política de expulsión de judíos hasta el asesinato en masa.

no era necesario puesto que los judíos iban a ser enviados a África. Una decisión similar se tomó respecto a Varsovia. El mismo mes, se informó a los judíos polacos de que «todos ellos serían enviados a Madagascar».*

En octubre, los judíos franceses estaban preparados para su viaje más allá del ecuador. Para aquellos que cuestionaban la capacidad logística de embarcar a cuatro millones de personas hacia Madagascar, hay que recordar, como lo hizo el historiador Mark Mazower, que el período 1939-1945 vio el mayor experimento de ingeniería socio-étnica en la historia, con millones de judíos polacos y alemanes moviéndose por Europa como piezas en un tablero de ajedrez.** Teniendo en cuenta el enorme fanatismo de las SS, no es imposible imaginar que se plantease algo similar... pero por barco en vez de por tren.

El Comité Judío Norteamericano también consideró el plan seriamente y mandó un detallado informe en agosto de 1941 en el que señalaba que supondría una catástrofe: «No hay un pogromo igual en toda la historia... es un traslado indiscriminado de millones de personas indefensas a un medio primitivo y hostil.*** Esta es quizá la prueba irrefutable de la credibilidad del plan. Aunque los nazis siguieran con su política de expulsión en el verano de 1940, no tenían interés en la supervivencia de los judíos a largo plazo. Los infortunados que llegasen a Madagascar tendrían que enfrentarse a una implacable naturaleza tropical llena de enfermedades y a la inanición. Muchos morirían... sin hacer nada. Eso les hubiera gustado a los nazis y a su contradictoria mentalidad, ya que así podrían negar una responsabilidad directa. Rademacher fue más allá al decir que: «Puede servir como propaganda de la generosidad mostrada por Alemania al permitir que los judíos se instalen (en Madagascar).»

No obstante, la historia dice que el Proyecto Madagascar nunca se aplicó. Dependía de un acontecimiento que nunca sucedió: un acuerdo con los británicos. Para mover tal cantidad de judíos, los nazis necesitaban que las líneas marítimas del Mediterráneo, del mar Rojo y del océano Índico se abrieran a los barcos alemanes. Tras la caída de Francia, se asumió que los británicos serían finalmente derrotados o que negociarían la paz. Era un requisito previo para llevar a los judíos de Europa a África.

En otra parte he escrito cómo pudo ser el acuerdo entre el Imperio

---

* Según la entrada del diario de Adam Czerniaków, cabeza del Consejo Judío de Varsovia del día 1 de julio de 1940.

** Véase Lane, Allen, *Hitler's Empire*, Londres, 2008.

*** Hevesi, Eugene, *Hitler's Plan for Madagascar*, Contemporany Jewish Record, n.º 4, julio de 1941.

británico y el Tercer Reich. De haberse producido, ¿cuál habría sido el destino de los judíos británicos? Eichmann señaló que deberían ser transportados unos trescientos mil. No podemos saber qué habría ocurrido, pero el antisemitismo estaba muy extendido en todos los estratos sociales y había señales amenazantes por parte del Gobierno. La posibilidad de deportar a los judíos del país a Madagascar se planteó en el Parlamento en abril de 1938. Un mes después, Lord Halifax, ministro de Asuntos Exteriores, discutió el tema con su contrapartida francesa, que en aquel momento estaba preparando una versión propia del plan. En noviembre, Hitler y Chamberlain hablaron del tema a través de un intermediario sudafricano. Por otra parte, los antecedentes británicos eran poco prometedores. En los años treinta, cuando los judíos eran perseguidos en Alemania, Inglaterra rechazó al noventa por ciento de los refugiados.* La otra alternativa, enviarlos a Palestina, tenía poco apoyo por miedo a avivar el nacionalismo árabe y desestabilizar el imperio. Anthony Eden (ministro de Asuntos Exteriores de Churchill en el período 1940-1945, y más tarde primer ministro) era descrito como «inflexible en el tema de Palestina. Adora a los árabes y odia a los judíos».** Habría que recordar que ni la Declaración Balfour ni la Comisión Peel llegaron nunca a nada. El Vaticano también se oponía al envío de judíos a Palestina.

En otoño de 1940, una unidad de las SS formada por «expertos técnicos cualificados» estaba preparada para viajar a Madagascar para comprobar, entre otras cosas, los puertos de desembarco, la posibilidad de construir campos y la «capacidad total de absorción» de la isla. Nunca llegaron a viajar. Como la paz con los británicos no se firmó, el plan se congeló. En los meses siguientes, las mentes pensantes de Berlín se mantuvieron muy ocupadas con la inminente invasión de Rusia.

Esto coincide con la conclusión que extrae Hans Jensen en su estudio sobre el tema: si Hitler ganaba la guerra, eso significaría el exilio de los judíos a Madagascar; si la perdía, la exterminación.*** Para la historia alternativa, este es un «punto divergente». Mi punto de vista es que si los

---

* El diez por ciento que sí se aceptó fue, sobre todo, para llenar ciertos vacíos en la economía. Durante ese período existía una notable falta de personal doméstico y se aceptó la entrada de todas aquellas mujeres que deseaban trabajar en ese servicio doméstico. Por eso en la novela, Madeleine trabaja como doncella.

** Como se cita en el diario de su secretario privado, Oliver Harvey, el 25 de abril de 1943.

*** Entrada del diario de Goebbels del 18 de agosto de 1941 tras discutir con Hitler sobre Madagascar: «Desde los años treinta solo hay dos posibilidades para Hitler: en caso de victoria, el exilio de los judíos; si no consigue sus objetivos y pierde la guerra, la venganza y la destrucción.»

nazis hubieran logrado conquistar Europa Occidental en 1940, incluido un acuerdo (de la especie que sea) con Inglaterra, se habría llevado a cabo un serio intento de embarcar masivamente a los judíos del continente hasta el Océano Índico, aunque el proyecto no se hubiera completado.

La discusión sobre el Proyecto Madagascar siguió de manera intermitente durante 1940 y 1941. El 10 de febrero de 1942 se abandonó oficialmente cuando Rademacher recibió de Hitler la orden de terminar con el programa. Semanas antes, en la Conferencia de Wannsee, Heidrich ya había puesto en marcha un destino letal para los judíos.

También están basados en hechos muchos otros elementos de esta novela.

Hitler intentó reconstruir Berlín a una escala imperial tras la guerra y llamar a la capital *Germania*. La primera fase de la construcción, incluido el Gran Auditorio, se planeó para concluirlo en enero de 1950.

Los nazis tenían muchos planes para África. No solo querían recuperar las colonias perdidas en el Tratado de Versalles, sino conquistar nuevos territorios y extenderse desde el Sahara hasta el océano Índico. Para disponer de un tratamiento exhaustivo de este tema, véanse mis «Notas del autor» de *El Reich Africano*.

Alemania lideraba la investigación atómica en los años veinte. No obstante, la purga de científicos judíos en las universidades, combinada con la sospecha de Hitler sobre lo que él describía como «física judía», redujo el programa nazi para desarrollar un arma. El uranio de las bombas que cayeron sobre Japón al final de la Segunda Guerra Mundial procedía de la mina Shinkolobwe en el Congo, que Hochburg visita en esta novela.

Kraft dutch Freude (KdF), la organización de los nazis dedicada al ocio, se convirtió en el mayor operator turístico del mundo.* En 1937, organizaba las vacaciones de 1,4 millones de personas; sus cruceros llevaban a los alemanes a destinos tan variados como los fiordos noruegos y los oasis libios. En Prora, en la costa báltica alemana, el KdF construyó el hotel más grande del mundo: un prototipo para futuros hoteles. Sus ruinas todavía pueden verse y son tan colosales como sugiere la novela.

* Para tener información detallada sobre la KdF, véase Baranoeski, Shelley, Strength through Joy: Consumerism and Mass Tourism in the Third Reich, Cambridge University Press, Cambridge, 2004.

Se tarda una hora en caminar de un extremo al otro y son dignas de visitar. Tras la guerra, la KdF intentó expandir su cadena de hoteles a Crimea (Hitler la describió como «nuestra Riviera»), Suecia, Argentina y África.

Si Alemania hubiera derrotado a la Unión Soviética, es muy probable que hubiera tenido que afrontar una guerra de guerrillas al este de los montes Urales. Hitler estaba «encantado ante esa perspectiva», ya que creía que sería un banco de pruebas para toda una generación de jóvenes nazis. La discusión anterior sobre el Proyecto Madagascar solo se centraba en los judíos de Europa Occidental. Los nazis diferenciaban entre ellos y los *ostjuden*, los judíos soviéticos orientales, a los que consideraban inferiores aunque más peligrosos. El plan era obligar a los *ostjuden* a unas marchas letales a través de Siberia para exilarlos en Birobidzhan, en el extremo oriental de Rusia. Birobidzhan había sido creada por Stalin en 1930 como enclave judío y Hitler planeaba convertirla en su basurero oriental. Es difícil imaginarse los extremos a que podía llegar Birobidzhan: monzones en verano y treinta grados bajo cero en invierno. Hoy día sigue viviendo allí una comunidad de cuatro mil judíos.

Los repugnantes experimentos médicos que los nazis llevaron a cabo con los judíos están muy documentados. De especial relevancia para esta novela es su obsesión con los gemelos. Entre 1943 y 1944, por ejemplo, experimentaron con mil quinientos hermanos en Auschwitz, la mayoría con resultado letal.

Globocnik estuvo involucrado en proyectos de construcción a una escala comparable a la que yo he inventado en Madagascar. En 1940, supervisó la construcción de un «canal judío» en Belzec, Polonia, pensado como defensa contra un ataque soviético. Tendría cincuenta metros de anchura y quinientos veinticinco kilómetros de longitud (aunque solo se acabaron trece). Quería que trabajasen en él dos millones y medio de judíos con las manos desnudas, si bien, en un memorando, Heydrich redujo el número a «un par de cientos de miles».

En 1948, un equipo de la compañía Electricité de France fue a Madagascar para estudiar los cursos de agua de la isla y sus posibilidades hidroeléctricas. Uno de los ríos clave era el Sofia, cerca de Mandritsara, aunque los técnicos hicieron constar su preocupación por los sedimentos. Hasta este momento no se ha construido ninguna presa en él.

AGRADECIMIENTOS

Tuve la suerte de visitar Madagascar durante mis investigaciones para escribir esta novela, y me gustaría dar las gracias a mucha gente que conocí y que compartió parte de sus vidas conmigo. En particular:

A Helen Cox, de Reef & Rainforest, por ayudarme a organizar el viaje. En Antananarivo (Tana), a Oliver de Soci-Mad; en Antsohily (Antzu), a todo el mundo del hotel Anais por su hospitalidad; en Mandritsara, al doctor David Mann, el doctor Adrien Ralaimiarison y a Robert & Christine Blondeel; en la base naval de Diego Suárez, al capitán de la base, el comandante Randrianarisoa Marosoa Nonenana y su oficial ejecutivo, el comandante Vaohavy Andriambelonarivo Andasy. Y lo más importante, por su camaradería, perspicacia y humor durante los muchos kilómetros que viajamos juntos, a mi chófer Radimbiniaina Harison Zoé, y a mi guía y traductor, Ramarolahy Tafita Mamy. *Misaotra betsaka!* También tengo que mencionar a Hilary Bradt, cuya guía sobre Madagascar nunca abandonó mi mesa mientras trabajaba en este libro.

Por responder a mis preguntas sobre el embarazo y el parto, doy las gracias a Jo Cole, J.D. Smith y Cally Taylor. Por su ayuda con mis investigaciones, a Sebastian Breit, Stella Deleuze, Jennifer Domingo, Elizabeth Ferretti, Oliver Gascoigne, John Smith de la Legión Extranjera francesa y Tim Vale. Por la edición inglesa: a todo el mundo de Hodder & Stoughton, especialmente a Cicely Aspinall, Kerry Hood, Laura Macdougall, Sharan Matharu y Rodney Paull.

También a William Boyd, Richard Burnip, Linda Christmas, Andrew Dance, Carlie Lee, Sarah-Jane Page, Lorrie y Robin Porter, y Bonnie Thompson. Una mención especial a Ana y Chris Biles por el generoso préstamo de su casa en las montañas de Eslovenia, donde escribí el primer borrador de la segunda parte de esta novela.

Por la edición española, a Camilla Ferrier y Marisa Tonezzer.

Por último, mi más sincero agradecimiento a mi agente norteamericano, Farley Chase, y a mi editor, Michael Signorelli, por su consejo y entusiasmo; a mi agente inglés, Jonathan Pegg, por su animoso e inquebrantable apoyo; y a Nick Sayers, de Hodder, el editor más paciente y perspicaz.

Esta novela ha sido escrita con la ayuda de una beca del Consejo de las Artes inglés.